La malédiction d'Arastold

Le legs des Pôdargent

Jo Whittemore

Éditeur : François Doucet
Traduction : Magda Samek
Révision linguistique : Féminin Pluriel
Correction d'épreuves : Nancy Coulombe, Isabelle Veillette
Conception de la couverture : Matthieu Fortin
Mise en page : Matthieu Fortin
Design de la couverture : Matthieu Fortin
Image de la couverture : © iStockphoto
Image de l'intérieur : Gavin Dayton Duffy
ISBN 978-2-89565-547-3
Première impression : 2008
Dépôt légal : 2008
Bibliothèque et Archives nationales du Québec
Bibliothèque Nationale du Canada

Éditions AdA Inc.
1385, boul. Lionel-Boulet
Varennes, Québec, Canada, J3X 1P7
Téléphone : 450-929-0296
Télécopieur : 450-929-0220
www.ada-inc.com
info@ada-inc.com

Diffusion
Canada : Éditions AdA Inc.
France : D.G. Diffusion
Z.I. des Bogues
31750 Escalquens — France
Téléphone : 05-61-00-09-99
Suisse : Transat - 23.42.77.40
Belgique : D.G. Diffusion - 05-61-00-09-99

Imprimé au Canada

Participation de la SODEC. SODEC
Nous reconnaissons l'aide financière du gouvernement du Canada par l'entremise du Programme d'aide au développement de l'industrie de l'édition (PADIÉ) pour nos activités d'édition.
Gouvernement du Québec - Programme de crédit d'impôt pour l'édition de livres - Gestion SODEC.

Catalogage avant publication de Bibliothèque et Archives nationales du Québec et Bibliothèque et Archives Canada

Whittemore, Jo, 1977-

La malédiction d'Arastold

(Le legs des Pôdargent ; 2)
Traduction de: Curse of Arastold.
Pour les jeunes.

ISBN 978-2-89565-547-3

I. Samek, Magda. II. Titre.

PZ23.W488Ma 2008 j813'.6 C2008-941071-8

La grotte

– Ainsley.

Le jeune homme entrouvrit les yeux, les cils agglutinés par la poussière rouge orangé qui transformait le ciel d'après-midi en un ciel de nuit. Il était couché sur le sol crevassé, incertain de ce qu'il avait entendu, s'il avait vraiment entendu quelque chose. Il se frotta les yeux pour enlever la poussière et les plissa, aveuglé par la lumière éclatante du soleil.

Autour de lui, les parois à pic de la gorge s'élevaient sur une hauteur d'un kilomètre, et, très haut dans le ciel, une créature battait des ailes tout en tournant autour de la fissure. Le jeune homme fronça les sourcils en se rendant compte que la créature planait juste au-dessus de lui, comme si elle attendait qu'un malheur le frappe.

– Ainsley.

Il s'appuya sur ses coudes pour se redresser, soulevant du même coup des nuages de poussière. Une brise chaude les emporta et ébouriffa ses cheveux filasse, avant de disparaître le long de la gorge. Le mot qu'il entendait, Ainsley, lui sembla vaguement familier, et le jeune homme le prononça tout en se relevant et en fixant, les yeux plissés, l'endroit d'où venait la voix.

— Bonjour, Ainsley.

Il pivota sur lui-même, levant la main droite devant lui pour invoquer le pouvoir de la magie à l'extrémité de ses doigts et en frapper le visiteur importun. Des étincelles multicolores crépitèrent et fumèrent au bout de ses ongles, mais s'éteignirent sans causer de dommages au contact de la main tendue du visiteur.

Contre les parois de la gorge résonna un éclat de rire dont les vibrations furent assez fortes pour le faire trébucher et transformer en un nuage de cendre cette pitoyable démonstration de magie. Étendu sur le dos, le jeune homme regardait son vainqueur, en proie à une vive inquiétude.

Un homme au menton creusé d'un sillon vertical était debout à côté de lui, la tête penchée en arrière avec mépris. Son rire s'éteignit et il fixa le jeune homme de ses yeux couleur de braise.

— Tu en es vite venu à compter sur ta magie. Ce n'est pas une sage décision.

Ainsley haleta, reculant dans la poussière pour s'éloigner de cette abominable vision.

— Voyons, Ainsley, dit l'homme en s'accroupissant près de lui et en lui tendant une main manucurée. Tu n'as pas peur de moi, j'espère ? Est-ce que ce sont mes yeux qui t'effraient ? Il battit des paupières avec une fausse timidité. J'aurais peut-être dû mettre une tenue mieux assortie à la couleur de mes yeux, mais le rouge ne me va pas.

Il désigna la tunique de satin brun qui l'enveloppait comme des rubans de chocolat fouetté. Il avait à la taille une écharpe dorée.

— Mais, comme tu peux le constater, je suis daltonien.

Le jeune homme se détendit un peu et afficha même un léger sourire.

— Pourquoi m'appelles-tu Ainsley ?

La main de l'homme plus âgé était encore tendue, mais Ainsley hésitait à la serrer.

L'homme âgé se redressa et ajusta sa tunique, enfonçant davantage dans la poche un morceau de parchemin qui voletait.

— N'est-il pas habituel d'appeler quelqu'un par son nom ? demanda-t-il avec un sourire affable. Tu m'as dit que tu t'appelais Ainsley, à ton arrivée ici.

Ainsley pencha la tête de côté, commençant à y voir plus clair.

— C'est en effet mon nom. Il fronça les sourcils et se tapota le front. Comment ai-je pu l'oublier ?

— Tu as peut-être reçu un coup sur la tête, répondit l'homme en haussant les épaules.

— Peut-être. Ainsley regarda autour de lui les parois abruptes de la gorge. Mais, où sont mes amis ? Où est Mégane ?

L'homme lui tendit la main de nouveau.

— Ils vont bien ; je peux te mener à eux, si tu veux.

Ainsley sourit et prit la main que lui tendait l'homme pour l'aider à se relever.

– Comment suis-je arrivé ici ?

– Je ne sais pas trop, dit l'homme en le conduisant vers une fissure étroite dans la paroi de la gorge, mais, pendant que tu étais évanoui, je t'ai entendu murmurer quelque chose au sujet du Bâton de Lexiam.

– Bien sûr ! s'écria Ainsley, ses pensées devenant plus claires.

Le bâton des pouvoirs élémentaires était la raison pour laquelle Mégane et lui n'étaient pas sur Terre, en train de profiter des vacances d'été bien méritées après leur première année au secondaire.

Le bâton appartenait à Bornias Niksrevlis, le vieil homme apparemment docile qui habitait le quartier. Il appartenait à sa famille, les Pôdargent, qui étaient les seuls dont la volonté était assez forte pour résister à l'attrait irrésistible du bâton.

Bornias avait l'habitude d'aller de la Terre à Sunil, son monde d'attache, où il régnait sur le royaume d'Arylon. Lors du dernier voyage de Bornias vers Arylon, Ainsley et Mégane l'avaient accidentellement suivi. Le Bâton de Lexiam, le seul moyen de retourner à la Terre, avait été volé. Après maintes mésaventures, ils l'avaient finalement récupéré, mais avaient découvert que les Quatrines, les gemmes de la magie élémentaire qui imprégnait le bâton, avaient également été volées.

La situation s'était aggravée lorsque Bornias avait été kidnappé et obligé de choisir entre renoncer au bâton ou laisser Ainsley et Mégane périr aux mains d'un nécromant sadique. Avec de la chance, de l'ingéniosité et les talents magiques qu'il avait acquis à Arylon, Ainsley avait réussi à vaincre son ennemi, mais, après, ses souvenirs devenaient confus.

Ainsley se mordit la lèvre.

– La dernière chose dont je me souviens, c'est de m'être senti malade après…

Il s'interrompit lorsqu'il se rendit compte que l'homme l'étudiait avec intensité.

– Avant d'aboutir ici.

L'homme hocha la tête comme s'il comprenait.

– Un excès de magie peut être dangereux.

Il lui donna un petit coup sur l'épaule.

– Il nous faut continuer.

Se traînant péniblement sur le sol aride de la gorge, Ainsley retira en pensée les plaintes qu'il avait formulées lorsqu'il avait été obligé de monter un trial ou lorsqu'il avait été transporté au milieu des arbres par une femme-oiseau. Il dût s'arrêter au moins une dizaine de fois pour se débarrasser des petits cailloux qui entraient dans ses bottes, trouées aux orteils. Son compagnon ne se plaignait jamais, et lui offrait même son épaule lorsqu'Ainsley avait besoin de s'appuyer sur lui pour secouer ses bottes. Au moment où Ainsley commençait à se dire que cet homme étrange devait en avoir assez de ces arrêts continus, ils atteignirent la paroi de la gorge.

– Veux-tu entrer le premier, ou veux-tu que je le fasse ? lui demanda l'homme.

Ainsley regarda la fissure avec méfiance. De loin, il avait supposé qu'elle serait plus large lorsqu'ils en seraient plus près. Maintenant qu'il était en face d'elle, il avait l'impression d'être un clown de cirque essayant de se glisser dans une voiture déjà archipleine. Il n'était pas claustrophobe, mais il refusait de faire entièrement confiance à une chose qui défiait la logique de base.

— Après toi, dit-il.

— Ça semble pire de l'extérieur, fit valoir l'homme. Tu seras surpris de voir à quel point les apparences peuvent être trompeuses, parfois.

Sur ces mots, il se glissa sans peine dans la crevasse et disparut.

Ainsley rentra le ventre et le suivit de profil, mais il se rendit vite compte qu'il pouvait marcher normalement, le ventre aussi sorti qu'il le voulait. Il étendit les mains sur le côté pour toucher le tunnel des doigts, mais il n'y parvint pas. Les parois rocheuses lui donnaient tout l'espace qu'il voulait.

— Merci de ton aide, lui dit-il.

Il arriva à un endroit où le rocher faisait saillie au-dessus de sa tête et il se baissa plus qu'il n'était nécessaire, se souvenant de s'être cogné le crâne la dernière fois qu'il s'était aventuré dans une grotte.

— Excuse-moi, mais je n'ai pas retenu ton nom.

L'homme se tourna vers lui. Dans l'obscurité, ses yeux brillaient comme des rubis.

— Tout le monde m'appelle Pénitent.

Il lui tendit une fois de plus la main, et Ainsley réussit à la serrer dans la semi-obscurité.

— C'est comme *ça* que les gens t'appellent ? Ainsley s'arrêta au milieu de la poignée de main. Ce n'est pas ton vrai nom, j'imagine ?

Pénitent lui lâcha la main.

— J'ai enterré mon vrai nom avec… Il s'interrompit avec un sourire forcé. Tes amis t'attendent.

Il se retourna et entraîna Ainsley plus profondément dans le monolithe, la lumière du jour diminuant derrière eux. Le vent qui soufflait dans la gorge se calma progressivement jusqu'à ce qu'Ainsley n'entende plus que le bruit de sa propre respiration et celui de ses pas.

– Avons-nous encore loin à aller, Pénitent ? demanda-t-il. Il étendit le bras devant lui, essayant de saisir l'épaule de son sauveteur ou un pan de sa tunique, mais il ne trouva rien à agripper. Il s'arrêta, de la sueur perlant au-dessus de sa lèvre supérieure.

– Pénitent ?

Au début, Ainsley crut que ses jambes fléchissaient sous lui, car son corps entier tremblait. Mais il entendit des éclats de roche tomber sur le sol, et en sentit même quelques-uns lui tomber dans les cheveux. La poussière obscurcit le couloir et le fit tousser, mais il entendit néanmoins un grondement distinct, pareil au tonnerre, se répercuter dans son ventre.

Ainsley se couvrit la bouche et le nez de sa chemise, et avança à petits pas vers l'épicentre du bruit assourdissant. Le chemin s'élargit jusqu'à ce qu'il se retrouve à l'entrée d'une grotte dont les dimensions rappelaient celles d'un hangar d'aérodrome. Une lueur orangée émanant d'une source cachée éclairait l'intérieur de la grotte, de sorte qu'il put voir qu'il était seul.

– Pénitent ? appela-t-il, la voix assourdie par la chemise qui lui couvrait la bouche.

Le rugissement qui lui répondit lui donna la chair de poule. Il n'aurait jamais cru qu'il serait possible d'entendre un bruit plus effrayant que le hurlement d'un grimien, mais une créature hors de son champ de vision venait de lui prouver qu'il se trompait. Il devint bientôt évident que ce qui était arrivé à Pénitent lui arriverait à *lui aussi* s'il restait à l'entrée de la grotte.

Il jeta un coup d'œil au tunnel qu'il avait suivi pour s'assurer qu'aucun obstacle ne l'empêcherait de battre rapidement en retraite. N'en voyant aucun, il fit demi-tour. Il devait lutter pour rester debout, car le sol continuait de trembler et des pierres déboulaient devant lui. Un morceau du plafond de la taille d'une balle de baseball lui tomba sur l'épaule et le fit tomber. Un autre rugissement guttural se fit entendre derrière lui. Les parois du tunnel en furent tellement secouées qu'elles commencèrent à se fissurer et à s'effondrer.

Tout en rampant sur ses mains et ses genoux, Ainsley remarqua que son ombre s'allongeait rapidement devant lui. Il regarda une de ses mains, qui baignait maintenant dans une lumière orangée, et jura tout bas. Avançant tant bien que mal dans la poussière, il s'était coupé les paumes et avait déchiré son pantalon aux genoux, puis il se mit péniblement debout et se rua dans le tunnel. La lueur orange lui montrait le chemin, mais servait aussi de projecteur, faisant de lui une cible privilégiée.

— Allons, allons, s'impatienta-t-il. Où est la sortie ?

Paniqué, il scrutait les environs, car il avait atteint une bifurcation à l'endroit où l'entrée du tunnel aurait dû se trouver et où la gorge aurait dû être.

— Faites que ce soit la sortie, murmura-t-il en se dirigeant vers la droite.

— Ainsley ?

Il poussa un petit cri lorsqu'une main lui saisit l'épaule. Elle était trop petite pour être celle de Pénitent et trop douce pour être malveillante.

— Ainsley, est-ce que ça va ?

Son cœur se mit à battre fort lorsqu'il reconnut la voix féminine. Il se tourna pour la regarder.

— Mégane ! murmura-t-il en posant sa main sur la sienne. Ne panique pas, mais nous devons nous éloigner d'ici le plus rapidement possible. L'endroit n'est pas sûr !

— Ainsley, dit-elle en haussant le ton, m'entends-tu ?

Elle fit claquer les doigts de son autre main à quelques centimètres de son visage.

— Arrête ! Ainsley fronça les sourcils et écarta sa main. Oui, je peux t'entendre. Parle bas…

Un rayonnement blanc apparut derrière Mégane Haney, encadrant sa silhouette comme une aura. Elle le regarda en penchant la tête avec compassion.

Ainsley prit une respiration malaisée.

— Que se passe-t-il ? Est-ce que nous sommes… morts ?

Mégane lui sourit, mais, au lieu de répondre, elle s'écria par-dessus son épaule.

— Bornias ! Je crois qu'il revient à lui.

Ainsley cligna les yeux de surprise. Le rayonnement qui entourait Mégane devint si intense qu'il ne put s'arrêter de cligner. Devant ses yeux, la grotte miroita et s'effaça jusqu'à ce qu'elle ressemble à l'intérieur d'une cabane connue. Il était assis sur le sol de la maisonnette de Kaelin Warnik, à Amdor, une communauté isolée de sorciers.

Un vieil homme ventripotent, aux cheveux gris ébouriffés, s'agenouilla à côté de Mégane.

— Sais-tu qui je suis, Ainsley ?

Ainsley le fixa, décontenancé.

— Mais bien sûr, Bornias.

Mégane mit la main sur la bouche et poussa un petit cri. Le front ridé de Bornias se dérida.

– C'est bon signe, dit-il, en tapotant la joue d'Ainsley. Il sourit. C'est même très bon signe.

Ainsley jeta un coup d'œil à Mégane, qui refoulait ses larmes. Le soulagement qu'il avait éprouvé à sa vue se dissipa.

– Que se passe-t-il ?

Mégane s'essuya les yeux et inspira profondément à plusieurs reprises. Elle savait qu'il s'adressait à elle, mais, pour la première fois, elle ne savait pas quoi lui dire.

– Ce n'est probablement rien, répondit Bornias, en serrant un peu l'épaule d'Ainsley pour le rassurer, mais il se peut que tu sois malade.

– Malade ? Ainsley n'était pas dupe. Malade, comme atteint de la Maladie ?

Mégane émit un son étouffé, mais Bornias lui lança un regard qui la réduisit au silence. Il se tourna ensuite vers Ainsley.

– Nous n'en sommes pas certains, mais certains symptômes le font supposer.

Ainsley le fixa un moment, avant de se mettre à genoux et de vomir sur la couverture.

Mégane détourna la tête, l'estomac retourné.

– Est-ce que c'est un symptôme de la Maladie ? demanda-t-elle.

– Non. Bornias tapota le dos d'Ainsley. C'est un symptôme de sa frayeur.

L'origine de la Maladie

– Je ne comprends pas comment il a pu contracter la Maladie, déclara Mégane en plissant le nez tandis que Bornias nettoyait la vomissure d'Ainsley. Je croyais que la Maladie avait été éradiquée il y a une quinzaine d'années.

– Elle l'a été.

Bornias plongea la vadrouille dans l'eau et essuya le plancher de bois.

– Cela ne veut pas dire que la Maladie ne peut pas réapparaître. La lèpre était autrefois épidémique en Europe et en Asie, et il arrive encore aujourd'hui que quelqu'un en soit atteint.

Du coin éloigné du salon, Ainsley émit un grognement.

– S'il vous plaît, ne comparez pas ce que j'ai à la lèpre. Je ne veux même pas envisager la possibilité que des parties de mon corps se mettent à tomber.

— La Maladie n'est pas juste une détérioration physique, reprit Bornias en essorant la vadrouille et en la mettant, ainsi que le seau, près de l'entrée. C'est aussi une détérioration mentale.

— Mais, c'est parfait, dans ce cas, riposta Ainsley en levant le pouce en signe de victoire ; après tout, à quoi bon être sain d'esprit ?

Mégane agita l'index en sa direction.

— Ce n'est pas une plaisanterie ! Je ne veux pas que ça arrive, et toi non plus. Elle s'éclaircit la gorge et regarda Bornias. Que va-t-il lui arriver ?

Bornias approcha une chaise d'Ainsley.

— Viens t'asseoir avec nous. Il est juste que vous soyez tous les deux au courant.

Mégane se rapprocha, sans toutefois oser s'asseoir.

Ainsley roula les yeux.

— Mégane ! Je t'assure que je ne vais pas vomir à nouveau.

— Je ne pensais même pas à ça, répondit Mégane, vexée.

Elle rougit, cependant, et s'assit sur une couverture roulée en boule. Après avoir replié les jambes sous elle, elle leva les yeux vers Bornias.

— Alors ?

Bornias posa les mains sur ses genoux.

— Ce sera probablement plus facile à comprendre si je vous explique l'origine de la Maladie. Peu de gens la connaissent, et moins encore sont capables de l'accepter.

— Mais, c'est stupide, décréta Ainsley. Il me semble qu'ils voudraient en connaître la source, pour avoir quelqu'un ou quelque chose à blâmer.

Bornias se tapota la narine et s'adressa à Ainsley.

– Ce serait le chemin logique. Mais cela signifierait qu'ils devraient accepter une chose qu'ils savaient déjà sans vouloir en convenir : un excès de magie peut être une chose dangereuse.

À ces mots, Ainsley eut l'impression qu'on venait de lui verser de l'eau glacée dans le dos.

– Quoi ?

– Il a dit qu'un excès de magie pouvait être une chose dangereuse, répéta Mégane. Elle regarda Bornias avec des yeux tristes et montra Ainsley de la tête.

– Est-ce que l'ouïe est une des premières fonctions à être touchées ?

Ainsley la poussa.

– J'avais bien entendu la première fois. Simplement, ce que vient d'expliquer Bornias est troublant.

– En effet, reprit Bornias. Si vous comptiez sur la magie chaque jour de votre vie, ce serait la dernière chose que vous voudriez entendre.

– Mais comment trop de magie pourrait être une mauvaise chose ? demanda Ainsley. Je croyais que c'était le souhait de chaque sorcier que de posséder le plus grand pouvoir magique possible.

Bornias appuya son menton sur ses mains et fixa le vide.

– Excellente question. Il sortit une pièce d'or de sa poche et la donna à Ainsley. Je crois que cela mérite une récompense.

– Hé, si vous commencez à distribuer de l'argent, dit Mégane en se penchant vers lui, la main tendue, c'est moi qui vous ai demandé d'en parler !

— C'est exact. Bornias acquiesça de la tête et sortit une autre pièce de sa poche. Avant de la lui donner, il s'arrêta. Si tu réussis à rester debout sur un pied pendant cinq minutes, je te donnerai *deux* pièces d'or.

Mégane rit.

— Êtes-vous sérieux ?

Lorsque Bornias lui montra la deuxième pièce, elle se mit immédiatement debout, en équilibre sur une seule jambe.

— Cette sottise, déclara Bornias en montrant du doigt Mégane, est ce qu'un excès de magie fait faire aux gens. Assieds-toi, maintenant. Il lui mit les deux pièces dans la paume.

Mégane se laissa tomber à genoux et se mit à tripoter les pièces, les joues aussi rouges que les yeux d'Ainsley.

— La cupidité change les gens, leur fit valoir Bornias. Elle leur fait faire des choses qu'ils ne feraient pas d'habitude. Elle peut les amener à mentir, à voler, et même à tuer, dans certains cas.

— Mais qu'est-ce que tout cela a à voir avec la Maladie ? demanda Ainsley.

— La Maladie a été causée par la cupidité d'un homme et s'est répandue à cause de la cupidité des autres.

Bornias s'installa confortablement sur sa chaise.

— Vous avez tous les deux entendu parler de Lodir Novator, le héros de Raklund dont les prouesses incluaient la victoire sur une licorne et sur des sirènes ?

Ainsley et Mégane firent signe que oui de la tête.

— Il a vaincu ces créatures enchantées pour s'approprier leurs pouvoirs magiques et assouvir sa jidalia.

— Sa jida-quoi ? demanda Mégane.

— Sa jidalia… sa soif de magie, expliqua Bornias. Son plus grand désir était de vaincre le dragon Arastold, dont on disait que les pouvoirs équivalaient à ceux du Bâton de Lexiam.

— Le dragon pouvait modifier les éléments et faire ressusciter les morts ? demanda Mégane, incrédule.

Bornias acquiesça de la tête.

— Le dragon pouvait aussi prédire l'avenir des gens en les regardant.

— D'après la légende, Lodir a effectivement vaincu le dragon, signala Ainsley en haussant les épaules. Ensuite quoi, il est devenu tout-puissant ?

— Il aurait pu, s'il avait vécu assez longtemps pour apprendre à se servir de la magie d'Arastold.

— Que lui est-il arrivé ?

— Avant de mourir, Arastold a lancé une malédiction à Lodir et à toutes les créatures qui lui ressemblent par leur insatiable jidalia. Lodir n'y prêta pas attention et, pressé de retourner à Raklund pour que ses compatriotes le fêtent, il entreprit le long voyage de retour.

— C'est donc *lui* qui a propagé la Maladie à Raklund, dit Mégane.

— C'est exact. Quelques jours après le retour de Lodir, on découvrit dans son cabinet de travail plusieurs de ses partisans grièvement blessés, mais Lodir demeurait introuvable. Ces partisans, dont la jidalia était aussi forte que celle de Lodir, avaient contracté la Maladie et la propagèrent dans le royaume.

— Au mari de Lady Maudred et... Ainsley pointa du doigt vers Bornias, mais l'abaissa aussitôt.

— Et à ma belle-fille, continua Bornias. Tout être humain qui entra par la suite en contact avec le sang du dragon devint fou, sa magie le métamorphosant en un genre de dragon jusqu'à ce que les autres hommes commencent à rejeter cette créature incomprise et finalement la tuent.

Ainsley soupira.

— J'ai non seulement contracté la Maladie, mais je vais devenir en plus un rebut de la société. La situation ne pourrait être pire !

Mégane lui serra l'épaule et regarda Bornias.

— Je ne comprends pas comment ça a pu se passer. Je veux bien croire qu'Ainsley soit obsédé par la magie…

— Merci ! répliqua Ainsley en lui tapotant la jambe.

— Mais il n'a pas été mordu par un dragon ni par une créature qui ressemblerait à un dragon, continua-t-elle.

— Vous avez mal compris, reprit Bornias en secouant la tête. Le transfert de sang ne se fait pas nécessairement par une morsure. Pour contracter l'infection, un simple *toucher* suffit. Il se pencha pour étudier Ainsley. Je ne comprends toutefois pas comment tu es entré en contact avec le sang du dragon.

— Euh… Ainsley regarda ses mains en se frottant les doigts et en se souvenant de la poudre dorée qui les avait brûlés. Vous souvenez-vous de la fois où Mégane et moi nous sommes échappés de vos appartements à Raklund pour vous aider à retrouver le bâton ? Il attendit le hochement de tête affirmatif de Bornias. Avant de vous suivre aux écuries, nous avons atterri dans la chambre de la Maladie, où sont mises en quarantaine les personnes qui en sont atteintes. Il y avait du sang de dragon sur le rebord, à l'extérieur de la fenêtre.

Le visage de Bornias s'assombrit. Il tourna brusquement la tête vers Mégane.

– L'avez-vous touché tous les deux?

– Non, seulement moi, répondit Ainsley, et voici le résultat.

– Voilà. Bornias joignit les mains et les porta à ses lèvres. Ton sort a été scellé par une malchance.

Ils s'assirent tous les trois en silence, jusqu'à ce qu'un coup soit frappé à la porte d'entrée de chez Kaelin.

– J'ai les bras chargés, dit une voix assourdie de l'autre côté de la porte. Pourriez-vous m'ouvrir la porte?

Mégane se leva la première et traversa la chambre pour jeter un coup d'œil par la fenêtre. Un homme dans la trentaine attendait patiemment et secouait ses cheveux bruns, qui lui arrivaient aux épaules, pour les écarter de ses yeux pareils à des éclats de jade laiteux.

– Salut, Frieden, dit Mégane en ouvrant grand la porte pour le gouverneur des Protecteurs du Bâton de Lexiam, le principal conseiller de Bornias. Elle ne pouvait s'empêcher de sourire, soulagée de voir l'homme qui leur avait servi d'oncle depuis leur arrivée à Arylon. Il était attentionné et patient tout en en se montrant protecteur envers ses compagnons, et il n'avait pas son pareil dans le maniement de l'épée.

– Comment va-t-il?

Frieden Tybor s'approchait avec un bol en bois contenant de l'eau chaude dans une main et un flacon de cailloux dans l'autre.

Mégane secoua la tête.

— Il a vomi. Bornias a nettoyé, mais il se peut que ça sente un peu.

Étendu par terre, Ainsley lui lança un coussin et l'atteignit à la nuque.

— Tu peux juste dire aux gens que je ne me sens pas bien, tu sais. Il est inutile d'entrer dans les détails.

Mégane le foudroya du regard tout en se lissant les cheveux. Frieden se dépêcha d'intervenir avant que les choses ne s'enveniment.

— Je me suis dit que la Maladie ébranlait peut-être l'organisme d'Ainsley, et j'ai apporté quelque chose qui lui soulagera l'estomac. Il secoua le flacon de cailloux, les faisant tinter contre le verre.

Ainsley tendit le cou et plissa les yeux à la vue du contenu du flacon.

— Vous m'avez apporté des roches?

— Oui, mais pas n'importe quelles roches, mon jeune ami, lui déclara Frieden. Il se dirigea vers la cuisine et posa le bol d'eau sur la table, en faisant signe à Ainsley et à Mégane de s'approcher. Elles viennent du fond de la rivière Riorim, près de Tulirangée.

Il versa quelques cailloux dans sa main et reposa le flacon sur la table.

— Vous voyez la mousse qui les recouvre? désigna-t-il en montrant une touffe sèche qui ressemblait à des fils de safran verts. Lorsqu'on les infuse dans l'eau chaude, la mousse dégage un minéral détoxifiant qui guérit bon nombre de malaises.

— Guérit-elle la Maladie, par hasard? Ainsley plissa le nez. J'en ai marre de boire et de manger des choses étranges. Je donnerais gros pour une boisson gazeuse et des frites.

Il se tourna vers Bornias, qui était en train de replacer les coussins sur le plancher du salon.

— Pourriez-vous vous faire téléporter vers la Terre et me rapporter un peu de malbouffe ?

Bornias secoua la tête.

— Mégane est la seule personne qui y retournera.

Mégane, qui observait Frieden mettre les cailloux moussus dans l'eau chaude, leva la tête pour regarder, surprise, Bornias.

— Que voulez-vous que je vous rapporte ?

— Rien. Tu ne reviendras plus ici.

— Comment ça ? cria Mégane à quelques centimètres de l'oreille de Frieden, qui lâcha le flacon.

Il heurta la table, mais, avant qu'il puisse tomber à terre, Ainsley se pencha et le saisit adroitement d'une main.

— Tes réflexes sont excellents, lui dit Frieden alors qu'Ainsley lui tendait le flacon.

Il devait presque crier pour se faire entendre par-dessus la discussion animée qui s'était engagée entre Mégane et Bornias.

— Mégane, je ne te donne pas le choix. Tu rentres chez toi, point final !

— Non ! Ainsley ne m'abandonnerait pas, et je ne vais pas l'abandonner.

Bornias tirailla sa barbe, signe avertisseur qu'il était sur le point d'exploser. Toutefois, cette fois-ci, il la tordit violemment, ce qui sembla le calmer.

Il se lissa la barbe en soupirant puis prit le visage de Mégane dans ses mains.

– J'admire ta loyauté, mais je m'inquiète de ton bien-être tout comme de celui d'Ainsley. S'il a contracté la Maladie, tu risques de l'attraper, toi aussi.

Mégane posa ses mains sur les siennes et le regarda bien en face.

– Non, il n'y a aucun risque, je le *sais*. S'il vous plaît, laissez-moi rester.

Bornias s'écarta et se tordit la barbe de nouveau.

– Viens avec moi à la librairie de Poloï. Il y a là-bas quelque chose que je veux que tu rapportes aux parents d'Ainsley. Et toi, Ainsley, reste ici et bois le tonique.

– Je vais le boire, répondit Ainsley, qui regardait du coin de l'œil l'eau, dans le bol, qui commençait à devenir trouble et à sentir le marécage. Mais je ne peux pas vous garantir que ça ne me fera pas vomir.

– Fais de ton mieux, lui répondit Bornias en lui serrant l'épaule. Il s'adressa ensuite à Frieden. S'il y a un changement, fais-le-moi savoir.

– C'est entendu, répliqua Frieden avec un petit signe de tête alors que Bornias se dirigeait en hâte vers la sortie, Mégane à sa suite.

– À quel genre de changement vous attendez-vous ? demanda Mégane à Bornias tandis qu'ils traversaient la pelouse séparant la maisonnette de Kaelin de celle appartenant à Poloï, le libraire de la communauté. Elle saisit l'épaule de Bornias pour l'arrêter. Va-t-il sombrer dans le coma ou quelque chose du genre ?

– J'aimerais que ce soit un coma, répondit Bornias en tortillant sa barbe. Un coma serait une délivrance par rapport aux affres qu'il va connaître.

Ses épaules s'affaissèrent comme s'il portait le fardeau d'Ainsley, mais il poursuivit son chemin.

Mégane baissa la tête et tendit l'oreille au bruissement des pas de Bornias à travers la pelouse. Pour la centième fois depuis son arrivée à Arylon, elle aurait voulu avoir ses parents à ses côtés. C'était la première fois, cependant, qu'elle ne souhaitait pas leur présence pour elle-même.

Les parents d'Ainsley n'étaient pas du genre très présent. Son père préférait la compagnie des livres à celle des gens, et sa mère, une mondaine raffinée (bien qu'enceinte de six mois) préférait aimer son fils de loin afin de ne pas froisser son chemisier Chanel. Quand Ainsley était petit, ils le prenaient maladroitement dans leurs bras, mais, maintenant qu'il était adolescent, ils se contentaient de lui ébouriffer les cheveux. Mégane était d'avis que, dans les circonstances, il fallait à Ainsley davantage de marques d'affection qu'une petite tape sur la tête.

À propos de Frieden

Si Mégane avait pu voir Ainsley à ce moment, elle aurait applaudi son instinct. En attendant les inévitables mauvaises nouvelles, il ne se souvenait pas d'avoir été aussi malheureux de sa vie… ni d'avoir eu autant la nausée. Il était assis en face de Frieden, qui tenait le bol d'eau à la hauteur de ses narines, dilatées comme celles d'un taureau furieux.

— Pfft! Ça sent l'eau d'égout!

Ainsley, la mine revêche, écarta le bol comme s'il s'agissait d'un bébé à la couche souillée. L'eau éclaboussa la table, formant une mare graisseuse de la couleur d'une soupe aux pois.

— Il est probable que le goût ne sera pas meilleur que l'odeur, lui répondit Frieden. Bouche-toi le nez, et bois.

Ainsley laissa échapper un profond soupir, se pinça le nez et amena le bol à lui. Les yeux fermés, il prit une gorgée, essayant de bloquer tout sens qui lui aurait rappelé la putrescence du liquide qui descendait dans sa gorge.

— Très bien. Encore une gorgée, l'incita Frieden.

Ainsley ouvrit un œil pour l'en foudroyer.

— Aimeriez-vous en prendre une gorgée ? demanda-t-il en en avalant une.

Il cessa de se pincer le nez, mais le repinça aussitôt.

— Pouah ! L'arrière-goût est pire que le goût ! Il se frotta la langue avec la manche de sa chemise.

— L'arrière-goût ? demanda Frieden en fronçant les sourcils. Il n'y a pas de persistance du goût.

Ainsley cessa aussitôt de se frotter la langue.

— Si vous le dites.

Il fit claquer sa langue sur son palais jusqu'à ce qu'elle soit humide à nouveau et émit une éructation qui ressemblait en odeur et en bruit à un camion à ordures. Son visage se contorsionna jusqu'à ressembler à un masque hideux d'Halloween.

— Puis-je avoir quelque chose pour enlever cet épouvantable goût ?

Frieden fit basculer sa chaise vers l'arrière et saisit quelque chose sur le comptoir derrière lui.

— Personne ne s'est jamais plaint de l'arrière-goût. J'en ai déjà pris et je n'ai jamais rien détecté, et pourtant mes sens sont très développés.

Il tendit à Ainsley l'objet qu'il avait pris sur le comptoir, mais Ainsley se contenta de le fixer. Il lui rappelait une orange, sauf qu'il était violet et recouvert d'un fin duvet.

– Qu'est-ce que c'est ?

Il renifla l'odeur parfumée, un mélange de citron et de cannelle qui semblait exsuder de la peau.

– C'est un parbarre. Un fruit de l'île tropicale d'Obonia. Nous nous en servons dans les confitures et les tartes. Mords dans le fruit, lui dit Frieden en mimant le geste.

Ainsley planta les dents dans le parbarre et laissa ses papilles gustatives s'imprégner du jus le plus délectable qu'il ait jamais goûté. Il dévora le fruit et se lécha les lèvres.

– C'était bon. Je n'ai jamais mangé de fruit qui était déjà parfumé à la cannelle !

– C'est extraordinaire, répliqua Frieden en penchant la tête sur le côté pour observer Ainsley. Les épices dans ce fruit sont si subtiles que seul le palais le plus fin peut les détecter. Ça fait partie de l'attrait de ce fruit.

– Que voulez-vous dire ? demanda Ainsley alors que Frieden ramassait le bol et le flacon.

– Ce n'est probablement rien. Frieden sourit en se mettant debout pour emporter la vaisselle au comptoir. C'est juste que ta perception est meilleure que...

Sans avertissement, Frieden saisit le flacon sur le comptoir et le lança en direction d'Ainsley. Le flacon traversa l'air à la vitesse d'une balle rapide, mais Ainsley leva la main droite et l'attrapa au vol avant qu'il ne l'atteigne. Il le relança aussitôt vers Frieden, qui se baissa quelques secondes avant que le projectile ne l'atteigne au crâne. Le verre se fracassa contre le mur derrière lui, mais Frieden ne tourna même pas la tête ni ne tressaillit. Ses yeux restaient fixés sur Ainsley, qui regardait sa main, fasciné.

— C'était spécial ! dit-il, en faisant jouer les muscles de ses doigts et en souriant à Frieden.

Frieden ne semblait pas partager son grand amusement.

Le sourire d'Ainsley s'effaça et le rouge lui monta aux joues.

— Je veux dire... je suis désolé au sujet des dégâts et de vous avoir presque décapité, mais il faut admettre que la plupart des gens sont incapables de faire ce que j'ai fait.

— Je ne t'en veux pas, lui indiqua Frieden, en se baissant pour ramasser les éclats de verre. Ainsley se pencha pour l'aider. Je m'inquiète tout simplement de l'amélioration subite de ta perception.

— Que voulez-vous dire ? Ainsley se redressa et lança les morceaux dans un panier à rebuts en osier, où ils tintèrent d'une façon qui rappelait le timbre de sa voix. Je fais partie des dix meilleurs étudiants de ma classe. Je suis déjà pas mal intelligent.

Frieden secoua la tête.

— Je ne parle pas d'intelligence, Ainsley. Je sais que tu es brillant. Mais, maintenant, tu sembles plus conscient de ton environnement, un peu comme un dragon, et ce n'est pas bon signe.

— Hein ! Ainsley frotta ses mains sur son pantalon d'un air désinvolte, alors qu'en fait il essuyait la transpiration qui lui mouillait les paumes. Je suis peut-être plus en harmonie avec la nature de ce monde.

Sa réponse lui sembla absurde, mais il était incapable de supporter l'idée d'un autre lien à la Maladie ou d'entendre que son état empirait.

– Ce n'est probablement rien. Frieden adressa un sourire affectueux à Ainsley et jeta un coup d'œil par la fenêtre de la cuisine. Il fait beau dehors. Pourquoi n'allons-nous pas nous asseoir sur le perron pour oublier un peu la Maladie ?

Ce n'était qu'une simple suggestion pour une activité à laquelle la plupart des gens, y compris Ainsley, ne prêtaient pas beaucoup d'attention, puisqu'ils pouvaient s'y livrer n'importe quand. Il lui fallait maintenant regarder la réalité en face, et se dire que cette visite au lac pourrait bien être sa dernière, le début d'une liste d'expériences qu'il aurait souhaité éternelles. Une boule dans la gorge, il cligna des yeux pour empêcher les larmes de couler.

– Ainsley ? Frieden le scrutait, mais son image devint floue.

– Frieden… je ne veux pas mourir, murmura Ainsley. Je ne suis pas prêt.

Des larmes abondantes ruisselèrent sur ses joues. Il les essuya en jetant un rapide coup d'œil à la porte, mais ne vit que Frieden.

– Je comprends ta peur, et je mentirais si je te disais de ne pas t'inquiéter. Frieden posa la main sur l'épaule d'Ainsley. Mais je veux que tu saches que je ferai tout mon possible pour que rien de mal ne vous arrive, à Mégane et à toi.

Ainsley fit oui de la tête et lutta contre les larmes jusqu'à ce qu'il se rende compte qu'il serait bientôt incapable de montrer une telle émotion. La Maladie lui enlèverait son humanité, et il ne connaîtrait plus ni tristesse, ni amour, ni joie. Il ne connaîtrait que la haine et la rage. Cette pensée lui donna un rude coup, et il se roula en boule par terre, donnant libre cours à son chagrin.

Frieden s'assit à côté de lui, caressant ses cheveux broussailleux.

— La Maladie ne t'a pas encore changé.

— Mais, lorsqu'elle le fera, je mourrai ! s'écria Ainsley en donnant des coups de poing au mur derrière lui.

— Mais non. Frieden lui immobilisa les bras. Si la situation s'aggrave, nous te cacherons à un endroit où personne ne pourra te trouver.

— Quoi ? Me cacher ?

Ainsley leva les yeux vers lui et renifla.

— Ça me ferait une belle jambe. Lorsque la Maladie évoluera, je mourrai, c'est tout, non ?

Ce fut au tour de Frieden de se montrer surpris.

— C'est ce que tu crois ?

Il secoua la tête.

— La Maladie ne tue pas. Ses victimes meurent parce que les gens qui ne l'ont pas les tuent.

— Ce n'est donc pas une maladie mortelle ? demanda Ainsley en s'essuyant les yeux, sentant l'espoir renaître en lui. Cela me remonte le moral. Vous pourriez donc m'enfermer dans une cage sur une île éloignée protégée par des trolls jusqu'à ce que vous réussissiez à trouver un traitement, non ?

— Nous pourrions le faire, répondit Frieden, imperturbable, bien qu'Ainsley détectât un certain amusement dans sa voix. Combien de trolls te faudrait-il ?

Ainsley sourit.

— Assez pour garder un œil sur les monstres marins qui décrivent des cercles autour de l'île.

— Je vais demander à la Coalition des royaumes de s'en occuper sur-le-champ, continua Frieden avec un gloussement.

Ainsley s'essuya les yeux une dernière fois en reniflant.

— Pourrions-nous nous comporter comme si je... comme si rien ne s'était passé ?

— Bien sûr. Frieden aida Ainsley à se relever. Et maintenant, allons prendre l'air. Il guida Ainsley vers la porte arrière. De quoi aimerais-tu bavarder ?

Les deux s'assirent sur l'herbe et Ainsley commença à se détendre. Il écouta le gazouillis des oiseaux aux alentours et le clapotis que faisaient les poissons en sautant dans l'air pour attraper au vol les insectes sans méfiance. Il resta silencieux un moment, profitant du calme.

— Parlons de votre vie personnelle, dit-il enfin avec un grand sourire. Je suis certain que le titre de gouverneur procure bien des avantages auprès des dames.

Frieden ne sourit pas. Il arracha un brin d'herbe et entreprit de l'étudier, sourcils froncés.

— Malheureusement, c'est un sujet qui m'est aussi agréable que la situation difficile dans laquelle tu te trouves.

Le sourire s'effaça sur le visage d'Ainsley.

— Oh, je suis désolé.

— Il n'y a pas de quoi. Frieden se tourna vers Ainsley, en souriant cette fois-ci. J'ai tu mon passé à tous, y compris à moi-même depuis assez longtemps. Tu m'as fait part de l'une de tes grandes peurs, et je devrais être capable de te parler de la mienne.

Il lança le brin d'herbe en l'air, et les deux le regardèrent voler au vent avant de retomber au sol.

— Elle s'appelait Anya, poursuivit Frieden. J'ai fait sa connaissance à Tulirangée il y a cinq ans alors que j'assistais à des entretiens diplomatiques. Au cours d'une des pauses, je suis allé chez l'apothicaire local pour acheter des onguents. J'avais remarqué que les cornes de certains berfs présentaient de la pourriture.

— C'est à l'époque où vous étiez encore… euh… ami de la nature ? l'interrompit Ainsley.

— Un naturamis ? Oui.

Frieden se prit le menton dans la main et fixa l'horizon.

— Anya était ravissante… de la poussière stellaire qui aurait pris forme humaine. Ses cheveux sentaient le parfum des premières fleurs du printemps dans la vallée. Frieden inspira profondément, comme si le fait de parler d'elle lui ramenait son parfum. Lorsqu'elle riait, les étoiles brillaient encore plus.

Ainsley sourit.

— Elle semble gentille.

— Gentille ne suffit pas à la décrire, riposta Frieden en soufflant sur un brin d'herbe jusqu'à ce qu'il siffle. Elle a accepté de se joindre à moi, à la fermeture du magasin, pour un pique-nique au clair de lune, et ce soir-là, lorsqu'elle m'a tendu un sandwich de pousses, j'ai su que j'étais tombé amoureux.

Ainsley fut secoué par le rire qu'il essaya de cacher en toussant. Frieden lui jeta un coup d'œil inquiet, mais Ainsley fit un signe de la main.

— Ça va, dit-il, les joues douloureuses de l'effort qu'il faisait pour dissimuler son sourire. Elle vous a donné un sandwich et vous êtes tombé amoureux d'elle. Continuez.

Frieden étudia Ainsley un moment avant de poursuivre.

— Son intelligence était égale à celle du plus grand érudit, et sa compassion pour la nature dépassait la mienne. Les affaires de la Coalition des royaumes la fascinaient, surtout celles qui traitaient des lutinais.

Ainsley se redressa. Bornias lui avait déjà expliqué que la Coalition des royaumes était l'alliance des terres de Sunil pour le bien commun. Chaque ville ou royaume du conseil de la Coalition était chargée d'une tâche, et Ainsley savait quelle était la tâche des lutinais.

— Vous voulez dire la magie ?

Frieden hocha la tête.

— Lorsque nous n'étions pas ensemble, elle passait son temps à étudier dans les bibliothèques d'Arylon. Je croyais qu'elle était à la recherche de nouvelles potions et de nouveaux remèdes. Il soupira et s'affaissa un peu contre un arbre. Mais ce n'était pas ça. Nous étions ensemble depuis cinq mois lorsqu'elle s'est montrée sous son vrai jour.

Ainsley écarquilla les yeux.

— Est-ce que c'était la sœur de Kaelin ? Celle qui nous a kidnappés, Mégane et moi ?

Frieden secoua la tête et glissa la main dans le sac à cordonnet qu'il portait autour du cou. Il fit signe à Ainsley de tendre la main et lui mit dans la paume une figurine de pierre.

Ainsley regarda la figurine sous tous les angles pour déterminer ce que c'était. Au bout d'un moment, il abandonna et la rejeta sur les genoux de Frieden.

— Vous n'êtes pas sérieux ? C'était une licorne ?

Il en ressentit un profond malaise, se demandant si Frieden avait eu des rapports intimes avec elle.

— Ce n'était pas une licorne ordinaire.

Frieden fit tourner la figurine dans sa main.

— Son vrai nom était Anala, elle était la fille d'Onaj, le chef de l'Ordre blanc.

Comme Ainsley le regardait sans comprendre, il ajouta :

— L'étalon dominant de sa harde de licornes.

— Ah ! Mais pourquoi s'est-elle transformée en être humain ?

— Elle n'est jamais devenue un être humain. Elle s'est simplement servie d'un enchantement.

Frieden souleva la figurine et montra la corne qui sortait en spirale de son front.

— La corne d'une licorne possède de grands pouvoirs magiques. Elle est capable de manipuler un esprit moins puissant, celui d'un être humain, par exemple.

— Elle t'a donc fait croire qu'elle était humaine ? demanda Ainsley.

Frieden leva un doigt.

— Elle l'a fait croire à *tout le monde* à un kilomètre à la ronde. Comme je l'ai dit, les licornes possèdent des pouvoirs magiques dont la puissance dépasse notre imagination.

— Une magie illimitée ?

Une sourde jalousie envahit Ainsley, jalousie qu'Anala, qui possède tant de pouvoirs magiques, ne s'en serve que pour se déguiser. Il regarda attentivement la figurine dans les mains de Frieden et se demanda si, en la détruisant, il pourrait s'approprier une partie de sa magie.

Ainsley sentit un picotement dans l'extrémité de ses doigts et vit une mince volute de fumée qui montait de la manchette de la tunique de Frieden. Il saisit, horrifié, la manche dans ses mains pour essayer d'étouffer les flammes naissantes dans le tissu qui prenait maintenant une teinte orange menaçante. Lorsque Frieden le regarda, surpris, Ainsley prit un air compatissant.

— Je suis vraiment désolé qu'Anala t'ait trompé, dit-il en serrant le bras de Frieden pour s'assurer qu'il n'était plus en feu. Il hésita avant de retirer sa main, priant pour que Frieden ne remarque pas les bords roussis de sa manchette. Pourquoi a-t-elle décidé de révéler qui elle était vraiment ?

— Elle souhaitait que je vienne en aide à sa famille.

Frieden remit la figurine dans le sac.

— Comment ? demanda Ainsley.

Frieden secoua la tête.

— Ça m'était égal. Elle s'était servie de moi pour obtenir ce qu'elle voulait. Son amour, tout comme son apparence, n'était qu'une illusion.

Ainsley remarqua que l'expression sur le visage de Frieden était devenue revêche.

— C'est pour cela que vous avez cessé d'être un naturamis ?

Frieden frappa les pointes de ses bottes ensemble, avec une mine d'enfant dépité.

— Je lui en ai tenu rancune, et j'ai commencé à constater que bon nombre de créatures profitaient de mon aide. Lorsque je m'arrêtais pour m'occuper de la patte blessée d'un renard, son compagnon volait la nourriture que j'avais dans mon sac. Lorsque je dégageais un loup du piège d'un chasseur, il s'empressait de tuer le doudin d'un fermier.

— Mais, c'est ce que font les animaux, déclara Ainsley en haussant les épaules. Leur instinct les amène à s'occuper d'eux-mêmes et de leur famille, sans s'inquiéter d'hommes qu'ils ne connaissent pas.

— Je le sais, mais l'attitude d'Anala m'a tellement blasé que mon travail en a été perturbé. On m'a bientôt supprimé mes privilèges de naturamis, et j'ai perdu la capacité de communiquer avec les animaux qui ne parlent pas une vraie langue.

C'est alors qu'un papillon voleta vers eux et se posa sur le genou de Frieden. Le papillon battit des ailes frénétiquement, et Frieden le laissa avancer vers son doigt. Il lui adressa un sourire compatissant.

— Désolé, mais je ne peux pas t'aider. À deux maisonnettes d'ici, tu trouveras un homme capable de le faire.

Avec un doux geste de la main, Frieden le chassa dans les airs et le suivit jusqu'à ce qu'il disparaisse.

Frieden soupira et s'appuya sur ses coudes.

— Je redeviendrai peut-être un naturamis, un jour. Pour le moment, il y a beaucoup de *gens* que je pourrais aider.

Il souleva le bras et examina sa manche.

— Même lorsqu'ils *essaient* de me brûler.

Une librairie avec marches, rayons et spirales

Lorsque la porte menant à la librairie de Poloï se referma derrière Mégane et Bornias, la clochette tinta. Les sorciers qui feuilletaient les ouvrages levèrent la tête et firent un signe de tête poli à la vue de Bornias, qui fit la même chose. Il se pencha ensuite pour chuchoter à l'oreille de Mégane.

– Explore la librairie, je serai dans la section des prêts.

Il montra la partie avant de la salle où elle se tenait et se dirigea dans sa direction.

D'après ce que Mégane voyait, Poloï prenait assurément son métier au sérieux. La maisonnette formait un grand espace, sans que des chambres à coucher ni une salle de bain le divisent. Une corde de velours le traversait.

Dans la partie arrière, un plus grand nombre de gens semblaient faire la queue près d'un bureau en bois où était assise une jeune femme qui prenait l'argent et enveloppait les livres dans des parchemins épais.

Dans la partie avant de la maisonnette et à la droite de Mégane se trouvait une machine qui ressemblait à une presse à imprimer miniature. Un livre à reliure de cuir était posé sur un socle à côté de la presse; il avait la taille d'une pierre tombale, et ses pages se tournaient d'elles-mêmes.

Mégane fronça les sourcils d'étonnement. La communauté isolée d'Amdor se trouvait dans une zone de non-magie, où même l'enchantement le plus simple n'était pas censé avoir d'effet. Elle s'approcha pour mieux observer ce phénomène et eut le souffle coupé lorsqu'elle en découvrit la source.

– C'est génial!

Une fée aux délicates ailes cristallines transportait le coin des pages d'un côté à l'autre du livre. Lorsqu'elle entendit l'exclamation de Mégane, elle voleta sur place, lui sourit et mit un doigt sur les lèvres avant de continuer son dur labeur. Mégane mit une main sur la bouche et observa les pages qui tournaient.

Le livre semblait être un catalogue sur fiches, triées par sujet puis par auteur. La fée tourna les pages « Corne d'Onaj », « Épidémies » et « Gravitation en orbite » avant d'arrêter à une page intitulée « Panacées ». Elle l'étudia, puis se secoua les ailes avant de s'envoler à l'autre bout de la salle.

Mégane trouva un escabeau rangé sous la presse et l'apporta devant le livre, intriguée par ce qu'il pouvait contenir d'autre. Elle saisit le bord d'une page, palpant sa texture qui ressemblait à du lin, et continua la lecture de la fée. Après quelques pages, un titre la frappa.

« Portails ». Elle suivit la liste de l'index jusqu'à ce qu'elle tombe sur un sujet qui semblait facile à lire : *L'art de créer un portail*, colonne cinq, marche sept. Mégane répéta l'emplacement et se tourna pour examiner la salle.

– Que cherches-tu ? lui dit la voix d'un jeune homme en face d'elle.

Mais elle ne voyait personne.

Mégane tourna la tête à droite et à gauche dans le but de repérer son interlocuteur, mais le seul sorcier qui se trouvait à portée de voix était plus âgé que Bornias.

– Je suis ici. Quelque chose lui saisit la botte, et elle se pencha pour regarder.

– Oh !

Elle se mit debout sur l'escabeau.

– Tu n'as pas besoin de te comporter comme une damoiselle en détresse. Je ne vais pas te faire mal.

Un furet blanc comme neige la regardait en clignant des yeux brun marbre.

– Je ne me comporte pas comme une damoiselle en détresse, répliqua Mégane d'un ton vexé en descendant de l'escabeau. C'est juste que je n'aime pas les rongeurs, surtout les gros.

La fourrure du furet se hérissa, et il montra les dents.

– Je ne suis pas un rongeur ! Connais-tu des rongeurs capables de s'adresser aux humains dans leur langue ?

Mégane en eut le souffle coupé, en voyant la façon dont le furet croisait les pattes sur la poitrine.

– Tu es humain ?

— Non, je suis une pastèque, railla le furet. Tu pourrais profiter de ta présence ici pour t'informer sur l'étiquette des malédictions avant d'insulter quelqu'un d'autre.

— Mais bien sûr ! La malédiction de Sargon, s'écria Mégane en se donnant une petite tape sur la tête.

Comme elle était obsédée par la malédiction d'Arastold, Mégane avait oublié que les sorciers étaient capables de lancer une malédiction aux gens, les transformant en n'importe quelle créature vivante. Elle avait aussi appris de Bornias que les malédictions faisaient perdre à la personne qui les lançait une partie de son âme. Elle avait peine à imaginer quel crime épouvantable ce jeune homme avait commis pour avoir été transformé en furet.

Elle se pencha vers lui.

— Je suis désolée. C'était grossier de ma part. Je ne suis pas habituée à… ces choses.

Le furet se remit sur ses pattes et renifla d'un air pitoyable.

— J'accepte tes excuses, car, même *moi*, j'ai du mal à croire que j'ai pris cette apparence. Pour avoir volé un cheval, je me retrouve transformé en furet jusqu'à dix-huit ans.

— C'est tout ce que tu as fait ?

Mégane réprima l'envie de lui caresser le dessus de la tête.

— Mais c'est terrible. Quel âge as-tu, maintenant ?

Le furet griffa le plancher de frustration.

— Seize ans.

— Bon, il te reste encore deux ans. Mégane essaya de se montrer enjouée. Ce n'est pas si terrible.

— Dis ça à mon ancienne belle.

Le furet la regarda avec des yeux tristes.

– Si tu veux savoir où la trouver, elle est fiancée à mon ancien meilleur ami.

– Oh ! Mégane ne savait pas ce qui était le plus surprenant à ses yeux, que le furet ait une petite amie ou que les gens de Sunil se marient si jeunes. Je suis désolée. Si ça peut te remonter le moral, je n'ai jamais eu de petit ami.

– Ça ne me remonte pas du tout le moral, fut la réponse, brutale. Au moins, tu as deux jambes pour marcher… et tu peux porter des vêtements. Personne ne fait de pantalons pour un furet insignifiant. Il soupira. Est-ce que je peux t'aider à trouver quelque chose ?

– Oui, en fait, je suis à la recherche… Mégane jeta un coup d'œil au catalogue. De la colonne cinq, marche sept.

Le furet acquiesça de la tête.

– « Voyages et loisirs ». Suis-moi.

Il traversa la salle à pas feutrés, ses griffes faisant un petit bruit sec sur le bois, et amena Mégane à une bibliothèque en fer forgé en forme de spirale, surmontée d'un grand cinq en bois.

– Comment ne l'ai-je pas vu ? se demanda Mégane à haute voix.

– Je ne sais pas. Comment ne t'es-tu pas rendu compte que j'étais un être humain ?

Mégane baissa les yeux vers le furet, qui, les lèvres retroussées, tentait tant bien que mal de sourire. Mégane lui sourit à son tour, mais son sourire était aigre-doux. Le jeune homme frappé par la malédiction lui rappelait Ainsley, dont les commentaires sarcastiques ponctuaient toutes les paroles et nourrissaient la rivalité entre eux. Pour normaliser les rapports, il avait fallu la recherche extrêmement difficile du Bâton de Lexiam.

Alors qu'ils étaient redevenus amis, l'obsession d'Ainsley pour la magie allait littéralement mettre un monde entre eux, à moins que Mégane ne trouve le moyen d'empêcher Bornias de la ramener chez elle par télékinésie.

— Bon. Mégane saisit la rampe avec détermination, je dois donc aller à la marche sept.

Elle compta les marches à voix haute.

— Non, non. Le furet posa la patte antérieure sur le fer forgé. Tu ne la trouveras pas en haut. Voilà les spires. La marche sept est en bas.

Le furet s'assit sur son arrière-train et saisit la poignée argentée fixée au plancher. Il tira un moment, puis leva les yeux vers Mégane, en s'éclaircissant la gorge :

— Hem...

Mégane s'accroupit à côté de lui.

— Si j'étais encore humain, je pourrais t'emporter d'une main, lui déclara le furet.

Mégane rougit et se glissa une boucle de cheveux derrière l'oreille.

— Je suis flattée que...

— Mais je suis maintenant un rongeur beaucoup plus petit que toi, continua-t-il comme s'il ne l'avait pas entendue. Pourrais-tu donc ôter le couvercle ?

— Quoi ? C'est alors que Mégane, en baissant les yeux, vit le carré qui avait été découpé autour de la poignée. Bien sûr, excuse-moi.

Elle redescendit en vitesse et écarta ses cheveux tout en espérant qu'il ne remarquait pas ses joues rosies. Il tira la poignée vers lui et le carré de bois glissa dans le plancher.

— Voilà !

Mégane jeta un coup d'œil dans le trou à moitié éclairé. La bibliothèque en spirale descendait vers le bas, soutenue par un escalier qui en suivait le tracé. Mégane descendit sept marches et se tourna vers les livres à hauteur d'épaule. Elle prit avec un grognement de satisfaction le livre intitulé *L'art de la télékinésie* et l'emporta.

— Tu l'as trouvé, lui dit le furet. Il faut maintenant que je me remette au travail.

— Je te remercie de ton aide, lui répondit Mégane. J'ai été très heureuse de faire ta connaissance…

— Brighton. Le furet lui tendit la patte antérieure. Je m'appelle Brighton.

Mégane lui serra la patte.

— Enchantée, Brighton. Moi, je m'appelle Mégane, et je te présente encore mes excuses pour t'avoir pris pour un rongeur.

— Je ne m'en suis pas formalisé.

Brighton haussa ses épaules ondoyantes. Mégane eut vaguement l'impression que sa fourrure avait rosi.

— Peut-être que tu pourrais m'appeler dans quelques années. Ce serait agréable d'avoir une amie lorsque je reprendrai ma forme humaine.

Mégane lui adressa un sourire de travers.

— Nous pourrions être amis dès maintenant, non?

Les yeux de Brighton se mirent à briller, mais il se contenta de dire:

— Ce serait parfait.

— Tu devrais probablement aller aider ces hommes, lui dit Mégane en pointant vers deux sorciers qui agitaient les bras. On dirait qu'ils en ont marre de t'attendre.

— Comme mon ancienne belle.

Mégane rit.

— Tu ferais mieux de te dépêcher. À plus tard.

Brighton agita la queue et traversa la salle pour rejoindre les deux sorciers, disparaissant de la vue de Mégane.

Mégane regarda un moment dans sa direction en souriant puis s'assit par terre, près de la colonne cinq, les pieds se balançant dans le vide. Sachant qu'elle n'avait pas beaucoup de temps avant le retour de Bornias, elle consulta la table des matières, incertaine de ce qu'elle espérait trouver.

L'un des premiers chapitres, appelé « Transport de groupe par télékinésie », lui sembla prometteur. Elle en feuilleta les pages et s'arrêta lorsqu'elle arriva aux premiers passages du chapitre.

Pour le sorcier expérimenté qui a besoin d'un revenu d'appoint, le transport de groupe par télékinésie peut être payant. En créant un seul portail solide, le sorcier peut expédier un grand nombre de voyageurs vers des destinations multiples. Cette activité est particulièrement populaire dans les grandes villes ou les centres de loisirs.

Il faut noter que les néophytes peuvent avoir certaines inquiétudes avant leur premier voyage.

Le voyageur peut craindre d'atterrir dans un lieu non désiré, qu'un autre voyageur aurait choisi par plaisanterie ou par malveillance. Il faut alors le rassurer en lui expliquant que, comme dans la télékinésie individuelle, chaque voyageur ne peut choisir que sa propre destination et n'est pas en mesure de modifier celle d'autrui. Bien entendu, l'exception à cette règle est lorsque la personne n'est pas en possession de ses capacités mentales normales (parce qu'elle est évanouie, morte ou complètement ivre) ou lorsque la personne qui entre dans le portail n'a pas de destination précise en tête.

Une autre préoccupation est…

– Mégane?

Au son de la voix de Bornias, Mégane referma brusquement le livre, soulevant ainsi un petit nuage de poussière. Étouffant une toux, elle chercha les pieds bottés de Bornias, et les découvrit quelques rayons plus haut.

– J'arrive.

Mégane descendit les marches et remit le livre à sa place parmi les autres ouvrages sur les voyages et les loisirs. Elle pivota sur la plante d'un pied, posa la main gauche sur la deuxième marche et se hissa, faisant tomber du même coup le serre-livres. Les livres n'étant plus retenus, ils s'inclinèrent et tombèrent comme des dominos.

– Non!

Mégane tendit une main pour empêcher les autres de tomber. Il ne restait plus que quelques volumes sur l'étagère, qui faisaient tous partie d'une série intitulée *Histoires de voyageurs*. Mégane les immobilisa; elle s'apprêtait à s'enfuir, honteuse, lorsque quelque chose attira son attention et la fit rester.

Dans l'illustration de la couverture de l'une des *Histoires de voyageurs* représentant une licorne dressée sur ses pattes, des nymphes en train de danser et de multiples autres créatures magiques, une figure familière attira son regard. Une fée, qui ressemblait comme deux gouttes d'eau à celle qui avait donné à Mégane la perle de la

Vérité, était perchée sur l'épaule d'un satyre en train de jouer de la flûte.

Ces perles, lui avait expliqué Bornias, étaient des cadeaux très rares accordés par les fées à ceux qui en avaient un besoin criant. Mégane avait reçu la perle de la Vérité à un moment où elle avait capitulé et perdu toute confiance en elle-même. La perle lui avait permis de découvrir sa vraie valeur. Elle l'avait sauvée du désespoir, avant de lui sauver la vie lorsqu'elle l'avait risquée pour empêcher une boule de feu de frapper Ainsley.

Mégane caressa des doigts la bosse, juste au-dessus de son cœur, à l'endroit où la perle s'était logée. Les événements récents lui avaient fait oublier le don reçu, jusqu'à ce qu'elle voie la fée sur la couverture du livre. Bornias l'avait avertie que sa capacité à déceler la tromperie serait aiguisée, puisque la perle de la Vérité faisait maintenant partie d'elle-même. Elle se demanda ce qui arriverait lorsqu'elle quitterait la zone de non-magie.

— Mégane ? Bornias l'appelait du haut de l'escalier. Que fais-tu en bas ?

— Je feuilletais des livres. Mégane souleva le livre. Est-ce que je peux emprunter celui-là ?

— Sûrement, répondit Bornias en lui tendant la main pour l'aider à remonter. Je dois dire que je suis heureux que tu acceptes de retourner sur Terre.

Mégane sourit sans répondre et serra le livre contre sa poitrine.

— Passons à la caisse, dit Bornias en se dirigeant vers la presse à imprimer, deux livres sous le bras.

Mégane aperçut Kaelin et Rayne attablés à proximité et leur fit signe de la main.

– Est-ce qu'ils font encore des recherches dans le Tomdex ? demanda-t-elle à Bornias, qui plaçait le premier livre sur le rebord de la presse et fouillait sous sa cape.

– Oui. Malheureusement, tous nos efforts ne peuvent se concentrer sur Ainsley. Ah !

Il sortit un pochoir des armoiries des Pôdargent, découpé dans une plaquette d'acier de la taille d'une carte de crédit. Il ouvrit le livre à l'intérieur du plat verso, plaça le pochoir à côté d'un tampon noir ressemblant à un croissant de lune avec une étoile suspendue à son point le plus bas.

– C'est un livre qui a intéressé beaucoup de gens, fit observer Bornias en désignant au moins une centaine d'armoiries peintes sur la page. Il est vrai qu'à une époque donnée, bon nombre de gens voulaient s'informer sur la Maladie.

Il fit glisser le livre dans la machine, qui était en fait une estampeuse. Il ressortit de l'autre côté, sans la plaque d'acier, mais estampé d'une rutilante reproduction à l'encre des armoiries des Pôdargent.

– Bornias, la machine a bouffé votre pochoir, l'informa-t-elle tandis qu'il plaçait le livre suivant sur le plateau d'estampage et sortait un autre pochoir de sa tunique.

– Je sais. Je récupérerai mon poinçon d'emprunteur lorsque je retournerai le livre, lui expliqua-t-il.

– Combien en avez-vous ? lui demanda-t-elle pendant qu'ils se dirigeaient vers la sortie après l'estampage des trois livres.

– Comme je suis un haut fonctionnaire, j'ai droit à quinze. Les mages à la retraite en ont dix et les mages actifs, cinq.

— Certains livres ne sont-ils pas dangereux ? demanda Mégane, qui pensait au Tomdex. Comment peut-on s'assurer qu'une personne malfaisante n'est pas en train de les consulter pour apprendre des malédictions et des potions dangereuses ?

— Nous ne laissons pas n'importe quel mage emprunter les livres, lui précisa Bornias, en lui faisant signe d'ouvrir la porte de la maison de Kaelin. Avant même de pouvoir entrer dans la librairie sans être accompagné d'un membre, un mage fait l'objet d'un processus de sélection très strict, et seuls les membres au niveau d'autorisation élevé ont accès à la littérature dangereuse.

Mégane y réfléchit un moment tandis que Bornias déposait les livres sur la table de la cuisine.

— Est-ce qu'Evren a accès à ces livres ? finit-elle par demander.

— Oui, lui répondit une voix du couloir.

Frieden et Ainsley les rejoignirent. Ainsley avait l'air un peu plus fatigué. Il regarda Mégane dans les yeux et ils se sourirent. Mégane lui adressa en même temps un clin d'œil de connivence qu'Ainsley ne comprit pas.

— À propos, demanda Frieden, est-ce que Kaelin et Rayne ont découvert ce qui intéressait tellement Evren dans le Tomdex ?

Bornias secoua la tête.

— Ils vont utiliser un enchantement de dépistage pour déterminer les dernières pages qu'il a consultées.

— Mais Evren les a consultées il y a déjà plusieurs semaines, fit observer Frieden en fronçant les sourcils. Même le plus puissant des sorciers serait incapable de laisser une empreinte magique pendant une période aussi longue.

Ainsley et Mégane se sentirent comme des étrangers, et ce n'était pas la première fois, à les écouter.

– Parlez-vous d'une façon magique de prendre les empreintes digitales ? demanda Ainsley.

Frieden prit un air perplexe, mais Bornias, de la tête, fit signe que oui.

– Quelque chose du genre. Par rapport à la criminalistique, un enchantement de dépistage a des avantages et des désavantages. Un enchantement de dépistage peut donner tout de suite l'identité de l'utilisateur, au lieu de donner un indice qui exige une recherche plus poussée. Contrairement aux empreintes digitales, les empreintes magiques ne peuvent être ni essuyées ni lavées, ni même être éliminées par le souhait de leur propriétaire ; elles peuvent toutefois s'estomper au fil du temps, et c'est pour cela que j'ai dit que Kaelin et Rayne allaient *essayer* l'enchantement de dépistage.

Il fit signe à Ainsley de s'approcher et fixa ses yeux noirs sur les yeux rouges d'Ainsley.

– Comment te sens-tu ? Veux-tu te coucher et faire une sieste ?

– Non. Ainsley regarda par la fenêtre, sans prêter attention aux regards inquiets qui se rivaient sur lui. Je vais bien, je ne suis pas un bébé.

– Ainsley, lui répondit Mégane, nous sommes simplement inquiets.

– Je vais bien, l'interrompit-il d'un ton bourru. Cesse de t'inquiéter, *maman*.

Mégane le regarda, stupéfaite, mais son silence ne dura pas longtemps.

— Tu n'as pas besoin d'être agressif!

Ce fut au tour d'Ainsley de prendre un air interdit.

— Pardon? C'est ma vie, alors pourquoi ne me laisses-tu pas décider ce que je veux en faire?

— Parce que tu es mon meilleur ami *humain,* mais que, d'ici ce soir, tu pourrais voler au-dessus de Raklund en crachant du feu et en transformant les gens en braises!

— Mégane…

Frieden lui serra l'épaule, mais elle le repoussa et se rapprocha rapidement d'Ainsley.

— Tu es vraiment égoïste, sais-tu? Tu es égoïste et cupide, et, si tu m'avais écoutée lorsque je t'ai mis en garde contre la magie, il ne te serait rien arrivé. Tu as maintenant gâché notre vie à tous! lui cria-t-elle.

Pour une fois, Ainsley ne réagit pas à l'affrontement. Il essaya de reculer, mais Mégane le saisit par la chemise.

— N'opte pas pour la fuite! Tu ne peux pas te contenter de mourir en nous laissant en plein gâchis!

— Mégane, parvint-il à dire, je ne vais pas…

— Tais-toi!

Elle le poussa contre le mur et entendit quelque chose tomber dans la pièce à côté. Mégane sentit un goût salé sur ses lèvres, mais elle ne se donna pas la peine d'essuyer ses larmes.

— Tout ce que tu peux dire, c'est: «Je vais bien, je vais bien», mais qu'en est-il des gens que tu laisses derrière toi? Et si eux… — sa gorge se serra et ses lèvres se mirent à trembler tellement qu'elle fut presque incapable de prononcer les mots — n'allaient pas bien?

Le fait d'avoir crié après Ainsley l'avait épuisée, et elle se laissa tomber à terre en sanglotant jusqu'à ce que son corps entier se mette à trembler et que sa respiration devienne haletante.

Ainsley tendit la main pour la poser sur la tête de Mégane, puis changea d'idée et se laissa glisser à côté d'elle. Il s'appuya contre elle et laissa reposer son menton sur sa tête baissée.

— Écoute, Frieden m'a dit que je ne mourrai pas de la Maladie à moins que quelqu'un ne me tue. Et si nous trouvons un traitement rapidement, ça ne se produira pas.

— Nous le trouverons, lui affirma Mégane en se relevant et en prenant les mains d'Aisley dans ses mains trempées de larmes. Et, ajouta-t-elle en reniflant, je te promets que je ne laisserai personne te faire mal.

— Je sais, répondit Ainsley avec un petit sourire. Parce que tu veux être la seule à le faire.

Mégane ne put s'empêcher d'éclater de rire. Elle jeta ses bras autour du cou d'Aisley et regarda Bornias avec des yeux remplis de larmes.

— Je ne pars pas sans Ainsley, lui déclara-t-elle. Et je sais comment fonctionne la télékinésie, ajouta-t-elle lorsqu'elle vit que le roi sorcier s'apprêtait à protester. Vous ne pouvez pas m'envoyer où vous voulez. C'est à moi à décider.

Bornias acquiesça de la tête, les yeux remplis de larmes à son tour. Il se laissa tomber à genoux à côté d'eux et les prit dans ses bras.

— Je savais que vous deviendriez adultes un jour, mais je ne savais pas que ce serait si tôt.

— Pas de sensiblerie, Bornias, dit Ainsley en essayant de se dégager. Vous ne voudriez pas fâcher le Garçondragon, non ? Votre barbe me semble bien inflammable.

Ils se mirent tous à rire, y compris Frieden, qui se tenait un peu à l'écart. Mégane lui adressa un sourire d'excuse et il lui fit un clin d'œil.

— Nous devrions probablement nous rendre à Raklund pendant qu'Ainsley en est encore capable, dit-il.

Bornias s'essuya les yeux avec un mouchoir.

— Tu as raison Frieden. Ramassez vos affaires pendant que j'appelle Rayne.

Frieden aida Ainsley et Mégane à mettre leurs vêtements et autres affaires dans leur sac. Mégane enveloppa soigneusement le livre des *Histoires de voyageurs* dans un pantalon. Une heure plus tard, ils sortirent, sous un ciel de crépuscule aux tons cramoisi et orange, rejoindre Bornias et celui qui serait bientôt roi de Raklund.

Un sorcier portant une tunique et une longue robe à bretelles tenait un flambeau et s'en servait pour allumer les lampes le long de la clôture entourant Amdor. Il fit un signe de tête au groupe lorsqu'ils franchirent l'entrée en sens inverse. Ils eurent tous un frisson bien visible quand leur magie, en sommeil à Amdor, se manifesta de nouveau.

— Rassemblez-vous, leur ordonna Bornias, en sortant la main de sous sa tunique.

Il tenait le Bâton de Lexiam, une baguette de cristal transparent surmonté d'un globe doré orné de pierres précieuses. Les autres formèrent un demi-cercle autour de lui, et il se mit à psalmodier.

— *Krida doshin pres siosfra.*

Le bâton émit une lueur ambre qui baigna Ainsley, Mégane, Bornias, Frieden et Rayne, comme un soleil couchant miniature. Alors que les couleurs changeaient pour tenir compte de chaque élément, rouge pour le Feu, vert pour la Terre, bleu pour l'Eau, pourpre pour le Vent, Ainsley poussa Mégane du coude.

— Regarde la belette sur le perron de Poloï.

Mégane jeta un coup d'œil du côté des cabanes et, surprise, faillit laisser tomber son sac. Un adolescent à l'air bourru et aux cheveux blancs en brosse lui disait au revoir de la main. Maintenant qu'elle se trouvait à l'extérieur de la zone de non-magie, elle pouvait constater que la perle de la Vérité fonctionnait.

— Ce n'est pas une belette, c'est un furet, répliqua-t-elle, en faisant au revoir de la main et en souriant lorsqu'elle vit Brighton rougir. Et c'est un ami à moi.

— Tu as de drôles d'amis, décréta Ainsley, en observant le furet remonter les marches de Poloï et rentrer dans la maisonnette.

— Silence, leur dit Bornias. Concentrez vos pensées sur Lady Maudred.

— Lady Maudred ?

Ainsley et Mégane se lancèrent un regard d'appréhension, mais se concentrèrent sur la vieille dame snob qui avait pris soin d'eux à Raklund.

— Et rebonjour, ville ennuyeuse, murmura Ainsley.

Le retour à Raklund

– Oh, mon Dieu! Lady Maudred lâcha la tasse de porcelaine qu'elle tenait lorsqu'Ainsley apparut dans son salon, suivi de Mégane puis des autres membres du groupe.

Ainsley tendit le bras et attrapa la tasse au vol avant qu'elle ne tombe à terre, la tenant droite pour essayer de récupérer les gouttelettes qui en tombaient.

– Oups, désolé!

Une grosse goutte qui lui avait échappé était tombée sur la manche de Lady Maudred. Il remit la tasse sur la soucoupe vide, qu'elle tenait encore dans sa main gauche.

Elle regarda Ainsley en roulant de gros yeux ronds, et la tasse se mit à tinter violemment contre la soucoupe de porcelaine, menaçant de se renverser.

– Qu-que signifie tout cela, roi Bornias?

– Heu, je vais vous débarrasser.

Mégane saisit la tasse et la posa sur une table de coin à proximité.

Lady Maudred ne sembla pas l'avoir remarqué, puisqu'elle tenta de saisir la tasse qui n'était plus ses genoux tout en étudiant les yeux d'Ainsley. Elle regarda les gardiens qui se tenaient de chaque côté de sa porte et leur dit:

– Laissez-nous, s'il vous plaît. Dès qu'ils obéirent, elle fixa Bornias avec un air anxieux. Est-ce que c'est ce que je crois?

Bornias s'assit à côté d'elle sur le canapé.

– J'en ai bien peur, Cordélia. J'ai besoin de votre aide.

Lady Maudred le regarda avec incrédulité.

– Vous avez besoin de mon aide... avec *ceci?* Elle secoua la tête et reprit la tasse posée sur la table de coin, mais se contenta de la tenir entre ses mains au lieu d'en boire. Je suis désolée, Votre Altesse, mais je suis incapable de revivre ce cauchemar. La Maladie ne m'est que trop familière.

– C'est justement pour cette raison que j'ai besoin de vous, Cordélia, reprit Bornias. Il me faut quelqu'un qui connaisse bien la Maladie pour surveiller Ainsley, quelqu'un sur qui je peux compter pour ne pas causer de panique dans le royaume.

Lady Maudred serra les lèvres et fit tournoyer le thé refroidi dans sa tasse.

– Je ne peux pas, je suis désolée.

D'un seul mouvement, elle reposa la tasse sur sa soucoupe et se leva avec vivacité malgré ses formes généreuses.

– Cordélia, il reste encore de l'espoir pour ce garçon, la supplia Bornias, en lui saisissant le bras. Vous pourriez le sauver.

Les plis de la robe de Lady Maudred cessèrent de bruisser. Elle se tourna vers eux, la main sur la poitrine. Elle semblait sur le point de défaillir, mais ensuite son bras glissa le long du corps, révélant le pendentif qu'elle serrait.

Elle sourit faiblement.

– Je vous aiderai, alors.

Bornias lui baisa la main.

– Ma vieille amie, je vous suis redevable.

Il se tourna vers Mégane.

– Pourquoi ne vas-tu pas explorer Raklund ?

À Ainsley, il dit :

– Va te reposer pendant que Lady Maudred et moi-même infusons l'antidote de stade un. Je suis convaincu que nous avons détecté la Maladie à ses débuts, mais je ne veux pas que tu risques d'exacerber ton état en te déchaînant.

Ainsley acquiesça de la tête et arbora même un sourire amusé. Il ne voulait alarmer personne, mais il n'était certainement pas en état de courir ici et là. Quelques minutes après leur arrivée dans les appartements de Lady Maudred, il avait commencé à se sentir étourdi, mais avait cru que c'était les mouvements rapides et saccadés qu'il avait faits pour attraper la tasse en train de tomber. Toutefois, la peau lui démangeait maintenant comme s'il avait reçu des milliers de piqûres de moustique et il faisait de son mieux pour se gratter la poitrine subrepticement. Il n'osait pas regarder, mais il était certain d'avoir une éruption.

– Rayne et moi devons aussi vous quitter, déclara Frieden. Il nous faut rencontrer le Conseil des Silvains avant la cérémonie de couronnement de demain. Il tendit le coude à Mégane. Veux-tu nous accompagner au rez-de-chaussée ?

Avec un sourire en coin en direction d'Ainsley, Mégane s'apprêta à prendre le bras que lui tendait Frieden.

— Un moment, Mégane, dit Lady Maudred. J'ai quelque chose pour toi.

Elle entra dans sa chambre à coucher et en sortit avec quelque chose dans son poing serré.

— Je crois que ça t'appartient.

Elle ouvrit une main, et l'objet qu'elle y serrait sauta sur Mégane, s'agrippant au devant de sa chemise avec ses pattes griffues.

Les cris qu'elle poussa alors auraient pu faire éclater en morceaux la porcelaine de Lady Maudred.

— Enlevez-le, enlevez-le, criait-elle, en secouant sa tunique pour essayer de déloger l'intrus.

— Calme-toi, Mégane, dit Frieden, qui gloussait avec les autres. Il ôta la créature des vêtements de Mégane et la lui montra dans le creux de la main. Ce n'est qu'un narchi.

— C'est un rongeur, rectifia-t-elle, refusant de le regarder. Je n'aime pas les rongeurs.

— Dans ce cas, tu n'aurais pas dû l'incuber dans ta poche, la gronda Lady Maudred. Après s'être senti à l'aise là-dedans, il a reconnu ton odeur et te prend pour sa mère.

Mégane secoua la tête.

— De quoi parlez-vous ? Je n'ai pas... Mais elle se souvint de l'œuf de narchi qu'elle avait glissé dans la poche de son jean à son arrivée à Arylon. Oh, merde.

— Je suppose que c'est un terme vulgaire, dit Lady Maudred avec une grimace, et je te prierai de ne pas l'employer en ma présence. Elle prit le narchi dans la paume de Frieden et mit de force dans celle de Mégane le corps qui gigotait. Tu assumeras aussi la responsabilité de ton animal domestique.

Mégane poussa un grognement et baissa les yeux vers son « animal domestique ». Le narchi était assis sur ses pattes arrière et levait vers elle des yeux noirs de fouine qui allaient bien avec son pelage luisant. Mégane remarqua que, même si son corps était délicat et menu, ses jambes étaient musclées, un peu comme celles d'un écureuil. Le narchi donna un grand coup de sa queue pointue et se roula en boule dans le creux de la main de Mégane.

Elle sourit en son for intérieur.

— Il est *genre* mignon, dit-elle.

Elle lui caressa le dos avec un doigt.

— Oh ! s'exclama-t-elle, en sentant les côtes juste sous la fourrure. Il ne mange pas à sa faim.

Elle foudroya Lady Maudred d'un regard accusateur. Cette dernière croisa les bras.

— Je suis une noble aux tâches nombreuses. Je lui donne à manger quand je peux, mais ce n'est pas à moi d'assurer sa survie.

Mégane fronça les sourcils et montra le narchi à Frieden.

— Qu'est-ce que les narchis mangent ?

— Des insectes, des baies et des noix, lui répondit Frieden. Tu pourrais l'emmener dans la vallée derrière les montagnes, si tu crois qu'elle a faim.

— Elle ? Mégane amena l'animal domestique à hauteur des yeux. Comment le savez-vous ?

— La pointe de la queue de la femelle se fond avec la fourrure, expliqua Frieden. Si ç'avait été un mâle, la pointe aurait été blanche pour attirer une compagne.

— Mais, c'est génial, je suis contente d'avoir finalement une compagne, dit-elle à la narchi qui émit un petit cri en réponse. Je vais t'appeler… Bit.

Mégane plaça la narchi dans sa poche de poitrine.

Lady Maudred ouvrit son autre poing.

— J'ai aussi pensé que tu aimerais avoir ceci, dit-elle, en montrant une broche dorée ayant la forme d'un papillon.

— Euh… merci.

Mégane tendit la main pour saisir la broche, mais elle battit des ailes et se posa sur sa poche de poitrine avant de retourner à son état dormant. Bit regarda par-dessus la poche et essaya d'arracher l'une des ailes dépliées du papillon.

— Arrête, tu vas te casser les dents.

Mégane repoussa Bit dans son nid et essaya de dégager les pattes du papillon de sa tunique. Il collait à elle comme Bit l'avait fait. Mégane regarda Lady Maudred.

— Qu'est-ce que c'est ?

— C'est un cadeau, répondit Lady Maudred avec un sourire.

Mégane sentit qu'une aiguille à coudre lui piquait le cœur.

— Non, ce n'est pas un cadeau. Elle fronça les yeux. C'est une sorte de dispositif de repérage.

Lady Maudred écarquilla les yeux.

— Mais non, ma chère, c'est simplement…

Assis sur le canapé, Bornias s'éclaircit la gorge.

— Cornélia, je dois vous avertir que Mégane porte une perle de la Vérité.

Oh ! Lady Maudred rougit.

– D'accord, c'est effectivement un dispositif de repérage.

Mégane jeta à Lady Maudred un regard noir qui pouvait donner à penser que c'était *elle* qui risquait de se transformer en dragon.

– Je l'ai fait pour ton bien, dit Lady Maudred, en tapotant ses cheveux relevés pour essayer de se donner un air nonchalant. Je veux veiller à ta sécurité pendant que tu es ici. Elle lissa sa jupe tandis que Mégane continuait de la foudroyer du regard. Si tu veux courir les boutiques, n'hésite pas à demander aux fournisseurs de faire porter tes achats à mon compte.

Mégane pensa arracher le papillon qui collait à sa chemise et le jeter à la tête de Lady Maudred, mais la vieille dame lui souriait, pleine d'espoir.

Mégane soupira.

– Je vous remercie de votre sollicitude. La situation est effectivement accablante.

Lady Maudred porta la main à son cœur et ses yeux s'adoucirent.

– Quelqu'un que tu aimes est atteint de la Maladie. Je comprends que tu sois en colère. Lorsque mon premier mari a été emporté par la Maladie, ce fut une période horrible.

Ainsley s'éclaircit la gorge.

– Lady Maudred ?

– Je ne devrais pas parler comme ça en ta présence ! Elle saisit Ainsley et le serra contre sa poitrine opulente. Je te condamne à l'Autre Côté avant même que des ailes t'aient poussé.

– Ce n'est pas ça, dit Ainsley d'une voix assourdie. Il se dégagea de l'étreinte de Lady Maudred, les cheveux en broussaille. C'est juste qu'à notre dernière visite, lorsque vous avez dit qu'un être proche avait été emporté par la Maladie, j'ai supposé qu'il s'agissait de votre fils.

– Non, mon fils est mort au service des Protecteurs du Bâton de Lexiam. Elle se lécha les doigts avant de se rapprocher d'Ainsley. Laisse-moi remettre de l'ordre dans tes cheveux.

– Je m'en occupe, s'empressa de dire Ainsley en s'éloignant rapidement.

Avec un air de dégoût, il se lécha la main et se la passa dans les cheveux.

– Votre fils était un Protecteur ? demanda Mégane.

– Il était gouverneur, en fait, répondit Lady Maudred qui inspectait encore la tête d'Ainsley.

– Il faisait partie des hommes qui ont essayé de détruire le Bâton de Lexiam, expliqua Bornias. Un brave garçon qui est mort inutilement.

– Oh !

Mégane poussa un cri de douleur et trébucha vers l'avant. Frieden essaya de l'attraper, mais Ainsley fut plus rapide.

– Est-ce que ça va ?

Il remarqua qu'une main était cramponnée à la poitrine, mais qu'elle la ramenait vite vers le côté.

– Ça va, dit-elle en grimaçant.

– Toute cette conversation sur la mort et l'agonie doit la tourmenter, décréta Bornias, ce qui arracha une autre grimace de douleur à Mégane.

Mégane s'accrocha à la manche d'Ainsley qui l'aida à se relever.

— Ce doit être ça, dit-elle avec une autre grimace. Nous devrions probablement aller marcher un peu.

— Es-tu certain que ce soit une bonne idée? lui demanda tout bas Ainsley. Tu vas sûrement rencontrer bon nombre d'autres menteurs, dans le royaume.

— Je crois que c'est une excellente idée, affirma Frieden en lui prenant la main. Tant qu'elle se mêlera de ce qui la regarde, ajouta-t-il en lançant un regard inquisiteur à Mégane, elle ira bien.

Elle acquiesça de la tête, sachant qu'il n'en tenait qu'à elle de ne pas tenir compte des paroles qu'elle avait entendues, malgré son désir d'en savoir plus au sujet de ce monde parallèle. Elle adressa un sourire rassurant à Ainsley, puis suivit Frieden et Rayne vers la sortie. Alors que la porte se refermait derrière eux, elle entendit Lady Maudred demander à Ainsley:

— Ça fait longtemps que ça te démange comme ça?

Ainsley, qui avait reculé pour se gratter l'épaule contre un des piliers d'appui, s'arrêta, interloqué.

— Pas très longtemps, pourquoi?

Lady Maudred lui souleva le bras et en roula la manche pour examiner la peau de la face antérieure, qu'il avait presque irritée à force de se gratter.

— Il se peut que ce ne soit rien, et il se peut que ce soit un symptôme.

Elle plissa le nez alors qu'il abaissait le bras et Ainsley l'imita, sentant à son tour la puanteur que dégageait son aisselle.

— On dirait que j'ai besoin d'un bain.

– Même les dragons ne sentent pas aussi mauvais que toi, lui fit remarquer Lady Maudred, en sortant un sachet parfumé de son décolleté et en le humant.

Elle le remit dans sa cachette et posa la main sur l'épaule d'Ainsley.

– Je reviens tout de suite, Votre Altesse, dit-elle à Bornias, en le guidant vers le coin-repas à droite et en l'arrêtant devant une porte.

– Je crois que c'est la seule porte que j'ai vue ici, hormis celle menant à vos appartements, fit remarquer Ainsley. Tout le reste est caché par des rideaux.

– Les gens civilisés ne laissent pas leur siège d'aisance à la vue de tous, Ainsley.

Elle ouvrit la porte qui donnait sur une salle de bain aux accessoires étincelants. La baignoire, le pot de chambre et la cuvette étaient faits d'acier chatoyant ; du lipothe, probablement se dit-il. L'un des murs de la salle de bain était de verre réfléchissant, ce qui intensifiait la lumière que donnaient les ampoules de neige accrochées au plafond. À côté de la porte se trouvait une lingerie faite de cubes de diamant qui déformaient la pile de serviettes moelleuses soigneusement rangées à l'intérieur.

– Vous avez honte de *ça* ? Vous devriez voir ma salle de bain, lui déclara Ainsley. Ma mère jure ses grands dieux que quelque chose est en train de pousser dans le tas de linge sale.

Lady Maudred, à son honneur, ne prit pas un air dégoûté.

– Il faut mettre les vêtements sales dans la chute à linge, où les tamianets peuvent les récupérer.

Elle tira sur la poignée située à côté de la lingerie, qui révéla une chute semblable à celle que Bornias avait utilisée pour envoyer les pommes à feu à la cuisine.

– Je ferai mettre des vêtements propres juste derrière la porte.

Ainsley hocha la tête en signe d'assentiment.

– Où sont le savon et le shampooing ? Il examina la baignoire pour voir ce qui pouvait manquer. Et où sont les robinets, au cas où l'eau refroidirait trop ?

– Des robinets ? Lady Maudred secoua la tête. Ton langage de carnaval me rend perplexe. Lorsque les serviteurs font monter l'eau chaude, le savon y est déjà mélangé. Si tu veux te laver les cheveux avec autre chose, je pourrais t'apporter un produit de ma salle de bain privée. Mais les robinets ?

– Laissez tomber, la rassura Ainsley. Vous avez répondu à ma question.

Lady Maudred sortit en refermant la porte derrière elle, et Ainsley la verrouilla au cas où elle déciderait de l'aider à se brosser.

Il entra dans l'eau savonneuse fumante et s'y enfonça. La chaleur du liquide qui l'entourait lui procurait un confort utérin, et Ainsley se demanda s'il serait possible de retenir son souffle et de rester sous l'eau jusqu'à ce qu'on trouve un traitement à la Maladie. Il se dit, songeur, qu'il aurait besoin d'une plus grande baignoire une fois qu'il commencerait à se transformer. Il exhala un soupir fait de bulles et se laissa glisser au fond de la baignoire jusqu'à ce que ses poumons lui rappellent qu'il était en train de devenir un dragon, et non un poisson.

Ainsley remonta à la surface et essuya l'eau qui lui couvrait le visage. Il prit la savonnette, la fit mousser et commença à se frotter un bras, prenant grand plaisir à soulager la démangeaison et à se débarrasser de sa puanteur.

Il passa ensuite à la poitrine, qui lui avait démangé le plus, et fut consterné de voir que le savon avait laissé une marque d'un noir de suie à l'endroit où il avait frotté. Ainsley s'aspergea la poitrine d'eau pour rincer la tache noire, mais plus il frottait, plus la tache s'élargissait, jusqu'à ce que toute sa poitrine soit plus noire que le goudron.

– Mais, mais... qu'est-ce qui se passe ?

Ainsley prit de l'eau dans ses mains, et c'est alors qu'il remarqua les couches de peau morte qui flottaient à la surface. Il regarda, horrifié, sa poitrine. Il n'avait pas fait se répandre la tache noire, il l'avait fait apparaître.

Sous sa peau d'humain se trouvaient les écailles d'un dragon.

– Merde ! Ainsley lança la savonnette contre le mur, d'où elle rebondit à terre.

Il hurla de colère et martela l'eau à coups de poing, gigotant jusqu'à ce que la baignoire se vide à moitié de son eau.

On frappa à la porte.

– Ainsley, est-ce que ça va ? entendit-il Lady Maudred lui demander.

Il foudroya du regard la porte fermée.

– Anormalement bien ! répondit-il d'une voix mielleuse.

Lady Maudred se tut un moment avant de répliquer.

— C'est normal que tu sois bouleversé. Mon pauvre mari est passé par toute la gamme des émotions.

Ainsley entendit la poignée bouger et défia dans sa tête Lady Maudred d'entrer dans la salle de bain. Il savait que la baignoire contenait encore assez d'eau pour noyer quelqu'un, et il s'imagina maintenant la tête de la vieille dame sous l'eau jusqu'à la disparition des bulles.

— S'il vous manque tellement, gronda-t-il, je peux vous envoyer le rejoindre.

Ainsley eut le souffle coupé par ses propres paroles, par la rage inexplicable qui en émanait. En dépit de toutes les menaces que Mégane et lui avaient échangées dans le passé, c'était la première fois qu'il prenait plaisir à la pensée de faire du mal à quelqu'un. Les yeux gonflés de larmes, il se laissa retomber dans la baignoire et, bien que l'eau soit loin d'être froide, il frissonna.

— As-tu dit autre chose ? lui demanda Lady Maudred.

Ainsley ramena ses jambes vers sa poitrine et inspira profondément.

— Je… je suis désolé d'avoir crié. Il ajouta pour lui-même : « et je suis désolé d'avoir voulu vous tuer ».

— Ne t'en fais pas, mon garçon. La porte bougea, et Ainsley se représenta Lady Maudred appuyée de tout son poids contre elle.

— Si j'étais dans la même situation, je ferais plus que crier.

Ainsley eut la chair de poule et se demanda si elle avait entendu sa menace.

— Il faut que j'aille chercher certains articles pour le roi Bornias. Il aimerait te rencontrer dans son cabinet de travail lorsque tu auras terminé ton bain. Tes vêtements sont à côté de la porte.

— Merci, lui cria Ainsley.

Il s'assit en silence un moment, écoutant le bruit décroissant des pas de Lady Maudred, avant de sortir en trombe de la baignoire. Ses pieds baignèrent dans l'eau, et il regarda d'un air coupable le lac qu'il avait créé dans sa crise de colère.

Il jeta des serviettes à terre, entrebâilla la porte et saisit la pile de vêtements pliés à l'extérieur de la salle de bain. Il les enfila et erra dans les appartements de Lady Maudred jusqu'à ce qu'il trouve Bornias dans son cabinet de travail, penché sur un chaudron noir.

— Est-ce que ça ne fait pas un peu cliché ? demanda-t-il, en montrant la grande cuillère en bois dont Bornias se servait pour remuer le contenu du chaudron.

— Comme Lady Maudred ne prépare pas beaucoup de potions, elle ne s'approvisionne qu'en articles de base. Je travaille avec ce que j'ai, répondit Bornias en haussant les épaules. Tu t'es lavé bien vite. Comment était le bain ?

— Parfait. Ainsley se laissa tomber sur un fauteuil ferme à dossier haut. Il était parfait, je vais bien, tout est parfait.

Bornias écarquilla un peu les yeux, mais ne questionna pas Ainsley. Il leva un flacon carré vers l'ampoule de neige et en mesura le contenu à l'aide de la cuillère en bois.

— Ta potion est prête, annonça-t-il, en ajoutant le liquide au chaudron.

Un petit nuage en champignon de la couleur des yeux d'Ainsley s'en dégagea.

Ainsley se mit à rire, mais s'éloigna de la table.

— Euh... vous ne voulez pas plutôt la tester sur quelqu'un d'autre ? Je mordrais Evren, par exemple, avec plaisir.

— Tester quoi ? Ceci ? demanda Bornias en pointant du doigt le chaudron. Ce n'est pas pour boire.

Ainsley ne se donna pas la peine de masquer son soulagement.

— Bon, j'espère que vous allez me donner quelque chose de moins... radioactif.

Bornias prit un gobelet posé à côté du chaudron.

— Bois ceci.

Ainsley examina la potion vineuse avant de l'avaler d'un trait.

— Pas mal. Il éructa en reposant le gobelet sur la table. C'est la première fois que je bois quelque chose qui a bon goût depuis mon arrivée ici.

— J'ai ajouté du jus de baies pour en rendre le goût agréable, lui expliqua Bornias. Mais les ingrédients que j'y ai mis l'auraient rendu buvable de toute façon.

Ainsley s'assit et se mit à balancer les jambes tout en observant Bornias finir sa mixture.

— Dans combien de temps saura-t-on si l'antidote agit ?

Bornias remua une dernière fois le contenu du chaudron.

— Malheureusement, nous ne constaterons pas d'amélioration avant quelques jours. Mais si l'antidote *n'agit pas*, ton état va empirer, et nous le saurons dès demain matin.

— Ah, bon, dit Ainsley, heureux que son col roulé monte jusqu'au cou. Si je me réveille couvert d'écailles noires ou quelque chose du genre, ça voudra dire que ça n'a pas marché.

Bornias lui adressa un sourire compatissant.

— Plus ou moins. Viens maintenant à côté de moi. J'ai envoyé Lady Maudred me chercher des fournitures, ce qui nous donne un peu de temps, mais elle ne s'absentera pas longtemps.

— Nous donner le temps de faire quoi ?

Ainsley avait rejoint Bornias et scrutait la surface du chaudron qui était rempli d'un liquide noir comme de l'encre.

— Est-ce que c'est un bassin de convocation ?

— Pas tout à fait, expliqua Bornias. Ce serait plutôt un... visiophone interdimensionnel.

Il psalmodia une incantation et passa la main sur la surface du liquide. Le liquide à l'intérieur ondula d'une extrémité à l'autre et, lorsqu'il redevint limpide, l'image d'un voyant et d'une hotte de cuisinière y apparut.

— Qu'est-ce que c'est ? demanda Ainsley.

Il se pencha et entendit quelque chose bouillonner, mais la surface du liquide dans le chaudron resta lisse. De l'intérieur du chaudron, il entendit des voix.

— J'arrive, ma chérie. Je vais juste mélanger ça pour que ça ne colle pas à la casserole.

L'image dans le chaudron vacilla lorsqu'Ainsley s'appuya contre la table pour se soutenir, la bouche grande ouverte. Il entendit des pas qui se rapprochaient et, horrifié, il entendit Bornias dire :

— Bonjour, Tib.

Ainsley s'enfouit le visage dans les mains lorsqu'il entendit son père pousser une exclamation de surprise.

Il se dit que de tous les sorciers, Bornias aurait dû avoir un peu plus de jugeote que ça et ne pas avoir recours à la magie avec des gens qui n'y étaient pas habitués.

– Bornias, vieux démon! s'exclama son père. Tu m'as presque envoyé de l'Autre Côté. Tu ne pouvais pas trouver de manière plus subtile de me joindre que de m'apparaître dans une casserole de chili?

En entendant le ton désinvolte avec lequel son père s'exprimait, Ainsley releva la tête. Il aurait parié les Quatrines que son père s'évanouirait en apercevant le visage d'un vieil homme qui flottait dans sa marmite. Et pourtant, il poursuivait sa conversation avec Bornias, comme si les deux étaient en train de parler de la pluie et du beau temps sur leur perron.

Bornias se pencha vers le chaudron et haussa exagérément les épaules.

– C'est le seul contenant de liquide auquel je pouvais accéder chez toi. Pour une raison que je ne m'explique pas, toutes les toilettes sont bloquées.

– Nous avons dû en rabattre les couvercles, car le chien n'arrêtait pas de boire dans les cuvettes. Pourquoi n'as-tu pas essayé son bol à eau?

Bornias croisa les bras.

– Préfères-tu que ta femme te surprenne à quatre pattes en train de parler au bol du chien ou devant la cuisinière?

– Tu as raison, s'esclaffa le père d'Ainsley.

Ainsley n'avait pas souvent eu l'occasion de l'entendre rire, et il trouva son rire agréable.

— Comment va mon jeune héros, aujourd'hui ? Je n'ai pas eu de nouvelles depuis que Mégane et lui ont vaincu le nécromant.

— En fait, c'est de cela que je veux te parler. Bornias se poussa de côté et saisit Ainsley par le bras, le plaçant devant le chaudron. Nous avons un problème.

— Sa-salut, papa.

Ainsley se pencha au-dessus du chaudron et esquissa un faible sourire.

Son père écarquilla les yeux jusqu'à ce que le blanc des yeux soit entièrement visible.

— Ainsley !

Il tendit la main puis sembla se souvenir qu'il y avait davantage qu'une couche de chili entre eux.

— Qu'est-il arrivé ?

— Je suis malade, dit Ainsley en haussant les épaules d'une manière désinvolte. Il sentit sa gorge se serrer et saisit le bras de Bornias.

— Il va t'expliquer.

— Reste où tu es, lui ordonna son père. Bornias, qu'est-ce qui s'est passé ?

Bornias posa les mains sur le chaudron et soupira.

— C'est de ma faute. J'aurais dû le surveiller de plus près. Il est brillant en magie, mais, comme c'était sa première expérience, la magie l'a submergé.

— Oui, mais la magie à elle seule ne l'aurait pas rendu malade.

Bornias se tripota la barbe.

— C'est une longue histoire, mais Mégane et lui ont trouvé du sang de dragon, ce qui a empiré les choses.

Il se tordit les mains.

Le père d'Ainsley se tut un moment avant de reprendre.

– Bornias, je veux que tu viennes chercher Claire.

– Non! dirent à l'unisson Ainsley et Bornias.

Ainsley se plaça devant Bornias.

– Papa, nous ne pouvons pas faire venir maman ici, elle est enceinte de six mois. Si mon état se détériore, elle ne sera pas en sécurité.

– D'autre part, lui fit observer Bornias, tu ouvrirais la boîte de Pandore. Je ne crois pas que le moment soit bien choisi pour annoncer à ta femme que tu viens d'un autre monde!

– Oui, et... *quoi ?* Ainsley, qui avait été sur le point d'avancer un argument, comprit, interloqué, la signification de ce que Bornias venait de dire. Répétez ce que vous venez de dire. Que mon père vient d'un autre monde?

– Ton père vient d'Arylon, précisa Bornias avec un froncement de sourcil. J'aurais cru que tu l'aurais déduit de notre conversation.

– J'avais compris qu'il connaissait cet endroit, lui rétorqua Ainsley en gesticulant furieusement, mais je croyais que c'était parce que vous lui en aviez parlé.

– Oh! dit Bornias qui rougit et se frotta les joues. C'aurait été une meilleure histoire, n'est-ce pas?

C'est le moment que Lady Maudred choisit pour faire son entrée en agitant un morceau de parchemin.

– Votre Altesse, j'ai trouvé presque tout ce que vous cherchiez, mais il faudra commander certaines choses de Pontsford.

Elle se dirigea vers Bornias, qui l'arrêta avant qu'elle n'atteigne la table.

– C'est parfait, Cordélia. Merci.

– Est-ce que la potion agit ?

Elle dépassa Bornias et s'arrêta devant Ainsley, lui relevant la manche pour inspecter la peau.

– Hem.

Elle prit le gobelet.

– Un petit peu plus de potion te ferait probablement du bien. Est-ce qu'elle est dans ce chaudron ?

Elle se pencha sur le chaudron et poussa un cri perçant, laissant échapper le gobelet qui vola dans les airs.

Ainsley l'attrapa au vol sans problème, mais il ne fut pas assez rapide pour attraper Lady Maudred, qui tomba par terre en s'évanouissant.

– Ainsley, lui dit son père avec un soupir. Va chercher des sels pour ma mère.

Un marché grouillant

Mégane, en dépit de ses protestations, avait été heureuse de quitter les appartements de Lady Maudred. Le mensonge que Bornias avait raconté avait presque été trop énorme pour qu'elle puisse l'accepter, et elle espérait qu'à son retour, Ainsley aurait appris la vérité au sujet de son père. Elle ne se sentait pas le droit de l'en informer.

Elle descendit les marches une à une en s'appuyant au mur de pierre et en se demandant comment la perle de la Vérité réagirait lorsqu'elle serait plongée dans la foule, où des dizaines de gens seraient susceptibles de ne pas dire la vérité au cours de leurs emplettes.

Au palier du deuxième étage, Mégane s'arrêta pour observer l'activité du rez-de-chaussée. À sa consternation, il lui sembla que la foule était plus dense que d'habitude, les marchands annonçant des rabais extraordinaires. La plupart des prix affichés s'accompagnaient d'un rappel de l'approche du carnaval de Pontsford. Mégane prêta l'oreille au brouhaha causé par le bavardage, sans pouvoir discerner ce qui se disait vraiment. Elle poussa un soupir de gratitude et sauta les dernières marches pour rejoindre les acheteurs de ce début de soirée.

Contrairement à eux, elle savait exactement où elle voulait se rendre.

Elle se dirigea vers une porte en bois, sur laquelle était gravée l'image d'une aiguille et d'un fil ainsi que le nom « Sari », la couturière qui avait confectionné leurs tenues lorsqu'ils étaient arrivés à Arylon portant leurs vêtements terrestres inconvenants. Lorsqu'elle frappa à la porte de l'atelier, elle s'attendit à devoir se présenter à nouveau, mais Sari lui sourit et la serra dans ses bras.

— La jeune amie de Cordélia ! Entre, entre ! Elle prit la main de Mégane et l'entraîna à l'intérieur. Ton frère et toi avez été une source d'inspiration pour moi.

Mégane faillit la corriger, mais elle se souvint qu'Ainsley et elle étaient censés être le neveu et la nièce de Frieden.

— Ah bon, comment ça ?

— Ce magnifique tissu de carnaval que vous portiez, déclara Sari, en parlant du jean de Mégane.

Elle disparut un moment et réapparut avec un coupon de tissu noir qu'elle mit dans les bras de Mégane.

— Je l'ai amélioré. Touche-le !

Mégane saisit l'extrémité libre du coupon et palpa le tissu, s'émerveillant de sa douceur satinée. Elle l'étira des deux mains et constata qu'il était aussi solide que le denim.

— C'est extraordinaire.

— Et je parie qu'il coûte la moitié de ce que coûte ton tissu étranger.

Sari lui fit un clin d'œil et remit le coupon sur un fuseau vide.

— Je l'emporterai au carnaval la semaine prochaine, lorsque tous les dignitaires seront présents à Pontsford, et, ajouta-t-elle en rougissant, je compte lui donner ton nom et celui d'Ainsley.

— Vraiment ! Mégane réfléchit aux combinaisons possibles de son nom et de celui d'Ainsley. Tu pourrais peut-être l'appeler « aingane » ou « megley ».

Sari mit un doigt sur les lèvres pour réfléchir.

— Je n'aime pas megley, mais aingane me semble délicieusement exotique. Elle pointa vers le tissu en s'adressant à une foule invisible. Mesdames et messieurs, cette saison, le fil le plus luxueux n'est pas la soie de l'araignée, c'est l'aingane.

Mégane entra dans le jeu et applaudit.

— Nous adorons l'aingane ! Cinq mille coupons s'il vous plaît !

Sari lui sourit.

— J'ai un cadeau pour ton frère et toi. Je n'ai pu en obtenir qu'un, et vous devrez donc le partager.

Elle se glissa sous l'une des tables de coupe et réapparut tenant une sacoche brune dans une main.

— Un colporteur vendait ces sacoches enchantées et je lui en ai pris une en échange d'un coupon d'aingane.

— Euh, merci, dit Mégane en examinant la sacoche d'apparence ordinaire. Qu'est-ce qu'elle a d'enchanté ?

— Elle ne pèse rien. Tu peux la remplir de tous tes articles de voyage, et tu ne sentiras que le poids de la sacoche.

— Vraiment ? Mégane regarda la sacoche d'un air moins critique. C'est effectivement formidable. Merci.

Sari s'inclina.

— Il n'y a rien de trop beau pour ma source d'inspiration. Avais-tu besoin de quelque chose ?

Mégane mit la sacoche sous le bras.

— D'une nouvelle cape. Pourrais-tu la faire avec un fermoir détachable ? ajouta-t-elle en se rappelant le grimien qui l'avait pourchassée et lui avait arraché la cape en la tirant.

— Bien sûr ! Sari fit la demande à haute voix à une table désœuvrée et, en cinq minutes, elle drapait la cape autour des épaules de Mégane.

— Je t'en fais cadeau, lui dit Sari. Remercie ton frère de ma part.

Mégane serra Sari dans ses bras.

— Je n'y manquerai pas. J'espère que nous te verrons à Pontsford.

Mégane ressortit dans le couloir et fut surprise du nombre de gens rassemblés autour du magasin de chaussures, situé quelques portes plus loin. Elle ne se souvenait pas de l'avoir trouvé particulièrement intéressant la dernière fois, mais, lorsqu'elle s'en rapprocha, elle vit que la foule s'intéressait plutôt au magasin juste à côté. Un homme portant une longue robe à rayures faisait signe d'entrer à un groupe de jeunes filles qui gloussaient, dont certaines figuraient parmi les admiratrices d'Ainsley à leur arrivée à Raklund.

— Alors, beautés, qui veut changer de look pour le carnaval ?

– Moi, répondit l'une des jeunes filles, une rousse, qui avança en rejetant vers l'arrière sa chevelure, qui lui arrivait à la taille, balayant du même coup plusieurs passants.

Le marchand l'aida à s'asseoir sur un haut tabouret pour que tous les spectateurs puissent voir la démonstration. La jeune fille s'assit comme si elle était une princesse s'installant sur le trône.

– Maintenant, braves dames et messieurs, dit le marchand en se tournant vers l'auditoire, les mains en cornet. Nous voulons tous avoir fière allure pour cette personne chère que nous allons rencontrer au carnaval ou que nous espérons rencontrer.

Un jeune homme dans la foule siffla et fut récompensé par le rire de l'auditoire. Le marchand lui fit un clin d'œil.

– La plupart d'entre nous manquent de temps pour se pomponner à leur arrivée. La foule acquiesça. Et ils ne peuvent pas le faire avant de partir, car, d'ici à ce qu'ils arrivent à Pontsford, le vent aura balayé leur coiffure. L'auditoire rit à nouveau. Et c'est là que commence mon rôle.

Le marchand saisit le devant de sa longue robe et l'écarta, révélant une ceinture à plusieurs poches, qu'il portait comme un étui à pistolet et qui contenait un peigne, des ciseaux et plusieurs flacons.

– Surveillez mes mains, si vos yeux arrivent à les suivre, dit-il.

En quelques secondes, il avait séparé les cheveux de la fille et les avait tordus en une multitude de petits chignons, chacun garni d'une fleur de la taille d'un dé.

– Une beauté on ne peut plus épanouie, dit le marchand avec un geste théâtral.

Les femmes dans l'auditoire roucoulèrent, et tout le monde applaudit.

— Cette coiffure durera quinze jours, dit le marchand en haussant la voix pour se faire entendre par-dessus le chahut qu'il avait causé. Quelques gouttes de mon tonique spécial, et les cheveux resteront propres et sentiront aussi bon qu'une tulirangée.

Il sortit de sa ceinture un flacon fuchsia et le remit à la rousse avant de la ramener dans la foule.

— Vous vous dites peut-être que c'était facile parce que la jeune fille avait une chevelure splendide, mais je peux faire des merveilles même avec la plus indisciplinée des chevelures.

Il promena son regard sur la foule avant de l'arrêter sur Mégane.

— Toi!

Mégane recula tandis que tous les yeux se fixaient sur elle. Elle regarda derrière elle, espérant trouver quelqu'un qui porterait une perruque de clown, mais le marchand l'appela.

— C'est bien à toi que je parle. La jolie brunette cachée sous ce bosquet de cheveux.

— Non, merci, répliqua Mégane en levant les mains et en reculant vers le couloir. Ma tête me plaît.

— Tu as raison, poursuivit le marchand, mais le carnaval est une occasion spéciale, et je parie qu'il y a un ou deux jeunes hommes qui aimeraient y passer du temps en ta compagnie. Peut-être un jeune homme farouche qui aime les animaux ou un pauvre garçon frappé par une malédiction.

– J'ai dit non, merci ! Les joues de Mégane s'empourprèrent et elle croisa les bras sur sa poitrine, sentant que le marchand lisait dans son âme. Je ne suis pas une de ces idiotes vaniteuses !

Il soutint son regard avant d'acquiescer de la tête.

– D'accord, une autre volontaire ?

Mégane tourna les talons et se dépêcha de s'en aller, consciente que la moitié de la foule observait le marchand, mais que l'autre moitié l'observait elle. Elle était tellement occupée à se chercher un endroit sûr où se cacher jusqu'à ce que la foule se disperse qu'elle ne vit pas un nain aux cheveux gris qui se dirigeait vers elle, et fonça droit sur lui.

– Je suis désolée !

Elle se pencha pour ramasser sa pipe, qu'elle avait fait tomber, et se rendit compte qu'elle le connaissait.

– Encore dans le pétrin ? lui demanda une voix bourrue.

Mégane se redressa, arborant un sourire aussi large que celui du vieux nain aveugle qui l'avait aidé, Ainsley et elle, à échapper à Lady Maudred.

– Sire Inish ! Elle saisit sa main parcheminée et y glissa la pipe. Comment allez-vous ?

– Bonsoir… Mégane, c'est bien ça, hein ? Comment vas-tu ? Il pencha la tête dans la direction d'où était venue Mégane. À moins que mes oreilles ne m'abusent, tu sembles fuir quelque chose.

– Il y a un marchand qui coiffe les gens, et je ne me sens pas à l'aise en sa présence, expliqua-t-elle.

– Ah, c'est l'homme qui a emménagé dans le local en face de mon bureau, dit sire Inish en hochant la tête. Les télépathes me mettent mal à l'aise. Je me sens toujours nu en leur présence.

– Télépathe ? Mégane se tourna pour regarder le marchand. Vous voulez dire qu'il peut lire les pensées des gens ?

Sire Inish fit signe que oui de la tête.

– D'ordinaire, les gens comme lui ne sont pas autorisés à vivre dans des endroits densément peuplés, mais il a fait le serment d'éviter les dirigeants politiques et de ne pas se servir de ses pouvoirs à mauvais escient. Il était également prêt à payer le prix fort pour son atelier.

Mégane surveillait le marchand qui distribuait des échantillons de sa potion secrète.

– Je me demande pourquoi il voulait tellement rester ici.

– Il a peut-être eu des ennuis ailleurs, répondit sire Inish en haussant les épaules. Personne ne le sait, mais il faut être sur ses gardes, en sa présence.

Mégane grogna.

– Maintenant que je sais ce qu'il est, je m'en tiendrai le plus loin possible.

Le marchand regardait justement dans sa direction, et Mégane se détourna, pressée de changer de sujet, de peur que le télépathe ne lise ses pensées.

– Qu'êtes-vous devenu depuis notre départ ? Avez-vous participé à l'entraînement des Sentinelles silvaines ? demanda-t-elle, se souvenant qu'il avait été capitaine des forces militaires de Raklund.

Il fit signe que oui et soupira.

– Sans arrêt. Ils ont beaucoup à apprendre, mais je dois admettre qu'ils s'améliorent.

– C'est bon, répondit Mégane. Prenez-vous une pause ?

– En fait, je viens de parler au gouverneur Frieden, ton oncle, ajouta-t-il avec un sourire malicieux. Il me dit que tu aimes l'escrime.

– C'est vrai, confirma Mégane, qui se souvint avec remords de l'épée que Frieden lui avait donnée et que la méchante mère de Losen, Sasha, avait fait fondre. Elle n'en avait pas retrouvé d'autre depuis.

Sire Inish tapota sa pipe contre le mur pour la vider et la glissa dans la poche de sa veste.

– Il me dit aussi que tu as de la difficulté à manier une arme plus lourde qu'une rapière.

Mégane remercia le ciel que sire Inish fût incapable de la voir rougir.

– C'est également vrai.

– T'es-tu au moins battue avec une vraie épée ?

Mégane se mordit la lèvre et réfléchit.

– Je peux la porter, et Frieden et moi avons croisé le fer une fois ou deux.

– Mais il te ménage, quand il le fait. Sire Inish dirigea un doigt grassouillet vers le visage de Mégane à un tel angle qu'il le lui enfonça dans le nez. Lorsqu'il se bat en duel contre toi, il n'essaie pas de te faire mettre à genoux pour te trancher rapidement la tête.

Mégane porta la main à sa gorge.

– J'espère bien que non.

– L'espoir à lui seul ne suffit pas. Demain, à l'aube, retrouve-moi au palier du deuxième étage. Je te montrerai ce que signifie faire face à un *véritable* adversaire.

La pensée de tenir une épée à nouveau lui fit battre le cœur très fort et Mégane serra dans ses bras le vieux nain.

– J'y serai !

Le tour de passe-passe de Tib

Après qu'Ainsley se fut servi des sels pour ranimer lady Maudred, cette dernière passa cinq minutes à accuser Tib et Bornias de lui avoir donné des rides que « même la magie des lutinais ne pourrait effacer ». Sa colère atteignit, à un moment donné, un tel paroxysme qu'on l'aurait dite prête à plonger dans le chaudron pour ramener son fils à la maison.

Elle se souvint ensuite d'Ainsley. Elle l'étouffa dans ses bras, lui manifestant, avec un retard de quinze années, son amour de grand-mère avec une exubérance que modérait quand même sa personnalité rigide. Elle se plaignit qu'il était trop maigre et qu'il avait l'air fatigué.

– J'ai attrapé la Maladie, je n'y peux rien, lui fit observer Ainsley.

— Parlons-en un peu plus, interrompit le père d'Ainsley. Que comptez-vous faire pour la combattre ?

— Ainsley a déjà pris l'antidote, déclara Bornias, en se penchant vers le chaudron. Nous saurons sous peu s'il est efficace.

Entre-temps, Ainsley s'éclaircit la gorge et dit en rougissant :

— Pourrais-tu venir ici, papa ?

Pendant un moment, le seul bruit qu'on entendit fut celui du bouillonnement du chili, de l'autre côté du chaudron.

— Je donnerais cher pour être à tes côtés, finit par dire le père d'Ainsley. Mais la chose m'est matériellement impossible.

— Pourquoi ?

Lady Maudred paraissait disposée à envoyer le chaudron rouler à l'autre bout de la salle.

Ils entendirent alors des voix de l'autre côté du chaudron, et le père d'Ainsley se mit à parler tout bas.

— Écoutez, il faut que je m'en aille, sinon c'est dans *deux* mondes que des membres de ma famille seront fâchés contre moi. Je vous reparlerai plus tard. Bornias, explique-leur ce qui se passe. Maman et Ainsley, soyez braves, je vous aime.

Ainsley hésita avant de se précipiter vers le chaudron.

— Papa !

Mais le liquide dans le chaudron avait repris son apparence trouble. Lady Maudred et lui se tournèrent vers Bornias, qui tripotait les lacets du devant de son pourpoint. Lorsqu'il comprit que ni l'un ni l'autre n'avait l'intention de partir, il soupira.

– Ne me regardez pas comme si je vous avais maltraités ! C'est à la demande de Tib que vous n'étiez pas au courant de l'existence de l'autre monde.

– Mais, comment a-t-il abouti sur Terre ? demanda Ainsley. Et comment se fait-il qu'il ne puisse pas revenir ici ? Après tout, vous le faites tout le temps !

– J'aimerais moi aussi le savoir, déclara Lady Maudred.

Elle posa la main sur l'épaule d'Ainsley, qui grimaça de douleur.

– Je crois toutefois qu'Ainsley devrait aller s'étendre dans la chambre de Tib pendant que vous nettoyez ce fouillis qu'on dirait causé par un sorcier fou.

Elle montra des carafes posées de façon précaire sur une chaise et dont le contenu s'écoulait sur le sol de pierre et formait un bassin jaune.

Ainsley savait que quelqu'un d'autre aimerait entendre l'explication de Bornias autant que lui.

– Grand-mère ?

Elle leva une main pour lui intimer de se taire.

– Appelle-moi mamie et non grand-mère. Ce terme donne l'impression que je suis froide et tatillonne.

Ainsley se mordit la langue.

– D'accord, mamie. Votre dispositif de repérage vous permettrait-il de savoir où se trouve Mégane ? Elle devrait probablement être mise au courant de ce qui se passe.

– L'aile dorée ? Bien sûr ! Lady Maudred s'éclaircit la gorge. Mégane – elle avait haussé le ton et jouait avec ses manches –, pourrais-tu revenir ici le plus vite possible ? Elle pencha la tête comme si elle écoutait quelque chose et hocha la tête de satisfaction. Elle dit au revoir à Barsley Inish et se met en route.

— J'espère qu'elle lui a parlé de ses talents d'escrimeuse. Les bouteilles que Bornias tenait dans les bras s'entrechoquèrent tandis qu'il luttait pour les empêcher de glisser. L'idée qu'elle puisse tenir une épée avant d'avoir reçu une meilleure formation me met mal à l'aise.

— Nous le lui demanderons lorsqu'elle sera là, décida Lady Maudred.

Elle désigna le chaudron.

— Allez-vous vous en servir encore ?

Bornias se pencha pour inspecter la potion, et une bouteille à moitié pleine tomba de ses bras en éclaboussant partout. Il soupira.

— J'en doute fort, maintenant. Ceci est ridicule, je ne suis pas une fille de cuisine.

Il récita une incantation en lâchant les bouteilles, qui flottèrent dans les airs, en attente de ses instructions.

— À la cuisine !

Il agita la main, et les récipients filèrent en direction de la sortie, l'air sifflant autour de leur goulot.

— Viens, je vais te montrer l'ancienne chambre de ton père.

Lady Maudred le guida vers de lourdes draperies bleu marine au fond du couloir et les ouvrit d'un geste théâtral.

Ainsley eut l'impression de se retrouver dans le bureau de son père sur Terre. Il y avait des livres et des papiers partout, sauf sur le lit, dont les colonnes étaient couvertes de runes et de gribouillages. Son père avait dû être préoccupé, même dans son sommeil.

— Je ne connais personne d'aussi sérieux dans son travail que ton père, lui déclara Lady Maudred. Si ce n'avait été des Protecteurs, il aurait été tout à fait solitaire.

Elle lui montra une gravure encadrée, montée à la tête du lit.

Le père d'Ainsley était représenté debout, les bras croisés sur la poitrine, une cape vert olive drapée sur les épaules, soulevée par une brise inexistante. Ainsley supposa qu'il devait avoir vingt ans de moins lorsque le portrait avait été peint. Les beaux cheveux blonds dont Ainsley avait hérité n'avaient pas commencé à grisonner ; sa peau brunie n'était pas encore sillonnée de rides.

– Le portrait a été réalisé lorsque ton père avait à peine quelques années de plus que toi. Il l'a *détesté,* tout comme il a détesté poser pour le portrait. Le peintre a été obligé de deviner la couleur de ses yeux parce qu'il les faisait converger. Ton père nous a également interdit d'accrocher le portrait dans une des salles communes !

Ainsley sourit et passa les doigts sur les stries qu'avaient laissées les coups de pinceau.

– C'est bien mon père. Il ne fait rien pour la forme.

– Il l'a pris de ton grand-père, j'en ai peur.

Elle désigna l'épinglette qu'elle portait sur la poitrine, et Ainsley se pencha pour examiner le portrait miniature d'un homme aux cheveux hirsutes, à la moustache imposante et aux sourcils touffus.

– Je suis surprise que tu ne sois pas un enfant sauvage qui se promènerait vêtu d'un pagne.

Bornias apparut, s'essuyant les mains sur la poitrine.

– Il faut que je vous explique rapidement, car la répétition du couronnement de Rayne aura lieu sous peu, et je dois y assister.

Lady Maudred fit claquer sa langue en direction des filets d'eau sur le devant de sa chemise, qui se mirent à rapetisser jusqu'à ce qu'elles aient la taille d'une piqûre d'aiguille.

— J'ai des serviettes, vous savez, Votre Altesse, lui dit-elle. Et elles sont beaucoup plus absorbantes que les vêtements.

— Je porterai ma robe royale, de toute façon, répliqua Bornias en haussant les épaules. Personne ne les verra.

Lady Maudred leva les sourcils et se tourna vers Ainsley.

— Je suis *vraiment* surprise que tu ne sois pas devenu un enfant sauvage.

Bornias s'assit sur le tabouret au pied du lit.

— Ainsley est devenu un bon jeune homme. Il s'intéresse un peu trop à la magie, tout comme son père, mais à part ça, il n'y a rien à lui reprocher.

— Mon père s'intéressait lui aussi à la magie ? demanda Ainsley tout excité, en sautant sur le vieux lit de Tib. En tant que gouverneur des Protecteurs, il se trouvait en situation de conflit d'intérêts, alors ?

— L'obsession de ton père pour la magie était différente de la tienne. Bornias se tourna de biais sur le banc pour faire face à Ainsley. Toi, tu souhaites posséder une magie infinie que tu peux contrôler sans même réfléchir. Ton père voulait comprendre la magie et en limiter l'emploi. C'est comme ça qu'il a quitté ce monde.

— Attendez, attendez ! Mégane entra en trombe et s'arrêta en glissant dans l'embrasure de la chambre de Tib. Ne commencez pas sans moi ! Elle jeta ses nombreux colis par terre et regarda Ainsley. Comment te sens-tu ?

— Ça me démange partout et je me sens déconcerté, confessa Ainsley. Mon père est de ce monde.

Mégane hocha la tête.

— Je le savais.

Comme Ainsley lui lançait un regard interrogateur, elle ajouta en pointant vers sa poitrine:

— La perle me l'a dit.

— Il était gouverneur des Protecteurs avant Frieden et c'est le fils de Lady Maudred, reprit Ainsley. Le savais-tu?

— Non, pas ça.

Elle sauta sur le lit malgré le regard désapprobateur de Lady Maudred.

— Comment a-t-il abouti dans notre monde? demanda-t-elle à Bornias.

— Vous souvenez-vous que je vous ai raconté que bon nombre de mes partisans ont essayé de détruire le Bâton de Lexiam?

Ainsley et Mégane acquiescèrent de la tête, se souvenant de la première journée de leur arrivée à Arylon et de ce qu'ils avaient appris au sujet de la disparition du bâton.

— Vous nous avez dit que tous ceux qui avaient essayé de détruire le bâton avaient été détruits par le bâton, indiqua Mégane, ou quelque chose du genre.

Bornias secoua la tête.

— Je n'ai pas dit qu'ils avaient été détruits, mais qu'ils s'étaient vaporisés.

— C'est la même chose, non? reprit Mégane en haussant les épaules.

— Pas du tout.

Bornias jeta un coup d'œil autour de lui et ramassa une bouteille qui se trouvait sur le bureau.

– Elle contient du liquide. Il secoua la bouteille, et tous purent entendre le liquide s'agiter. Si je transforme le liquide en aérosol ou que je le *vaporise,* il n'est pas détruit. J'ai tout simplement modifié son état.

Il passa la main sur le dessus de la bouteille et un bec vaporisateur apparut. Bornias le pressa et une odeur capiteuse emplit la chambre.

– Ses particules flottent maintenant dans les airs au lieu d'être limitées à la forme liquide.

– Êtes-vous en train de me dire que mon père a essayé de détruire le Bâton de Lexiam et qu'il s'est transformé en eau de toilette bon marché ? demanda Ainsley en s'éventant. Comment les particules sont-elles arrivées sur Terre ?

– Ton père et moi avons passé maints après-midi à l'étude de cette question, et nous n'avons trouvé qu'une seule explication possible : lorsque le bâton essaie de détruire un être vivant, il provoque en même temps une minuscule déchirure dans l'espace. Lorsque l'être vivant est vaporisé, il passe par la déchirure et en ressort à l'endroit où cette déchirure mène.

Ainsley réfléchit un moment, et tout ce qu'il réussit à dire fut :

– C'est extraordinaire !

– Tu peux le dire, dit Bornias en repassant la main sur le dessus de la bouteille pour faire disparaître le bec vaporisateur.

– Tu peux imaginer à quel point ton père a été déconcerté en se retrouvant dans un monde insolite. Il a été très chanceux que le père de Mégane soit dans les parages et le croie.

– *Mon* père ? Mégane écarquilla les yeux. Mon père est au courant de l'existence d'Arylon, et il ne m'a jamais rien dit ? Elle fit claquer ses doigts. C'est pour cette raison que nos parents ont toujours été voisins, n'est-ce pas ?

Bornias acquiesça de la tête.

– Ton père a toujours été comme un frère pour Tib, prenant soin de lui et lui enseignant tout ce qu'il devait savoir au sujet de la Terre.

Lady Maudred se pencha et serra inopinément le bras de Mégane.

– Je savais que quelque chose en toi me plaisait.

Mégane rougit tout en souriant.

– Votre fils s'est très bien intégré. Votre petit-fils, c'est une autre histoire.

– Hé !

Ainsley donna à Mégane un coup de pied sous la couverture.

– Tu ne dois pas te surmener. Lady Maudred saisit les jambes d'Ainsley pour l'obliger à rester tranquille, puis se tourna vers Bornias. Maintenant, Votre Altesse, pouvez-vous m'expliquer pourquoi je ne peux pas revoir mon fils ?

– Vous pourriez *aller* le voir, mais lui ne peut pas venir. Pour une raison que nous n'avons pas encore réussi à élucider, le bâton bloque son retour à Sunil. Il passe son temps à faire des recherches pour essayer de trouver le moyen de rentrer ici.

Mégane poussa Ainsley du coude en silence, et il hocha la tête, le cœur un peu plus léger, maintenant qu'il savait pourquoi son père était tellement obsédé par ses lectures.

Les yeux de Lady Maudred se gonflèrent de larmes.

— Si seulement il m'avait fait savoir qu'il était encore en vie, j'aurais pu aller lui rendre visite. Je me serais comportée comme si je venais de la Terre. Elle sortit un mouchoir de sa manche et s'en tapota les yeux. J'ai raté plein de choses dans sa vie.

Bornias se leva et lui entoura les épaules de son bras, bien qu'avec la différence de taille, son bras n'encerclât qu'une seule épaule.

— Il voulait vraiment vous faire savoir qu'il allait bien, mais il savait aussi que vous voudriez le voir, et que sa femme et Ainsley ne manqueraient pas alors de poser des questions : « Où habite ta mère ? » « Pourquoi je ne peux pas aller coucher chez mamie ? » La situation était sans issue, et il se dit que la façon la plus rapide et la plus simple serait de trouver le moyen de rentrer chez lui. Toutefois, maintenant qu'Ainsley et Mégane sont là, ce n'est qu'une question de temps avant qu'il dise la vérité à sa femme, ajouta-t-il en haussant les épaules.

— Mais, elle est enceinte ! s'écria Ainsley en essayant de sortir des draps. On ne peut pas lui assener une telle nouvelle. Il faut que je lui dise que je vais bien.

— Recouche-toi. Lady Maudred lui saisit les épaules et l'assit sur le lit. En te montrant à elle dans cet état, tu ne ferais qu'empirer les choses.

— De plus, ton père et le père de Mégane ont convaincu vos mères que tout allait bien. Si nous pouvons surmonter la Maladie, il ne sera probablement pas nécessaire de paniquer.

Bornias poussa soudainement un cri et se plia en deux en se tenant le ventre.

— Bornias ! s'écrièrent Ainsley et Mégane.

Lady Maudred se leva pour aller chercher l'un des gardiens, mais Bornias lui fit signe que non de la main. Il se redressa, et Ainsley et Mégane virent que de la boucle de sa ceinture jaillissait un arc-en-ciel de couleurs.

– Il faut vraiment que je dise à Frieden de rendre ses messages un peu plus subtils. Je le ferai après le couronnement. Il se tourna vers Mégane et lui tendit la main. Veux-tu m'accompagner ?

– J'aimerais beaucoup, confessa-t-elle, mais j'aimerais aussi rester auprès d'Ainsley, jusqu'à ce que son état s'améliore.

– Très bien. Bornias se tourna vers Lady Maudred. Je serai de retour demain matin. Assurez-vous qu'il bouge le moins possible.

Lady Maudred acquiesça de la tête. Bornias s'assit sur le lit auprès d'Ainsley et lui chuchota à l'oreille.

– Quoi que tu fasses, essaie de lutter contre la Maladie. La jidalya essaiera de te tenter, endormi ou réveillé. Mais aucune puissance de magie n'est aussi précieuse que ta vie.

Bornias se leva et sortit.

Lorsqu'ils entendirent la porte d'entrée se refermer, Mégane se tourna vers Ainsley.

– Que veux-tu faire, maintenant ?

L'estomac d'Ainsley se mit à aboyer.

– J'aimerais bien manger.

– C'est une excellente idée, déclara Lady Maudred.

Elle se leva et se dirigea vers l'embrasure de la chambre, puis poussa un sifflement bas et long.

Ainsley et Mégane entendirent un cliquetis de vaisselle lointain avant que Lady Maudred ne s'écarte pour laisser passer une table complète chargée de toutes sortes de victuailles, qui entra dans la chambre en flottant. La table s'arrêta près du lit et se posa sur le plancher, son contenu tremblant légèrement.

— Je me suis dit qu'il était préférable de manger ici, expliqua Lady Maudred en tirant les draperies bleu marine de façon à bloquer la vue sur l'embrasure. Servez-vous.

Les deux adolescents se précipitèrent sur la nourriture, essayant de se saisir de la même assiette. Ainsley lâcha prise le premier et se mit à ôter les couvercles des plats. Mégane le suivit, se servant un peu de tout ce qu'elle voyait.

— Je reconnais le rôti, déclara Ainsley en utilisant la fourchette pour mettre des tranches sur son assiette. Nous en avons mangé, la dernière fois que nous étions ici. Mais ça, qu'est-ce que c'est ?

Il pointa de la fourchette un autre plat, un mélange de légumes épicés fumants et de lanières ayant l'aspect d'écorce. Mégane l'avait remarqué aussi et s'était abstenue de s'en servir.

— Eh bien, on dirait que les cuisiniers ont préparé une spécialité. Lady Maudred huma le plat et soupira de satisfaction. C'est de la purée de matelot : des pommes de terre et des légumes de mer mélangés à du crabe mammouth grillé.

— Du crabe mammouth ? Comme dans incroyablement grand ou comme dans incroyablement poilu ?

— Plutôt incroyablement grand, répondit Lady Maudred avec un sourire. C'est un mets délicat, parce que le crabe est difficile à attraper, mais sa chair est abondante et tendre.

Ainsley prit un morceau et le mit dans sa bouche.

– C'est vraiment bon !

Il prit une grande cuillerée et en donna une à Mégane. Ils s'installèrent sur le lit et se mirent à manger.

– Nous avons peu visité votre monde. Quel est votre endroit préféré, Lady Maudred ? lui demanda Mégane lorsque la vieille dame s'assit au bureau après s'être servie.

– Mon endroit préféré ? Lady Maudred avala une pleine fourchette de purée de matelot. C'est probablement l'endroit de provenance du crabe mammouth, le port de Scribnitch.

– Vraiment ? Mégane fronça les sourcils, incapable de visualiser la distinguée Lady Maudred se baladant sur le quai. Pourquoi ?

– Le port de Scribnitch est à la tête de la division du commerce de la Coalition des royaumes, et c'est aussi le centre culturel d'Arylon. Il y entre tous les jours des produits exotiques, à la grande joie des personnes qui aiment courir les étals, et il y arrive de tous les coins du monde des gens d'allure encore plus exotique. La nourriture est appétissante, et les bâtiments reflètent les différentes cultures qui honorent Arylon par leur présence.

– L'endroit semble intéressant, en effet. Mégane avala la dernière bouchée. Nous pourrions y aller, avant de rentrer chez nous.

– J'espère bien, répondit Lady Maudred. Elle bougea un peu et fit tomber les paquets que Mégane avait rapportés. Oh, j'avais oublié que tu étais allée courir les boutiques. As-tu trouvé des choses intéressantes ?

Ainsley émit un grognement à l'idée de devoir les entendre bavarder de choses strictement féminines, mais, lorsque Mégane parla du nouveau tissu de Sari, du télépathe et de sa rencontre avec sire Inish, il se mit à écouter avec une attention captivée.

— J'ai aussi trouvé une petite animalerie, dit Mégane en tirant un bocal de verre contenant des granulés bruns de son sac enchanté et en dévissant le couvercle. Bit ne sera plus au régime sec.

Elle sortit quelques granulés et les tint au-dessus de sa poche de poitrine, où se reposait la narchi. Quelques secondes plus tard, la narchi sortit de sa poche et, en plissant le nez, saisit la nourriture avec ses pattes, et la rongea avec ses petites dents.

— En voici encore, au cas où tu aurais faim.

Mégane fit glisser les granulés encore dans sa main dans la poche, et Bit s'y cacha.

Lady Maudred bâilla.

— Oh, excusez-moi, mais la journée a été longue. J'espère que vous me permettez d'aller prendre un bain.

— Mais, bien sûr, répondit Ainsley en posant son assiette sur la table. Nous trouverons de quoi nous distraire.

Lady Maudred émit un sifflement en direction de la table, qui la suivit vers la porte. À l'entrée, elle faillit se faire heurter par la table lorsqu'elle s'arrêta pour agiter un doigt en direction de son petit-fils.

— Amusez-vous, mais *sans* magie.

— Bien sûr !

Ainsley lui adressa un sourire innocent. Lorsque le rideau se referma derrière elle, il se tourna vers Mégane.

— Veux-tu qu'on escalade un rebord pour passer le temps ?

— Je crois que nous subissons encore les conséquences de ce geste.

Mégane sourit.

— Mais je dois admettre que sans Frieden ou Bornias, la vie semble un peu ennuyeuse, ici.

— Ils avaient toujours des histoires à nous raconter au sujet d'Arylon.

— Ah, mais moi aussi !

Mégane retrouva son sac à dos par terre et en transféra le contenu au nouveau sac enchanté, tout en cherchant le livre *Histoires de voyageurs*.

— Voilà ! Elle le montra à Ainsley. Qu'en dis-tu ? Je pourrais te lire certains passages.

Ainsley roula des yeux.

— Mégane, je n'ai plus six ans, et tu n'es pas ma gardienne. Non, merci.

— D'accord. Mégane haussa les épaules et mit le livre sous le bras. Je vais lire mon livre seule, bonne nuit.

Ainsley l'observa un moment pour voir si elle ne bluffait pas. Il ne voulait surtout pas se retrouver seul dans le noir avec la Maladie. Lorsque Mégane s'apprêta à tirer le rideau, il poussa un grognement de protestation.

— Attends ! Tu peux me raconter tes histoires.

Mégane se retourna et vit qu'il affichait maintenant un sourire contrit.

— Je ne veux pas m'assoupir la tête pleine d'idées terrifiantes.

Sans dire un mot, elle grimpa sur le lit à côté de lui et s'adossa aux oreillers. Ainsley s'allongea et fixa le plafond où son père avait peint au pochoir des constellations à l'encre blanche. Réconforté par la présence de Mégane et de nombreux rappels de la présence de son père, il sourit en son for intérieur et écouta Mégane lui raconter l'origine des perles enchantées.

8

La leçon d'escrime

Mégane fut réveillée par une délicate tape sur l'épaule et une douce odeur de cannelle. Elle ouvrit les yeux et vit devant elle Lady Maudred.

— Si tu veux rejoindre sire Inish à l'aube, il est temps de te lever.

Mégane bâilla et regarda autour d'elle. Elle n'était plus dans la chambre de Tib, mais dans une chambre plus petite, au rideau mauve. Un plateau de nourriture avait été posé sur la table de chevet, et des vêtements propres étaient accrochés à un paravent pliant.

— Comment va Ainsley ? demanda-t-elle en prenant une rôtie tartinée d'une couche épaisse de gelée d'orange et de cannelle.

Lady Maudred la fit sortir du lit et remit aussitôt ce dernier en ordre.

— Son sommeil était un peu agité, mais son état ne semble pas s'être aggravé.

— Est-ce que Bornias est au courant?

Lady Maudred secoua la tête.

— Il est passé la nuit dernière après la répétition, mais il ne reviendra pas avant l'après-midi. Je le crois convaincu qu'en restant loin, il retardera la détérioration de la santé d'Ainsley.

— Vous me tiendrez au courant de tout changement dans son état, n'est-ce pas?

Mégane prit une bouchée de bacon et se glissa derrière le paravent pour changer de tunique.

— Bien sûr, répondit lady Maudred. Je me servirai de la même méthode qu'hier.

À ces mots, le papillon doré qui s'était fixé à la tunique qu'avait enlevée Mégane s'envola, laissant six minuscules trous d'aiguille. À la consternation de celle-ci, il se posa sur la nouvelle chemise, au même endroit. Pour ne pas être en reste, Bit sortit de la poche de la chemise qu'elle venait d'enlever et sauta sur son épaule.

— Je ne t'aurais pas oubliée.

Mégane caressa la tête de la narchi. Elle changea de pantalon et sortit de derrière le paravent. Lady Maudred lui tendit un verre de lait.

— J'espère que ce n'est pas du lait de scarabée, demanda Mégane en scrutant le liquide blanc mousseux. Car si ça l'est, je ne le bois pas.

— Mais non, ce n'est pas…

— N'oubliez pas que je porte la perle de la Vérité, lui rappela Mégane.

Lady Maudred soupira et remit le verre de lait sur la table de chevet.

– Va rejoindre sire Inish. Lorsque tu auras fini, je te parie que tu te repentiras de ne pas en avoir bu cinq tasses.

– J'en doute. À tout à l'heure !

Mégane se dirigea en vitesse au palier du deuxième étage, où l'attendait sire Inish, adossé au mur.

– Bonjour, sire Inish !

Le vieux nain sourit.

– Tu es ponctuelle. J'aime les gens qui respectent l'heure convenue. Il plia le bras et l'offrit à Mégane. On y va ?

Mégane lui prit le bras.

– J'ai hâte que vous me montriez ce qui me manque.

Lorsqu'Ainsley et elle étaient arrivés à Raklund, Lady Maudred les avait entraînés tout de suite au troisième étage sans leur permettre d'explorer le deuxième. D'après la brève visite qu'ils avaient faite, Mégane savait au moins que la bibliothèque de Raklund se trouvait au deuxième étage, mais sire Inish ne s'arrêta pas devant les portes de fer aux poignées soudées de façon à constituer les armoiries des Pôdargent. Il s'arrêta à la fin du couloir devant d'autres portes de fer, situées juste au-dessus de l'infirmerie. Ces portes ne comportaient toutefois pas de poignées. Sire Inish sortit un objet de sa poche et, après avoir tâtonné un peu, le pressa contre une reproduction de la taille d'une pièce de monnaie de l'emblème des Pôdargent, incrustée dans l'une des portes.

Les deux portes s'ouvrirent vers l'intérieur avec un déclic. Mégane entendit le son stimulant d'épées qui s'entrechoquaient, accompagné de grognements et de cris occasionnels.

Elle entra dans une salle dont le plafond était soutenu par des piliers qui entouraient cinq fosses, à peu près de la taille d'une piscine pour longueurs. Dans trois des fosses, deux hommes croisaient le fer en évitant les pierres qu'une femme à l'air morne transformait continuellement en arbres, en bâtiments en flammes ou en petits enfants.

Un homme à la cape brun rougeâtre allait d'une fosse à l'autre, en criant ses instructions.

— Utilisez les flammes à votre avantage ! Réchauffez la lame et infligez encore plus de dommages.

— Ça me semble méchant, déclara Mégane en plissant le nez alors qu'ils passaient devant une fosse.

— C'est *exactement* pour cette raison que je t'ai amenée ici, lui répondit sire Inish. Pour te faire comprendre que les duels ne sont pas toujours une question de chevalerie et d'honneur. Es-tu prête à commencer ?

Mégane, interloquée, répondit.

— Quoi… maintenant ? Vous voulez que je me batte contre ces types ?

— Non, tu te battras contre moi, dit une voix féminine.

Mégane se retourna et vit que c'était la rousse du spectacle du coiffeur, qui lui souriait d'un air narquois.

— Es-tu capable de te mesurer à une vaniteuse idiote ?

— Mégane, je te présente Rella Forgeway. Sire Inish fit signe à la rouquine, qui posa une main sur son bras. Ma meilleure élève.

— Vous me flattez, sire Inish, répliqua Rella en riant.

Son rire ressemblait à de la vaisselle qui casse, mais sire Inish sourit.

– Je ne te flatte pas, je fais ton éloge.

Rella fit le tour de Mégane.

– Je suis en fait un peu surprise, sire Inish. Elle n'a pas l'air d'une épéiste.

Elle désigna ses propres vêtements. Elle avait troqué la tenue pudique et la cape de vestale qu'elle portait hier contre un pantalon moulant qui montrait ses formes et un corsage décolleté.

Mégane la foudroya du regard, mais sire Inish se contenta de sourire.

– Comme tu le sais, je ne juge pas les gens à leur apparence.

Rella éclata de rire, tout en rougissant.

– Bien entendu, sire Inish, excusez-moi. Elle se tourna vers Mégane. La fosse quatre est libre. Es-tu prête ?

Même si ses cheveux étaient relevés en une multitude de chignons, elle réussit à les rejeter en arrière d'un air insolent en s'éloignant.

– Mais... Mégane hésita, sachant que ce qu'elle allait dire renforcerait la conviction de Rella qu'elle n'était pas une épéiste. Je n'ai pas d'épée.

Rella s'arrêta et regarda Mégane par-dessus l'épaule avec un sourire suffisant.

– Tu n'as pas d'épée ? L'as-tu perdue à ton dernier duel ?

Mégane croisa les bras.

– C'est en effet ce qui s'est produit.

Rella croisa elle aussi les bras, faisant en même temps remonter ses seins pour rendre son décolleté encore plus provocant et la poitrine de Mégane, encore plus plate.

— J'adore entendre les histoires de duels. Pour quelle cause te battais-tu ?

— J'essayais de récupérer un objet précieux dont tu as probablement entendu parler.

Mais Mégane ne poursuivit pas, car elle venait de se rappeler que personne hormis les membres du Conseil des Silvains n'avait su que le Bâton de Lexiam avait été volé.

— Qu'est-ce que c'était, je n'ai pas compris ? demanda Rella.

— C'était un... Mégane parcourut la salle à la recherche d'idées, mais aucune ne lui vint à l'esprit. Un cheval, dit-elle en grimaçant. Un cheval qui appartenait au gouverneur Frieden.

Elle grimaça à nouveau de douleur.

— Comme c'est impressionnant, déclara Rella, en regardant Mégane comme si cette dernière venait de lui annoncer qu'elle avait réussi à démêler des fils. Tu n'auras donc pas de difficulté à me vaincre.

Elle alla à un râtelier d'armes suspendu au mur et y prit un semblant d'épée pitoyable. La lame bosselée et tordue branla dans son pommeau, et des écailles de rouille s'en détachèrent lorsque Rella tendit la poignée à Mégane.

— Il n'y a pas d'épée en meilleur état, ici ? demanda Mégane en faisant un moulinet pour tester l'épée, qui lui donna l'impression que la lame pourrait s'envoler.

— Toutes les épées de rechange sont de même qualité, lui répliqua Rella en descendant dans la fosse.

— Ce sera un duel intéressant, dans ce cas, murmura Mégane en retournant la lame dans ses mains.

Elle faillit la laisser choir lorsqu'elle entendit un fredonnement provenant de son sein gauche.

Le papillon doré battit des ailes, et Mégane vit le métal reliant le pommeau à la lame de l'épée délabrée se chauffer au rouge puis noircir en émettant une bouffée de vapeur. Mégane approcha la main du métal soudé et, lorsqu'elle ne sentit plus de chaleur, fit bouger la jointure à titre expérimental. Bien que l'épée eût toujours l'air terne et miteux, la lame ne branlait plus.

— Merci, Lady Maudred, dit tout bas Mégane.

— Tu ne peux pas partir à la bataille avec un cheval boiteux, répondit une voix métallique.

Mégane sourit et sauta dans la fosse.

— Si tu ne crains pas de mettre du désordre dans ta coiffure, dit-elle à Rella, je suis prête.

À peine venait-elle de prononcer ces mots que Rella passa à l'attaque, prête à enfoncer son épée dans le cœur de Mégane. Mégane poussa un cri de surprise, qui fut suivi d'un cri de douleur de Rella.

Bit avait sauté de la poche de poitrine de Mégane et avait enfoncé ses dents dans la main de Rella qui tenait l'épée. L'épée tomba à terre, et Rella secoua frénétiquement la main pour se débarrasser de Bit.

— Je suis désolée !

Mégane prit dans sa main Bit, qui gigota pour mordre encore la main de Rella.

À la surprise de Mégane, Rella se contenta de faire un geste dédaigneux de la main et de sucer l'orifice sanguinolent de la morsure.

— Je t'ai sous-estimée. Je te jugeais mal préparée, mais tu m'as attaquée de façon sournoise. Bien joué. Rella examina sa main et ramassa son épée. Une mise en garde, toutefois. Ton adversaire surveillera maintenant ton animal familier et pourrait le pulvériser.

— J'ai compris. Mégane leva Bit à la hauteur de ses yeux. Merci de ton aide, lui dit-elle en caressant la tête duvetée de la narchi, qui ferma les yeux, mais il faut maintenant que tu te protèges.

La narchi ouvrit les yeux et poussa un petit cri aigu, brandissant sa queue pointue en direction de Rella avant de sauter dans la poche de Mégane.

Cette fois-ci, Mégane attendit d'être prête avant de l'annoncer. Rella était une adversaire combative, forçant Mégane à reculer et à parer plusieurs coups successifs.

— Il ne faut pas... hésiter à utiliser ton arme, grogna Rella. Tu n'es pas au carnaval, à attendre que quelqu'un t'invite à danser.

Elle feinta une frappe, mais Mégane s'en rendit compte et frappa la lame de Rella du revers de la sienne, lui arrachant l'épée du même coup.

— Une manœuvre audacieuse. Rella se pencha pour récupérer son épée. Ou tu as prévu ma feinte, ou tu es incroyablement chanceuse.

Mégane lui adressa un petit sourire et attendit la prochaine attaque. Mais on aurait dit que Rella avait changé de stratégie et qu'elle était maintenant sur la défensive. Les deux jeunes filles se tenaient de chaque côté de la fosse et se regardaient.

— Je n'entends pas de mouvement, dit la voix de sire Inish au-dessus d'elles. Serait-ce que vous êtes toutes les deux des épéistes tellement chevronnées que vous êtes prêtes à affronter *n'importe quel* adversaire ?

Mégane baissa le menton et s'élança vers l'avant, l'épée à la hauteur de l'épaule gauche, cinglant l'air obliquement en arrivant à proximité de Rella. À sa grande consternation, Rella ne fit rien pour empêcher la lame d'acier de l'atteindre à la veine jugulaire. Mégane poussa un cri et modifia son élan de façon à faire décrire un arc vers la gauche à l'épée. C'est alors que Rella leva le bras gauche et donna un coup de poing au revers de la main de Mégane pour lui faire lâcher l'épée.

— Aïe ! Mégane se massa la main et jeta un regard mauvais à Rella. Qu'est-ce qui te prend ? Je te sauve la vie et tu essaies de me casser la main ?

Rella ne se laissa pas troubler.

— Serais-tu aussi indulgente envers ton ennemi sur le champ de bataille ?

— Nous ne sommes pas sur le champ de bataille.

Mégane ramassa son épée en rougissant.

— Quoi qu'il en soit, il ne faut jamais hésiter lorsqu'il s'agit de choisir entre ta vie et celle de ton adversaire.

Mégane regarda Rella d'un air dubitatif.

— T'attends-tu vraiment à passer beaucoup de temps à tuer des gens ?

Rella retourna à l'extrémité de la fosse et se mit en garde.

— Dans la mesure du possible, j'évite la confrontation, mais, si je dois défendre mon peuple, rien ne m'arrêtera. On recommence.

—

Rella et Mégane croisèrent le fer deux autres heures jusqu'à ce que les muscles de Mégane demandent grâce et qu'elle passe plus de temps à ramasser son épée qu'à se battre. Sire Inish mit fin à l'entraînement, et Rella rengaina son épée avant de tendre la main à Mégane.

— Je t'ai mal jugée. Tu es un adversaire acceptable, dit-elle alors que Mégane lui serrait une main trempée de sueur. Rella la retint un moment dans la sienne et regarda Mégane avec une expression solennelle. Mais tu ne comprends pas encore le pouvoir que tu détiens. Avec cette épée, tu peux vaincre tes ennemis et protéger les gens que tu aimes. Il ne faut pas que tu aies peur d'elle ou de ce qu'elle peut faire. Autrement, tes ennemis auront le dessus.

Mégane acquiesça de la tête, et Rella lui lâcha la main.

— Moi aussi, je regrette de m'être méprise sur ton compte. Je te prenais pour l'une de ces jolies filles qui ne s'intéressent à rien d'autre qu'à leur miroir.

Mégane grimaça en se rendant compte que ses excuses n'étaient pas plus gentilles que son insulte initiale, mais Rella sourit.

— Mon épée est mon compagnon, mais elle ne peut m'apporter des fleurs et du chocolat. De plus, toutes les jeunes filles aiment qu'on leur fasse des compliments.

Mégane lui sourit à son tour, et les deux sortirent de la fosse pour céder la place à deux jeunes adolescents. L'un d'eux lorgna la tenue de Rella, mais Mégane vit, à son grand plaisir, que l'autre la regardait elle.

— Tu vois ce que je veux dire ?

Rella lui fit un clin d'œil et dit au revoir à sire Inish avant de s'en aller.

— Comment s'est passé l'entraînement ? demanda sire Inish à Mégane après qu'elle eut remis l'épée à sa place.

— Très bien. Rella est un bon professeur, répondit Mégane.

Elle lui prit le bras et ils se dirigèrent vers l'entrée.

— C'est une des rares personnes en qui j'ai encore confiance, ces temps-ci, dit tout bas sire Inish. C'est pour cela que je voulais que tu t'entraînes avec *elle*.

Mégane regarda le nain aveugle.

— Que voulez-vous dire par « ces temps-ci » ? Le Bâton de Lexiam est en sécurité, et Losen est enfermé dans une cellule de zone de non-magie, en bas.

— Je ne parle pas du bâton, répondit sire Inish, bien que je sois persuadé qu'il est encore en danger.

— Mais, alors, que voulez-vous dire ?

Mégane lui fit contourner un groupe de Sentinelles silvaines qui étaient en pleine conversation. Dès que les Sentinelles aperçurent sire Inish, elles firent claquer leurs talons et saluèrent en chœur leur ancien capitaine.

— C'est d'*eux* que je parle, reprit-il lorsqu'ils les eurent dépassés. Ils font partie d'un complot… un coup d'État pour renverser le gouvernement de Raklund et faire éclater la Coalition des royaumes.

Mégane fronça les sourcils et se retourna pour regarder les Sentinelles silvaines, qui vaquaient maintenant à leurs activités.

— Il m'a semblé qu'elles vous témoignaient finalement le respect que vous méritez.

Sire Inish grommela et secoua la tête.

— Les ennuis se pointent à l'horizon. Je le sens dans l'air et dans mes articulations.

— J'espère que vous vous trompez, indiqua Mégane tandis qu'un soldat se précipitait pour leur ouvrir la porte.

Mais n'hésitez pas à me le dire, si je peux faire quelque chose.

— Je le ferai, déclara sire Inish, si je découvre quoi avant qu'il soit trop tard.

Querelles de famille

– Ainsley ?

Ainsley entendit l'écho de son nom retentir dans la grotte et sourit en reconnaissant la silhouette qui courait vers lui.

– Pénitent ! Que je suis content de te voir ! Ainsley courut vers lui. Où te cachais-tu ?

Pénitent lui serra les épaules.

– Nous avons été séparés. Il saisit le visage d'Ainsley dans sa main et le scruta de ses yeux rouge sang. Comment te sens-tu ?

– Très bien. Quelque chose me pourchassait, tout à l'heure, mais j'ai réussi à m'échapper et à retrouver mes amis. Ainsley fronça les sourcils. Mais je ne sais pas comment je suis revenu ici. Ce doit être la Maladie qui m'a transporté.

— Comment évolue-t-elle ? demanda Pénitent en lui serrant l'épaule.

— J'ai pris un antidote et je devrais m'en tirer, le rassura Ainsley en posant une main par-dessus la sienne.

— Non, Ainsley. Pénitent lui enfonça les ongles dans les épaules. Il faut que tu m'écoutes.

Ainsley, effrayé, essaya de reculer, mais Pénitent le suivit, les deux s'engageant dans une sorte de danse sinistre.

— Tu ne peux pas lutter contre la magie avec de la magie. C'est ce qu'elle veut.

Ainsley fronça davantage les sourcils.

— Mais, il faut de la magie pour vaincre la magie.

— Non, Ainsley. Ça...

Un rugissement assourdissant noya ses paroles. Ainsley se retourna et vit la lueur orange bien connue qui éclairait la grotte. Le cœur battant, Ainsley adjura la magie, n'importe laquelle, de venir à lui.

Donne-moi juste assez de pouvoir pour vaincre mon ennemi, dit-il en son for intérieur. Quelques secondes plus tard, il sentit une formidable vitalité couler dans ses veines, et ses doigts émirent une lueur blanche.

Pénitent lui secoua le bras.

— N'as-tu pas entendu ce que je viens de te dire ? Il scruta le visage d'Ainsley de ses yeux affolés. Tu ne peux pas te servir de magie pour combattre la Maladie.

Ainsley se mit à rire et s'écarta, le pouvoir qui circulait dans son corps lui redonnant confiance.

— Regarde-moi faire.

C'est alors qu'apparut la mystérieuse créature qui l'avait traqué dans les tunnels obscurs. Des yeux rouge sombre flottaient parmi une mer d'écailles noires et lisses qui allaient de sa tête géante à l'extrémité de ses pattes griffues. Son torse remplissait la moitié de la grotte, et, si la créature s'était appuyée sur son arrière-train, la couronne de pointes qui entourait son crâne aurait pulvérisé les stalactites qui pendaient du plafond.

– C'est un dragon, murmura Ainsley.

Sa gorge se serra, et il eut l'impression que la vague de confiance qui l'avait submergé disparaissait. Ses genoux tremblaient et sa vessie était sur le point de lâcher.

Le dragon rugit de nouveau en rejetant la tête en arrière, un crépitement accompagnant son rugissement alors que des flammes de deux mètres noircissaient le plafond. Ainsley se racla la gorge et essaya d'imaginer le dragon crachant une chose moins horrible, comme du sirop au chocolat ou des pièces d'or, mais la chaleur intense chassa toute image autre que celle de chair carbonisée.

Le dragon avança vers Ainsley et Pénitent d'un pas décontracté, comme s'il savait que, d'un geste, il était capable de les anéantir. Le thorax du dragon leur apparut, ainsi que les deux ailes parcheminées pliées contre son corps. L'espace plus large dans la grotte lui permit de les déployer ; la pointe de chaque aile frôla alors les parois de la grotte.

Ainsley s'arma de courage et adjura intérieurement la magie de circuler dans ses veines à nouveau. L'extrémité de ses doigts s'embrasa. Le dragon, sentant poindre une menace, poussa un rugissement et avança plus rapidement. Il inspira profondément, et la succion fit trébucher Ainsley et le traîna à travers la grotte, par-dessus divers débris.

Sa respiration s'arrêta. Ainsley gisait, étendu sur le dos, à quelques mètres de la gueule du dragon. Il entendait les rochers cesser peu à peu de rouler et sa propre respiration laborieuse. Le dragon ouvrit la gueule et laissa échapper un jet de feu. Ainsley cessa de faire appel à la magie ; il ferma les yeux et leva les mains pour se protéger.

Les flammes l'enveloppèrent, mais il ne sentit rien d'autre qu'une légère chaleur, comme s'il était enveloppé dans une couverture. Il ouvrit un œil et vit le contour de ce qui lui sembla être de l'*énergie* le séparant des flammes. Il leva un bras flamboyant, sans faire disparaître la couche d'énergie. En souriant, Ainsley se remit debout et secoua son corps de la tête aux pieds. Le feu tomba, formant un petit cercle autour de lui, et Ainsley l'étouffa de sa botte.

Croisant les bras, il leva les yeux vers le dragon avec un sourire narquois.

— Tu devras t'y prendre un peu mieux.

À ces mots, le dragon bondit vers lui, les mâchoires prêtes à l'écraser. Ainsley ne recula pas et se contenta de lever les bras directement au-dessus de la tête, invoquant l'humidité qui suintait des stalactites et formait une mare dans la grotte. Alors qu'il baissait les bras en leur imprimant un large mouvement circulaire, un dôme protecteur de glace se forma au-dessus et autour de lui. Le dragon se frappa le museau contre l'abri incurvé, incapable de percer la glace de ses dents.

Ainsley donna un coup de poing au dôme protecteur, qui éclata en minuscules échardes qui percèrent, comme mille lances, le bas-ventre vulnérable du dragon. Le dragon rugit de rage et cracha à nouveau du feu, mais Ainsley s'en saisit, se sentant étourdi par le pouvoir qu'il possédait, et l'éteignit avec son poing serré.

Il s'élança sous le dragon et plaça les mains sur son ventre, invoquant une fois de plus son énergie magique. Une lueur ambre vibra au bout de ses doigts. Il éclata de rire, et le dragon hurla en signe de protestation tandis que son énergie vitale passait au corps d'Ainsley. Dans un dernier spasme, le dragon se transforma en tas de cendres.

Ainsley essuya la poussière de ses doigts sur son pantalon et sourit à Pénitent, accroupi dans un coin de la grotte, la face plus blême que les cendres du dragon.

– Tu vois ? exulta Ainsley. Ce n'était pas difficile, avec la magie.

Il pinça les lèvres et sifflota un refrain, ponctué d'explosions de feu.

Pénitent secoua la tête.

– Te rends-tu compte de ce que tu as fait ? Il est impossible de détruire la magie.

Ainsley se concentra un moment sur les boules de feu et de glace avec lesquelles il jonglait.

– Que veux-tu dire ? Je n'ai pas détruit la magie, je l'ai faite mienne.

– Pas du tout. Pénitent lui fit signe de regarder derrière lui. Regarde.

Ainsley jeta un regard en coin au tas de cendres. Les boules rougeoyantes avec lesquelles il jonglait s'écrasèrent par terre, éteintes par l'eau gelée.

– Merde ! dit-il en se mettant à genoux.

Dans le tas de cendres, quelque chose se mit à bouger. Ainsley écarta les cendres pour déterminer ce que c'était, jusqu'à ce qu'apparaisse la tête d'un bébé dragon, qui poussa un cri étouffé.

— Pénitent, regarde ! Il le sortit avec effort des débris, car il faut dire que le petit avait déjà la taille d'un danois adulte. Je vais l'élever pour m'en faire un ami. Pense à la magie que je vais pouvoir obtenir de lui.

Le bébé dragon cligna des yeux en le regardant puis, sans avertissement, il le plaqua à terre, en rugissant et en jouant de ses griffes. Ainsley s'entoura d'une protection de glace, que les griffes du dragon percèrent comme des pics à glace, pulvérisant sa défense.

— Aide-moi, Pénitent, s'écria Ainsley alors que le dragon lançait un jet de flamme en sa direction. Il attrapa le feu dans sa main, mais sentit cette fois-ci la chaleur inconfortable ainsi qu'une sensation de brûlure. Je perds mon pouvoir magique !

— Non. La voix de Pénitent semblait venir de loin, mais Ainsley ne voulait pas quitter le dragon des yeux. La magie du dragon est plus forte, maintenant, et elle continuera de le devenir à chaque destruction.

Ainsley réussit à écarter le dragon d'un coup de pied et se mit debout pour s'enfuir. Quelques secondes plus tard, il était étendu par terre, le visage dans la poussière, la bête grondant férocement dans son oreille. Ainsley se tourna sur le dos et essaya une fois de plus de recourir à la magie, mais le dragon l'immobilisa de ses pattes et s'apprêta à refermer ses mâchoires, déjà dotées de crochets, sur sa veine jugulaire.

— Ainsley ?

Il haleta et se releva d'un coup dans le lit de son père, heurtant de son front celui de Mégane, qui était penchée sur lui pour vérifier son état.

— Aïe ! Elle s'appuya au pied du lit et se tint le crâne. Donne-moi un avertissement, la prochaine fois.

— Désolé. Ainsley se passa la langue sur les lèvres et déglutit, souhaitant avoir un verre d'eau. J'ai fait un cauchemar.

Mégane grimaça de douleur en se relevant.

— Tu n'as pas bonne mine. Veux-tu que j'aille chercher Lady Maudred ?

— Non, répondit-il, en luttant pour retrouver une respiration égale. Je voudrais juste boire quelque chose.

Mégane prit le pichet que Lady Maudred avait apporté et remplit un gobelet à moitié.

— Commence par en prendre un petit peu. On dirait que tu es sur le point de vomir.

Ainsley roula les yeux, mais accepta le gobelet. Il voulut s'adosser contre la tête de lit, mais quelque chose s'enfonça entre ses omoplates et il se rassit, répandant l'eau sur le couvre-lit.

— Qu'est-ce qui se passe ? demanda Mégane en pâlissant et en reculant.

Ainsley lui lança le gobelet.

— Mégane, pour l'amour de Dieu, je ne vais pas vomir ! Il se tourna et étudia le cadre en bois derrière lui. C'est étrange, j'ai senti quelque chose s'enfoncer entre mes omoplates, mais je ne vois rien.

Avec son bras, il essaya de se toucher le dos pour palper la peau près de l'épaule la plus rapprochée.

— Oh, merde ! murmura-t-il.

— Quoi ? Qu'est-ce qu'il y a ?

Mégane poussa sa main et mit la sienne au même endroit. Elle sentit une boule de la grosseur d'une balle de baseball qui palpitait sous sa paume.

— Pouah, c'est dégoûtant!

Elle s'essuya la main sur le couvre-lit.

Ainsley palpa l'autre omoplate.

— Il y en a une de l'autre côté aussi. Il enleva sa chemise. De quoi ça a l'air?

— Ho!

Mégane recula rapidement et heurta la commode derrière elle, renversant du même coup le pichet et le gobelet, qui se cassèrent en tombant.

— Quoi? Ainsley tourna la tête pour regarder pardessus l'épaule. Est-ce qu'il me pousse des jumeaux siamois ou quoi? Dis-moi! Je ne peux rien voir d'autre que les boules.

Mégane serra les dents et se pencha en avant pour toucher la partie inférieure du dos d'Ainsley, maintenant couverte d'écailles noires.

— Disons que ces boules ne sont pas ton plus gros problème, actuellement.

Ainsley repoussa les couvertures et courut vers le miroir sur pied. Il se tourna de dos et essaya de voir son reflet par-dessus l'épaule. Son cœur se mit à battre la chamade.

Des pas précipités se firent entendre à l'extérieur de la porte, mais le bruit s'arrêta soudainement. Ainsley et Mégane levèrent les yeux vers Lady Maudred, qui se tenait dans l'embrasure, haletant comme un coureur de marathon.

— Oh, je remercie l'Autre Côté que vous soyez encore en vie tous les deux, dit-elle d'une voix hachée, une main posée sur le point qu'elle ressentait au côté. J'ai entendu un fracas et j'ai supposé le pire.

Les yeux d'Ainsley se remplirent de colère.

— Quoi ? Vous pensiez que j'avais grillé Mégane ? Je ne lui ferais pas de mal. Vous, par contre, c'est une autre histoire.

— Ainsley !

Mégane le regarda, interdite, mais il n'avait pas besoin de se faire gronder. Sa colère était déjà remplacée par la culpabilité.

— Je suis désolé, ce n'était pas mon intention. Il baissa les yeux, essayant de rentrer la tête dans les épaules, comme une tortue dans sa carapace.

— Il n'y a pas de mal, dit Lady Maudred, qui semblait quand même surprise par l'éclat de colère soudain d'Ainsley. Ces flambées de colère se produiront de temps à autre.

— Et ça aussi ? demanda Mégane en lui montrant le dos d'Ainsley.

Lady Maudred poussa un cri étouffé et tomba contre la commode, en enfouissant son visage dans ses mains. Ainsley se tourna pour voir son reflet.

Les écailles noires qui lui couvraient la poitrine s'étaient propagées à l'abdomen, où la peau avait pris une texture calleuse. Il plaça un bras sur le ventre et remarqua que son bras prenait également la même teinte d'ébène. Il leva la tête et fixa les pupilles rouge sang et les cheveux en bataille de la créature qui avait pris possession de lui.

— Ainsley ?

Mégane lui mit la main sur l'épaule.

Il se détourna de son reflet et lui sourit.

— Ça va. Je suis passé par de plus dures épreuves, non ?

Les yeux de Mégane se remplirent de larmes, et elle baissa la tête.

— Bien sûr.

Le sourire d'Ainsley s'effaça. Il prit dans ses mains la colonne de lit la plus proche et tira dessus jusqu'à ce que le bruit du bois qui se fendait en éclats couvre les sanglots de Mégane. Avec un grondement de colère, il lança la colonne contre le miroir. Mégane poussa un cri et leva les mains devant elle pour se protéger contre les débris de verre qui volèrent dans toute la chambre.

Un bourdonnement de colère remplit l'air, puis les tessons perdirent de leur vitesse et tombèrent avec le tintement de mille carillons. Ainsley fut soulevé de terre et renversé de sorte que ses cheveux frôlaient le sol.

— Hé ! s'écria-t-il. Lâchez-moi !

Près de la commode, Lady Maudred soupira profondément et se redressa de toute sa taille.

— As-tu fini de détruire les affaires de ton père ?

Ainsley prit un air renfrogné et se redressa, pointant vers la bibliothèque. Une rangée entière de livres vola en direction de Lady Maudred, mais elle se racla la gorge, et les livres se mirent aussitôt en pile ordonnée près du lit.

— Dois-je te rappeler que j'exerce la magie depuis une cinquantaine d'années de plus que toi ? lui demanda-t-elle en croisant les bras. Tu n'es qu'un néophyte, dans ce domaine.

— Je suis beaucoup plus puissant que vous le serez jamais ! rugit Ainsley.

Il serra le poing puis ouvrit la main, la paume pointée vers Lady Maudred. Des jets de flammes contournèrent Mégane et se dirigèrent tout droit vers sa grand-mère, qui ne broncha pas. Elle plissa les lèvres, siffla, et les flammes s'éteignirent aussitôt.

— Quel autre truc de magie as-tu en réserve pour moi ? lui demanda-t-elle.

— Arrête !

Mégane agita les bras devant lui juste au moment où il transformait une courtepointe en dague, qu'il lança en direction de sa grand-mère. La dague s'échappa de ses mains avant qu'il puisse l'arrêter et frappa l'avant-bras gauche de Mégane.

— Aïe !

— Mégane !

Ainsley courut vers elle, se sentant puéril et stupide, et non un sorcier puissant.

— Je suis désolé, vraiment désolé. Ce n'est pas toi que je visais !

— Ça va, répondit Mégane, les dents serrées.

— Elle posa la main droite sur l'entaille et leva le bras gauche au-dessus de la tête, le sang coulant à travers ses doigts.

— Bande ton bras avec ceci.

Ainsley prit une écharpe ornementale de l'une des tuniques de son père et la tendit à Mégane.

— Non, attends, l'interrompit Lady Maudred, mettant de côté sa querelle magique avec son petit-fils. Il faut d'abord enduire la blessure de baume officinal.

Mégane plissa le nez.

— Non ! Pas ce produit qui sent le chien mouillé.

— J'en ai dans mon autre pantalon !

Ainsley vida le contenu de son sac de voyage sur le lit et en sortit le pantalon en question. Il fouilla dans la poche et en sortit un flacon à moitié rempli de fibre de mousse. Il enleva le couvercle et eut un haut-le-cœur. Même à quelques pas de lui, Mégane se mit à tousser, et se couvrit la bouche et le nez de l'écharpe.

— Quelle horreur ! Je ne sais pas si c'est possible, mais on dirait que le produit a pourri.

— Oui, il a probablement pourri, confirma Lady Maudred, en trempant le doigt dans le flacon et en étendant le contenu sur la blessure de Mégane. Plus le produit fermente, plus il devient puissant.

— Merci, lui dit Mégane alors que Lady Maudred lui attachait le bandage improvisé autour du bras.

— Il n'y a pas de quoi, lui répondit Lady Maudred. Je n'aurais pas dû laisser la situation nous échapper comme ça. Je regrette que tu aies été la victime d'une épreuve de force avec cet entêté.

— Elle a raison, reprit Ainsley. J'aimerais juste qu'il y ait moyen d'empêcher que surviennent d'autres accès de colère.

— Il y en un, peut-être. Lady Maudred fouilla parmi les capes de son fils et en sortit une paire de menottes métalliques. Des attaches magiques.

— Vous n'allez pas me passer des menottes, quand même ? C'est une blague, je ne suis pas Losen.

Ainsley rechercha le soutien de Mégane, mais cette dernière se contenta de sourire d'un air contrit et de faire signe que oui de la tête.

— C'est probablement une bonne idée. Si tu te comportes comme ça maintenant, imagine-toi ce qui arrivera lorsque tu seras comme…

— Mais, les menottes ne m'empêcheront pas de faire quoi que ce soit. Les restrictions magiques n'agissent pas sur les malédictions.

— Non, lui répondit Lady Maudred. Les restrictions magiques n'annulent pas les malédictions. Ta magie ne te vient de toute façon pas de la malédiction, et il est donc possible de la limiter.

— D'accord.

Ainsley rougit, et ses joues prirent presque la couleur de ses yeux. Il tendit les mains à sa grand-mère. Lorsque le verrou des menottes se referma et que sa magie le quitta, il trébucha vers l'avant, en portant une main à sa tête.

Mégane le saisit par les épaules pour le redresser et regarda Lady Maudred.

— Pourquoi n'avez-vous pas utilisé ces menottes dans le passé sur les gens atteints de la Maladie ? La situation n'aurait pas été aussi désespérée que maintenant.

— Lorsque l'état d'Ainsley atteindra un certain point, sa magie sera plus puissante qu'une paire de menottes, lui expliqua Lady Maudred. C'est ce qui est arrivé aux autres, et c'est pour cela qu'on les a enfermés dans la chambre de la Maladie.

— Jusqu'à ce qu'ils deviennent des dragons et s'envolent, fit observer Ainsley.

Il se dirigea vers le lit et s'y laissa choir en faisant cliqueter ses chaînes.

— Vous devriez m'y mettre tout de suite et vous préparer à la grande chasse à l'Ainsley.

— Arrête !

Mégane donna un coup à sa botte.

— Nous trouverons un remède, n'est-ce pas Lady Maudred ? Il doit y avoir un antidote. Après tout, vous avez trouvé un moyen de guérir le premier stade, ce ne devrait pas être trop difficile de guérir le deuxième et le troisième.

Lady Maudred secoua la tête.

— C'est tout à fait par hasard que nous avons trouvé un *quelconque* soulagement. Le gouverneur Frieden a connu une femme qui se spécialisait dans les remèdes à base de plantes médicinales et qui le lui a donné. Elle a toutefois disparu avant qu'il puisse obtenir quoi que ce soit d'autre d'elle.

— Je vais aller demander à Frieden où elle est partie et la convaincre de nous aider, dit Mégane en se dirigeant vers l'embrasure cachée par des rideaux.

— Ça ne t'avancera pas à grand-chose, lui répliqua Ainsley, la mine sombre. Si cette femme est celle à laquelle je pense, ce n'est pas vraiment une femme, et Frieden et elle ne se parlent plus.

Mégane s'arrêta et fit de son mieux pour ne pas avoir l'air déçu.

— Nous trouverons dans ce cas quelqu'un d'autre qui connaît un remède.

Ainsley émit un grognement d'exaspération.

— Mégane, personne d'autre ne sait comment soigner la Maladie. Autrement, cette personne l'aurait dit lorsque la belle-fille de Bornias en a été atteinte.

Il souleva une main pour se passer les doigts dans les cheveux, mais la chaîne entre les menottes l'empêcha de les atteindre. Avec un soupir, il leva les deux mains pour essayer d'atteindre ses cheveux sans succès.

— Aller aux toilettes sera toute une aventure. Je me demande si Losen porte des menottes pareilles, en prison.

La même pensée vint simultanément à l'esprit d'Ainsley et de Mégane, comme cela leur arrivait en de très rares moments. Il la regarda, et elle lui sourit.

– Nous sommes vraiment stupides, déclara Mégane, en se frappant le front. Et dire que nous avons perdu tout ce temps.

– Si nous nous dépêchons, nous pouvons nous sortir de ce pétrin d'ici la tombée de la nuit!

Il saisit une cape et s'en enveloppa les épaules, ramenant le capuchon sur ses yeux.

Lady Maudred les regarda avec un froncement de sourcils.

– Quelque chose m'échappe, dit-elle.

Mégane aida Ainsley à draper la cape autour de ses mains pour les cacher.

– Lorsque nous étions dans le marécage de Sheiran, Losen nous a déclaré que son père était mort de la Maladie pendant qu'il cherchait un traitement.

Lady Maudred ne montra aucune réaction.

– C'est souvent le cas.

– Mais, après le décès de son père, Losen a *trouvé* le traitement, dit Ainsley avec un sourire satisfait. Et il est enfermé dans une cellule ici même, avec du temps à revendre.

La descente dans le donjon

Ainsley et Mégane se dirent que la prison de Raklund était l'endroit idéal pour enfermer la racaille d'Arylon. L'eau suintait du plafond et coulait le long des murs, les recouvrant d'une pellicule visqueuse. Les marches taillées dans la pierre descendaient en colimaçon ; une main-courante glissante les guidait vers le bas.

— Cet endroit me donne la chair de poule, murmura Mégane.

— C'est une prison, Mégane, lui répondit Ainsley pardessus son épaule. Ce n'est pas le Taj Mahal.

Il se retourna et faillit heurter le dos de sa grand-mère.

Un portillon aux barres métalliques acérées les séparait du reste de la prison, y compris d'un homme à la face de rat qui tenait une lanterne.

— Bonsoir Scovy, dit Lady Maudred en faisant un bref signe de tête.

L'homme ôta le morceau de tissu qui lui couvrait le crâne et s'inclina à la taille. La lueur de la lanterne se projeta sur le mur alors qu'il en secouait la flamme.

— Lady Maudred, je suis toujours heureux de vous voir. Quel bon vent vous amène ici ?

— Mes petits-enfants et moi aimerions voir l'un des prisonniers qui a été amené ici la semaine passée. C'est un ami de la famille.

— Excusez-moi, Milady. Scovy plissa un œil et regarda derrière Lady Maudred. Est-ce que ça va, au fond ? Il pointa du doigt vers Mégane, qui avait une main contre le cœur.

— Oui, oui, ça va.

Elle croisa les bras et essaya de prendre un air nonchalant.

Scovy la scruta un moment avant de se retourner vers Lady Maudred.

— Excusez-moi, Milady.

Il s'inclina à nouveau.

— Vous voulez donc voir le voleur de bijoux, Losen ?

— Ha, voleur de bijoux, ricana Ainsley, et Mégane lui donna un coup dans le dos.

— Vous n'en êtes pas convaincu, vous non plus, hein ? Scovy secoua la tête. Un gentil garçon comme lui ne serait pas capable de faire de mal à une mouche.

— Écoutez, lui dit Ainsley en faisant un pas en avant, oubliant qu'il devait passer inaperçu.

Mégane, qui, *elle,* ne l'avait pas oublié, le saisit par un pan de sa tunique et le ramena dans l'obscurité. Son capuchon glissa, et il se tourna pour cacher son visage à Scovy, montrant à la place ses yeux rouges brillants de colère à Mégane.

— Tu as failli me trahir, lui dit-il d'un ton accusateur.

— Non, c'est *toi* qui as failli te trahir. Elle releva le capuchon de la cape sur sa tête et l'enfonça jusqu'aux yeux avec force. Tiens-toi tranquille !

— Avez-vous fini de vous disputer pour savoir qui passera le premier ? leur demanda Lady Maudred avec un regard lourd de sous-entendus.

— Heu, oui. Je vais passer la première, dit Mégane, en avançant.

Elle attendit que Scovy lui ouvre le portillon, mais il lui tendit une main à travers les barreaux, la paume vers le haut.

— Euh, dit-elle en le regardant, stupéfaite, je n'ai pas la clé. C'est vous qui l'avez, ou dois-je payer pour entrer ?

— Prends sa main, lui expliqua tout bas Lady Maudred. Il te tirera vers l'intérieur.

— Oh ! Mégane rougit. C'est comme l'entrée de la Salle des bâtons, alors.

Elle saisit sa main, qui était étonnamment chaude compte tenu de l'environnement froid et humide dans lequel ils étaient. Avec une petite saccade, son torse se glissa à travers les barreaux métalliques jusqu'à l'autre côté.

— Je ne sais pas si on peut comparer la prison à la Salle des bâtons. Après tout, ce n'est pas ce qu'il y a de plus luxueux en matière d'hébergement, fit-il remarquer avec un sourire en tendant la main à Ainsley. Viens, mon garçon.

Il agita la main en direction d'Ainsley, qui se contenta de la fixer, sentant le poids des menottes au poignet.

— Je crois que je ne peux pas. Il leva les yeux vers Lady Maudred, qui le regarda l'air interdit. Je ne veux pas *lier* ma survie au passage douloureux entre des barreaux étroits.

Lady Maudred eut alors un éclair de compréhension et lui fit un petit signe de tête.

— Tu n'as rien à craindre, je te l'assure, lui indiqua Scovy. C'est une zone de non-magie, et les prisonniers portent tous des menottes magiques par mesure de précaution supplémentaire.

Lady Maudred se mit à fredonner derrière lui, et Ainsley sentit disparaître le poids qui pesait sur ses poignets et son pouvoir magique lui revenir.

— Bien... D'accord.

Il accepta la main de Scovy et passa à travers les barreaux, sentant une fois de plus la magie le quitter.

— Zut!

— Oups!

Scovy l'attrapa alors qu'il trébuchait.

— Tu me sembles un peu délicat. Pas surprenant que tu aies peur de te faire mal, ici.

Ainsley ne savait pas qui il voulait étrangler : le gardien de prison à la face de rat, ou Mégane, qui essayait de ne pas pouffer de rire à la pensée d'un Ainsley « délicat ». Lady Maudred les rejoignit un moment plus tard, et le trio suivit Scovy le long d'un couloir divisé en cellules des deux côtés.

Au début, Mégane détournait les yeux et se tenait près de ses compagnons, se souvenant du comportement odieux des criminels qu'elle avait vu dans les films. Ainsley, lui, fixait les occupants des cellules et, lorsqu'il n'arrivait pas à distinguer assez bien un prisonnier particulier, il s'approchait des barreaux pour regarder à l'intérieur.

— C'est un peu décevant, dit-il.

Mégane jeta par hasard un coup d'œil dans la cellule à sa gauche et ne put s'empêcher de la fixer. Le prisonnier était assis bien sagement sur le bord d'une balle de foin recouverte d'une couverture, tenant un miroir dans une main et lissant sa barbiche de l'autre. Ses bras nus ne portaient pas de cicatrices ni de tatouages. Ils sortaient d'une tunique bleu Nattier, et ses mains semblaient avoir tous leurs doigts. Lorsqu'il s'aperçut que Mégane le regardait, il leva les yeux et la salua de son peigne.

— Je suis d'accord avec Ainsley, déclara Mégane en lui retournant son salut. Ces prisonniers ne ressemblent pas à des criminels endurcis.

Elle montra du doigt un homme, dans la cellule à sa gauche, qui avait posé délicatement sur ses genoux une pelote de laine tout en tricotant un motif tissé.

— Ce ne sont sûrement pas les voyous types, convint Scovy. Mais *ces* hommes ont commis des crimes en ayant recours à un acte magique, chose beaucoup plus létale qu'un voleur de grand chemin qui brandit une dague.

— Qu'a-t-il fait ? demanda Mégane en désignant le prisonnier qui était retourné à sa toilette.

— Sire Durnstock ? Il est près de la porte, ce qui veut dire que son infraction n'était pas bien grave. Laissez-moi réfléchir. Scovy se gratta la tête en fixant le plafond. Ah, oui, dit-il en faisant claquer ses doigts. Il a jeté une malédiction à un mineur et refuse de l'annuler.

— Ce salaud le méritait ! Sire Durnstock agita son peigne en direction de Scovy. Même si j'avais été condamné à passer *un an complet* dans cette fosse d'aisances, j'aurais agi de la même façon.

Scovy roula les yeux.

— Vous allez être libéré le mois prochain, pauvre martyr, mais, si vous ne cessez pas de vous plaindre, ce sera dans deux mois.

Sire Durnstock ramena à lui le peigne et changea de position sur le lit de foin, de sorte qu'il tournait maintenant le dos aux barreaux de la cellule. Il tint le miroir haut devant lui et commença à s'épiler les sourcils tout en murmurant des insultes à l'égard de la mère de Scovy.

— Euh, où est Losen ? demanda Mégane, faisant de son mieux pour ne pas prêter l'oreille aux jurons de sire Durnstock. Le vol de bijoux n'est pas une infraction grave, non ?

Scovy leur fit signe de le suivre.

— J'étais du même avis, mais le gouverneur Frieden a insisté pour que Losen soit incarcéré avec les grands délinquants.

Ils passèrent devant plusieurs autres cellules jusqu'à ce qu'ils arrivent à une porte pleine en acier que Scovy les aida à traverser.

— Plus l'infraction est grave, plus la sécurité est poussée, expliqua-t-il en saisissant la main d'Ainsley.

Ainsley s'écroula dès qu'il arriva de l'autre côté. Mégane se dépêcha de l'aider à se relever alors que Scovy réapparaissait en tenant délicatement les doigts de Lady Maudred.

— Sommes-nous prêts à continuer ? demanda Lady Maudred en examinant Ainsley, dont les genoux tremblaient assez pour faire bouger sa tunique.

Ainsley s'appuya contre Mégane.

– Je crois bien. C'est ma cheville qui me fait mal à nouveau, mentit-il.

– Restons ensemble, leur recommanda Scovy, et tenez-vous loin de leur portée. Ces sorciers ne sont pas aussi inoffensifs que les délinquants qui ne sont ici que pour une courte période.

Lady Maudred se mit à côté de lui, tandis qu'Ainsley et Mégane les suivaient. Les précautions que Scovy avait prises pour assurer sa maîtrise des personnes qu'il gardait devinrent bientôt évidentes. Le corridor devant eux était plus large, et des ampoules de neige étaient suspendues à l'entrée de chaque cellule, en illuminant tous les recoins.

Dans la plupart des cas, cela n'était pas nécessaire. La moitié des prisonniers secouaient les barreaux de leur cellule et crachaient sur Scovy ou le maudissaient. L'autre moitié était absorbée à essayer de créer des champignons à partir de vieux os de doudins et de rognures ou d'écrire sur les murs de pierre avec des cailloux de couleur plus claire.

– *Ça*, c'est ce que je m'attendais à voir dans une prison, chuchota Mégane à Ainsley, en souhaitant avoir ne serait-ce que l'épée miteuse qu'elle avait utilisée lors de l'entraînement. Elle tira sur sa poche de poitrine et Bit sortit la tête, clignant des yeux à la clarté des ampoules de neige. Tiens-toi sur tes gardes, d'accord ?

La narchi poussa un petit cri et rampa vers l'épaule de Mégane en faisant remuer ses oreilles et ses moustaches.

Ainsley se pencha vers Mégane pour se faire entendre par-dessus les sifflets qu'un prisonnier adressait à Lady Maudred.

— Je ne veux pas t'insulter, mais nous sommes en danger. Je ne pense pas que ce petit bonhomme soit capable de faire autre chose que de déféquer sur ton épaule.

— Tu veux dire cette jeune *fille*, rétorqua Mégane, en relâchant Ainsley pour qu'il suive en trébuchant, et elle est déjà venue à mon secours. Je suis certaine qu'elle serait prête à le faire encore.

Ainsley haussa les épaules sans répondre. Le simple fait de marcher sans s'appuyer sur quelqu'un le vidait de son énergie et lui demandait toute sa concentration. Alors qu'il s'apprêtait à se laisser tomber par terre et à laisser Mégane le traîner, ils arrivèrent à un croisement en T au bout du couloir.

L'une des cellules de coin était vide.

L'autre était occupée par un jeune homme au teint blafard, couché sur le dos, les yeux fermés, la mâchoire relâchée par le sommeil. Le bras posé sur l'estomac présentait des meurtrissures bleues et vertes, souvenir de sa confrontation avec Ainsley et Mégane. Son visage présentait aussi des signes de la bataille, mais il était plus charnu, comme s'il avait pris quelques bons repas depuis son arrivée à Raklund. Ses cheveux noirs, naguère ternes et longs, avaient été lavés et taillés ras. On devinait maintenant le beau charmeur que le nécromant aurait pu être.

— Bonsoir, Losen, lui dit Scovy. Des amis sont venus te voir.

Losen bougea et cligna plusieurs fois des yeux avant de tourner la tête vers les visiteurs. Il les étudia un moment avant de les reconnaître.

— Bonjour. Il s'assit, passant instinctivement les mains dans ses longs cheveux maintenant disparus. Quel bon vent vous amène ?

Lady Maudred se tourna vers Scovy.

— Pourriez-vous avoir l'obligeance de nous laisser un moment seuls avec Losen ?

— Bien sûr. Je reviendrai avec le repas du soir dans quelques minutes.

Il s'inclina et s'éloigna d'un pas nonchalant, baissant la tête à l'occasion pour éviter les projectiles qu'on lui lançait.

Ainsley, Mégane, Lady Maudred et Losen l'observèrent jusqu'à ce qu'il franchisse la porte tout en métal. Losen s'approcha alors des barreaux, et regarda à tour de rôle Ainsley et Mégane, avant de fixer son regard sur cette dernière.

— Tu es encore vivante, je vois. J'en suis heureux pour toi, dit-il sans la moindre trace de jubilation. Lorsque j'ai cru que je t'avais tuée, j'ai été surpris d'en éprouver de la culpabilité.

— Ce n'est pas mauvais d'éprouver de la culpabilité, lui répondit Mégane. C'est un signe d'humanité.

— Dites ça à vos gens, lui rétorqua Losen en faisant un signe de tête vers Lady Maudred. Ils auraient besoin d'une leçon de compassion. Il se tourna ensuite vers Ainsley en le toisant. Toi aussi, tu es encore en vie, malheureusement. J'avais espéré que tu mourrais d'une hémorragie interne ou d'une mort encore plus lente et plus douloureuse.

— C'est drôle. Moi aussi, je te souhaitais la même chose.

Ainsley releva la tête, et le capuchon de sa tunique glissa, révélant la totalité de son visage, y compris ses yeux rouges furibonds.

— Oh ! Losen s'appuya contre les barreaux et sourit. Je vois que tu es *en fait* en train de mourir d'une mort lente et douloureuse. Quelqu'un de l'Autre Côté a dû entendre mes prières.

— Salaud !

Mégane serra le poing et s'apprêta à en asséner un coup, lorsque Lady Maudred lui saisit le bras.

— La violence ne peut que compromettre notre cause.

— Mais non, voyons, qu'est-ce qu'un petit peu de violence entre amis ?

Losen colla son visage aux barreaux.

— Vas-y, frappe-moi si ça te fait plaisir.

Mégane croisa les bras sur la poitrine et serra les dents.

— Bien que ton offre soit tentante, c'est Lady Maudred qui a raison.

— Bon.

Losen alla chercher un seau en bois qui sentait l'urine fétide dans le coin de la cellule. Après s'être assuré que le seau était vide, il le renversa et s'assit dessus.

— Pourquoi êtes-vous ici ?

— Ne fais pas l'innocent, cracha Ainsley. Tu vois à quoi je ressemble, non. Pourquoi penses-tu que nous sommes ici ?

Lady Maudred le poussa du coude pour le faire taire.

— Nous sommes ici parce qu'il nous faut le traitement pour la Maladie.

Losen croisa les chevilles et se pencha vers l'arrière, tirant un grincement de protestation du seau.

— Qu'est-ce que j'aurai, en retour ?

– Quel est ton prix ? répondit Lady Maudred.

– Une amnistie complète pour ma mère et pour moi.

Il avait dit ces mots très vite, comme s'il y pensait depuis un certain temps.

– Et la réintégration dans la société.

Lady Maudred secoua la tête.

– Je ne peux pas t'accorder ce que tu demandes, tu le sais. Tu constitues une menace pour le monde magique et dois donc rester ici. Il faut que tu nous proposes autre chose.

– Hem.

Losen se gratta le menton et se pencha vers l'avant, s'appuyant la tête sur les poings comme s'il était en train de réfléchir.

– Non, je ne veux rien d'autre. Au revoir.

Il se releva et retourna le seau là où il l'avait pris.

– S'il te plaît ! Mégane secoua les barreaux. Il nous faut le traitement !

– Quel traitement ?

Losen se recoucha sur son lit improvisé et ferma les yeux.

– Il n'y a pas de traitement.

Des images commencèrent à défiler devant les yeux de Mégane, un montage de lumière et d'obscurité, représentant toute la gamme des émotions par lesquelles Losen était passé lorsqu'il en avait fait la découverte. Un éclair déchira la poitrine de Mégane, une torture indescriptible qu'elle ne pouvait exprimer qu'en poussant un cri aigu et déchirant. Ses mains glissèrent et elle se saisit le cœur, avant de s'agripper à l'air alors qu'elle tombait à la renverse sur le sol de pierre, sombrant dans les ténèbres.

La vision de Mégane

– Mégane!

Ainsley pivota sur lui-même et la saisit par l'avant de sa tunique au moment où elle tombait, la tête secouée comme celle d'une poupée de chiffon par le brusque arrêt. Sa prise était faible et il entendit les coutures qui cédaient des deux côtés du vêtement, mais il réussit quand même à ralentir sa chute.

– Tout va bien aller. Tu iras bien, lui dit-il, en se réconfortant surtout lui-même, puisque Mégane n'ouvrait toujours pas les yeux.

Lady Maudred s'agenouilla à côté de Mégane et essaya de la réveiller.

– Est-ce qu'elle... est-ce qu'elle respire?

Ainsley releva les yeux et vit Losen, le visage appuyé contre les barreaux. Losen avait la même expression paniquée qu'il avait eue dans le marécage de Sheiran, lorsqu'il avait presque tué Mégane avec une boule de feu destinée à Ainsley.

Ainsley ressentit la même rage meurtrière qu'il avait éprouvée alors. Il saisit Losen par le collet de sa tunique et, lorsque Losen essaya de reculer, Ainsley tira si fort qu'il écrasa le visage du nécromant contre les barreaux.

— Que lui as-tu fait, cette fois-ci ?

Ainsley ne prêta pas attention au sang en provenance du nez de Losen qui lui éclaboussait la joue ; il serra le cou de Losen.

— Tu ferais mieux de me le dire, sinon je serre fort.

Losen essaya de dégager les mains d'Ainsley en reculant, mais Ainsley ne lâcha pas prise et se mit à avancer à mesure que Losen reculait, de sorte que la distance entre les deux demeurait la même.

— Je n'ai… Losen gargouilla et respira bruyamment tandis que la prise d'Ainsley se resserrait. Je ne lui ai rien fait, je le jure. Même la première fois, je ne voulais pas lui faire de mal.

Ainsley entendit derrière lui Mégane gémir et bouger sur le sol. Il rugit et serra une dernière fois le cou de Losen, avant de le forcer à s'asseoir sur la balle de foin et de se tourner pour aider Mégane.

C'est alors qu'il réalisa qu'il se trouvait maintenant dans la cellule.

— Ça alors !

Il secoua la cage de fer et lui donna un coup avec l'épaule, mais les barreaux ne cédèrent pas.

— Ainsley ?

Mégane le regardait en clignant des yeux, car elle se souvenait qu'il était à côté d'elle avant qu'elle s'évanouisse. Elle se releva avec difficulté et le dévisagea à travers les barreaux.

– Comment es-tu passé de l'autre côté ?

Lady Maudred, qui était agenouillée à côté d'elle, leva les yeux et porta une main à sa bouche.

Losen rit aux éclats. Sa voix était encore rauque du manque d'air qu'il avait subi par suite de la pression sur sa trachée.

– Tu deviens trop puissant pour ton propre bien. Dans peu de temps, tu sombreras complètement dans la Maladie et tu perdras ton âme.

Ainsley voulut se retourner pour faire face à Losen, mais sentit que quelque chose s'accrochait aux barreaux derrière lui. Il se tourna et vit que le dos de sa tunique faisait saillie, comme s'il cachait quelque chose en dessous. Il souleva la tunique et fut suffoqué, tout comme Mégane et Lady Maudred.

Les boules qui s'étaient formées entre ses omoplates s'étaient ouvertes et montraient des ailes noires parcheminées qui étaient repliées contre son dos.

– Il est trop tard, Garçondragon. Ton sort est réglé, déclara Losen en le montrant du doigt et en éclatant de rire.

– Non, non !

Ainsley laissa retomber la tunique, comme s'il espérait que le fait de ne plus voir les ailes les ferait disparaître. Il fut pris de nausée et son cœur se mit à battre la chamade. Il aurait voulu arracher ces excroissances hideuses, mais il savait que les ailes maléfiques repousseraient. Elles voulaient qu'il plane au-dessus d'Arylon pour décimer les villages par des explosions de flammes et en dévorer entiers les habitants innocents.

Les jambes d'Ainsley se mirent à vaciller et tout tourna autour de lui, accompagné par le son du rire de Losen.

— Non… il n'est pas… trop tard, articula-t-il avec difficulté.

Il eut le sentiment de sombrer dans une mer de folie, et agrippa les barreaux dans l'espoir de se retenir à quelque chose.

C'est alors que Mégane lui prit les mains et sourit en le regardant dans ses yeux flamboyants.

— Je connais le traitement.

La pièce cessa de tournoyer autour de lui et l'emprise de la démence cessa. Mégane l'attrapa à travers les barreaux au moment où ses muscles tendus se décontractaient.

— Tu le connais ?

Il la fixa de son regard, souhaitant se trouver du même côté des barreaux qu'elle pour la serrer fort dans ses bras.

— Comment ?

Mégane le laissa glisser à terre et s'agenouilla à côté de lui.

— Losen me l'a dit.

Ils se tournèrent tous les deux vers le nécromant, qui s'arrêta de rire et regarda Mégane avec méfiance.

— Je ne t'ai rien dit.

— Oh, si, répondit Mégane en le regardant dans les yeux. Je ne me laisse pas tromper par tes mensonges. Tu te souviens que j'ai la perle de la Vérité ?

— Mais, c'est impossible. Losen secoua la tête. Toute cette zone est à l'épreuve de la magie.

Comme pour valider sa théorie, il se mit à proférer une incantation en regardant Mégane. Rien ne se produisit.

— C'est *en fait* possible, interrompit Lady Maudred qui s'était assise derrière Mégane, faisant se tourner vers elle les deux adolescents. Si la magie est plus forte que celle qui lie, rien ne peut la maîtriser. C'est ce qui explique comment Ainsley a pu passer à travers les barreaux — et c'est ce qui signifie que ton mensonge, ajouta-t-elle en pointant vers Losen, a dû être assez flagrant pour activer le pouvoir de la perle de la Vérité.

— Non, non, non. Losen secoua la tête et passa une main tremblante sur son crâne rasé. Tu essaies de me le faire dire par ruse, et ainsi vous ne seriez pas obligés de me libérer. Eh bien, je ne vous dirai rien.

— Tu n'es pas obligé, lui rétorqua Mégane avec un sourire suffisant. Voyons si j'ai bien deviné : la dragonne Arastold connaît le traitement, et elle habite au sommet des monts Glacères.

Losen ouvrit la bouche pour protester, mais une meilleure idée lui vint à l'esprit, et il se dirigea d'un pas nonchalant vers les barreaux.

— Tu as peut-être raison, dit-il d'un air méprisant en s'adressant à Mégane. Mais tu n'auras pas le temps de sauver ton ami.

Il saisit une corde qui pendait du plafond et la tira.

Quelques secondes plus tard, le son d'une douzaine de clochettes qui tintaient résonna dans les airs le long du couloir, mettant les autres prisonniers dans un état de frénésie. Ainsley et Mégane échangèrent un regard effrayé. Ils entendaient au loin le bruit de pas précipités et de lames qui se rapprochaient de la cellule de Losen.

— Reviens de ce côté, vite !

Mégane saisit les bras d'Ainsley et le tira avec force. Sa tête frappa violemment les barreaux de fer.

— Je ne peux pas !

Il cligna rapidement des yeux pour dissiper la vision de trente-six chandelles.

— Que veux-tu dire ? lui demanda Mégane d'un ton à la fois furieux et anxieux.

Des cris venaient des deux côtés du croisement en T alors que les gardes se rapprochaient.

— Tu l'as fait, tout à l'heure, alors refais-le !

— Au secours, au secours ! cria Losen tout en souriant en direction d'Ainsley et de Mégane. Un garçon atteint de la Maladie essaie de me tuer.

— Tais-toi ! lui cria Ainsley.

Il saisit Losen par la nuque et lui frappa le front sur le mur de pierre. Avec un gémissement, Losen s'écroula. Ainsley saisit la couverture qui était sur la balle de foin et l'en recouvrit.

— Aidez-moi, dit-il en essayant de se couvrir de la tête aux pieds avec sa tunique.

— Était-ce vraiment nécessaire ? demanda Mégane.

Lady Maudred et elle l'aidèrent à enfiler la tunique et à en ajuster le dos.

— Je sais qu'il est malfaisant, mais tu aurais pu le tuer.

— C'était lui ou moi, et maintenant, silence !

Ainsley se dirigea en vitesse vers la botte de foin et s'y coucha, face au mur, alors que les quatre gardes arrivaient.

— Qu'est-ce qui se passe, ici ? demanda l'un d'eux.

— Que voulez-vous dire ? demanda Mégane en affichant un air innocent. Nous ne faisons que rendre visite à mon frère, Losen.

— Pourquoi est-il couché là-bas ?

— Il ne se sent pas bien, le pauvre, répondit Mégane. C'est pour cela qu'il vous a appelés.

— Il a mentionné quelque chose au sujet de la Maladie.

Le feu roulant de questions commençait à ennuyer Mégane.

— Il souffre d'intoxication alimentaire et il délire. Après un petit somme, il ira mieux.

— Qu'est-ce que c'est ? demanda-t-il en pointant vers la forme du corps de Losen caché par la couverture.

— Oh, juste des vêtements pour lui, répondit Lady Maudred. Il a le droit de les avoir, non ?

Le garde, un homme trapu aux cheveux platine et aux yeux durs, s'inclina devant Lady Maudred, même s'il était évident qu'il ne le jugeait pas nécessaire.

— Bien entendu, Milady, mais vous auriez dû en informer la sécurité au préalable.

— Mes excuses, capitaine Kyviel, dit Lady Maudred. Je le saurai pour la prochaine fois.

Le capitaine Kyviel hocha la tête et se tourna vers Mégane.

— Avertissez votre frère de ne pas tirer la sonnette d'alarme, à moins que ce ne soit une véritable urgence. Un mal de ventre ne compte pas, ajouta-t-il en s'adressant à Ainsley.

— Oui, Monsieur, répondit Mégane. Vous avez raison.

Le capitaine Kyviel fit signe aux trois autres gardes de le suivre, et ils s'éloignèrent. Mégane eut un soupir de soulagement et sourit à Lady Maudred. Ainsley ferma les yeux et se détendit.

C'est alors que l'un des gardes dit quelque chose au capitaine Kyviel et les quatre Sentinelles silvaines revinrent sur leurs pas.

Mégane, la gorge serrée, essaya de ne pas paraître inquiète.

— Y a-t-il autre chose ?

Le capitaine Kyviel se gratta la tête.

— En fait, à bien y penser, nous ne voulons surtout pas avoir une prison pleine de gens malades. Je devrais probablement l'examiner pour m'assurer qu'il n'est pas nécessaire de le mettre en quarantaine.

Ainsley écarquilla les yeux. Il essaya mentalement de forcer le capitaine Kyviel à s'en aller, mais n'y parvint pas. Il entendit le bruit de pas bottés qui s'approchaient des barreaux de fer, et tous les muscles de son corps se raidirent.

Mégane se plaça entre le capitaine Kyviel et la cellule.

— Heu... vous ne devriez probablement pas le toucher. Il a, vous savez... Elle fit le geste de vomir. Une grippe intestinale.

Le capitaine Kyviel retroussa les lèvres de dégoût, mais écarta Mégane.

— Prisonnier ! Approche-toi des barreaux, espèce de bon à rien !

Ainsley ne bougea pas et émit un ronflement qui ne dupa personne.

— S'il faut que je rentre dans ta cellule, tu le regretteras ! l'avertit le capitaine Kyviel.

Ainsley prit son temps en se relevant. Il gardait la tête baissée en se dirigeant d'un pas traînant vers les barreaux.

— Montre-moi quelle maladie tu es en train de propager dans mon royaume, reprit le capitaine Kyviel, en saisissant le capuchon de la tunique d'Ainsley.

— S'il vous plaît, interrompit Lady Maudred, en posant la main sur le bras du capitaine Kyviel. Ses yeux sont très sensibles à la lumière. Nous devrions peut-être renoncer à…

Le capitaine Kyviel repoussa le capuchon vers l'arrière sans écouter Lady Maudred. Mégane suffoqua et s'enfouit le visage dans ses mains. Lorsque le capitaine Kyviel se racla la gorge, elle sut que leur sort était réglé.

— Eh bien, il n'a pas trop mauvaise mine, indiqua le capitaine Kyviel. Peut-être un peu fatigué et en sueur, mais c'est normal, en présence de problèmes digestifs.

— Quoi?

Mégane baissa les mains et regarda Ainsley derrière le capitaine Kyviel, dont le visage s'était transformé pour ressembler à celui de Losen. Les plaques noires squameuses avaient été remplacées par un teint jaunâtre. Il présentait les mêmes meurtrissures et égratignures que son modèle. Mégane en resta bouche bée, et Lady Maudred dut lui donner un petit coup de coude pour qu'elle referme la bouche.

La seule indication que quelque chose clochait était les gouttes de sueur qui perlaient sur le front d'Ainsley. Il se sentait étourdi par la force qu'il lui avait fallu déployer pour maintenir un semblant de normalité dans une zone de non-magie. Si la Maladie n'avait pas décuplé son pouvoir, il n'aurait pas été en mesure de recourir à ce stratagème. Il pleura presque de soulagement lorsque le capitaine Kyviel rabattit le capuchon sur ses yeux.

— Va te coucher. Un guérisseur t'apportera un médicament.

Ainsley acquiesça de la tête, se débarrassant de son apparence fictive avec un frissonnement. Son attention était tellement prise par ce qu'il faisait qu'il ne remarqua pas qu'une main pâle s'apprêtait à le saisir.

Mégane vit, du coin de l'œil, que le vrai Losen remuait sous la couverture.

— Ainsley ! cria-t-elle en se précipitant vers lui, mais c'était trop tard.

Losen tira l'arrière de la tunique d'Ainsley, qui glissa sur ses épaules, révélant une mèche de cheveux blonds et des yeux qui ressemblaient à de la braise rouge. Avant qu'Ainsley puisse réagir, Losen lui donna un coup dans les genoux, de sorte que ses jambes se dérobèrent sous lui et qu'il s'étala de tout son long.

Pendant un moment, personne ne bougea. Le regard du capitaine Kyviel allait d'Ainsley à Losen pendant qu'il essayait de comprendre ce qui s'était passé. Les autres gardes fixaient le capitaine Kyviel, incertains de la façon d'intervenir. Mégane s'éloigna du groupe, faisant de son mieux pour passer inaperçue.

— Juste ciel ! s'exclama Lady Maudred, en portant une main à son cœur. Qui est ce jeune homme qui était caché sous la couverture, et qu'a-t-il fait à mon cher Losen ?

— *Je* suis Losen, riposta Losen en se frappant la poitrine. *Lui*, c'est un imposteur, et, en plus, il a la Maladie !

— Quoi ? Lady Maudred recula jusqu'au mur, l'air horrifié. Mais, c'est impossible !

— Ces *deux-là* sont de mèche ! ajouta Losen en pointant Mégane et Lady Maudred.

Tous les yeux étaient maintenant tournés vers les deux femmes, qui se dirigeaient lentement à reculons vers la sortie.

— Je parie que vous ne vous y attendiez pas, leur dit Mégane avec un rire forcé. Surprise !

— Je n'aime pas les surprises, rugit le capitaine Kyviel.

Il claqua des doigts en direction des autres gardes.

— Enfermez-les avec les autres dégénérés. On ne tolère aucune trahison, à Raklund.

Deux des gardes se saisirent de Lady Maudred tandis que l'autre s'en prenait à Mégane.

— Lâchez-moi immédiatement ! s'exclama Lady Maudred. Savez-vous qui je suis ?

— Ne rends pas les choses plus difficiles pour toi, jeune fille, dit le garde à Mégane. Face contre le mur et mains derrière le dos.

Mégane regarda Ainsley, que le capitaine interrogeait. Avec un soupir, elle détourna la tête et mit les bras derrière le dos. Le garde se dirigea vers elle, la tête baissée, et fouilla sous sa cape pour sortir les menottes tandis que, derrière elle, Lady Maudred protestait.

— Laissez la jeune fille partir ! Elle est innocente ! Ne t'inquiète pas, Mégane, je te sortirai de là !

Mégane pencha la tête vers la vieille dame, qui donnait du fil à retordre aux gardes et articula un mot. Lady Maudred continuait de lutter, mais une lueur apparut dans ses yeux et elle hocha la tête.

Alors que le garde s'apprêtait à passer les menottes à Mégane, elle lui donna un coup en pleine mâchoire avec son crâne. Le garde poussa un cri de douleur, s'écarta en trébuchant et laissa tomber les menottes. Mégane pivota sur elle-même, tendit la main vers l'épée du garde, la sortit de son fourreau et lui lacéra le ventre.

Ce n'était qu'une entaille superficielle, mais qui fit quand même que le garde se plia en deux et se laissa tomber, terrassé par la douleur à la mâchoire et au torse. Les deux autres gardes levèrent les yeux, surpris, et desserrèrent leur prise sur Lady Maudred.

Avec un rugissement peu distingué, Lady Maudred se dégagea et arracha l'une des ampoules de neige du plafond, faisant tournoyer le globe au bout de sa chaîne comme un fouet. Elle attaqua l'un des gardes, le frappant de son fouet improvisé plusieurs fois de suite jusqu'à ce qu'il recule. L'autre garde le suivit, serrant et desserrant tour à tour l'épée dans sa main, ne sachant pas trop si une attaque contre la femme du chef du Conseil des Silvains ne risquait pas de lui coûter son poste.

– Mais, qu'est-ce qui passe ?

Le capitaine Kyviel tourna le dos à Ainsley et suffoqua en voyant Mégane passer au garde à terre les menottes qu'elle lui avait prises. Il fit signe à Losen.

– Toi, déclenche l'alarme pour avoir du renfort.

Losen se contenta de le fixer.

– Veux-tu vraiment que la vieille dame et la jeune battent d'autres de tes hommes ?

– Va au diable !

Le capitaine Kyviel passa la main à travers les barreaux et sonna lui-même l'alarme. Cette fois-ci, il n'y eut pas de bruit de pas précipités.

– Où est le renfort que vous attendiez ? lui demanda Ainsley avec un petit sourire narquois.

Le capitaine Kyviel dégaina et agita son épée en direction d'Ainsley.

— Je m'occuperai de toi dans un instant, porteur de la peste.

Il avança vers Mégane, qui s'efforçait de maintenir entre eux une distance.

— Dépose ton arme, jeune fille. Je n'hésiterai pas à faire du mal à une personne du sexe faible.

Mégane resta de glace.

— Laissez-nous partir, mon ami et moi, et vous n'aurez pas à vous battre contre nous.

— Me battre ?

Le capitaine Kyviel éclata de rire et tourna autour de Mégane.

— Tu es drôle. Une bataille entre nous ? Dépose ton épée.

Mégane lui sourit.

— Vous devrez m'y obliger.

L'hilarité qu'affichait le capitaine Kyviel disparut et il se précipita vers elle, décrivant un arc avec sa lame avant de frapper la main tenant l'épée. Mégane recula d'un bond, frappant de son postérieur les barreaux d'une cellule derrière elle. Bit, que Mégane avait presque oubliée, sortit de sa poche et sauta sur le visage du capitaine Kyviel, le frappant de sa queue acérée. Elle avait des réflexes plus rapides que ceux du capitaine, et réussit à éviter ses tapes tout en lui infligeant des blessures.

Mégane sourit et s'adossa à la cellule pour observer un moment le spectacle.

— Bon, capitaine, vous pouvez…

Des mains osseuses saisirent Mégane et la tinrent serrée contre les barreaux de la cellule.

— Je l'ai, capitaine, cria le prisonnier.

Mégane se débattit et essaya de lui labourer les mains avec ses ongles, mais le prisonnier ne lâcha pas prise, insensible aux égratignures que Mégane lui causait. Bit sauta du capitaine Kyviel au prisonnier et se mit à lui mordre les doigts.

— Tu ne crânes plus autant, lui dit d'un ton moqueur le capitaine Kyviel en essuyant les plaies sanguinolentes qui piquetaient son visage.

Mégane lui cracha sur la chemise.

— Vous me dégoûtez !

Le capitaine Kyviel la gifla tellement fort que sa tête se colla parallèlement aux barreaux.

— Hé ! s'exclama Ainsley. Lâchez-la !

Le capitaine Kyviel ne lui prêta aucune attention et saisit Mégane par le menton pour lui relever la tête.

— Je t'ai dit que je n'hésiterais pas à faire du mal à une personne du sexe faible, dit-il d'une voix menaçante, mais douce. Tu ferais mieux de ne pas te frotter à moi.

Mégane refoula ses larmes tout en souhaitant avoir la possibilité de les laisser couler pour apaiser les élancements de sa joue. Les bras toujours tenus, elle releva les deux jambes et lui donna un coup de pied dans le ventre. Il trébucha, grimaçant de douleur, mais parvint à saisir ses jambes de sorte qu'elle resta suspendue entre le prisonnier et lui.

— Lâche-la, dit-il au prisonnier.

Mégane eut un haut-le-cœur lorsque la gravité eut raison de son torse. Sa nuque heurta les barreaux de la cellule et elle fut trop étourdie pour amortir sa chute de ses mains. Elle tomba brutalement sur le côté droit, son poignet replié derrière elle.

– Mégane !

Ainsley saisit les barreaux de fer de sa prison, les secouant fort pour essayer de trouver un point faible.

– Merde !

Il observait, impuissant, le capitaine des Sentinelles silvaines qui continuait de la tourmenter.

– Pauvre de toi, dit le capitaine Kyviel à Mégane en faisant claquer sa langue avec une fausse sympathie. On dirait que tu as eu un accident. Je vais t'aider à te relever.

Il se baissa et la saisit par son poignet blessé. Mégane gémit de douleur, mais ne fit aucun mouvement pour l'arrêter.

– Oh, je t'ai fait mal ?

Ainsley fut incapable d'en supporter davantage. Il recula vers le mur, prit son élan et donna un grand coup aux barreaux avec son épaule. Il parvint à se glisser sans effort entre les barreaux et s'arrêta à quelques centimètres du capitaine Kyviel.

Le capitaine se redressa et se tourna vers Ainsley.

– Eh bien, qu'avons-nous…

Ainsley lui asséna un coup de poing en pleine mâchoire. Avant que l'autre puisse réagir, Ainsley lui décocha un autre coup, en pleine trachée cette fois-ci. Le capitaine Kyviel, le souffle coupé, trébucha vers l'avant.

– Je t'avais dit de la laisser, lui dit Ainsley.

Il prit Mégane dans ses bras, sans tenir compte des coups de poing qu'elle lui assénait dans son état de confusion.

– Mamie, allons-y.

Il n'y eut pas de réponse.

Ainsley s'avança avec Mégane dans les bras et jeta un coup d'œil dans le couloir. Plusieurs silhouettes se précipitaient vers eux, l'épée à la main, mais Lady Maudred avait disparu.

— Zut!

Ainsley cala Mégane dans ses bras et courut aussi vite qu'il le pouvait vers la porte en acier massif.

— Faites que ça marche, faites que ça marche, murmurait-il tout bas. Ils atteignirent la porte et la franchirent sans peine.

— Ainsley ! Lady Maudred le saisit par les épaules. Dieu merci, vous êtes tous les deux sains et saufs. Elle regarda avec chagrin Mégane, qui s'était évanouie. Rabats ton capuchon, et suis-moi !

Voyant qu'il avait les bras pleins, elle le rabattit elle-même.

— Comment es-tu arrivée ici ? lui demanda-t-il en fronçant les sourcils. Comment as-tu réussi à échapper aux gardes ?

— Je me suis débarrassée des deux qui m'attaquaient et, lorsque les autres m'ont trouvée, je leur ai dit que je vous fuyais. En ma qualité de femme du chef du Conseil des Silvains, j'ai beaucoup d'influence.

Ainsley lui jeta un drôle de regard.

— Merci, mamie.

Lady Maudred soupira.

— Je suis désolée, mais je n'aurais pas été d'une grande utilité si j'avais été prise. Suis-moi, maintenant, et vite.

Ainsley la suivit d'un pas rapide jusqu'à ce qu'ils arrivent à la cellule de sire Durnstock. Le sorcier à l'allure soignée était occupé à tricoter ce qui semblait être un étui pour bâton.

— Oh, mais c'est Lady Maudred ! Qu'est-ce qui se passe ? Il aperçut Mégane, évanouie dans les bras d'Ainsley. Que lui est-il arrivé ?

Lady Maudred s'approcha des barreaux de la cellule.

— Sire Durnstock, nous sommes dans une situation épineuse. Si nous réussissons à vous libérer, pourriez-vous nous protéger par un enchantement d'illusion ?

— Mamie, l'interrompit Ainsley en lui tapotant l'épaule, je peux le faire ou tu peux, toi, le faire.

— Je n'en ai pas l'énergie, répondit Lady Maudred en secouant la tête, et tu auras encore besoin de ton énergie avant qu'on sorte d'ici. De toute façon, il était prévu que sire Durnstock soit libéré dans un mois. Elle se tourna vers sire Durnstock. Pouvez-vous nous aider et garder le secret ?

— Ils me servent des rôties sans beurre ! confia sire Durnstock. Je ferais n'importe quoi pour fuir cet endroit primitif. Il scruta le corridor de tous côtés. Mais, comment pouvons-nous fuir ? Je ne vois pas le vieux Scovy.

— Nous n'avons pas besoin de lui, lui expliqua Lady Maudred. Elle se tourna vers son petit-fils. Peux-tu le faire passer à travers les barreaux ?

— Je crois.

Ainsley posa Mégane à terre et tendit les mains à sire Durnstock.

— Prenez mes mains.

Sire Durnstock lui obéit et Ainsley se concentra en fronçant les sourcils, essayant de faire appel aux émotions qu'il avait ressenties auparavant pour que la magie franchisse les barrières de la prison. Pendant ce temps, Lady Maudred essayait de ranimer Mégane.

Lorsqu'elle y parvint enfin, Mégane lui sourit.

— Je parie que vous me jugez faible parce que je me suis évanouie deux fois, ici.

Lady Maudred l'aida à s'asseoir et lui palpa la tête pour voir si elle avait des bosses.

— Bien au contraire. Je crois que tu es l'une des personnes les plus courageuses que je connaisse. Mais tu as dû faire face à des circonstances inhabituelles.

Mégane grimaça lorsque Lady Maudred lui mit la main à l'endroit où sa tête avait heurté les barreaux de fer.

— J'ai aussi mal au poignet.

— Le guérisseur Sterela s'en occupera, la rassura Lady Maudred.

— Pas s'il découvre que nous sommes des fugitifs.

— Si nous parvenons à libérer sire Durnstock pour qu'il nous aide, le guérisseur Sterela ne saura même pas qui nous sommes.

Elle se tourna vers Ainsley, qui avait réussi à faire passer le sorcier à travers les barreaux.

— Excellent. Pour que nous puissions maintenant nous éloigner de cet endroit, tu dois recourir encore une fois à ta magie.

Elle lui montra la porte principale au bas des escaliers menant à Raklund.

— Je peux le faire. Es-tu capable de la franchir ? demanda-t-il à Mégane.

Elle fit signe que oui de la tête.

— Merci de ton aide, tout à l'heure. Même si ça t'a pris du temps.

Ainsley sourit.

— Allons-y. Tenons-nous la main.

Bonjour, au revoir

— Êtes-vous certains que je ne peux rien faire d'autre pour vous ?

Sire Durnstock agita sa baguette.

— Je n'ai pas l'impression que l'échange était équitable.

Ainsley et Mégane se regardèrent. Mégane était devenue une grande blonde portant une robe superbe aux manches assez longues pour couvrir ses bras égratignés et meurtris. Ainsley avait refusé d'enlever sa tunique, sachant qu'il n'y avait sûrement pas beaucoup d'adolescents aux yeux rouges dans le royaume, et sire Durnstock avait donc été obligé de se contenter de raccourcir sa cape et d'en changer la couleur.

— Si nous avons besoin d'autre chose, nous vous le dirons, lui promit Lady Maudred, qui était devenue une mince rousse. Pour le moment, je vous conseille de quitter le royaume et de rester caché pendant au moins un mois. Vous devriez changer d'apparence, vous aussi.

Sire Durnstock s'inclina avant de se donner un petit coup de sa baguette, et ses cheveux devinrent d'un blond filasse.

— Et voilà.

— C'est tout ce que vous allez faire? demanda Mégane. Ce n'est pas un déguisement suffisant.

— Ne sais-tu pas que c'est un péché que de modifier la perfection, lui dit-il avec un clin d'œil. N'oubliez pas que votre visage n'a pas changé, et que vous devez donc empêcher les gens de trop s'approcher de vous. D'ici un jour, l'illusion se dissipera, et il vous faut donc faire vite ce que vous avez à faire.

Il s'inclina une dernière fois avant de se perdre dans la foule des acheteurs, qui grossissait autour de midi.

Lady Maudred se tourna vers Ainsley.

— J'aurais aimé ne pas y être obligée, mais…

Elle lui tendit les menottes.

— Penses-tu vraiment que ça va marcher? lui demanda Ainsley en haussant un sourcil, après ce que tu m'as vu faire.

— Je ne le sais pas, mais les menottes devraient mettre un frein à tes inhibitions.

Ainsley se retourna pour que son dos soit face au couloir.

— D'accord, mais passe-moi les menottes ici pendant que personne ne peut nous voir.

Lady Maudred lui passa les menottes, qu'Ainsley cacha sous sa tunique.

— Je vous propose maintenant de nous rendre en vitesse à mes appartements, dit Lady Maudred, avant que tout le royaume ne soit au courant.

Tout en marchant, Lady Maudred détacha le papillon doré que portait Mégane, lui chuchota quelques mots et l'envoya dans les airs.

— Le roi Bornias nous rencontrera en haut sous peu, expliqua-t-elle à Ainsley et Mégane, qui regardaient s'éloigner en virevoltant le papillon.

Elle sortit ensuite un autre papillon doré et l'envoya dans les airs en direction de l'infirmerie.

— Celui-là est pour le guérisseur Sterela.

— Crois-tu que c'est une bonne idée qu'il me voie dans cet état ? lui demanda Ainsley en montrant son visage. Il saura ce que j'ai et le dira à tout le monde.

— Pas si je l'en empêche, déclara Lady Maudred.

— S'il vous plaît, plus de magie, l'implora Mégane.

Elle grimaça, car leur marche rapide avivait la douleur de son poignet foulé.

— Ainsley et sire Durnstock ont déjà perdu une partie de leur âme, aujourd'hui. Il n'est pas nécessaire que d'autres la perdent également.

Lady Maudred arrêta Mégane au pied de l'escalier qui menait au reste du palais.

— Que veux-tu dire ? On ne perd son âme que par la magie noire, et personne n'a pratiqué ce type de magie.

Elle ôta une écharpe de satin qui ceignait la taille de Mégane, et en attacha les extrémités pour fabriquer une attelle improvisée.

— Ainsley a pris l'apparence de Losen et sire Durnstock a changé *notre* apparence.

Mégane baissa la tête pour que Lady Maudred lui passe l'écharpe autour du cou, faisant reposer son bras au sein de la boucle formée.

— Je ne me suis pas transformé en Losen, répliqua Ainsley. Souviens-toi de ce que Bornias nous a dit. On ne peut prendre l'apparence d'une autre personne que si celle-ci nous tend de son plein gré sa main, et on ne peut pas dire que Losen et moi soyons de bons amis.

Il prit le bras libre de Mégane pour l'aider à monter l'escalier.

— Je n'ai fait que ce que sire Durnstock a fait.

— Qui n'est ni une malédiction ni de la magie noire, puisque l'action n'a pas été exécutée dans une mauvaise intention, confirma lady Maudred, qui les suivait. En fait, nous avons probablement rendu service à sire Durnstock, en lui permettant de nous aider.

— Comment ça ? lui demanda Mégane en se retournant.

— Connaissez-vous la théorie de Sunil ? Non, bien entendu, ajouta-t-elle en voyant leur mine perplexe. La théorie de Sunil est la prémisse de base de notre vie : le bien ne peut exister sans le mal, l'amour ne peut exister sans la haine et les bénédictions ne peuvent exister sans les malédictions.

Ainsley et Mégane s'arrêtèrent et la fixèrent d'un air ébahi. Elle soupira.

— Ce que je veux dire, c'est que l'univers punit l'utilisation abusive de la magie et récompense les personnes qui utilisent la magie à de bonnes fins.

Mégane réfléchit en se mordillant la lèvre.

— Au lieu donc de perdre une partie de son âme, sire Durnstock en a… regagné une partie ?

– Exactement ! Lady Maudred leur fit signe de continuer à monter. S'il avait fait quelque chose qui lui avait fait perdre une partie de son âme, alors oui. Mais si son âme est pure et vertueuse, il recevra une bénédiction.

– Pardon ? Ainsley s'arrêta brusquement et faillit se faire écraser par sa grand-mère. *J'ai* aidé à sauver le pays grâce à ma magie et j'ai reçu en retour une malédiction. Cette théorie ne tient pas debout. J'aurais dû recevoir une auréole et des ailes !

– Mais, tu as des ailes, lui fit remarquer Mégane.

Ainsley lui jeta un regard profondément méprisant.

– Je ne parle pas d'ailes créées par Satan. Je parle d'ailes d'*ange*.

Lady Maudred lui serra l'épaule.

– Tu n'es pas puni parce que tu as exercé une magie bénéfique, Ainsley. Tu es puni à cause de ton obsession pour la magie. Il y a une différence.

– C'est drôle, parce que, moi, je n'en vois pas, rétorqua Ainsley.

Il continua de monter en martelant les marches et déclara sans se retourner :

– Une bonne action devrait être une bonne action, point final.

– Ainsley, attends-nous ! lui cria Mégane. Elle se tourna vers Lady Maudred. Que faisons-nous au sujet des gardes ? Ne seront-ils pas à notre poursuite ?

Lady Maudred fronça les sourcils.

– Tu as raison.

Elle monta rapidement l'escalier, Mégane à sa suite, prenant garde à ne pas trop bouger le bras. Lorsqu'elles atteignirent le troisième palier, le couloir était vide et Ainsley avait disparu.

— Euh, est-ce que vos gardes prennent une pause tord-boyaux ? lui demanda Mégane.

— Non, répliqua, surprise, Lady Maudred. Tiens-toi derrière moi.

Avec un faible sifflement, la porte des appartements de Lady Maudred s'ouvrit lentement, révélant le salon et deux silhouettes assises sur le canapé.

— Vous étiez inquiètes, hein ? demanda Ainsley.

Mégane et lady Maudred poussèrent toutes deux un soupir de soulagement, et entrèrent en hâte. Mégane referma la porte derrière elles et tira le verrou.

— Qu'avez-vous fait de mes gardes, Votre Altesse ? demanda Lady Maudred en regardant autour d'elle. Devrais-je rechercher des plantes en pot qui n'étaient pas là ce matin ?

— Non, non, répondit Bornias en agitant la main et en souriant. Je me suis déguisé en capitaine Kyviel et leur ai dit de m'attendre dans le hall principal. Il va sans dire que nous n'avons pas beaucoup de temps.

— Je suis tout à fait d'accord, convint Lady Maudred. Surtout lorsque les Sentinelles silvaines s'intéresseront de plus près à nous.

Bornias se laissa aller en arrière et caressa sa barbe.

— Oui, Ainsley m'a raconté d'où vous arrivez et que vous avez eu une bonne nouvelle, et, si j'en juge d'après votre nouvelle apparence, ce doit être quelque chose d'important.

Mégane saisit les mains grassouillettes de Bornias.

– Nous connaissons le traitement à la Maladie ! lâcha-t-elle.

– Quoi ? Bornias retira brusquement ses mains comme si Mégane venait de le mordre. Il n'y a pas de traitement.

– Si, il y en a un.

Mégane s'assit sur le canapé entre Ainsley et Bornias.

– Je me suis servie de la perle pour arracher la Vérité à Losen. Arastold possède le remède, et elle habite les monts Glacères.

– Arastold ?

Bornias regarda Ainsley, caché par Mégane.

– Est-ce que c'est une plaisanterie ?

Ainsley secoua la tête.

– Je ne le pense pas.

Bornias se leva et commença à arpenter le salon.

– Je suppose que vous en êtes également convaincue, dit-il en regardant Lady Maudred.

– Oui, Votre Altesse, répondit-elle avec une courbette. Ce serait après tout logique que la personne qui a lancé la malédiction de la Maladie en connaisse aussi le traitement.

– Ne vous semble-t-il pas aussi logique que Losen vous mente et vous envoie dans cette région sauvage et glacée pour rire à vos dépens ?

Le visage de Lady Maudred prit la teinte de sa chevelure.

– Votre Altesse, si vous aviez vu Mégane dans la prison, vous ne mettriez pas en doute ce qu'elle vient de vous annoncer.

– Bornias, dit Mégane en le tirant par la manche, je vous jure que ce que j'ai vu est réel. La vision était plus forte que la zone de non-magie où nous nous trouvions. *C'était* la vérité.

Bornias secoua la tête.

— Je ne crois cependant pas que ce soit sage d'aller y traîner sans en vérifier la véracité.

— D'accord, reprit Mégane en se laissant tomber sur le canapé à côté d'Ainsley. Perdons le temps précieux dont Ainsley ne dispose pas.

Bornias se mit à tortiller sa barbe.

— Mégane, nous ne pouvons pas…

Quelqu'un se mit à marteler la porte.

— Bornias, dit la voix étouffée de Frieden, laisse-moi entrer, vite !

Bornias se hâta d'aller déverrouiller la porte et faillit tomber à la renverse lorsque Frieden entra précipitamment en verrouillant à nouveau la porte. Il se tourna vers Bornias. Des gouttes de transpiration perlaient à son front et ses cheveux tombant devant ses yeux affolés.

— Lance un enchantement de gardiennage. D'autres hommes arrivent.

— Combien ? demanda Lady Maudred alors que Bornias agitait son bâton en direction de la porte et la transformait en grimien montrant les dents.

Frieden montra une légère surprise à la vue de Lady Maudred sous sa nouvelle apparence.

— Le capitaine Kyviel et une quinzaine d'hommes. Le guérisseur Sterela leur a dit où vous trouver.

— Ce traître ! grommela-t-elle. Lorsque j'en aurai fini avec lui, c'est *lui* qui aura besoin d'un guérisseur.

Frieden la saisit par les épaules pour capter son attention.

— Y a-t-il une autre sortie ?

Lady Maudred le regarda, interdite.

— Bien sûr que non. Personne n'oserait m'attaquer chez moi !

— Il y a une première fois à tout, mamie.

Ainsley se leva et colla l'oreille au mur où se trouvait précédemment la porte.

— Ils sont entre le premier et le deuxième étage, et seront ici sous peu.

Frieden se mit à lancer des ordres.

— Ainsley, continue de surveiller. Tes sens sont plus aiguisés que les nôtres. Mégane, Lady Maudred, allez chercher des provisions. Vous deux et Ainsley devez quitter immédiatement la ville. Bornias, tu devras téléporter Lady Maudred, Ainsley et Mégane loin d'ici et quitter cette chambre.

Bornias secoua la tête.

— Si nous nous enfuyons, nous aurons l'air coupable.

— Si nous restons, ils tueront Ainsley, déclara Mégane en le tirant par le bras comme un enfant dans une confiserie. Bornias, s'il vous plaît, téléportez-nous aux monts Glacères. On pourrait au moins essayer d'y trouver Arastold.

— Ils sont au deuxième étage, interrompit Ainsley, et d'autres hommes viennent de se joindre à eux.

— Rechercher Arastold ? répéta Frieden.

— Nous sommes allés voir Losen, lui expliqua Mégane, et la perle de la Vérité m'a dit qu'Arastold possédait le traitement, et qu'elle habite les monts Glacères.

— Ils sont presque là ! siffla Ainsley.

Bornias les fit entrer dans la chambre de Tib et transforma les rideaux de velours en porte, avant de la refermer en s'y appuyant.

— Je suis désolé, mais ce n'est pas une bonne idée pour vous que de quitter Raklund en ce moment. Je ne veux pas vous insulter, Cordélia, mais Ainsley et Mégane ont besoin d'une plus grande protection que celle que vous êtes en mesure de leur offrir.

Lady Maudred se redressa et lança un regard pressant à Bornias.

— *Ça,* c'est une question de point de vue.

Frieden lui posa une main apaisante sur l'épaule.

— Bornias, je peux les accompagner et te tenir au courant de ce qui se passe.

Bornias les foudroya du regard à tour de rôle. Ils entendirent alors le son étouffé des poings qui martelaient la porte et les cris du grimien.

— Bornias, s'il vous plaît, l'implora Mégane. Nous n'avons pas le choix.

Le grimien se remit à hurler. Son hurlement était entrecoupé par le son de la pierre qui s'effritait à mesure que la porte menant aux appartements de Lady Maudred était démolie. Bornias jeta un coup d'œil derrière lui et soupira. Il sortit ensuite le Bâton de Lexiam de sous sa tunique.

— *Krida dashin pres siosfra,* dit-il.

Ainsley et Mégane se sourirent alors que le Bâton de Lexiam se mettait à diffuser une lumière qui forma un cercle autour de Bornias et devint successivement rouge, verte, bleue puis mauve avant de recommencer au rouge, et ainsi de suite.

— Allez chercher vos affaires, leur dit Bornias. Nous n'avons pas beaucoup de temps.

Ainsley et Mégane allèrent chercher leur sac à dos, où ils mirent les quelques articles qu'ils en avaient retirés depuis leur arrivée à Raklund.

— Je vais aller à la cuisine chercher de la nourriture et de l'eau, annonça Lady Maudred en poussant Bornias pour passer.

— Je vous accompagne, lui dit Frieden, mais Bornias lui saisit le bras.

— Reste, personne ne sait que tu es de mèche avec eux.

— C'est *moi* qui accompagnerai ma grand-mère, indiqua Ainsley en la suivant.

— Frieden, aidez-moi à me trouver une arme, lui dit Mégane en se servant de son bras indemne pour ouvrir la porte du placard. Son père doit bien avoir une épée ou quelque chose du genre.

Ils fouillèrent dans les tiroirs et les étagères de la bibliothèque sans rien trouver de plus dangereux qu'un coupe-papier.

— Peut-être sur le dessus de la bibliothèque, suggéra Mégane.

Elle saisit le banc au pied du lit et le fit glisser sur le plancher. La planche de bois qui constituait le siège se souleva, articulée par deux charnières.

— Regardez, un compartiment secret.

À l'intérieur, Mégane trouva un livre de runes, un bol en ivoire et une dague portant l'emblème des Pôdargent.

— Je vais me contenter de la dague, pour le moment, marmonna-t-elle, mettant le tout dans son sac à dos enchanté et portant ce dernier en bandoulière.

— Il nous faut partir, annonça Bornias en passant la tête dans l'embrasure. Pourquoi Cordélia et Ainsley mettent-ils tant de temps ?

Mégane glissa la tête sous son bras pour regarder elle aussi, bien qu'elle soit plus préoccupée des gens à leur poursuite. La porte des appartements de Lady Maudred présentait maintenant un trou bâillant par lequel Mégane voyait plusieurs personnes en train de casser ce qui restait de la porte à coups de marteau. Le grimien gisait sur son flanc, tué par les nombreuses flèches et taillades d'épée.

— Les gardes sont presque ici !

C'est alors que grand-mère et petit-fils apparurent à l'entrée de la cuisine, portant des sacs bien garnis. Les flèches sifflèrent autour d'eux, mais Lady Maudred fredonna tout bas, et les flèches s'écrasèrent au sol. Ainsley, qui portait encore les menottes, courut avec les sacs hissés sur une épaule. Le mur avant s'effondra avec un bruit de tonnerre qui le surprit. Il glissa sur l'une des flèches à terre et, incapable de lancer les mains en avant pour reprendre son équilibre, s'affala de tout son long. Lady Maudred continua de courir, l'explosion l'empêchant d'entendre quoi que ce soit.

En un instant, les gardes avaient rattrapé Ainsley, lui arrachant les sacs et s'en servant ainsi que de leurs poings pour le maîtriser.

— Il est atteint de la Maladie ! s'écria l'un d'eux, provoquant toute une série d'exclamations de la part des autres.

— Il nous infectera tous, ce porteur de la peste !

— Il faut l'écarter de la société !

— Tuons-le !

— Il faut tuer les deux autres aussi ! Elles pourraient être porteuses de la Maladie !

Les voix martelaient le cerveau d'Ainsley plus fort que les coups de poing sur son corps. Il détestait la Maladie, et les sentiments d'insécurité et de colère qu'elle suscitait en lui. Il détestait le fait d'avoir mis la vie de ses amis en péril et que sa grand-mère ait été obligée de s'enfuir en raison de son association avec lui. Il détestait ce qu'il était devenu, mais adorait l'euphorie que procurait le pouvoir.

Avec un cri d'angoisse, Ainsley demanda au pouvoir de la Maladie de l'envelopper, d'absorber les horribles émotions qu'il avait été obligé de ressentir et de les transformer en pouvoir encore plus grand, qu'il pourrait exercer sur ses ennemis. Les menottes tombèrent de ses poignets avec un cliquetis.

— Ainsley, non !

Son sac à dos battant sur ses épaules, Mégane ouvrit la porte pour courir vers lui. Elle se baissa rapidement en entendant le cri d'un garde qui était projeté dans les airs en sa direction et grimaça de douleur lorsqu'elle l'entendit frapper le mur. Elle se redressa et courut vers Ainsley, qui se débarrassait du dernier garde en le transformant en plante en pot. Avant qu'il ait baissé son pantalon pour arroser le feuillage nouvellement formé, Mégane lui saisit le bras de sa main indemne et lui fit perdre l'équilibre.

— Nous devons absolument *partir* !

Ainsley la regarda dans les yeux et, pendant un instant, Mégane eut peur qu'il refuse de s'en aller et qu'il se mette à détruire Raklund.

— S'il te plaît, n'envenime pas la situation.

Ses mots piquèrent au vif Ainsley qui, si le capitaine Kyviel n'avait pas été à la tête du groupe qui le recherchait, se serait rendu pour étouffer le sentiment de culpabilité qu'il éprouvait.

— D'accord, lui dit-il, et il courut rejoindre Bornias et les autres. Allons-y.

— Rapprochez-vous de moi et laissez vos pensées se porter sur le col de la Lumière, au pied des monts Glacères, leur dit Bornias.

Ils se rapprochèrent, et la lueur pourpre qui émanait du bâton devint plus intense, jusqu'à devenir d'un jaune plus éclatant que le soleil.

— Bonne chance à tous, leur souhaita Bornias.

Mégane serra la main d'Ainsley, qui remarqua que sa joue présentait une traînée sanguinolente, une éraflure causée par une flèche perdue ; une blessure, tout comme celle de son poignet, qui était de sa faute.

J'ai fait assez de mal autour de moi comme ça, se dit Ainsley. Il ferma les yeux, et une larme coula le long de sa joue. *Je ne veux pas aller au col de la Lumière. Je veux protéger les autres de moi. Je veux aller là où les êtres comme moi habitent.*

Une nuit épaisse

À mesure qu'Ainsley était emporté loin de Raklund, l'odeur et le bruit de la vie humaine s'estompèrent. Lorsque ses pieds se posèrent à nouveau sur le sol, il eut l'impression de se trouver dans un vide sans vie. Ses yeux s'ouvrirent sur l'image lugubre d'un carnage.

Il se trouvait seul dans une forêt qui semblait avoir été consumée par un incendie dévastateur. Le sol était recouvert de cendre, et aucune plante n'essayait d'y pousser. Des arbres massifs l'entouraient, et chaque tronc, d'un gris terne, avait la taille d'une tourelle de château. Quelques arbres avaient été étêtés et brûlés jusqu'à n'être que des souches aux bords irréguliers. Ainsley eut le sentiment intolérable qu'il savait ce qui avait causé de tels dommages. Le plus haut arbre semblait plus atteint que les autres ; son tronc était devenu un point d'interrogation gigantesque. Ses branches sans feuilles ressemblaient à des doigts squelettiques qui grattaient le ciel de ce début de nuit, sur lequel flottaient maintenant des nuages menaçants.

Un vent glacial s'infiltrait entre les arbres, manquant presque de renverser Ainsley. Il s'enveloppa dans sa tunique et écouta le murmure du vent. Il savait qu'aucune créature ne pourrait survivre ici, en l'absence de végétation et d'eau potable. Il savait aussi que toute créature qui avait habité la région en aurait été chassée il y a longtemps par les dragons qui avaient causé cette destruction.

— C'est donc ça, l'enfer. J'ai toujours cru qu'il serait rempli de gens.

Avec un vague soupir, Ainsley s'assit sur une souche. Il se dit qu'il méritait probablement d'être à cet endroit, où il lui serait impossible de faire du mal aux autres. Personne ne serait obligé de le regarder dépérir ni de voir son apparence s'altérer jusqu'à ce qu'il ressemble plus à une bête qu'à un homme. Il n'aurait pas à supporter les chuchotements et les regards détournés des gens qui craignaient la Maladie, et, lorsqu'il aurait complètement perdu la maîtrise de lui-même, tout le monde serait à l'abri de sa rage incommensurable, puisqu'il serait seul.

Mais il ne l'était pas.

Mégane, à cinq mètres de lui, se roula sur le dos et se mit à tousser. Elle essuya la suie qui lui remplissait les yeux et vit la silhouette courbée d'Ainsley assis sur une souche. Elle remit son sac sur l'épaule, ramassant sa jupe d'une main.

Elle comptait l'invectiver jusqu'à en perdre la voix, mais, lorsqu'elle se rapprocha, elle vit que sa tête était enfouie dans ses mains et qu'il semblait pleurer.

Ses lèvres tremblèrent et les larmes lui montèrent aux yeux. Elle n'avait pas vu Ainsley pleurer depuis la deuxième année du primaire, et elle en avait autant de peine.

Elle n'avait envisagé la Maladie d'Ainsley que du point de vue de ses conséquences sur elle-même. Elle lui en voulait de ne pas l'avoir écoutée, elle ne voulait pas qu'il abandonne et la quitte, et maintenant elle lui en voulait de vouloir être seul, sans elle. Elle n'avait pas pensé à ce qu'il pouvait ressentir.

— Je suis une amie épouvantable, murmura-t-elle.

Les larmes se mirent à couler sans retenue sur ses joues, sans qu'elle puisse les arrêter.

— Oh, Ainsley, je suis désolée ! Elle courut vers lui en pleurant.

Ainsley releva brusquement la tête. Une silhouette pâle, fantomatique se dirigeait vers lui, les bras tendus, gémissant et criant son nom.

— Merde !

Il bascula sur la souche et trébucha vers l'arrière en faisant un signe de croix avec les doigts devant lui.

— Va-t'en, esprit malfaisant !

Mégane poussa un cri et pivota sur elle-même.

— Où ?

En pivotant sur elle-même, ses longs cheveux blonds et sa jupe virevoltèrent en même temps. Elle se souvint alors de l'éclat prestigieux qui était devenu le sien après l'enchantement, et qui était maintenant recouvert d'une cendre grise lui donnant une pâleur de morte-vivante. Le caractère ridicule de la situation la fit rire. Un nuage de poussière l'entoura, et elle se mit à tousser, ce qui l'amusa davantage.

À l'écoute de ce gros éclat de rire familier, Ainsley plissa les yeux. Il remarqua alors l'écharpe au bras de l'esprit, tandis que l'hystérie pliait la silhouette en deux.

– Mégane?

Mégane lui saisit le bras.

– Oh, Ainsley, dit-elle en essayant de réprimer son rire, je suis désolée!

– Ce n'est pas drôle, dit-il d'un air renfrogné. J'ai vraiment cru que tu étais un fantôme.

– Un fantôme qui connaîtrait ton nom et qui serait venu à cette forêt déserte rien que pour te hanter?

– Tais-toi, lui dit Ainsley en souriant malgré lui. Que fais-tu ici?

– C'est évident, non? Je t'ai suivi!

Mégane agita son bras indemne, et la suie emplit l'air comme une rafale de neige grise. Elle toussa et agita la main pour éloigner le nuage de cendre, mais elle ne réussit qu'à le rendre plus dense.

– Je savais que tu n'accompagnerais pas les autres.

Bit sortit la tête du corsage de Mégane et éternua à cause de la poussière.

– Tu ne peux pas rester ici, lui dit Ainsley en secouant la tête. Tu n'es pas en sécurité avec moi.

– Tu n'es pas en sécurité avec toi-même.

Mégane chercha un morceau de tissu propre sur sa manche pour s'en frotter le visage.

– Quelle bonne cachette tu as trouvée! Dans tout ce gris, personne ne réussirait à repérer tes cheveux longs et tes yeux rouges.

Ainsley lui tendit un morceau de sa cape.

– Je ne savais pas que j'aboutirais à cet endroit précis. J'ai juste souhaité me rendre à l'endroit où mes semblables se trouvaient.

– Bon, voyons si nous pouvons trouver tes semblables.

Mégane finit de s'essuyer le visage et laissa glisser son sac à dos par terre, ce qui souleva un autre nuage de cendre. Elle s'assit sur la souche servant de perchoir à Ainsley et sortit un parchemin de son sac, puis le déroula sur ses genoux.

– Comment allons-nous repérer l'endroit où nous sommes ? demanda Ainsley en regardant par-dessus son épaule tandis qu'elle étudiait la carte.

– Je vais deviner, et dire que nous sommes *ici*.

Elle plaça le doigt sur un endroit du parchemin où des hachures verticales avaient été faites. Un point d'interrogation se dressait au milieu des hachures.

– La Folie, lut Ainsley à haute voix. C'est réconfortant.

Mégane eut un petit sourire narquois.

– Mais j'ai de bonnes nouvelles. Nous ne sommes qu'à environ deux cent cinquante kilomètres du col de la Lumière. Nous pourrons probablement nous y rendre en une semaine.

– Peut-être, mais nous n'y allons pas, répliqua Ainsley. C'est ici que je dois être, et c'est ici que je reste.

Il s'en alla en donnant des coups de pied à des tas de suie.

– Je vais aller chercher du bois de chauffage.

– Ainsley !

Mégane se dépêcha de rouler le parchemin et de le remettre dans son sac avant de partir à la poursuite d'Ainsley.

— Ne sois pas comme ça.

— Comme quoi ? Comme quelqu'un qui ne veut pas faire partie d'une société qui ne cherche qu'à le tuer ?

Ainsley s'arrêta devant un arbre chétif qui n'avait été que légèrement endommagé par le feu et en secoua le tronc.

— Que ne donnerais-je pas pour avoir une hache ! Je pourrais couper quelques-unes de ces branches.

— Tu ne peux pas les atteindre, elles doivent être à quinze mètres du sol. Mégane croisa les bras. Mais, pourquoi changes-tu de sujet ?

— Penses-tu vraiment être capable de lire dans mes pensées ?

Il enleva sa cape et saisit l'une des branches de l'arbre afin de s'en servir pour se hisser.

— Arrête !

Mégane le tira par la jambe, mais Ainsley se dégagea et continua à grimper.

— Ainsley, pourquoi abandonnes-tu ? Bon nombre de gens s'inquiètent à ton sujet et veulent que tu ailles mieux. *Moi-même,* je m'inquiète à ton sujet.

Ainsley tressaillit, mais ne ralentit pas sa montée.

— Je n'abandonne pas, j'accepte tout simplement mon destin.

— Ton destin ?

Mégane leva les bras en l'air en signe d'exaspération.

— Le destin n'existe pas, Ainsley ! Les choses arrivent parce que les gens les causent. Ton destin n'était pas d'attraper la Maladie. Tu as fait un usage abusif de la magie, et en voici la conséquence.

Ainsley serra les mâchoires et tendit la main vers une branche épaisse, la tirant de toutes ses forces jusqu'à ce qu'elle casse.

— Attention à ta tête ! prévint-il en la laissant tomber.

Mégane s'écarta et attendit que la poussière retombe.

— Tu ferais mieux de faire attention, l'avertit-elle.

Ainsley tendit la main vers la branche qu'il visait.

— Tu pourrais être *destiné* à tomber !

Ainsley saisit le tronc d'une main et baissa les yeux vers Mégane.

— Si tu crois…

Ses doigts glissèrent et il perdit prise, tombant à la renverse.

— Ainsley ! cria Mégane en s'élançant vers lui.

Ainsley se concentra sur la création d'un vent pour amortir sa chute et, en quelques secondes, il flottait en position verticale.

— Que j'aime la magie ! dit-il avec un sourire espiègle.

Mégane ne sourit pas.

— Euh, tu changeras peut-être d'idée au sujet des remerciements à la magie, Garçondragon, dit-elle en pointant derrière lui.

— Que veux-tu dire ?

Ainsley regarda derrière son épaule et fut tellement surpris que les ailes qui le main-tenaient dans les airs arrêtèrent presque de battre.

— Ho !

Mégane tourna autour de lui.

— Comment t'y es-tu pris ?

— Je ne sais pas. Je ne sais même pas comment mes ailes continuent de s'agiter.

Ainsley décontracta les muscles du dos et les ailes cessèrent de s'agiter. Il tomba de quelques mètres et contracta les muscles. Les ailes recommencèrent à s'agiter, le faisant remonter dans les airs.

— C'est prodigieux!

Il se détendit un peu et plana dans les airs, près des branches qu'il voulait atteindre. Comme ses deux mains étaient maintenant libres, il réussit à en arracher quelques-unes et les jeta à terre.

Mégane les évita en faisant un saut de côté et bouillonna de colère tout en attendant qu'Ainsley redescende lentement sur terre.

— As-tu fini de faire le clown?

— Le clown?

Ainsley poussa du pied les branches pour en faire un tas.

— Nous allons tous les deux apprécier ce feu.

Il se baissa et mit la main sur l'une des branches. Elle prit feu, et les flammes se propagèrent rapidement aux autres bûches.

— Ce n'est pas ce que je veux dire, et tu le sais. Lady Maudred et Frieden sont ailleurs, en train de risquer leur vie pour t'aider. Bornias fait tout son possible pour calmer les esprits à Raklund, et moi, je suis piégée au milieu de ce désert et j'ai l'air de m'être roulée dans le tapis d'un congrès de fumeurs, et la personne qui devrait s'intéresser le plus à ton sort, toi, se contente de s'amuser à des bêtises.

Ainsley ouvrit la bouche pour répliquer, puis baissa la tête en disant:

— Je le sais.

Il s'assit sur la souche.

— Alors, *mettons-nous en route.*

Mégane s'assit à terre devant lui et lui mit les mains sur les genoux.

— Nous pouvons te guérir, j'en suis sûre.

— Mégane, lui répondit Ainsley avec un doux sourire, je ne veux peut-être pas être guéri.

Elle laissa glisser ses mains de ses genoux.

— Tu ne le penses pas vraiment.

Il haussa les épaules et se passa la main dans les cheveux.

— J'adore pratiquer la magie, dit-il. Je ne veux pas y renoncer.

Mégane sentit les larmes lui monter aux yeux.

— Tu préfères devenir fou et tuer tout le monde, y compris les gens que tu aimes, jusqu'à ce que les gens qui te pourchassent t'attrapent et te tuent?

Ainsley secoua la tête.

— Non, bien sûr.

— Ainsley, tu ne peux pas jouer sur les deux tableaux.

— Bornias utilise lui aussi la magie, et il n'a pas de problème. Mon père s'en servait, et il n'a pas eu de problème. Ma grand-mère et Kaelin également, ajouta Ainsley en comptant sur les doigts.

— Tu n'es pas ces gens-là.

Mégane lui saisit les rotules.

— Tu n'as pas été élevé dans le même milieu.

— Tu considères la magie d'un œil différent.

— Eux, ils la tiennent pour acquis, et moi je la vois comme un cadeau.

— Non, ils la respectent, et toi tu l'exploites.

Mégane se releva.

— Un peu comme tu le fais avec tous les éléments de ta vie.

Ainsley la foudroya du regard.

— Ça, c'est un coup bas, Mégane. C'est minable.

Mégane fronça les sourcils.

— Oui, tout comme toi.

Elle saisit son sac à dos, alla s'asseoir de l'autre côté du feu et en sortit quelques affaires.

— Tu ne pars donc pas? lui demanda Ainsley sans la regarder, ouvrant à son tour son sac à dos.

— Au matin.

Elle déroula sa couverture et l'étendit sur le sol.

— Ne t'inquiète pas, je serai partie bien avant que tu te réveilles. Aïe!

Mégane se prit délicatement le poignet et rougit avant d'aller vers Ainsley.

— Je ne te le demanderais pas d'ordinaire, mais pourrais-tu utiliser ta magie pour guérir mon poignet?

— L'os vieillira plus vite que les autres si je le fais, l'avertit Ainsley. Veux-tu vraiment que je le fasse?

— Si tu ne le fais pas, je ne serai pas aussi apte à me défendre.

Elle sortit son bras de l'écharpe et le lui tendit.

Ainsley lui prit le poignet entre les doigts avec précaution.

— Tu ne devrais pas voyager seule, tu sais.

— Si je ne retrouve pas Lady Maudred et Frieden, lui répondit Mégane en grimaçant de douleur, nous ne trouverons jamais de remède pour toi.

— Tu vas quand même partir à la recherche du remède?

De surprise, Ainsley lui tira brusquement le bras, ce qui arracha un cri à Mégane.

— Pardon, pardon.

– Bien entendu. Je n'abandonne pas, même si toi tu as capitulé. Je peux trouver le remède et te le rapporter. Qui sait, Frieden et Lady Maudred l'ont peut-être déjà trouvé.

– J'en doute fort.

Se servant de sa magie pour repérer le site de la blessure, Ainsley se concentra pour dissiper la culpabilité qu'il éprouvait devant l'abnégation dont faisait preuve Mégane.

– Le poignet n'est pas très endommagé, dit-il en frottant si fort le poignet que les larmes montèrent aux yeux de Mégane. Je ne sens qu'une petite fêlure dans un des os.

– Cesse de serrer mon poignet, et guéris-le, ordonna Mégane avec une grimace.

– D'accord, d'accord.

Ainsley ferma les yeux et fit passer la magie de la pointe de ses doigts au poignet cassé de Mégane. La magie agit sur l'os comme l'eau sur de la boue séchée, se déposant dans la région blessée et réparant la cassure.

Mégane sourit, la douleur diminuant et la force revenant dans son poignet.

– Merci, lui dit-elle, en faisant jouer ses muscles pour voir. Je vais redevenir un adversaire acceptable.

– Tu ne devrais pas t'aventurer toute seule, lui dit Ainsley. Tu ne sais pas quels dangers te guettent d'ici à l'arrivée au col de la Lumière.

– Je vais y aller, répliqua Mégane. Je peux me battre contre tout ce qui me bloque le chemin. Après tout, je me suis bien tirée d'affaire, jusqu'à présent.

Mégane espérait qu'Ainsley ne la mettrait pas au pied du mur. Elle avait effectivement survécu aux grimiens, à une méchante femme-chat et à un grand nombre de

Sentinelles silvaines, mais elle n'y avait pas réussi seule. Ainsley avait toujours été à ses côtés et il en était malheureusement conscient.

— Mégane, ne sois pas stupide. Tu n'es même pas capable de te défendre.

— Non, mais j'ai ceci, lui dit-elle en sortant la dague de Tib de son sac à dos, et la perle de la Vérité.

Ainsley roula les yeux.

— Tu comptes te servir de la perle de la Vérité pour t'assurer qu'un voleur ne veut pas juste « emprunter » ton argent et te dépecer ensuite avec ton couteau ?

Mégane lui adressa un doux sourire.

— Je vais y parvenir.

— Laisse tomber. Je t'accompagne au col de la Lumière pour m'assurer que tu y arrives saine et sauve. Ensuite, je reviendrai finir mes jours ici.

Il sortit un fruit de son sac et s'étendit sur la couverture.

— Bon, j'imagine que je ne peux pas t'en empêcher.

Mégane retourna à sa couverture, savourant sa petite victoire. Elle se dit qu'Ainsley pouvait invoquer l'excuse qu'il voulait, pourvu qu'il l'accompagne. Elle sourit et fixa le ciel nocturne.

Des étoiles blanches brillaient dans le firmament, et une rude brise faisait vaciller les flammes du feu de camp. Le seul bruit provenait de la mastication d'Ainsley, et il croqua son fruit le plus longtemps possible pour rompre le silence de la forêt déserte. À chaque bruit de sa bouche, Mégane grimaçait et attendait que cela cesse.

Lorsqu'Ainsley eut terminé sa pomme, il en jeta le trognon et fouilla dans son sac à la recherche d'une autre. Lorsqu'il y mordit, Mégane protesta avec véhémence.

– N'as-tu rien d'autre à manger qui fasse moins de bruit ?

Elle se précipita vers lui, lui arracha le fruit et le jeta dans l'obscurité.

– Hé ! C'était mon repas !

Ainsley se leva et scruta le sol.

– Mange du bœuf séché, du pain ou quelque chose de mou.

Mégane souleva son sac et y fouilla.

– Quelque chose qui fasse moins de bruit.

Ainsley, qui s'était penché pour examiner un objet, lui lança un regard las.

– Nous n'avons rien d'autre, Mégane.

Il ramassa l'objet qui s'effrita dans sa main.

– Pouah, de la saleté.

Mégane s'interrompit, une paire de chaussettes en main.

– Que veux-tu dire ? Lady Maudred et toi avez pris deux sacs de nourriture à la cuisine.

– Erreur. Nous avons bien pris deux sacs de nourriture, mais les gardes m'ont arraché le *mien*.

Il cessa de chercher et revint vers le feu de camp, où il reprit à Mégane ses chaussettes et son sac.

– Comme je te l'ai dit, nous n'avons rien d'autre à manger.

Mégane se laissa tomber sur sa couverture.

– Nous avons un voyage d'une semaine à faire, et rien à manger.

Elle mit les mains sur son ventre, qui choisit ce moment pour crier famine.

– Comment allons-nous survivre ?

— Il nous faudra chasser notre nourriture, lui dit Ainsley en s'asseyant à côté d'elle. Tu as un couteau, et je peux voler et repérer les animaux depuis les airs.

Mégane plissa les yeux.

— Il nous faut donc chasser les animaux et les tuer ?

— Je ne crois pas qu'ils viendraient jusqu'à notre campement pour se jeter dans le feu, Mégane.

Mégane se releva.

— Mais je ne sais même pas quelles créatures vivent ici ni quels fruits et légumes sont bons à manger.

Elle se dirigea précipitamment vers son sac à dos et en vida le contenu sur sa couverture.

— Je dois avoir quelque chose à manger. J'ai peut-être mis des restes de ce que nous avons mangé chez Lady Maudred dans mon sac sans même y penser, ou il me reste peut-être de la nourriture de notre passage chez Kaelin ! La viande de doudin devrait durer, non ? Je te parie que dans l'une de ces poches…

Ainsley s'éloigna en se frottant les tempes. Il se mit à fredonner dans le but de couvrir les divagations de Mégane. Ses sens plus aiguisés l'empêchèrent de couvrir le bruit. Comme il n'y avait pas d'autres sons à la ronde, c'était pire. Ainsley sentit la colère gronder en lui. Il souhaita qu'un troupeau de trials ou qu'une meute de grimiens passent en coup de vent dans le campement, n'importe quoi pour remplacer la voix de Mégane.

C'est alors qu'il entendit des voix. Certaines chuchotaient, d'autres riaient et d'autres encore chantaient. Ainsley pivota sur lui-même, scrutant l'obscurité, sans rien voir.

Son cœur se mit à battre de façon précipitée, mais les voix devenaient plus fortes.

— Je suis en train de devenir fou, dit-il tout bas.

Mégane releva la tête, une chemise à la main.

— Qui est là ? demanda-t-elle.

Ainsley faillit bien lui sauter au cou.

— Tu les as entendues, toi aussi ? demanda-t-il, les battements de son cœur se calmant.

— Bien sûr. Le bruit est étouffé, mais je peux les entendre. Elles viennent de ce côté, non ?

Elle pointa vers l'est.

Ainsley reprit ses esprits et se rendit alors compte que les voix ne provenaient que d'un endroit de la forêt.

— Tu as raison.

Il mit ses mains en cornet et cria.

— Bonjour, qui va là ?

Mégane et lui se turent un moment, attendant une réponse quelconque de la part de leurs visiteurs, ou une interruption de la conversation ou des rires. Les voix désincarnées continuaient de se faire entendre.

— Ce n'est pas très poli de leur part, dit Mégane.

Elle s'inclina vers l'arrière, prit une grande inspiration avant de se pencher pour crier :

— Hé, vous autres ! Nous sommes ici !

Elle n'eut d'autre réaction que celle d'Ainsley qui porta les mains à ses oreilles pour se les boucher.

— Pourquoi ne répondent-ils pas ?

— Je ne sais pas. Peut-être parce que tu cries trop ?

Les deux sursautèrent lorsqu'ils entendirent une voix d'enfant dire :

— Papa, je n'aime pas cet endroit. Quand arriverons-nous à la ville des lutins ?

— Dans quelques jours, ma petite chérie, répondit une voix grave.

L'enfant pleurnicha et l'homme prit un ton désapprobateur.

— Voyons, voyons. Il n'y a rien dans la forêt, ça fait des années qu'il n'y a rien. Tu es en sécurité, et nous quitterons la forêt demain, lorsque le Soleil sera à son zénith.

Mégane sortit sa carte de la pile sur sa couverture et l'apporta près d'Ainsley. Les deux l'examinèrent à la lueur du feu de camp.

— Ils parlent de Tulirangée, chuchota-t-elle. Mais, ce n'est pas possible. Elle tapota la carte du doigt. Regarde où se trouve l'orée de la forêt. Il est impossible qu'ils s'y rendent d'ici demain matin. C'est à au moins une journée et demie d'ici.

Ainsley fit une grimace et se gratta la tête.

— Ils ne sont peut-être pas aussi près de nous que tu le crois.

— Que veux-tu dire ?

— Je crois que j'ai amplifié les ondes acoustiques, de sorte que nous sommes en mesure de capter une conversation lointaine. Je voulais un bruit quelconque pour remplacer ton... pour remplacer le silence, et voilà le résultat.

— Tu crois que nous entendons une conversation qui se passe à des kilomètres d'ici ?

Mégane éclata de rire.

— Te rends-tu compte que ce que tu racontes est dingue ?

Ainsley croisa les bras et fronça les sourcils.

— Des ailes me poussent dans le dos et je viens de guérir ton poignet cassé en moins d'une minute. Dis-moi ce qui te semble le plus dingue, dans tout ça.

Mégane s'assit sur la couverture.

— Bon, j'imagine que c'est possible.

— Combien penses-tu que ces bestioles pourraient rapporter, à Tulirangée ? demanda l'une des voix invisibles.

Il agita bruyamment quelque chose et fut récompensé par le gloussement de volatiles. Les hommes commencèrent à parler de commerce et de volaille, et de leurs plans pour augmenter leurs profits l'an prochain. Tandis qu'ils parlaient, un voyageur sortit une harpe et commença à en jouer.

Mégane remit le contenu de son sac à dos à sa place, et transporta le sac et sa couverture du côté du feu où se tenait Ainsley.

— Es-tu capable de capter un endroit plus intéressant, comme Pontsford, par exemple ?

Ainsley la regarda, éberlué.

— Je ne suis pas une radio par satellite, tu sais.

— Bon, bon.

La jeune enfant devait s'ennuyer autant qu'eux, car elle demanda à son père de lui raconter une histoire.

— Bien sûr, Darielle, mais, après, ce sera l'heure de faire dodo.

Une mélodie suave emplit le campement : la tonalité gracieuse de la harpe accompagnant la voix de l'homme qui racontait une anecdote au sujet de l'origine de Tulirangée.

— Beaucoup mieux, dit Mégane.

Ainsley s'étendit sur sa couverture, se sentant un peu étourdi de l'utilisation de la magie. Il sentit que Mégane le poussait du coude et, lorsqu'il ouvrit les yeux, elle était penchée sur lui.

— En veux-tu la moitié ?

Elle lui tendit le fruit qu'il avait mordu un peu plus tôt ainsi qu'un morceau de bœuf séché.

— Je l'ai trouvé dans une de mes chaussettes. Nous allons avoir un festin.

Il la regarda un moment, puis les deux éclatèrent de rire. Leur hilarité continua longtemps après leur maigre repas et la fin de l'histoire du conteur. Lorsque la nuit s'épaissit, ils sombrèrent dans un sommeil paisible.

Le retour inévitable

Le lendemain matin, le bruit que faisait leur estomac qui criait famine et le chant des coqs que transportaient leurs amis invisibles les réveillèrent. Mégane n'eut qu'à lever la tête et à jeter un regard mauvais à Ainsley pour faire taire leur réveille-matin.

— Que ne donnerais-je pas pour être en mesure de rôtir l'un de ces oiseaux ! déclara Mégane en secouant sa couverture, avant de la rouler pour la remettre dans son sac à dos.

— J'attraperai quelque chose en route, lui dit Ainsley en lui tendant son sac. Porte-le pour que je puisse voler, et observe-moi pour savoir où le chemin est dégagé.

Il contracta les muscles du dos et s'éleva dans les airs, grimpant au-dessus du gris de la forêt et prenant grand plaisir à admirer le retour de la couleur alors qu'il atteignait le ciel d'azur.

— Je ne suis pas une mule ! protesta Mégane en hissant son sac sur une épaule et celui d'Ainsley sur l'autre.

Elle se dirigea vers le nord, regardant de temps à autre au-dessus de sa tête tout en faisant attention à l'endroit où elle posait le pied pour ne pas tomber dans les cendres, la tête la première. Tous les quelques pas, son estomac se mettait à gargouiller, et elle commença à se demander quel serait le goût du cuir de berf de sa ceinture.

— Attention à ta tête ! Ainsley plongea vers elle et Mégane tressaillit, tombant à la renverse sous le poids des sacs à dos.

Ainsley la rattrapa d'une main et lui lança un volatile mort en pleine face.

— Je t'avais dit de ne pas t'inquiéter.

Mégane résista à l'envie de restituer le peu d'aliments qu'elle avait dans le ventre.

— Où l'as-tu eu ? demanda-t-elle en poussant doucement du doigt le volatile.

— Je l'ai attrapé en volant.

Ainsley sortit un couteau de son sac à dos et trancha la tête du volatile, laissant le sang couler à terre.

— Toute une bande de ces poires volantes partait pour le Sud.

Mégane détourna la tête de la giclée de sang écoeurante.

— Je ne le regarderai pas tant qu'il ne sera pas cuit.

— Il te sera dans ce cas difficile de le plumer.

S'il n'avait pas en main le volatile décapité, Mégane se serait retournée pour le foudroyer du regard.

— J'espère que tu plaisantes.

– Heureusement pour toi, oui.

Ainsley siphonna la magie dans ses mains et, avec le bruit d'un oreiller de duvet qui explose, le volatile perdit ses plumes, qui flot-tèrent jusqu'au sol.

Mégane pivota sur elle-même en entendant ce bruit et fit un signe de tête approbateur en regardant le volatile, qui ressemblait maintenant à quelque chose que sa mère aurait acheté à son boucher.

– Beaucoup mieux. C'est quelque chose que je peux faire cuire.

– Ce ne sera pas nécessaire.

Ainsley prit le volatile dans ses mains, dont les doigts dégagèrent de la fumée. L'odeur alléchante du volatile rôti donna le vertige à Mégane dont le ventre vide criait famine et elle s'apprêta à saisir un pilon.

– Un instant, lui dit Ainsley en éloignant d'elle la viande jusqu'à ce que la peau devienne croustillante. Bon, donne-moi quelque chose pour le poser dessus.

Mégane étendit l'une de ses chemises par terre, ayant trop faim pour se soucier de gaspiller une partie de sa garde-robe. Ainsley plaça le volatile rôti au centre, et Mégane se servit tout de suite, dévorant le morceau pour n'en laisser que les cartilages.

– Je suis contente que tu aies pu nous procurer de la nourriture si vite, lui dit Mégane, mais j'aurais préféré que tu ne te serves pas de la magie pour le nettoyer et le cuire.

– Et c'est la personne qui voulait que je me branche à Pontsford hier soir qui me le dit ? Fais-moi confiance, mon destin est scellé. Il est impossible d'empirer ma situation.

À ces mots, Mégane se mordit la langue. Elle faisait de son mieux pour garder le moral en dépit de leur situation, mais Ainsley insistait pour lui rappeler l'absence presque totale d'espoir. Elle ne comptait cependant pas abandonner tant qu'il restait une bribe d'espoir.

Mégane hissa le sac sur son dos et se releva.

— Il ne faut quand même pas accélérer le processus en recourant à la magie plus qu'il n'est nécessaire.

Elle s'apprêta à prendre le sac d'Ainsley, mais il le prit lui-même.

— Ne t'inquiète pas à mon sujet. Je vais faire tout mon possible pour te ramener à la maison saine et sauve.

Il lui sourit d'un air rassurant, bien que ses ailes, avides de voler, lui fissent mal. Plus tôt, il avait dû lutter contre sa féroce envie d'ouvrir la bouche pour roussir le volatile du souffle embrasé qu'il se savait capable de produire. Il ne voulait pas révéler à Mégane qu'il exécutait tous ces petits actes de magie pour s'empêcher d'en faire un plus grand. Il savait que, s'il ne cédait pas de temps à autre à son envie, la magie le consumerait au point de non-retour, ce qu'il voulait éviter à tout prix tant que Mégane était sous sa protection.

Il se contenta donc de marcher à côté d'elle et de monter de temps à autre comme une flèche au-dessus des arbres pour vérifier leur progrès.

Lorsqu'il revint de sa dernière reconnaissance de la journée, au coucher du soleil, il lui annonça :

— Nous y serons d'ici deux jours. Je peux voir d'autres couleurs que le gris, à l'horizon.

— Excellent, déclara Mégane. Établissons notre campement dans cette clairière, là-bas.

Ainsley disparut pour chasser le repas du soir après avoir promis de ne pas recourir à la magie pour nettoyer ou cuire sa proie. Mégane s'occupa d'installer le campement et de ramasser du bois à brûler.

— Ainsley ! cria-t-elle en levant la tête, lorsqu'elle eut fini d'empiler le bois qu'elle avait ramassé. J'ai besoin de lumière.

Elle l'entendit approcher à travers les arbres et se détourna pour saisir une grosse branche sur laquelle piquer sa prise pour la rôtir.

— Ça t'en a pris, du temps ! Es-tu retourné à Guevan pour prendre un doudin chez Parksy, ou quoi ?

Ainsley ne lui répondit pas. Mégane leva la tête et vit qu'il avait allumé le feu, mais qu'il avait aussitôt disparu, ne laissant qu'une branche qui se balançait dans son sillon.

— Si tu vas chercher des boissons, ramène-moi un cola ! lui cria-t-elle.

— Ils n'en ont plus, lui dit la voix d'Ainsley derrière elle.

Mégane poussa un cri et pivota sur elle-même, le frappant avec la branche qu'elle tenait. Ainsley l'attrapa d'une main, l'autre tenant les oreilles d'un lapin mort.

— C'est comme ça que tu me remercies ? demanda-t-il alors que Mégane, toute penaude, abaissait son arme improvisée. J'ai même trouvé de la salade.

Il sortit de la boucle de sa ceinture une poignée de légumes verts.

— Désolée, je ne pensais pas que tu reviendrais sur tes pas si vite. Où as-tu eu le lapin et les plantes ?

— Revenir sur mes pas ?

Ainsley la fixa un moment, l'air interdit, puis secoua la tête, se disant que cela ne valait pas la peine d'en discuter.

– Vue des airs, la lisière de la forêt est beaucoup plus proche, et c'est comme ça que j'ai attrapé cette bestiole – dit-il en soulevant le lapin – en train de mâchouiller ceci.

Il souleva les légumes.

– Eh bien, je suppose que si un lapin peut les manger sans danger, nous aussi. Mégane les lui prit et chercha une bouteille d'eau pour les laver.

– Puisque tu as fait du bon travail avec le feu, veux-tu écorcher le lapin ? lui demanda Ainsley avec espoir.

– Merci de ta reconnaissance, répondit Mégane avec un sourire, tout en ouvrant la bouteille. Mais je n'ai fait que mettre les brindilles en tas. C'est toi qui les as allumées.

Ainsley secoua la tête, se demanda si Mégane ne manifestait pas les signes de l'éloignement de la civilisation.

– Je suis revenu au moment où tu te parlais toute seule de boisson gazeuse. Je n'ai pas allumé le feu.

– Tu ne l'as pas allumé ? Mégane se raidit et regarda la branche qu'elle avait vue s'agiter tout à l'heure. Quelqu'un l'a pourtant fait.

Ainsley suivit son regard.

– Ils sont partis et ils ne semblent pas nous vouloir de mal. Autrement, ils l'auraient fait quand tu étais toute seule.

Mégane se mordit la lèvre.

– Tu as probablement raison.

Elle porta néanmoins la main à la dague, pour s'assurer qu'elle pourrait s'en servir au besoin.

Ainsley bâilla.

— Est-ce que ça te dérange si je fais un petit somme avant de préparer le repas ? Le vol m'épuise.

Mégane hocha la tête avec bienveillance.

— Ne t'inquiète pas, je vais m'en occuper.

Ainsley sourit, s'étendit sur la couverture et ferma les yeux. Il n'osait pas les laisser ouverts, de peur que Mégane n'y décèle la folie magique.

Il lui avait menti. La forêt ne s'arrêtait pas abruptement et il n'y avait pas eu de lapin dodu qui attendait. Il avait eu recours à la magie, forçant la croissance des plantes à travers les cendres du tapis forestier et dessinant les animaux dans la grisaille. Il savait qu'elle serait déçue si elle apprenait la vérité, mais il ne voulait pas qu'elle ait faim.

Mégane attendit le coucher du soleil pour préparer le lapin. Elle s'était dit que, dans l'obscurité, l'écorchage et le nettoyage seraient moins dégoûtants.

— Bon, je suis capable de le faire.

Elle tint le lapin à bout de bras et détourna la tête, essaya de lui scier la tête sans regarder.

— As-tu besoin d'aide ?

Mégane poussa un cri et laissa tomber le lapin. La dague serrée dans la main, elle se retourna et donna un coup dans l'ombre derrière elle.

La silhouette fit un saut de côté pour esquiver le coup.

— Ne m'attaque pas, c'est moi, dit une voix masculine.

Il s'avança vers le feu et Mégane en eut le souffle coupé. Garner était encore plus beau qu'elle ne se rappelait.

Quelques semaines s'étaient passées depuis leur dernière rencontre, et Mégane avait fait de son mieux pour l'oublier après l'avoir vu, à Pontsford, en train de flirter avec un groupe de jeunes filles qui riaient sottement. Il lui semblait différent de la fois où ils s'étaient connus dans les écuries de Raklund, mais il était tout aussi beau.

Sa veste sans manches était couverte de cendre qui dégoulinait sur ses bras musclés couverts de sueur. Il avait coupé ses cheveux bruns bouclés de telle sorte que ses yeux d'un vert éclatant étaient devenus le point central de son visage.

La cicatrice qu'il avait sur la lèvre supérieure trembla lorsqu'il ouvrit la bouche.

— Quelle surprise de trouver une belle fleur au milieu de cette forêt morte !

Ainsley aurait éclaté de rire à l'entendre, mais Mégane se sentait tout étourdie et elle ne put que répondre :

— Bonjour.

Elle essaya de prendre une respiration profonde, mais son odeur terreuse lui emplit les narines et l'étourdit davantage.

— Je me demandais ce qui t'était arrivé après ton départ de Pontsford.

Il jeta un coup d'œil autour de lui et sourit.

— J'aurais dû me douter que ce serait ta conception de la fête, aven-tureuse comme tu l'es.

Mégane rougit et glissa la dague dans sa ceinture.

— Ce n'est pas la même chose qu'avoir des personnes du sexe opposé pendues à son cou, mais…

Elle se mordit aussitôt les lèvres, car elle n'avait pas eu l'intention de lui parler des jeunes filles qui flirtaient avec lui.

Garner fronça les sourcils.

— Pardon ?

— Ce n'est rien, répondit Mégane en agitant la main. C'est juste qu'il y avait toutes ces jeunes filles, en ville, et que j'ai cru…

Elle s'arrêta, ne sachant pas comment terminer sa phrase. Comme Garner ne lui avait jamais fait part de ses sentiments envers elle, elle n'était pas en droit de s'attendre à quoi que ce soit de sa part.

— Laisse tomber.

Garner fronça davantage les sourcils.

— Non, tu allais dire quelque chose.

Il se rapprocha d'elle jusqu'à ce que sa poitrine la touchât presque.

— Qu'avais-tu en tête ?

Mégane fixa ses pieds, où sa langue semblait être tombée.

— Toi… moi… euh, je veux dire… Il faut que je prépare le dîner.

Elle s'éloigna de lui et se cogna à un arbre.

— Fichu arbre.

Elle rit nerveusement et frotta son nez écorché.

— Qui t'a mis là ?

Garner sourit, et Mégane sentit que ses jambes fléchissaient sous elle. Si elle n'avait pas heurté l'arbre, elle serait sûrement tombée.

— Tu sembles nerveuse. Est-ce la forêt… (il s'inclina vers elle d'un air conspirateur) ou ma présence ?

— Euh…

Mégane se mordit la lèvre et aurait voulu être en train de mordre celle de Garner. Elle se pinça à cette pensée et ramassa le lapin mort qui était tombé.

— Aimerais-tu rester à dîner ? demanda-t-elle, en se servant du lapin pour cacher son visage.

Garner eut l'air momentanément surpris, puis sourit.

— J'espère que tu comptes nettoyer le lapin avant de le cuire.

— J'essaie, mais je ne suis pas faite pour la vie en milieu sauvage.

— Je m'en suis douté, lorsque tu as demandé de l'aide pour le feu.

Garner lui prit le lapin des mains.

— C'est donc *toi* qui as allumé le feu ? Merci !

Mégane plissa les yeux.

— Mais alors, depuis combien de temps nous épies-tu ?

Garner prit la dague glissée dans la ceinture de Mégane.

— Depuis assez longtemps pour savoir qu'Ainsley est atteint de la Maladie.

L'accompagnateur

Ainsley se réveilla en entendant son nom et vit que Mégane était poussée dans un coin par quelqu'un qui tenait un couteau. Il s'accroupit, contracta son dos et se lança sur l'attaquant, les ailes déployées.

— Éloigne-toi d'elle !

Avec ses ailes et ses poings, Ainsley réussit à mettre à terre l'étranger. Son adversaire semblait aussi expert que lui au combat, esquivant la plupart des coups et parvenant à en asséner lui-même.

— Ainsley ! lui cria Mégane. Ce n'est que Garner !

Ainsley cligna rapidement des yeux, le visage de l'étranger devenant moins flou. Le fait qu'il n'ait pas reconnu Garner plus tôt l'effrayait, mais pas autant que de l'avoir vu avec un couteau à la main.

— Il veut nous tuer.

Mégane s'agrippa à l'une des ailes d'Ainsley, mais il se débarrassa d'elle, l'envoyant culbuter dans la cendre.

— Mégane !

Garner, du sang coulant d'une blessure à la tempe, se libéra de la prise d'Ainsley et courut vers l'endroit où elle était tombée, secouant la tête.

— Oh, non, je te l'interdis !

Ainsley le saisit par la taille et roula avec lui vers le feu de camp. Il prit Garner par la gorge et le traîna jusqu'au feu.

— Je suis capable de supporter la chaleur, le peux-tu ?

— S'il te plaît, parvint à dire Garner, tu ne sais pas ce que tu fais.

— Je protège Mégane contre un forcené armé d'un couteau, répliqua Ainsley, refusant de lâcher prise.

Garner répondit par un grognement et tendit le cou pour frapper du front celui d'Ainsley. Momentanément étourdi, Ainsley sentit que Garner lui donnait un coup de pied, puis il se vit planer dans les airs au-dessus de lui, juste avant que le monde culbute autour de lui et qu'il s'écrase dans le feu de camp. Des étincelles jaillirent et des branches enflammées volèrent, mais Ainsley ne sentit rien, à part un battement douloureux au crâne. Mégane poussa un cri et s'élança vers lui pour le sortir des flammes, qu'elle éteignit avec ses pieds.

Garner, qui ne semblait pas préoccupé, s'agenouilla à côté d'Ainsley.

— Je ne suis pas ici pour vous faire du mal. Je voulais emprunter le couteau de Mégane pour écorcher le lapin, tout simplement.

Ainsley détourna la tête, la hocha, mais resta étendu à terre, honteux qu'un garçon d'écurie l'ait battu.

Garner se redressa pour faire face à Mégane.

– Ça va ?

Elle lui donna un coup de poing dans le nez, le renversant à terre, à côté d'Ainsley.

– Es-tu devenu fou ?

Elle lui mit le pied sur la poitrine pour le garder à terre.

– On ne jette pas les gens dans le feu ! Tu aurais pu le tuer !

Garner tourna la tête vers Ainsley, qui haussa les épaules.

– Tu devais la craindre plus que moi, non ?

Garner écarta le pied de Mégane.

– Je suis heureux de voir que tu t'inquiètes aussi de mon bien-être.

Il s'assit, se tint le nez et essuya le sang qui lui coulait sur le visage.

– Il n'est rien arrivé de mal à Ainsley. Les écailles qui sont apparues sur son corps le mettent à l'abri des flammes, et je n'aurais donc pas pu le tuer, pas avec le feu, en tout cas.

– Quoi ?

Mégane tira Ainsley par un pan du lambeau de sa chemise et le mit en position assise.

Maintenant que son mal de tête se dissipait, Ainsley se rendait compte que Garner avait raison. Il souleva le bras où la manche avait été brûlée et se toucha avec précaution. Il ne ressentit aucune douleur.

– C'est super !

— Super ?

Mégane le repoussa.

— Super ? Il n'y a rien de super, là-dedans. Entre toi — dit-elle en pointant vers Garner — et toi — dit-elle en pointant vers Ainsley —, avec tes aller-retour continuels entre la santé mentale et la folie, je souhaite presque que des poils me poussent sur tout le corps pour aller vivre avec les Glaçais.

— C'est une image intéressante.

— Qu'est-ce que j'ai fait ? demanda Garner en lâchant son nez.

— Avec toi, j'ai l'impression de faire un tour de montagnes russes, fulmina Mégane.

Garner se pencha vers Ainsley.

— Où sont ces montagnes russes ?

Ainsley était en train de réfléchir à la façon de le lui expliquer, lorsqu'il vit un lapin mort arriver vers lui à toute vitesse. Il l'attrapa, ainsi que le couteau qui visait ses genoux.

— Bravo, Mégane. Tu as failli m'empêcher d'avoir des enfants plus tard.

— Tant mieux.

Garner regarda tour à tour le lapin qu'Ainsley tenait et Mégane.

— Veux-tu que je reste et que…

— Suis plutôt Mégane avant qu'elle ne fasse quelque chose de stupide, lui indiqua Ainsley. Assure-toi cependant de protéger ton entrejambe.

Il attendit que Garner se précipite à travers les arbres à la suite de Mégane et, quand il fut certain d'être seul, il invoqua la magie. La fourrure du lapin se fendit près de la queue et tomba en un seul morceau, comme s'il s'agissait d'une pelure de banane. Ainsley émit un sifflement satisfait et commença à vider le lapin.

— Mégane, attends-moi, veux-tu?

Mégane se tourna et vit une ombre sans ailes qui se hâtait vers elle.

— Que veux-tu, Garner?

Il ralentit.

— Je veux savoir ce que j'ai fait pour te mettre dans cet état... autre que me battre avec Ainsley. Qu'est-ce que c'est que ces montagnes russes dont tu as l'impression de faire un tour lorsque tu es avec moi?

— C'est comme un des coussins d'air de Pontsford qui montent et descendent rapidement.

— Ah, je vois.

Mais Garner avait l'air plus confus qu'éclairé.

Mégane roula les yeux et sentit ses joues s'enflammer, comme si elle se penchait vers le feu de camp.

— Écoute, tu me plaisais, mais il était évident que je n'étais pas la seule, et il est également évident que tu préfères les jeunes filles délicates, bien maquillées et élégantes qui gloussent à chaque chose que tu fais à... des jeunes filles comme moi. Ici, tu fais comme si tu t'intéressais à moi parce qu'il n'y a personne d'autre aux alentours.

Mégane n'avait pas besoin de voir le visage de Garner pour savoir qu'elle venait de dépasser la mesure.

— Tu m'as certainement déjà catalogué: superficiel et rien de plus, ne s'intéressant dans la vie qu'aux jupons et aux poitrines, n'est-ce pas?

Garner avança vers Mégane. Son visage éclairé par la lune ne reflétait que peine et colère.

— Je t'ai déjà expliqué que c'était les filles de mon patron et que, si je ne les avais pas diverties, j'aurais été renvoyé.

— Tu les « divertis » pour garder un simple boulot dans une écurie ?

La question avait fusé sans que Mégane ait pu l'arrêter. Elle porta la main à sa bouche, souhaitant ramener à elle les mots cinglants qu'elle venait de prononcer.

Garner recula dans l'ombre.

— Avant de condamner les autres, tu devrais peut-être examiner ton propre jugement méprisant.

Mégane lui saisit la main.

— Attends. Ce n'est pas ce que je voulais dire.

Garner dégagea sa main.

— Oh, si.

Il repartit en direction du camp et Mégane le suivit.

Ainsley avait fini de nettoyer le lapin et l'avait embroché sur un bâton pointu, qu'il tenait au-dessus du feu.

— L'un de vous pourrait-il me remplacer un peu ? demanda-t-il lorsqu'il vit que Mégane et Garner étaient de retour.

— Je commence à avoir mal au bras.

Aucun des deux ne lui répondit. Garner s'étendit sur le dos, du côté opposé à Mégane, qui lui lança un regard exaspéré.

— Si personne ne veut me donner un coup de main…

Ainsley lâcha le bâton, qui flotta dans les airs.

— Non !

Mégane s'avança vers lui.

– Ainsley, je croyais que nous nous étions mis d'accord.

Elle saisit le bâton et l'enleva de sa prise magique.

– Lorsque je serai de retour avec le remède, ton état se sera tellement aggravé qu'il n'agira pas.

– J'espère que vous ne parlez pas d'un traitement pour la Maladie, fit valoir Garner, toujours étendu. Car il n'y en a pas.

– En fait, répondit Mégane en tournant le lapin sur la broche improvisée, il y en a un. Arastold le connaît. Il faut que je la trouve et que je le lui demande.

– Quoi ?

Garner se rassit.

– Tu ne peux pas partir à la recherche d'Arastold, c'est beaucoup trop dangereux.

Il secoua la tête en direction d'Ainsley.

– C'est beaucoup trop dangereux, répéta-t-il.

– Je le sais, mais elle ne veut pas entendre raison.

– Empêche-la.

– Euh, pardon de vous couper, dit Mégane en leur faisant signe de la main. Je crois que je suis en mesure de choisir la façon dont je veux mener ma vie. J'y vais, point final.

– Dans ce cas, je t'accompagne, déclara Garner.

– Ce ne sera pas nécessaire, répliqua Ainsley, car je serai avec elle.

Garner posa la main sur le bras couvert d'écailles d'Ainsley.

– Je ne veux pas t'insulter, mais tu es en train de te transformer en dragon mangeur de chair. Tu n'es probablement pas le compagnon idéal pour une jeune femme.

Ainsley se dégagea de la main de Garner.

— Je ne ferai jamais de mal à Mégane.

— Pas intentionnellement, mais, en tant que dragon, tu me maîtrises aucunement tes actes. Je vous accompagne.

Il regarda Mégane.

— En tout cas, jusqu'à ce que je trouve une jeune femme délicate.

Mégane faillit laisser tomber la broche dans le feu.

— D'accord, dit-elle d'une voix égale. Ton aide est la bienvenue.

Ainsley regarda tour à tour la mâchoire serrée de Garner puis le poing serré de Mégane.

— Il y a quelque chose qui m'échappe, mais je crois que je préfère ne pas le savoir.

Il huma l'air.

— La viande est prête, Mégane.

Elle divisa le lapin en portions égales qu'elle étendit sur son sac à dos avec les légumes verts lavés.

— Je peux probablement apporter quelque chose pour agrémenter le repas.

Garner disparut parmi les arbres et revint avec son sac de voyage.

— Sensass, dit Ainsley lorsque Garner sortit de son sac deux articles enveloppés dans un linge. Tu ne te trouvais pas dans la forêt par hasard, si je comprends bien. Étais-tu à la recherche de licornes pour les chevaux ?

Garner secoua la tête.

— Je ne suis plus un simple garçon d'écurie.

Le sous-entendu fit grimacer Mégane.

— Mais alors, que fais-tu ici ?

— L'Autre Côté m'a choisi comme naturamis, et j'ai répondu à son appel. Mon rite d'initiation consiste à redonner vie à La Folie.

Il leur passa le contenu du linge : du fromage à pâte molle et du pain.

— Est-ce possible ? Mégane accepta sa part de fromage et de pain sans croiser son regard. Je veux dire que, si redonner vie à La Folie était possible, quelqu'un l'aurait déjà fait, non ?

— La tâche est sûrement herculéenne, mais j'ai demandé à relever un défi à la hauteur de mon peuple.

— Ton peuple ?

Mégane ne résista plus à l'envie de le regarder. Elle se rendit compte que l'enflure de sa lèvre avait disparu. Elle étudia sa bouche pour voir s'il restait encore des signes visibles de traumatisme, mais ne vit rien d'autre que la cicatrice sur sa lèvre supérieure.

— N'avais-tu pas une balafre juste…

Elle regarda sa tempe, et eut le souffle coupé.

— Nom de Dieu !

Elle pointa vers lui en souriant.

— Tu es, tu es…

— Quoi ?

Garner écarta les bras horizontalement et regarda ses vêtements.

— Qu'est-ce que j'ai ?

— Un lutinais !

Mégane éclata de rire.

— De *quoi* parles-tu, Mégane ? demanda Ainsley en regardant autour de lui. Il n'y a personne d'autre que nous, ici.

Il réalisa alors qu'elle ne pointait pas derrière Garner.

— Ooooh!

La dernière fois qu'ils avaient vu Garner, il portait un bandana qui écartait les cheveux de ses yeux et couvrait donc ses oreilles. Maintenant qu'il avait coupé ses boucles, il n'était plus nécessaire qu'il porte un bandana pour les retenir, et ses oreilles pointues étaient bien visibles.

— Sapristi, murmura Ainsley. Tu es réellement un lutinais.

— Est-ce que ça vous pose problème?

Garner se tortilla nerveusement sous le regard fasciné d'Ainsley.

— En fait, c'est plutôt génial.

Mégane se traîna jusqu'à Garner et se pencha pour étudier son oreille, en touchant la pointe.

— C'est juste que je n'avais jamais rencontré de lutinais avant.

— Tu connais Pocky Nates, la corrigea Ainsley.

— C'est un Ponzipais, ce n'est pas la même chose. Les Ponzipais ne sont pas éternels, et ce sont des farceurs. Mais *toi,* ajouta Mégane en lui saisissant le bras, tu as tous les traits des lutinais. Tu as le pouvoir de guérir, tu as un caractère noble et tu es désintéressé.

Garner baissa vivement la tête et rit.

— Je ne sais pas si tout ce que tu dis s'applique à moi, mais j'ai certainement le pouvoir de guérir.

Il posa un doigt sur le nez de Mégane jusqu'à ce qu'il émette une lueur dorée dans les yeux de cette dernière. Lorsqu'il retira sa main, elle se frotta délicatement le nez où elle se l'était écorché en se cognant à l'arbre.

L'écorchure avait disparu.

— Merci. Ça commençait à me brûler un peu. Je dois devenir plus délicate.

Elle sourit à Garner, qui lui sourit en retour.

— Je préfère d'habitude les jeunes filles plus robustes, mais je peux faire une exception dans ton cas, si tu n'as pas d'objection à être admirée par un coureur de jupons.

Il lui donna un petit coup avec l'épaule, ce qui la fit rire. Elle lui donna à son tour un petit coup et il changea de position pour qu'elle puisse s'appuyer contre lui.

— Bon, ça va, vous deux ! grogna Ainsley.

Il se leva et alla s'asseoir avec son dîner de l'autre côté du feu de camp.

— Arrêtez ce flirt bizarre entre vous, j'essaie de manger.

Mégane et Garner éclatèrent de rire et revinrent à leur repas.

— Comment nous as-tu trouvés ? lui demanda Ainsley lorsqu'il fut certain que la conversation romantique avait pris fin. C'est vraiment une drôle de coïncidence de tomber par hasard sur toi dans ce trou perdu.

Il ne tint pas compte des regards d'avertissement et de l'os de lapin que Mégane lui lança.

— J'ai senti qu'il y avait beaucoup d'activité magique dans cette partie des bois et j'ai décidé d'aller voir, lui dit Garner. Je craignais que quelqu'un n'essaie d'influer négativement sur la croissance de la forêt.

Il fronça les sourcils.

— C'est cependant étrange. Je ne sens plus la magie aussi fortement que la nuit dernière, et pourtant je suis parmi vous.

— La nuit dernière ? répéta Mégane, en lançant à Ainsley un regard significatif.

— Est-ce que la magie aurait pu être causée par *ceci ?* demanda Ainsley.

Il ferma les yeux et un moment plus tard, la clairière se remplit du bruit des voyageurs invisibles.

Garner écarquilla les yeux et fit signe que oui de la tête.

— Une caravane ! C'est incroyable !

— Nous l'avons écoutée la nuit dernière pour ne pas devenir fous. Le père racontait des histoires, lui expliqua Mégane, en prêtant l'oreille aux nombreuses voix, mais on dirait qu'il ne le fera pas, ce soir.

— Mais le harpiste, lui, continue, déclara Ainsley, en prêtant l'oreille aux sons de l'instrument.

— Ce n'est pas une harpe, lui expliqua Garner, c'est un tympanon.

— Peu importe, c'est une musique agréable, répliqua Ainsley en se balançant aux sons de la mélodie. Ça me rappelle la danse que Bornias nous a montrée lorsque nous étions petits. Tu t'en souviens, Mégane ?

Mégane fit signe que oui de la tête.

— Tu me marchais constamment sur les pieds.

— À dix ans, je n'étais pas aussi gracieux que je le suis aujourd'hui, répliqua Ainsley en souriant.

— Tu te souviens encore comment on dansait ?

Elle se leva et lui tendit la main. Ainsley se mit à rire et s'écarta.

— Oh, non. Je suis trop vieux pour cette danse.

— En fait, l'ailette de Tulirangée est une danse pour adultes, déclara Garner en prenant la main de Mégane et en la faisant pivoter pour qu'elle lui fasse face.

Elle lui fit la révérence.

— Veux-tu danser avec moi, dans ce cas ?

Garner lui mit les mains sur la taille et fit un pas en avant du pied droit. Mégane lui posa les mains sur les épaules et fit un pas en arrière du pied gauche. Garner fit glisser ses hanches vers la droite et fit un pas de côté, son pied droit indiquant à Mégane de suivre le mouvement. Ils continuèrent ainsi, Ainsley corrigeant à distance les faux pas de Mégane.

— Préfères-tu danser toi-même avec Garner ? lui demanda Mégane, irritée.

— De la façon dont il te tient dans ses bras ? Jamais !

Ainsley se laissa aller en arrière et ferma les yeux, écoutant la musique tout en s'imaginant en train de danser avec une belle lutinaise qui apprécierait l'homme capable d'exercer la magie.

Mégane sourit en l'observant s'endormir.

— J'aimerais qu'il soit aussi paisible tout le temps.

Garner lui saisit les bras et les lui mit autour de son cou, de sorte que son visage ne fut plus qu'à quelques centimètres du sien.

— C'est ce que j'aime en toi.

Mégane rougit et appuya sa joue contre sa poitrine.

— Que veux-tu dire ?

— Ta compassion pour les autres. C'est comme si de l'or se mêlait à ton cœur.

— Pas exactement de l'or.

Mégane sourit en songeant à la perle de la Vérité.

— Mais Ainsley est mon meilleur ami, et j'ai promis de prendre soin de lui.

Elle s'écarta de Garner en fronçant les sourcils.

— J'aimerais que la Maladie progresse moins vite. Je sais qu'il fait bonne figure, mais je peux en voir les effets.

Il ne sourit plus ni ne plaisante, et il se met en colère pour un rien.

Elle s'agenouilla à côté d'Ainsley et lissa ses cheveux ébouriffés.

— Même s'il est avec moi, il me manque. La personne qu'il était me manque.

Elle leva les yeux vers Garner, la gorge serrée.

— Ce que je te dis a-t-il du sens ?

— Tout à fait.

Garner lui saisit la main et l'éloigna d'Ainsley.

Ils bavardèrent encore un moment avant de s'assoupir, et Ainsley, qui avait fait semblant de dormir, sombra à son tour dans le sommeil, sachant que Mégane était en sécurité pour une autre nuit.

Au nord de l'oubli

Pour la deuxième fois, le chant des coqs les réveilla à l'aube. Ainsley arrêta brutalement le vacarme, et Garner partagea encore une fois son repas avec eux.

– Je ne comprends pas comment ces gens peuvent dormir malgré le bruit, grommela Ainsley, en refusant le morceau de pain que lui offrait Garner. Si j'étais avec eux, aucun coq n'arriverait vivant à Tulirangée.

– Mais, les voyageurs ne dorment pas nécessairement, à cette heure-ci, répliqua Garner. Il n'y a que les malades et les personnes âgées qui sont encore au lit après le lever du soleil.

Ainsley leva la main.

– Je fais partie de la première catégorie.

— Oui, répondit Garner en souriant, mais ta force égale celle d'un homme en bonne santé, et même celle de deux hommes.

— Pas trop de compliments, l'avertit Mégane après avoir pris une grande bouchée de fruits. Il a déjà une très haute opinion de lui-même. Il ne faudrait pas qu'il se mette à planer au-dessus de nous.

— Très drôle, lui dit Ainsley en lui faisant une grimace. Heureusement que je sais maintenant m'en servir, ajouta-t-il en battant rapidement des ailes. Ce ne sera donc pas un problème.

— Tu leur fais confiance ? demanda Garner.

— Bien sûr. Pourquoi ?

— Parce que je ne peux asseoir derrière moi sur ma monture qu'une seule personne et que quelqu'un devra donc marcher. Mais si tu peux voler comme tu le prétends, nous pourrions aller très vite.

— Vous ne serez pas obligés de m'attendre, lui promit Ainsley.

— Tu as une monture ? demanda Mégane. Ce ne serait pas un chevicorne, par hasard ?

Elle avait beaucoup aimé galoper à dos de l'hybride licorne-cheval qui avait traversé les plaines à la vitesse de l'éclair.

— Non. C'est un cheval ordinaire. Je l'ai laissé à proximité avec le reste de mon équipement.

— Eh bien !

Mégane se leva et balaya les miettes qui lui couvraient les genoux.

— Tu as laissé ton pauvre cheval tout seul la nuit ? Tu n'as donc pas peur qu'il se fasse attaquer ?

— Je craignais davantage qu'il se fasse attaquer ici, déclara Garner en jetant un coup d'œil à Ainsley. Sans vouloir t'insulter.

Ainsley haussa les épaules.

— Si ce n'avait pas été vrai, je me serais senti insulté. Je ne peux pas jurer que je n'aurais pas aimé un bon steak de cheval.

— Vilain.

Mégane plissa le nez.

— Dis-moi où est le cheval, et j'irai le chercher pendant que vous levez le camp.

— Ce ne sera pas nécessaire.

Garner porta les doigts à ses lèvres et émit un sifflement perçant.

Mégane écarquilla les yeux.

— Est-ce un cheval ou un chien ?

— Nithan est un animal très intelligent. Vous vous souvenez de Sparks, le jeune chevicorne que je vous ai prêté à Pontsford ?

Ainsley et Mégane firent signe que oui de la tête.

— Nithan est le père de Sparks.

Un élégant étalon blanc émergea des arbres et arriva au trot jusqu'à Garner, qui lui flatta l'encolure. Son corps musclé frissonna.

Mégane avança et offrit un trognon à Nithan, qui lui flaira avidement la main pendant qu'elle lui caressait la tête.

— Bonjour, Nithan. Quel beau nom tu portes !

— Ça veut dire « force de l'intérieur », lui expliqua Garner. Il est né prématurément, et mes parents ne croyaient pas qu'il allait survivre. Mais regarde ce qu'il est devenu.

Nithan, comme s'il se rendait compte qu'on parlait de lui, donna un coup de tête à Garner, le faisant presque tomber.

Garner se mit à rire.

— Tu es prêt à galoper, non ?

— Je le comprends, dit Ainsley.

Il jeta de la cendre sur le feu de camp et glissa tant bien que mal son sac à dos par-dessus ses ailes.

— Il faut que je m'envole. Êtes-vous prêts ?

— Presque.

Mégane ramassa les quelques articles qu'elle avait utilisés au cours de la nuit et les mit dans son sac à dos.

— Tu pourrais mettre également ceci dans ton sac à dos, lui dit Garner en pointant le couteau que Mégane glissait sous sa ceinture. Tu seras plus à l'aise et risqueras moins de le perdre.

— En fait, je me sens plus à l'aise en le mettant là, répliqua Mégane. Au cas où l'on nous attaquerait.

Garner éclata de rire.

— Farceuse, dit-il à Mégane en lui prenant le sac et en l'attachant derrière la selle de Nithan. Au cas où on nous attaquerait !

Mégane se força à rire et donna un petit coup sur le bras de Garner, avant de rejoindre Ainsley.

— Est-ce que j'ai dit quelque chose de drôle ? lui demanda-t-elle à voix basse.

Ainsley secoua la tête.

— Y a-t-il des dangers entre cet endroit et le col de la Lumière ? demanda-t-il à Garner.

Garner glissa un mors dans la bouche de Nithan.

— Aucun. Nous tomberons probablement sur quelques bandits, et peut-être même sur des requinots.

Il tendit une main à Mégane.

— Pourquoi, dans ce cas, trouves-tu drôle que je veuille me défendre contre eux ? lui demanda-t-elle.

Elle posa le pied dans l'étrier toute seule et se hissa sur le cuir grinçant de la selle.

— Ton couteau est un abbat. Il sert à tuer les esprits, et il est peu probable que nous en rencontrions là où nous allons.

Il saisit l'avant de la selle et se hissa derrière elle sans se servir des étriers.

— Pas d'esprits malfaisants, en tout cas.

— Oh.

Mégane était distraite, observant les muscles du haut du corps de Garner se contracter depuis ses bras jusqu'aux épaules.

— Comme c'est intéressant.

— Ah, non ! murmura Ainsley alors que Garner souriait et entourait Mégane de ses bras pour atteindre les rênes.

Ainsley ne ressentait envers Mégane qu'un amour fraternel, mais l'attention que lui portait le lutinais amoureux des chevaux, et qui se prétendait l'homme idéal pour elle, l'énervait quand même. La façon dont Garner parlait et se comportait en présence de Mégane lui rappelait sa propre attitude envers le sexe opposé, et, si les motifs de ce dernier étaient les mêmes que les siens, Ainsley savait que la bagarre qu'ils avaient eue la veille ne serait pas la dernière.

— Ainsley ?

Garner donna un petit coup à Nithan pour le faire avancer.

— Es-tu prêt ?

Au petit galop, Nithan parcourut huit kilomètres durant la matinée. Au début, il fut facile pour Ainsley de suivre l'étalon, mais, à mesure que la matinée avançait, la distance entre eux grandissait.

Garner finit par arrêter Nithan à un campement qui avait été levé. Mégane descendit de cheval la première et ramassa une plume entre des traces de roues.

— Ce doit être nos visiteurs invisibles qui se sont arrêtés là il y a deux nuits.

— Dommage qu'ils n'aient pas laissé derrière eux des volatiles estropiés, déclara Ainsley en se tenant le ventre qui gargouillait de faim. Je crois, Mégane, que nous allons être obligés de manger ta petite souris.

Bit, qui était perchée sur l'épaule de Mégane, poussa un cri, et Mégane l'entoura d'une main protectrice.

— N'y songe même pas. Si tu as si faim…

— Chut ! lui dirent au même moment Ainsley et Garner en portant un doigt à leurs lèvres.

Ainsley scruta les bois du côté ouest et Garner, le chemin dont ils émergeaient.

— Mégane, prends Nithan et dirige-toi vers le nord, lui chuchota Garner, en détachant l'arc et un carquois attachés à la selle.

— Quoi ? siffla-t-elle, en saisissant les rênes de Nithan. Qu'est-ce qu'il y a là-bas ?

— Des voleurs de grand chemin. J'en compte deux, lui répondit Garner.

Il glissa le carquois sur son épaule et encocha une flèche sans quitter les arbres des yeux.

– Ainsley ?

Ainsley était accroupi comme un coureur prêt à se lancer vers la forêt.

– J'en vois trois, mais ils ne resteront pas longtemps ici, dit-il la magie crépitant au bout de ses doigts.

– Pas de magie, Ainsley, le pria Garner. Je peux m'en défaire sans magie.

Ainsley fronça les sourcils et tourna la tête vers Garner.

– Je pourrais me défaire des trois *avec* la magie et tu n'aurais pas à froisser ta belle veste.

Garner se renfrogna.

– Certains voleurs sont capables de s'accaparer la magie et de s'en servir contre leurs attaquants. *Pas de magie.*

– Comme tu veux, concéda Ainsley en lui tournant le dos.

– Nous n'avons rien en notre possession susceptible de les intéresser, pourquoi veulent-ils s'en prendre à nous ? demanda Mégane en dégainant sa dague.

– Mégane, lui dit tout bas Ainsley, ces hommes ne sont pas Robin des Bois et sa bande de joyeux compagnons. Je peux sentir qu'ils sont assoiffés de sang et remplis de haine.

– Il faut que tu partes tout de suite, Mégane, ajouta Garner. Ils se rapprochent et forment un cercle autour de nous.

Mégane tourna le nez de Nithan vers le nord et lui donna une claque sur la croupe. Le cheval hennit et s'éloigna au galop. Garner regarda derrière lui et grogna.

– Mégane, qu'as...

– Deux hommes pour vous et un pour moi, d'accord?

Elle brandit sa dague en avant.

Ainsley roula les yeux, sans avoir besoin de se retourner pour savoir ce qu'elle avait l'intention d'utiliser pour se battre.

– Mégane, viens ici avec ton arme et je la transformerai en épée.

Elle fit un pas vers lui, mais une main calleuse et bandée la saisit par les cheveux et la tira vers un objet pointu qui lui entrait dans le dos.

– T'es bien belle, lui dit à l'oreille une voix rauque alors qu'une forte odeur d'alcool et de transpiration lui montait au nez.

Les quatre autres voleurs apparurent à leur tour. Ils étaient vêtus de haillons de cuir et leurs cheveux gras étaient attachés en queue de cheval. Garner décocha une flèche au voleur le plus proche, qui trébucha et tomba sur l'un de ses compagnons. Les deux autres se jetèrent sur Ainsley avec leurs couteaux scintillants. Ainsley, qui était toujours dans la position de départ d'un coureur, transféra le poids à ses bras et lança les deux jambes en l'air. Il réussit à renverser l'un des voleurs, mais l'autre se jeta sur lui et lui planta le couteau profondément dans l'épaule.

– Ainsley!

Mégane leva sa dague et l'enfonça dans la cuisse de l'homme qui l'empoignait. Il lança un cri et la repoussa. Bit quitta alors l'épaule de Mégane et enfonça ses dents dans le poignet qui tenait le couteau. Il ouvrit la main et, lorsque le couteau tomba à terre, Mégane le ramassa.

En poussant un cri perçant, Mégane se lança à l'attaque de l'homme qui était encore sur Ainsley, la dague d'une main et le couteau de l'autre. À côté d'elle, Garner fit tournoyer son arc, bloquant les coups de couteau du voleur qu'il n'avait pas blessé.

Le voleur qui avait poignardé Ainsley retira son couteau de l'épaule de ce dernier et se tourna pour faire face à Mégane, qu'il avait entendu crier. Il essaya de la blesser au cou d'un mouvement diagonal, mais elle le bloqua avec sa dague et essaya de lui enfoncer le couteau dans le ventre.

L'homme fit un saut en arrière et trébucha sur Ainsley, qui lui saisit la cheville et la tourna sur le côté. Il y eut un bruit d'os fracturé, et le voleur tomba à terre.

— Attention!

Ainsley tira les pieds de Mégane, qui s'affala de tout son long. Le voleur à qui elle avait donné un coup de dague dans la cuisse était apparu derrière elle, un pic rouillé à la main. Mégane se roula sur le dos alors que le voleur l'attaquait.

Brusquement, les yeux exorbités, il tomba à genoux en se tenant la poitrine. Du sang jaillit entre ses doigts, et Mégane vit à travers sa minuscule veste de cuir qu'une flèche d'acier lui avait transpercé la poitrine. Alors qu'il tombait, mort, elle cria et s'écarta rapidement de son chemin, trébuchant presque sur un autre voleur que Garner venait de tuer avec sa flèche.

— Tu... tu en as tué quatre.

Mégane donna un coup de pied à l'un des hommes pour s'assurer qu'il était bien mort.

— Ils nous auraient tués si nous ne l'avions pas fait, lui répondit Garner sans aucun remords.

Il amena les doigts à la bouche et siffla pour appeler Nithan.

— Nous ne pourrons pas nous reposer ici. D'autres viendront.

Mégane aida Ainsley à se relever. Il grimaça lorsqu'elle toucha son épaule blessée.

Mégane se tourna vers Garner.

— Pourrais-tu…

— Je peux le faire moi-même, l'interrompit Ainsley en portant la main à sa blessure.

La chaleur se répandit dans son épaule, et la douleur disparut. Il fit bouger l'épaule pour voir.

— Et voilà.

— Tu ne devrais pas te servir de magie pour guérir ton épaule, lui dit Garner en saisissant les rênes de Nithan, qui était arrivé au trot.

Ainsley le fixa du regard.

— Si j'avais pu me servir de la magie, je n'aurais pas eu *besoin* de me servir de magie pour guérir une blessure. *Certaines* personnes détestent se sentir en état d'infériorité parce qu'elles ne peuvent que se servir de cordes et de baguettes.

Garner rougit, mais flatta calmement l'encolure de Nithan.

— Tu t'en es très bien tiré. Je suis désolé que tu ne te sentes un homme que lorsque tu utilises la magie.

Ainsley lui sourit, les yeux brillants de colère.

— J'ai faim. Quelqu'un a envie d'un barbecue ?

Il tapa le sol de sa botte, et un anneau de feu les entoura, lui, Garner et Nithan. Le cheval prit peur, hennit et se dressa sur ses jambes arrière. Garner dut lutter pour le maîtriser.

— Ainsley, arrête !

Mégane se dirigea vers les flammes, mais, avant qu'elles puissent la brûler, Ainsley les éteignit.

— Tu devrais te chercher un autre ami, lui dit-il en foudroyant Garner du regard. Celui-là ne semble pas être à la hauteur de la situation.

Garner s'apprêtait à saisir Ainsley, lorsque Mégane s'interposa.

— Assez ! Si d'autres voleurs de grand chemin arrivent, il vaudrait probablement mieux déguerpir avant qu'ils nous trouvent.

Elle se remit en selle et fit un geste à Garner.

— Allons-y.

Ainsley et Mégane se sentirent soulagés lorsqu'ils quittèrent finalement la grisaille de la forêt pour atteindre, en début de soirée, la palette de couleurs de la campagne. Ils sortirent des bois à proximité de la rivière Riorim et, lorsqu'Ainsley vit la lumière du soleil se refléter dans sa surface miroitante, il y plongea et s'immergea dans les profondeurs rafraîchissantes comme un canard géant.

— Pourquoi ne nous as-tu pas demandé de ralentir un peu ? lui demanda Mégane lorsqu'il réapparut finalement et sortit de l'eau.

— Nous avancions à une bonne vitesse.

Ainsley replia ses ailes derrière lui et s'étendit sur le dos dans l'herbe.

— Ne t'inquiète pas, je vais m'y habituer. C'est juste que c'était la première fois que je volais aussi longtemps.

— Vas-tu être capable de continuer demain matin, ou veux-tu qu'on attende ici une journée de plus ?

— S'il le faut, je ferai du jogging à vos côtés, mais je crois que je vais commencer par goûter à ces baies.

Il montra du doigt un arbuste couvert de baies rouges.

— Peux-tu aller m'en chercher, s'il te plaît. Je viens de trouver une position confortable, avec ces ailes.

— D'accord.

Mégane en arracha assez pour remplir sa paume et les donna à Ainsley, qui les mit en bouche en grimaçant.

— Elles ont encore plus mauvais goût lorsque les sens sont aiguisés.

Garner mena Nithan boire en aval d'eux.

— Avez-vous faim ? Les poissons abondent, dans la rivière.

— Je le sais, répondit Ainsley. Je les ai sentis me mordiller les ailes.

— Est-ce que la rivière est sans danger pour les humains ? demanda Mégane en regardant les formes argentées qui sautaient hors de l'eau. Je croyais que les gens jetaient ici toutes sortes de déchets magiques.

— Les lutinais ne feraient jamais ça.

Garner entra dans l'eau avec Nithan et aspergea d'eau les quartiers avant en sueur de l'étalon.

— Ils respectent trop la nature pour l'altérer.

— Dans ce cas…

Mégane mit les mains en coupe et but plusieurs gorgées.

— Ça fait du bien.

Elle s'aventura dans la rivière jusqu'à ce que l'eau lui arrive en haut des cuisses. Lorsque ses vêtements trempés lui collèrent au corps, elle eut la chair de poule.

— Zut, les poissons se sont enfuis. Ils ont dû avoir peur de moi.

— Reste où tu es jusqu'à ce qu'ils s'habituent à ta présence, lui dit Garner en suivant son propre conseil. Ils reviendront.

— Je pourrais les amener à la rive par lévitation, si vous… Ainsley s'interrompit lorsque Garner le regarda. Ou vous pourriez les envoyer hors de l'eau d'un coup, comme les ours.

— Chut.

Mégane sentit que quelque chose lui effleurait le genou. Elle se pencha et attendit, les mains dans l'eau. Son postérieur faisait saillie dans l'air, constituant une cible tentante, et Ainsley dut lutter pour ne pas lui donner un coup de pied avec sa botte, l'envoyant dans la rivière.

Soudainement, Mégane bascula vers l'avant en poussant un cri ; elle tomba tête la première dans la rivière avec un éclaboussement qui effraya le poisson, qui sauta dans les mains tendues de Garner. Il le saisit adroitement et le lança sur le rivage avant d'aller à l'aide de Mégane.

— Eh bien, dit Ainsley, en essayant de ne pas rire, tu t'intéresses vraiment à la pêche.

— Oh, tais-toi.

Elle mit la main dans sa poche et en sortit Bit, qui était trempée et frissonnait.

— Est-ce que ça va ?

Elle caressa la tête de la narchi, qui se détendit. Elle la posa délicatement sur l'herbe et se tourna vers Ainsley, ses cheveux mouillés l'aspergeant.

— Tu l'as fait exprès !

Ainsley ne put retenir son rire plus longtemps.

— Non, je te le jure, réussit-il à dire entre deux éclats de rire, en haletant. Je n'ai pas… oh !

Il se plia en deux, tellement il riait, maintenant, et pointa vers les cheveux de Mégane.

Une partie de sa chevelure sautait et se tordait comme si elle était vivante. Elle poussa un cri et secoua la tête furieusement jusqu'à ce qu'un vairon s'en dégage et saute dans l'eau. Ainsley ne put se contenir davantage et se mit à rire à gorge déployée jusqu'à ce que les larmes lui coulent sur les joues et qu'il se mette à tousser. Mégane, gênée, vit que Garner étouffait lui aussi un rire tout en l'aidant à essorer ses cheveux.

— Oh, laissez-moi tranquille !

Elle se baissa et secoua la tête pour s'assurer qu'il n'y avait pas d'autres vairons dans ses cheveux, puis alla s'asseoir plus loin pour sécher ses vêtements.

Au bout d'une demi-heure, elle s'était calmée, et Garner avait allumé un feu pour cuire des filets roses charnus sur une branche fourchue. Ainsley dévora le sien et retourna à la rivière pour attraper le petit déjeuner du lendemain. Mégane s'assit le plus près possible des flammes, et ce n'est qu'après avoir avalé plusieurs bouchées du poisson chaud qu'elle s'éloigna un peu du feu.

— Est-ce que te sens mieux ? lui demanda Garner en s'asseyant près d'elle et en lui tendant le bout durci d'un pain croustillant.

Elle fit signe que oui de la tête et prit un morceau qui lui semblait mangeable.

— Je suis désolée que tu m'aies vu dans cet état. D'habitude, je ne suis pas si théâtrale.

Les joues de Garner se creusèrent de deux fossettes.

— Je trouvais que c'était plutôt touchant. La plupart des jeunes filles que je connais n'auraient pas osé se mouiller les pieds.

Mégane fit une boule de mie de pain et la roula entre ses doigts.

— Tu parles toujours des jeunes filles que tu connais. Est-ce que tu les connais bien ?

Elle n'avait pas besoin de regarder Garner pour savoir qu'il avait rougi, tellement le silence qui suivit sa question fut long.

— Tu les connais donc bien, hein ?

Elle essaya d'en faire une plaisanterie, mais elle n'arriva pas à en rire.

— Excuse-moi. Je t'ai posé une question trop indiscrète.

Garner secoua la tête.

— Non, elle arrive au bon moment. Je sais que tu me vois encore comme un coureur de jupons, et il me faut clarifier l'idée que tu te fais de moi.

Il enleva les miettes de pain qu'il avait sur les genoux.

— De toute ma vie, je n'ai eu de rapports qu'avec deux femmes.

Mégane écrasa le pain dans ses mains.

— Deux, hein ?

Garner leva un doigt pour la faire taire.

— Mais je n'en ai connu aucune.

— Ah, bon.

Mégane cessa de serrer le pain, qui reprit lentement sa taille originelle.

— Ce n'est pas mal du tout!

Elle grogna intérieurement contre le ton joyeux qu'elle avait employé, mais Garner ne l'avait pas remarqué.

— Tout lutinais qui se respecte trouvera son âme sœur, et ils s'aimeront de manière exclusive. C'était le cas de mes ancêtres, et ce sera mon cas.

— Les jeunes filles avec lesquelles tu es sorti... dit Mégane d'un air qu'elle voulut nonchalant.

— Je ne peux nier que les lutinais ont les mêmes désirs que les autres hommes, soupira Garner, mais, dans les relations que j'ai eues, nous savions qu'elles se termineraient un jour.

— C'est bien.

Mégane jeta les restes de nourriture dans le feu, se sentant un peu mal à l'aise avec la tournure de la conversation.

— Parle-moi des naturamis.

Garner cligna des yeux.

— Si tu veux.

La conversation alla bon train, mais, tout en répondant à ses questions au sujet de leur voyage des dernières semaines, Mégane ne pouvait s'empêcher de repenser à cette phrase: «elles se termineraient un jour». Elle savait que c'était le cas de bon nombre de relations, mais la façon dont Garner l'avait dit sonnait comme si la fin était prévue avant même le commencement.

— Mégane, tu ne peux pas esquiver la question que tu m'as posée.

Garner lui tapota l'épaule, et Mégane se rendit compte qu'elle n'avait pas entendu ses propos.

— Excuse-moi. Qu'est-ce que tu m'as dit?

— Combien d'hommes, ou de lutinais, ou de personnes d'une autre race as-tu connus ou fréquentés ? redemanda Garner en fronçant les sourcils.

— Eh bien…

Mégane rougit.

— Je n'en ai embrassé qu'un.

— Vraiment ?

Mégane sentit dans la voix de Garner le même soulagement qu'elle avait éprouvé à sa réponse, et elle décida d'en minimiser encore plus l'importance.

— Ce n'était pas grand-chose, en fait. Ça s'est passé il y a environ trois ans, et Ainsley et moi…

Mégane écarquilla les yeux.

— Je veux dire : le gars et moi.

Garner émit un grognement.

— J'aurais dû m'en douter, à la façon dont il se comporte quand tu es là.

Mégane croisa les bras.

— Que veux-tu dire ?

— Il s'intéresse encore à toi et il est persuadé que tu te pâmeras d'admiration devant sa magie.

— Sûrement pas !

Mégane saisit le bras de Garner, qui s'apprêtait à partir.

— Si tu m'avais laissé finir ma phrase, lui dit-elle en le forçant à se rasseoir, tu aurais su qu'après ce baiser, Ainsley et moi avions ressenti la même répugnance.

Garner ouvrit la bouche pour répondre, puis s'arrêta.

— C'est vrai ?

Mégane fit signe que oui de la tête.

— C'est comme si j'avais embrassé mon frère, si j'en avais eu un.

Garner serra la main de Mégane, et c'est le moment qu'Ainsley choisit pour leur lancer une brassée de poissons qui frétillaient.

— Je suis le maître de la pêche !

— Comment as-tu attrapé autant de poissons ?

Mégane se leva d'un bond et écarta les poissons du pied. Ainsley haussa les épaules.

— Je me suis aventuré dans l'eau, et le courant les a menés à moi.

Mégane plissa les yeux.

— Tu veux dire que tu les as amenés à toi par magie ! Ainsley, vraiment. Si tu n'arrêtes pas, je vais te tuer et ensuite te poignarder avec le couteau qui sert à bannir les esprits.

— L'abbat, la corrigea Garner.

— Qu'importe. De toute façon, lui dit-elle en agitant le doigt dans sa direction, tu seras mort.

— Je te le redis. Je n'ai rien fait, répéta Ainsley en portant la main à son cœur. J'y ai pensé, c'est tout, mais je n'ai pas fait le moindre geste.

Garner scruta Ainsley un moment.

— Tes pouvoirs s'intensifient beaucoup plus vite que je ne le croyais. Si tu as pensé à une action, tu l'as probablement accomplie.

Ainsley et Mégane se regardèrent.

— Que veux-tu dire ? lui demanda Ainsley. Il me suffit maintenant de vouloir une chose dans ma tête pour qu'elle se produise, sans que j'aie à lever le petit doigt ?

Ainsley sourit.

— C'est génial !

— Oui, il ne te manquait que ça.

Garner tisonna le feu avec une branche enflammée.

– Un autre pouvoir troublant dont tu disposes pour contrôler le monde autour de toi.

Ainsley serra les mâchoires et, soudainement, Garner dut se battre pour empêcher la branche enflammée de le brûler.

– Ainsley, arrête !

Mégane saisit le bâton et le jeta dans le feu.

– Pardon, pardon, se dépêcha de dire Ainsley, mais il gloussait et se frottait les mains, ses yeux rouges brillant comme des braises. Ça va être très amusant.

Mégane lança un regard nerveux à Garner.

– Sommes-nous en train de te perdre, Ainsley ?

Garner se pencha vers elle.

– Je te l'avais dit. Il est convaincu que la magie est la réponse à tout.

Ainsley tourna la tête vers Garner, des éclairs dans les yeux.

– C'est certainement la réponse à la question sur la façon de tuer les lutinais agaçants.

Ainsley eut le souffle coupé, et porta la main à sa bouche tandis que Mégane et Garner le fixaient.

– Je suis désolé, dit-il, la main toujours sur la bouche. Je ne voulais pas dire ça.

Garner ne répondit pas. Il rampa jusqu'à son sac et le mit sur ses genoux.

– Garner ?

Mégane lui tendit une main hésitante.

– Est-ce que ça va ?

Il releva la tête vers Mégane et lui sourit, posant sa main sur la sienne.

— Ça fait assez longtemps que ça dure. Pardonne-moi.

— Te pardonner ? Mégane lui serra le bras. Qu'est-ce que j'ai à te pardonner ?

Garner tint sa main libre devant son visage, la paume vers le haut, et souffla sur une poudre qui chatouilla le nez de Mégane. Les muscles de sa main se détendirent et elle lâcha Garner, avant de s'effondrer dans ses bras. Le monde autour d'elle devint flou. Elle tendit alors la main vers Ainsley lui murmurant « Aide-moi », puis un rideau obscur tomba devant ses yeux.

Ainsley se dirigea vers elle, mais après quelques pas, ses jambes se dérobèrent sous lui et il s'abattit, tête première, dans le feu, où il ne vit rien qu'une lumière orange, puis l'obscurité complète.

La fleur habitée

– Mégane, réveille-toi.

Quelqu'un lui poussa l'épaule, et elle changea de position sous les couvertures douces comme du coton. Ses paupières lui semblaient faites en plomb, et elle dut faire un grand effort pour ouvrir les yeux.

– Quoi...

Elle amena la main à son front et le massa, essayant d'apaiser la douleur qui semblait causée par un marteau-piqueur en train de lui percer un trou dans le crâne. Elle avait au-dessus d'elle un léger baldaquin de gaze bleu tendre. Elle tourna la tête et vit que Garner avait tiré une chaise à côté du lit où elle était couchée.

– Qu'est-ce que tu as fait ?

– J'ai fait ce qu'il fallait pour te protéger.

Garner lui mit une main sur la tempe à l'endroit où la douleur était la plus forte, et la douleur disparut comme par enchantement.

– Le voyage devenait trop dangereux pour Ainsley et toi.

– Ainsley ? Où est-il ?

Mégane s'écarta brusquement de lui, reculant jusqu'au coin le plus éloigné, et s'assit dans le lit.

– Où est-ce que je suis ?

Garner se laissa aller dans la chaise, l'air blessé.

– Nous sommes dans la maison d'une parente à moi, à Tulirangée, et Ainsley est avec notre grande prêtresse.

– Prêtresse ?

Mégane commençait à prendre conscience de ce qui l'entourait, et surtout du fait qu'elle était nue sous le tissu vert olive, ceint de cordons dorés, qui l'enveloppait.

– Où sont mes vêtements ? demanda-t-elle en lançant un regard horrifié à Garner. Les as-tu enlevés ?

Elle couvrit la partie inférieure de son corps du mieux qu'elle le put.

– Je vois que notre invitée s'est réveillée.

Un tintement de carillons accompagna la voix d'une dame aux cheveux noir corbeau qui se tenait dans l'embrasure. Ses yeux avaient la même nuance de vert que ceux de Garner, mais avec une lueur d'amusement en plus, et ils fixaient Mégane. Garner, lui, arborait une mine sombre et gardait les yeux baissés. Elle entra dans la chambre et abaissa l'épais rideau allant jusqu'au plancher qui était accroché au-dessus de l'entrée.

– Je suis soulagée de voir que tu te sens mieux, Mégane.

– C'est ma tante, répondit Garner en lui cédant sa chaise. C'est elle qui t'a déshabillée, pas moi.

Il rougit pour la première fois et se tint debout, les mains jointes devant lui.

La tante de Garner s'assit à côté de Mégane et lui fit signe de se rapprocher.

– Je m'appelle Tatia, de la maison des Ph'linx.

Elle appuya son majeur à son front et le pressa ensuite au milieu du front de Mégane.

– Ce qui m'appartient t'appartient.

Mégane la fixa un moment, puis commença à lever la main tout en regardant Garner d'un air interrogateur. Il secoua la tête.

– Seulement si c'est une invitée dans ta maison.

– Compte tenu des circonstances entourant ton arrivée ici, c'est la moindre des choses. Je t'assure que la maison des Ph'linx n'approuve pas ses actions, même s'il les a effectuées avec les meilleures intentions au monde.

Elle lança un coup d'œil à son neveu, qui sembla mal à l'aise.

– Quelles actions ?

Mégane plissa les yeux.

– Garner, *qu'est-ce que* tu as fait ?

– Pas grand-chose, dit-il en fixant le plancher. Je vous ai juste endormis, Ainsley et toi, pour vous amener ici sans problèmes.

– Quoi ?

Mégane bondit hors du lit et se précipita vers lui.

– Tu... tu t'es servi de ce poison en poudre pour nous kidnapper ?

– Ce n'est pas un poison, dit Garner en levant les mains pour protester. Je ne t'empoisonnerais jamais.

– Ah, oui ?

Mégane résista à la tentation de lui serrer le cou.

– Ce n'est pas une excuse !

Tatia posa la main sur l'épaule de Mégane et lui montra le rideau avec sa tête.

– Garner, sors d'ici.

Garner adressa un dernier sourire plein d'espoir à Mégane et sortit.

Mégane se tourna vers Tatia.

– Il faut que je voie Ainsley.

Tatia lui sourit.

– Ainsley peut attendre. Il faut que tu manges quelque chose avant.

– J'ai mangé quand…

Mégane s'arrêta, jeta un coup d'œil par la fenêtre, qui était drapée de gaze bleue.

– Depuis combien de temps suis-je ici ?

– Garner vous a amenés ici tous les deux la nuit dernière. Il jugeait préférable de faire entrer furtivement Ainsley à la faveur de la nuit, jusqu'à ce qu'il soit sous la protection de la prêtresse.

– Est-ce que cette prêtresse va… le tuer ?

Mégane laissa Tatia la mener par le coude à une table en bois qui contenait un bol de porcelaine et un pichet.

– Ainsley a reçu asile au temple des Étreintes, dit Tatia en vidant le pichet d'eau froide dans le bol. Rien de mal ne lui arrivera.

Mégane trempa les mains dans l'eau et s'en aspergea les joues. Elle voulut s'en servir sur le thorax, mais se rendit compte qu'elle ne ressentait pas la moiteur et la transpiration du voyage.

– Est-ce que quelqu'un m'a donné un bain?

– Par ma fille, pas mon neveu, la rassura Tatia d'un ton amusé en lui tendant une serviette. Aimerais-tu partager le repas de ma famille, maintenant?

– Je ne veux pas voir Garner, précisa Mégane en se tapotant le visage. Quand est-ce qu'Ainsley et moi pourrons partir?

Tatia écarta les bras.

– Quand vous voulez. Vous avez été amenés ici contre votre gré et vous n'avez fait de mal à personne. Nous n'avons pas le droit, ni légalement ni moralement, de vous retenir.

– Dans ce cas, je vais emporter de la nourriture et rejoindre Ainsley.

Tatia acquiesça de la tête et ouvrit le rideau pour Mégane.

– Nous avons lavé tes vêtements et nourri ton animal familier.

– Bit!

Mégane tâta les plis de sa robe, s'attendant à entendre un cri étouffé.

– Où est-elle?

– La dernière fois que j'ai vu la narchi, elle s'était réfugiée dans ton sac de voyage, qui t'attend près de l'entrée.

Mégane regarda Tatia dans les yeux.

– Tu savais que je ne resterais pas, n'est-ce pas?

Tatia sourit.

– J'aurais fait la même chose.

Elle l'emmena à travers un couloir aux murs de marbre blanc ornés de dessins de feuilles dorés. La lumière du soleil pénétrait à flots du plafond à carreaux de losange, réfléchissant encore plus l'encre dorée pour donner une lumière encore plus intense.

— Est-ce que c'est du vrai marbre ? dit Mégane en passant les doigts sur la surface fraîche d'un des murs. Comment la tulirangée peut-elle supporter le poids de telles structures ?

— C'est une fleur résistante qui pourrait supporter une ville de deux fois la taille de la nôtre, lui déclara Tatia avec fierté. C'est une fleur qui est presque autonome.

— Que faites-vous pour vous en occuper ? demanda Mégane, se souvenant que Bornias leur avait parlé de la relation symbiotique qui existait entre la tulirangée et ses habitants.

— Nous veillons à ce qu'elle ne soit pas attaquée par des insectes nuisibles qui mangeraient ses feuilles et ses racines, et notre joie et notre amour lui servent de nourriture.

Le couloir se terminait par un salon triangulaire doté de deux arcades. L'une des arcades comportait une porte, et Mégane devina qu'elle devait donner sur le monde extérieur.

Tatia posa la main sur le bras de Mégane.

— Attends que j'aille te préparer un colis pour le voyage, lui dit-elle avant de sortir par l'autre arcade ouverte.

Mégane fit le tour de la salle, admirant une tablette qui semblait faire la longueur du salon et sur laquelle étaient posés des vases décoratifs fermés de différentes tailles et aux motifs variés. Chacun semblait être un tableau représentant un moment décisif de l'histoire de Sunil. Le plus beau était iridescent, et il était orné d'une gravure en or d'un cheval et d'un homme engagés dans une bataille. L'homme serrait ce qui semblait être un cône doré dans une main et tenait dans l'autre une chaîne enroulée autour de l'encolure du cheval.

Mégane s'assura d'un regard coupable que personne ne venait et prit le vase, qu'elle retourna.

– Fais attention, avec ce vase, lui murmura Garner à l'oreille, la faisant sursauter.

– Non!

Le vase lui glissa des mains; elle le serra contre elle et attrapa le couvercle avec son pied. Avec un soupir de soulagement, elle se tourna pour gronder Garner. Elle avait l'intention de le réprimander, mais se rendit compte à quel point elle devait avoir l'air coupable, avec dans les mains un objet précieux qui appartenait à sa famille.

– Désolée, dit-elle en déposant le vase à terre. Je me demandais tout simplement ce que ces vases avaient de particulier.

Elle prit le couvercle et le remit sur le vase.

– Ma tante les collectionne.

Garner prit le vase et le remit sur la tablette.

– Ils viennent de différentes parties du monde, à diverses époques de l'histoire.

Il amena Mégane à un vase rectangulaire.

– Est-ce qu'il te rappelle quelque chose?

Un dragon noir à l'aspect terrifiant écrasait divers personnages sous son pied et lançait des flammes en direction d'une maison au toit de chaume.

Le visage de Mégane s'assombrit.

— Ainsley n'est pas comme ça.

Garner croisa les bras et eut un rire compatissant.

— Pas encore, mais il le sera bientôt.

Mégane résista à la tentation de lui donner une gifle pour lui faire perdre son hilarité.

— Non, il ne deviendra pas comme ça. Je vais trouver le traitement. Arastold...

Garner leva les bras d'exaspération.

— Ça fait des années qu'Arastold est morte, tuée par Lodir Novator ! Il n'y a plus rien à faire.

— Ce n'est pas vrai, je l'ai vue de mes propres yeux, lança Mégane en se détournant, la lèvre inférieure tremblante.

Garner lui effleura le bras et elle se raidit.

— Pourquoi ne vois-tu pas que c'est une bénédiction, que je t'aie amenée ici ? Tu as vu dans quel état était Ainsley. Tu ne peux pas le sauver.

Mégane serra les dents et lui donna un coup de coude en pleine poitrine. Le souffle coupé, il recula.

— Ne me dis pas ce que je peux faire et ne pas faire, siffla-t-elle.

Garner inspira profondément pour faire disparaître la douleur et se redressa.

— Tu ne peux pas partir.

— Dans la maison des Ph'linx, on ne manque pas de respect aux visiteurs.

Mégane et Garner se retournèrent vers Tatia, qui était debout près de l'entrée, tenant un filet plein de nourriture.

— Mégane est libre d'aller où elle veut. Elle ne t'appartient pas, fils de Ph'linx.

Le teint parfait de Garner se tacha de rose.

— Je m'inquiète à son sujet.

Tatia se dirigea vers eux.

— En tant qu'apprenti naturamis, tu dois savoir quand une personne a besoin de ton aide et quand elle n'en a pas besoin.

Elle saisit le bras de Mégane et l'écarta de lui, lui offrant le filet.

— Ainsley et toi devriez avoir assez de nourriture pour plusieurs jours. D'ici là, vous aurez atteint le col de la Lumière.

Mégane vida le contenu du filet dans son sac magique.

— J'espère que mes amis y seront encore.

Elle redonna le filet à Tatia.

— Aurais-tu, par hasard, un bassin de convocation?

— Il y en a un dans le temple des Étreintes.

Tatia lui ouvrit la porte.

— Suis la rue à ta gauche. Elle aboutit aux cloîtres extérieurs du temple.

Mégane acquiesça de la tête.

— Je te remercie de ton hospitalité.

Elle se tourna vers Garner, qui avait de nouveau croisé les bras.

— Je te remercie de ta sollicitude.

Même si elle était fâchée contre lui, elle se serait attendue à ce que son départ l'attriste. Garner se contenta de s'incliner légèrement sans dire un mot.

Mégane secoua la tête et sortit de la maison des Ph'linx. La porte se referma derrière elle, et elle prit une grande respiration, humant l'odeur florale qui imprégnait l'air. Ce n'était pas surprenant, puisqu'elle se tenait au centre d'une fleur d'un kilomètre de longueur. Le pollen, sous ses pieds, était d'un vert profond et amortissait ses pas. Après un dernier regard à la porte close derrière elle, elle s'engagea dans l'avenue faite par les lutinais.

Mégane, en regardant autour d'elle, se demanda quel rôle les Ph'linx jouait dans la communauté, car les quelques maisons qui entouraient celle des Ph'linx étaient loin d'être aussi majestueuses. Les murs des autres maisons étaient faits de bois poli et semblaient glissants au toucher, et leur toit, bien que taillé en biseau, était couvert d'une toile lisse qui rappelait à Mégane l'aingan.

Elle tourna à gauche comme le lui avait expliqué Tatia et vit le beffroi du temple des Étreintes au loin. Les bâtiments qu'elle voyait le long de l'avenue indiquaient qu'elle était dans le district commercial de Tulirangée. Fusant d'un magasin où un groupe d'enfants aux oreilles pointues s'était rassemblé, des éclats de rire attirèrent son attention.

D'après l'excitation qu'elle sentait chez les enfants, Mégane supposa qu'il s'agissait d'un magasin de jouets, mais, lorsqu'elle passa devant, elle ne vit rien que des carillons éoliens de bois suspendus à l'avant-toit du magasin. Curieuse, elle s'approcha ; à ce moment, une légère brise se leva. Les carillons s'entrechoquèrent, et les enfants arborèrent une mine ravie. Les quelques adultes qui se trouvaient dans la foule sourirent eux aussi.

— Voulez-vous voir un ensemble de carillons pour un frère ou une sœur plus jeune ? lui demanda l'artisane.

Mégane secoua la tête.

— Je suis enfant unique. Je regardais parce que je suis surprise de voir à quel point les carillons semblent intéresser les enfants. Là d'où je viens, les carillons ne sont pas des jouets particulièrement prisés.

L'artisane sourit.

– Ce ne sont pas des jouets. Les carillons permettent aux jeunes d'écouter le vent. Lorsqu'ils grandiront, ils seront en mesure de le faire sans carillon.

– Ils ne peuvent pas entendre le vent, en ce moment ? demanda Mégane.

L'artisane sourit à nouveau.

– Il y a une différence entre entendre et écouter. Le carillon les aide à comprendre ce que leur dit le vent. Ceux qui écoutent le vent deviennent plus tard des naturamis.

– Ah !

Mégane observa les enfants de plus près. Et, effectivement, ils étaient debout à regarder en silence les carillons jusqu'à ce qu'une brise les fasse tinter. Les enfants applaudissaient alors et se mettaient à bavarder.

Mégane se tourna vers l'artisane.

– Est-ce que beaucoup d'humains entendent… je veux dire, écoutent le vent ?

– Celle-ci semble en être capable, lui répondit l'artisane en montrant de la tête une jeune fille aux yeux violets.

Elle se tenait à l'écart des autres, mais paraissait clouée sur place, elle aussi.

– Darielle !

La jeune fille se détourna à contrecœur des carillons et courut vers l'homme qui l'avait appelée. L'homme se tenait devant une roulotte de gitans, et soulevait l'un des panneaux latéraux pour en faire un toit pour ses clients. Mégane se dirigea vers la roulotte, observant l'homme placer des cales de bois entre les charnières du panneau pour qu'il reste ouvert. Lorsqu'il aperçut Mégane, il souleva sa casquette trouée et s'inclina devant elle.

— Bonjour gente dame. J'ouvre boutique, mais, si vous voulez jeter un coup d'œil à ce que j'ai, allez-y. Ce serait pour moi un grand honneur.

Il lui montra deux caisses posées à terre qui étaient remplies d'articles allant d'élégants éventails repliés à des cravaches de cuir. En dépit de son désir d'arriver au temple le plus vite, Mégane ne put s'empêcher de fourrager dans les caisses.

— Où avez-vous pris toutes ces choses ? demanda Mégane en soulevant un collier fait de dents et en faisant la grimace.

— Ça, c'est le côté intéressant de la vie des gitans, répondit-il en riant. Je parcours Sunil achetant et vendant des choses. Ce qui semble banal à une personne ici vaut son pesant d'or pour quelqu'un d'un autre pays. Celles-ci, par exemple, dit-il en désignant le collier que Mégane s'apprêtait à remettre dans la caisse, sont des dents authentiques de dragon. Elles peuvent t'aider à trouver un trésor.

Mégane lui jeta un regard dubitatif.

— Et combien coûte-t-il ?

L'homme sourit.

— Combien d'argent as-tu ? Nous pouvons peut-être en arriver à une entente.

Mégane était sur le point de lui dire qu'elle n'avait pas d'argent, lorsqu'elle se souvint des deux pièces d'or que Bornias lui avait données à la maisonnette de Kaolin.

Elle les trouva facilement dans son sac et en tendit une au gitan.

Il fit claquer sa langue et secoua la tête.

– Ce n'est malheureusement pas assez pour le collier. Mais j'aurais peut-être quelque chose qui conviendrait mieux à tes moyens.

Il fouilla dans la caisse où Mégane avait pris le collier, et en sortit une bande de cuir à laquelle était attaché un crochet.

– C'est toujours une dent de dragon, dit-il, sauf que celle-ci te permettra de trouver un dragon, et non pas son trésor. Mais il faut que tu ne sois pas trop loin du dragon.

Mégane fixa le bracelet un moment avant de tendre sa pièce d'or au gitan et de le laisser le lui attacher au poignet. Elle doutait de son authenticité, mais, en le portant, elle se sentait plus près de la situation lamentable dans laquelle se trouvait Ainsley. Elle remercia le gitan et poursuivit sa route en direction du temple, un peu coupable de visiter Tulirangée sans Ainsley.

Il lui fallut faire beaucoup d'efforts pour résister à l'envie lorsqu'elle passa devant un empenneur de flèches qui offrait des leçons gratuites de tir à l'arc et un apothicaire qui vendait de la force liquide, mais, lorsque Mégane arriva à la boulangerie du coin de la rue, juste en face des cloîtres extérieurs du temple, elle dut s'arrêter.

Un bourdon de la taille d'un mouton allait et venait dans la boulangerie, portant une affiche qui disait : « Un doux concours pour trouver le meilleur miel de Tulirangée ». Les clients ne semblaient pas craindre cet énorme insecte ni son dard qui aurait pu les transpercer. Ils l'esquivaient en faisant leurs achats, et une femme redressa même son affiche.

— Le gagnant remportera un stand gratuit au carnaval, dit une voix derrière elle.

Mégane, sans se retourner, savait qui c'était.

— Es-tu venu me dire des mots décourageants à l'oreille, Garner ?

Elle le sentit frôler le dos de sa tunique, les mains sur ses bras. Les battements de son cœur s'accélérèrent, imitant le rythme du battement d'ailes du bourdon.

— Non, je suis venu te présenter mes excuses, dit-il en baissant la tête jusqu'à l'appuyer à la sienne. Je me suis pris d'affection pour toi et j'ai agi par jalousie. Je n'aurais pas dû essayer de te dissuader d'aider ton ami.

Mégane s'appuya contre lui.

— Tu sais que moi aussi j'éprouve beaucoup d'affection pour toi, et Ainsley n'est pour moi qu'un ami. Ce qui s'est passé…

— … est passé, comme tu l'as dit, l'interrompit Garner. Et si tu oublies mon passé, je devrais être capable d'oublier le tien.

Mégane sourit, se tourna et lui passa les bras autour du cou. Du coin de l'œil, elle voyait le temple des Étreintes.

— Pouvons-nous continuer la conversation à mon retour ?

Elle sentit que Garner hochait la tête.

— Je ne t'ai pas encore montré le carnaval.

Mégane s'écarta, baissant les mains jusqu'à ce que leurs doigts s'emmêlent.

— Souhaite-moi bonne chance.

La sérénité

Une puanteur de soufre emplit les narines d'Ainsley, et des cris d'agonie lui percèrent les oreilles. Il haleta, la chaleur intense du feu lui brûlant les poumons, et ouvrit les yeux. Il était couché sur le dos, entre les pattes du dragon, le ventre écailleux de ce dernier juste au-dessus de sa tête.

Il se retourna sur le ventre et aperçut Pénitent, qui gisait dans les décombres, face contre terre, à quelques mètres de lui.

Le dragon le vit aussi.

– Pénitent ! lui cria Ainsley, mais son compagnon ne bougea pas.

Ainsley sentit le sol trembler sous lui lorsque les pattes du dragon, de la taille d'un tronc d'arbre, se mirent en route vers Pénitent.

— Laisse-le tranquille !

Ainsley se releva d'un bond et invoqua la magie. Il transforma ses mains en lames létales et les leva, mais la magie du dragon s'était également intensifiée, et son ventre était maintenant recouvert de la même armure solide que le reste de son corps. Ainsley fut entraîné, ses mains toujours enfoncées dans la peau du dragon.

— Qu'est-ce que je fais ? Qu'est-ce que je fais ?

Il retira ses mains et tomba à genoux. Il contracta les muscles du dos, et ses ailes se mirent à battre aussi vite que celles d'un colibri, le précipitant vers la silhouette inconsciente de Pénitent. Il saisit Pénitent par les aisselles et le leva, juste au moment où le dragon baissait la tête pour le mordre. Comme les autres fois, les murs du canyon s'élargirent devant lui, hors de sa portée, sauf que, cette fois-ci, c'était plutôt une bénédiction.

Le dragon poussa un rugissement d'indignation et courut à la poursuite d'Ainsley. Le fracas de ses pas vibra dans l'air jusqu'à Ainsley.

— Les ailes, ne me lâchez pas maintenant !

Ainsley transpirait, ne sachant pas s'il pourrait supporter plus longtemps son poids et celui d'un autre.

À pas de géant, le dragon se rapprochait de plus en plus, et les bras d'Ainsley étaient fatigués par le poids de Pénitent. Avec un cri de douleur et de peur, Ainsley monta plus haut, espérant trouver un endroit où se percher, hors de la portée du dragon. Il sentit bouger Pénitent.

— Ainsley ?

Pénitent le regarda avec des yeux emplis de peur.

— Je glisse.

— Cramponne-toi !

Les mains d'Ainsley cherchèrent à tâtons un morceau de tissu à agripper, mais ne trouvèrent que de l'air alors que Pénitent plongeait, en battant des bras, vers la gueule ouverte du dragon.

– Oh, non ! Pénitent !

Les larmes coulèrent sur les joues d'Ainsley et il se mit à sangloter jusqu'à ce que sa respiration ne soit plus qu'un hoquet. Les yeux fermés, il pria pour un réconfort, pour la fin de cet enfer.

Et la fin vint.

Une douce main le saisit par les épaules, dissipant l'obscurité.

– Réveille-toi, réveille-toi !

Une impression de douceur l'enveloppa, le doux parfum des fleurs des champs et du miel remplaça l'odeur de soufre, et l'air qu'il respirait devint frais et tonifiant. Une femme, de l'âge de sa mère, lui souriait de l'extrémité de la planchette sur laquelle il reposait. Des boucles blondes encadraient son visage en forme de cœur avant de retomber dans les plis de sa robe, un tissu blanc léger qu'on aurait dit arraché aux nuages. Ses yeux étaient d'un bleu profond.

– Ne crains rien. Tu es en sécurité dans le temple des Étreintes.

Ainsley s'essuya les yeux, mouillés des larmes qu'il avait versées dans son monde cauchemardesque.

– Où suis-je ?

La femme lui tendit un linge humide, qu'il accepta avec reconnaissance pour s'essuyer le visage.

– Tu es à Tulirangée. Je suis la grande prêtresse Sciara. Garner, fils de Ph'linx, t'a amené ici.

— Le salaud ! murmura Ainsley, en serrant si fort le linge dans sa main que l'eau lui coula le long du bras. Qu'a-t-il fait à Mégane ?

— Il l'a emmenée à la maison d'une parente.

Sciara fronça les sourcils.

— Le ton de ta voix dénote la désapprobation, ce que je ne comprends pas. Ton ami t'a rendu service.

— Ne vois-tu pas ce qui m'arrive ?

Ainsley ouvrit les bras.

— Ce n'est pas un ami. Il m'a amené ici pour mourir.

Elle lui sourit à nouveau et reprit le linge, le déposant dans un bol en céramique sur un plateau devant elle.

— Bien sûr que je me rends compte que tu as la Maladie. Mais tu es aussi conscient de ton identité.

— Oui, et puis ?

Ainsley la vit choisir un bâtonnet d'encens parmi ceux qui se trouvaient dans le plateau. Elle le lui mit sous le nez.

— Ceux qui sont en phase avancée ne savent plus qui ils sont. Allume le bâtonnet, s'il te plaît.

Ainsley haussa les épaules.

— Si tu veux que je devienne encore plus malade…

Il avança les lèvres et souffla sur le bout granulé jusqu'à ce qu'une étincelle jaillisse et que la fumée de l'encens lui taquine les narines.

Sciara se mit debout devant lui et traça un cercle de fumée autour de sa tête.

— Ce n'est pas le recours à la magie qui aggrave ton état. C'est la façon dont tu envisages la magie.

Ainsley regarda le rond de fumée flotter.

— Je ne comprends pas ce que tu veux dire.

— Considères-tu toujours la magie comme acquise ?

– Non, euh… peut-être.

Ainsley essayait de penser, malgré la forte odeur de jasmin qui imprégnait ses narines.

– Il m'arrive parfois de m'attendre à ce que la magie m'obéisse.

Sciara hocha la tête.

– En ce moment, tu prends ce que tu peux pour obtenir ce que tu veux, et la magie se comporte de la même façon. Tu devrais avoir un rapport d'égalité avec la magie. Tu devrais te consacrer à la comprendre et à en apprécier les subtilités, et en retour la magie t'aidera.

Ainsley soupira et examina ses bras squameux.

– C'est un peu tard pour ça, maintenant.

Sciara lui mit une main sur la tête et s'agenouilla à côté de lui.

– Fils de Minks, je ne gaspillerais pas ma salive si je jugeais que ta situation était sans issue.

Ainsley leva la tête vers elle, tout surpris.

– Tu sais qui je suis ?

Sciara plissa les yeux en souriant.

– Lorsque ton père était gouverneur des Protecteurs, il venait souvent nous rendre visite. J'ai tout de suite vu la ressemblance.

– Mais il était bien mieux que moi.

Ainsley ramena les jambes à sa poitrine et enfouit son menton entre ses genoux.

– Je ne crois pas qu'après ce qui s'est passé je puisse jamais être nommé gouverneur.

Sciara éclata de rire et son rire joyeux amena un sourire aux lèvres d'Ainsley.

— Tu as probablement raison au sujet des fonctions de gouverneur, mais, te comparer à ton père, c'est comme comparer la Lune et ses astres. Vous êtes différents et vous possédez des qualités différentes qui vous rendent extraordinaires.

Ainsley s'éclaircit la gorge et essaya de se montrer indifférent.

— Quelles qualités ?

— Ton père était dévoué à en apprendre le plus possible pour s'améliorer, et, toi, tu sembles tout aussi dévoué à ceux que tu aimes.

Elle se releva.

— J'imagine que c'est pour cela que tu ne cesses de fixer les portes du temple.

Ainsley lui fit un sourire contrit.

— Il me faut vraiment retrouver Mégane.

— Quitte le temple des Étreintes, et rejoins ton amie. Vous arriverez à votre destination d'ici quelques jours.

La grande prêtresse tendit la main à Ainsley, qui hésita à la serrer.

— Euh... Je ne vais probablement pas me fondre dans la foule, déclara Ainsley. Est-ce que les gens ne vont pas paniquer en se rendant compte que je suis porteur de la Maladie ?

Elle secoua la tête.

— Les lutinais ne craignent pas la Maladie. Nous avons des rapports symbiotiques avec la magie. La magie ne peut nous affecter.

— Ah, bon, dit Ainsley en se relevant et en la laissant le guider vers l'entrée principale du temple. Mais qu'en est-il, des humains qui vivent ici ?

Sciara l'amena à une fenêtre pour qu'il puisse y voir son reflet.

— Tu portes le signe de ma bénédiction, dit-elle en lui indiquant le contour blanc flou qui lui encerclait la tête comme un halo mal placé, et personne ne te fera de mal dans la ville, à moins que tu ne fasses, toi, du mal en premier.

Elle fit signe à l'un des hommes postés devant les portes, qui ouvrit grand la gauche. Les charnières grincèrent sous l'effort. Des particules de poussière flottèrent dans l'air au soleil de midi, qui se montrait à travers l'ouverture de la porte, et une brise du nord apportait l'odeur d'une ville achalandée. Ainsley cligna des yeux, ébloui par la lumière qui baignait les marches du temple. La ville s'étendait devant lui, avec son sol recouvert de pollen vert, rappel de la fleur colossale qui lui avait donné son nom, et dans laquelle elle était construite. Au loin vers l'est, il pouvait voir un des pétales blancs massifs de la tulirangée. Il reposait nonchalamment sur l'herbe, prêt comme ses quatre doubles à se replier au pied levé pour protéger la ville à l'intérieur.

— La maison des Ph'linx est au sud, le long du chemin principal, à deux maisons de la ferme d'élevage d'abeilles.

Ainsley hocha la tête.

— D'accord. Pourrais-tu me recommander un bon forgeron ?

La grande prêtresse sembla décontenancée.

— Shettel est probablement le meilleur. Sa forge est située tout près du pétale.

Elle lui désigna l'endroit qu'il avait regardé plus tôt.

— Pour refroidir ses métaux, il a besoin de beaucoup d'eau de la rivière. Veux-tu te procurer une arme ?

— Ce n'est pas pour moi, mais pour Mégane. Elle n'a qu'un couteau qui tue les esprits, et j'ai le sentiment qu'elle aimerait quelque chose de mieux.

Sciara posa la main sur le dos d'Ainsley et le poussa vers les marches.

— Pourquoi ne le lui demandes-tu pas directement ?

Ainsley suivit le regard de Sciara. Mégane lui fit signe, le visage fendu d'un grand sourire. Elle se mit à courir. Sa robe verte flottait autour de son corps délicat. Ainsley dévala la dizaine de marches pour aller à sa rencontre, et Mégane se jeta sur lui et le serra très fort dans ses bras.

— Est-ce que ça va ? demandèrent-ils en même temps.

— Je vais bien, affirma Mégane, qui souriait encore.

— Moi aussi. Ainsley la tint à bout de bras et examina sa tenue. Qu'est-il arrivé à tes vêtements ? Garner n'a pas — il se pencha vers elle — eu un geste inconvenant, j'espère ?

Mégane rougit très fort.

— Bien sûr que non. C'est un garçon bien élevé, en général.

Elle se tourna vers la grande prêtresse et lui fit une petite révérence.

— Bonjour.

— Je suis la grande prêtresse Sciara, dit-elle en répétant le geste que Tatia avait fait plus tôt. Je suis soulagée de voir que tu vas mieux.

— Je suis soulagée de voir qu'Ainsley lui aussi va mieux.

Mégane prit spontanément la main de Sciara.

— Merci de lui avoir donné asile.

Sciara plaça la main sur celle de Mégane.

— Si je ne peux pas protéger l'innocent, je ne suis rien. Puis-je faire quelque chose d'autre pour vous deux ?

Ainsley secoua la tête, mais Mégane indiqua que oui.

— En fait, j'espérais que nous pourrions utiliser ton bassin de convocation pour retrouver des amis.

— Bien sûr.

Sciara les mena de l'autre côté du bâtiment et les fit entrer par une porte en fer qui menait vers ce qui semblait être un puits de pierre au toit en bardeaux.

Mégane fronça les sourcils.

— Euh, nous n'avons pas besoin d'eau pour…

Elle s'arrêta lorsqu'elle se rendit compte qu'il n'y avait ni treuil, ni seau, ni ouverture. On avait inséré un miroir au ras du rebord intérieur de la margelle, de sorte que sa surface était lisse.

— Qui recherchez-vous ?

Sciara ferma les yeux et passa l'index sur le miroir, sans laisser de strie ni d'impression.

— Frieden Tybor et Cordélia Maudred, expliqua Ainsley.

Après avoir murmuré quelques mots en lutinais, la grande prêtresse ouvrit les yeux et recula pour qu'Ainsley et Mégane puissent voir.

Frieden et Lady Maudred étaient toujours ensemble et se tenaient à l'intérieur d'un édifice fait de roseaux tressés, parlant à un homme qui semblait vouloir leur vendre quelque chose. Une poudre verte recouvrait leurs souliers et l'ourlet de leurs vêtements.

— Ils sont à Tulirangée ! s'écria Mégane, en tirant le bras d'Ainsley.

— Au magasin d'un de nos marchands d'aides les plus loyaux.

Sciara soupira et secoua la tête.

— Où est-il ?

Mégane saisit la main d'Ainsley.

— Allons à leur rencontre.

Sciara secoua la tête.

— Vous perdez votre temps. Ce marchand se trouve à l'autre bout de la ville. Le temps d'arriver là-bas, ils seront partis.

Elle leva la tête vers le ciel, sifflant en direction du clocher du temple. Une colombe blanche se posa en voltigeant sur son épaule, et elle lui dit quelque chose en roucoulant. La colombe lui répondit et s'envola aussitôt, s'élevant au-dessus des bâtiments.

Sciara se tourna vers Ainsley et Mégane.

— Elle trouvera vos amis et leur parlera.

— Mais, Frieden n'est plus un naturamis, riposta Ainsley. Il ne comprendra pas ce qu'elle lui dit.

— Il saura qu'elle vient du temple et ça suffira. En les attendant, venez vous remplir l'estomac, dit-elle en plaçant une main sur l'épaule de chacun.

Ainsley dévora la nourriture, oubliant ses bonnes manières alors qu'il se servait à pleine main. D'après les mets posés sur la table, le régime des lutinais semblait se composer de poisson, de légumes aux fines herbes et de pain au miel.

— J'aurais dû te donner à manger quand tu t'es réveillé, déclara Sciara en l'observant, fascinée.

Elle fit signe à l'un de ses acolytes d'apporter encore de la nourriture.

— On dirait que tu n'as pas mangé depuis longtemps.

— J'ai mangé, indiqua Ainsley, la nourriture dégoulinant de sa bouche. Mais je n'ai pas bien mangé.

Sa conversation avec Sciara lui avait remonté le moral, lui donnant de nouveaux espoirs et lui ouvrant l'appétit. Il tapota le bras de Mégane, détournant son attention des fenêtres qui donnaient sur l'entrée du temple.

– Vas-tu manger ce petit pain ?

– Prends ce que tu veux, lui répondit Mégane en poussant son assiette vers lui. Je n'ai pas faim.

– Vos amis arrivent, la rassura Sciara. Mon messager est déjà de retour.

– Je sais.

Mégane lui sourit.

– Je me sentirai cependant mieux lorsque je les verrai effectivement devant moi.

Elle se tourna vers la fenêtre et se releva aussitôt précipitamment. En entendant le bruit de bottes qui martelaient le sol de pierre du temple, elle ouvrit grand l'une des portes d'entrée.

Lady Maudred et Frieden plissèrent les yeux de surprise ; la main de Frieden tenait encore le cordon de soie servant à faire sonner le carillon de porte.

– Vous en avez mis du temps à nous trouver ! s'exclama Mégane.

Elle rit à travers ses larmes lorsque Frieden la prit dans ses bras. Il la serra fort jusqu'à ce qu'elle ne sache plus si elle versait des larmes ou si elle en était vidée. Frieden recula et la tint à bout de bras.

– J'ai eu tellement peur de vous avoir perdus, tous les deux, dit-il d'une voix encore plus profonde que d'habitude.

– Allons Frieden, c'est mon tour de la prendre dans mes bras, interrompit Lady Maudred d'une voix chevrotante, tendant des bras tremblants à Mégane, qui s'y jeta.

– Je suis heureuse de vous voir, Lady Maudred, lui dit Mégane.

– Et toi !

Lady Maudred lâcha Mégane et se dirigea rapidement vers son petit-fils qui s'était joint à eux.

— À quel jeu jouais-tu, partant à l'aventure dans la Folie ?

— Je suis un demi-dragon, et c'était donc normal.

Ainsley avait cependant la gorge serrée par l'émotion. Lady Maudred lui donna un coup sur la tempe et l'attira vers elle.

— Jeune fou ! Ne refais jamais plus ça.

Sa voix était étouffée par les larmes et le tissu de la chemise d'Ainsley.

Ainsley sentit une autre main, plus masculine, lui serrer l'épaule. Il leva les yeux vers Frieden, qui lui fit un clin d'œil avec des yeux baignés de larmes.

— Je suis content de te retrouver sain et sauf.

Mégane se joignit au groupe enlacé, qui devint bientôt une masse riante lorsque Lady Maudred s'exclama :

— Ma poitrine est trop forte pour que je puisse tous vous prendre dans mes bras !

Le groupe se sépara finalement lorsque la grande prêtresse avança à pas feutrés vers eux, un sourire éclatant sur le visage.

— C'est incroyable, l'amour que j'ai observé autour de ces deux-là en une seule journée, dit-elle en plaçant une main sur le front d'Ainsley et l'autre sur celui de Mégane. Vous me donnez espoir dans le genre humain et m'aidez à oublier la noirceur que j'ai vue dernièrement. Je vous bénis tous les deux.

Une lueur émana de ses mains et tournoya autour d'Ainsley et de Mégane.

— L'espoir se fraie toujours un chemin, même dans les heures les plus sombres.

Le col de la Lumière

– Vous n'avez donc pas trouvé Arastold ? leur demanda Mégane.

Ainsley et elle marchaient derrière Frieden et Lady Maudred, le long du chemin à l'ouest du temple des Étreintes.

– Dès que nous nous sommes rendu compte que vous n'étiez pas avec nous, nous nous sommes mis à réfléchir au moyen de vous retrouver. Notre première idée a été de venir à Tulirangée.

Frieden grimpa les marches d'une construction appelée « La Fée marine » qui semblait être faite de bambous liés ensemble par du foin des marais.

Ainsley posa la main sur l'une des parois et poussa de tout le poids de son corps, mais la paroi ne bougea pas.

– Ces tiges sont solides.

— Elles le devraient, expliqua Frieden. Ce sont les mêmes que celles que les marchands du port de Scribnitch utilisent pour construire leurs bateaux.

Il ouvrit la porte, et Mégane et Ainsley comprirent pourquoi le propriétaire avait nommé ainsi son bâtiment.

Un bric-à-brac nautique semblait avoir éclaboussé l'intérieur. Des voiles de toile avaient été transformées en rideaux pour les fenêtres, qui étaient en fait des hublots. Une roue de gouvernail pendait à l'horizontale du plafond avec une ampoule de neige à chaque bras, de sorte qu'il servait de lustre. Même la main-courante de l'escalier semblait être un plat-bord recyclé.

— Attendez ici pendant que je vais chercher certains articles dont nous aurons besoin.

Frieden leur indiqua un groupe de barils qui avaient été sciés en deux et renversés pour que l'extrémité fermée soit sur le dessus.

— Vous êtes donc ici depuis une semaine ? demanda Mégane à Lady Maudred. Vous a-t-il fallu tout ce temps pour trouver la ville ?

— Pas vraiment, répondit Lady Maudred. Nous avons trouvé la ville en quelques jours, et j'ai demandé à Frieden pourquoi nous n'utilisions pas le bassin de convocation pour vous trouver.

Elle se pencha vers Ainsley et Mégane même s'il n'y avait personne d'autre dans la salle.

— Il m'a expliqué que, comme vous n'êtes pas nés sur ce monde, il serait impossible de retrouver votre trace. Nous avons donc pensé tous les deux aux gens auxquels vous auriez pu vous adresser.

— Pourquoi n'avez-vous pas cherché à repérer l'endroit où se trouvait Bit ? demanda Mégane.

À l'écoute de son nom, la narchi sortit la tête du sac à dos de Mégane, faisant sursauter Lady Maudred.

– Malheureusement, confia Lady Maudred, la main sur sa poitrine et la gorge serrée, le bassin de convocation ne sert à retrouver que les êtres intelligents… mais je ne veux pas dire que ton animal domestique ne l'est pas, corrigea-t-elle.

Ainsley fronça les sourcils.

– Dans ce cas, comment sommes-nous censés savoir exactement où se trouve Arastold ?

– Je m'en suis occupée !

Avec un sourire triomphant, Mégane secoua son poignet devant Ainsley. Elle y avait attaché une lanière de cuir de laquelle pendait un morceau irrégulier de silex.

– Et moi qui croyais que j'étais le seul à devenir fou, décréta Ainsley en examinant l'objet. Qu'est-ce que c'est, au juste ?

– C'est une dent de dragon. En route vers le temple, je me suis arrêtée à la roulotte d'un marchand ambulant, qui me l'a vendue.

– Tu as acheté quelque chose à un marchand ambulant ? demanda Lady Maudred.

– Tu as *payé* pour avoir ça ? enchaîna Ainsley.

Il leva le bras de Mégane au-dessus de sa tête et l'agita.

– Je ne vois pas Arastold.

Mégane se dégagea de sa prise.

– Ce n'est pas comme ça qu'on l'utilise. Lorsque tu es près d'un dragon, la dent pointe dans sa direction, comme une baguette de sourcier.

– Ah, oui ? Et elle ne pointe pas vers moi parce que…

Mégane regarda le bracelet, se posant la même question.

— Tout simplement parce que tu n'es pas complètement un dragon, là.

Ainsley se tourna vers sa grand-mère, qui secouait la tête.

— Et de combien le colporteur l'a-t-il escroquée ?

— C'est une vraie dent de dragon, reprit Lady Maudred. Je suis cependant perplexe quant à la façon dont ce colporteur a dû l'obtenir.

— Êtes-vous prêts ?

Frieden apparut, portant un sac sur chaque épaule.

— Notre rochet nous attend au point de ramassage, derrière le temple.

— Pourquoi allons-nous ramasser un rocher ? demanda Mégane.

— C'est lui qui nous ramasse, en fait.

Frieden la fit passer par la porte.

— Et ce n'est pas un R-O-C-H-E-R, mais un R-O-C-H-E-T.

Ainsley entendit derrière lui un cri aigu, semblable à celui d'un faucon. Il se retourna pour regarder le ciel.

— J'imagine que ce doit être un oiseau géant ?

— Bravo, lui répondit Frieden avec un sourire. Est-ce que Bornias vous en a déjà parlé ?

— Non, j'ai juste deviné.

Ainsley montra l'endroit dans le ciel où il regardait, et les autres levèrent la tête.

Un oiseau blanc comme la neige, de la taille et de l'envergure d'une aile de dragon, planait vers eux, se dirigeant directement vers le temple des Étreintes. Il portait au cou une bague jaune.

Frieden jeta un coup d'œil au parchemin qu'il tenait dans la main.

– C'est notre rochet. Allons-y.

Une plateforme et une tour de bois avaient été érigées derrière le temple des Étreintes. Un panier carré, de la taille d'une voiture, était installé sur la plateforme, son anse enveloppée dans le même tissu jaune que le collier du rochet. Un système de poulies entre la plateforme et la tour expliquait comment le panier avait pu être soulevé du sol multicolore.

Frieden grimpa les marches menant au panier deux par deux.

– Tout le monde à l'intérieur.

Il grimpa le premier et aida Lady Maudred à gravir les marches en relief du panier.

Mégane la suivit; en enjambant le bord du panier, elle entendit un bruit de tissu qui se déchire et fit la grimace. Ainsley battit des ailes une fois et se retrouva au milieu du groupe.

Un homme sortit de l'intérieur de la tour et cria quelque chose au rochet dans une langue étrangère. Le rochet lui répondit en poussant un cri perçant et prit dans ses serres l'anse du panier, le soulevant de la plateforme et l'élevant dans le ciel de l'après-midi.

Pendant environ quinze minutes, ils se tinrent tous au bord du panier, regardant la terre au-dessous d'eux. Ensuite, Frieden bâilla et Lady Maudred l'imita.

– Déjà fatigués? leur demanda Mégane.

– Nous n'avons pas, dit Frieden en bâillant encore, bien dormi depuis que vous avez disparu. Je suppose que le manque de sommeil se fait maintenant sentir.

– Si vous n'y voyez pas d'inconvénient, tous les trois, je vais faire un petit somme avant que nous n'atterrissions, annonça Lady Maudred en se laissant aller dans le panier, son sac derrière la tête.

– C'est une excellente idée, reprit Frieden, s'asseyant en face d'elle et ramenant le capuchon de sa cape sur ses yeux.

Ainsley et Mégane observèrent les adultes s'assoupir, comme leurs parents l'avaient fait autrefois avec eux, et se sourirent.

– Ça fait longtemps que nous n'avons pas eu l'occasion de bavarder seuls, dit Mégane en allant rejoindre Ainsley. Comment te sens-tu ?

Ainsley fronça les sourcils. Lorsqu'ils étaient à la Fée marine, il s'était dit qu'il lui dirait qu'il se sentait bien, et que, maintenant qu'ils étaient tous réunis, il se sentait mieux.

Mais, en ce moment, les choses n'allaient pas bien. Depuis qu'ils étaient montés dans le panier, quelque chose avait changé.

– Je ne sais pas, répondit Ainsley en secouant la tête. Je me sens bizarre.

– C'est normal, répliqua Mégane. Tu as la Maladie.

Ainsley ne lui répondit pas. Il se tourna vers les montagnes. Il se sentait, pour une raison inexplicable, attiré par elles. Plus il les observait, plus l'attraction devenait forte. Il luttait en fait contre l'envie de sauter du panier et de s'envoler vers elles.

Il savait ce qui l'appelait et il avait la nausée à la pensée qu'en ce moment, la seule chose qui l'intéressait était Arastold. Il savait ce qui était en train d'arriver, ce qui avait changé, et il n'y avait pas moyen d'arrêter cela.

– Mégane, murmura-t-il. Je suis en train de me perdre.

– Quoi ?

Mégane se détourna de la vue aérienne époustouflante de la tulirangée, mais son sourire s'estompa lorsqu'elle aperçut l'expression horrifiée qui se peignait sur le visage d'Ainsley.

– Oh, zut, non ! Frieden ? Lady Maudred ? cria-t-elle sans quitter Ainsley du regard. Ainsley ne va pas bien !

Une larme unique glissa le long de la joue d'Ainsley, et il savait que, lorsqu'elle atteindrait son menton, elle aurait perdu sa signification.

– Il est trop tard.

Mégane écarquilla les yeux.

– Frieden, Lady Maudred ! Elle leur donna un petit coup avec son pied jusqu'à ce qu'ils bougent. Aidez-moi !

Elle se retourna vers Ainsley et lui entoura le visage de ses mains. Elle essaya de garder une voix neutre, toute son émotion se concentrant dans ses yeux.

– Ne t'en va pas, s'il te plaît.

Ainsley lisait de la peur et un chagrin poignant sur le visage de Mégane, mais ne ressentait rien. C'était comme si l'interrupteur invisible qui commandait ses émotions avait été fermé. Il regarda Lady Maudred et Frieden, et ne ressentit ni animosité ni affection envers eux. Une force éloignée l'appelait, et il avait hâte de répondre à son appel.

– Ainsley ? dit Mégane en lui serrant plus fort le bras.

Frieden s'était levé et saisissait à son tour Ainsley par les épaules.

— Reste avec nous, Ainsley. Tu peux combattre l'appel de l'inconnu.

Ainsley le savait, mais il n'avait plus envie d'être responsable de quoi que ce soit. Il voulait que quelqu'un d'autre pense à sa place, que quelqu'un d'autre le dirige, et le marionnettiste se trouvait quelque part dans les monts Glacères.

— Adieu, dit-il d'un ton presque nonchalant alors qu'il contractait les ailes et sautait du panier.

— Non ! cria Mégane.

Le panier commença sa descente, Ainsley planant au-dessus d'elle.

— Suis-le, ordonna-t-elle au rochet.

Elle essaya de se hisser pour saisir les serres du rochet, mais Lady Maudred la retint.

— Le rochet n'obéit qu'à son maître, lui expliqua-t-elle en fouillant dans son sac.

Ses mouvements étaient moins aisés que d'habitude, presque saccadés et nerveux.

— Tu pourrais crier à en perdre la voix sans que ça change quoi que ce soit. Porte ça, dit-elle en mettant un masque de tissu noir dans les mains de Mégane. Lorsque nous atterrirons, nous suivrons Ainsley.

Mégane fixa le masque un moment puis regarda les lèvres serrées de Lady Maudred.

— Comment pouvez-vous être aussi cynique ? fulmina Mégane. Il s'agit après tout de votre petit-fils !

Mégane savait que ses mots étaient durs et, pendant un moment, elle eut peur de la réaction de la vieille sorcière. Lady Maudred prit les mains de Mégane et se contenta de la fixer dans les yeux.

— Au cours de ma vie, je suis passée par de grandes épreuves : la mort de mon mari, la disparition de mon fils ainsi que bon nombre d'autres événements que tu ne peux même pas imaginer. Chaque événement funeste m'a rendue plus forte, et m'a appris ce qui était en mon pouvoir et ce qui était indépendant de ma volonté.

Elle serra les mains de Mégane.

— Mais Ainsley et toi m'avez donné de l'espoir, et, tant que j'ai ce sentiment, je refuse d'ajouter ce qui vient de se passer à la liste des épreuves que j'ai subies. Ce n'est qu'un obstacle que je peux surmonter.

Lady Maudred prononça ces mots avec une telle conviction que le cœur de Mégane battit à tout rompre, et elle se jeta dans les bras de la vieille dame.

— Moi aussi, je suis persuadée que nous allons nous en sortir.

Lady Maudred étreignit Mégane et lui tapota le dos.

— Préparons-nous donc à affronter le froid intense.

Mégane acquiesça de la tête et enfila le masque. Des lentilles teintées se trouvaient à l'endroit où des trous auraient dû être découpés pour les yeux.

— Hé, pourquoi fait-il si sombre ?

— Tes yeux s'y adapteront, lui promit Lady Maudred. La neige dans les monts Glacères renvoie tellement de lumière que tu deviendrais aveugle si tu la fixais directement. Tu devrais aussi enfiler des vêtements plus chauds.

Lady Maudred bloqua Mégane de la ligne de mire de Frieden, qui leur tourna aussi le dos, observant la trajectoire de vol d'Ainsley. Mégane le rejoignit après avoir mis une tunique et des culottes. Le rochet allait beaucoup plus vite qu'Ainsley, qui n'était plus qu'une petite tache derrière eux.

— Qu'allons-nous faire au sujet d'Ainsley ? demanda-t-elle alors que Lady Maudred et Frieden mettaient leur masque.

— Si je comprends bien la Maladie, répondit Frieden, il est parti à la recherche d'Arastold. Comme la Maladie a pris entièrement possession de son esprit, il ne se voit plus comme le maître de la magie, mais le contraire. Comme la malédiction vient d'Arastold, il veut faire ce qu'elle lui demande.

Mégane se couvrit de sa cape avec un frisson. La température tombait à mesure qu'ils volaient vers le nord, de sorte que, maintenant qu'ils étaient presque arrivés au col de la Lumière, il fallait qu'elle se fasse violence pour ne pas allumer un feu dans le panier afin de se réchauffer.

— Vous n'avez pas de vêtements plus chauds, dans les sacs ? Nous allons geler avant d'atteindre Ainsley.

Frieden ôta sa cape et en couvrit Mégane, en lui frottant les bras.

— Le panier atterrira à un avant-poste glaçais où nous pourrons nous approvisionner. J'aurais aimé me procurer des vêtements plus chauds en même temps que les masques, mais je craignais de surcharger le panier.

Mégane hocha la tête et se roula en boule au fond du panier pour garder de la chaleur. Un moment plus tard, Lady Maudred et Frieden s'assirent à côté d'elle.

— Le rochet va maintenant nous laisser tomber sur la plateforme.

— *Tomber* ?

Mégane essaya de se souvenir des consignes de sécurité que donnent les agents de bord, mais aucune ne semblait s'appliquer au transport dans un panier de pique-nique surdimensionné par un oiseau surdimensionné. Elle envisagea de mettre la tête entre les genoux, mais, au même moment, le panier fut secoué, avant de s'immobiliser complètement. Elle leva la tête et vit que le rochet avait déjà saisi un autre panier pour le transporter à Tulirangée.

— Bienvenue au col de la Lumière, dit une voix à l'extérieur du panier.

Mégane se releva d'un air méfiant, et fixa l'homme qui se tenait devant elle, au corps et au visage recouverts d'un poil blanc lustré. Ses traits étaient humains, mais la main qu'il lui tendit n'avait qu'un pouce et trois doigts opposés, comme une patte d'oiseau.

Faisant de son mieux pour ne pas montrer sa répulsion, Mégane sourit et serra la main tendue, aux ongles longs comme des dagues.

— Aïe, attention!

L'homme velu gloussa alors que Mégane posait le pied sur la plateforme. Elle se rendit compte qu'elle lui avait écrasé le pied, qui était aussi plat et aussi rond qu'une plaque d'égout.

— Pardon!

Mégane recula. Ses bottes firent craquer la neige recouvrant la plateforme qui, d'après ce que Mégane pouvait voir, était isolée au milieu des congères.

— Mégane, je te présente Orex, dit Lady Maudred, lissant sa robe après sa peu protocolaire descente de panier. Orex, je te présente Mégane, la nièce de Frieden.

Orex inclina la tête.

– Alors, Frieden, tu as trouvé la personne que tu cherchais ?

Le Glaçais l'aida à descendre du panier.

– L'une d'elles, oui, répondit Frieden. Le jeune homme s'est envolé du panier, en direction des Montagnes.

Mégane admira la nonchalance avec laquelle Orex reçut la nouvelle.

– Ne t'inquiète pas. Un rochet voyage beaucoup plus vite que toute autre créature ailée, même si elle est humaine.

– Mais il deviendra aveugle ou mourra de froid, répliqua Mégane, qui claquait des dents.

– N'oublie pas qu'il n'est plus tout à fait humain, lui fit valoir Frieden. Les dragons sont des créatures à sang froid, de sorte que la température externe ne l'affectera pas. Par ailleurs, la pigmentation dans ses yeux bloquera toute lumière excessive.

– Ah, c'est... c'est b... bon à s... savoir, bégaya Mégane.

Orex lui fit signe de s'approcher.

– Viens vite. J'oublie souvent à quel point il fait froid lorsque les gens n'ont que leur peau pour les protéger. Nous allons te donner des vêtements plus chauds pour que tu puisses partir à la recherche de ton ami.

Orex descendit de la plateforme et indiqua un trou qui avait été creusé dans le sol enneigé, directement sous la construction en bois. Il s'assit sur son arrière-train, les pieds pendant à l'intérieur et, avec un cri enthousiaste, se laissa glisser à l'intérieur du trou. Lady Maudred rentra sa jupe sous ses jambes et le suivit, sans toutefois pousser de cri enthousiaste.

Mégane alla au bord du trou et vit qu'il s'inclinait légèrement pour devenir une glissoire verglacée se terminant environ vingt pieds sous la surface. Elle apercevait Lady Maudred qui, debout maintenant, remettait de l'ordre dans sa tenue avant de disparaître de son champ de vision.

Mégane se tourna vers Frieden.

– Où mène ce trou ?

– Les Glaçais vivent sous la neige, lui expliqua-t-elle, mais les parois et les plafonds sont faits de glace solide et ne présentent donc aucun danger. Je te promets que tu seras en sécurité.

Mégane s'éclaircit la gorge et s'assit sur le rebord du tunnel sans oser se laisser aller.

Frieden se pencha vers elle.

– Si tu restes ici, tu mourras de froid, et c'est aussi la seule façon de sauver Ainsley.

Mégane acquiesça de la tête et ferma les yeux.

– Poussez-moi, alors.

Elle sentit ses mains sur son dos et se mit aussitôt à descendre en glissant le tunnel glacé, l'estomac à l'envers. Le sol finit par s'égaliser sous elle, et elle heurta un tas de neige. Lady Maudred l'aida à se relever alors que Frieden arrivait en glissant derrière elles.

– Tout le monde est là ? demanda Orex. Dans ce cas, allons-y.

Tout en marchant, Mégane regardait autour d'elle, soulagée de voir que le tunnel n'était pas aussi étroit qu'elle l'avait craint. Elle se mit sur la pointe des pieds et tapota le plafond avec ses poings. Il lui sembla être fait d'une barre de glace. Elle poussa la paroi sans entendre de craquement.

– Es-tu rassurée ? murmura Frieden à son oreille.

Mégane fit signe que oui de la tête.

— Mais j'aimerais quand même sortir d'ici le plus vite possible.

— Attention à la main-courante ! leur cria Orex pardessus l'épaule. Si vous tombez par-dessus, la chute sera longue.

Il se mit à rire, et Mégane, décontenancée, regarda autour d'elle. Lady Maudred et lui disparurent de son champ de vision, et Mégane arriva à l'étage suivant d'une rotonde à plusieurs niveaux, isolée du vide central par un muret métallique.

Bien que la glace sous ses pieds fût recouverte d'une couche de neige, Mégane avançait prudemment, longeant le muret et regardant en bas. Des Glaçais vaquaient à leurs occupations à chaque niveau, en compagnie de quelques lutinais et humains enveloppés dans des manteaux épais. Très, très loin en bas, Mégane voyait le rez-de-chaussée.

— Nous gardons les vêtements de neige à cet étage, expliqua Orex, car nos visiteurs ne pourraient pas descendre plus bas sans ces vêtements.

Il gloussa à nouveau et continua à pas feutrés, puis s'arrêta devant un trou circulaire dans la paroi de glace surmonté d'une inscription en glaçais.

— Notre fourreuse.

Orex leur fit signe d'entrer dans l'atelier, où une Glaçaise était assise derrière le comptoir en train de coudre ensemble deux morceaux de cuir. Elle rappela à Mégane Sari, en plus poilue.

En les entendant, la femme leva la tête et leur sourit.

— Bonjour à tous. Vous arrivez à temps, semble-t-il.

Elle posa sur le comptoir la pièce sur laquelle elle travaillait et leur indiqua les rayons de bois encastrés dans les rainures de la glace. Les rayons débordaient de fourrures blanches, comme si un animal endormi s'y était étendu, le dos tourné.

— Des manteaux longs pour tout le monde ?

Elle sortit des rayons trois manteaux de fourrure de tailles différentes.

— Nous en aurons besoin d'un quatrième, à emporter, lui déclara Frieden. D'une taille pour jeune homme.

Mégane renifla, encouragée par le fait que Frieden semblait considérer le sauvetage d'Ainsley comme une certitude, et non comme une possibilité.

La fourreuse entendit Mégane et l'aida à passer les bras dans les manches du manteau.

— Voilà, ma chère. Je m'en voudrais à mort si tu attrapais la crève.

Mégane, enveloppée dans la fourrure, se sentit assez réchauffée pour fondre en une mare sur le plancher de l'atelier.

— Merci, dit-elle, se sentant encore plus encouragée.

Frieden paya les vêtements, et la fourreuse enveloppa le manteau d'Ainsley dans un papier ciré en leur indiquant qu'il était imperméable.

— Que vous faut-il d'autre ? demanda Orex. De la nourriture, une source de chaleur ou, ajouta-t-il en gloussant, de l'eau ?

— Juste une meute et un traîneau, répondit Frieden. Ainsley a dû nous rattraper.

— Bien sûr, bien sûr.

Orex leur fit contourner la rotonde et se dirigea vers un endroit où deux trous avaient été découpés dans le plafond. Sous l'un des trous, une série de piquets de métal avaient été enfoncés dans la glace. Sous l'autre, la paroi était criblée de trous, mais n'offrait pas de matériel d'escalade.

— Pour nos visiteurs étrangers, dit-il en montrant les piquets métalliques. Pour les Glaçais, dit-il en enfonçant ses longs ongles dans les trous et en montant.

Orex dirigea Mégane et les autres le long d'un tunnel qui puait la fourrure mouillée et la bave. Ils montèrent de biais jusqu'à ce qu'ils arrivent à la surface, près d'un chenil, où se trouvaient les animaux. Leur puanteur dépassait celle de tout autre animal que Mégane avait jamais connu.

— Qu'est-ce que c'est que ces bêtes ? demanda-t-elle à Orex alors qu'ils entraient dans le chenil.

— Des bourgles, lui expliqua Frieden, en tirant un traîneau vers l'entrée du chenil. Ils ressemblent aux loups, sauf qu'ils sont plus extravertis.

Mégane recula lorsqu'elle entendit à l'entrée des hurlements et des jappements. Un instant plus tard, cinq bourgles s'élançaient dans la neige, traînant Orex derrière eux.

Leur tête et leur fourrure étaient analogues à celles d'un loup, mais leurs pattes, longues et musclées, étaient celles d'un cheval, ce qui fait qu'ils arrivaient presque aux épaules de Mégane.

— Ils sont *énormes* ! remarqua-t-elle alors que l'un d'eux faillit la jeter à terre en essayant de lécher son masque.

— C'est pour cela qu'il leur est facile de courir dans une neige qui avalerait la plupart des autres créatures.

Frieden donna la main à Lady Maudred et à Mégane pour les aider à monter sur la banquette arrière du traîneau, et leur tendit les sacs. Orex et lui attelèrent avec difficulté les bourgles, qui ne cessaient de s'agiter. Frieden monta à l'avant, prit les rênes d'Orex et lui lança un sac, qui sonna lorsque ce dernier l'attrapa.

— Au cas où je ne te ramènerais pas tes animaux sains et saufs.

Orex lui relança le sac.

— Tu me les ramèneras sains et saufs, je le sais.

Il fit un signe de tête à Lady Maudred et à Mégane, qui le saluèrent à leur tour alors que les bourgles s'élançaient dans la neige, tirant le traîneau derrière eux.

— Comment allons-nous retrouver Ainsley ? demanda Mégane.

— Je l'ai déjà trouvé, dit Frieden en pointant le doigt vers un objet difforme dans le ciel. Nous n'avons qu'à le suivre, et il nous mènera directement à Arastold.

Le traîneau glissait sur la neige, que les bourgles faisaient tournoyer en galopant à une allure régulière. Frieden surveillait le ciel, orientant les bourgles vers la trajectoire de vol d'Ainsley sans le perdre de vue. Il était tellement concentré qu'il ne vit pas qu'il y avait une trouée dans la neige à l'endroit où un étang avait gelé.

— Attention ! lui cria Lady Maudred.

Elle le saisit par le manteau pour attirer son attention, mais le fit tomber dans la neige avant qu'il puisse rectifier leur parcours.

Le bourgle de tête glissa sur la glace en jappant, et il devint vite évident que les bourgles, qu'une neige profonde ne dérangeait pas, étaient sur la glace aussi gracieux que des ânes. Toujours attachés ensemble, les autres membres de la meute furent obligés de le suivre, et le traîneau se mit en travers de l'étang, avant de heurter la rive opposée. En tombant, Mégane et Lady Maudred se mirent à hurler en même temps que les bourgles.

— Est-ce que ça va ?

Frieden se dirigea vers l'endroit de l'étang où Mégane aidait Lady Maudred à éviter les bourgles, qui bavaient et gémissaient. Mégane sentit que Bit bougeait dans la manche de son manteau, et essaya de la tenir loin du regard des animaux excités.

— Ça va, dit-elle en levant les yeux vers le ciel, mais je ne vois plus Ainsley.

Frieden saisit le harnais du bourgle de tête et redressa la meute, les tirant ainsi que le traîneau vers une surface plus égale.

— Il doit voler plus bas pour pouvoir atterrir sous peu. Nous allons tout simplement suivre le chemin qu'il suivait jusqu'à ce que nous le trouvions.

Frieden lança les sacs dans le traîneau avec un peu plus de force que nécessaire. Bit sortit la tête du sac de Mégane, offusquée de ce mauvais traitement.

— Bit ! Comment es-tu rentrée dans mon sac ?

Mégane sentit que quelque chose continuait de bouger dans la manche de son manteau et poussa un cri. La dent de dragon qu'elle avait attachée à son poignet se soulevait par lévitation, son extrémité pointue pointant vers le sud-est.

— Euh... Frieden, la dent n'a peut-être pas repéré Ainsley, mais elle signale la présence d'un dragon.

Frieden réfléchit un moment, puis fit signe à Mégane et à Lady Maudred de le rejoindre dans le traîneau.

— C'est mieux que de s'en aller à l'aveuglette. Il tira les rênes vers la droite, et les bourgles s'élancèrent à nouveau.

Mégane était assise à côté de Frieden, le bras tendu. La dent de dragon continuait de défier les lois de la gravité, se balançant légèrement alors que Frieden évitait les obstacles, mais elle pointait toujours vers le sud-est.

– Le voici !

Mégane leur montra une forme noire, qui franchit la crête d'une colline avant de disparaître. Elle sauta du traîneau lorsqu'ils arrivèrent au sommet de la colline, et ses bottes s'enfoncèrent dans la neige.

– Je crois que la dent a repéré Arastold.

Au milieu d'une vallée recouverte d'un tapis blanc de neige se dressait une construction rocheuse de la taille d'un stade de football. Une crevasse lézardait le rocher au niveau du sol, et c'est par là qu'Ainsley était entré.

– Venez, dit-elle à Frieden et à Lady Maudred, et elle dévala la colline, en courant et en glissant, jusqu'à la base de la montagne dégarnie.

– Attends !

Frieden la rattrapa. Il dégaina et s'approcha de l'ouverture dans le rocher, humant l'air. Il fit signe à Mégane et à Lady Maudred, et les trois pénétrèrent à l'intérieur.

Mégane eut l'impression d'être en face d'un haut-fourneau, et elle comprit pourquoi la grotte n'était pas recouverte de neige à l'extérieur. Elle ôta son masque et ses gants tandis que Frieden et Lady Maudred examinaient l'ouverture de tunnels qui se ramifiaient. Voyant que de la poussière d'or provenait d'un des tunnels, Mégane y entra, la main sur sa dague.

Le tunnel s'élargit en une grotte sombre, au centre de laquelle se trouvait le sac à dos d'Ainsley.

– Ainsley ?

Elle entendit au-dessus d'elle une explosion sonore, et des morceaux de rocher s'écrasèrent au sol, à sa gauche. Elle sursauta et scruta le plafond obscur de la grotte.

— Qu'as-tu trouvé ? lui demanda Frieden en entrant dans la grotte avec un flambeau tenu haut.

La lueur du flambeau permit à Mégane de voir d'où les stalactites étaient tombées. Elle poussa un cri en apercevant un dragon, aussi noir que les ombres, qui rugissait et déployait ses ailes géantes tout en fonçant vers elle. Frieden la força à terre, où elle attendit, couchée sur le ventre, que le dragon lui enfonce ses dents ou ses griffes dans la chair. Toutefois, à la dernière minute, le dragon redressa son plongeon et atterrit comme un cygne sur l'eau. Il regarda Frieden et Lady Maudred, puis dit à Mégane en la regardant fixement :

— Ton consentement à te sacrifier pour ton ami est un geste plutôt noble. Mais il faut dire que ceux qui portent la perle de la Vérité le sont généralement.

Mégane abaissa les bras et se mit à genoux, fixant le dragon.

— Tu… tu peux parler !

Le dragon souffla de ses narines.

— Je ne sais pas trop si je dois m'offusquer de ton incrédulité ou l'attribuer à la naïveté d'une personne de l'autre monde.

Mégane se releva et jeta un regard nerveux à Lady Maudred et à Frieden.

— De l'autre monde ? Que veux-tu dire ?

Le dragon baissa sa tête géante pour regarder Mégane dans les yeux ; elle sentit la chaleur qui se dégageait de son museau. Mégane ne vacilla cependant pas, bien que la peur fît trembler son corps.

— N'essaie pas de me duper, je peux lire en toi.

— D'accord, dit Mégane d'une petite voix.

Frieden se plaça devant Mégane.

— Es-tu le dragon Arastold ?

Le dragon montra les dents pour montrer son amusement, et Mégane fut soulagée de ne pas voir des morceaux des vêtements d'Ainsley coincés entre ses dents.

— Tu sais qui je suis.

— Où… où est Ainsley ?

Mégane fixa Arastold, mais le dragon était beaucoup trop intimidant pour être amené à baisser les yeux, et ce fut Mégane qui baissa les siens.

Arastold s'assit sur son arrière-train et posa ses griffes avant. Avec un éclair de lumière, Ainsley apparut entre elles, accroupi, avec la tête baissée et les ailes repliées. Il leva la tête et regarda à tour de rôle les trois humains sans paraître les reconnaître ni montrer d'émotion.

— Réveille-toi, jeune esprit, dit Arastold. Je te libère.

Échange de vies

Ainsley cligna des yeux plusieurs fois, revenant à lui avec chaque ouverture et fermeture des paupières. Son premier clignement l'avait tiré du sommeil dans lequel il ne s'était pas rendu compte qu'il était plongé. Le deuxième lui avait fait comprendre qu'il n'était plus dans un panier survolant Arylon, et le troisième lui avait fait reconnaître les gens qui l'entouraient. Avec le quatrième, il se rendit compte que son esprit n'était plus possédé par la Maladie.

Il ne pouvait toutefois plus s'arrêter de cligner des yeux pour lutter contre les larmes. Il n'avait plus peur de vivre et de profiter de la vie, comme si elle était sur le point de lui être enlevée. Il ne craignait plus de faire du mal aux personnes qui lui étaient chères, et l'appréhension et le désespoir qui le rongeaient s'étaient envolés. Il était revenu au même état qu'à son arrivée à Arylon.

Il se sentit libre.

Ainsley poussa des cris, se martelant la poitrine comme Tarzan.

– Je suis… je suis moi de nouveau !

Il constata que ses bras étaient encore recouverts d'écailles noires et sentit le poids de ses ailes.

– Enfin, plus ou moins.

– Je savais que nous allions y réussir !

Mégane se lança à son cou, l'étreignant et lui couvrant le visage de baisers. Il la prit à son tour dans ses bras et, même s'il ne l'avouerait jamais, ses baisers lui faisaient vraiment plaisir.

Mégane sourit à Arastold.

– Merci mille fois !

Arastold resta impassible, comme si elle n'avait rien fait d'extraordinaire.

– Je ne trouve pas juste qu'un jeune sans grande connaissance de la magie doive partager le fardeau des gens cupides de ce monde.

– Je suis entièrement d'accord, affirma à son tour Lady Maudred, s'approchant de son petit-fils, les bras ouverts. Mégane s'écarta, de peur d'être incluse dans l'étreinte.

Ainsley s'arracha aux bras de sa grand-mère et se tourna vers le dragon, l'air humble.

– Peux-tu maintenant me redonner ma forme initiale ?

Arastold s'appuya sur son ventre, les pattes avant croisées devant elle.

– En fait, j'espérais que nous pourrions nous rendre un service mutuel.

— Qu'as-tu en tête ? demanda Frieden en s'interposant entre les adolescents et le dragon.

— Frieden Tybor. (Arastold montra les dents à nouveau.) Toujours aussi diplomate.

Frieden lui sourit poliment en retour.

— Ainsley et Mégane ne sont pas bien placés pour négocier l'avenir de ce pays, alors que moi, oui.

Arastold inclina la tête de côté, ce qui fit rouler quelques rochers jusqu'à ses pattes avant.

— Asseyez-vous, je vous prie.

Frieden s'assit sur le rocher le plus proche d'Arastold, et Lady Maudred s'assit à côté de lui avec un air plus solennel et moins maternel. Ainsley et Mégane s'assirent sur un même rocher, plus loin.

— Vous savez, reprit Arastold, que Lodir Novator m'a vaincue et qu'en retour j'ai proféré une malédiction contre sa cupidité magique. La plupart des gens ont cru qu'il m'avait tuée. Comme vous pouvez le constater, je suis bien en vie, mais je suis en exil dans cette grotte.

— Vous êtes prisonnière ici ?

Mégane se mit à jouer avec la dent de dragon sur la lanière. Lorsqu'elle se rendit compte de qui elle avait en face d'elle, elle posa rapidement les mains sur ses genoux.

Arastold hocha la tête.

— Je survis grâce aux créatures que je réussis à attirer dans ma tanière. Pour me libérer, j'ai invoqué tous les enchantements magiques que je connaissais.

— Il s'est servi d'un parchemin de bannissement, non ? lui demanda Frieden.

Arastold hocha de nouveau la tête.

— Vous voyez donc mon dilemme.

— En effet, répondit Frieden en caressant sa barbiche.

— Euh, interrompit Mégane en regardant par-dessus l'épaule de Frieden. Pas moi.

Il pivota sur son rocher pour faire face à Mégane.

— Lorsqu'une créature est bannie par parchemin, la seule façon de renverser la malédiction est de détruire le parchemin.

— Que Lodir a emporté lorsqu'il est parti, ajouta Arastold.

— Et il erra dans ces montagnes pour y mourir, soupira Mégane. Nous sommes foutus. Euh… je voulais dire que nous n'avions aucune chance de le retrouver, rectifia-t-elle en voyant l'air perplexe de Frieden et de Lady Maudred.

Frieden fit oui de la tête.

— À moins que tu ne trouves un moyen rapide de le chercher dans vingt-cinq mille hectares de neige.

— C'est justement à cause de cette difficulté que je suis prête à vous faire l'offre suivante…

Arastold se tut un instant jusqu'à ce que tous lui prêtent attention

— Si vous parvenez à trouver le parchemin et à le détruire, je suis disposée à détruire la malédiction que j'ai lancée à Lodir et aux gens de sa famille il y a longtemps.

— Complètement ? demanda Lady Maudred. La Maladie...

— Serait chose du passé.

— Mais, qu'est-ce qui t'empêcherait de causer des ravages dans notre peuple à nouveau ? lui demanda Frieden.

Arastold éclata de rire, émettant une odeur de soufre en même temps.

— Après avoir été emprisonnée pendant si longtemps, je peux t'assurer que la dernière chose à laquelle je m'intéresserais serait de brûler des villages à la recherche d'un trésor à ramener... ici.

Elle regarda d'un air méprisant les parois de pierre, comme si elles lui avaient fait elles-mêmes un affront.

— Avec ma liberté retrouvée, je préférerais explorer le monde, partir à la découverte d'autres mondes. Si dans une cinquantaine d'années je ne suis pas morte, je reviendrai et vous pourrez alors vous poser des questions à mon sujet.

Frieden regarda Lady Maudred, qui hocha la tête en signe d'assentiment. Il se leva alors et traça un demi-cercle sur le sol avec la pointe de sa botte.

— Ta parole ?

— Mon engagement.

Arastold tendit une griffe et compléta le cercle.

Le cercle s'illumina et, soudainement, Frieden trébucha vers l'avant, se tenant l'épaule et criant. Mégane et Ainsley descendirent de leur rocher pour l'aider, mais Lady Maudred les en empêcha en tendant les bras.

— Laissez-le.

Elle pointa vers Frieden, qui était maintenant à quatre pattes, haletant, mais sans sembler souffrir. Ce fut au tour d'Arastold de rugir, de se dresser sur ses pattes arrière, et en se débattant elle fit tomber de petites roches des parois avec ses ailes. Tout comme Frieden, elle se détendit et retomba sur ses pattes, un cercle blanc luminescent peint sur son épaule droite.

– Ils sont maintenant liés physiquement par leur parole, leur expliqua à voix basse Lady Maudred. La personne qui manque à sa parole mourra.

– Bon, déclara alors Ainsley en tapant des mains. Partons à la recherche du parchemin. Je m'occupe des six mille premiers hectares.

Frieden s'essuya le front avec sa manche et se tâta l'épaule du bout des doigts.

– Il va falloir que je communique avec Bornias. Pour trouver un corps enfoui dans toute cette neige, il nous faudra une légion d'hommes.

Mégane leva le doigt.

– En fait, il ne nous faudra qu'un homme.

Ainsley grommela.

– Tu ne songes pas vraiment à libérer Losen. Après qu'il a failli nous tuer une deuxième fois dans le donjon !

À son grand dépit, Frieden et Lady Maudred semblaient d'accord avec Mégane.

– Je vais demander à Bornias et à Rayne de lui parler ce soir, déclara Frieden. Et si tout va bien, nous pourrons partir à la recherche de Lodir dès demain matin.

– Pour le moment, décréta Lady Maudred, il nous faudrait manger et aller nous coucher.

En un rien de temps, ils avaient dévoré la nourriture qui restait dans le sac de Lady Maudred et, après avoir reçu d'Arastold l'assurance qu'il ne leur arriverait rien de mal durant la nuit, Frieden s'éloigna du groupe pour contacter Bornias tandis que Lady Maudred retournait à la sieste qu'elle avait interrompue plus tôt.

Mégane s'étendit, la couverture roulée en boule sous la tête car il faisait trop chaud dans la grotte pour se couvrir.

Ainsley s'accota contre la paroi, un exemplaire des *Histoires de voyageurs* en main.

– Tu n'as pas sommeil ? lui demanda Mégane.

– Je suis épuisé, répliqua Ainsley en feuilletant les pages, mais chaque fois que je m'endors, je vois Arastold en cauchemar.

Mégane se tourna sur le ventre pour lui faire face.

– C'est probablement parce que tu la croyais méchante tout ce temps que tu la voyais dans tes cauchemars. Maintenant que tu sais qu'elle ne l'est pas, elle ne te donnera plus de cauchemars.

– Je ne le crois pas, dit Ainsley en secouant la tête. L'Arastold de mes cauchemars ne parle jamais. Elle semble seulement en colère et assoiffée de sang.

Il s'arrêta.

– Il y a autre chose.

Il raconta à Mégane ses rencontres avec Pénitent, et elle fronça les sourcils.

– Les rêves récurrents sont bizarres, mais un rêve qui commence là où l'autre s'était arrêté ?

– Et ils semblent si réels, précisa Ainsley. Dans l'un de ces cauchemars, j'ai rêvé qu'un rocher me frappait à la tête et, lorsque je me suis réveillé, j'ai senti une minuscule bosse sur mon crâne. Une autre fois, je me suis réveillé avec de la poussière sur les bottes.

Mégane frissonna.

– Je comprends pourquoi tu crains de t'assoupir, mais, ajouta-t-elle en baissant la voix, si tu t'endors et que tu as l'un de tes cauchemars, imagine-toi que je suis avec toi, et nous flanquerons une raclée à Arastold.

– Mégane, si tu es dans mes rêves, c'est déjà un cauchemar.

Il lui sourit, et elle éclata de rire, heureuse d'avoir retrouvé l'Ainsley d'antan.

À la recherche des morts

– C'est *forcément* une plaisanterie !

Un rire étouffé fit se répandre une bouffée d'air chaud dans le masque de l'homme. Il était enveloppé dans de chaudes fourrures, mais ses mains étaient à la vue de tous, et les menottes magiques lui encerclaient les poignets.

– C'est comme ça que vous résolvez les problèmes, en envoyant les gens mourir dans la neige ?

– C'est une excellente idée, convint Ainsley en se tournant vers Frieden. Pouvons-nous la lui appliquer ?

Sa grand-mère le saisit par le coude et le prit à l'écart.

– Tu ne facilites pas la communication, tu sais.

– Nous devrions faire appel à un autre nécromant, grogna Ainsley.

— En connais-tu un, à part Losen? lui demanda Mégane. Parce que, dans ce cas, tu aurais dû nous en parler avant qu'on appelle Bornias.

Losen rit à nouveau.

— Votre roi m'a informé que vous étiez à la recherche du corps de Lodir Novator. Ne me dites pas que vous voulez le retrouver pour le guérir, ajouta-t-il en pointant le menton vers Ainsley.

— C'est exactement notre but, répondit Lady Maudred.

— Je préfère mourir de froid, riposta Losen, avec un reniflement de dérision.

— On peut s'en charger, lui lança Ainsley en saisissant un pan de sa veste. Tu dois être plutôt blême. Une bonne dose de lumière du soleil...

— Non, attends, Losen, intervint Frieden en se plaçant entre les ennemis. J'ai parlé au roi Bornias qui m'a dit que tu avais accepté une offre équitable.

Losen secoua la tête.

— Il a accepté de libérer ma mère, mais pas moi. J'ai donc changé d'avis au sujet de l'aide à vous apporter... à moins que vous n'acceptiez de changer les conditions négociées.

Frieden et Lady Maudred se regardèrent.

— Je vais demander à Bornias d'envoyer quelqu'un pour te ramener en prison, finit par dire Lady Maudred en retournant vers la grotte d'Arastold.

— C'est du bluff.

L'expression faciale de Losen était indéchiffrable derrière son masque, mais, de l'une de ses mains, il grattait les cuticules de l'autre. Il semblait vaciller sur place.

– Veux-tu attendre à l'intérieur ? demanda Frieden en désignant Lady Maudred. Il pourrait faire froid, dehors.

– Vous n'avez donc plus besoin de moi ? demanda Losen, qui souleva le bas de son masque et commença à se ronger les ongles. Vous allez trouver le corps et le sortir de la neige, peut-être même de la glace, tout seuls ?

Frieden haussa les épaules.

– Nous ne te demandons pas grand-chose, mais, toi, tu sembles vouloir beaucoup. Je ne vois pas en quoi c'est équitable. Et vous ?

Il se tourna vers Ainsley et Mégane, qui secouèrent la tête.

Losen émit une plainte aiguë et se rongea plus vigoureusement un ongle, jusqu'à ce qu'une goutte de sang éclabousse la neige.

– En prison, j'entends beaucoup de choses, des choses au sujet de l'avenir de Raklund et même d'Arylon. Des temps troublés s'annoncent. Si je vous révèle ce que je sais et que je vous aide à récupérer le parchemin, allez-vous nous gracier, ma mère et moi ?

Frieden le fixa des yeux.

– Est-ce qu'il ment au sujet de ce qu'il sait, Mégane ?

– Non.

Ainsley et elle regardèrent à tour de rôle Frieden et Lady Maudred, qui s'était arrêtée et retournée, la main sur l'ouverture de la grotte.

Frieden croisa les bras.

– Si tu fais tout ce que tu viens de raconter, nous vous libérerons, ta mère et toi, mais sans vous *gracier.* Vous serez marqués comme criminels, et personne ne vous fera confiance pour le restant de vos jours.

Au bout d'un moment, Losen tendit ses mains menottées à Frieden.

— C'est d'accord.

Frieden passa une de ses mains sur les menottes, qui disparurent.

Dès que Losen recouvra son état d'homme libre, il ôta son manteau.

— Je ne peux pas travailler lorsque je suis emmitouflé, dit-il tout en claquant des dents.

Il s'accroupit et mit les paumes sur la neige, jusqu'à ce que de la vapeur s'en dégage.

— C'est de ce côté, dit-il en pointant vers le nord. À environ sept kilomètres.

— En es-tu certain ? lui demanda Mégane tandis que Losen enlevait la neige collée à ses doigts. Est-ce que ça pourrait être quelqu'un… ou quelque chose d'autre ?

Losen remit son manteau en haussant les épaules.

— Compte tenu de l'état de décomposition du corps et de sa taille, je suis certain que c'est lui.

Ainsley aida Frieden à préparer la meute de bourgles et s'envola tandis que Frieden, Lady Maudred, Losen et Mégane s'installaient dans le traîneau. Une heure plus tard, Frieden ramena l'attelage au pas, et Losen enleva à nouveau son manteau.

— Oh, oui. Je peux sentir les os.

La voix de Losen semblait presque joyeuse alors qu'il enfonçait les mains dans la neige.

— *Rexium miter gudar !*

Losen leva au-dessus de sa tête ses mains, dont la peau était rosie par le froid.

Les bourgles se mirent à gémir et à japper, tirant le traîneau, comme s'ils détectaient une présence surnaturelle. Ainsley alla à eux pour les calmer tandis que les autres formaient un cercle à l'endroit où Losen s'était accroupi. Ils sentirent sous leurs bottes un léger tremblement.

— Il serait préférable de reculer, les avertit Losen en reculant lui-même. Le sol va trembler davantage.

Ils auraient été stupides de ne pas tenir compte de sa mise en garde. Avec un bruit d'effritement et de craquement analogue à celui d'une avalanche, la neige vola dans les airs à l'endroit où Losen l'avait touchée de ses mains. Un morceau de glace de la taille d'un cercueil se souleva du sol et se déposa sur la neige bouillonnante.

Losen dégagea la neige qui recouvrait le dessus, et tous purent voir les restes congelés de Lodir Novator.

— Au moins, nous avons devant nous des os et des vêtements, fit observer Mégane. J'avais peur que la neige n'ait conservé son corps au complet comme une sucette glacée.

— C'est ce qu'il serait devenu si les animaux sauvages ne l'avaient pas trouvé en premier, convint Frieden en allant chercher son sac dans le traîneau.

Il en sortit une pomme à feu et la cassa en deux, puis frotta le dessus de la glace d'une de ses faces coupées.

La glace grésilla et éclata, devenant rapidement de l'eau sous l'effet de la chaleur intense que dégageait la pomme à feu. Lorsque Frieden arriva finalement au corps de Lodir, il sépara les vêtements des os et les fouilla.

— Nous avons un problème, leur annonça-t-il, la mine sombre, en secouant une longue tunique brune.

– Ne me dites pas qu'il n'est pas là, s'exclama lady Maudred.

Elle ramassa un sac qui avait été mis de côté et en déversa le contenu à terre.

Frieden jeta la longue tunique sur les os et se mit à jurer.

– Il ne l'a pas sur lui.

– Le parchemin est peut-être chez lui, à Raklund, avança Mégane.

Lady Maudred secoua la tête.

– Non, ma chère enfant. Chaque article qui se trouvait chez lui a été vendu aux enchères ou remis à la bibliothèque. S'il y avait eu un parchemin de bannissement, on l'aurait remarqué.

– Ce qui veut dire qu'il l'a caché quelque part avant de mourir.

Frieden écarta du pied un morceau de ruban doré déchiré et commença à faire les cent pas.

– Ce quelque part pourrait être n'importe où, et nous ne le retrouverons jamais.

Losen fit claquer la langue.

– Quel dommage ! L'entente conclue avec moi ne vous aura permis que de récupérer quelques souvenirs de Lodir.

Mégane s'apprêta à empêcher Ainsley d'attaquer le nécromant, mais Ainsley se contentait de fixer les morceaux de tissu. Les poils s'étaient dressés sur sa nuque, mais ce n'était pas à cause du froid qui régnait dans les monts Glacères.

– Ainsley ?

Mégane lui saisit le bras.

– Qu'est-ce que tu as ?

– Ce sont les vêtements de Pénitent.

Mégane scruta les restes congelés, que Losen ramassait pour les analyser.

– Ce gars que tu voyais dans tes cauchemars ? C'était Lodir Novator ?

Ainsley hocha la tête.

– Il me semble.

– Qu'est-ce qui se passe ? demanda Lady Maudred en se rapprochant.

– Je fais souvent ce cauchemar, lui expliqua Ainsley, où cet homme appelé Pénitent et moi combattons Arastold en essayant de vous retrouver.

– Un rêve très réel, ajouta Mégane.

Frieden se rapprocha d'eux.

– Réel dans quel sens ?

En réponse, Ainsley retroussa une manche et lui montra la cicatrice qu'il avait sur le bras.

Lady Maudred et Frieden se regardèrent, ensuite Lady Maudred posa une main sur l'épaule de son petit-fils.

– Tu ne rêvais pas. Tu étais dans le vide entre notre monde et l'Autre Côté.

Losen lâcha le fémur qu'il tenait. En tombant, celui-ci frappa les autres os et résonna, tel un xylophone macabre. Il se mit rapidement debout et fit face à Ainsley.

– Combien de fois l'as-tu fait ? demanda-t-il, d'une voix respectueuse et intimidée.

– Quoi ? Me rendre dans le vide ? répondit Ainsley en reculant de quelques pas pour s'éloigner un peu du nécromant trop zélé. Cinq ou six fois, probablement.

Losen poussa un petit cri excité et souleva le bas de son masque pour recommencer à se ronger les cuticules.

Ainsley regarda tour à tour Frieden et Lady Maudred.

— Si je comprends bien, ce que j'ai fait sort de l'ordinaire, non ?

Les deux hochèrent la tête.

— C'était loin d'être normal, lui dit Frieden.

— Le nombre maximal de fois que les gens ont pu le faire était deux, reprit Losen, le doigt encore en bouche. Tu es une anomalie !

— Attendez, attendez, coupa Mégane, agitant les mains au-dessus de la tête. De quoi parlez-vous ? Êtes-vous en train d'affirmer qu'Ainsley a *réellement* vu Lodir ? Le *vrai* Lodir ?

— Oui, répondirent en chœur Frieden, Losen et Lady Maudred.

Mégane se pencha vers Ainsley.

— Ça me donne froid dans le dos lorsque ces trois-là sont d'accord.

Ainsley sourit, absorbé par ses pensées au sujet des fois où il était allé dans le vide. Il se rendit compte que Lodir y était à chaque fois, même quand il avait failli être carbonisé par Arastold.

— Je peux le refaire, dit-il. Je peux retourner dans le vide et demander à Lodir où se trouve le parchemin.

Il se tourna, malgré sa répugnance, vers Losen.

— Peux-tu m'y envoyer à nouveau ?

Les yeux de Losen brillèrent.

— Bien sûr. Mais je ne peux pas te garantir que tu en reviendras.

— Ainsley, non, n'y va pas implora Mégane en lui saisissant le bras. Il y d'autres façons de retrouver le parchemin. Et, de toute façon, tu es redevenu sain d'esprit.

— Pour combien de temps ? demanda Ainsley en se dégageant de sa prise. Ce n'est pas la vie que je souhaite mener, à toujours craindre que j'attaque quelqu'un ou que je me perde à nouveau.

Il se racla la gorge.

— Je peux éviter ce cauchemar à d'autres, ajouta-t-il, puis il fit signe à Losen. Es-tu prêt ?

— Arrête ! Arrêtez-le !

Mégane quémanda l'aide de Lady Maudred et de Frieden, mais Lady Maudred se contenta d'embrasser son petit-fils sur le front. Ainsley tendit la main à Frieden qui la serra.

— Bonne chance, fils de Minks.

Ainsley enleva les sacs qui étaient sur la banquette arrière du traîneau et s'y étendit.

— Allons-y.

— Ainsley.

Mégane grimpa sur la planche inférieure et lui murmura :

— Ne le fais pas. Nous venons à peine de te retrouver.

Il baissa les yeux vers elle et sourit. Ses yeux rouge sang brillaient de la même énergie et de la même excitation que le garçon aux yeux bleus avec lequel Mégane avait sauvé le monde.

— Ne pleure pas, sinon ton masque va s'embuer, lui dit-il en lui serrant la main.

Mégane tint sa main contre sa poitrine pendant que Losen, debout, commençait à psalmodier. Lorsqu'il eut prononcé les derniers mots, Mégane sentit la main d'Ainsley devenir molle dans la sienne et son pouls battre au rythme de la marche des porteurs lors de funérailles.

– Et maintenant, leur annonça Losen, il ne nous reste plus qu'à attendre.

Le passage dans le vide

Ainsley ouvrit les yeux. Il retrouva la lueur orange familière de la grotte d'Arastold et sentit de la chaleur sur son visage.

— Couche-toi !

Quelqu'un l'avait tiré par les jambes, et il tomba de tout son long.

— Qu'est-ce...

Des mains le saisirent par l'arrière et le tirèrent vers un tunnel latéral au plafond bas. Ainsley se tourna sur le ventre pour faire face à son attaquant. La lumière de la grotte principale illuminait le visage souriant de Pénitent.

— Je remercie l'Autre Côté que tu sois sain et sauf, dit-il. Je suis bien heureux de te revoir.

Ainsley lui sourit en retour et lui serra l'épaule.

— Je suis encore plus heureux de te voir en vie, Lodir.

L'autre homme se raidit et s'écarta.

— Tu... sais qui je suis ?

Ainsley fit oui de la tête.

— Et j'ai besoin de ton aide.

Un rugissement guttural et des pas qui s'approchaient en faisant un bruit de tonnerre l'empêchèrent de répondre. Lodir posa un doigt sur ses lèvres et recula dans le tunnel.

Ainsley lui saisit le bras.

— Ne crains rien. J'ai parlé à Arastold, et nous avons conclu une entente. Je ne crois pas qu'elle nous fasse de mal.

Il s'apprêtait à aller saluer Arastold lorsque Lodir le tira plus à l'intérieur du tunnel. Ils se fixèrent mutuellement de leurs yeux rouges.

— Tu ne comprends pas encore les dangers du vide, lui murmura Lodir. Nous ne sommes pas dans le monde réel. Tes peurs les plus démentes n'existent que pour te tourmenter. Si tu as peur que tes amis se retournent contre toi, ils arrivent pour te poignarder dans le dos. Si tu as peur d'être enterré vivant, le poids des pierres pèsera sur ta poitrine. Et si tu es atteint de la Maladie et que tu as peur de ce que tu vas devenir... Arastold te persécutera.

— Euh... Ainsley se racla la gorge. Eh bien, je suis content de ne pas avoir expérimenté la théorie de Mégane.

Ils attendirent dans l'humidité obscure que passe une patte noire et squameuse de la taille d'un tronc, suivie d'une autre, puis d'une queue interminable qui laboura les gravats sur son passage.

Lorsqu'ils virent finalement défiler l'extrémité de la queue d'Arastold, Ainsley passa la tête dans la grotte et observa le dragon, qui ne semblait pas avoir remarqué sa proie. Il revint ensuite s'asseoir à côté de Lodir.

– Bon, elle est partie, pour le moment.

– Elle me retrouvera. Elle me retrouve toujours, dit Lodir, essuyant la sueur qui perlait à son front.

– Je ne comprends pas pourquoi tu ne m'as jamais révélé ta véritable identité.

– Parce que j'ai fait bien des choses terribles.

Lodir s'appuya contre le mur.

– Le bannissement d'Arastold est le moindre de mes méfaits.

– Tu peux m'aider à réparer ta faute, lui dit Ainsley. Si nous pouvons détruire le parchemin que tu as utilisé pour bannir la *vraie* Arastold, elle a accepté de révoquer sa malédiction pour toujours.

– C'est vrai ? demanda Lodir en écarquillant les yeux. Si je peux le faire, je pourrai peut-être retourner de l'Autre Côté.

Ainsley comprit alors pourquoi Lodir avait toujours réussi à réapparaître indemne chaque fois qu'il avait couru un danger mortel.

– Tu es piégé ici, n'est-ce pas ?

Lodir acquiesça de la tête.

– Condamné à vivre les conséquences de mes actes les plus haineux. Mais je pourrais maintenant y échapper.

Il glissa la main sous sa tunique et en sortit un parchemin, qu'il tendit à Ainsley.

– Est-ce une carte indiquant où se trouve le parchemin ?

Ainsley tourna le parchemin à l'envers, sans réussir à déterminer où se trouvaient le bas et le haut.

– C'est mieux qu'une carte, répliqua Lodir en lui donnant une chiquenaude. C'est le parchemin lui-même.

– Vraiment ? Alors, mettons tout de suite un terme à la malédiction.

Ainsley saisit le papier à deux mains et essaya de le déchirer en deux. On aurait dit qu'il s'en prenait à une feuille de métal. Ses paumes étaient enflammées par l'effort qu'il faisait pour tordre et déchiqueter le parchemin.

– Ça ne fonctionnera pas, lui expliqua Lodir. Un parchemin de bannissement ne peut être détruit qu'en inversant le processus de sa création. Il me faudrait des matériaux que je n'ai pas ici.

– Je retournerai donc au monde des vivants en le prenant avec moi, dit Ainsley d'un ton sans réplique, puis il roula le parchemin et le glissa dans son pantalon. Comment est-ce que je fais pour sortir d'ici ?

Lodir le regarda, surpris.

– Tu ne le sais pas ?

L'estomac d'Ainsley se tordit comme le parchemin de bannissement.

– Euh… non. Dans le passé, je me réveillais toujours. Bon, attends.

Il ferma les yeux et se concentra sur Arylon. Au bout d'une minute, il sentait encore l'odeur poussiéreuse des vêtements de son compagnon ainsi que l'air humide et chaud du tunnel.

– J'ai peut-être besoin de me détendre.

Ainsley s'apprêtait à se coucher par terre, lorsque Lodir l'arrêta.

– Tu peux toujours essayer la sortie.

– La sortie ?

Lodir se dirigea vers l'entrée du tunnel en faisant signe à Ainsley de le suivre.

– Tu vois ces deux stalagmites qui ressemblent à des piliers ? lui demanda-t-il en pointant du doigt l'extrémité opposée de la grotte. C'est par là qu'on accède au monde des vivants. C'est là que j'essayais de t'amener.

– Et pour l'atteindre, marmonna Ainsley, je dois juste éviter le dragon carnivore.

– Je pourrais t'y aider en détournant son attention, lui suggéra Lodir.

– Je pourrais aussi la transformer en morceau de glace, avança Ainsley en faisant une démonstration avec ses mains.

Lodir fronça les sourcils.

– N'as-tu pas remarqué l'effet de ta magie sur elle ? Tu ne réussirais qu'à attirer l'attention sur toi et à piquer sa curiosité. Si elle me vainc et que je me retrouve de l'Autre Côté cette fois-ci, tant mieux.

Ainsley réfléchit un moment à ce que Lodir venait de lui dire.

– Tu as raison. Peux-tu la ramener de ce côté pour que je puisse me glisser derrière elle ?

En réponse, Lodir sortit précipitamment du tunnel et émit un sifflement strident en amenant les doigts à sa bouche.

– Viens me chercher, sale bête !

Ainsley recula dans le tunnel jusqu'à ne plus voir que l'ourlet de la tunique de Lodir. Un hurlement de triomphe lui signala que l'appel de Lodir avait été entendu. Ainsley écouta les bruits de pas qui allaient et s'éloignaient à l'extérieur du tunnel alors que Lodir se raillait du dragon.

Le bruit de pas s'accéléra, et il vit la tunique brune se jeter à droite.

Les gravats retombèrent comme de la neige dans les cheveux d'Ainsley lorsque deux paires de pieds griffus galopèrent devant lui, suivis d'une énorme queue. Ainsley prit une grande respiration et sortit à pas de loup du tunnel, surveillant l'arrière-train du dragon qui rapetissait progressivement.

Ainsley dit une prière silencieuse et s'élança dans les airs, battant des ailes aussi vite qu'il le pouvait. À sa grande horreur, les deux stalagmites ne lui semblaient pas se rapprocher, et il se demanda si elles étaient aussi éloignées que les parois de la grotte. Il jeta un coup d'œil pardessus son épaule, et entendit Lodir lancer des insultes à Arastold tandis que les rochers s'écrasaient au sol.

Lorsqu'il se retourna, il fut tout surpris de voir que les piliers de pierre étaient maintenant tout près. Il se posa au sol et se mit à courir, sans se préoccuper du bruit que faisaient ses pas.

— Ainsley, attends.

Ainsley glissa sur le sol jonché de gravats en s'immobilisant, battant des ailes pour garder son équilibre, et pivota sur lui-même. Lodir se dirigeait à la hâte vers lui, sa tunique flambée encore fumante, et Arastold sur ses talons.

— Tu auras besoin de ça !

Lodir agita la main au-dessus de sa tête, tenant quelque chose entre le pouce et l'index. Ainsley plissa les yeux et vit que Lodir tenait une touffe de cheveux. Il vola vers lui, et Lodir lui mit les cheveux dans la paume, qu'il referma.

– Tu as besoin d'un morceau de moi donné de bon gré pour inverser l'enchantement.

Ainsley acquiesça de la tête et transféra le contenu de sa main dans la poche de son pantalon. Lodir sourit et lui donna une petite tape sur l'épaule.

– Vas-y, maintenant, et bonne chance.

Sans attendre la réponse d'Ainsley, Lodir revint en courant vers Arastold, poussant de petits cris et zigzaguant pour attirer son attention. Il jeta un coup d'œil par-dessus son épaule et fit une grimace au dragon, qui mordit à l'hameçon et le suivit jusqu'à l'autre extrémité de la grotte.

Ainsley observait en souriant, jusqu'à ce qu'il remarque que Lodir avait toujours la tête tournée et qu'il ne voyait pas l'éboulis devant lui.

– Prends garde ! lui cria Ainsley, trop tard.

Lodir culbuta en heurtant le rocher à terre et atterrit sur le dos, Arastold directement au-dessus de lui. Avec un rugissement triomphal, Arastold baissa la tête et le mordit au thorax.

– Nooon !

Ainsley se laissa tomber à terre et mit les mains sur la pierre. Il était sur le point de lui ordonner de lui obéir, lorsqu'il se souvint des paroles de la grande prêtresse et retira ses mains. Il poussa un grand soupir, baissa à nouveau les mains et demanda à la terre de se crevasser sous le dragon.

La magie monta en lui, mais, cette fois-ci, c'était différent. Il se sentit réconforté et rassuré au lieu de la poussée habituelle d'adrénaline qui l'angoissait. On aurait dit que la magie était maintenant une compagne et non un adversaire à vaincre, et qu'elle acquiesçait à sa demande de son plein gré.

À la première fissure et au premier gémissement du sol de la grotte, Arastold se contenta de se rapprocher d'Ainsley et de s'éloigner de la source de danger. Elle n'était peut-être pas consciente d'elle-même, mais elle n'était pas non plus un monstre stupide.

— Ainsley… Va… t'en, dit Lodir d'une voix rauque.

Il poussa un cri de douleur lorsqu'Arastold enfonça ses dents plus profondément dans sa chair. Ainsley entendit le craquement des os qui se cassaient et eut un haut-le-cœur lorsque le sang ruissela de la gueule d'Arastold.

Même s'il savait que Lodir guérirait, Ainsley était incapable d'abandonner l'homme qui s'était sacrifié à plusieurs reprises pour le garder en vie.

Au cri de douleur suivant de Lodir, Ainsley poussa un cri de rage et s'envola pour se lancer sur le museau d'Arastold, qu'elle frappa à coups de poings et de pieds. Le dragon ouvrit la bouche pour mordre Ainsley et lâcha Lodir. Tout en parant ses coups, Ainsley demanda au vent d'amortir la chute de l'homme blessé.

— Ainsley…

Lodir soufflait et toussait en se tenant la poitrine.

— Tu aurais dû me laisser.

— Non, je ne le pouvais pas, dit Ainsley en baissant les yeux vers lui. Il m'était impossible de te laisser souffrir.

Arastold le prit par surprise et, d'une bouffée d'air, le renversa à terre près de Lodir.

— On dirait que… tu ne vas pas… lui échapper, murmura Lodir, essayant en vain d'éloigner d'Arastold son corps mutilé.

– Je vais lui échapper, et toi aussi.

Ainsley le saisit par les aisselles et le tira vers les deux piliers.

– L'espoir se fraie un chemin, même dans les heures les plus sombres.

Des nouvelles troublantes

– Combien de temps faut-il pour prendre un parchemin à un homme mort ?

Cela ne faisait que quelques minutes qu'Ainsley avait perdu connaissance, et déjà Mégane commençait à faire les cent pas dans l'abri de fortune que Lady Maudred avait fait apparaître. L'abri n'empêchait pas le froid intense de pénétrer, mais il bloquait le vent et la neige aveuglante.

– Mégane, reste tranquille, lui dit Lady Maudred en portant les mains à ses yeux. Tu me donnes le vertige en tournant en rond comme ça.

Mégane monta dans le traîneau à côté d'Ainsley et lui souleva une paupière, mais la pupille roula en arrière.

– Comment allons-nous savoir si les choses se passent mal ?

— Avec la magie qu'il possède, il trouvera sûrement le moyen de nous en informer, l'assura Frieden en couvrant d'un manteau le corps inerte d'Ainsley.

— Oui, mais s'il nous en informe trop tard ?

Mégane se tordit les mains.

— Arastold l'a peut-être dévoré ou…

— Reste tranquille.

Frieden fit descendre Mégane du traîneau et lui mit la main sur la bouche.

Dans le silence qui suivit, elle entendit des pas qui faisaient crisser la neige à l'extérieur de leur abri. Fried en dégaina et lança un coup d'œil à Lady Maudred, qui hocha la tête. Les deux remirent leur masque et sortirent de l'abri.

— Quelle surprise ! s'exclama d'un ton jovial un homme, dont Mégane reconnut les manières placides. Je suis bien heureux de rencontrer ici deux membres de l'élite de Raklund.

— Bonjour, Evren, répondit Frieden. Et bonjour à vous, maître magicien.

Les cheveux de Mégane se dressèrent sur sa nuque. Elle avait oublié qu'Evren Sandor, l'ancien lieutenant mielleux des Sentinelles silvaines, avait planifié sa propre expédition en montagne en compagnie de Nick Oh, le maître magicien de la communauté d'Amdor. Elle se demanda toutefois pourquoi, vu l'étendue des monts Glacères, il avait choisi cet endroit précis.

Mégane aurait voulu être dehors, car il y eut une pause inconfortable au bout de laquelle Nick répondit :

— Je vous salue, gouverneur, et vous aussi, milady.

— Les voyages des autres m'ont toujours fascinée, lui répondit Lady Maudred en prenant sa voix la plus flatteuse. Quel bon vent vous amène tous les deux ?

— Nous recherchons du feu de l'âme pour le magasin d'aides de Nick, expliqua Evren.

Lady Maudred éclata d'un rire cristallin.

— Mais, sire Sandor, vous n'êtes pas au bon endroit. Le feu de l'âme se trouve autour des lacs et des ruisseaux gelés, pas dans la montagne !

— Ah, mais je ne le savais *pas*, répliqua Evren en éclatant de rire à son tour. C'est peut-être pour cela que nous n'en avons pas encore trouvé.

Mégane porta la main à sa poitrine et grimaça, faisant signe à Losen, qui s'était rapproché, qu'elle n'avait pas besoin d'aide.

— Est-ce que ça va ? chuchota-t-il.

Mégane secoua la tête.

— Evren savait exactement où trouver le feu de l'âme. Il cache quelque chose.

— Eh bien, si nous voulons trouver du feu de l'âme avant la nuit, il nous faut nous remettre en route, reprit Evren. Nous nous reverrons peut-être au carnaval.

— Oui, au carnaval, convint Frieden.

On entendit des pas qui s'éloignaient en crissant sur la neige et, un moment plus tard, Lady Maudred et Frieden réapparurent.

— Il vous ment, signala Mégane alors qu'ils enlevaient leur masque. Il sait où se trouve le feu de l'âme.

— Je m'en doutais, indiqua Frieden. Ils sont à la recherche d'autre chose que le feu de l'âme, mais cela ne me m'inquiète pas autant que le comportement du maître magicien. Il ne m'a pas semblé aussi animé que d'habitude.

— Et aucun des deux ne nous a demandé ce que nous faisions, *nous,* ici, ajouta Lady Maudred.

Losen toussota.

– N'êtes-vous pas contents d'avoir conclu une entente avec moi, maintenant ?

Tous les yeux se tournèrent vers son visage souriant.

– Est-ce que cela, demanda Frieden en pointant vers l'extérieur, a quelque chose à voir avec ce que tu as entendu dans le donjon ?

Losen le regarda avec une expression solennelle.

– Tu devrais te méfier d'Evren Sandor. Il compte renverser le roi et prendre possession du royaume, et ensuite du pays.

Mégane fit claquer ses doigts.

– Sire Inish m'a confié que quelque chose du genre se tramait, mais qu'il était incapable de le prouver.

– Nous devons en avertir le maître magicien.

Lady Maudred s'apprêtait à remettre son masque, lorsque Frieden lui saisit le bras.

– Nous n'avons pas de preuve concrète du complot d'Evren, simplement le ouï-dire d'un criminel condamné et d'une adolescente, sans vouloir vous insulter, dit-il à Losen et Mégane.

– Vous avez probablement raison, concéda Lady Maudred avec un soupir. Il ne serait sûrement pas raisonnable quelqu'un de notre rang le diffame… pour le moment.

– Une fois que cette épreuve sera terminée, nous parlerons au roi Bornias et mettrons au point un plan.

Le groupe retomba dans le silence, et Mégane se remit à faire les cent pas en évitant d'être dans le champ de vision de Lady Maudred.

– Il nous faut réveiller Ainsley. Ça prend trop de temps !

– Tu… n'y parviendras… pas, bégaya une voix venant de l'extérieur. Il ne reviendra que lorsqu'il sera prêt.

Mégane s'arrêta et échangea un regard de surprise avec les autres.

— Garner ?

Le lutinais entra dans l'abri et ôta son masque. Ses joues étaient rosies par le froid, mais il sourit chaleureusement à Mégane.

— Ne m-m'en veux pas, s'il te p-plaît.

— Que fais-tu ici ?

Mégane voulut prendre un air fâché, mais elle était sous le choc plus qu'autre chose.

— Je v-voulais m'assurer qu'il ne t'était r-rien arrivé.

Garner lui prit les mains, et elle vit qu'elles étaient gelées.

— Garner, tu gèles !

Mégane lui frotta les mains.

— Et ton manteau est bien léger !

Elle ouvrit le sien et attira Garner à elle, de sorte qu'ils étaient tous les deux couverts par le manteau.

— J'ai d-dû… f-faire vite pour me préparer, si je voulais être c-capable de te suivre, dit-il en claquant des dents. Je l'ai vu, ajouta-t-il en montrant Frieden, acheter un billet de rochet et j'ai décidé de le suivre.

— Imbécile !

Mégane posa la tête sur sa poitrine.

— Tu aurais pu mourir de froid.

Frieden sortit une autre pomme à feu de son sac et la fendit en deux et la posa sur le côté bombé, de sorte que la chaleur irradiait vers le haut.

— Viens t'asseoir.

Garner lui adressa un sourire reconnaissant et ôta son arc de chasse, son carquois et son sac de voyage avant d'aller s'asseoir *sur* la pomme ouverte. Tandis que Frieden ôtait son propre manteau et en couvrait Garner, Lady Maudred versa l'eau de sa gourde isolante dans une tasse et la mit sur l'autre moitié de pomme jusqu'à ce qu'elle bouille et fume. Elle offrit la tasse à Garner ; il la prit dans le creux de ses mains, qui reprirent lentement leur couleur chair.

— Je vous suis redevable, dit-il en sirotant l'eau chaude.

Mégane retourna à Ainsley et s'assit dans le traîneau à côté de lui.

— Tu dis donc que nous ne pouvons pas le réveiller ? Mais, nous l'avons déjà fait.

— Sauf que, cette fois-ci, il est en mission, n'est-ce pas ? demanda Garner. Il ne reviendra que lorsqu'il sera prêt, et le fait qu'il respire encore indique qu'il n'est pas mort.

Mégane prêta un moment l'oreille à la respiration tranquille d'Ainsley.

— Je suppose que tu as raison.

Alors qu'elle ajustait le manteau autour de lui, elle remarqua que sa poitrine se soulevait et s'abaissait plus rapidement.

— Ainsley…

Mégane regarda son visage qui grimaçait, la sueur perlant sur son front. Elle fouilla dans son sac à la recherche de quelque chose qu'elle pourrait utiliser comme compresse froide.

— Je pense que son état va empirer.

À ce moment, une soudaine rafale souffla dans l'abri, ébouriffant la fourrure de son manteau et lui donnant des frissons. Lorsque le vent tomba, Mégane entendit une voix qui lui chuchotait doucement à l'oreille.

L'espoir se fraie un chemin, même dans les heures les plus sombres.

Elle pivota sur elle-même pour faire face aux autres et regarda Garner, qui séchait son masque au-dessus de la pomme à feu.

– Qu'as-tu dit ?

– Moi ?

Il la regarda d'un air ébahi.

– Rien. Pourquoi ?

– J'ai cru que…

Elle se tourna vers Losen.

– Est-ce toi qui a parlé ?

Il secoua la tête.

– Mais le vent dans le Passage peut faire entendre des voix.

– Non, reprit Mégane en descendant du traîneau. Ce n'étaient pas des voix. C'était une seule voix, et elle m'a dit quelque chose que la grande prêtresse de Tulirangée m'avait dit et…

Mégane eut brusquement la chair de poule, en dépit de son lourd manteau.

– Oh, merde !

Losen la regarda sans comprendre.

– Qui est-ce ?

Mégane ne lui répondit pas et remonta dans le traîneau en secouant Ainsley par l'épaule.

– Réveille-toi !

– Que fais-tu ?

Lady Maudred essaya de l'éloigner de son petit-fils, mais Mégane se dégagea de sa prise.

– Ainsley est dans le pétrin. Il faut le réveiller !

Elle fut encouragée en voyant ses sourcils se froncer, et lui tapota la joue.

– Réveille-toi, Ainsley !

– Mégane, je t'ai expliqué que ça ne marcherait pas, lui dit Garner en la prenant à bras-le-corps pour l'écarter. Tu ne peux pas le ramener.

– S'il ne peut pas venir à nous, j'irai à lui. Il a besoin d'aide.

Mégane enleva son manteau, se coucha et le mit sous sa tête comme un oreiller.

– Losen, envoie-moi dans le vide.

– Bien sûr.

Losen se frotta les mains et s'avança vers elle, mais Garner le repoussa.

– Mégane, ne sois pas stupide. Si tu entres dans le vide, tu n'en ressortiras pas.

Mégane saisit l'arc de Garner d'une main et le carquois de l'autre. Elle lui sourit et murmura :

– L'espoir se fraie un chemin, même dans les heures les plus sombres.

L'image de Garner, de Frieden, de Lady Maudred et de Losen devint un gris flou. Leurs voix l'appelaient et leurs mains la secouaient presque violemment, mais elle ne réagissait pas. Ses yeux roulèrent en arrière et les sons, les odeurs et les touchers se fondirent dans l'obscurité.

Jamais seul

– Lodir, es-tu capable de marcher ?

Ainsley s'accroupit et étendit les ailes pour cacher l'homme alors qu'Arastold lançait d'autres jets de flamme.

– Si tu me donnes quelques heures, dit Lodir avec un faible rire. Les blessures auront alors guéri.

Arastold baissa la tête pour saisir les deux hommes entre ses dents, mais Ainsley lança des morceaux de glace dans sa gorge ouverte. Elle poussa un cri rauque et recula en secouant la tête.

– Nous n'avons pas quelques heures, lui dit Ainsley. Je ne peux pas continuer comme ça. La magie ne me permet pas de la combattre. Il me faut autre chose.

Il regarda par terre autour de lui, mais ne vit que les éboulis.

– Si je pouvais échanger ces éboulis contre un seul bâton pointu.

– Attention ! lui cria Lodir alors que le dragon dirigeait vers eux sa queue, qu'elle s'apprêtait à utiliser comme un bélier.

Ainsley baissa rapidement la tête, mais ses ailes déployées dépassaient vers le haut et furent heurtées par la queue d'Arastold, envoyant Ainsley voler dans les airs. Il retomba sur le dos. Se remettant debout, il se tourna juste au moment où Arastold s'apprêtait à saisir dans sa gueule son compagnon blessé.

– Lodir !

Tout aussi soudainement, le dragon se dressa sur ses pattes arrière et rugit. Il détourna la tête de Lodir et lança un jet de flamme, directement à sa droite. Lorsque les flammes s'éteignirent, il vit Mégane, l'arc tendu et une flèche prête à être décochée.

– Tu m'as ratée, dit-elle au dragon.

Elle lui décocha une flèche, qui se planta en plein museau. Elle prit une autre flèche dans le carquois pendant qu'Arastold se frottait contre la paroi de la grotte pour essayer de déloger le projectile.

– Ça va, Ainsley ? demanda Mégane en tendant à nouveau l'arc.

– Oui, dit Ainsley en la rejoignant. Et j'ai le parchemin de bannissement. Pour sortir, il faut passer par ces deux piliers.

– Dans ce cas – Mégane lança une autre flèche, qui rata sa cible –, allons-y.

– Tu ne sais pas tirer, lui dit Ainsley, en la poussant à terre près de Lodir et en les couvrant tous les deux de ses ailes alors qu'Arastold leur lançait des flammes.

– Ce n'est pas de ma faute. Je n'ai pratiqué le tir à l'arc que deux semaines dans un camp d'été. Heureusement que sa tête est de la taille d'une maison !

Mégane fouilla dans son carquois, mais il était vide.

– Bon, maintenant que je n'ai plus de flèches, il faudrait partir, et *tout de suite*.

Arastold ouvrit les mâchoires juste derrière Ainsley, et Mégane hurla, saisissant l'arc d'une extrémité et enfonçant l'autre dans le palais d'Arastold. Le dragon s'ébroua en reculant, ouvrant et fermant la gueule pour déloger l'arc.

– Je ne peux pas laisser Lodir comme ça, lui dit Ainsley. Il faut le cacher dans un endroit sûr jusqu'à ce que je trouve le moyen de libérer son esprit.

– Tu plaisantes ou quoi ?

Mégane baissa les yeux vers Lodir.

– Bonjour, enchanté de faire ta connaissance.

– Salut, répondit Lodir avec un faible geste de la main. Je suis désolé de faire ta connaissance dans des circonstances aussi pénibles.

La conversation s'arrêta net lorsqu'Arastold leur lança un autre jet de flammes. Ainsley força ses compagnons à terre, et Mégane poussa un cri de douleur lorsqu'elle tomba sur le manche de son couteau. Elle se frotta le flanc et regarda son abbat avec respect.

– Attends une minute, tu es un esprit ?

Elle s'assit et fixa Lodir tandis qu'Ainsley s'envolait.

Lodir fit oui de la tête.

Mégane resserra les doigts sur la poignée de la dague et la sortit de sa ceinture, l'insigne des Pôdargent étincelant sur la lame.

— Tu as un abbat?

Lodir tourna vers elle des yeux pleins d'espoir.

— On dirait que tu es libre de partir, lui répondit Mégane avec un sourire, en lui tendant par le manche la dague de bannissement des esprits.

Lodir secoua la tête et repoussa sa main.

— Je ne peux le faire moi-même. Il faudra que tu le fasses toi.

— Non, non, dit Mégane en essayant de lui redonner l'abbat. Je ne peux pas te tuer. Je sais que tu es mort, mais je ne peux pas te tuer à nouveau. J'en suis incapable.

— S'il te plaît, tu ne dois pas avoir peur, implora Lodir en posant la main sur la sienne. Aie pitié de moi. C'est ce qu'il convient de faire.

Mégane se souvint alors des mots de Rella, et sut que si cette dernière était confrontée à la même situation, elle n'hésiterait pas, si en le faisant elle protégeait un être cher.

— D'accord.

Mégane inspira profondément et serra fort l'abbat. Lodir se recoucha et ferma les yeux.

— Pardonne-moi, lui dit Mégane en levant la dague.

Elle se mordit la lèvre jusqu'à ce que ses dents en percent la peau délicate et que le sang coule. Elle plongea ensuite l'abbat dans le cœur de Lodir.

Des airs, Ainsley voyait tout ce qui se passait. Il poussa un grand cri et plongea vers le sol, écartant Mégane.

— Mais, que fais-tu?

Il saisit le manche de l'abbat et essaya de dégager le couteau, mais on aurait dit qu'il avait presque fondu dans le corps de Lodir. Un rond de lumière blanche entourait le point d'entrée de la dague, comme le sang d'une blessure mortelle.

– Lodir ?

Le moribond fit un signe de tête rassurant à Ainsley et sourit à Mégane.

– Merci !

La lumière blanche sur sa poitrine se mit à tourbillonner et à s'élever comme des particules de poussière à la lumière du soleil, emportées dans la grotte devant les yeux d'Arastold abasourdie.

– Il va de l'Autre Côté, maintenant, déclara Ainsley alors que les dernières particules qui avaient constitué le corps de Lodir flottaient dans les airs.

Mégane et Ainsley entendirent un bruit clinquant, et, lorsqu'ils baissèrent les yeux pour voir, il n'y avait plus rien à terre que l'abbat. Les deux adolescents se regardèrent.

– Je suis content que tu sois venue, lui dit Ainsley.

Mégane lui sourit.

– Moi aussi.

De l'entrée du tunnel, derrière eux, Arastold émit un rugissement. Ils se tournèrent et virent qu'elle avait finalement réussi, de ses mâchoires puissantes, à casser l'arc en deux morceaux éclatés. Les extrémités de l'arc tombèrent à terre, retenues ensemble par la corde.

– Partons d'ici, dit Ainsley.

– Elle nous tuera avant que nous n'arrivions aux piliers, lui fit valoir Mégane en reprenant l'abbat et en le glissant dans sa ceinture. Ils sont trop loin.

Ainsley jeta un coup d'œil au dragon et aux morceaux brisés de l'arc. Il remarqua la façon dont son corps se frottait aux parois du tunnel et sourit.

– Il nous faudra gagner du temps. Attends mon signal, avant de courir.

Avant que Mégane puisse protester, il battit des ailes et vola au-dessus de la tête d'Arastold. Comme toujours, le plafond s'éleva à l'endroit où il volait.

– Essaie de m'attraper, dit-il d'un ton moqueur au dragon.

Arastold lui lança un jet de flammes, mais, lorsqu'elle constata qu'il était insensible aux flammes, elle sauta dans les airs, essayant de l'attraper avec ses mâchoires. Ainsley s'écarta de son chemin au dernier moment, et son museau heurta le plafond du tunnel avec un bruit de tonnerre. De gros rochers s'en détachèrent, qui la frappèrent à la tête.

– Par ici.

Ainsley voleta à côté de son œil droit et elle tourna vivement la tête. Elle le rata de quelques millimètres et mordit dans la paroi. Ainsley se précipita de l'autre côté et Arastold tourna la tête, mais ne mordit encore une fois que la roche. Il la railla deux autres fois, et deux autres fois, elle frappa les parois du tunnel.

À l'endroit où elle avait frappé de toutes ses forces le plafond du tunnel, la pierre commençait à se fissurer et à se détacher. Le plafond tremblait de plus en plus à chaque attaque successive.

– Un dernier petit coup, lui dit Ainsley, en se faufilant entre ses pattes et en atterrissant sur son dos. Tu pourrais nous servir de monture pour le retour, hein ?

Arastold poussa un hurlement assourdissant et essaya de se tourner dans le tunnel étroit pour mordre l'importun assis sur son dos. Son flanc avant heurta une paroi tandis que son arrière-train frappa l'autre. Ébranlé par le mouvement, Ainsley dégringola de son dos avant de pouvoir déployer ses ailes.

Les parois se mirent à trembler et, sous une averse de débris, le tunnel s'écroula sur Ainsley et Arastold.

– Ainsley !

Mégane se griffa le visage de ses ongles alors que la poussière retombait sans que le dragon ni qu'Ainsley en émergent. Elle courut vers le tas de décombres et commença à creuser, la pierre rugueuse faisant saigner ses jointures. Un rocher bougea, et elle attendit, le souffle coupé, de voir laquelle des victimes essayait de se dégager. Elle vit alors une main humaine qui émergeait entre deux pierres de la taille d'une ardoise et poussa un cri de joie.

– Tu as réussi !

Mégane aida Ainsley à se dégager, et, lorsqu'il vit qu'il était libre, il se mit à tousser et lui tomba dans les bras.

Il leva les yeux vers elle et sourit.

– Tu peux maintenant te mettre à courir, parvint-il à dire.

Un revers de fortune

Ainsley haleta en s'asseyant. Le manteau dont on l'avait couvert glissa sur ses genoux.

– Tu es vivant ! s'écria Lady Maudred en tapant des mains et en l'étreignant. Losen, va vite chercher Frieden.

– Comment… va Mégane ? demanda-t-il en bredouillant, car sa grand-mère le serrait dans ses bras comme un boa constricteur.

Garner, qui était assis à côté de Mégane, lui poussa doucement l'épaule.

– Mégane ?

Elle haletait, elle aussi, mais se jeta dans les bras de Garner en toussant et en frissonnant.

– Est-ce qu'elle va bien ? demanda Garner aux autres en leur lançant un regard inquiet.

– Elle revient d'un séjour en enfer, lui dit Ainsley avec un sourire. Laisse-lui le temps de reprendre ses esprits.

Mégane sourit alors que Garner l'aidait à mettre son manteau, bien que ses lèvres tremblassent encore du froid que le départ du vide lui avait donné.

– Je vais me remettre.

– C'est vrai ?

Frieden fit irruption dans l'abri, les bras chargés de fleurs, Losen derrière lui. Il s'arrêta net en voyant Ainsley et Mégane, et laissa tomber le bouquet.

– Mais oui, c'est vrai ! Vous avez survécu au vide.

– *Et* j'ai le parchemin de bannissement, s'écria Ainsley en sortant le parchemin roulé de sa ceinture montée et le tendant à Frieden.

– Excellent, excellent !

Frieden le serra dans ses bras.

– Je suis extrêmement fier de vous deux.

Il déroula le parchemin et son visage rayonna.

– C'est bien ça, et avec ces fleurs, dit-il en les désignant du bout du pied, nous avons tous les ingrédients nécessaires, sauf...

– Oh !

Ainsley sortit de sa poche la touffe de cheveux que Lodir lui avait donnée.

– Parfait !

Frieden les plaça ainsi que le parchemin dans la tasse d'eau vide de Garner.

– Mettons fin à ce calvaire.

Ils mirent leurs bagages dans le traîneau et se préparèrent au retour dans la grotte d'Arastold. Garner jeta son arc dans le tas des restes de Lodir.

— Je suis désolé de ce qui est arrivé à ton arc, lui dit Ainsley en remarquant la corde cassée, l'extrémité arrachée et les traces de dents dans le bois, mais il nous a été bien utile.

— Ça n'a pas d'importance, lui répondit Garner. Je suis content que vous soyez sains et saufs. Lorsque j'ai vu mon arc se désintégrer devant mes yeux, j'étais prêt à pénétrer le vide pour vous en ramener.

Mégane le saisit par le devant de sa chemise et grogna d'un ton moqueur :

— Tu ne me faisais pas confiance ? Je t'avais pourtant dit que je partais pour sauver Ainsley, non ?

— Je suis content que tu l'aies fait.

Garner souleva le bas du masque de Mégane et posa les lèvres sur les siennes. Surprise, elle essaya de s'écarter, mais Garner lui prit les mains.

— Je suis fier de toi, lui dit-il en l'embrassant à nouveau.

Cette fois-ci, Mégane se laissa faire.

— Quelle horreur ! C'est un baiser avec la langue, s'exclama Ainsley, qui leur lança un regard mauvais avant de se détourner. Nous ferions mieux de partir avant que de petits hybrides lutinais-humains ne se mettent à envahir notre traîneau.

Lady Maudred lui donna une tape sur la tête.

— Ne sois pas dégoûtant.

Au bout d'une minute, comme le couple continuait de s'embrasser, elle finit par dire :

— Mégane, une dame laisse toujours ses soupirants sur leur faim.

— Ça, c'est dégoûtant, décréta Ainsley en se frottant le crâne.

Mégane rougit sous son masque, mais elle riait en s'asseyant près de Lady Maudred dans le traîneau.

— Losen ?

Frieden désigna un portail ouvert où attendaient deux Sentinelles silvaines.

— Nous discuterons à notre retour à Raklund.

Losen hésita.

— Et ma mère ?

— J'ai demandé au roi de la libérer, *et* toi aussi, après notre conversation.

Losen accepta alors de se joindre aux gardes et de leur permettre de lui passer les menottes.

— Est-ce que je pourrais retourner avec lui à Raklund ? demanda Garner à Frieden. J'ai envie de rendre visite à mes parents pour les informer que je suis encore en vie.

Frieden acquiesça de la tête et donna une petite tape sur l'épaule de Garner.

— Merci de t'être occupé de ma... nièce et de mon neveu.

Mégane se leva dans le traîneau.

— Attends, tu nous quittes ?

Garner lui saisit les mains et les baisa.

— Seulement pour un court laps de temps. Dès demain après-midi, nous nous promènerons ensemble dans les couloirs de Raklund.

Mégane sourit en le regardant s'en aller.

— Je considère ça comme une promesse.

Garner s'arrêta devant Ainsley et lui tendit la main.

— Je te présente des excuses pour ce que j'ai fait. Je voulais le bien de Mégane et le tien.

Ainsley le regarda fixement dans les yeux, essayant de déterminer la sincérité de ses paroles.

– Ainsley, pour l'amour du Ciel, lui cria Mégane en se penchant par-dessus le traîneau. Serre-lui la main pour qu'ils puissent partir !

Garner sourit, mais Ainsley resta de glace.

– Je peux te pardonner une fois, mais je n'oublie pas, dit Ainsley, qui tira Garner vers lui en lui serrant la main. Si *jamais* tu fais de la peine à Mégane, murmura-t-il à l'oreille du lutinais, tu regretteras de ne pas être dans le vide.

Ainsley s'éloigna, satisfait de voir que Garner avait trébuché à ces mots. Garner lança un regard dérobé à Mégane et acquiesça de la tête.

– Bien sûr, dit-il, puis il reprit son sourire jovial habituel et agita la main en direction des autres. À la revoyure. Puissiez-vous rentrer chez vous sains et saufs. Il se joignit à Losen et aux gardes, et les quatre hommes disparurent dans un jet de lumière.

– Et, maintenant, allons chez Arastold, déclara Frieden en prenant les rênes. Ainsley, viens-tu avec nous ou préfères-tu voler ?

Ainsley contracta les muscles du dos jusqu'à ce que ses ailes l'emportent dans les airs.

– Je crois que je vais voler, dit-il en jetant un regard affectueux à ses ailes, qui l'avaient sauvé à maintes reprises. Je ne les aurai plus pour longtemps.

Bien que le voyage de retour à la grotte fût aussi long, Ainsley eut l'impression qu'il était beaucoup trop rapide, et c'est à contrecœur qu'il battit moins fort des ailes, se posant à terre lorsque le traîneau amenant les autres s'arrêta.

— Laissons les sacs ici, décida Frieden, en prenant quand même le sien. Avec un peu de chance, nous serons de retour dans une heure.

Lorsqu'ils entrèrent dans la grotte, Arastold les attendait, affichant un sourire de satisfaction.

— J'ai senti votre triomphe à un kilomètre d'ici. Je vais maintenant tenir *mon* engagement.

— Attends ! coupa Ainsley en se dirigeant précipitamment vers elle avant qu'elle puisse renverser la malédiction. Je sais que tu vas trouver ça bizarre, mais... j'aimerais garder mes ailes pour le restant de mon séjour ici. (Il battit des ailes d'un air embarrassé.) Elles me plaisent beaucoup.

Arastold grimaça un sourire.

— Tu jugeais dans le temps qu'elles te défiguraient, mais tu apprécies maintenant leur beauté. Tu pourras les garder tant que tu seras à Sunil.

— Merci.

Ainsley s'inclina et recula.

Arastold ferma les yeux et commença son incantation, qui était un mélange de sifflements de dragon et de mots. Lorsqu'elle eut fini, des rayons de lumière dorée, comme des dizaines d'étoiles filantes, tombèrent sur elle et la trempèrent. Le rond blanc qui était tatoué sur son épaule étincela et s'effaça.

— C'est fait, dit-elle en ouvrant les yeux. La Maladie qui existe et qui a existé m'est maintenant revenue.

Ils se tournèrent tous pour regarder Ainsley, qui examinait ses bras bronzés, dépourvus d'écailles. Il leva la tête et leur sourit, ses yeux brillant de leur beau bleu saphir.

— Est-ce bien moi ? demanda-t-il à Mégane.

— C'est bien toi. (Elle sourit.) Avec des ailes.

Frieden s'inclina devant Arastold.

— Notre pays te remercie. C'est maintenant à mon tour de tenir mon engagement, si tu peux me fournir une de tes écailles.

—

— La façon dont vous m'avez vaincue, ou plutôt ma version malfaisante, était très ingénieuse.

Arastold fit ses premiers pas à l'extérieur de sa prison caverneuse, et suivit Ainsley et Mégane au traîneau, où Frieden et Lady Maudred les attendaient. Les bourgles gémirent et se recroquevillèrent dans leur harnais à la vue du dragon, mais elle ne leur prêta pas attention.

— Je dois vous féliciter.

— Je n'aurais pas pu y arriver sans l'aide de Mégane, lui dit Ainsley en souriant.

Arastold baissa la tête vers les adolescents.

— Vous allez vous en souvenir, non ? Tous les deux ? Dans les jours qui viennent, vous devrez avoir recours à autre chose que la magie dans les moments difficiles.

Mégane regarda Frieden et Lady Maudred, qui semblaient préoccupés, puis avança vers Arastold.

— La situation va se détériorer, non ? murmura-t-elle.

— Ne crains rien.

Le grand dragon noir envoya une bouffée de vapeur, qui encercla Ainsley et Mégane dans sa chaleur.

— Des temps difficiles s'annoncent, mais, si vous laissez la vérité vous guider, le bien l'emportera.

– Ainsley, Mégane, il est temps de partir ! leur cria Frieden du traîneau.

– Je dois maintenant vous dire au revoir, dit Arastold, qui déploya ses ailes géantes. Il y a tant de choses à voir, mais je vous souhaite bonne chance à tous les deux.

Elle battit des ailes, renversant Ainsley et Mégane. Lorsqu'ils se redressèrent, elle avait disparu.

– Je commençais à m'inquiéter, dit Frieden à Ainsley, qui grimpa sur le siège à côté de lui tandis que Mégane allait s'asseoir à côté de Lady Maudred.

– Arastold nous donnait quelques bons conseils, dit Mégane.

Elle ajouta tout bas.

– Je crois.

– Bon, dit Frieden en faisant claquer les rênes, faisons faire demi-tour à ce traîneau et dirigeons-nous vers Pontsford.

– Pontsford ? s'écrièrent Ainsley et Mégane ensemble.

Frieden et Lady Maudred se mirent à rire.

– Nous avons pensé que vous aviez tous les deux besoin d'un peu de distraction après les épreuves des dernières semaines. Nous y arriverons juste à temps pour la meilleure semaine du carnaval.

– Super ! répondit Ainsley.

– Et nos parents ? demanda Mégane. Et Garner ?

– Bornias les mettra au courant. Vos parents seront bien d'accord pour que vous prolongiez vos vacances d'une ou deux journées, j'en suis sûr.

– Y aura-t-il quelque chose de bon à manger, là-bas ? demanda Ainsley. Comme de la purée de matelot ?

– Tu plaisantes, mon garçon ? demanda Lady Maudred. Tu vas goûter à des mets qui égalent *presque* ceux du port de Scribnitch. Des chocolats, des fruits et des gâteaux en provenance d'autres contrées.

– Sans oublier les divertissements, ajouta Frieden, et les enchères exotiques.

Mégane sourit et se cala dans le traîneau, écoutant les questions qu'Ainsley posait à Lady Maudred et à Frieden, posant elle aussi des questions de temps à autre. Elle rit même avec Ainsley lorsque Lady Maudred et Frieden leur racontèrent *leur* premier séjour au carnaval.

Mégane ne pouvait toutefois s'empêcher de penser à la mise en garde d'Arastold.

Ceci termine le deuxième livre de la trilogie
Le legs des Pôdargent

À propos de l'auteure

Toute petite déjà, le fantastique fascinait Jo Whittemore, et elle se déguisait en fée pour l'Halloween (qui tombe d'ailleurs le jour de son anniversaire). Elle habite Austin, au Texas, avec son mari, Roger, mais rêve de retourner à ses racines en Californie.

Remerciements

Je remercie, comme toujours, mon mari, ma famille, mes amis et mes lecteurs.

Je remercie mon créateur, qui me remplit la tête d'histoires à raconter.

Je remercie Cynthia Leitich Smith qui fait, de façon désintéressée, la promotion d'autres auteurs et leur donne le sentiment d'être des vedettes.

Je remercie l'équipe formidable de Llewellyn et surtout Andrew Karre, mon éditeur et motivateur personnel ; Rhiannon Ross, ma réviseure, qui manifeste une patience à toute épreuve à mon égard ; Kelly Hailstone, mon publicitaire génial, qui va au-delà de mes attentes ; Gavin Duffy, le concepteur créatif, qui illustre si bien *Le legs des Pôdargent* ; Drew Siqveland, le rédacteur en chef de la revue *New Worlds,* qui me donne toujours la possibilité de m'exprimer, et Jennifer Spees, dont les mots gentils me font sentir que je suis une vraie auteure.

Je remercie aussi Anne Stokes, une femme charmante qui a aussi illustré *Arastold,* ainsi que Terry Brooks, l'homme qui m'a fait réaliser que même des gens ordinaires peuvent accomplir des choses extraordinaires.

AUSSI DISPONIBLE

LIVRE 1
DE LA TRILOGIE

www.AdA-inc.com
info@AdA-inc.com

ALL CHANGE!

THE PROJECT LEADER'S SECRET HANDBOOK

Eddie Obeng
MBA, PhD

An imprint of Pearson Education

London · New York · San Francisco · Toronto · Sydney · Tokyo · Singapore
Hong Kong · Cape Town · Madrid · Paris · Milan · Munich · Amsterdam

For Susan

PEARSON EDUCATION LIMITED

Head Office:
Edinburgh Gate
Harlow
Essex CM20 2JE
England

London Office:
128 Long Acre
London WC2E 9AN
Tel: +44 (0)20 7447 2000
Fax: +44 (0)20 7836 4286
Web www.business-minds.com

First published in Great Britain 1994

First published in paperback 1996

A CIP catalogue record for this book can be obtained from the British Library.

ISBN 0 273 62221 8

20 19 18 17 16 15 14 13 12 11

Phototypeset by Northern Phototypesetting Co Ltd, Bolton
Printed and bound in Great Britain by Bell & Bain Ltd, Glasgow

The Publishers' policy is to use paper manufactured from sustainable forests.

ABOUT THE AUTHOR

Dr. Eddie Obeng, BSc, MBA, PhD is Director of Pentacle, The Virtual Business School and was previously Director of Project Management and Strategy Implementation Programmes at Ashridge Management College. He holds a post as non-executive Director of the NWLM Health Trust.

Eddie began his career with Shell, and worked as a specialist in Process Integration, the chemical industry's equivalent of business process re-engineering. He progressed from Shell to work as a consultant with March before taking up an academic post at Ashridge Management College where he developed both a teaching and managerial career.

In his managerial capacity, he rose to become Executive Director of Operations and Information and in this post he led Link-Up, a project on business process improvement within Ashridge Management College, giving him first hand experience of its implementation.

As Director of Pentacle The Virtual Business School, based in Beaconsfield, Eddie works with a wide range of organisations in both the private and public sectors, to improve the performance of managers and business. The Business School offers a new approach to developing business management skills to help organisations manage change and implement their strategies.

Eddie Obeng is also author of *Putting Strategy to Work* and *Making Re-engineering Happen*.

CONTENTS

PREFACE

About a year and a half ago I was teaching an executive programme on *Implementing Strategic Change through Projects*. I was in full flow when one of the participants interupted and said, 'Eddie, all this stuff is great and I feel I could use it but isn't there a book you could recommend which will remind me of your down-to-earth, common-sense approach?' 'No,' I replied, 'there isn't. What I've been teaching is about fifty per cent Eddie and fifty per cent distilled from all the books I read. Anyway,' I said, 'as a business educator that's my job. My job is to distil current thinking for you to use practically.' Another delegate piped up. 'You're wrong you know. You really should write it down.' I was surprised by the remark. I'd always assumed that the best way to transfer knowledge was through dialogue. Dialogue in the classroom. So points of view could be argued out and different opinions could be aired in the search for understanding. So I replied, 'I don't think I could stand the strain of writing a boring management textbook.' 'Ah!' exclaimed the first participant. 'But if you wrote it, you wouldn't make it boring.'

The challenge stuck and I talked later with other participants about it. They thought it was a good idea for me to write down what I teach. They didn't want one of those books with long lists of things you had to do to be a success. Lists so long that they took longer to read than implement. If you could remember by the end, the reason you started reading them, you were a genius. They didn't want neat diagrams. You know, the ones with the boxes, circles and arrows, always symmetrical with every word beginning with the letter 'P' or 'C'. They were fed up with the long case studies on famous multinational companies. Case studies saying how marvellous they were. One delegate said, 'if my company had as much money as they do and was as large as they are, I'm sure that some part of our business would be doing something right.' Another, on the same theme said 'what's the point in just telling us stories which we cannot copy? And anyway it's probably just as well we can't since they all seem to go off the rails eventually.'

Some of the managers on my programmes told me what they *did* want. 'What we want is a book which explains enough and then gives us enough of a pointer to get on with things.' 'What I want is a book that I can read and re-read until I have learnt the contents.'

So here it is. My first customer-driven book. I've tried not to be too boring. I've only allowed myself a few diagrams. I've only used a few cases directly although I've hidden and disguised a lot more. I've not name dropped a single multinational.

I hope it makes your life at work fun and helps with business too.

Eddie Obeng
August 1994

Readers with questions or comments may write to me at

Pentacle, The Virtual Business School
Burke Lodge
20 London End
Beaconsfield
Buckinghamshire
HP9 2JH

Tel: 01494 678 555
Fax: 01494 671 291
100071,513@compuserve.com

ACKNOWLEDGEMENTS

I'll just make a list, in no order, of a small number of the people who have helped me write this book – my key stakeholders. I would like to say thank you to:

Richard Bach for reminding me what the purpose of life is.

Susan Obeng for letting me go, 'tap-tap-tap,' for hours on end, for worrying about me and making me express my thoughts more clearly.

Participants on my teaching programmes for the Idea and for turning a Fog into a Quest.

Garrison Keiller for making me laugh, and showing me how to write prose.

Jim Durcan for listening to my mad ideas and building on them.

Eli Goldratt for inspiring me with his masterpiece, *The Goal*. And for his marvellous conferences.

Carole Osterwiel for helping me with the glossary.

The Obengs and Roches for continually enquiring about progress.

Other delegates on my programmes for reading my manuscript and giving me feedback.

Emily, Sophie and Angela for inspiration.

My mum for keeping on at me.

Disclaimer

Chapter 1

FULL CIRCLE

I have been here before. Well, not exactly in this particular location, but in exactly this situation before. It's Monday. It's summer. It's very, very hot, and I have nothing to do but sit in the shade of a large red and yellow umbrella and try to understand why I am out of a job. This time it's the Mediterranean, the last time it was the Great Barrier Reef.

Friday was different. Friday was three days ago. On Friday I had a job, a responsible, well-paid job. Why, oh why had I quit? On Friday I had been convinced that I was right. Now I look down at the sand and say out loud, 'I was right. I know I was right.'

I play the scene through in my mind. I can hear Jane knock, open the door and come into the office. She's carrying a sheet of paper. I turn, look up at her and smile. She holds it out to me and I take it off her. I can see myself reading the memo. I can even feel my blood pressure rising, just as it had then. I grab at the phone and punch in numbers. A lady answers at the other end, singing, 'Infotech Solutions Limited, Hans de Vries' office, Jenny Jones here, how can I be of assistance?' I hear myself slam the door to my office behind me. I see the sunlit windows of the executive corridor flash by as I stride across the deep pile carpet. Usually I count them as I walk past, a habit I have developed over the years. This time I hardly notice them. I swoop through the door labelled 'Managing Director', past Jenny without saying 'Hello'. Suddenly I am standing in the middle of the office, leaning over the enormous walnut desk. I'm really mad. I'm ranting.

What has ended my 15 year career at Infotech Solutions Ltd, is the 'Go-For-It' Project. The title of the initiative had been dreamt up by Hans de Vries, our MD. He had attended a seminar on Total Quality Management. For him it was an evangelical experience. The very next day, he had called a seven o'clock breakfast meeting of the board. I was the only non-board member present. This was not unusual. As one of our firm's project leaders, I was often invited to crisis meetings. But this was different. There was no crisis, in fact business was going very well.

Hans had talked excitedly for about half an hour about how all our competitors were gearing up to 'eat our lunch' and that we could only look to the future with confidence if we went for it.

At this point he had turned towards me and asked me to spearhead something he described as 'Our organisational culture transfusion'. It is hard to be told that your organisation's future depends on you and *only* you and not be caught up in the hype. I had readily accepted. My job as project leader was to plan and control the implementation of a series of initiatives which would be championed by various board directors. I expected it to be a challenge but I didn't really understand what I was letting myself in for.

There were two real problems with 'Go-For-It'. The first was that no one at Infotech had the faintest idea how to change a culture. We didn't even really know what a culture was. I think that I learnt slowly as the project progressed. Although I learnt slowly, the rest of the organisation did not learn at all. It simply stayed ignorant. So steadily, a gap in understanding grew between me and everyone else. This gap made it more and more difficult for me to communicate with the senior managers in terms that they understood. They would argue with me over points which I felt were irrelevant to the progress of the project. I had to keep saying to myself over and over again, 'I *am* right, I *am* right, I *am* right.'

They didn't really understand many of the words I started using, such as **empowerment** and **process quality**. For example, they couldn't understand why I could not give them a progress report stating the percentage completion of the project. They were also concerned because there did not seem to be a long-term spend budget for the project; the main reason for this was that I would only propose spending money on items, such as training, once I had fully understood the need for it. And that tended to happen only when I felt that it was the way to make sure that progress would be made. This made it look, to senior management, as if I was out of control and making it up as I went along.

The second main problem was that, although no one would admit it, no one, including Hans, was really sure of the purpose of the project. Was it: to give us a better working environment; to improve product quality; to reduce running costs; to empower the staff; or was it something else? At every bi-monthly meeting it seemed to me that the steering group would invent a new purpose for the project. Some directors took advantage of this lack of clarity and launched initiatives, which they had been wanting to pursue for years, under the 'Go-For-It' banner, claiming it was in line with the objectives of the project. For example, the Personnel Director pushed through a new appraisal and review process. The process was very time consuming, especially for line managers. What was worse, in taking up so much time it was in direct conflict with another initiative on individual productivity and performance improvement sponsored by the Operations Director.

That was last year. Last Friday I stormed into Hans de Vries' office, thumped the desk and put forward an ultimatum insisting that I either got support from all the members of the board or I was leaving. He couldn't guarantee their support and now I was on a holiday of indeterminate length.

It really is great weather. The sea is a light greenish-blue colour which matches the sky perfectly. The sky is the same colour as Blue Curacao, the main ingredient of my favourite cocktail, *Blue Lagoon*, a concoction of lemon, vodka, and mineral water, poured over ice in a tall glass and coloured by adding an equal measure of the blue liqueur. I look towards the horizon and take a large sip and then return my mind to the problem I have been working on all holiday. I say to myself out loud, 'You keep repeating to yourself that you are right. If you *are* right then how come you are in this mess?' In my heart I knew that I had done the right thing but I can't really explain to myself how I have got to an end result which I haven't planned for and don't want.

I don't really understand and I never have. During twenty years in management, I had often been given responsibility for projects. The twenty years had passed quickly but not completely unnoticed. They were punctuated, stretching backwards, like poplar trees lining a long, straight, Roman road, but planted at uneven distances. There they were, my initiatives, my projects. It was supposed to always be the same. The excitement at the start of the project, the initial briefing, working out what was to be done, getting a team together, getting the bulk of the tasks done and then passing it over to the final users. But it never was. It was never as smooth as that; hiccups, backtracking, surprise grillings by senior managers, cash crises, late deliveries, concessions. Things always seemed to go wrong and I'd never really understand why and I still didn't. I'd asked other people and discovered that they were also mystified. It seemed that most people thought of it as a black art.

'The problem is that each project is different!' I'm talking to myself again. Along that twenty year journey, I must have attended dozens of one day courses and seminars on project management. I went in search of the Holy Grail. Usually what I took away was more like a plastic cup; a few good ideas and hints. 'They try to teach you a set of complex tools, usually to help with something like timetabling tasks or assessing risks. I can learn them, but no one else back at work understands what I am on about. And anyway, Murphy's Law means that it is pointless to rely solely on critical path assessments since all of the problems which come up are either unscheduled or are people problems.'

My mind wanders reluctantly backwards over my time at Infotech. The last time I almost resigned was over the Office Relocation. I am not enjoying recalling the past. I feel like an old soldier recalling the terrors of crossing a minefield in the dark without the aid of a mine detector. Frightened of blowing himself up or perhaps, even worse, being hit by the shrapnel from a mine set off by one of his platoon. Even now, after all those years, I still feel my palms dampen.

Office Relocation had been my first internal project. Unlike all the other projects at Infotech this was one we were doing for ourselves to ourselves. There was no outside client. There was no money to be made directly, only money to be spent. Spent on subcontractors such as the removals firm. The reason for the move was to reduce our costs by moving to a cheaper area, reducing the amount of office floor space and by reducing the number of individual offices we required. It was this; this second requirement which was the source of my problems. I'll never forget how my life changed when it was announced that I was to lead the relocation and would be responsible for all its aspects including office allocation and car parking. I instantly experienced an upsurge of popularity, for the following two weeks, I met and got to know more people in the organisation than I had during my previous six years.

There were two types of approach. I preferred the first, which basically constituted approaching me at the coffee machine or in the canteen, asking if I would be working late and offering to buy me a pint. Later, over a drink I would first be gently questioned (so that they could find out what the choice of office accommodation was). Next the conversation would switch to a long list of reasons, medical and non-medical, why such and such an office was an essential matter of life or death for my benefactor. Over the second pint, (also generously provided free), I would mumble an explanation that, 'things are still in an exploratory phase'. 'No decisions have been made yet.' and finally that,

'I can't promise anything but I will certainly bear them in mind when the time comes.'

The second approach was in no way subtle and was reserved for use by directors and senior managers. I would first hear on the grapevine that so-and-so was in no way pleased by something I was alleged to have done. I would then be urgently summoned to a meeting, in their current office (so I could see how palatial it was). I would arrive and be asked to wait, for at least fifteen minutes, by a stern looking secretary. Meetings were usually scheduled so that I would either see the MD going in or coming out of the director's office. I then had to sit through an hour long explanation of why this-or-that department was absolutely essential for the success of the organisation and listen to stories about how this-or-that department had saved the company from ruin many times in the past.

The other thing I recall from that internal project was that few people, if any, stuck to what they agreed in meetings or discussions. It seemed as if, not having written contracts, they felt free to do as they pleased, when they pleased. Once, I completely lost my temper with the Personnel Officer. He had promised to deliver lists of needs for our disabled staff. We needed the information in order to allow us to start the process of allocating space. Without it, we could make no progress with anything else. I called him up when the report was two days late and he flatly denied ever having offered any information. I flipped. I told him in no uncertain terms, both what I thought of him and exactly what I expected from him and by when, adding a description of how his widow would find him if he did not follow my instructions to the letter. The volume of my voice must have been tremendous, it had a similar effect to the trumpets at Jericho. The half height partition walls of my open plan office did not actually fall over, instead I found myself completely surrounded by sixty heads staring at me over their tops. I have never felt so embarrassed.

I finally solved the problems of matching people's actual needs, egos and status, by ignoring actual needs and simply ranking the offices by desirability and advantages and then matching them to our organisational chart. It wasn't perfect but at least it saved me from being lynched by everyone.

I had joined Infotech by accident. After my three months in Australia, where I had hung about and done exactly what I was doing now – nothing – I had returned to London. Two further months of aimlessness had broken my irresponsible spirit and I would have taken any job offered. As it was I had taken a job in the construction industry. An old school friend had suggested that I apply for a job as an assistant to a quantity surveyor he knew who was involved in a development in the city.

As assistant to the quantity surveyor, it was my job to ensure that everything went strictly according to plan from day-to-day. I had to make sure that there was no wastage in either tasks or materials. In practice this meant an eye for detail on just about every thing happening on the site. The complexity of the job amazed me. Individually the tasks themselves were simple enough but the complexity of the inter-connections between the architects, electricians, bricklayers, scaffolding experts, geologists, navvies and engineers were simply mind boggling. I began to appreciate that each of the skill groupings thoroughly understood their part of the task. They had, in fact, built up significant expertise by doing more or less the same thing on several previous projects. The difficulty with the building project was that it was large and complex and that their skills had never been used in that particular combination before. I enjoyed meeting and working with such a wide range of groups each of which seemed to have its own language and characteristics, from the navvies talking about, 'IG lintels' to the draftsmen with their 'Oh no! Not another rev!' which they would shout at any junior architect who walked into the drawing office.

In spite of that, the job hadn't suited me. Focusing on details and being mean are not part of my character and I found that after a while everyone seemed to have worked out a way of getting round me. My next move took me into information technology (IT). My move away from Property was caused by property, or to be more accurate, my landlord. My landlord had a son who was 'into IT' and over a lunch-time drink he mentioned that there were a number of jobs going in his company in what he called 'systems'. He seemed to think that with my academic background I would have no problem picking it up.

So I joined what was called Infotech Solutions Ltd. The business concept was to use information technology to supply business solutions to organisations. Our sales literature used the words Effective, Efficient, Productivity and Profit in all twenty-four combinations. The claim was that we helped businesses achieve these much desired states.

I'd been looking for a proper job. What I got was projects. I was given the title 'Assistant Systems Analyst', but in reality, at that time, our roles were not so well defined and I was more of a general dogs' body / trouble shooter / progress chaser. Chasing progress alone was a full time job. I spent the next two years hot on the heels of a series of projects which ran, ran and ran. In the end we nicknamed them *Locos*, (short for locomotives) to try to encapsulate the way in which they gradually gained momentum, shot off down the wrong spur of track, so that no one knew where they were, and with those on board finding them impossible to stop. My most vivid memory is that of the programmers constantly promising that since they were '90% of the way there they would only need another week to finish off the job' and insisting that there were 'only a few bugs to find and sort out'.

When, eventually, the day of unveiling finally arrived, without fail, a ritual would take place involving the end users, the ones who actually would have to live with the wizardry. As if working to a pre-written script, they would use the words 'slow', 'awkward', 'difficult'. This would be followed by expressions like 'once you get used to it' and 'why has the screen frozen?' After a suitable period of silence the users would decide that there had been much **change** but little **improvement** and would begin to demonstrate their ingratitude by insisting on a long list of modifications.

I look back over the sea. The sun has started its slow inevitable descent into the sea. In three hours it will be dark, a black sky studded with bright pinpricks of light. But it won't last, there is a gentle breeze already, a breeze which will eventually blow dark clouds across the sky, blocking out the light and covering up the clear view, backwards in time. I stand up and stretch. 'Isn't it funny that when you've seen it before, it is so easy to predict the future from so few clues. Shame it isn't the same with projects. If only I'd known at the start of each one what I knew by the end.' I sigh. If only we could predict the future and avoid the unpleasant bits. 'Ah well, that's life.'

But I'd tried to get a better understanding of what happened in projects. Over the years I'd also tried to discuss these problems with other project leaders. Though I thought that it was a problem, talking to them made it seem as if I was on my own. As a rule they tended not to confess to having any problems at all! Those who admitted to difficulties usually described them in the past tense. I understood their behaviour since I myself had often put on a brave and confident face as the only method of surviving disastrous projects. This made fellow project managers secretive about successes and failures and very difficult to learn from. That was another strange thing about managing projects, it wasn't like being a line manager. If anything at all went wrong all the fingers automatically pointed directly at you. The only aspect in which it was similar was that if things went right you could almost guarantee that someone else would get the credit.

Maybe I can work it out for myself? After all, I have lived through so many myself. 'Right, that's settled then. What was that quote?' I remember. '*Those who do not learn from the past are condemned to repeat it.*' 'By the end of this fortnight I really want to have understood how it all works.' I shall start off by looking back over my own experience.

I start to try to remember my past, always a difficult thing for me – I love the new, I love progress, I love pushing forward. I decide to think of myself after I graduated. I had taken two years off before going to University which meant that I was a very mature student. A bit old for employers who were looking for a fresh, bright, young graduate. Also, I don't think that my bushy beard and long hair helped much. So I was delighted when I was offered a post as a research assistant at the University. The money was not brilliant but I compared it to living on my student grant, and it felt as if it would support me in unparalleled luxury. The thought of being able to live in a heated flat again was too enticing and I'd accepted the post immediately.

I was to study the molecular structures of Soy proteins. The Green movement and Vegetarianism were growing, there was a need to develop meat substitutes. High protein soy beans could substitute. But once cooked, they smelt and tasted like beans and gave you wind. You couldn't make them into casseroles. At the time no one had a clue how to make vegetable protein taste and feel like meat. It was a challenge. If only you could, then you could make your million. Organisations were willing to pour money into studying molecular structures. This they thought held the key.

I was young. I'd dreamt of being a scientist. It looked exciting. And it was funded by two commercial organisations. The Confederation of Soya Bean Growers (usually abbreviated to CSBG) and KET Ltd., a heating equipment manufacturer. The bonus of being commercially funded was that I could sniff the scent of a real job in industry if all went to plan.

My boss was an egghead. At twenty-five he'd established the structure of a particularly tricky molecule using a piece of equipment he'd invented, designed and built. He was a tall, thin, arrogant, man with a bushy beard, called Costerly. Since he had the only, very expensive piece of equipment needed for the work, he was invited to lead the two year, quarter of a million pound project. The open goal of the project was to find out the right strains of soya bean to process on KET's equipment as meat substitutes. The Prof.'s hidden goal was really only to find an opportunity to use his equipment to study new and possibly Nobel prize winning molecular structures.

It was a terrible time. Demoralising and depressing years. Years spent repeating experiments, having to rely on often erroneous analytical results from a group of demotivated, demoralised, co-workers who were bored with the equipment and didn't understand the project goals. The boss did not communicate directly with us. I think he used telepathy to keep us all up-to-date and co-ordinated. Unfortunately none of us had the telepathic skills needed to receive his messages. He constantly invented new goals and experiments for us, and refused to take us seriously when we suggested that we were all more than slightly miffed at the way things were going.

Three years later, we'd spent four hundred thousand pounds, were one year late and, although we now had some very academically interesting micro graphs of molecular structures, we had no real information for our commercial sponsors. Well, what I mean is that we continued to call them sponsors although six months after the start of the project KET got a new managing director who didn't share his predecessor's enthusiasm for the project. And the CSBG was having difficulty maintaining the interest of its members. The year after we started was both warm and wet and the bumper crop which had resulted had led to a price war, prices had plummeted to a tenth of the previous year. Most of its members were either fighting each other or had given up the fight and simply gone bankrupt.

The Vice-Provost, who initially had seen the project only in terms of the financial benefits it offered, was not prepared for things going wrong. As the relationship with our sponsors deteriorated (the CSBG wouldn't pay up, and KET were threatening to sue us), he grew fatter and balder with every letter of complaint he received from KET or the Confederation about the lack of progress the project was making. He put more and more pressure on the Prof. to deliver. The Prof. kept us working on his agenda and simply used it as a way to put us under more pressure.

For me, it all came to a head one afternoon when I heard that Prof. Costerly had unilaterally cancelled a series of experiments I was planning simply because they didn't make use of his precious equipment. I hit the roof, told him that the project did not revolve around his 'stupid, expensive and trashy pile of junk' and described what he could do with his project. I was very graphic in my instructions. Later that day I bought a bucket shop airline ticket to Australia. It was the furthest I could get away for the least money. I really have come full circle.

Chapter 2

MY OLD MATE

It's been raining solidly for the past three days. Three days of horizontal rain striking against the window panes and then running down them in a thick uneven layer. A layer which makes the *Salon de Thé* sign on the building opposite appear to sway and dance gently and unpredictably backward and forward and the most annoying part of it all is that it shouldn't be happening. This is, after all, the South of France. By mid-afternoon I am bored with staring at the walls of my room. Staying on the beach is fine when it's sunny, you are a few minutes walk from restaurants, sand and other fun seekers. When the weather is not good, it's the pits! There is absolutely nothing to do. I decide to visit the local chateau which will at least be dry and will allow me to stretch my legs. It is there, wandering around the cellar, that I notice the shiny bald patch. You can hardly miss it. It shines or rather glistens, even in the cool darkness of the cellar. Then he turns round, and I slowly realise that I recognise the face belonging to the beacon. Instinctively and without having worked out who exactly I am about to address, I smile, and say 'Hello".

The eyes in the face stare straight into mine and with a smile of recognition he says 'G'day mate.' 'Did you ever find a job then?' A hand extends to meet mine in a warm, vigorous handshake.

His question answers my question, it is Franck. I had first met him at Surfers Paradise in Australia. He had also been on an 'extended holiday'. At the time he had just finished six years of studying psychological diagnostic techniques. We had become firm friends for the simple reason that both of us at the time were looking for some way of putting meaning into our lives. We had lost touch and I hadn't seen him for years.

I reply, 'Yes, eventually several but I've used them all up now.'

He says, 'What we need is a cold tube of beer, but would a glass of sparkling white wine do instead?'

I nod and point to the sign which says restaurant. In no time we are reminiscing over the bad old times convincing ourselves that they were the best times of our lives.

I discover that Franck had also finally found a career, but now he works for himself. His description makes him sound like a supply teacher at a high school. He had described himself as an educator. It takes me about an hour to get round to the topic which has been on my mind all holiday. I tell him 'twenty years in projects, I've had some success with about half. What frustrates me is that I still haven't got a clue how to guarantee project success.'

He smiles at me as if I have said something really stupid, but says nothing.

I continue. 'I know that no one else has worked it out because they are all as surprised as I am whenever a project goes belly-up.'

He smiles again and it makes me feel that I need to put forward my theory on projects, so that he will not think that I am completely dumb. I have a voice I usually reserve for presentations to senior management. I call it my 'confident-bullshit' voice. I use it. I say 'Of course, projects go wrong because we don't push people hard enough.'

That smile again, and then he asks, 'So do you mean that you never have budget overruns from your team members claiming overtime?'

'Yes we do,' I reply 'but they only do overtime because we don't have enough control over what they do, and so they don't do what we need, when we need it.'

'Oh, I see!' he replies, 'Your fifty per cent success rate comes from projects where you have had a dedicated team over whom you have had total control.'

'No,' I insist, 'not quite.' We also need better planning tools and techniques.'

'I understand,' he says, and tops up my glass. 'What you are saying is that if only we could plan it all out in greater detail then it would all happen exactly according to plan.'

'I don't think you understand,' I say. 'Even with good plans, life just isn't like that, and,' I add, 'it takes years and years to become a decent project manager. It's very complex. You have to know how to do most of the jobs on the project, and all the methods and computer planning and control techniques.'

'I see. So you've never worked on a project for a mature, widely experienced project leader which has gone awry?'

I remember the building site and start to wriggle. 'Well, sometimes there are special cases,' I say.

For the first time in our conversation, Franck offers an opinion. What strikes me is the way in which he does it. His voice seems calm, deep and resonant as if he is speaking through a muted megaphone. He says, '*What I have found is that however complex the situation, it is unusual to find more than a half dozen underlying causes.*'

My instinctive reaction to any statement that I don't really understand is to argue with it in the hope that in discussion it will become clearer. 'I'm not sure I agree,' I say. 'This is a really thorny problem which has taxed many of the best minds for a long time.'

Franck says nothing but simply smiles, with much too much confidence.

I say, 'Maybe it can't be solved. Maybe there is nothing special which guarantees project success. It could just be luck.'

He smiles again and insists, 'I don't think you really believe that or you would not have started this conversation. So what do you think is the real cause of project failure? . . . and anyway what do you mean by failure? Explain it all to me. Start from the beginning.'

Chapter 3

HOLDING ON TO YOUR GAINS

'So what do people say once it's over?' asks Franck. He's stopped smiling now and looks at me as if he is hungry for a meal. He seems so serious over the problem that I get the feeling that he thinks that the meal is going to be me.

'It depends on who you ask,' I reply. 'The classical measures of project success are Time – Cost – and Specification. The client is usually most concerned with the first two whilst the end user is usually most interested in specification. That is, "does it do what we intended it to do for us?" However, I find more that these days for **business projects**, clients are often as interested in **revenues** as costs. The additional revenue from a new product development can often far outweigh the costs. Also clients are more interested in the **timeliness** than time itself. To use the new product example again, as long as they beat the competition to the window of opportunity, the exact timing is not as important as its timeliness.'

I plough on in a steady stream. 'But there are other groups of people who also have comments to make about project success. The person or steering group which owns or sponsors the project usually has a view. Their measure of success is usually in relation to them. Deciding how much political hassle it has been to push the project through? Furthermore, there is the project team, who try to assess whether they enjoyed the experience and would be willing to go through it with the project leader again. The accountants, who are still upset because you didn't spend, on what you said you would, when you said you would. And then there are the senior managers, whose noses are put out of joint because you have crossed into their patch unknowingly and they are determined to kill your project stone dead.'

'Whoa! Slow down, slow down,' he says, waving his arms up and down. 'It seems to me that lots of people hold a stake in the project.'

'Well yes but the *only* important one is the client, as long as we can keep the client happy . . .'

'You just told me,' says Franck steadily, 'that sometimes when you are half way through a project suddenly, out of the blue, you have received an angry or aggressive memo or a rocketing from some senior manager or union official or someone else who you thought had nothing at all to do with your project?'

I'm thrown by the question. I'm sure I didn't mention the rude memos. How does Franck know about them? The answer to his question is yes. Yes. Frequently. It's a horrible feeling, just as things are getting going on the project, out of the blue, like a bolt of lightning, it strikes you. It leaves you disoriented, annoyed and confused, and not wanting to read memos or answer the phone for a while. They usually start 'I have just heard...' And if you don't handle them right they will fight you and obstruct you for the rest of the project. I reply softly, 'Yes.'

He probes. 'Why does this happen?'

'I don't know.' I reply perplexed. 'I guess, they seem to think that the project is something to do with them.'

Franck continues to probe. 'How does this same thing happen over and over and over?'

'Busybodies?' I venture.

'I don't think so,' he says flatly. 'Go back to what you said before.'

'What?' I ask. 'You mean "*that they think that the project has something to do with them*"?'

He nods. 'Yes and what do you think?'

'That it doesn't,' I say slowly, as I begin to understand his point.

'And who's right? He pauses and waits for a reply from me. I know he's right but don't reply. Eventually he continues. 'It seems to me that there are a lot of people who have a stake and there are even more than you think.'

'Yes.' I agree, 'There are a lot of *stakeholders*. I sometimes feel like Dracula's assistant, constantly watchful and alert, trying to avoid an army of vampire killers who are determined to drive a stake through the heart of my project.'

Franck laughs and calls the waiter over.

'Yes,' I say thoughtfully, 'you're definitely right. There are a lot of stakeholders. Some have a financial or organisational stake in the **outcome**. For example, the client or sponsor who is actually paying for the project is the person who is really **driving** the change. They tend to drive it towards the outcomes they want. Other people may be interested in the outcome but they may not be in the driving seat. For example, the sales department, which will grow as a result of the project, are betting on you to succeed. However the people who will lose out as a result of the project also have a stake and wish for you to fail.'

'Are some stakeholders more concerned with what happens during the project than the outcome?'

'Who do you mean?'

'How about the ones who are holding and steadying a ground stake for you to hit?'

I look at him completely puzzled.

'Your team, I mean,' says Franck.

I nod vigorously. 'And all the favours I need to call in, from across the organisation.' 'It's when you need to rely on work from people over whom you have no responsibility or authority, that you realise something which is probably true for every stakeholder.'

'What's that?' He asks.

'It also seems that some people are more interested in the **softer** measures of **how** things are done rather than the **harder** measures of **what** is done. Receiving favours, generating motivation and enthusiasm are far more dependent on how you dealt with people last time round. Did you share the whole vision with them so that they could understand where their contribution fitted in? Did you thank them? Did you make them do pointless work? Were your instructions useful and clear? How you worked with them has a far more profound impact on them, than informing them that the project or the tasks are going along to time, cost and quality.'

Franck leans across the table to fill my glass, as he does this that hungry look comes over his features again, and in a firm voice he repeats the question he had asked me five minutes earlier. 'So?' he asks conspiratorially, 'what do people say once it's over?'

With my new insight I reply, speaking slowly, to make sure I get it right. 'There are many stakeholders with different success criteria. However they fall into three groups. Some focus on the tasks delivered by the project and look at the hard and tangible outcomes in order to establish how they and the business will be affected by the change. In a business context their concern is with the *financial contribution* of the project, its *timeliness in providing competitive advantage*, and whether it delivers the *specific technical and business objectives it was set up for*.

Others are primarily concerned with the way in which they are managed, influenced and involved **during** the project. This group, responsible for delivering the change, usually involves the core team, all the other direct and indirect contributors to the project (including external suppliers and subcontractors). They are measuring success against their own *personal feelings, levels of motivation* and the *learning* and *development* that they get out of the project. In most modern projects this group is far more important than you might think because you usually have to work with them again in the future and they can have a significant influence over the rest of your career by actively or passively preventing you from succeeding the next time round, or simply by bad mouthing you to future teams and as a result, making it difficult for you to get their enthusiasm.

The third group are primarily concerned with *both* the outcomes of the project and how well they think that they have been managed during the project. Usually this group includes the client, end users and the project sponsor or steering group. For them, success is a measure of how all their expectations, both **hard** and **soft** have been met throughout the project.'

'Good', says Franck, 'so now we know what you are trying to avoid in projects. But that's only the first step, now we need to work our way backwards systematically to find out what skills or knowledge that all project managers lack, or let's be generous, which they fail to use consistently.

Let's start by trying to understand the business part of the problem. So, tell me, what do you think is the most common cause of problems with timeliness, money or specification?'

'I don't think that it is as simple as that,' I reply, trying not to show my surprise at how naive he seems to be. 'If there is one cause then I would say that it is the lack of planning.'

He looks straight at me and says provocatively, 'So what you are telling me is that all well-planned projects deliver the three business requirements?'

An image flashes through my mind. It is the image of my second ever project, the one on the construction site. I remember the portakabin where we had our tea breaks on rainy days. The cabin had been about thirty feet long and about ten wide. All the way round the walls at two levels three feet high there had been a band of steadily yellowing paper, our project plan. I remember someone telling me that it had taken a year to work out in detail all the tasks that had to be carried out and the order in which they had to be done. When I saw it, it was already one year out of date, the tasks we were working on bore no relation to what was on the wall. Many of the tasks which were represented as being one-offs we had in fact done several times over either because we made mistakes in carrying them out or because they had been wrongly specified in some way. We had had plenty of planning but once things started to go wrong they had simply gone from bad to worse and it had been impossible to keep the plan up to date with the changes.

I finally reply. 'No. And furthermore, even with excellent plans something unforeseen may occur. You need to know the status of the project all the time and be able to catch up or change your plans. This can be made even worse by tasks which are done wrong or have to be repeated to meet specifications.'

'You've given me four common causes, are there any more?'

'Yes, there is one more, the original financial or duration estimates may have been wrong or the specifications very demanding or unachievable, so that when you deliver the possible you are still seen to have failed.'

Franck takes a pen out of his top pocket and starts to make notes on the napkin. He writes:

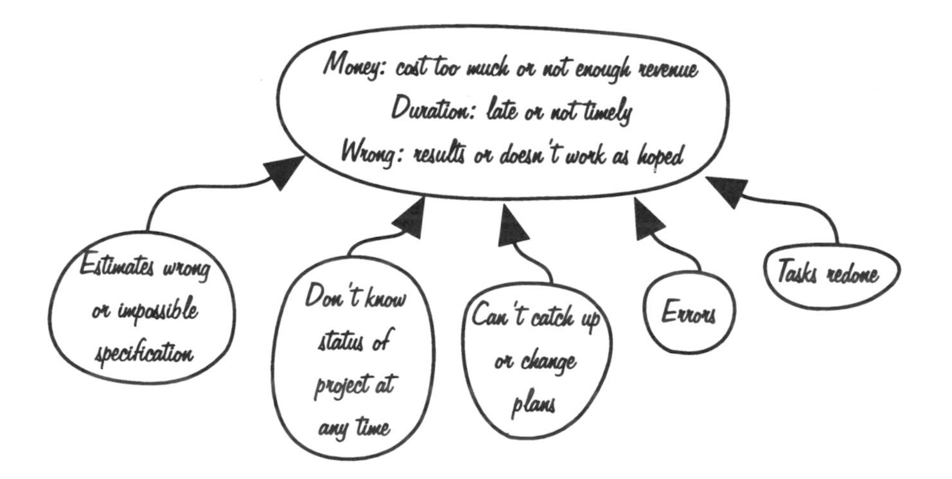

'What are you doing?' I ask.

'Blowing bubbles,' he replies, and without pausing, continues, 'on projects where tasks are repeated often, what else happens?'

'You mean apart from being late and overshooting on budget?'

'Yes,' he confirms.

I explain. 'The people working on the tasks get fed-up. If they get bored, as well, then their attention to detail tends to decrease and as a result they make more mistakes. All the people waiting to receive the outputs of the tasks become impatient. Their confidence in what is to be produced by the project starts to fall. They may lose interest in the project all together or it may fall down their priority list. If the task is for the client and it is redone several times, this is often enough to turn the client off you and it may become impossible to win future business.'

He looks up at me from the napkin he has been writing on and asks, 'Does this happen often?'

'Yes,' I reply, 'all the time.'

Franck writes '*team*?' and '*contributors fed-up*' and then adds two arrows to his scribbles, one from *tasks redone* to *contributors fed-up* and one from *contributors fed-up* to *errors*. 'Do you find that once a team starts redoing tasks all your plans get increasingly out of control?' he asks me.

'Yes,' I reply, 'sometimes the only way to overcome the problem is to change the people involved. How do you know about that problem?'

'Just a hunch,' he says cryptically. 'Tell me, what else do your two groups of stakeholders say at the end?'

Realising how much I have gained from the last ten minutes, how much the pieces are starting to come together, simply because I have more fully defined the needs of the organisation, I am thoughtful as I answer. 'Well, you can end up with an unhappy or demotivated project team. By project team I mean my core team, who help me run the project and are very closely associated with it, the working team made up of those who are supposed to be working on the project and all those people whose goodwill I have relied upon.'

'You mean your invisible friends?' he says.

I laugh at the idea, 'I suppose you could call them that! It's a great title. Just like childhood when your parents couldn't see your invisible friend, but you could and you knew what they were up to all the time. I definitely agree.' I giggle. 'Let me introduce you to my army of invisible friends. Meet . . . *The Invisible Team*.'

Franck grins. The waiter sidles up to us, in as obvious a fashion as possible clears his throat and demands, in French, 'Are you ready to order yet?' For the first time in four hours I notice our surroundings. It looks as if all the day trippers have left. The other clientele are dressed for an evening out. I turn back to face Franck who shrugs.

He rises from his chair and says, 'Just let me make a 'phone call and then maybe we can stay on and grab a bite to eat.'

Whilst he's gone I try to use the time to prepare for the next part of our discussion. I'm enjoying the way it's going. To be honest, I'm rather surprised at the interest he has taken in my problem. I've always thought of it as a rather specialised problem. I had not expected anyone unconnected with projects to have had the slightest interest. After all, Franck was only a teacher, or what was it he called himself, an 'Educator'?

I notice the napkin he's been scribbling on and reach across the table to pick it up. 'What a crazy way to make notes,' I think. The diagram is untidy. It looks like a pile of spaghetti. Arrows cross each other, one set goes round in a circle. I follow the arrows of the circle round, reading the words out softly to myself, '*Errors → tasks redone → team fed-up → reduced attention to detail → errors*. What on earth does that mean?' Then I remember Franck's question, the one which had surprised me, and my answer.

He'd asked. 'Do you find that once a team starts redoing tasks all your plans get increasingly out of control?'

And I had replied 'Yes. Sometimes the only way to overcome the problem is to change the people involved. How do you know about that problem?'

'The sly goat!' I jerk my head up. 'So that's how he knew.' I had told him myself. He obviously has some shorthand way of writing down what I say and then pieces it all together and feeds it back to me. Of course, if errors lead to tasks being redone and redone tasks lead to the team getting fed-up, and a fed-up team tends to pay less attention to detail then this will lead to more errors being made. Once that starts it's obvious that it'll snowball, getting steadily worse. That was just typical of Franck, always pulling a fast one of some sort.

Just then he returns to the table and sits down. I'm restrained, not eager to let him in onto what I have just discovered. He notices the napkin in front of me and asks, 'Trying to decipher my hieroglyphics?'

'I think I may have made some progress,' I reply, but I can't resist asking, 'how does it work?'

'We've only just started,' he says. 'I'll explain it later when we have made some real progress.' Then he looks at me in an apologetic way.

'I'm afraid that the explanation will have to wait though. I have to go and can't stay for dinner. Maybe we can meet again?'

Chapter 4

A PANACEA WHICH CAN MAKE YOU ILL

I come off the 'phone. It has been an expensive call. A peak time call to the UK. I hadn't wanted to make it, but after all I am out of work and I need to look for another job and the only time that I can call to follow up the applications that I have put in for jobs is during working hours, UK working hours. The particular application I am following up is a reply to an advert in the Sunday Times from a small consultancy firm asking for 'Change Consultants'. I don't really know what a change consultant is. But the description of the job sounds a lot like some of the project management jobs that I have done in the past. I've always been a bit of a smooth talker and I'm convinced that as long as I can get in for an interview I stand a good chance of convincing them that I am the right person for the job.

The reason the call took so long was that I had been trying to reach the senior partner but had been sent around in circles. I had started off with a receptionist. I had explained who I was and why I needed to talk to the senior partner, she had put me on hold, then I had gone to a secretary, junior consultant, back to the receptionist, a partner, the admin. manager, back to the receptionist and finally to the senior partner's secretary who informed me that she was out but would probably wish to speak to me and could I try again later. This was rather lucky for me, because by this time I am afraid that I had completely run out of patience and was not sure if I actually wanted the job any more.

What had infuriated me was that each time and with each person I had had to go through my entire explanation. It seemed that they were incapable of passing on simple messages to each other! What would they have done if I had been a client? In the middle of a project, a team incapable of communicating, cannot function.

'Of course,' I exclaim, 'that is it! Communication. That, is the secret of project success.' It is so simple. I wonder why I had forgotten to mention that to Franck yesterday, but now it is so obvious to me. I am surprised that he had not suggested it himself. And being a teacher, or what was it he calls himself? an *educator*; surely that's what he does for a living?

It's hard for me to think of Franck as a teacher, a respectable member of the community. In my mind Franck was still the good-time anarchist that he had been twenty years ago. At the time his main interests were beer, beer, and solving the world's problems. He could make us laugh for hours by the way he would take a really serious problem like world hunger, turn it on its head and come up with crazy solutions. One of his solutions for that was to brand food aid, not from the country it came from, but by the politician who had ensured that it be sent. So for example you could have Richard Nixon corned beef hash, in cans complete with a photograph of Tricky Dicky on the side and a quotation from him. Or you could have the Harold Wilson instant milk powder, just add water and stir. Knowing how shallow and egocentric politicians are, they would compete fiercely to try to get their face seen by as many of the starving as possible. The problem would thus be solved overnight.

I'm sitting on the sofa in the front room of my apartment. It is a bright room and feels more like a home than a holiday chalet. It even has pictures on the walls. Opposite is a Monet painting of poplar trees. Fantastic these impressionists, at this distance it looks very real and solid but I know that it is made up of mixed-up, small patches of unconnected colour. Above the mantelpiece there is a Tolouse-Lautrec poster of a woman dancing the can-can. It is painted in bold colours. The dancer's name is Jane Avril. I know her name because it is written across the poster, which was originally designed for advertising hoardings. I sit there wondering how a person, who can sink so many beers, could possibly manage students. Thinking about students and Franck reminds me of my university research job. The job I had just left when I first met Franck. I feel my chest tighten as it used to from frustration. Isn't it strange how, after all these years, I still have not gotten over the experience. The reason I feel uncomfortable is that I remember him, my boss, the telepathic academic.

I remember how every new development had been a complete surprise to the whole team and how little we knew or understood about what was going on overall. I remember how the sponsors, KET and CBSG, had been just as surprised as we had by each twist and turn in the project.

I say out loud to myself 'Communication is most definitely the key! Projects fail because there is not enough communication'. Franck had said that there were no more than half a dozen causes. He had overestimated. There was really only **one** underlying cause.

I smile and lean back in my chair. I feel so good about my conclusion that I have stopped feeling the pain of 150 Francs wasted on an inconclusive 'phone call. There is nothing quite like feeling a genius to anaesthetise the aches and pains of life. Then, slowly, with the same dull feeling that you get at the start of a headache, I begin to feel uncomfortable about the conclusion I have just reached. I think, 'if a lack of communication is the main cause of project failure, then there won't be any 'failed' projects, where the project leader does lots of communication.'

Oops!' I think, 'a small problem.' I remember the early projects at Infotech. The ones which we had called *Locos*. Each project had had a different project leader and since I was often working on more than one at a time I'd had a good opportunity to compare the styles of the different project leaders. Now in retrospect, I try to remember particular details about their communication styles. I allow images of these leaders to swim into my mind, along with my initial image of Professor Costerly, and try to classify what they did. As it turns out I don't have to think too long. The very first image completely disrupts my original conclusion. A conclusion that I'd based on a hunch and tried to make truth with one example. An example based on the Professor. The image which is causing the discomfort is five foot six, wears glasses and travels at a tremendously high speed down corridors. It is of Audrey Peters.

Audrey had led one of Infotech's first, book-keeping automation projects. Audrey had really believed in communication, '*The more the better*,' she believed. She kept us all up-to-date with daily briefings and weekly meetings We were all obliged to attend the daily briefings. The problem was not with the briefings themselves. They were true to title. They were brief. The problem was that little of what was covered was of any relevance to three quarters of the people who were briefed. In practice our brief had little to do with the broad spread of our daily activities, and made little difference. Because they were so frequent, the overall position of the project was never discussed and as a team member I had little idea of the bigger picture. The weekly meetings followed exactly the same formula, except in one respect. True, they were weekly and true we met. True too that meeting had little to do with what we did apart. And true they focused only on detail. The real difference was that they were tremendously boring.

Audrey's formula for get-togethers, it seemed, was to make sure that we were provided with as many facts and as much data as was available, even if it did not answer any of the day-to-day questions which we faced. Audrey was also a great one for circulating memos, which she had been sent, to the whole core team and any of the members of the invisible team whose names she remembered whilst drawing up the circulation list. In my early days on the project I used to have to take the circulars home and read them in the evening to keep the 'in' tray at less than the maximum two inches which would fit into the slot. Eventually, I learnt that the trick to surviving the paper deluge was to scan the document quickly, looking down the 'action column' for your initials. If they were absent the document could be ticked off and circulated. Anyway even if you failed to spot your initials you were certain to get a personalised copy as a reminder, sooner or later.

I glance down at my watch. 'Damnit!' I'm going to be late. I've been happily day-dreaming and now I'm going to be late for my appointment with Franck. I hate being late. Over the years I've gotten to feel worse and worse about being late. Especially with project work. I guess it's because it's so obvious to everyone if you're late. If you're late, they can tell that you're failing. It's much more difficult to hide than cash over-spends or not meeting specs. And anyway the hard criteria of success are of an order of magnitude harder to hide than upsetting or falling out with your stakeholders. It's very easy to hide the poor state of the relationship which you have with your stakeholders and anyway, you can always claim to be getting on famously.

I check my hair in the mirror by the front door, open the door and head out towards the car. As I am passing a petrol station I glance at the fuel gauge to check if I have enough fuel. It reminds me of my earlier thoughts. Too much detailed factual data. Unsorted factual data not aimed at anyone in particular. Certainly not aimed at me. No answers to the questions that I had. Not enough of a view of overall progress. Audrey's The project still ended up a *Loco*, coming in eventually a year late and 120 per cent overspent with a fed up team and an unhappy client.

What I conclude from Audrey and the Professor was that, what was important about communication was not 'how much' but whether *it serves the purposes of the* ***person being communicated with***.

As I drive along, I know that I still do not have the full picture. So I continue to work through my list of project leaders I have known. In particular I think about Bob Timson. Bob had joined Infotech from one of its equipment suppliers, three months before I had. I suspected that he had been on a management course which had stressed the need for interpersonal communications. He excelled at this. His style was one-to-one communication. He would seek you out and discuss issues at great length if he had the full details. If he did not have the full details, he would simply make them up.

The process was exactly the same if you needed information or a decision. There was masses of communication, usually focused on what you were trying to achieve. Sometimes explaining where things had got to in terms of the bigger picture; but most of it was wrong or unclear. When it was wrong it was wrong because in trying to be the font of all knowledge he would be overgenerous with the truth. When it was unclear it was because he always communicated at such a level of detail, that it was as if he was providing you with detailed instructions of what your job required, in a minute-by-minute, step-by-step fashion. This would have been fine, if he actually understood the nature of the job and had grown up in it, but since he had a manufacturing background he did not. As a result he gave a patchy, confusing and inappropriate message.

So to communicate successfully *you need to send out messages* ***which are correct***. There is also a need to decide how much detail the person you are communicating with can handle. The *core team may require the* ***full details*** *whilst the sponsor or senior client may only wish to know the top level of the* ***bigger picture. Providing detail when an overview is all that is needed is as bad as doing it the other way round***.

And then there was Patrick Phelan, the man who 'snatched defeat from the jaws of success'. It had looked as if Infotech was about to net a real success. The client thought we were marvellous and had even started recommending us to other prospective customers. Team morale and spirit were high, a thing I have rarely seen. Project team members actually knowing their individual roles but also bending over backwards to help each other and to fill in any gaps, in roles, that arose as the project progressed. Most of the team members were only working on the one project rather than the normal practice of being spread over several projects.

Unfortunately, Hans de Vries, our MD, had another one of his brilliant ideas. The timing of the idea was also unfortunate since it coincided with the closing stages of the project and occurred before it had ended completely. At the board meeting in March of that year, he announced that full time members of all projects would only be retained by the organisation at the end of the project, provided there was another project for them immediately to join. Joining another project team would not be automatic. Even if there were vacancies, the person would need to put a strong case, which was supported by the project leader of the project that they intended to join.

Pat learnt of this new policy from his copy of the minutes of the board meeting. It must have hit him hard because he decided two things. Firstly that it was very bad news and secondly that the best way to get rid of bad news is to dilute it. This you do by telling as many people as you can as quickly as you can. Pat did a marvellous job at communication. First he called us together and explained the company's circumstances. He then explained the implications for all the projects that were running and went through the details of the policy, finally asking us each to consider what the implications were for us. He then sent us round a memo summarising what had been covered. I believe that he actually had meant to help and reward us for our loyalty throughout the project. He knew that we had worked hard and did not want us to suffer by losing our jobs. I think he felt also that it was a stupid policy and wished to place the blame for its impact, fairly and squarely where it belonged; with the MD.

He had done an excellent job of communicating to us, which meant that we all understood what was at stake. Everyone on the project immediately started to plot, wheel-deal and scheme to move to other longer term projects, as soon as possible. People with little left to do on the project let it drag out, making deliberate mistakes to give themselves more time to find a place on another project. Morale collapsed, since some of us were in direct competition with each other for future jobs, and the less scrupulous began to look for opportunities to denigrate the work being done by others. There was also some subtle sabotage. From the team's point of view it was an immense success. Ninety-five percent of us stayed on with the company having managed the shift.

The project of course turned overnight into a disaster. The 5 per cent we lost was Patrick. Four months later he had had enough, and quit.

*The **timing** of **communication** can seriously affect its usefulness. To communicate effectively you must **anticipate** the **thoughts** and **actions*** *you expect the person being communicated with to carry out.*

As I round the bend I see a lorry pull out from a side road. I bring my fist down, hard, on the steering wheel. 'Ten more kilometres. Now I'm really going to be late.' I can see that I'm at the point at which the slope of the road is starting to get steeper. I shrug my shoulders and resign myself to the inevitable. I say to myself, 'Relax. After all you are on holiday' and then I go back to my problem.

The final project manager who swam into view was Oswald Micheson. The two things that struck you about Oswald were his height and his vanity. He wore his hair in a coiffured bouffant style all piled up above which made his four foot eleven seem more like five foot seven. He had started his career in sales. My theory was that he had never really got the hang of selling and that was why he had ended up in projects. Anyway, somewhere along the way, he had acquired the looks and attitudes of a second rate estate agent. He was smarmy and slimy and had acquired the habit of saying things he thought sounded good. Statements like; 'This is a really exciting project' and 'I am committed to delivery on time' and 'Sticking to our budget is essential' were frequently used. There was however one small problem. The context within which he made these pronouncements. It didn't really work. Saying, 'This is a really exciting project' without any hint of interest or excitement in his voice, or 'I am committed to delivery on time' whilst always turning up late for meetings, or 'Sticking to our budget is essential', whilst filing yet another enormous expense claim, just did not send out a coherent message. We soon learnt to watch what he did rather than listen to what he said.

In particular the women on the project hated and distrusted him. They said that he made their skin crawl. He could make my skin crawl also. Whenever he was being particularly insincere he would adopt a very softly spoken tone. He used this soft and breathless voice whenever he wanted to drive a point home.

To communicate effectively you must be ***credible*** *to the person you are communicating with.* ***Everything you do must mirror*** *the* ***message*** *that you are trying to communicate. People watch closely what you* ***do*** *and use this as a far more reliable guide to what you* ***really*** *mean.*

I look at the lorry in front. It is filthy and puffing out ominous black clouds of smoke as it makes its way gradually up the hill. The logo on the back is a yellow arrow threaded through interlinking circles and squares. There is a line of text below the logo. The text is covered in grime. I work to try to read what it says. It's a challenge. After two attempts I think I have it. It translates roughly as 'No matter what the obstacles, weather, or route, we get your goods from here to there.' I snort as I realise, 'Communication is **not two** way. It is a **one** way process' A one way process fraught with difficulty. You need to deliver the goods. And the person being communicated with needs to confirm that they're the right goods. But even the journey back is just as difficult. In everyday life this is bad enough but in projects where things only happen once, and are not repeated day-in day-out, it is essential to get that one way trip right each and every time.

As I pull into the car park, I feel quite good about my reasoning, although it is clear that I still have some way to go to work out how communication fits into the picture. It certainly is important but now I know that it is not *the* key.

Chapter 5

BUBBLE No 1 LEARNING TO LEARN

It's a magnificent sight, St. Tropez harbour. The sea is still and an azure, milky, blue. The contrast of this dull background and the bright sunlight makes the colour of the yachts even more vivid and even through my very dark glasses the speed boats and yachts glow brightly. There are some truly magical vessels. They range from the low graceful sloops with their double masts to the thoroughly modern ocean-going yachts, painted in black and white several stories high. These floating palaces have been designed so that even when stationary, they seem to be travelling forward at a tremendous rate of knots. A trick of the light, well captured on the drawing board, a method of making the stationary look mobile. The same trick used in cartoons, to make vehicles appear to be travelling forward, by understanding the impact of parallax on movement.

Ours is a far more modest affair. It looks stationary when it is. It had been Franck's idea. It was to make up for rushing off before our meal two days previously. I had explained to him that I was certain that my meagre finances would not stand any major expense but he assured me that he had a good friend, a 'brain mate' as he described her, who owned a small yacht which he was sure we could borrow. The idea was to make the crossing to the small Island of Hyres. We were then planning to climb to the top of the main mountain and picnic.

Now we sit at the top of the hill, watching the boats below us carry out a complex waltz. The sunshine is hot but up here on the hill the blustery wind keeps us cool. Franck takes a copy of today's *Le Monde* out of the basket and spreads it on the grass. He then proceeds to empty out the contents of the picnic basket onto it. When he has finished setting out our lunch, he sits down, pours out two glasses of wine, turns to me and says, 'Well?'

'Yes,' I reply, 'very well indeed.' I smile broadly and say 'Excellent in fact.' I misunderstand his question on purpose. He knows how impatient I am and thinks that I will not wish to lose any time at all in resuming our discussion.

'Look,' he says, and points to a boat which looks as if it has dropped its anchor about a mile offshore. There seem to be people standing on a low platform on the end of the boat. 'Divers.'

I can make out six figures. Three of them have red tubes on their backs. The red tubes are actually cylinders. 'Oxygen cylinders,' I think, 'they are deep sea diving.'

'There is a wreck out there. The thing with wrecks is that they stick strictly to Murphy's Law.' He turns towards me. 'Once sunk they seek out the deepest part on the surrounding sea bed and wedge themselves in as deep as they can go. Even when the average depth is a few feet, any wreck in the area is bound to be at least a hundred feet down. When they are really deep, you can only get down to them with the aid of oxygen and sometimes it takes several dives to unearth all the secrets. You and I have probably got enough time this afternoon for one good dive to the bottom.'

I look at him puzzled and ask, 'What do you mean? I'm not a very good swimmer.'

'No.' He laughs. 'Not in the sea, I mean dipping into your problem with projects.'

'Oh yes,' I say, 'I must confess that I am very surprised that you are interested in the topic.'

He turns away from me. A second passes, then he stares back at me and says, as if he is about to offer me the challenge of a lifetime. 'Look at this,' he holds up a pot of low fat prune yoghurt. 'Think back ten years, and imagine yourself in a supermarket walking past the yoghurt section.' I nod, listening intently. He continues in a firm voice, 'What flavours of yoghurt were there?'

I'm not sure if he seriously wants me to answer and I hesitate. He keeps looking at me with the little white pot held up at eye level and I realise that he is serious. I don't understand the mismatch between his serious expression and this trivial question. I smile with relief and reply 'That's easy, plain and Strawberry.'

'OK, smug face, then try this one. Imagine yourself in a supermarket today, in the yoghurt section. What flavours are there?'

'I can't tell you that,' I retort, 'there are hundreds of them, and there are different types; French set, Greek, thick, live!' My arms circle in the air to illustrate the endless ranges.

He continues calmly 'And tell me what happens when you find one that you really like, say rhubarb, kipper and walnut flavour.'

'They change it or withdraw it.'

'Life is *all change* these days,' states Franck. 'All through the ages people have thought that. I remember my grandfather complaining about how much change there was, how much more complex it all was. He would moan about how much more renewal of everything from houses to pubs to forms of transport there was than when he was younger. It could just be something we feel as we get older but this time I think it is completely different. I think *change itself has changed*. Let's just stick to the yoghurt. The type of change we see these days is less of a step change and more of an alteration. We are less likely to see a step change – a change from no yoghurt to suddenly inventing yoghurt. We are more likely to see alterations or slight modifications.'

I nod in agreement. 'Even with technological change; computers were invented years ago. It's just that they keep getting smaller and more powerful.'

Franck continues talking softly as if speaking to himself. 'This time I think that it really is different,' he reiterates. 'I think that there are four things which happen today which didn't really happen in the past. These three seed changes have altered the way in which the world functions. It's the same world only the rules and formulae which govern it have changed. A bit like moving from water into wine,' he says as he tops up his glass with water. 'Both are liquid but they are not the same.'

I'm trying to follow him. But I need more clarification so I ask, 'What are these seed changes?'

'I don't know about you, but I can't remember the last time I met anyone from **any** organisation which is not *actively pursuing change*. Businesses, banks, governments, hospitals **all** seem to be trying to **change** things. And since *communications are now fast, global, relatively cheap and accurate*, customers and competitors world-wide hear of what they are up to. The competitors react by starting their own changes and the customers react by raising their expectations and being continually dissatisfied with anything they are offered. At the same time most *goods and services are having to rely on more technologies, skills and knowledge to get produced and sold*.' Franck pauses in his monologue, looks out over the shimmering sea again and then he uses it. That tone again, the one which had struck me, the muted megaphone, to say, '*These* days, for most people life is all change.'

I'm not convinced so I press him, 'But,' I say 'you mentioned that your grandfather had thought the same, I can't see how this differs.'

'Remember the yoghurt?'

'Yes.'

'Imagine that the packaging has been changed. Doesn't the impact of that work its way down the chain to the printer who could be anywhere in the world? And then to the person who supplies the ink who could also be anywhere in the world is instantly faxed a note cancelling orders. It works its way then to the company which supplies the raw materials for the ink who see the demand for their product fall and so launch a sales push which soon gets their competitors anywhere in the world to launch their own.' He delivers this at a fast pace. 'And because the packaging was changed you didn't buy your yoghurt, so somewhere out in the North Sea a fisherman has a wasted catch which gets thrown back, adding to pollution at the same time. Because the fisherman didn't sell the catch he goes bankrupt, so he goes home to Iceland angry and beats his children. The children get taken into care and so the national budget is overspent so the country quickly has to increase it's borrowings. Interest rates change in America as a result and the stock market in Hong Kong moves.' Franck grins broadly.

I recover well from his machine gun delivery. 'You are trying to explain that change is less predictable, more complex and occurs at a faster pace.'

'It's more fragmented and surprising, so organisations find that they can't do it all at once. If the change you attempt is large, and a complete solution, you find that the benefits you were after slip through your fingers as the goal posts move. And you find that the act of trying to manage all the change as you would manage an organisation through a structure is much too difficult. In fact *the only way to stay ahead is to try to break the change you need to carry out into parcels or chunks and then to* ***manage the change in chunks and hold on to your gains***. I am trying to learn as you are and I am interested in projects because they seem to be the most effective way of managing parcels or chunks of change. Don't forget that for years projects have been used to co-ordinate and manage changes of one sort or another.'

'Is that why you were giving me such a hard time on my theories of why projects went awry?' He doesn't reply so I continue to talk, 'Well,' I say 'I've been doing some more thinking and I figure that communication has a lot to do with it. I can't work out why it didn't come up the last time we spoke.'

'Didn't it?' He smiles that smile of his again and says, 'I don't really recall,' and reaches into his pocket. He pulls out the napkin he'd been scribbling on last time and smoothes it out on the top of the picnic basket. 'You're right,' he says, 'it's not on the napkin. Why do you think it should have been?'

'Because most people will say of their problems that they are *all down to poor communication.*'

'Well let's test this out. Why is the project not timely or why isn't the money going to be right or why doesn't it do what we expected it to?'

'Because there is poor communication?' I venture.

'That is a bit of a leap of faith. I'd love to see you sell that to your bank manager.' He then begins to act out, on his own, an interview with a bank manager. He is playing both parts.

He starts off as the bank manager. He crosses his arms and then looks up as if someone has entered the office. He then smiles and waves expansively to a non-existent empty chair, and says, in a nasal Oxford accent, 'Do sit down. What can I do for you?'

He shifts his position to face the place where he had been sitting as the bank manager, hunches his shoulders, trying to look intimidated, and says in a trembling high pitched voice, 'My project is late, overspent and not delivering the goods and I'd like to borrow £100,000 to improve my communications.'

He is the bank manager again. 'Could you please show me your business plan, to help me understand how the one thing leads to another? In what specific way will the fact that everyone knowing what everyone else is doing solve your problems with incorrect initial estimates or an impossible specification. Will it stop all errors being made?'

He moves round again, starts to wring his hands, looks up timidly and says, 'Well no, not really, but *everyone knows that it's all down to communication.*'

He stops acting and looks at me. 'Do you get the loan?'

'What do you think?'

He sticks out his lower lip, frowns slightly and shakes his head slowly from side to side.

'I see your point,' I say grudgingly 'but the visible and invisible teams could be demotivated because of poor communication, couldn't they?'

'Have you ever seen a situation where the project team was

demotivated and yet there was good communication?'

'Yes.' I say, remembering my thoughts of earlier that afternoon. 'So what you are saying is it's only in some situations that poor communication is a cause of team problems and in others it is not.'

'Let's work on the general case for projects first and build some patterns. Then we can look at specific cases, who knows, communication might be part of the solution.'

Franck looks back at the napkin and says, 'If I remember rightly there were three things which represented project success. One was to do with the actual content of the project, its timeliness, financial contribution and the specific technical and business objectives that it was set up for. The other two were to do with your, what did you call them again?'

'Stakeholders'.

'Ah yes, Stakeholders! The Visible and Invisible teams involved in its execution, and the stakeholders interested, primarily, in the outcome.'

'The sponsor, end users and client stakeholders.'

'The outcome stakeholders! I remember now,' he says, and then fixing me with his eagle look again he states, 'As long as you provide the expected goods to time and cost, I don't believe that in any project it is possible to end up with dissatisfied outcome stakeholders. How could this possibly happen?'

'It does happen.' I insist. 'I've seen it many times. I've lost future business or further phases of project work to competitors before now. More than once, would you believe. The final end user has refused to take advantage of the outcome of the project rubbishing it and being disparaging about the benefits and sometimes even sabotaging the project, just so that they can say, "I told you that it was no good". And I'll tell you why too!' I say, the pitch of my voice rising several octaves, 'It's because the outcome stakeholders never know what they want until it's impossible to give it to them.'

'But don't they tell you fairly early on in the project what outcomes they expect?'

'Yes they do, but they don't understand all the problems that I face and anyway they always each want an outcome which is different to everyone else's.'

'So what do you do if this is the case?' 'That they don't understand what they want or agree with each other.'

'I ignore them and hope that they will go away so that I can get on,' I reply sheepishly. Franck is giving me that fixed look again.

'So you can't really succeed.'

'Yes I can,' I insist, 'I've had several successful projects.'

'Have all your stakeholders agreed that they were successful?' He presses me for an answer.

'No.' I protest, 'But that is impossible.'

'What did we decide we meant by a *successful project?*' he demands.

I know that he's got me, so I don't answer, but I know he is right. *Project success* ***is*** *and* ***can only*** *be defined by the stakeholders.*

'So one reason that you've lost future business or upset your sponsor or failed to gain the ownership of the outcome by the end users, is that you haven't managed them during the project,' he states seriously. 'You'll have problems if you tend not to manage your stakeholders'

'Well I'd like to manage all my outcome stakeholders but you've never run a project, you don't realise how much there is to be done, I'm too busy to spend time trying to match up their whims. In fact I would often go out of my way to do as much as possible to keep the outcome stakeholders out of the action during the project,' I look at him and confide, 'it's the only way that you can really get on with things.'

'But tell me, don't they come back and bite your bum eventually, insisting, later on, on what they would have asked for earlier if you had given them the chance? And, isn't it worse for you when they finally get their say, later rather than sooner? Doesn't this mess up your half complete plans even more than it would have had you not ignored them?'

Franck is succeeding in being a totally annoying person. In theory he was right, of course, but how could he understand? This was the *real* world we were talking about. A world with fourteen hour working days and eight day weeks. How could I possibly find the time? I figure that being a teacher he doesn't really understand the pressures of real life. Well, with those long summer holidays. I'm trying to find a way of explaining how things are without being patronising, when he starts to speak. My mental state of mind must have been mirrored in the way in which I am vigorously applying my Roquefort to my baguette because Franck asks, 'When you are leading a project do you find that you get very busy?'

I stare at him in disbelief. Now I know that he is living in a different world. 'Are you kidding?' I say, 'It's all go, non-stop, sixteen hour days, rush, rush, rush, no holidays for months.' 'You're worn out but you keep driving, keep pushing, the adrenalin keeps you going.'

'What exactly are you doing?' he asks.

I spread my arms wide as a reply. 'Everything!' I exclaim.

'So you work **alone** on your projects then?'.

'No!' I shake my head. 'You don't understand. I am a project leader, I always have a team.'

'So how come you have to do everything?'

'I don't really have to do everything.' 'But I do need to be involved. It's the only way I can keep up to date.' I insist.

'If you were right, then this would not exist.' He pulls a sheet of newspaper from the copy of *Le Monde* we are using as a table cloth.

'Huh?'

'You said that the only way to keep on top of things is to be involved. Every day hundreds of millions of people keep up to date with the world's events without having to be personally involved in everything.'

'But I find it easiest to work out what is going on when I am involved.'

'So what you are telling me is that, one of the main reasons that you find yourself immersed up to your elbows in hands-on activities, is because, ***you** can only learn **first hand** about what is going on around you.*'

I shrug my shoulders 'Sure! That's how it is in the real world. That's how I am, there is nothing I can do about it.'

Franck smiles broadly and announces, 'At last the wreck has been found!'

I look over the bay, I squint and reach for my sunglasses. My eyes pan across the whole bay but I cannot see the boat with the diving platform. I turn to Franck and say, 'Where has the boat gone?'

'What boat?'

'The one with the divers. You said that the wreck had been found.'

'Oh! I was talking about *your* wreck. I meant that we had found **one** of the underlying reasons for your problems with projects.'

'When?' I ask, confused. 'I mean, how?'

He points to the crumpled napkin and says 'Do you remember that you told me that you often find that the client or end user claims that their requirements have not been met?' He points at the bubble which says this.

I nod in agreement 'Yes. I do.'

'You told me that you have difficulty in learning about things unless you are personally involved.'

I nod, and wonder where this conversation is leading.

He continues, 'That will give you two problems. The first will occur when you receive the briefings about the project. You hear what they say, but in your mind you instantly try to relate what they are saying to previous projects you have been involved in, accepting the parts which look or sound familiar and simply ignoring the bits that don't fit. You don't do this maliciously. It's quite simply that not having been involved in the problem that gave rise to the solution, the need for change, the change that the project is supposed to provide, the nuances and complexity don't mean much to you.'

'Go on.'

'What that means is that you may start a project without fully learning what your outcome stakeholders, and especially your client, actually wants.'

'How do you know this?'

'Do you ever find that after you have started, the goals feel less clear than they did at the start?'

'Mm, sometimes.'

'And do you ever find that you can carry on for a long time without feeling the need to review your goals?'

'Well, yes, but I have a lot of experience and I usually know what I want.'

'I know, but we have already agreed that what **you** want may not be what the outcome stakeholders want, even at the outset.' He is writing on the napkin again. 'If you are not reviewing your goals you will often find yourself wrong footed and, with infrequent reviews of the overall purpose, you may find it difficult to catch up or change your plans.'

I have to agree. I hated that experience which tended to happen about 90 per cent of the way through the project when, usually in an ad-hoc meeting or in a memo which you just happen to see, you discover that the stakeholders see a major problem and the terrible thing is that you know that you have not got enough time to put it right.

Franck carries on, he notices my bobbing head and assumes that I am with him. 'I said that there were two problems arising from your method of learning, the second is that you will almost certainly be dragged into "hands-on" activities and decisions. This is one of the reasons why you are so heavily overworked. Being overworked you will have little opportunity to manage the client. So the client will have *little opportunity to participate in the project as it proceeds*. Add this to *your lack of clarity about the project goals* and the *difficulties of catching up once* *things go wrong and you can see that it is **almost inevitable that your outcome stakeholders' needs will not be met**.'*

I sit there speechless. I feel a muscle tremor run down the back of my neck leaving a tingling sensation as if the hairs are rising. I know he is right.

'I always thought that learning was about something which happened in school, but I guess that I must be unrealistic if I think that I can handle projects, projects which are ***always*** something new, without learning all that there is to know about them ***both*** before and during them. And learning not just from being there but also from other people's experiences and knowledge. I need to relearn how to learn.'

Franck grins at me and I smile back. He says, 'One down,' and then noticing that the sun is starting to set, 'quick, there are no lights on the boat, we must get back before it gets dark.'

Chapter 6

BUBBLE No 2 RECOGNISING STAKEHOLDERS

It is hot and what is making me feel even hotter is the sight of Emily, Franck's daughter moving backwards and forwards along the beach. She started this a while ago and now the pace is faster. An hour and a half ago the tide had been out and it seemed a natural challenge for a nine year old, to build a sea wall of sand to keep the sea out. Armed with a long handled spade, she had quickly dug a trench along the beach six inches wide. The sand it had produced had been neatly stacked up as a formidable sea wall. The wall rises majestically upward a full four inches high. Encouraged by early success, the wall had grown in length and now extended seven metres in both directions, a magnificent sight. It was decorated, in parts, with sea shells and round pebbles. It is amazing what hard work and a readily mouldable material can produce.

The reason that she is running, East to West and then back East, is that, with the incoming tide, the sea is constantly trying to breach her defences. The main problem is that each wave attacks a different part of the buttress. Emily is continually trying to carry out repairs on the structure. The repair sites, however, keep shifting.

I look up at the sound of a Kawasaki sea scooter being ridden near the shore. The sound is loud, perhaps louder than normal, because Franck, who is lying on his side with his head on the picnic basket, stirs. He sits up and rubs his eyes, 'Bloody marvellous.'

'Fantastic,' I agree, 'did you have a good sleep then?'

'Yes. I did. Sorry, but I think I nodded off in the middle of you telling me something very interesting.'

I think to myself, 'But not interesting enough,' but instead I say, 'That's alright. It's too hot to think, let alone discuss anything serious.' I had been expounding my latest theory on why change is so difficult to manage.

I'm sitting next to a rock pool. As I'm trying to think of something to say next I notice that the surface of the pool is perfectly still, like a polished mirror. I reach across, pick up a pebble and I idly drop it in the water. I watch as the ripples move outwards from where the pebble was and reach the surrounding rock and then bounce back in together. As the ripples meet each other, the simple circular symmetrical pattern is broken and it becomes a furrowed undulating surface. It looks regular, more like a miniature, moving mountain range. I smile. So simple and yet so perfect. The energy from the falling pebble is systematically and gently dispersed in the water.

Franck leans over to see what I am up to. The surface is calm now. To demonstrate what I did before, I drop another pebble into the middle of the pond. The ripples spread slowly and symmetrically. I hear his voice over my shoulder say '**One Change Leads To Another**. Franck's First Law of Change.'

'Oh. So you're building a theory then?'

He says nothing, just smiles back.

I challenge, 'So what's Franck's Second Law then?'

In typical Franck fashion, he still says nothing, but reaches past me and grabs a handful of pebbles. He fixes me with his eagle eye stare and demands, 'Guess!' First he drops a single pebble into the pond. Then he flings half the handful of pebbles into the pond. There are several loud splashes. Drops of sea water rise into the air and fall back in causing further ripples. He waits about a second and then throws in half of what he has left and then a second later he chucks in the remaining pebbles. His demonstration started with a symmetrical pattern but after the first pebble the surface of the water has been a confused boiling. There has been no pattern at all. No clear ripples. There are even air bubbles and patches of foam on the surface. With his third throw a crab that had been sheltering under a small rock decides it is all too much and darts across the pond to take refuge under a larger rock.

'Well?'

I shrug, 'More pebbles make a bigger splash?'

'Not bad but not right.'

I venture cautiously, 'Don't throw all your pebbles in at once?'

'Definitely no! What did you actually observe?'

'You threw your pebbles in four lots'

'No. In the pond. Can you describe the pattern of ripples?'

'There was no pattern!' I exclaim. 'How could I possibly describe it?'

'Precisely! Congratulations you've worked out Franck's second law!'

'Huh?'

'If one change leads to another and a lot of changes are happening together it becomes increasingly difficult to predict what will happen next. **Adding change to change creates chaos**.'

I recognise this instantly. In my last two years at Infotech Solutions the directors had kicked off a large number of initiatives. Initiatives on quality, cost reduction, customer focus, efficiency skills development, competences, benchmarking and many others too numerous to list. Each initiative impacted on the others. Usually one initiative would change the goal posts of another. Sometimes they would compete for resources or management time. You never knew where the next thunderbolt would come from. One week we contacted one of our major customers six times! Six independent 'phone callers none of whom knew that the others were making calls, including two aggressive calls and one who slammed the 'phone down on the customer. In the end we had to give away a $50,000 piece of equipment to pacify him. An expensive surprise.

I nod slowly, 'Yes, you're right. Running a project in an organisation which is undergoing a lot of change, is a real bummer. Hey, this is good.'

Emily is standing still. She seems to be looking at two boys. The boys look roughly the same age as she is. It seems that in her enthusiasm to develop the wall she has extended it too far. She has encroached on their patch. True, their patch is badly defined, Mum and Dad lying in the shade of a pink beach umbrella a few metres from the shore. Picnic gear strewn haphazardly in the space between, a dismal looking sand castle or is it just a pile of sand, and a one foot deep crater dug out by hand. Watching them at a distance, barely being able to hear what is being said, is fascinating. I remember my own childhood. As I think of myself as a nine year old boy I can guess exactly what is going on and what is being said even though I can only hear some of what is being said. They seem unhappy about a girl who is doing something that they themselves had not thought of doing. You can tell that each boy wishes that he had thought of it first. You can tell from the nervous movements, shifting their weight from one leg to another that, now they have gotten used to the idea, it looks good fun. You can tell that they would love to join in but can't because it is a girl's idea and must therefore be a 'girlie' thing to do. Furthermore they don't like the idea of her building her wall on their patch even if it is a good idea. Emily backs down. After all, she has got enough work to do maintaining the existing wall. The extension seemed the right thing to do to make the wall complete. But it wasn't worth arguing over.

'What an amazing coincidence, the third law in practice.'

'Where?' I ask.

'There.' He points at the two boys who are still standing in the same place watching Emily return to work.

'What? You mean Emily trying to complete her wall, being prevented by two boys who are being territorial and anyway wish that they had thought up the idea first and won't play because they didn't.'

'Precisely! You really are getting good at working these laws out.'

I warm to the compliment and then realise I am not actually sure that I have really worked out the law. I clear my throat and ask 'How, er, do you phrase the law formally? I mean I can't really say to people, "Beware of little boys who won't let little girls play on their patch or play with them because the game wasn't their idea" can I?'

Franck tilts his head back and lets out a guffaw '**People Create Change – People Constrain Change**.'

Of course put that way it was so obvious, why hadn't I spotted it before? I had constantly done both. Suggestions and schemes put forward in meetings would get a thumbs down even if it was obvious that they were the right way to go. Three months later they were brought back out into the sunlight blinking but by now it was the group's idea or the idea of the only person who had opposed it most strongly. Of course – the age old trick of getting your boss to go along with something you want to do by trying to get the boss to think that it was his idea.

'Do you have any more laws that you could tell me?'

Franck replies cryptically, 'Yes and no.'

'Why not?'

'Because you can observe a lot just by watching.'

I follow his gaze. He is looking away from the rock pool and out towards the sea. Out at sea there are a few people swimming, one couple playing water polo. The chap on the sea scooter has just fallen off and is trying to re-mount his machine. Is that it? 'Change makes you fall off your perch?' I don't think so, it doesn't seem profound enough. I look further out, a few boats, one with a sail. In the foreground Emily is darting backwards and forwards more hurriedly than she had been earlier. I look back at the sail boat. The wind is blowing along the coast and they are having to tack to it. In order to keep parallel with the coast, they must be travelling in a zig zag fashion. 'That's it,' I think and I say out loud, 'Go with the flow.'

'What?' It's Franck's turn to be confused.

'The sailing boat. Go with the flow.'

'How can you read its name at this distance?'

I laugh, 'Now I come to think of it, with a project, success means changing things, you can't succeed if you go with the flow. Going with the flow means *you* change nothing. I give up.'

'Watch Emily,' he instructs.

By now she is darting backwards and forwards along her sea bank, even more furiously than before, mending the breaches in the wall, which each successive wave brought. No sooner has she finished rebuilding one section, then another section ten feet away is washed away. As the tide rises higher, the damage caused by each successive wave grows worse. There is more repair work to be done. Furthermore, with the long, twenty foot stretch of the wall, there is a good chance that up to three waves will strike along its length simultaneously. This is why, what had started out as a leisurely, fun activity, has changed into a frantic race against tide.

'Tell me what is happening.' he demands. 'What two facts of reality are interplaying?'

I think for a while and then say, 'The wall is too long.'

'Yes, in this world you avoid large single changes, *problems are diverse and inexhaustible, the opportunities for change are infinite*.'

'Emily can only work on one bit at a time.'

'Yes, *an individual's ability is bounded and has an end, there is certainly a limit to what you can do*. And what is the effect of the interplay of these two facts of reality?'

As I struggle to come up with an answer, I look across at her and see that Emily's growing tired and now after each repair she looks both right and left to assess both how far away the damage is and how bad it is. She does this to give her the best chance of maximum repair with minimum distance travelled.

My mind is letting me down. As I try to work out the answer to Franck's question, all that comes up is a series of proverbs; 'A stitch in time saves nine', 'Better to be hung as a sheep than as a lamb', 'Nothing ventured nothing gained'. And then it starts to cough up strap lines from advertisements '. . . reaches the parts other beers can't', 'Just do it'. I'm starting to feel a failure when I notice that Emily has abandoned the bulk of the wall and is simply concentrating on a small section. The section that was most heavily adorned with shells and pebbles. In fact she is having great success at reinforcing and building up that section. The section is now eight inches high and horse shoe shaped. But the best bit of all is that she is smiling and laughing now.

The sight of Emily gives me inspiration. I venture, 'Is it something about defining the boundaries of change which will allow you to succeed?'

'Very good. *If you try to range over infinite change and problems with limited resources and ability, your judgement will be biased and your spirit will end up exhausted*. Definitely, **Accomplished Change is Change Chosen and Carried out Carefully**.'

Franck has done it again. Starting off a project which is too ambitious or not ambitious enough, generally leads to the same thing, dissatisfaction. I can see his point but by now I know how Franck works, he never says anything these days without a reason. I ask, 'Why are you telling me this, I can't see what it has to do with my problem with projects.' He reaches across to the picnic basket and pulls out a napkin. I recognise it instantly. By now it is becoming an old friend. Creased and crumpled it looks like an old wise man who has seen all that the world has to offer. He smoothes it out with his left hand.

'Let's see . . . we never found out the underlying causes for this one.' His index finger is pointing at the bubble which said *lost business/ unhappy sponsor*.

'Well, one reason is that the end users complain bitterly, to either the client or sponsor, about the delivered project. Another is that the sponsor and client react badly to surprises which you give them.'

'One at a time please. Remember the method we used before? Why don't you start with the first one, your reason to do with the end user.'

'The end users start to complain as soon as they discover that some of the output of the project is not to make their lives easier, if anything it makes them even more hassled.'

'What? You do projects which make the business worse?'

'Well I don't. Not really. In a few cases the project outcome is actually worse than the conditions preceding the project. Usually the real problem is that the users expect much more than they receive.'

'A mis-match between expectations?'

'That's right. Often you can deliver something which is more than adequate for the business needs but if the users have somehow got the idea that it is going to sing, dance and make pizzas, it will not be seen as success. If the client or sponsor hears the complaints, their view of project success becomes tainted.'

'What was your second reason?'

'Well I think that I've described an aspect of it. The client and sponsor tend to be really touchy. They tend to be easily upset if they discover something that they didn't know about in advance. They . . .'

Franck looks at his watch and then slaps his palm to his forehead and says, 'Shit a brick! There has been a change of plans, I have to get back to my *mas* by five. I'm afraid that I won't be able to give you a lift back to your apartment. Sorry I arranged it this morning. I . . .'

I'm pretty fed up. Franck's holiday *mas* is about twelve miles inland close to the village of *La Garde Freinet*. I know that it will take him about half an hour to get back and it's four thirty. He will have to leave at once, if he is to make his appointment. 'You could have said earlier, then we could have fetched my hire car,' I splutter.

Franck is smiling at me as if he has a private joke. It doesn't feel funny to me though. Visions of me taking an expensive taxi ride are passing through my mind and I'm starting to worry if I have enough cash to pay for it. I could have cashed a traveller's cheque in the town, if I had known earlier. The more worried I look, the broader his smile gets. Finally, I demand, 'What's so funny?'

'*Don't be so touchy, you get upset so easily*.'

He is quoting what I said earlier, back to me. Now he is giggling uncontrollably. 'You should see your face!' he says pointing at me.

It slowly dawns on me that I am having my leg pulled. 'Nice one, but couldn't you just have told me that no one likes surprises and that it is *my* fault and *not theirs*?'

'I don't think that it would have had the same impact somehow.'

'Well, this is the last time I accept a lift from you and become completely dependent on you!'

'I suspect that that is exactly how your stakeholders feel about you. That's how they feel if you fail to keep them up to date.'

'OK, OK, you win.'

'No. I don't. I don't win. Not until you tell me why the end-users become disappointed and why your other stakeholders find themselves surprised.'

I think for a second and then remember that we have already agreed that I tend not to manage the client, mainly this is because I am usually overworked. I remind Franck of our previous conversation. He agrees but asks, 'Is there anything else?'

I pause for a while and then say, 'Well, to be honest I hadn't really understood what managing the stakeholders is about. I thought that you were making a fuss over the idea of stakeholders and that it was all a bit academic. I now realise that since people constrain and create change, stakeholders are actually the source of *both* the hard success criteria and the soft ones. The need to meet certain financial targets or timeliness or a specific business outcome is driven by the vision of someone, some stakeholder.'

'And?'

'Since one change leads to another, the conditions in a project are bound to change from day to day. I need to be *capable of matching their expectations to what I am doing throughout the project*, ***every day, on a day-to-day basis.*** I have tended to assume that as long as they knew at the beginning what was supposed to be happening I didn't really need to influence their views during the project. In some cases I have actively avoided telling them anything at all.'

Franck nods. 'You will have unhappy stakeholders if you don't keep them up to date during the project and make sure reality matches their expectations. It's just like balancing stones on scales, you don't need to know the individual weights of the stones on either side, **just get them even that's all**.'

As I think about what Franck has just said, an image starts to form in my mind, a terrifying image, an image of me seated at an untidy desk. The in-tray of the desk is overflowing with paper and there are three 'phones on the desk. I have my elbows on the desk and I am talking into two of the phones at once. I am making 'phone calls to everyone in the company and writing endless memos explaining how late everything is getting, and it's getting later because I don't have time to do anything except keep everyone in balance.

'Great theory! But how can I manage everyone in the organisation at once?'

Franck doesn't seem to have heard me. He is intently watching Emily. Her sea wall has been converted into a sand castle. The castle is almost three feet high and has ramparts and turrets (all bucket shaped). Although the castle structure is much more grand than the sea wall was and contains much more sand, Emily doesn't seem to be rushing about as much as she had been earlier.

She spends some time working on the castle itself and then collects a bucket of sand and dumps it at the base and smoothes it out. The sea level has risen quite a bit and the waves are lapping at the base washing away the sand but she is actually depositing the sand **before** it needs repair. I suppose that makes sense; if she waited until there was significant damage by the more vigorous waves at the base, the sidewall of the castle would also collapse and she would have to repair not only the base but the side of the castle as well. She goes back to work on the castle itself for a few seconds and then notices that the sand around one of the sides has been worn away by the **last** wave so she stops to fix it. Watching her I notice that she has also dug two moat-like channels up each side. But instead of simply making the moat run around the castle she has used the channels to **divert** the flow of waves up the beach where the water can soak away gently without doing any damage to the castle. As we watch Franck asks, 'Do you see a pattern?'

I start to describe what she is doing. 'Work on castle . . . Reinforce base . . . Work on castle . . . Check for repairs . . . Work on castle . . . Reinforce base . . . Work on castle . . . Clear channels to divert waves . . . Work on castle . . . Reinforce base . . . Work on castle. Clever girl, she seems to have herself well organised.'

'Is that all?'

'And the castle is growing more and more splendid,' I add. 'Anyway you're just trying to dodge my question. I asked you earlier, how can I possibly manage everyone in the organisation at once?'

'What was the fourth law of change?'

I try to remember, 'Was it "**Accomplished Change is Change Chosen and Carried out Carefully**"?'

Franck nods slowly, as if he is hearing this law for the first time and is himself trying to make sense of it.

'What does that have to do with managing everyone in the organisation? It's a great idea but totally impractical. When I'm running a project all I need to do is to receive my briefing and I'm away. Being able to run with whatever you're given is the mark of an effective proj . . .'

'Who provides the brief?'

'The sponsor or client.'

'Don't you think any one else should be consulted or involved when you are formulating your brief?'

'No. The sponsor or client owns the project so it should be up to them to decide what the brief should be and how . . .'

'Number two!'

I stare. I'm starting to get irritated at being constantly interrupted. Franck is holding up two fingers. He twists his wrist to make a victory sign.

'If you do not identify all the stakeholders up front and use them to help you define what *they* think the brief is, let them define what is to be delivered and how it is to be done and hence be in a position to understand resource needs and their contribution and rewards from the project, it is almost impossible to balance their expectations and your outputs later.'

'Slow down.' I plead.

'In choosing your change carefully, you must spend time working out who the stakeholders are. They define for you the boundaries and organisation of your chunk of change. Watch.' Franck reaches into the picnic basket and pulls out a straw then he leans past me and floats it across the closest corner of the pool. It comes to rest against two rocks but forming a rough triangle. He then scoops up a handful of pebbles in his left hand and a single pebble in his right hand. As before he starts to throw the pebbles into the pool. He aims at the main part of the pool, not the sectioned off part. As before the surface of the main pool becomes choppy and frothy. The surface of the part of the pool cut off by the straw remains motionless. Franck then slowly raises his right hand and with a flourish of ceremony, drops a single pebble onto its calm surface. In contrast to the main pool, a regular ring of ripples forms and runs outwards.

I begin to understand. '*My stakeholders give me the best chance of succeeding, inspite of all four laws.*' My stakeholders determine *my* sectioned off part of the whole pool. *If I fail to* ***identify my stakeholders*** *at the* ***start*** *and make sure that they stay in place* ***throughout*** *the project I cannot guarantee success since outside change can easily enter my part of the pool and produce unpredictable results.*

I'm beginning to roll now, the ideas coming thick and fast. I remember Emily's wall. She could make little progress until she carefully chose the boundaries around the change which she wanted to carry out. 'You need to know all your stakeholders at the start, to get an understanding of the nature and size of your chunk of change.' I continue to use Emily's construction work as an analogy to help me think. I remember Franck instructing me to work out the pattern she used for protecting and developing the castle. And then it comes to me. '*And I don't have to worry about all of them all the time*. Some are key in that they *define* and *support* the overall chunk of change; if you lose their attention or agreement to what you are trying to change, they have a tremendous impact on your progress. You find that you must spend even more time repairing the ill effects. It is best to protect them from any fallout. To balance them you must get to them **before** there is any trouble. Others you can handle as you go along, as long as you are alert and attentive. You can spot any problems they have from the **last** thing you or someone else did to them, and fix them. Some you simply want to **divert** away from your chunk of change because for them your project is a threat to their status-quo. They will "*drive a stake through it if they can*".' I am quoting from our first conversation and remembering why we called them stakeholders in the first place. I'm feeling quite pleased with myself. It is all starting to make sense.

Franck is nodding in agreement and adds, 'You use your stakeholders to help you to learn why the project is to be done and then separately to understand the idea behind it, the project concept.' I think I am following him as he continues, 'Imagine someone who doesn't understand stakeholder balancing. At the start they will fail to recognise important stakeholders, such as the boss of a particular specialist whose skills you need. They may approach the specialist and in so doing inadvertently offend the boss. The boss may then put barriers in the way of the specialist contributing to her project. If this happens, then usually an inappropriate team will be formed. It is difficult for an inappropriate team to work without making lots of mistakes or doing the wrong things which then have to be redone. It becomes *almost impossible* for the project to deliver the *specific technical and business objectives it was set up for*.'

I can't argue. It's spot on, but he continues. 'Imagine someone who doesn't understand stakeholder balancing. At the start they will fail to recognise the sponsor, or other senior managers or the board who have a stake. If they fail to gain senior management commitment at the start, they will find it difficult to get hold of resources. If there is little senior managers' commitment, prospective team members will not think that there are many "brownie points" to be obtained from working on the project. If this happens then it is difficult to get the best people in the organisation to become involved in the project, making the team inappropriate. If there is under-resourcing then, not only will it make it worse for the inappropriate team, they will constantly find themselves battling with all the odds stacked against them. What is even worse is that in addition other stakeholders such as the finance people will start to attack the project as it attempts to use resources which it has not been allocated. The direct impact of this will be to *make it difficult to achieve* the *financial contribution* of the project or meet its *timeliness in providing competitive advantage* and will almost certainly *demotivate the project team*.'

Franck has really got me thinking now. 'I guess that this is why it is such a big mistake to allow myself to become overworked. Any one who is overworked *and* doesn't really understand the concept of balance, stands little chance of managing their stakeholders effectively.'

'I agree, but look at the underlying problems,' he says, pointing at the napkin. I look down.

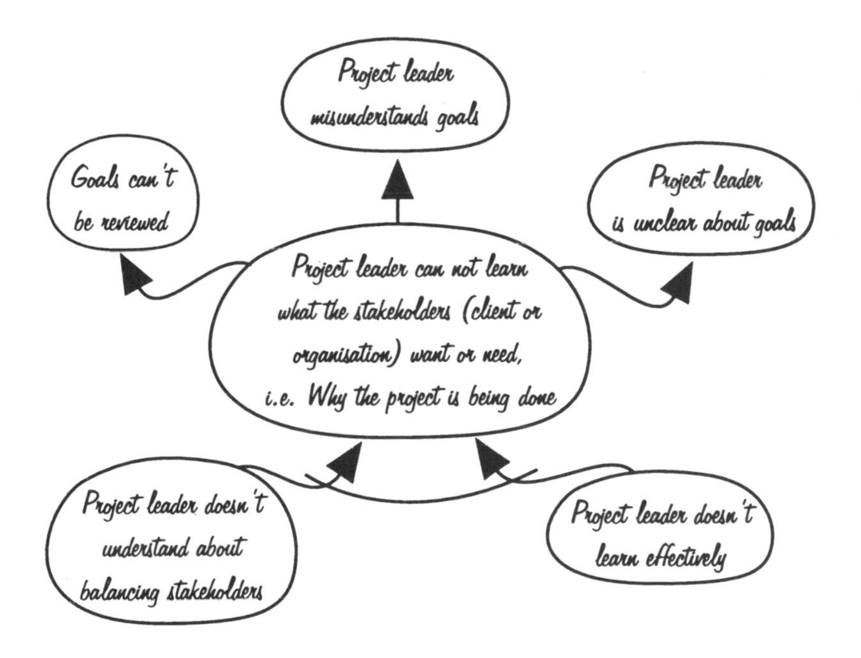

'The real killer happens for people who **neither** understand *stakeholder balancing* **nor** know how to *learn*. This combination makes it virtually impossible to *fully understand what the organisation needs and wants*. As a result the project leader *misinterprets* **both** the *goals* **and** the *means* of the project. The project fails from start to finish.

I'm sitting dumb struck at how it is all beginning to fit together. I have that sensation, you know the one which you have when you are shown one of those 'trick' pictures? The ones with two images superimposed into one. You get shown a picture of the ugly old lady, but if you try to imagine that her nose is a chin you suddenly see a beautiful young lady instead. For a split second, the power of the revelation is awesome. I look at Franck. He seems relaxed and content then we hear Emily. 'Finished! Finished!' She is shouting triumphantly. She is calling us over to look at her sand castle. We get up and walk towards her. It is a fantastic castle, a real achievement and she is standing proudly beside it beaming.

Chapter 7

SO SIMILAR AND YET SO DIFFERENT

I wake up. The sun is streaming in through the window and it is deliciously hot. Hot enough to have started the cicadas singing. A day long opera, which will work up to a crescendo as the temperature rises further. I feel great. It really is wonderful to be on holiday. And in such great weather. And I have another two days. Two days? Only two days! As the sleepiness exits my brain it dawns on me that in two days I shall be back home and unemployed. I'd forgotten about that. I had been feeling quite good about my life until I remembered. I only have one possible opening and that was going to be a tough one to get through. I had eventually, after wasting another 260 francs, been able to speak to the senior partner of the Change Consultancy. I had liked the sound of her voice over the 'phone. It was in stark contrast to the difficulty that I had had in trying to talk to her, being bounced from one person to another in a formal and disorganised way. It was direct, warm and friendly.

She had introduced herself. Her name was Cathy Stork. She had been brief and to the point. She had said that in the modern business environment what organisations were looking for was consultants who were not normal consultants. Consultants who really understood what the client was going through and had ideas which could help. They wanted someone who would help them implement these ideas. What her partnership was therefore looking for was an additional partner, to help to cope with this growing demand. The one and only yardstick which would be used to choose this person was, 'Does this person know more about managing change than we do and do they understand it well enough to help the other partners learn?' Everything else from past track record to personality was far less important to them because they felt that anyone who understood change better than they did and was willing to help them learn more would share many beliefs and values and would probably fit right into the organisation. Currently they were all bound together by a burning desire to further understand change better and to make lots of money out of it.

Cathy had asked me how it sounded. I had said that it sounded fine. Then she had told me that they would be happy to meet with me for an interview but only if I felt that I had something new to offer, otherwise they would save us all time by suggesting that I looked elsewhere. She had asked me how that sounded. I had replied that I would very much look forward to meeting them on my return. I had my fingers crossed behind my back as I told this lie. I wasn't sure that I really had anything new to offer about change but I thought 'Who knows? There is almost another week to go, until an interview. Maybe, somehow, by some amazing miracle, by some freak of nature or a rupture in the space-time continuum, by the time the interview comes round I will be the fount of all knowledge.'

I throw back the thin sheet, get out of bed and head for the bathroom. I guess my life is like many other people's. I am usually centre stage. I spend time trying to work out what to do next. It goes in phases. My idea of what I want to do with my life keeps changing. Sometimes the phases are distinct, sometimes they run into one another. When I was a teenager I knew precisely *what* I wanted to do. I wanted to be a world famous scientist. I knew exactly what to do but *not how*. It was a great feeling; really exciting. I felt just like a knight *going* off *on* some marvellous ***quest***. I felt as if I had my own personal Holy Grail which I was seeking and I could overcome any obstacles to get to it. My options were **semi-closed**. It's true that no one ever actually found the Holy Grail but I remember reading in Steinbeck's novel that Arthur actually never expected the Grail to be found. He was just trying to provide a purpose for his Knights of the Round Table, to give them something to do to stave off the boredom once the kingdom was at peace. The purpose of the Grail was not to be found . . . but to be sought. And sought in as many ways and places as possible.

When I graduated I had all the skills I needed. I knew *how* to do all the things expected of a graduate scientist, but I had little idea of *what* I wanted to do with them. In the end I simply ended up taking the first offer I was made. I remember feeling a bit disappointed, capable of anything in the right field but without a clear aim. It reminded me of my 18th birthday. I got a marvellous present. I got a movie camera. What an opportunity. In a short time I had figured out how it worked, how to load it, how to focus. It was great. But somehow after the first rush of excitement it ended up spending a lot of time in the bottom drawer of my chest of drawers. I'd often come across it and feel excited, but the real problem was that, although I knew how to use it I didn't have anything to use it for. On my birthday itself and on the few days which followed I had made a few 'shorts'. You know the sort of thing; brother in the garden, cat climbing onto shed, me wriggling my toes whilst singing in a nasal tone. Without really knowing what to do, I would often suggest to my friends 'Let's *make a **movie***'. We would then spend an hour arguing over what the movie was going to be about. It seemed as if our choices were **semi-open**. If we agreed, we would develop something mediocre if we didn't we would find our day gone without doing anything else. So, the camera spent a lot of time in my bottom drawer.

There have also been times in my life when I have known both. I have known what to do and how to do it. These have been some of the most tiring periods of my life. I have found myself working hard to realise a dream which was so solid and **closed** that all it needed was work to make it come true. At such times I have usually got a pretty clear idea of what was to be done step-by-step. All I had to do is work to fill each step in. It is almost like '***painting by numbers***'. Each shape clearly outlined, each shape numbered to tell you which colour to use, all you have to do is select whether to use the thick or thin brush.

And then there was now. I am neither sure of exactly what I want to do next nor how I am going to do it. All my options seem **open**. Everything seems possible but I can't really see where I am going. It's a bit like trying to make your way in a ***fog***. The only way that I can make any progress is to decide for a short time which option to pursue, pursue it and then stop and take stock of how it's going and whether I think that it is worth pursuing further.

'Funny old thing that. Life certainly is all change.' I'm sure that I've heard someone say that recently. I screw my eyes up as I try to remember who it was. I begin to think that it might be the words of a song but then I remember, '*For most people, life is all change*.' Franck had said that when we were on the island. I wonder if my descriptions of my life will apply to the projects which I have been involved in. I reach for the toothbrush and start to apply pressure to the tube of paste. It's hard work squeezing out a line of blue and white gel. Hard work for my fingers because the tube has taken about all the squeezing that it is going to. Early in its life, I squeezed it in the middle a lot. A habit which I have had since I was a teenager. It always used to bug Sam. My eyes narrow and moisten. Thinking of Sam makes me feel lonely for a second. But I can't help it. It's a habit that I can't give up because I never notice myself doing it. My squeezing has created a constriction, which means that, although I have used up about half of the paste available, I have come to the end of the useful life of the tube.

'Funny.' I think. 'I was taught to think about projects mechanically, as something with a beginning – a middle and – an end. Now I'm not sure. Maybe they are more complex than that? Maybe they are more fluid than that? Maybe the way a project turns out depends on whether you squeeze it in the middle?' I smile to myself. I notice my reflection in the mirror and instinctively hold in and then pat my stomach. A futile gesture which reminds me of the effect, of the five-fish, variety bouillabaisse dish I consumed last night. I feel guilty, about eating non-stop but as usual I simply remind myself that I am supposed to be on holiday. I protest out loud, 'This is France. You're supposed to pig out.' And there is nothing like freshly baked croissants, washed down with freshly squeezed orange juice and a cup of steaming strong freshly brewed coffee for breakfast to help one feel fully content and yet awake and full of life and I know just where to find such a marvellous breakfast.

I sit on the edge of the bed and put on my left sandal. I try to think a bit more of projects which will fit into the categories which I have been playing with. Franck had said that the only way to manage change was in chunks. He'd also said that it was a different thing to work out why you needed to implement the change from working out the ideas behind the change. What was it he had called it? The germ of an idea. The *project concept*. I try to decide whether my idea about projects relates to the reasons for carrying out the project or whether it relates to the ideas behind the project. I'm not sure. I decide to focus on the ideas behind the project rather than focus on why it is taking place. That feels right to me.

I have a five minute walk down to the restaurant on the sea front where I know I can get a great breakfast. It would probably be a minute if I could get there directly but I have to go around the houses and there is a fast dual carriageway to cross. I set off whistling. I really do love sunshine. 'Hmm,' I say out loud, 'A project where we know what to change to and how to make the change happen?' The building site project, the one with all the brick layers and architects and surveyors was definitively painting by numbers. I agree that it's a pretty complex painting. But it certainly had each group painting in their own colour into their well defined area. As long as they painted up to the lines carefully and didn't overlap too much or leave empty white spaces the masterpiece selected by the architect would be reproduced.

I like the idea. The project is closed because the original masterpiece defines what the picture should look like and how the colours should be filled in. I guess that it is easier to apply this to a Toulouse Lautrec poster than to Monet's impressionist paintings of poplars. Lautrec's use of relatively few bold colours and shapes would require some work to draw out the shapes. The Monet would need more. There'd be a lot more work to do in defining the blank painting, since the same colour is repeated in small patches in order to create the impressionist image. I reckon you could easily get fed up with painting the Monet. Because the same colours are used in smaller patches more often and it all has to come together to give you a finished painting. If you weren't co-ordinated you would spend all your time washing out and changing brushes.

The reason that closed projects are difficult to manage is because they *require many distinct skills which must be interwoven to produce the desired result.* ***Breaking down*** *the overall job into specific activities and* ***co-ordinating*** *them as they are carried out, is very difficult. What we try to do each time with closed projects is to make the copy more and more like the original, faster, cheaper. This is very challenging.*

I stop and wait for a gap in the traffic so that I can run dangerously across the road. It's a busy morning and the traffic continues in a steady stream for a while. I start to daydream as I wait. 'Hey! This is working, are there any others?' It hits me. 'Of course that was why our *Locos* ran and ran.' They were quests. Our programmers kept trying ever more sophisticated methods to try to deliver the ultimate solution to the client! That was why they were constantly 90 per cent of the way there. They were, but each time it was on a different methodology.

The reason that semi-closed projects are so difficult to manage is because ***what*** *the project is set to achieve is* ***clear*** *and* ***compelling*** *and* ***seductive****. It's usually a big sexy idea. We feel, 'If only we could get there it would all be wonderful'. People are prepared to try,* ***forever****, different routes of getting there.*

I chortle, this is almost too easy. 'OK. What about a movie? Find me a movie.' I try to think. A project based around a method, searching for an objective. 'Ha! My mad professor.' He spent all his time working on different applications for the equipment he'd invented. If that isn't a movie then I don't know what is. That was why our goals kept moving. It was because he knew how he was going to do the research but not what it was really going to contribute and anyway his interest was in using the equipment not in achieving the goal of meat substitutes!

The reason that semi-open projects are difficult to manage is because *the project concept is* ***based on*** *a certain* ***methodology*** *or* ***resource*** *or* ***process*** *and may be owned by people who really enjoy using the methodology. What is to be achieved has less of a profile and may be* ***frequently changed****.*

I'm starting to feel smug and then it hits me. A blinding dazzling light. Like when you are on an aeroplane which takes off on a dark wet overcast day and climbs steadily through dark heavy clouds and then suddenly bursts out from below them into the sunshine. I realise the reason I quit my job. I realise that it was not because **I** was wrong or because my directors were. I realise that the main barrier to us making progress with 'Go-For-It' was that although we were all too embarrassed to admit it, we were caught in a thick fog. Caught unaware, without a compass to refer to. The fog had come down whilst we were off the footpath, so we had no reference point at all. Striding off first in one direction and then in another. Going rapidly round in circles. No! Worse than going round in circles, going around in a random fashion, like a headless chicken. And because no one would admit to the fog we all individually knew that we were lost in, we continued to strut purposefully rather than continually take stock and make slow steady progress in one direction. One step at a time. 'How dumb! If only we had known better. The problem is, that in our organisation we were expected to know all the answers. All our management activities, meetings, milestones, measurements, budgets assumed that you were painting by numbers!'

The reason that open projects are so difficult to manage is that *however hard you try your* ***ideas never*** *become* ***clear****. So you must deliver benefits in spite of not knowing what the final outcomes will be. You must* ***focus*** *your attention on the best ideas of what is to be done and the best ideas of how to do it,* ***do it*** *and then* ***check*** *to see how progress is going and then repeat the steps. Delivering any benefits at all as opposed to drifting aimlessly is critically dependent on your ability to constantly* ***do, review, learn*** *from what you have done,* ***replan*** *and* ***repeat*** *the cycle again.* ***Do, review, learn plan and do****.*

I'm feeling good now as I walk into the restaurant. It must be showing on my face because as I walk in everyone I meet smiles broadly at me and says '*Bonjour*'. I reply using my best French pronunciation and smiling back but really all I want is to be shown to my table as quickly as possible, so that I can get reimmersed into my thoughts. I am shown to a table between a window and the door to the kitchen. I waste no time. 'Is this right?' I think, 'have I really just invented a method of explaining to myself how the idea behind a project determines how it is going to be difficult to implement and in which particular ways or areas the difficulty is going to arise? Or is it something everyone, except me, already knows? Am I teaching my grandmother to suck eggs?' I have always had this problem. Perhaps it's something to do with my teachers at school when I was a kid? Perhaps it's to do with me. But whenever I discover something with my own mind or from my gut feelings, I can't believe that it is right. I always feel that, since I thought of it, it can't be of any value or it's really obvious to every one else. I try hard to think whether I have ever read or heard anything about different types of projects anywhere. I can't. 'I wonder if this is new enough to discuss when I go to see Cathy about the job? I'll just have to try it out and see. Now it seems so obvious, five minutes ago it didn't.'

The coffee and warm croissants arrive. 'Mmm . . . What a heavenly smell!' The sensation is like the smell of the first drops of rain after a long drought. I drink it in for a second and then pounce. When I eat fresh croissants I don't add jam or butter. Adding to the perfect, makes imperfect. I bite on the left arm of the crab. The croissant melts in my mouth. I chew slowly. 'Delicious.' The full experience is not just the olfactory it is also the eating. 'It's not just the idea behind the project it is also the way you carry it out.' I giggle silently and take another bite, a larger one than the first, off the right arm. With some projects the progress you are making is obvious to everyone. You can tell how far you have got. It is easy to measure how well you are doing. Like my building project. In fact, it can sometimes be a real pain because everyone can tell if you are succeeding or failing.

With such a **visible** project keeping tabs on progress is easy, but you need to put some effort into making sure that everyone sees it in the same light. I smile to myself as I remember the time that the brick layers managed to brick up all the doors on the ground floor. There had been an error on one of the drawings and half of them were working to the first floor plan, whilst the others were working to the ground floor plan. I remember hearing shouts and some elaborate insults relating the supervisor's brain to a peanut, then a walnut and then a soggy sponge. Yes indeed, the cock-up was obvious. I'm sure that the supervisor wished it had been less visible. For weeks afterwards the brick layers were the continuous butt of all the jokes on the site. What was the childish one which always made me smile? I remember. 'What is the difference between a brick layer and a brick? One's only good for making walls and the other is only good for making walls!' I don't think they enjoyed that experience much. I look up and notice that the couple across the door are watching me bemused. My enjoyment must be obvious and I am making rapid progress round the croissant.

My culture change project was not like that at all. No one knew exactly what progress had been made. Not even me. The only really visible thing was the money which had been spent. How could we see if the culture was changing? We could see some of the visible tasks such as the training courses which we set up, but progress in the culture change itself was not obvious or measurable. Hey! That is just like our *Loco* projects. For those also it was hard to measure progress. Nor was it obvious. Not even the people who were actually working on the tasks, such as the programmers, could gauge how much progress they were making. It was almost impossible for anyone outside the immediate project team to have the slightest idea of how well we were doing. If you left it alone, the progress of the project could almost have been **invisible**. With this new insight I drop my head into the palms of my hands, squeeze my eyes shut tightly and rock my head rhythmically from side to side. That was why the other directors found it so easy to hijack parts of my culture change project and push forward their own pet projects. How dumb. If only I had devised ways of making progress more obvious and found ways of measuring it frequently it would have been far easier to manage the project without it going out of control. No wonder we lost control of the *Locos*. Anything would have helped. Even asking three people once a week what they thought about the culture and plotting it on a graph would have given me a measure of progress, however inaccurate. We should also have kept closer tabs on our *Locos*: found some way of making progress more measurable. I slurp my coffee.

I'm on my second croissant now. Surprisingly it tastes just as good as the first. I take another large swig of my hot coffee. This is really great, this sitting, this looking over the sea, watching the shadows shorten. This consuming marvellous pastry. I had had a short spell about three years ago where I had decided that it would be really great to bake my own bread. That way I could have freshly baked bread every morning. I had bought a bread maker, a Knetworld Master Baker Plus. It was a large, white, device which stood two feet high and looked a bit like a giant, coffee maker. It had four compartments on the top. One for flour, one for water, another for butter and a yeast pot. But you know how it is, when you have to measure up quantities and set up the equipment last thing at night before you turn in. It is very difficult to keep it up. Early on, I forgot to load up the equipment a few times. I could always make excuses for myself. It's easy, when you're your own customer, to let your quality and delivery standards drop.

The *progress of projects can be largely* ***visible*** *or* ***invisible***. The level of visibility *depends on* the specific nature of *the project activities*. With a visible project progress is obvious to all the stakeholders and progress is easily measurable. The *stakeholders can* therefore *make up their own minds* about how well it's going. *To succeed you must* ***manage what your stakeholders observe*** *in order to ensure that they are kept in balance*.

Invisible projects can only be managed by *inventing additional progress indicators and paying a lot of attention to them*. Unless you do all you can to make progress obvious, people will either *forget* about you or will think that you are *failing* and you'll find it *difficult* to get the support that you need from your stakeholders.

So the idea behind the project influences how it should be managed but so do the actual activities which you need to co-ordinate. My thoughts are becoming well structured. I feel good, but I have a small nagging voice at the back of my mind as if I have forgotten something. I frown, trying hard to listen to it. I figure that it must be something to do with Franck. What would he say about the conclusions I've just reached? I can't think of anything which he could say to destabilise me. But I still feel uncomfortable. Nothing I have said violates his laws. '*One change leads to another; adding change to change causes chaos; people create change – people constrain change*'; and I'm even helping out on his fourth by classifying the types of project idea and the way in which its progress is happening. I am adhering to his '*Accomplished change is change chosen and carried out carefully*.'

The waiter comes up and asks if I want anything else. 'Another pot of coffee please,' I reply. He writes this on my bill and puts the bill on the table. I reach into my back pocket to get some cash out to pay. I've enjoyed the meal and feel generous I might even leave a tip. And then it hits me, paying for a service, of course! It makes a difference whether the stakeholders are paying for the project or not. People create change – people constrain change. People constrain change when someone else imposes it on them. *It makes a real difference who is to change as a result of the project.*

In a ***commercial*** project the change is undertaken by one group in order to provide the outcome for another group – the key stakeholders – who are outside the organisation which is managing the change. For the project leader the project is **external**. The project leader finds themselves bound by legal contracts and under great pressure to make some money out of the deal. In some ways this is easier, because people go out of their way to specify as clearly as they can, what is to be done and how it is to be done and usually to write it down. I guess it's the opposite if the project is **internal**. A ***change*** project, run inside your own organisation, does not work that way. There are no legally binding agreements. In fact, people feel quite free to 'mess you about', as much as they like. Also, there is no chance of making money out of the project itself. If any money is made, it is as a result of someone else exploiting the opportunities which the project has provided. I remember that other great watershed of my career, my office move project and then I realise; 'Internal projects are not simply the opposite of external projects.' It is not just that your key stakeholders and the people who are to change as a result of the project are in the same organisation as you. It's worse. Because *you* are part of the same office political system, making progress is like swimming in shark infested treacle.'

I finish my coffee and leave the money on the table. I walk to the door, 'Merci,' and out. The blinding sunlight hits me. I blink and put on my dark glasses. I walk round the corner feeling I'm pretty smart. I try to summarise what I have found out, so that I can remember it better. 'For every project there is an idea, some gain which you wish to hold onto. The ideas fall into four groups. The group it falls into has an overriding impact on what approach and skills are required to manage it. In order to effectively draw a decent boundary around your chunk you must manage stakeholders. If they are internal or external to you makes a great difference. And then to stand the best chances of control you must understand the natural visibility of the project activities.'

'There is a *tremendous difference* between trying to manage a *closed, external, visible* project and an *open, internal, invisible*, project. If the project is closed then we know what we are doing and how it is to be done so our stakeholders know what their roles are and it is easier to communicate what is to be done. We can set milestones and check points wide apart since we do not need to constantly monitor everything. Since it is external, many of our actions and our stakeholders' actions, will be set by contractual agreements and being visible it will be easy to monitor progress.'

'If the project is open then we will find it very difficult to clarify to ourselves what is to be done or how it is to be done. We will even have difficulty deciding who our stakeholders are. Because it is open we will find it difficult to communicate and almost impossible to clearly assign roles. In fact the roles may keep changing. Being internal, the politics will make it very difficult for us to make progress and we may find it difficult to get the degree of top level support we need (this is made worse by it being open. The top level may feel nervous about signing into something that they don't fully understand). Finally being invisible we will have to watch everything, all the time or else it will go out of control. Also we will find it very difficult to demonstrate that we are making progress and will constantly be under pressure to perform.'

I wait to cross the road again. That's not bad. I guess reality is a bit more complex than I've worked out but I decide to have another think, once I have got used to the ideas. I feel that I may find it easier and easier to spot the pitfalls of any combination of project characteristics well in advance, without having to have lived through one of that type. I wish I had understood the difference two years ago. It might have given me a better chance of success.

There is a spring in my step as I realise, 'Maybe I do have something to offer Cathy after all.'

Chapter 8

BUBBLE No 3
GAINING PERSPECTIVE

I'm lost. I've got a map so I shouldn't be. Perhaps I should've looked at it before setting off. I don't know where I am, so I can't find myself on the map. I'm fed up. These blasted hairpin bends. I suppose, for someone in a better mood, they're charming and the changing scenery is inspiring. But for me, it is not. I have started to curse Franck. I imitate him putting on a heavy, slurred, Australian accent. 'Come on mate. It'll be great if you come and spend your last night with us. You want to see the bush in this country. There's a fete on in the village we could go to and have a rave up. It's not so far and it's really easy to find and anyway since our holiday *mas* is further inland, it's on your way home.' Franck could always talk me into anything. His technique was to keep talking without appearing to breathe until I caved in. He said it was a technique which he learnt from playing the digeridoo, a sort of early Australian, Aborigine, saxophone.

I hate to admit it but I'm lost. I give in and decide to stop at the next habitable place I see and try out my broken French. Then my car comes round the corner and I see a sign saying, '*La Garde Freinet*'. I punch the air. 'Yo!' Now all I have to do is first find the village centre, then find and set off down the road on the right, past the boule court, four miles up into the hills and I should be there.

What Franck has neglected to tell me is that the four miles are up a single width dirt track, with a blind corner every two hundred yards. I inch my way up, concentrating on negotiating the bends. Not too fast, in case I lose control, not too slow, in case the plume of dust I have raised catches up with me. I do not really notice that I'm climbing. I continue for about fifteen minutes and then I reach a fork in the road. The left fork leads downwards and is signposted 'Le Bon Domicile'. The right hand fork leads upwards. The sign post for this fork is obviously home made. It has a black, black background. A white horseshoe in the top right hand corner represents a crested moon. In a wide band across the top but randomly spread are some white blobs, which I take to be stars. A thin, white streak ending in a blob, which I take to be a shooting star, runs in an arc along the top, from left to right. Along the bottom of the sign it reads '*Le Mas sous les Etoile*'. I try to translate. 'The . . . Farmhouse . . . on . . . the Stars? No! That can't be right. The Farmhouse under the Stars.' I'm pleased with myself.

I turn up the hill and straight into another of those bends. The car struggles up a steep slope bouncing along on the rubble, its wheels spinning and sending out a thicker pall of dust. I round the corner and there it is, the farmhouse. But the building does not keep my attention. I notice it. I notice the view. Imagine that you were sitting on one of the most beautiful beaches in the world, feeling content with the world and a helicopter had landed near you and offered to take you up. You had accepted and got in. The pilot had asked you to close your eyes and then had taken you about twelve miles inland and high. High enough so that when he asked you to open your eyes you could almost see horizon to horizon and out across the beautiful beach which you had been sitting on earlier. A breathtaking view, the sort for which you allow your mouth to fall open but don't care. And the excitement, the excitement of being so high up in the air your heart pounds at the prospect of falling, your brain buzzes at the new perspective that this world has to offer. But I am not in a helicopter. I am sitting in a hire car driving the last few yards to the top of the world. To my left is this mixed sensation. To my right is a small sharp pointy crag.

They are expecting me. I guess they could see me coming for miles, especially with that plume of dust. Franck hands me a can. 'This is absolutely incredible! It's bloody marvellous! How ever did you find this place?' Emily rushes up. I lift her up and give her a kiss.

'Friend of a friend,' he replies, as we walk towards the *mas*. Emily is dragging me by my left hand.

'Yes, I will race you underwater. Hello.' I kiss Rosabeth on the cheek. 'Great to see you again. Yes, we can dive for coins, same rules, who ever gets the coin keeps it and I supply all the coins. Rose, this is really something.' I look out over the brim. 'I feel as if I could see forever.'

'Perspective, use it or lose it,' says Franck. 'With perspective we have a sense of the current and the future stretching away ahead of us. We have a sense of what to do now in order to influence our future.'

I'm not really listening. Food is being put out on a long white plastic table on the veranda. It is attracting my attention. It looks and smells like the sort of meal which I usually have seconds and then thirds of. 'Mmmmm smells delicious. What is it?'

It has been a great lunch. Now Emily and Rosabeth are stretched out on the sun lounges, fast asleep. I start to tell Franck what I have discovered about the project concept, the stakeholder boundaries and it's visibility. It gushes out in an unsorted manner. Franck listens patiently whilst I unscramble it all and rearrange it all.

Finally he speaks. 'That really is brilliant. It helps explain some of the things which I have observed but not been able to explain.' I described the project concept as the germ of an idea behind the chunk, now you are describing it as a seed. 'Of course! If projects come as different types of seeds you would expect them to grow up to be different plants with different characteristics and fruits! It seems to me that from your analysis of how open a project is and whether the stakeholders are internal or external and whether it is visible or not, you should be able to work out in advance the types of problems which you will encounter.'

I think for a moment, I think I see what he means 'Oh you mean if it is open and invisible you will have a constant battle to explain what you are up to and to get people to sign on. Not only are you unsure of what to do or how to do it but you can't easily show someone what is required or what you have been doing.'

Franck nods. 'Needs more work to fully understand how you can use the characteristics of the project to help you to look into the future, to crystal ball gaze. Hang on, I'll get our fellow traveller to join us.' He disappears into the house and reappears a minute later waving the crumpled napkin. He is brandishing it like a flag.

'So? We often end up with fruits which we didn't want,' he says pointing to the bubbles at the top of the napkin. I smile. The overall effect of all his lines bubbles and arrows are a bit like a tree. Well, a short fat bush covered in ripe, fat, fruit. 'Anyway, tell me a bit more about these errors and redone tasks.'

'Well,' I start, 'we decided that we redid tasks because we had not met the client's requirements and because we made errors.'

'Yes.' Franck nods.

I continue. 'But it might also be that we are actually carrying out activities which are very hard to do and have a low chance of success.'

'How come?'

I proceed slowly. 'Well if in advance we didn't really understand how risky the activities were, we would undertake them without anticipating how hard they were going to be. We would not waste time finding out more about them and that would lead not only to errors but to us being a bit surprised by the things that went wrong. So we could end up having to redo tasks not because they were actually wrong but because we later discovered a better or less risky route.'

'So what you are saying is that if the project leader does not evaluate the risks of the project in advance this will almost certainly lead to the hard criteria of money, timeliness and purpose not being met?'

'I guess so.' I answer, nodding. It sounds clearer when Franck says it.

He assumes I'm with him and carries on. 'And it is even worse if you don't really know the point that the chunk has reached at any time. I mean which critical points have been passed and which critical points are coming up next.'

My back goes straight and I wince. I've had enough of these obvious but painful realisations. I'm beginning to think that spending time with Franck is not as much fun as I thought it was. 'Of course!' I realise. 'Unless you have *a very clear idea of the status of the project at all times* in the project, you may feel uncomfortable about allowing your outcome stakeholders to get too close to what you are doing. You feel vulnerable and uncomfortable in case 'they find you out' and so you *can't* really *keep your outcome stakeholders up to date*. Also there is no way that you *can keep your other stakeholders, such as your team or suppliers informed of progress* or really understand *who to put pressure on and when*!'

I explain this to Franck who simply nods and asks, 'If it is so important to know this thing you call "the status of your project" at all times then why is it that often in the past you haven't?'

I pause for a second. 'Well,' I confess looking sheepish, 'sometimes with smaller projects I kid myself into thinking that I can handle them without needing plans at all. It never works though, unless the project is really small and closed and even when that project works it often eats into my time for something else and messes that up instead.'

'Anything else?'

'Yes I think we talked about it a bit when we met in the restaurant. Some plans are a real bugger to update.'

'Oh?' Franck's eyebrows are almost touching his hairline.

'Well, if you have a computer generated time schedule, for example, you often need to dedicate a whole person to the task of keeping the schedule up to date. It's the same for the cash flows and monitoring milestones.'

'I'm sorry,' he says, 'I'm not sure that I actually understand what you mean by . . .'

I charge ahead across him speaking quickly, 'It's quite simple really. You see what you do is to work out all the tasks and activities you intend to carry out and then arrange them sequentially with their durations . . .'

'. . . planning?'

'What?' I ask.

'I was saying that I was not sure that I understood what you actually meant by planning. How would you explain the purpose and method of planning to a layman like me?' Franck says in his patient voice. I fail to notice that I am being set up and answer.

'Well, what you do is that you take the overall job and break it into its component parts. There are different forms of plan the most common is based on something called critical path analysis. You arrange all your tasks in a sequential order, doing things in parallel where possible and by estimating how long things take you can establish the precise sequence, which if late will make everything else late. You can also write this up as a sort of diary on a bar chart it is something called a Gantt chart. Also you can work out the cash flows against the activities and develop performance indices.'

'I see,' he says calmly, and then the killer, 'and this applies to **all** your forms of project: your walking in the fog, movie, quest and painting by numbers? What happens if you do not know the component parts of your project, if you do not know all the steps?'

'Erm.' I stall for time. I don't know the answer. 'Well, I have used this method a lot in the past for planning. I guess that it must apply to all of them equally.'

'Oh! Even the fog?'

'I suppose that that might be slightly different.' I am lying. I know for a fact that the method I described does **not** work for fog-like projects. I tried it on my corporate culture change project and it hadn't worked. For a start I couldn't break the job down since I didn't really know what it needed as component parts. What was even worse was that for the few things that I knew needed doing, I had no idea how long they would take. I had produced a critical path chart but it was so incomplete as to be total nonsense.

'You said that the plans were difficult to update. Does this mean that things do not happen as you plan for them to or does it mean that the planning method is too complex?'

'My problem is that I do not have enough data for developing the plan.'

Franck stares into my eyes and says with that steely voice I have heard before. 'No. That is not your problem. Your problem is that you do not know what planning is.'

'I do know what planning is,' I protest, raising my voice. On the sun lounge Rosabeth stirs slightly, turns over and goes back to sleep. 'I've done it enough times. As long as you have the right software its really straight forward.'

'If you know how to plan, then how come you end up with unusable plans which you cannot update. Your stakeholders don't know what's going to happen and what their stake in it is: especially for your team, how come it doesn't motivate them and how come you find it so necessary to stay close to the action and can't delegate?' He delivers this in a steady stream calmly. It goes through me like an ice dagger. Then the twist. 'An ideal person thinks of trouble and *prevents* it.'

I sit there stunned. I'm feeling a bit annoyed.

He ignores me and continues. 'You must choose the appropriate planning method to match the type of project. You may have selected inappropriate methods to *track your progress* and to *co-ordinate* your activities, which is why you find it difficult to *update your schedules*; that makes it difficult to *review your actual progress* and makes it difficult to *communicate* clearly the needs of the project to the right stakeholders, at the right time but you're *not* talking about planning. If you don't review then you won't change your plans. You won't check your goals or be able to catch up if you fall behind. Not reviewing your goals makes it very likely that you'll not deliver what is required by your client. If you understood the real nature of planning this would not happen.' He delivers this in the same manner as before looking straight at me with his quiet voice sounding like a deafening roar.

'Look,' I insist, 'I *do* know about planning. I've done it many times. I've even read books on the subject. Why are you giving me such a hard tim . . .?'

He talks over me. 'Success with your chunk is not just what you achieve as the success of one day or one stakeholder, nor is failure the failure of just one day or stakeholder. Both success and failure come from gradual development.'

'What are you talking about? I've run projects. I understand planning. I understand how to . . .' My voice trails off. Franck is not listening to me. Instead he's looking out over the marvellous view which we have in front of us.

Getting no response to my outburst I gaze out in the same direction. My mind is still in turmoil tinged with emotion. I think 'What does he mean?' 'What does he mean?' 'What does he mean "track my progress"?' My anger doesn't last. The view is too beautiful. I get caught up by the beauty of the scene and only faintly hear '*Perspective. Use it or lose it.*' 'Pardon? What did you say?' I question.

'Nothing.' 'Except number three.'

'Number three', meant that Franck felt that he'd found my third underlying cause of project failure. But what had he found? My curiosity overcomes my animosity and I ask, 'What have you found?'

'Any one who doesn't realise that *the true nature of planning is to* ***continuously gain and maintain perspective*** and that the *true nature of co-ordination and control is to* ***spread and use the perspective amongst stakeholders***, and that the two things are two *separate* processes will find it difficult to consistently succeed with projects.'

My brain turns slowly. I'm trying to understand what I've just heard. I do this by putting it into my own words. 'You mean, what I need to do, is actually **two** different things. *I need to constantly seek out my objectives, and the* ***constraints*** *to achieving my objectives and how the different constraints interact* and that the rest of it is just about *finding ways of* ***communicating*** *this to stakeholders so that they also posses a similar perspective*?'

'I think that you put it better than I do,' he says with warm admiration.

I shake my head in a mixture of wonder, despair and elation. Gaining and maintaining perspective is how I understand what constrains all the stakeholders and therefore the project. It also helps me understand how the project activities constrain each other. I then need time schedules, cost schedules, responsibility matrices, etc. simply to communicate who depends on who or what and who is to do what and when: to find out what is not happening when and how I hoped it might and again communicating the changed demands on the stakeholders. To manage change successfully you must choose the methods best suited to that type of chunk. Mechanistic methods for closed projects. Fluid methods for open projects. Of course! And with perspective you understand that you don't have to manage everything all the time.

'You know you asked me about communication?'

My mind chases and I answer with a vague air, 'Yes.'

'Well it seems that we have found where it fits in,' he looks back at me and smiles.

I feel a fly tickling the back of my ear and instinctively swat at it. But it isn't a fly. It's a leaf and next to it is a cheeky face, attached by a neck, shoulder and arm to the hand which is moving the leaf back and forth. 'Can we dive for coins now? Please?'

I pull a face.

'Pleeeease?'

'OK.' And with that she dives head first into the pool and I head for the house to change.

Chapter 9

BUBBLE No 4
PEOPLE AND ME

We hear the music before we see the lights. It's hot and the car windows are open. '. . . *Docteur Jekyll et Monsiuer Hyde . . . Par hasard, pas rasé . . .*' The *boule* court is acting as a temporary car park. We park the car to the left, under the plane tree and get out to walk to the village centre. '. . .*L'anamour black and white . . .*' It's early evening and not quite dark yet. It's a great feeling. I love street parties. A bit of me which has never grown up and I hope never will, knows that this is fun. That bit takes the rest by the hand and drags it into the right mood. '. . .*Quand tu bois comme un trou . . .*'

The village square and the main street are laid out for the fun we'll be having. The restaurants along the main street are all open. The red and white check napkins look multicoloured under the festive rainbow lights. In front of us there's a small knot of people watching something intently. We join them to find out what's going on. It's a mime artist. She's pushing an enormous imaginary rock uphill. Every time she stops exhausted, for a rest and a drink, the rock rolls back down to the bottom of the hill and she has to retrieve it again. She is very good. She makes the invisible seem visible.

A tug on my sleeve means that it's time to move on. I'm dragged towards a large stage which has been erected at the far end of the square. As we move diagonally across the square we pass a young man who looks more like a tourist than a local, playing as a one man band, he's competing with the noise of a real band being blasted out by the public address system. It's an amusing sight. His actions clearly do not coincide with the sound that we are listening to. '. . . *Quand tu demandais a la ronde . . .*' I slow down as we walk past him and try to guess what tune he's playing. It's not easy. I can only make out the sound of his drum. He has symbols attached to his knees, a mouth organ, on a wire, stuck in front of his face, a guitar slung across his chest a tenor saxophone hanging over his shoulder and a drum operated by his left foot by a slender piece of string which loops up over his shoulder and pulls on a hinged drumstick. What skill! Not only to have learnt how to play several different instruments but to be able to play them all simultaneously. What control! To be able to synchronise all the instruments so that they mesh in with each other. No! Wait! Hang on! It's probably *easier* to stay in synchrony on your own than when you're playing in a band with other people. Other people are usually a pain. Unless you hit it off together straight away and can read each other's minds, it takes days of practising the same song, to get in sync. '. . . *J'quitte le navire, desolee' Capitaine . . . Moi je veux revenir au port* . . .' I used to play the sax a bit myself in my late teens and early twenties. I taught myself, so I should know. I even got as far as leading a band I set up with a couple of friends and acquaintances. But you only really get into a 'groove' when you are all into the same music. It doesn't work if one of you wants to do their own thing or dominate the mood or pace of the music. '. . . *Qui m'aime, me suive* . . .' I guess that's the difference between a 'bunch of musicians' and a *real* band.

The tug this time is far more definite. It says, 'Hurry up!' We cross the square. The stage is still being set up. It looks like they have a play of some sort planned. I think to myself, 'The thing about leading a band was that you couldn't just be yourself you had to be many people at once. You had to encourage, chastise, lead, follow, even when you did not feel like it. And then there was the hassle of gaining new members or having to fill in when some one left.' '. . . *Qui et in, qui et out . . . STOP*'.

A more forceful and sustained tug and I'm dragged across the square towards the fun fair. The fun fair is made up of a merry go round, a shooting gallery, bumper cars, and a clairvoyant's tent. The shooting gallery is on the left. It's really brightly lit. I suppose they want us to be able to see what we are shooting at. Really generous! Usually they keep them dimly lit with as many shadows as is possible. I can't make out how you win but there are balloons attached to a board at the back of the stall and there are three spare rifles so I hand over my ten Francs and choose at random. I pick up the rifle on the left. It's lighter than I expected and the barrel seems to curve slightly to the right. '. . . *Elle me dishabile avec ses oeux* . . .'.

I hear some goal setting. 'Win the pink dragon.'

'Where?' I ask cautiously.

'To your left. You need three balloons.'

I fire. I aim, it doesn't help. Two shots and I still haven't hit a single balloon. Then the fluke. Three shots, three bangs in rapid succession. Three burst balloons exchanged for a pink dragon. '. . . *Joy*! . . .' A dragon which looks like it cost less than ten Francs. '. . . *Elle est faux* . . .' But so what? To one little girl, I'm a hero. '. . . *Joy*! . . .'

By now the square is filling up with dancing bodies. The melody and the chance to participate in the singing by shouting 'Joy!' at certain intervals, to coincide with the lyrics of the song, prove irresistible. In no time the restaurants are half empty and the square is half full. We are to hear that tune several more times that evening with similar results. I watch them for a while, and then a tug on my sleeve means it's time to join in and jump up and down for a while.

Now we are back at the *mas*. We are sitting at the front of the house looking over the edge at the marvellous view which now, is all lights. By comparison to the noise at the fête, this is absolute silence. It's warm and comfortable. Emily is in bed and we, the grown ups, are sitting up as if holding a wake. I am mourning my last night even though it isn't yet over. The calm I demonstrate, as I gently nurse my glass of cognac, is impressive. It is also a lie. In my heart and my mind I'm worried about tomorrow I'm worried about the challenge it will bring. Tomorrow means 'back home'. The day after tomorrow means 'no job to go back to'. Instead it promises an interview for a job. A job where I'm supposed to bring something 'new'. A job I would love to have. A job which sounds exciting, but I'm not sure what new things I can really bring to the world of Change Management. I have learnt a lot with Franck. We really *have* travelled. We have found out some of the underlying drivers for project failure but have we found them all? Have I really done what I wanted this holiday to help me to do? Am I yet in a position to *guarantee project success*?

The silence is broken by Franck's calm voice. 'I think that there is still one more to go.'

He startles me. 'What?' I ask sharply.

'One more core driver. One more underlying problem which causes projects to fail time after time after time.' Franck's voice drifts across on the evening breeze.

'How did you know that I was thinking about that?' I'm amazed. He seems to have read my mind.

'Because I was thinking about that myself,' he replies slowly, unfolding a very familiar piece of paper.

'You never stop do you?' comments Rosabeth, as she reaches over to offer us a top-up.

'No, I suppose I don't,' I reply.

'Not you. I meant Franck'. She explains and then with a wicked grin continues, 'But now I come to think of it you are as bad as each other.'

'It seems to me,' says Franck grimly, 'that we have an unhappy stakeholder.'

She can't resist the jargon. She asks, 'What's a stakeholder?'

Franck explains, And then asks, curiously. 'So why were you getting fed up with us?'

'Well, as usual, you haven't really explained to me what you were up to and why you were having your long conversations.'

In my mind I hear words from one of our earlier conversations. The one on the Island of Hyres, '*You will have problems if you tend not to manage your stakeholders*.'

'And,' she continues, 'I have no idea how far you have got or what you have achieved. Are you going to keep going all night? Have you discovered something amazing? Are you suddenly going to announce that you need to stay an extra day?'

The voice in my head shouts 'Bingo!' and almost deafens me. '*You will have unhappy stakeholders if you don't keep them up to date during the project*.' I shout excitedly. 'It works! And it seems to work for all change, change in our day-to-day lives, not just work, not just formal projects!' I explain my thoughts.

Franck's muted megaphone blares, '*You mean what we have learnt applies to managing **all** change* not just to business related projects?' And I get the feeling that he knew that all along.

Rosabeth adds in a bemused drawl. 'What's the big deal? I could have told you that if you'd asked me.'

I smile. 'I suppose you could. That's the whole problem. All the stuff we have unravelled is blindingly obvious in retrospect. It's just that it's so interwoven that we all see *part* of the picture,' I hold up the battle scarred napkin, which now looks like a Piccasso by Shakespeare, 'but not the *whole*. So we get things half right which is great. But don't forget that getting them half right also means that we get them half wrong.'

She nods. 'I see what you mean It's like having flu and taking something for the headache but not for the blocked nose. You still feel terrible.'

'And,' adds Franck, 'the pressure of your blocked nose brings the headache back after a while.'

Rosabeth's question has still not been answered so she persists, 'So how far have you got?'

I reply. I explain what we have done so far and say, 'Franck thinks that there is another core driver to all this. Don't you Franck?'

'Yes I do. Tell me, how will you feel at the end of our journey?'

I look at him not understanding why he's asked me this. I thought he knew how I felt. 'If we find all the underlying causes, I'll feel great.'

'Why?' He probes.

'Well,' I reply, 'because I'll feel that I have achieved something worthwhile.'

Franck is pointing at the bubble which says unhappy or demotivated team. 'So why do you think that we end up with an unhappy or demotivated team?'

Rosabeth answers before I have a chance, 'It's because, as with all you action-men, you forget to make sure that they are getting the challenges or rewards which they need or want from you. I'll bet that you even forget to talk to them during the job and occasionally say "Thanks".'

'What impact does that have?' asks Franck.

'It leaves them feeling as if they have spent all that energy and not achieved something worthwhile.' Rosabeth answers knowingly.

I protest. 'But sometimes it's not because you forget to say "Thanks". It's just that . . . Well . . . really, you can't specifically say what they have specifically contributed to the team.'

'That's really rich! You get a group of stakeholders to follow you and then you complain about what they are contributing. When you get to know as much about people as every one else, you will realise that it is very important for everyone, even the most insignificant, to have a specific role which is theirs. Even if they are required to spend most of their time mucking in. It's the only way that they can feel good about themselves and so do good work.' Rosabeth is giving me a hard time but I guess I deserve it. After all she's right.

'So,' says Franck, 'can you remember why you often don't give them a specific role?'

'Well when you start off on a project you can't really trust them to do a significant piece of work, so I guess you don't make it too clear who is responsible for what, so you can keep your hand in. But then, as the project progresses, you find that you still can't or haven't given them responsibilities . . .'

'Can't or won't?' he asks.

In my heart I know that it's more a won't than a can't, but once you've got into the habit of giving out little responsibility to team members it becomes very hard to change it. I don't feel it's really my fault so I say, 'A bit of both really.'

Franck nods. Rosabeth looks as if she doesn't really believe me. I'm starting to feel as if I am being interrogated by the thought police. In spite of the cool breeze I can feel beads of sweat forming on my forehead. Why is it so difficult to answer such innocent looking questions? I know, if the last few conversations are anything of a guide, that at the bottom of it all we will find some cause which is down to **me**. My fault. My lack of skill. I know that already. My intuition tells me so and I don't really want to find out. But Franck has smelt blood and won't let go.

He asks, 'So your team members haven't really got a sense of what they have achieved individually because you never get round to allowing them to grow their skills and personal contributions?'

'You could say that.' I say non-committaly. He's right of course and I hate him for it. At the fête earlier in the evening, the audience had only really come alive when they were allowed to participate in the singing by shouting 'Joy!' They understood both task and role and felt great about it.

'And what do you think causes that?' he asks slowly.

I think for a while. 'Laziness?'

Franck smiles. 'I can see how that would apply in your case but I don't think it will apply to everyone.'

I'm stuck but surprisingly, for someone who has been giving me such a hard time, Rosabeth comes to my rescue. 'I've noticed,' she says thoughtfully, 'that sometimes the only way you can get people to feel responsibility is if you can either give them distinct roles or tasks.'

'What do you mean?' I ask tentatively.

'You know. It's the same whenever you have a group of people trying to achieve anything.' She's struggling to come up with an example. But she doesn't have to. I've come up with one for myself from earlier that evening. It's 'Joy!' again. It's the band.

'I see!' I exclaim. 'It's the difference between a band reading musical scores, each *on* their own (a bit like assigning tasks) and a band improvising. You know, one to be mellow, one to punctuate the sound (just like assigning roles.). For a *closed* project assigning ***tasks*** is probably more appropriate whilst for an *open* project ***roles*** are the key.'

'What's an "open" project?' asks Rosabeth.

I realise that I have slipped into jargon and explain. I end by saying. 'That means that the chunk of change needs to be described either in terms of the various jobs that obviously need to be done or by helping people to know what and when to chip in. If you have chosen inappropriate planning and co-ordination methods for the characteristics of the project you are running, the method will hide the fact that you have failed to pass bits to the team and you will continue through the project in blissful ignorance.'

Franck has been silent throughout my monologue. He looks at me and asks silently. 'What are the implications of what you have just said?'

'Well,' I say. I'm starting to really cook now. 'Well, it helps explain why, as the project proceeds it can be so difficult to use the team fully or allow them to grow their skills.'

'Anything else?'

'Yes. It means that other team members have little sense of what their colleagues are contributing. This makes it hard for them to appreciate each other's contributions or reward each other.'

'There is another one,' he says quietly, 'quite devastating.'

'What?' I demand. As usual my brain has gone on vacation.

'Oh yes, I see it,' says Rosabeth, 'If you don't work out the tasks or roles you require and assign them, it gets very difficult to establish if people have the skills needed. This means that you cannot justify training them and you will end up with an untrained team who do not have the skills or expertise for the change you are asking them to implement.'

I latch on and add, 'And they will makes errors or do things which they shouldn't be doing. Having a whole person who spends half their time on things irrelevant to project progress is like having half a person who spends all their time on things relevant to project progress. The overall effect is that you will be under-resourced. And we know what simultaneously being under-resourced and making errors means.' I pause for effect. 'It means a failure to meet the hard objectives of the project and it means unhappy and demotivated stakeholders.'

Franck is leaning towards me listening intently. 'Keep digging,' he encourages.

'You mean why do I not assign roles and tasks and grow my team?'

Franck nods.

I know the answer but I don't really want to say it. I hate delegating. I'm usually worried that I will lose control and well, you know the feeling. While I'm dithering Franck reads my mind and answers for me.

'You hate delegating don't you?'

'Well you've never been there. In the real world the project leader carries all the responsibility. You just can't trust it to anybody.'

'Especially if you don't know how to manage a team.'

'Er, yes.'

Then the muted megaphone. '*Anyone who doesn't understand how a team forms; how it functions; how it moves from being a group of people with differing objectives to being a team; how you get them to follow your lead, so that things get done even when no instructions are issued, is going to find it pretty difficult to delegate*. Tell me what are the other implications of not knowing how to lead a team?'

I reply speaking slowly, as if each word is a delicious morsel which I wish to savour. 'If you don't understand how to lead a team, if you have never seen a team really functioning then I agree that it would be very foolish to delegate. If you don't understand how to lead a team, and if you delegate then things would certainly not go as you wished. It would happen like this: first, what would happen would be that you would lose control. *People create change* but not the change required. They will also *constrain change*, and knowing Murphy's Law it is bound to be precisely the change which is actually required.'

Rosabeth is watching me intently. I think she is trying to make up her mind whether I'm guessing or actually thinking it through.

I hate having someone hanging so closely onto my words. It makes me nervous and even more hesitant, but I ignore her and continue. 'If you didn't know how to lead a team then when, quite naturally, the project starts to go astray you will not have understood the feelings of the team and you will not have distinguished their behaviours and you will not be able to stop behaviour which did not lead towards project success. So things would certainly not go as you wished.'

I pause. The night air is still. Below us the scattered lights shine deeply against the dark background of the earth. Just below and just above the horizon it is much brighter. Two moons, one round, one in shimmering slices, shine boldly at us, as if daring me to have the courage to go to the end of my thoughts. It's delicious. I can almost feel that job falling into my lap. Maybe I do have something to contribute. To my knowledge, this is the first time that all the spaghetti, confusing the change process and how projects work, has ever been unravelled. Maybe I can change project management from a black art of luck and happenstance into a science. The science of *managing* ***all change****.* *Managing all change in chunks, project by project.* I take my time and then I say the word myself, to myself, softly.

'Why?'

And I answer myself '***Because I have never really understood the skills and personal qualities required for leading people***. A person who leads others to change, acts as a guide and a builder. Acts to make things, which have not yet happened, seem possible. Acts to make the invisible seem visible. Acts as though they understand the innermost needs of all the individuals they lead. Acts realising that the thoughts and feelings of individuals are not the thoughts and feelings of a team. Acts with sincerity and trustworthiness. If you lack sincerity and trustworthiness in what you say and what you do and rely on authority and power alone, who in the world can or will follow you? After all, with change which is sequential, change which alters with time, you will never have power and authority over all your stakeholders. Such a person builds groups of followers into teams which act as a single body. Builds stakeholders into advocates and supporters.'

I pause but my audience is silent. So I carry on, 'If you don't understand the skill and art of working with and leading people and ignore stakeholder balancing you will find it almost impossible to get the commitment you need from specialists or senior management with all the knock-on problems that that causes.'

Franck raises his hand triumphantly in a half salute and says, 'Number four!'

'Is that it?' I ask relieved and elated.

'I think so,' he replies.

'So do I.' Rosabeth passes me the cognac. I top up our glasses. It's magical. I think I've done it. I mean we've done it. I mean Franck has guided me there. *To succeed in all change you manage it in chunks, a project at a time. You don't have to spend twenty years learning snippets which confuse rather than enlighten. There are* ***only four core skills*** *which you need to have in order to significantly increase your chances of success in managing change in chunks.*

I raise my glass 'To tomorrow.'

'To projects and chunks.'

'To all change.'

Chapter 10

DOWN THE CREEK WITHOUT A PADDLE

'Congratulations!'

I'm feeling rather pleased with myself.

'To win such a large contract, and to win over two global consultancies and one International Business School! How did you do it?'

'I just talked about change. I talked about it in a realistic common-sense way. I explained the first four laws of change and explained how we applied them to all change and then I talked about the skills groupings for their *project leaders*. Oops! I mean *change agents*. That's what they insist on calling them.'

I'm sitting in my new office talking to Cathy. The two months since I joined her organisation have simply flown by. I say in a worried voice. 'Our real problem is the number of people they want us to work with.'

Cathy appears not to have understood the tone of my voice. She seems to think that I am less than keen but interprets this as normal business apprehension. She insists. 'It's good business though isn't it?'

'Yes. I agree.' I try to explain my reservations more clearly. I'm worried that there is too big a gap between my/our knowledge of change management and theirs. I'm worried that they will hear what we say, but not understand it. I'm worried that we will take the few who work closely with us along at a rate too fast for the others to keep up and leave them more confused and divided than they are now. I know that unless we can provide a method for **all** of them to learn at the same rate, unless we can provide a rate faster than our direct involvement alone allows I am not sure that they will turn around fast enough. The thoughts are rushing into my brain. I am not sure if they will turn around at all. They will simply start changes in the organisation. **Changes** which are **not improvements**. And I know that since *one change leads to another*, the changes have a chance of snowballing. And since the changes they start with will not improve anything, they will add more changes. And since *adding change to change creates chaos*, their organisation will get increasingly chaotic. Less and less able to cope with the pressures it's facing. Indeed instead of helping them succeed, we will be helping them commit corporate suicide.

I know all this and yet as usual my brain deserts me. Instead of explaining all this; instead of helping Cathy to understand what I understand; instead of articulating my thoughts; my statement, 'Yes. I agree,' is followed by a pause, a long, 'er'. And then I say, 'It's a big job. I think I need more resources.'

'I see what you mean,' she says. 'I shall think about it. Why don't you raise it at the partners' meeting tomorrow?'

I nod in agreement. It's a lie. I know in my heart and mind that the partners' meeting will not solve anything. I try to smile confidently. I want her to think that I know what I'm up to. She smiles back. A warm friendly smile. Just like her voice. A smile you just can't help liking. I grin. She gets up and walks to the door. As she turns the handle a leather clad courier practically falls into the room carrying a brown parcel. 'Sorry,' he mumbles in apology to Cathy but he is too late. She is already gone. He looks directly at me and says, 'They said downstairs that I would find you here. Please sign.' First he hands me a form to sign and then passes me the parcel.

As I take the parcel the 'phone starts to ring. I walk back behind my desk throwing a farewell over my shoulder. 'Bye.'

Now it's early evening. It's quiet. I think most people have left. The afternoon has been pretty hectic but not fruitful. It looks as if my ability to sell has just about dropped me in it. It's one thing to outsell your competitors by talking to them about your latest ideas but it's another thing altogether to find enough of the right resource to help you deliver your promises. I have raised the stakeholders' expectations but can not get anyone who will or can follow my lead, so that we can deliver what has been promised. I have spent the afternoon trying to convince colleagues and contacts. Their reactions are similar if not the same. 'I'd love to help, it sounds really interesting' and 'it looks as if you have found out something I had not understood and would love to learn but I can't see how you can train me up to get me up to speed in time for me to do a competent job. Sorry. I can't help.' What a frustrating afternoon.

I'm packing up to go home when I notice the package still unopened on my desk. I've never been able to resist opening packages. The kid in me I guess. I find opening parcels reminds me of the warm and fulfilled feelings of early Christmases, when I still believed there was a Santa. It pulls me back to the times before now. The times when you couldn't just go out and buy what you wanted when you wanted. Instead you had to wait for an annual event, a birthday, to receive the objects of your desire, gift wrapped. I reach over and peel off the adhesive tape and

Woodforde,
26 Konnoongana St. Brisbane.
23 October

Hello Mate!

Got Your letter telling me your good news, good to see that you can still con your way into anything. You should be ashamed of yourself. My guess is that by now you are at the stage where you have told everyone about your discoveries and they are getting very interested but your audience is bigger than you can handle. Am I right? Call me an angel sent to deliver you. I have attached a copy of the manuscript for my next book. It's a sort of handbook for people who want to manage projects or chunks of change. Use it yourself and pass it on if you must but tell whoever you give it to, to be discreet about having it. If my publisher finds out that I have given away a copy of the manuscript he will kill me. This is our secret.

Good luck! Franck

unwrap it. It is a two inch high stack of paper. There is a hand-written letter on the top.

That's just typical of Franck. Out-thinking me and being just one step ahead. Nice thought but as usual he is ahead of me. I start off miffed and then the realisation dawns. 'What is my biggest problem? It's spreading the ideas we developed in France widely and quickly.' I get this warm feeling. 'If it's any good I should be able to overcome my difficulty in spreading our ideas and thoughts on **managing all change by parcelling it up into projects or chunks**. This manuscript may be what I need to fulfill the volume of work I have just sold.' I lift the two inch pile of paper and place it squarely in front of me. I twist the desk lamp round to shine directly onto it, turn the first page and start to read **'The Project Leader's Secret Handbook'.**

Epilogue

OUT OF THE CIRCLE

'Tap, tap, tap.' The door handle tuns slowly and the door swings open.

I lift my head from the manuscript to see who it is. It's Cathy.

'Hello,' she says 'I saw your light on. I thought I would stick my head round your door to see what you were up to working so late.'

You should talk,' I reply. 'What are you doing here?'

'Finishing off a proposal which has to go tomorrow.'

I say, 'That sounds like fun.'

'Not really,' she replies, 'anyway, what are you doing here so late, looking so pleased with yourself?'

I realise that all this time I have had a broad grin on my face. 'I think that I may have solved the problem we had with resourcing the large contract I was worried about earlier.'

'Oh? How?'

'We'll *educate* them, not *consult* to them.'

'What do you mean?' she quizzes.

'We'll help them learn how to manage all change for themselves. That way we can work with more of them, faster, with fewer resources. The real benefit is that they themselves will learn and grow as a result. In the long run it will be easier for them to manage their organisation in these turbulent times, and in the long run it will be cheaper for them.'

Cathy understands what I am saying. 'I see. Educating a business rather than consulting to it. It makes sense. I've often wondered how we will continue to be able to consult effectively if the world gets any faster, so that we don't know the answers ourselves. But you're right, we could educate the business, in order to help it learn itself.' She looks directly at me and says, 'Now I can see why you were grinning.'

'Ah, but that's not the reason I was grinning.' I say.

'What do you mean?' she asks looking confused.

'I was grinning because I will *never have to go round the circle again*!' I exclaim. 'I now understand all change. I should be able to get to outcomes I want, rather than have situations conspire against me.'

'What are you talking about with all these conspirators in circles?'

'It's a long story. How about I tell you over a meal?' I suggest.

She greets my idea enthusiastically, 'That's a great idea.'

I say, 'Italian?' It's *deja vu*. Only it isn't. I'm actually remembering a scene from Franck's book. A smile forms on my lips.

'Fine.' she replies.

I finish the scene. 'Do you know any good restaurants around here?'

'Yes there's a great one about five minutes away.'

As she replies, I'm packing up my desk, I pick up the manuscript and shove it into my case. 'OK. I'm ready now. Let's go for it.'

INDEX

THE PROJECT LEADER'S SECRET HANDBOOK

THE PROJECT LEADER'S SECRET HANDBOOK

ALL CHANGE!

Eddie Obeng
MBA, PhD

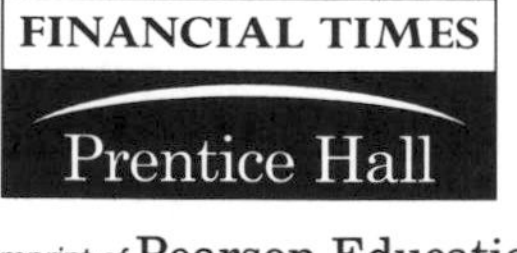

An imprint of Pearson Education

London · New York · San Francisco · Toronto · Sydney · Tokyo · Singapore
Hong Kong · Cape Town · Madrid · Paris · Milan · Munich · Amsterdam

How to use this handbook

This handbook is in three parts; called **Diagnosing your own project, Try these** and **All those new words**. The first part diagnoses your project and identifies the types of issues you are facing and what skills and behaviours you need to learn most urgently. The second part is split up under four headings. The four headings are the four groups of skills, knowledge and behaviours that you will need to have to stand the best chance of success. A number of methods, tools and frameworks are described in each part. The third part called, 'All those new words' is a glossary of all the unfamiliar words used in the story and the handbook. You should refer to this part if the jargon starts to baffle you.

Once you have completed your diagnosis you will be directed to the most appropriate parts in the second part in sequence.

If you do not have a project to diagnose then simply read through the second part in sequence.

Contents

Part 1
DIAGNOSING YOUR OWN PROJECT OR CHUNK OF CHANGE

This part helps you determine the issues you face with your particular project or chunk of change (as I call it) and helps to customise the use of the other two parts of the handbook section specifically to meet your individual needs.

Section 1.1
IS IT WORTH DOING?

Have you ever thought to yourself during or at the end of a project you have done or that someone else has done, 'What a waste of time'? My bet is that you have. Why does this happen over and over again? My guess is that it happens as a result of three common causes. Sometimes you are fire fighting and the project is not thought through properly. After all who has time to think when there is a fire raging? So despite your tremendous effort, no sooner have you damped down the flames at the top of the inferno than they are re-lit by the hot ashes underneath. Sometimes you actually succeed with the change you were planning but unfortunately the outcome is not exactly what you wanted. The result does little to help you towards your original goals. It may instead, move you away from them. It may not be adopted by the people who are supposed to live with it. Sometimes you actually get it right. You should be delighted, only someone has moved the goal posts. The world has changed.

Tell me about the project you are thinking about as you read this book. *Why* is it being done?

The First Law of Change says *one change leads to another*. If that's true, then any change is only to be undertaken under **extreme** need. After all, doing projects for the 'heck of it' is bound to lead to a further need for a response of some sort. And I am sure that you don't want to end up with the chaos suggested by the second law. A project **must only be undertaken to solve a problem**. I see you nod. I agree too. But what is a problem? Is a problem simply something that you don't like? I've said it. You've said it, 'I've got a really big problem.'

A QUICK QUIZ

Which of these is a problem?

1. I'm out of a job again.
2. I'm stuck behind a lorry which is crawling up a steep hill.
3. I've just spent 250 Francs on a phone call.
4. I'm sipping a cocktail called Blue Lagoon.

Answer:

All or none or any.

A problem is something which gets in the way of achieving your goals. Since the goals are not specified you can't say which is a problem. This is not a silly semantic argument though. If problems are things that get in the way of achieving your goals, then unless you have goals, you do not have any problems! (And if you don't know what your goals are, then you do not realise all the problems you actually have!)

It is important to define the overall goals. It is from them that you know what problems you actually have. And it's the problems which give rise to the need to manage changes to put them right. (Some people who are more optimistic than I am, prefer the use of the word '*opportunity*' rather than the word '*problem*'. If you are an optimist, read the sentence above as: **An opportunity is a route to achieving your goals**.

ANOTHER QUICK QUIZ

See if you can fill this in over the next three minutes.

a. The goal of my organisation is:

....

b. A barrier to reaching the goal (or for you optimists; a route to reach the goal) is:

....

....

....

....

....

....

c. The chunk of change required to overcome this barrier (provide this route) is:

....

....

....

....

....

....

....

....

d. I am certain that this is the **correct** and **minimum** amount of change I need to carry out because . . .

....

....

....

....

....

Scoring

Per answer
a. 10 points b. 10 points. c. 10 points d. 10 points

Subtract ten points for every ten seconds by which you overran the three minutes you had to answer the questions.

Total = ...

If you scored less than 10 points you may wish to consider putting your project on hold until you are sure that it is worth doing.

Section 1.2
WHAT TYPE OF CHANGE IS IT?

SYMPTOM CHECK 1

Please tick *at least one* statement in each row. If two statements are the same tick both.

Our organisation has *little* experience of this type of change.	Our organisation has *some* experience of this type of change.	Our organisation has *some* experience of this type of change.	Our organisation has *lots* of experience of this type of change.
Our organisation is *not able to change* as fast as the external world (competitors, customer needs, Governmental and legislative requirements, etc.)	Our organisation is *barely able to change* as fast as the external world (competitors, customer needs, Governmental and legislative requirements, etc.)	Our organisation is *just able to change* as fast as the external world (competitors, customer needs, Governmental or legislative requirements, etc.)	Our organisation is *well able to change* faster than the external world (competitors, customers needs, Governmental or legislative requirements, etc.)
Our organisation has been caught off guard and has been surprised by *many* of the changes it has had to face recently.	Our organisation has been caught off guard and has been surprised by *some* of the changes it has had to face recently.	Our organisation has been caught off guard and has been surprised by *some* of the changes it has had to face recently.	Our organisation has been caught off guard or has been surprised by *few* of the changes it has had to face recently.
Our organisation is trying to implement a new strategy.	Our organisation is trying to continue a new strategy.	Our organisation is trying to continue an existing strategy.	Our organisation is implementing a long established strategy.
We *don't know* where to go *but can't stay here.*	We *know* where to go *but getting there looks demanding.*	We *know* where to go *but don't know how.*	We *need to do more of the same in slightly different conditions.*
I can list *almost none* of the tasks I need to carry out.	I can list *a few* of the tasks I need to carry out.	I can list *some* of the tasks I need to carry out.	I can list *almost all* of the tasks I need to carry out.
I *do not really* understand the methods and processes which I will be using during the project.	I *fully* understand the methods and processes which I will be using during the project.	I *have some idea* of the methods and processes which I will be using during the project.	I *fully* understand the methods and processes which I will be using during the project.
______	______	______	______

Column totals

Please tick *at least one word in each row* which describes best how you feel about your project.

	confused	purposeful	challenged	confident
	lost	open	convinced	small
	frightened	spoilt for choice	excited	organised
	groping	choosy	purposeful	challenged
	thrown	capable	questing	competent
	bewildered	competent	searching	stretched
	confounded	adept	casting about	clear
	fuddled	proficient	single minded	complex
Column totals	__________	__________	__________	_______

Solution

1. For *both* tables of the symptom check, please add up the number of ticks in each *vertical* column.
2. Add the totals for both tables together and record them below.

Totals

F_______ **M**_________ **Q**_________ **P**_____

3. Please select the letter/code which has the highest score and circle it.

What does this mean?

As we saw in Chapter Seven, projects come in four types. The quiz above helps identify the type of concept behind your project.

F – the Walking or Lost in the **Fog** type of project is formally known as an *open project*. If you are running one you really feel as if you are caught in the fog. You can't stay where you are, so you've got to move. You are walking in a thick, but uneven fog. In *open* projects you, and most of your stakeholders, are *unsure of what* is to be done and *unsure of how* it is to be carried out. Typically the organisation is attempting to do something that it has never attempted before. This is usually because the external business, political, legislative or sociological environment has changed or because the organisation is implementing a new part of its strategy.

An example would be running a Quality Improvement programme for the first time or developing a brand new product for a market or segment which you have not sold to in the past.

The secret of success in this type of project is to proceed very carefully, to proceed one step at a time.

M – the Making a **Movie** type of project is formally known as a *semi-open project*. In *semi-open* projects you and most of your stakeholders are *very sure of how* the project should be conducted but *not of what* is to be done. Typically the organisation has built up significant expertise and investment in the methods it intends to apply and has several people very committed to the method. The 'There must be something we can do with our spare factory capacity,' type of problem.

An example of this is a project to develop new products or market uses for a new invention or technology. It's the typical experience an inventor goes through looking for applications for a new technology.

Because you know how the project is to be run, it is tempting to spend your time on the defining and planning – the how part of the project. (We saw in Chapter One that the professor was more interested in making use of his equipment than in what the project was to achieve.) You must instead put tremendous effort into finding yourself a good script and the movie will write itself.

Q – the Going on a **Quest** type of project is formally known as a *semi-closed* project. In *semi-closed* projects you and most of your stakeholders are *very sure of what* should be done. It is usually a very seductive idea. 'Wouldn't it be great if we could have a paperless office?' or 'If only we could have a paperless office . . . it would solve all our problems.' However, you are *unsure of how* to achieve this.

An example of this is a computerised management information system designed to present all required management information at the touch of a button.

The secret of a successful quest is to get your knights fired up and then send them off to 'seek' in parallel, different places at the same time, returning on a fixed date to report progress and share it with others.

P – The **Painting-by-numbers** type of project is formally known as a *closed* project. In closed projects you and most of your stakeholders are *sure of both what to do and how* it is to be done. These projects arise when the organisation is repeating a change of which it has significant experience. Usually each person has specific skills and you know at the outset exactly which skills are going to be required. The organisation will usually have written methods, procedures and systems describing what and how things were done in the past.

Examples of this are; a pharmaceutical company carrying out drug trials

on another new substance, or an established construction company putting up yet another building.

Closed projects are difficult because since the organisation knows both what and how the project is to be carried out, the projects tend to be large, involved and very complex. The challenge is to do it better, faster, bigger or with less resources than last time.

The secret with these types of projects is to spend care and effort in drawing out the outline and numbering each shape and then painting in the right order, light colours first, and checking that everyone paints right up to the line perfectly.

Has the symptom check worked? Has it established the type of project which you're attempting to manage? Which type is it?

INDIVIDUAL TAILORING

If your project is so large that if it fails the whole organisation fails, or if falls directly out of a strategy that your organisation is following, it is known as a Strategic Project. Strategic projects have some very different additional characteristics. If you wish to read more about them have a look at the list of books in the reference section.

SYMPTOM CHECK 2

Please tick the statement in each row which best describes your project. You must tick at least one.

Progress in *almost all* aspects of the project is obvious to me.	Progress in *many* aspects of the project is *not* obvious to me.
Progress in *almost all* aspects of the project is obvious to the core team.	Progress in *many* aspects of the project is *not* obvious to the core team.
Progress in *almost all* aspects of the project is obvious to most stakeholders.	Progress in *many* aspects of the project is *not* obvious to most stakeholders.
Progress in *almost all* aspects of the project is easily measurable.	Progress in *many* aspects of the project is *not* easily measurable.
Progress in *almost all* aspects of the project is easy to report on.	Progress in *many* aspects of the project is *not* easy to report on.

Solution

1. Please add up the number of ticks in each vertical column.

Totals

V____________________ **I**____________________

2. Please select the letter/code which has the highest score and circle it.

What does this mean?

Chapter Six began to explain how some projects are easier to follow than others. Some have very concrete outcomes to the activities whilst others have very abstract outcomes. The quiz above helps to distinguish the two types.

V – Visible projects have very *concrete* activities and outcomes to each step as it progresses. Usually the change affects *materials*. It is very obvious to everyone – all the stakeholders – that progress is being made and it is easy to track progress to schedule.

Examples of this would be a road building project, an office relocation, or a computer network installation. There is only one time when you wish that the visible progress of your project was in fact invisible. Can you guess when? It's when something goes wrong. People running visible projects often hide spare resources, say in a different budget, or create spare time or cost by inflating estimates. This practice is a major barrier to learning how to run the next project better or to obtaining actual costs and time scales so that you can work out whether the project was really worthwhile. It is much less detrimental to stage manage what stakeholders see (like

organising site visits at certain times and banning stakeholders from the site at all other times).

I – Invisible projects tend to have activities and outcomes which are *abstract*. Usually the change affects *people or information* flows. The project results in changes such as changes in behaviour or attitude, or which are information based. The changes are not obvious to everyone and are often not even obvious to the people who are carrying them out. (See Chapter One on the *Locos*).

Examples would be a culture change project, a design feasibility study, a software development programme. Invisible projects are great for giving stakeholders surprises. Because they can not see the change coming it tends to come as a shock when it arrives, and they say things like, 'I didn't know that was going on or I would have told you what I wanted.' It may also become difficult to get people to appreciate all the effort you and the project team have been putting in. Instead of saying, 'Well done!', they say things like 'What happened to that thing we were doing on European sales opportunities? I'm sure *someone* was looking at that.' Or worse, it becomes near impossible to keep your current resources or get more if they are needed, because after all, 'You've been working on it for some time and we haven't seen much progress.'

SYMPTOM CHECK 3

Please tick the statement(s) in each row which best describes your project. If a statement is repeated please tick it twice.

Most of the money spent is internally transferred 'funny money'.	Most of the money spent has been provided by our organisation and one or several others.	Most of the money spent is 'real' money we have passed on to another organisation.	Our organisation is being paid ' real' money for the work being done on the project.
Most of the resources used in the project are provided by our organisation.	Most of the resources used in the project are provided by our organisation and one or several others.	Most of the resources used in the project are provided by another organisation.	Most of the resources used in the project are provided by our organisation but charged out.
The organisation which will live with the outcome of the change *is the same* as the organisation carrying out the change (might be a different department or division but same financial entity). It is *my* organisation.	The organisation which will live with the outcome of the change *is one or several* of the organisations responsible for carrying out the change.	The organisation which will live with the outcome of the change *is my* organisation. It *is not* the organisation responsible for carrying out most of the change.	The organisation which will live with the outcome is *not my* organisation. My organisation is responsible for carrying out most of the change.
Many of the most influential stakeholders are in the same organisation as I am.	Many of the most influential stakeholders are in the same organisation as I am.	Many of the most influential stakeholders are *not* in the same organisation as I am.	Many of the most influential stakeholders are *not* in the same organisation as I am.
I am very concerned about internal politics and how it affects the way I lead the project.	I am very concerned about internal politics and how it affects the the way I lead the project.	I am *not* very concerned about internal politics and how it affects the the way I lead the project.	I am *not* very concerned about internal politics and how it affects the the way I lead the project.
For most of the project activities there are *no* legal contractual agreements.	For most of the project activities there are *no* legal contractual agreements.	For most of the project activities there are legal contractual agreements.	For most of the project activities there are legal contractual agreements.
Totals **C**________	**J**________	**T**________	**E**________

Solution

1. Please add up the number of ticks in each vertical column.
2. Please select the letter/code which has the highest score and circle it.

What does this mean?

As we saw in Chapter Seven: So similar . . . Yet so different, human beings respond to change in different ways depending on whether they are doing it to themselves or whether it is being done to them. As a result, the position, accessibility and power of the outcome stakeholders with respect to the project leader and the core team has a significant effect on the ease or difficulty of stakeholder balancing and the relative measures of project success. It determines the way in which the outcome stakeholders drive the project and also the level of ownership and responsibility felt for the project, not only by the outcome stakeholders, but also by the core team responsible for delivery.

C – Change projects are *internal* projects. The main outcome stakeholders are in the same organisation as the project leader. They are The Client of the project, who has to live with the outcome of the project, is the project leader's own organisation. This makes the project *internally driven*. The organisation responsible for the delivery of the project is the project leader's organisation. The stakeholders responsible for delivery, the core team, and the invisible team are also in the same organisation, so they are also *internally delivered*. Change projects are projects run by the organisation, for itself.

Examples are cost cutting initiatives, office moves, new product or service developments. Internal projects are usually severely influenced by the internal politics of the various functions or department which have a stakeholding in the project. The project leader's ability to influence is dependent on whether s/he or the sponsor belong(ed) to a department function or division which is powerful in the organisation.

J – Collaborative projects or **J**oint Ventures are a *hybrid* type of project. The project is *internally driven* but the project leader's organisation is only one of the organisations with important outcome stakeholders. This makes it *externally driven* as well. Often the project leader does not even belong to any of the organisations which have the major outcome stakeholders. The project is also often *internally and externally delivered*. Both the project leader's organisation and other organisations are responsible for the delivery of the project. Such projects are notoriously difficult to manage because they demonstrate all the worst characteristics of all the other three types. Each joint venture partner brings with them all the elements of an internal project. In addition there are all the financial and contractual issues relating to commercial projects.

T – **T**urnkey or Contrac**T** projects occur when the project is *internally driven* and *externally delivered*. The project leader belongs to the organisa-

tion which is responsible for defining and driving the project but not for its delivery.

Examples of this type of project are office refurbishment, market research projects, external training courses, consultancy assignments. As project leader you may find yourself placed in a position of policeman: a position which you must not accept. Accepting the role of policeman usually leads to a low-trust relationship being established. The low-trust relationship has its own dynamic which tends to work to the detriment of the completion of the project. Project leader: 'I don't trust them so I shall keep an eye on them and check on them regularly.' Contractor: 'The project leader has been sniffing around again. S/he is obviously looking for something to "beat us up" with. Whatever we do we must keep everything as secret and close to our chests as possible.' Project leader: 'This contractor is not very open. They must have something to hide. I shall need to check on them even more closely.' And so on.

E – CommErcial projects are projects run to *make money* ***directly*** from the project itself. These projects are *externally driven* by the client organisation (the organisation which will be parting with the money). Since the organisation which has to live with the change is also the organisation parting with the money this gives them a complete right to drive the project. *Delivery is internal.* The project leader's own organisation is responsible for the delivery of the project. Because of the financial agreements involved it is common to have legally binding contractual agreements.

Examples of commercial projects generally relate to organisations who sell complex or bespoke products or services. Consultancy projects and construction or development projects, specialist engineering products fall into this category. This type of project has several natural tensions built into it. The project leader's organisation is attempting to complete the project without itself having spent all the money it receives on the delivery of the project. The client organisation is keen for the project to succeed but not necessarily at any cost. To add to this, **all** the stakeholders in the client organisation, no matter how remote, feel that they have a right to influence the project because, 'We are paying for it.' As project leader, this may not match with your ranking of stakeholder importance and you may find balancing their expectations difficult.

Section 1.3
WHAT SORT OF PROBLEMS SHOULD YOU EXPECT?

I'd love to know what sort of project yours has turned out to be. You may wish to record what you have discovered below.

Are you?	*Are your activities?*	*Are you driving/delivering a:*
Painting-by-numbers____	**V**isible__________	**Ch**ange Project______
Making a **M**ovie______	**I**nvisible__________	**J**oint Venture______
Going on a **Q**uest______		**T**urnkey Project______
Walking in the **F**og______		Comm**E**rcial Project____

CRYSTAL BALL GAZING

There is an exercise that I often get my course delegates to carry out which I call 'crystal ball gazing'. It is my attempt to help them get a sense of perspective and to get them into the habits of an 'ideal' person, a person who 'thinks of trouble and prevents it'. I try to get them to realise that once *you understand project types* and can *predict the problems* then you **do *not* have to live through the problems**.

I put them in pairs and then I ask them to work out the type characteristics of their own projects. They then write this down on a piece of paper and swap it with their partner. **Without knowing any of the details or content** of the project the partner then has to guess:

- The issues and problems that they have had with the project so far and what was easy to do.
- The problems and issues that they currently have and what is going well.
- The issues and problems that they are likely to have in the future.

These are to be answered with regard to the stakeholders (sponsor, client, core team, invisible team, other stakeholders) and the hard criteria (financial cost or returns, timeliness, competitive advantage, specifications or quality).

I'll give you a chance to try crystal ball gazing. Here goes. I have a project which is a closed, painting-by-numbers project which is largely invisible and is being driven by my commercial needs. The code for this would be **P – I – E**.

YET ANOTHER QUICK QUIZ

In each pair choose the statement which best describes what I am experiencing **now**.

a. The sponsor doesn't understand what the project is all about.
b. The sponsor keeps suggesting things I should be doing.

a. I am completely sure of where we are up to and so is my sponsor.
b. I am worried that I can't really keep tabs on progress in some parts of the project and my sponsor thinks that I might be losing control.

a. The client is well aware of what is going on without me having to spend much time updating them.
b. The client keeps asking for meetings. At the meetings most time is spent trying to establish what we have done.

a. The client is working closely with us on a day-to-day basis.
b. The client has an audit group who checks our work.

a. The roles of the core team have been developing through the project. Even now they are still evolving.
b. The core team have a good understanding of what is required of them.

a. I have had to work hard to agree a reimbursable contract.
b. The core team are fed up with me harping on about budgets

a. People seem happy to do favours for me with no payback to them.
b. People are unwilling to do favours for me.

a. Some department heads are trying to get back the people and resources I have gathered for the project.
b. People seem not to realise how much business I am responsible for.

a. The end users know what they are going to get and seem happy about it.
b. The end users are complaining that they had comments to make about the design and hadn't realised how far we had got.

a. I am keeping a very close eye on the hourly cost figures for the project.
b. I am keeping a very close eye on both the actual work which has been done, the hourly cost figures and the total related spend.

a. I am trying to complete early.
b. I am struggling to complete to schedule.

a. I am totally fed up with all the changes to specification. They keep inventing new factors.
b. There aren't too many specification changes, and anyway we make money on the contract with each spec. change. It's the negotiations which take up

my time. That and trying to discover if one of my team hasn't taken it on themselves to satisfy the client without telling me.

Scoring

Score a. No points for each answer a. b. One point for each answer b.

a.________________ b.________________

What does this mean?

If you scored more than eight have a go at crystal ball gazing yourself. Work on a change activity which is important to you. I have put three pages at the end of this section for you to work on.

If you scored less than eight, I suggest that you re-read the section.

GAZING INTO THE *PAST*

The Stakeholders

sponsor ____________________

client ____________________

core team ____________________

invisible team ____________________

end users ____________________

other stakeholders ____________________

Hard criteria

financial cost or returns ____________________

timeliness ____________________

competitive advantage
specifications or quality ____________________

GAZING INTO THE *PRESENT*

The Stakeholders

sponsor ____________________

client ____________________

core team ____________________

invisible team ____________________

end users ____________________

other stakeholders ____________________

Hard criteria

financial cost or returns ____________________

timeliness ____________________

competitive advantage
specifications or quality ____________________

GAZING INTO THE *FUTURE*

The Stakeholders

sponsor ______________________________

client ______________________________

core team ______________________________

invisible team ______________________________

end users ______________________________

other stakeholders ______________________________

Hard criteria

financial cost or returns ______________________________

timeliness ______________________________

competitive advantage
specifications or quality ______________________________

Section 1.4
WHICH BUBBLES (SKILLS/TOOLS) SHOULD YOU FOCUS ON?

If you have succeeded in correctly diagnosing your chunk of change, you may wish to go through Part Two in an order which gives you answers to your problems in the most relevant way to your immediate needs. The table below tells you in which order to go through Part Two.

Type of Chunk	Walking in the **F**og	Making a **M**ovie	Going on a **Q**uest	**P**ainting-by-**N**umbers
Section Learning to Learn (Section 2.1)	First	Second	Fourth	Fourth
Managing Stakeholders (Section 2.2)	Third	First	Third	First
Planning and Co-ordination (Section 2.3)	Fourth	Fourth	Second	Second
Working with and Leading People (Section 2.4)	Second	Third	First	Third

Part 2
TRY THESE

By and large it is our failures which civilise us.
Our successes merely confirm our bad habits.
Clive James

This section introduces some of the main thinking, skills and behaviour frameworks which you can use to help you in developing your successful career managing change in chunks. They relate to the core problems that we discovered. ***I've used them myself, so I know that they work***. I must however warn you that becoming competent at using these tools is very dangerous. When you can clearly see what needs to be done you may become impatient to see its outcome. This is where your problem starts. Others around you, your key stakeholders, may not have such clarity. Usually they will not understand what you are suggesting and may even go so far as to suggest that you are wrong! You have Mother Nature to blame, don't forget that learning and understanding are biological processes. To truly change the way another person thinks takes reinforcement over several months. After which they may approach you and repeat what you suggested, often in your own words, and insist that it's their latest idea.

I recommend Patience and Humility, two qualities which I have never possessed but have sometimes been able to fake.

Section 2.1
LEARNING TO LEARN

What is the real Goal? . . . To teach the world to learn.
Eliyahu M. Goldratt

A QUICK TEST

Below are nine sets of four words. Rank the words which best characterise the way in which you try to make sense of what is going on in the world around you. Use a scale of 1, 2, 3 and 4. For each row, score as **4** the word which **best** characterises your style and as **1** the one which **least** characterises your style.

You may find it hard to choose between words. There are no right or wrong answers so just choose the one that feels right.

1.	discriminating______	tentative____	involved______	practical______
2.	receptive______	relevant____	analytical______	impartial______
3.	feeling______	watching____	thinking______	doing______
4.	accepting______	risk taker____	evaluative______	aware______
5.	intuitive______	productive____	logical______	questioning____
6.	abstract______	observing____	concrete______	active______
7.	present oriented____	reflecting____	future oriented____	pragmatic______
8.	experience ______	observation__	conceptualization_	experimentation_
9.	intense______	reserved____	rational______	responsible____

(See References Learning Styles Questionnaire, Kolb)

In recent years it has become increasingly trendy to talk about learning. There are published articles and even books on what is called 'organisational learning'. But what is meant by learning? I think that learning is a series of steps which we go through in order to make better sense of the world around us and to better prepare us for problems which may arise in the future. I believe that once we have learnt something, for a while it takes conscious effort to remember it and apply what we have learnt. However, after we have repeated the thoughts and actions several times, carrying out what we have learnt, it becomes increasingly difficult to notice what we are doing or even to think our way through in the same painstaking step-by-step fashion which we used at first. The thing that we have learnt

slowly moves into our subconscious and becomes a habit – something that we do or think automatically.

I learnt how to fly a glider long after I learnt how to drive a car. I understood a lot about the learning process by the act of trying to get a driving licence. I understood even more about it from trying to learn to fly.

Do you remember your first driving lesson? Most people don't. They just remember vaguely what it felt like. I would like to take you through the whole experience in slow motion, step-by-step. It will help illustrate what I mean by the learning process.

> Imagine yourself climbing into the driver's seat for the first time. It feels strange for a start, you have to ease yourself behind the steering wheel. Knobs and dials which you previously only recognised from an oblique angle now stare you fully in the face. You square up to them as your instructor tells you to 'Adjust it so that it feels comfortable.' But what is 'Comfortable?' You've never done this before, you don't know what to look for, so you ask 'How far back should it go?' And the answer comes back. 'So that you can push the pedals all the way down' This sounds like good advice but doesn't really help. After all do you push the pedals with your legs straight or bent?
>
> The main controls are then pointed out to you and explained. This of course, is a complete waste of your time, since at that point, you have no idea how they actually interact with you once you start driving. Eventually, you are allowed to turn the key in the ignition. The engine roars to life. The noise you hear is certainly louder than you have ever heard it before. Your immediate reaction is 'What the !!!!!' but you remember the discussion about 'pushing the pedals all the way down' and realise that your foot is hard down on the pedal on the right (what experienced drivers call the accelerator). Your guess is that this is the cause of the noise. So you experiment, you lift your foot up all the way and the noise of the over-revving engine dies down. Some readers may not have had a chance to go through this process themselves. Their instructor may have promptly but firmly instructed them to, 'Get your *@!*$ foot off the !!*&%$! accelerator.' Either way, once the sound has died away to a dull rumble there is a real temptation to push one's foot down slightly, 'Just to see if it gets noisy again.' You need to do this to complete the cycle because if it does, then you can firmly establish in your mind the link between the position of your foot and the previously revving engine. Figure 2.1 illustrates this process.

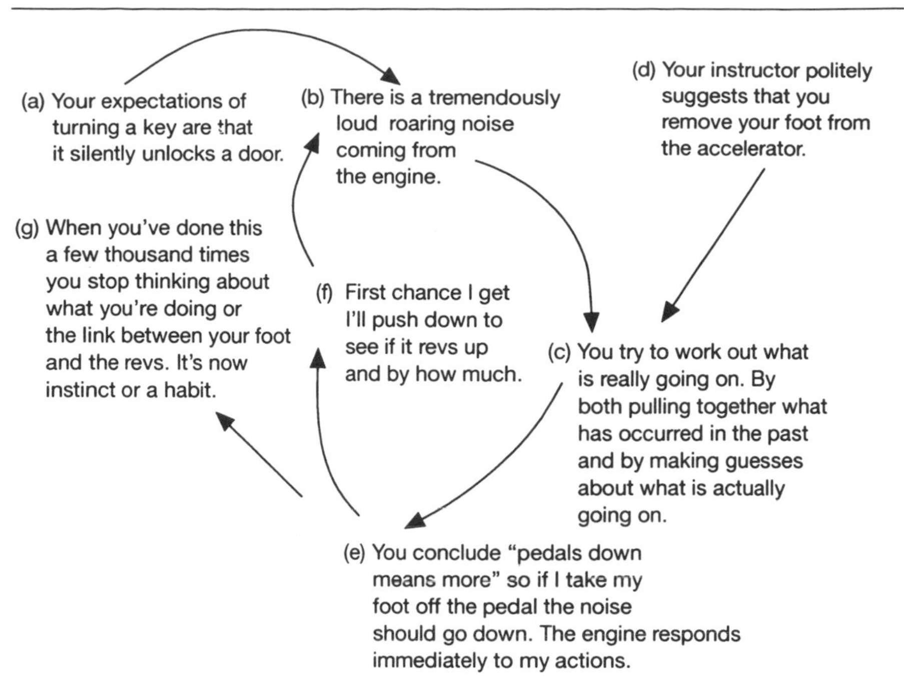

(a) Your expectations of turning a key are that it silently unlocks a door.
(b) There is a tremendously loud roaring noise coming from the engine.
(d) Your instructor politely suggests that you remove your foot from the accelerator.
(g) When you've done this a few thousand times you stop thinking about what you're doing or the link between your foot and the revs. It's now instinct or a habit.
(f) First chance I get I'll push down to see if it revs up and by how much.
(c) You try to work out what is really going on. By both pulling together what has occurred in the past and by making guesses about what is actually going on.
(e) You conclude "pedals down means more" so if I take my foot off the pedal the noise should go down. The engine responds immediately to my actions.

Fig. 2.1 The Learning Cycle, Part 1 – The Practice

The four steps in the middle (b, c, e and f) are known as the *first hand* learning cycle. First hand because the opportunity arises from things you experience yourself, that is, first hand. I have added the bits on the outside (a, d and g) to complete the picture. You see, to learn from any experience that you experience first hand, you need to be capable of going through all four steps. You can also learn second hand. (Look at the top right hand ring.) The suggestion, made by your instructor, is an opportunity to use something which someone else has learnt to solve your problem. That is like learning second hand. But the way you see things and react to them depends on the instincts and habits you bring to it. Furthermore once you've been round the loop a couple of times you will generate new habits and instincts.

Both first and second hand learning have their disadvantages. Learning things first hand allows you to tailor your learning exactly to what has occurred but it is often slow or dangerous. Imagine trying to learn about snake bites, first hand. And anyway, life is not always moving fast enough or necessarily providing all the information for you to experience all implications of a single action (e.g. global warming). With second hand learning the real dangers are that the situation may have been diagnosed wrongly and therefore the advice offered is not appropriate.

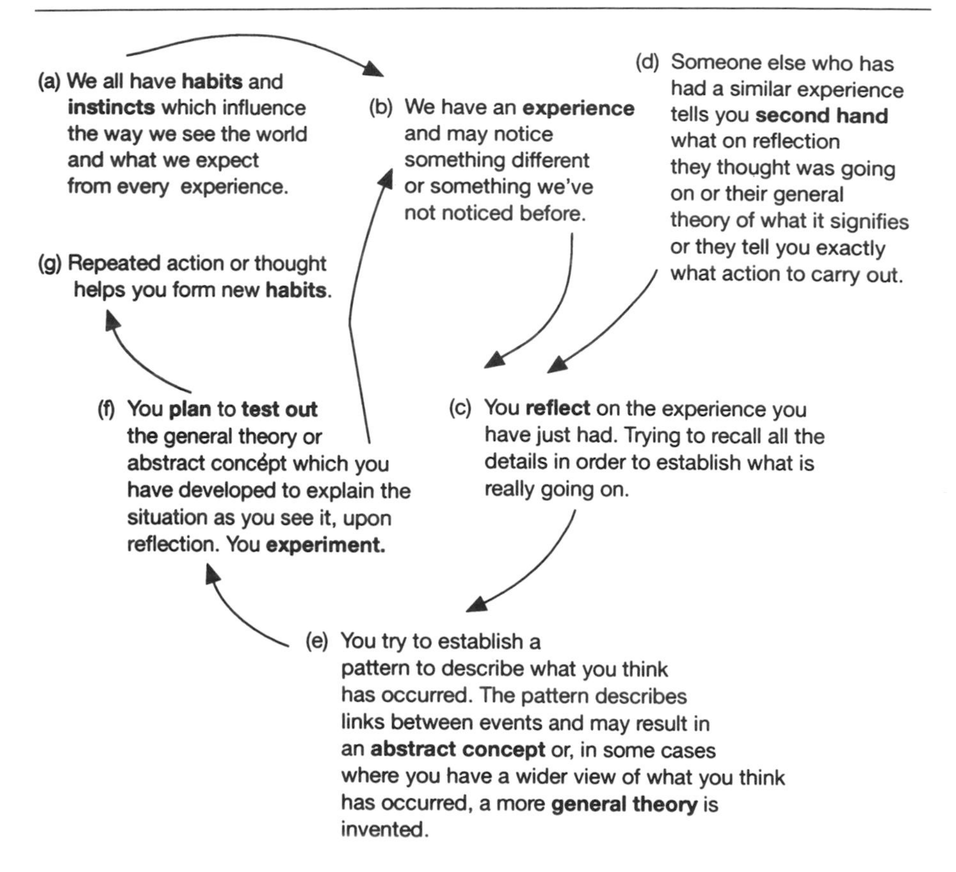

(a) We all have habits and instincts which influence the way we see the world and what we expect from every experience.
(b) We have an experience and may notice something different or something we've not noticed before.
(d) Someone else who has had a similar experience tells you second hand what on reflection they thought was going on or their general theory of what it signifies or they tell you exactly what action to carry out.
(g) Repeated action or thought helps you form new habits.
(f) You plan to test out the general theory or abstract concept which you have developed to explain the situation as you see it, upon reflection. You experiment.
(c) You reflect on the experience you have just had. Trying to recall all the details in order to establish what is really going on.
(e) You try to establish a pattern to describe what you think has occurred. The pattern describes links between events and may result in an abstract concept or, in some cases where you have a wider view of what you think has occurred, a more general theory is invented.

Fig.2.2 The Learning Cycle, Part 1 – The Theory

If it is obviously wrong you may reject it either when you think about it or when you try to look for the general rules which it suggests or at the planning stage.

Most project leaders are deficient in one or more areas of the cycle. They do not smoothly work their way around it. The most common pattern I have seen, is that they jump backwards and forwards from an experience to a general theory and back again. You may have seen this pattern yourself. There is a problem. The project leader leaps in, gathers the immediately available facts, jumps to a conclusion, issues orders and gets to work. It doesn't really solve the problem, only the immediate symptoms. In no time the problem reappears, often in a slightly different guise and has to be 'sorted out' again. I call this the Batman Trap. Batman and Robin never stop to ask themselves why Gotham City is so full of 'baddies' and crooks. Nor do they look for long term solutions to the high crime rate. They simply

bash and biff the 'baddies' and then wait for the bat phone to ring again so that they can leap into the bat mobile and drive off to find the next crook so that they can bash and biff him too!

In general, project leaders, rather than learning from their experiences simply learn their experiences. Think of project leaders you know. How often, when confronted with new situations, have they simply ended up recounting to you the full narrative history of the Whizzgo-disgo project of 1945? At the end they point out how different things were then or how much they are the same now. Apparently, they have failed to go through the third step of the cycle and do not have any generalised theories or concepts which they can easily apply to new situations.

What makes learning even more difficult is the fact that the more successful you have been in the past, the more you are hindered by past habits you have built up.

The first time I got into a glider I experienced similar sensations to those I had had on my first driving lesson. There were many similarities. For a start I had to ease myself into the seat, taking care not to put my foot through the canvas fuselage. Knobs and dials stared me squarely in the face: there was even a speedometer! As I squared up to face them my instructor told me to 'Adjust the seat so that it is comfortable.' I naturally assumed that it was going to be like driving a car. A car, modified for the lack of space, so that instead of having a steering wheel it had a joy-stick. The main controls were again pointed out in the usual meaningless fashion. I had no idea how they would actually interact once airborne.

The tow plane drew up in front of us and revved its engines. Once connected, it dragged us up to two thousand feet and left us there in silence, gliding in a straight line travelling north west. It was a marvellous sensation. The rush of air, the toy-like size of houses and farms on the ground. It was bliss. And then the instructor said to me, 'You have control. I would like you to turn to the right.'

'No sweat.' I thought, as I tightened my grip on the joystick and swung it right. Nothing happened. I moved it further and then all of a sudden the right wing began to drop very fast. I could see the ground directly below. It was a sickening sensation but what was worse was that I could see that we were still travelling north west. I pulled the joystick back into the middle but the wing stayed down! Furthermore, the glider had started to speed up. I could hear the wind rushing by faster and faster. By now I was totally confused and starting to panic. Instinctively, I tried to slow down by pushing my right foot down hard on the brake. Only it wasn't a brake, it was the pedal that controlled the rudder. I felt my stomach churn as the tail end of the glider swung out violently to the left. We skidded along. But we were still travelling north west. I was determined not to let on that I was in difficulties and as calmly as I could manage, asked the instructor to take back control.

My instincts were all wrong. To turn a car you only do one thing, you move the steering wheel. The car responds immediately. You can correct your turn by turning the wheel to match the curve. To return the car to the straight and narrow you turn the wheel back to the central position. If you wish to slow down or stop you simply press on the brake. The harder you press the quicker it stops. Cars only travel along sideways when you skid them on a slippery surface.

To turn a glider you do two things, you move the joystick and the rudder together. There is a time lag, and then the glider responds. It banks at a continuously increasing angle until you return the stick to the central position and straighten up the rudder. To level out you have to repeat the process in reverse. Putting the joystick in the central position simply says to the glider, 'don't change your angle of banking'. If you wish to slow down you pull the joystick backwards. This pulls up the nose as the plane tries to climb. If you pull too hard however the glider stalls and falls from the sky. Gliders always travel sideways if you fail to co-ordinate the movement of the stick and rudder.

The real barrier is that my habits in the car were so deeply ingrained I kept **doing** things wrong long after I **knew** the correct thing to do. My real learning point was that the similarities which I had noticed at the start of the flight had turned all my sensors off. I was so firmly convinced in my habitual thinking that the experience I was going to go through was exactly the same as driving a car that I could not interpret what was happening accurately. Eventually the instructor had to explain it to me. The problem with instincts and habits is that they stop you from seeing what is actually there.

I didn't have much success with second hand learning either. On my second trip my instructor explained to me how to ensure that once airborne the glider's natural descent is at a rate which produces the best gliding period. This is done by setting an adjustment on part of the wing flaps so that they create the correct angle for lift when the joystick is central. The process is known as 'setting the trim' or 'trimming the wings'.

Pointing to the cable which was used for this he said, 'I find, that if I line up the green mark with the second notch, it sails liked a dream.' I think that he was right. Right for the case where the glider pilot is five foot two and weighs ten stone. I am five foot seven and weigh fifteen stone. I took his advice on my next trip. It was a very short trip. One that I hardly remember at all. The glider sank like a stone.

DO YOU HAVE A LEARNING DEFICIENCY?

Instinct and habit

Do you actively try to seek out what is different in every situation you meet to make sure that you are seeing 'What is really there' and not just 'What you expect to see'?

Get into the habit of asking yourself 'What am I missing?' 'Is there something that I haven't noticed?'

Second hand learning

How much of your time do you spend actively searching for second hand learning?

Do you actively screen your second hand learning?

- reflect on it to check that it rings true?
- check that the general theory makes sense in your case and fits the facts?
- plan and carry out a few experiments to check its validity?

First hand learning

Go back to the questionnaire you completed at the start of this section. To score it work **down column by column** for the four columns. Do not add up up the scores in each column. Below the *specific rows* which relate to correctly scoring the questionnaire are listed.

The ability to fully absorb ***experiences*** you meet with.
Add your scores in the first column for rows 2 + 3 + 4 + 5 + 7 + 8

____

The ability to fully ***reflect*** upon your experiences.
Add your scores in the second column for rows 1 + 3 + 6 + 7 + 8 + 9

____

The ability to build ***general theories*** from your conclusions.
Add your scores in the third column for rows 2 + 3 + 4 + 5 + 8 + 9

____

The ability to ***plan*** your way to ***experiment*** to test out your theory.
Add your scores in the fourth column for rows 1 + 3 + 6 + 7 + 8 + 9

____

In my experience a score of less than ten suggests that you do not do that step of the cycle very well. Any imbalance (a range of more than five) also suggests that you may have some difficulty with the cycle. The key to effective learning is being competent in each step when appropriate.

To manage in a changing environment, you must become interested, no, **obsessed** by what you are learning. Projects by their nature are 'one-offs'. Furthermore as they evolve the demands made on you and the other stakeholders change. In the early stages you need to learn what each stakeholder thinks success is. However, as you go on and they get a greater understanding of what can actually be delivered by the project, their view of successful change will alter and you will need to re-learn this.

Also, as it evolves, you may need to invent roles and methods of working and reporting progress. These will also change as the needs of the project change. It is pointless to continue reporting on the completion of the design once the user testing has been started. But human beings are slow to throw out things they have developed. Reporting soon becomes a habit. What this means is that people can continue to demand ways of working to be perpetuated long after they stop being essential to the running of the project. It seems as if the project, that is the team and all its stakeholders, can form habits in almost the same way as you do.

In fact organisations can and **do** learn, and project teams, as a subset of these, also learn. I believe that, contrary to the current vogue which says that organisations need to begin to learn, that they already do so with great speed and efficiency. They may not actually get it right all the time but one thing which they are excellent at is forming habits. Habits are things which people in the organisation do instinctively. Since they are formed haphazardly they may often be conflicting, and since they persist long after the situation which led to the learning has passed, they are usually inappropriate and unhelpful. The sum total of all the organisational habits which have been acquired is sometimes referred to as the organisational culture.

There is a very special characteristic to organisational learning which it is essential for you to understand if you wish to manage change in chunks. When organisations learn, the learning is split up between all the members of the organisation, each one having to learn a small part of the whole, the part that relates specifically to them (steps e and f in the cycle above). The learning is thus very effective, like ants in an anthill, and habits are shared between them. What this means is that to break an organisational habit you will need to gain access to all, or at least many, of the stakeholders involved. This is particularly important for project leaders managing internal or change projects.

INDIVIDUAL TAILORING

Fog and Quest projects: *As project leader you will need to make sure that you go round the loop. The degree and speed of learning is a critical factor in determining whether or not the project succeeds*

Change or Joint venture projects: *As you learn you will need to ensure that the rest of the organisation learns (see Stakeholder mapping 2.2.1) and unlearns what it thought it previously knew. Typically, part of the project will involve tasks whose sole purpose is to disconfirm or eliminate previously held conceptions which no longer fit in with current understanding. Bubble diagrams (Section 2.1.1 Blowing Bubbles) can be a very useful method of doing this.*

Section 2.1.1
Blowing Bubbles

Thinking is that waste of time between seeing something and knowing what to do about it . . .
Edward de Bono

(Aside: In Chapter Two you may have been wondering what the circles and arrows which Franck drew on the napkin meant. And you may have been slightly frustrated by Franck's answer that he was 'blowing bubbles'.)

Blowing bubbles is the most effective method I know for getting you rapidly round *all* the aspects of the learning process. It challenges habits in thinking by forcing you to justify your conclusions and makes you notice what is actually happening in the experience you have gone through. It encourages second hand inputs into your learning but insists that you check them thoroughly to make sure that they are appropriate and correct. Finally, it guides you systematically round the loop of reflection, to a general theory and clearly to what actions you must plan in order to solve the problems you face.

One of the key things that having learnt something allows you to do is to recognise patterns. Try this:

If the sun sinks below the horizon **then** ....

and if it is a clear sky **then** ....

So there you go! You can, after all, predict the future! But not very far into the future, because other factors come into play. For example, in winter the pattern may be different or a storm may come up suddenly. The moon may be full and unexpectedly bright. However, we can use the same method to **predict** the past: largely because if we have lived through or observed the past or current events, we will have a fuller picture which includes most of all the expected and unexpected factors. And with a little testing and research *we can find out about things which have occurred* even if *we did not observe them ourselves first hand.* I use the word **predict** deliberately. Have you noticed how, at work, sometimes you solve a problem? It goes away for a short time and then it pops up again? Sometimes the same, sometimes in a different guise? It's as if you are 'fire fighting'. So despite your tremendous effort, no sooner have you damped down the flames at the top of the inferno than they are re-lit by the hot ashes underneath. You

never quite get the water to the ashes underneath. After all, who has time to think when there is a fire raging?

Blowing bubbles is a method for working out exactly what in the past or in current events, is causing the problems you are trying to overcome. The idea is that once you find what the real underlying problem is and fix it, it will stay fixed. Of course some people prefer fighting fires to solving the underlying problem. (Aside: If you are one of those people, this method holds nothing for you. You probably didn't enjoy reading the narrative discussions in the first part of the book.)

The method forces you round the learning cycle. The current and past provide the experience to blow a bubble. You must reflect and build a general theory which you then test out. Your test involves using things you have observed first or second hand in the current or past.

A SIMPLE EXAMPLE

When I was a student in London I couldn't afford to live in the centre. So instead, I lived some way out and bought myself an old banger to get to and from college. We had a number of lecturers who were more interested in whether you were on time for lectures than whether you actually learnt anything. There was a problem which I often met in trying to meet their goals. See if you can help me solve it.

It's a quarter to nine. Lectures start at nine and you've overslept. You reach for the chair where your jeans and favourite jumper lie in a crumpled mess and try to put them on whilst moving between the bedroom and the bathroom. You grab your case and hurtle down the stairs to your bashed up old 1969 Mk1 (near white, with rust spots) Ford Escort. You leap in, turn the key in the ignition, the engine turns over but won't start. You don't want to be late. You definitely do not want to walk the four miles to college and buses are infrequent and take a long tortuous route. No choice but to get it to start.

Is the battery flat? You turn on the radio and the Radio One jingle blares out at you. The battery is not completely flat. But just to be sure that it's not the battery you turn on the lights and get out to check if they are dim. They are not. Once you clean the glass they are very bright indeed. So you know that it's not the battery.

You could write down the way you figure it out like this:

My car won't start!
Why?
Maybe the battery is flat.
But if the battery was flat the radio would not come on.

It does.
If the battery was flat the lights should be dim.
The lights are very bright.
So it probably isn't being caused by a flat battery.

Or like this:

THERE IS A PROBLEM:	My car won't start!
I NEED TO FIND OUT HOW IT HAS ARISEN:	Why?
I GUESS AT A CAUSE:	Maybe the battery is flat?
I KNOW THAT ANY CAUSE WILL BRING ABOUT SEVERAL OTHER EFFECTS, GOOD OR BAD:	But if the battery was flat the radio would not come on.
I LOOK FOR ANYTHING WHICH I SHOULD EXPECT TO SEE IF MY GUESSED CAUSE IS PRESENT, THINGS I WOULD BE UNLIKELY TO SEE IF THE CAUSE IS ABSENT:	
I CHECK TO SEE IF THE EFFECTS ARE PRESENT OR ABSENT:	It does.
I CONTINUE TO LOOK FOR ANYTHING THAT I SHOULD EXPECT TO SEE IF MY GUESSED CAUSE IS PRESENT, THINGS I WOULD BE UNLIKELY TO SEE IF THE CAUSE IS ABSENT:	If the battery was flat the lights should be dim.
I CHECK TO SEE IF THE EFFECTS ARE PRESENT OR ABSENT:	The lights are very bright.
I REPEAT THE LAST TWO STEPS UNTIL I AM CONVINCED THAT I HAVE EITHER FOUND EVIDENCE WHICH SUGGESTS THAT I WAS PROBABLY RIGHT WITH MY INITIAL GUESS OR FOUND THAT MY EVIDENCE DOES NOT FIT WITH MY GUESS AT THE CAUSE:	
I THEN CONCLUDE THAT THE GUESS IS EITHER CORRECT OR WRONG:	So it probably isn't being caused by the battery being flat.

Or in terms of bubbles you would draw:

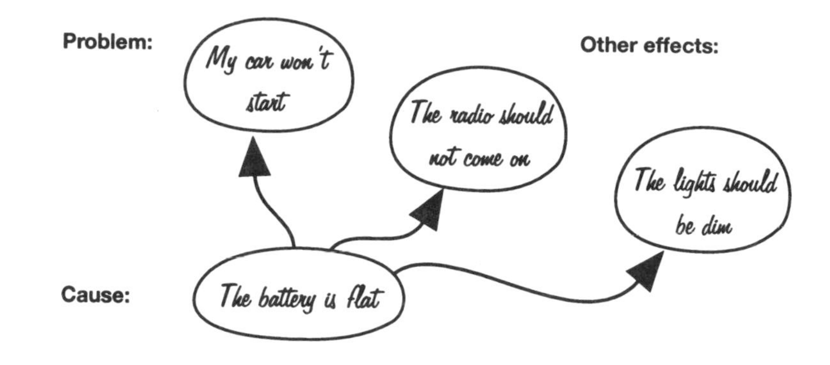

Fig. 2.3 Blowing bubbles – first guess

The direction of the arrows, as you will see later, is very important. The problem or effect you are trying to understand should be at the arrow head. Your guess of the cause goes at the base of the arrow. Try to draw them from the top of a bubble (base of arrow) to the bottom (tip of arrow) **every** time.

When you follow an arrow from tip to base you are asking '**Why**?'

WHY?

When you follow an arrow from base to tip you are predicting that '**If**' the cause is correct '**Then**' certain other effects will be expected.

IF . . .   THEN . . .

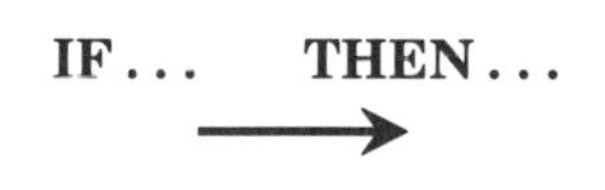

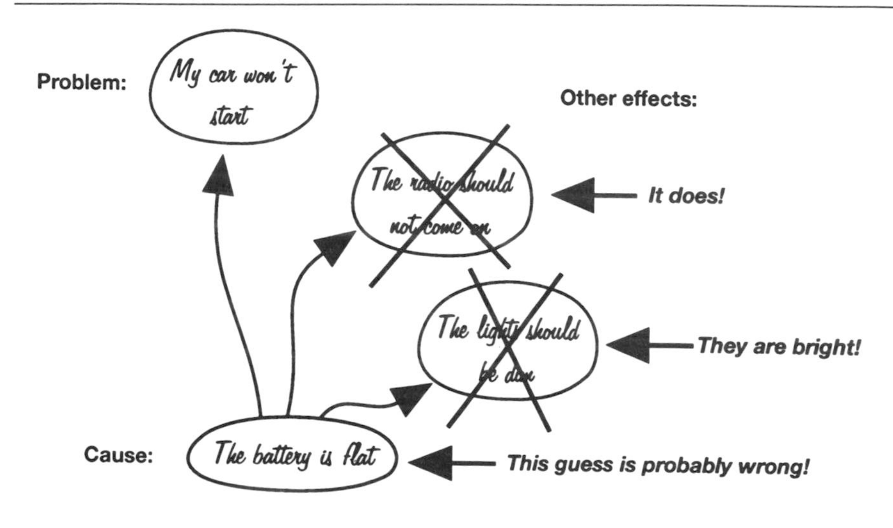

Fig. 2.4 Blowing bubbles – first guess invalidated

The bubbles are crossed out because, in reality, I did not see any of the effects which were predicted by my guess.

You're back to square one. You need to try again. You could have run out of petrol. You glance at the gauge and then remember that it hasn't worked since the last time you serviced the car yourself. You rock the car from side to side and listen to hear the petrol sloshing about. You can't hear anything but then it's noisy so close to the main road. So you get the petrol can out instead and pour about a gallon in and try again. You still have no luck. The engine turns over with a woeful whine.

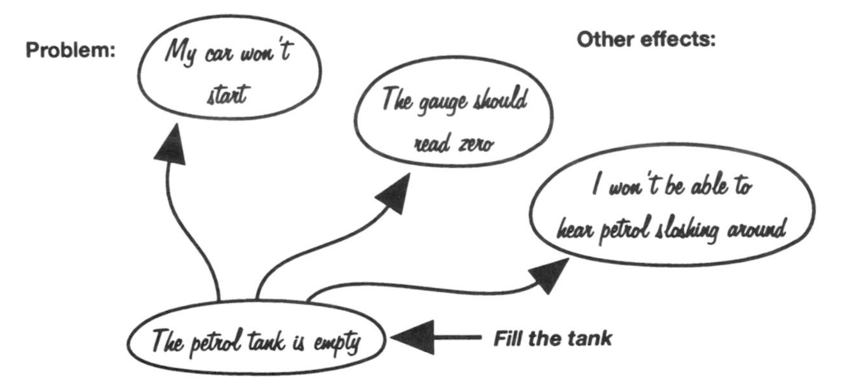

Fig. 2.5 Blowing bubbles – second guess

Sometimes it is not possible to immediately check whether the effects you expect to see are present. You may need to go off and do some further research. Here you have decided instead to assume that your guess is right and to 'fire fight'. You do this by carrying out an action which is the opposite of whatever is written in the bubble. So 'the tank is empty' becomes 'fill the tank'.

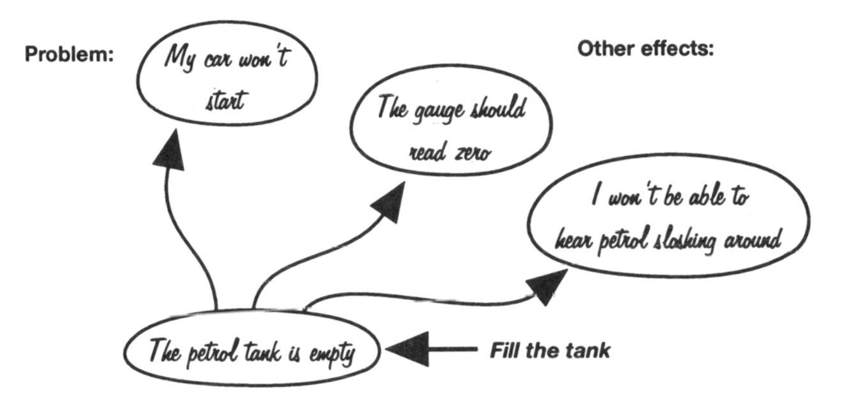

Fig. 2.6 Blowing bubbles – second guess solved

By now you are getting desperate. It is five to nine. You think 'Maybe there isn't any electrical power reaching the spark plugs.' You rapidly unscrew one and hold it against the engine block. You are a bit wary of this procedure. The last time you did this you gave yourself a powerful and nasty shock. You reach in through the window and turn the key. The engine turns over but you do not see a spark. 'Got it!' you think. But although you know the cause, you now need to find out why no power is reaching the plugs. That is, 'What is causing the first cause?'

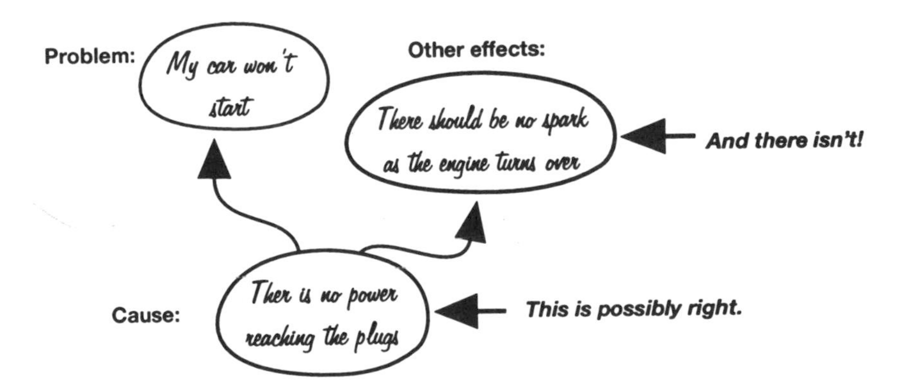

Fig 2.7 Blowing bubbles – third guess validated

You think to yourself, 'Perhaps the connections are loose.' You try to jiggle the leads from side to side to see if they move. They don't.

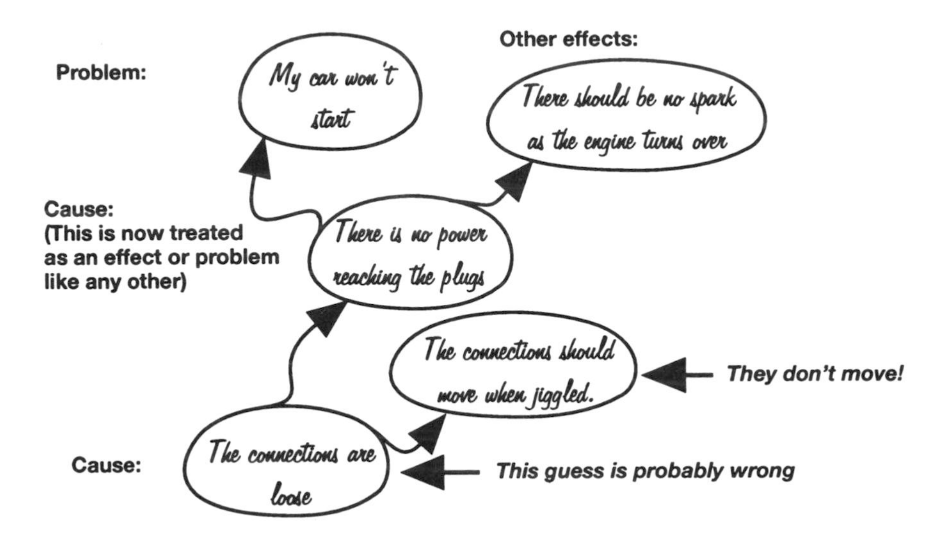

Fig 2.8 Blowing bubbles – fourth guess invalidated

Again, if we looked at your thoughts they would look like this:

THERE IS A STILL A PROBLEM:	Because there is no electrical power to the plugs my car won't start!
I NEED TO FIND OUT HOW IT HAS ARISEN:	Why?
I GUESS AT A CAUSE:	Perhaps the connections are loose?
I KNOW THAT ANY CAUSE WILL CAUSE SEVERAL OTHER EFFECTS, GOOD OR BAD:	But if the connections were loose they would move when jiggled.

This part gets a bit circular and boring.

The only other reason you can think of which would explain the lack of power to the plugs is that the distributor is wet and shorting out. You ease the distributor cap off and run your finger round inside it. It feels damp. You take your handkerchief out and thoroughly wipe all the metal surfaces to dry them.

You glance at your watch. It looks as if, if you leave now and drive like a mad person, you may just make it. You slide in behind the wheel, utter a silent prayer and turn the key. After coughing twice the engine stutters to life.

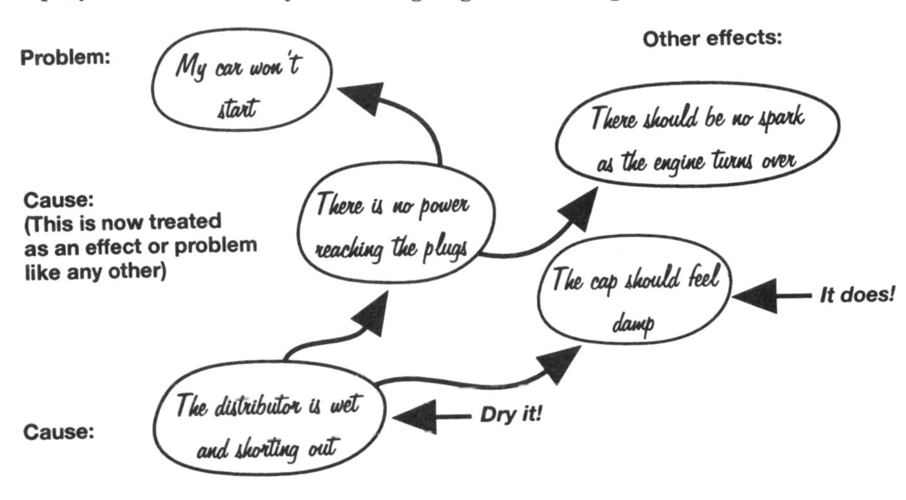

Fig. 2.9 Blowing bubbles – fifth guess validated

You know that you have successfully fought this fire. If you want to put the fire out for good, you will need to find the ***underlying or root cause*** and fix it, then the problem should stay fixed. You know that you should find out why the distributor is wet. You will need to keep asking 'why?' until you come to a cause which is completely out of your control. At this point you have gone as far as you can. Fix *this* cause and the problem goes away for you.

Can you see from this simplistic example how the process works? It's pure logic. In first hand learning terms, first you have the experience, then you reflect on what actually happened by blowing bubbles. At the end of the process you will have established both the underlying root cause and a full and complete theory explaining how the problem arose in the first place. You then work out how to remove the root cause and the specific problem you are dealing with goes away.

A MORE COMPLEX PROBLEM

Real-life business problems are a lot more complex. For a start they are less mechanical and require far more imagination in developing guesses. And anyway, many problems relate to human behaviour or thought intermingled with organisational measures, policies, and reward and punishment systems. And even worse, you usually find that each problem or effect has more than one cause!

Can you still create a meaningful bubble diagram? The answer is yes. But it takes longer and it takes a lot more care. For a start each bubble must be written as a full sentence. For example, 'Battery' as an explanation for the car not starting is not really clear enough. Instead you must write 'The battery is flat.' Use names wherever possible or 'our' or 'we'. You must be especially careful at the step where you check the expected effects of your guess. You need to check both for effects you would expect and check for effects which would never occur if the guess is in place. For example, if the problem is 'we have built large amounts of finished goods which we can't sell.' And we ask 'Why?' The answer may be that, 'Our staff are paid a large bonus for production quantity.' The things you would expect to see around you if you worked in this factory would be people putting a lot of effort into completing jobs just before the output is counted. So if output is measured daily you will see that 'the last hour of the day is devoted to finishing off as many jobs as possible'. You will not see 'people giving up vast amounts of time to quality or product improvement', unless they can see how this would 'speed up the production rate'.

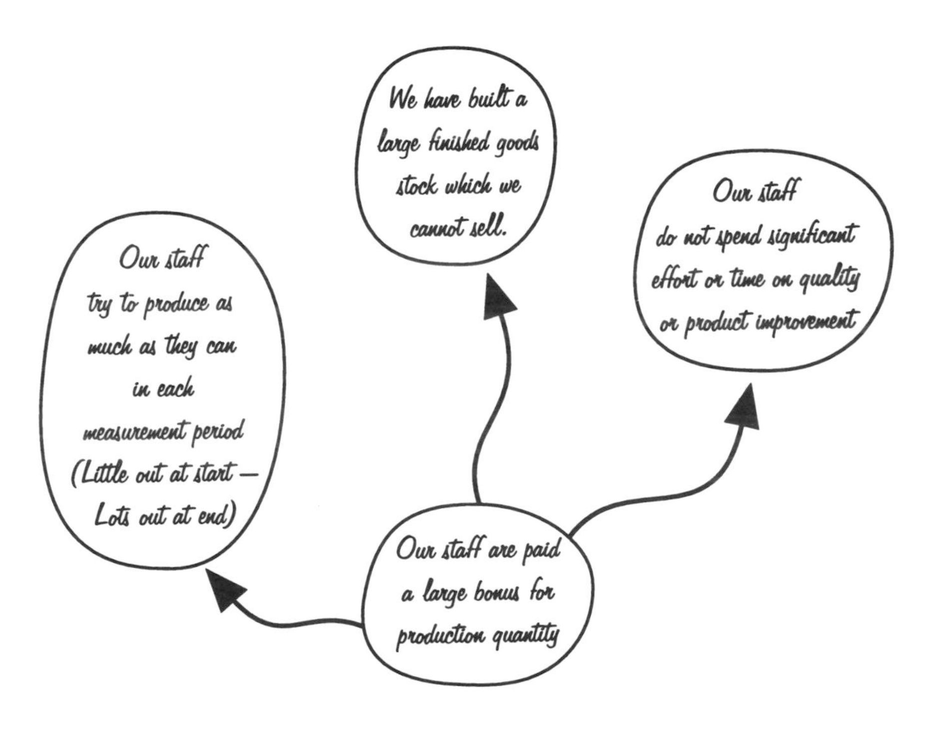

Fig 2.10 Blowing bubbles – a more complex problem

It is a lot harder to learn to build a bubble diagram from written instructions than from a taught dialogue but I will give it my best shot. I will put sketches of **roughly** how your bubble diagram should look at each stage.

WORKING OUT WHAT CHUNKS TO CHANGE BY BUILDING A BUBBLE DIAGRAM

STEP 1 GET THREE SHEETS OF A3 PAPER

STEP 2 ON THE FIRST SHEET WRITE DOWN (AS SENTENCES) THE MAJOR BUSINESS PROBLEMS WHICH CONCERN YOU.

STEP 3 CHOOSE 3 OR 4 WHICH ARE SUITABLY DIFFERENT OR SEEM UNRELATED.

STEP 4 PLACE YOUR SECOND SHEET LANDSCAPE AND WRITE OUT THE PROBLEMS, IN BUBBLES, STARTING ABOUT A THIRD OF THE WAY DOWN.

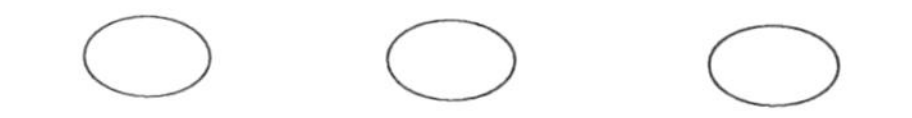

STEP 5 START WITH THE PROBLEM YOU FEEL MOST CONFIDENT THAT YOU UNDERSTAND. GUESS A CAUSE AND CHECK THE EFFECTS. KEEP CHECKING UNTIL YOU ARE SATISFIED THAT YOUR GUESS IS EITHER RIGHT OR WRONG.

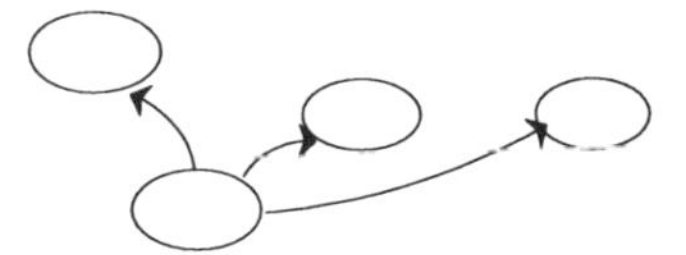

STEP 6 STAY WITH THE SAME BUBBLE. DO NOT MOVE ONTO ANOTHER ONE YET. REPEAT STEP 5 UNTIL YOU HAVE RUN OUT OF GUESSES FOR THAT SINGLE PROBLEM.

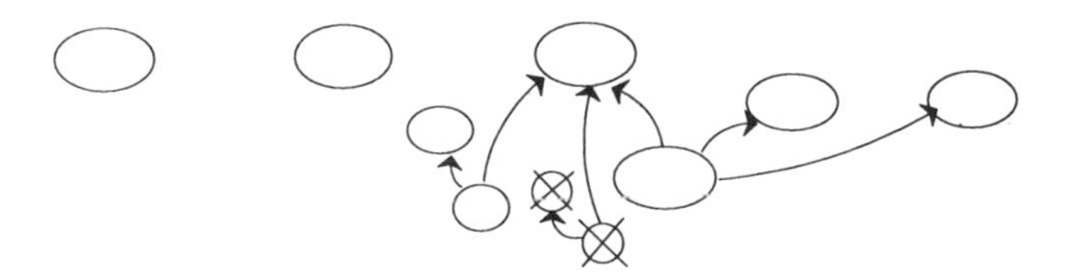

STEP 7 GO TO THE NEXT PROBLEM AND REPEAT STEPS 5 AND 6. YOU MAY FIND THAT SOME OF THE GUESSES OR EFFECTS YOU HAVE WRITTEN DOWN

ARE GUESSES OR EFFECTS WHICH YOU NEED AS YOU WORK ON THIS SECOND PROBLEM. IF YOU FIND THAT THIS IS THE CASE DON'T DUPLICATE WHAT YOU HAVE ALREADY WRITTEN, SIMPLY JOIN UP THE BUBBLES WITH ARROWS (**IF ⟶ THEN** or **WHY? ⟵ BECAUSE**).

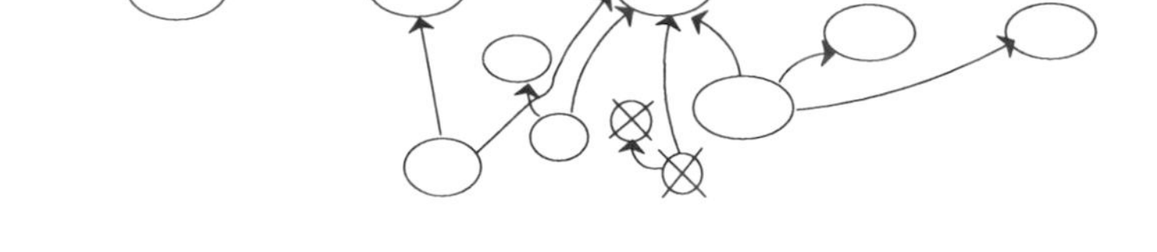

STEP 8 REPEAT STEP 7 FOR THE REMAINING 1 OR 2 PROBLEMS.

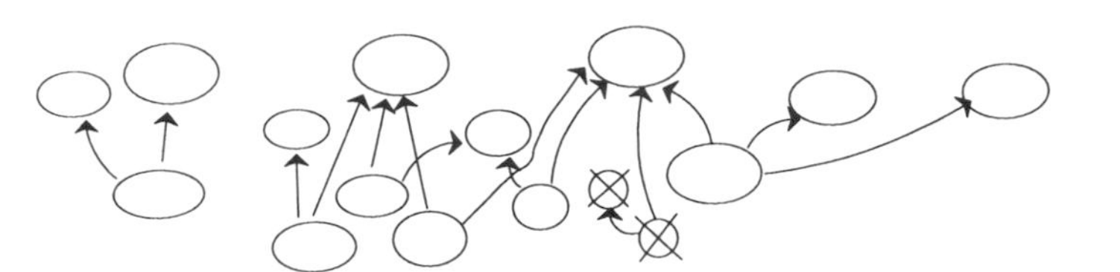

STEP 9 READ WHAT YOU HAVE WRITTEN DOWN AND SEE IF YOU CAN ADD ANY MORE ARROWS. TRY TO LINK TO THE PROBLEMS YOU STARTED WITH. (IF YOU NEED AN 'AND' RECORD THIS WITH A HORIZONTAL BAR ACROSS TWO ARROWS.)

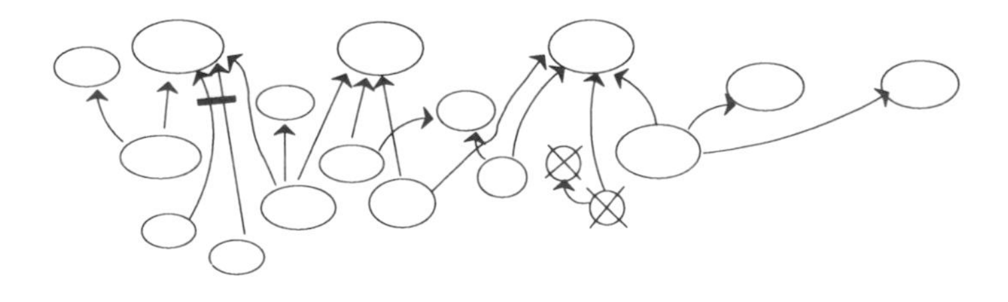

STEP 10 CHECK TO SEE IF YOU CAN TRACE, WITHOUT LIFTING YOUR PENCIL OFF THE PAGE, A LINE WHICH GOES UP OR DOWN ARROWS AND PASSES THROUGH ALL THE PROBLEMS YOU STARTED WITH.
IF YOU CAN, SKIP TO STEP 12

STEP 11 LOOK FOR BUBBLES WHICH DON'T HAVE ANY ARROWS GOING TO THEM. FOR EACH ONE OF THESE BUBBLES GO BACK TO STEP 5.

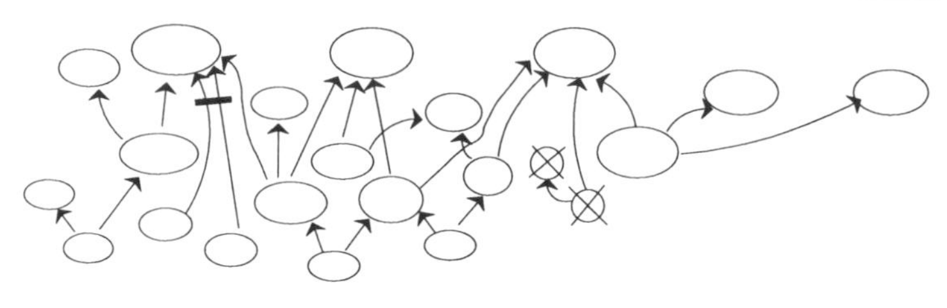

STEP 12 GO BACK TO YOUR FIRST SHEET AND READ THROUGH YOUR LIST OF PROBLEMS. YOU WILL SEE THAT ON YOUR BUBBLE DIAGRAM YOU HAVE WRITTEN DOWN THEIR CAUSES. FILL IN THE TOP THIRD OF YOUR SECOND SHEET WITH BUBBLES OF THE REMAINING PROBLEMS. (IN THE VERY UNLIKELY EVENT THAT YOU CANNOT DIRECTLY TRANSFER ONE OR TWO OF YOUR LIST OF PROBLEMS DIRECTLY ONTO THE BUBBLE CHART, WRITE THEM IN THE TOP THIRD AND GO BACK TO STEP 5).

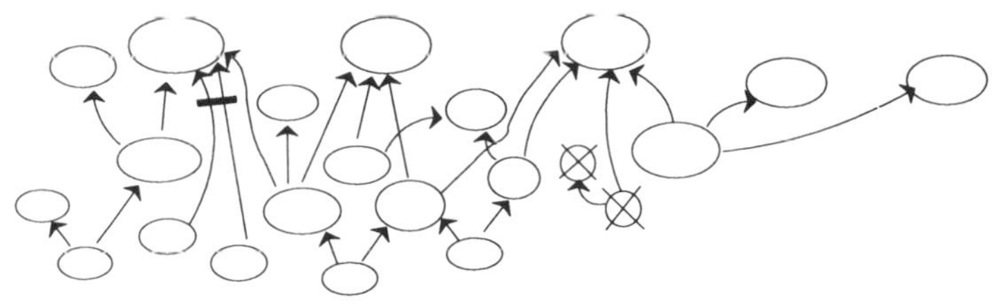

STEP 13 YOU NOW NEED TO FILL IN THE TOP OF THE SECOND SHEET. FOR EACH OF YOUR ORIGINAL PROBLEMS COMPLETE THE SENTENCE IF {ORIGINAL PROBLEM} THEN ... {NEW BUBBLE TO BE DRAWN IN ABOVE THE ORIGINAL PROBLEM BUBBLE}. NOW YOUR BUBBLE CHART SHOULD ALSO HAVE SOME OF THE PROBLEMS YOU FEEL YOU HAVE BUT DID NOT INCLUDE ON YOUR ORIGINAL LIST BECAUSE YOU FELT THAT THEY WERE LESS WEIGHTY!

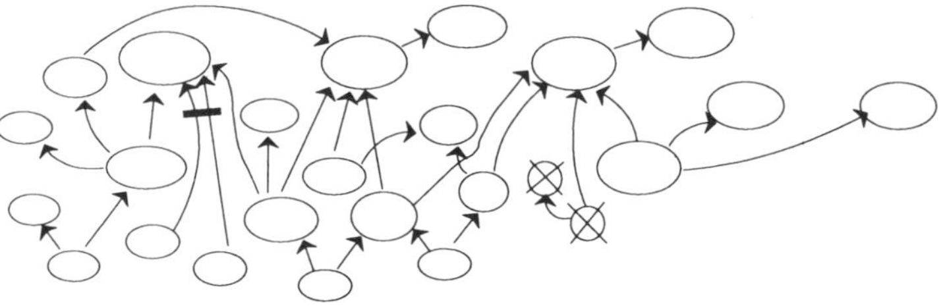

STEP 14 LOOK FOR THE REMAINING BUBBLES WHICH DO NOT HAVE AN ARROW GOING TO THEM. CHOOSE ONE AND GUESS A CAUSE AND CHECK THE EFFECTS. KEEP CHECKING UNTIL YOU ARE SATISFIED THAT YOUR GUESS IS EITHER RIGHT OR WRONG. STAY WITH THE SAME BUBBLE. DO NOT MOVE ONTO ANOTHER ONE YET UNTIL YOU HAVE RUN OUT OF GUESSES FOR THAT SINGLE PROBLEM.

STEP 15 REPEAT STEP 14 UNTIL YOU COME ACROSS BUBBLES WHICH ARE **CLEARLY OUT OF YOUR CONTROL AND INFLUENCE;**

'The government have just passed new legislation'

'Competitors have just launched a new product'

OR THE **CAUSE IS HISTORIC:;**

'We were taken over in 1978'

OR **THE RESULT OF A POLICY;**

'We pay people by the hour'

'Our staff are paid a large bonus for production quantity'

OR IT MAY SIMPLY BE A **PHYSICAL REALITY** SUCH AS;

'We just haven't got enough of the right type of staff'

'Our equipment can not manufacture any faster'

These bubbles will explain the underlying causes. It is unusual to have more than half a dozen, so if you have more you may be doing something wrong. Usually it is because you have tried to force the process to come up with your pet theory and your checks on effects have not been rigorous. Never mind, step 16 should sort you out.

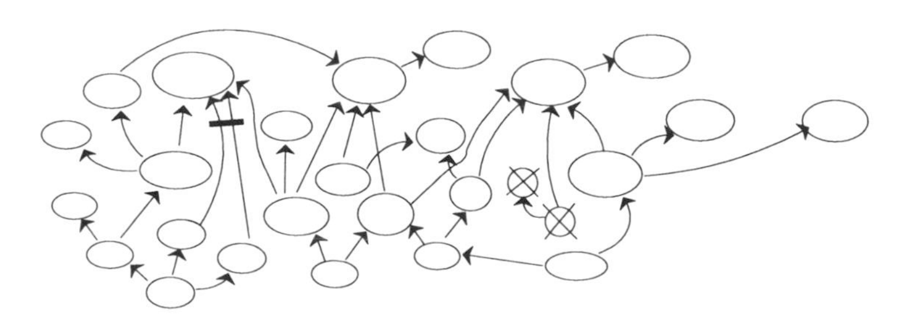

STEP 16 YOU ARE GOING TO READ YOUR BUBBLE CHART BACK TO YOURSELF, OUT LOUD TO CHECK THAT YOU HAVEN'T GONE WRONG ANYWHERE. START AT THE BOTTOM AND FOLLOW THE ARROWS UPWARDS.

A QUICK TEST

Try this example.

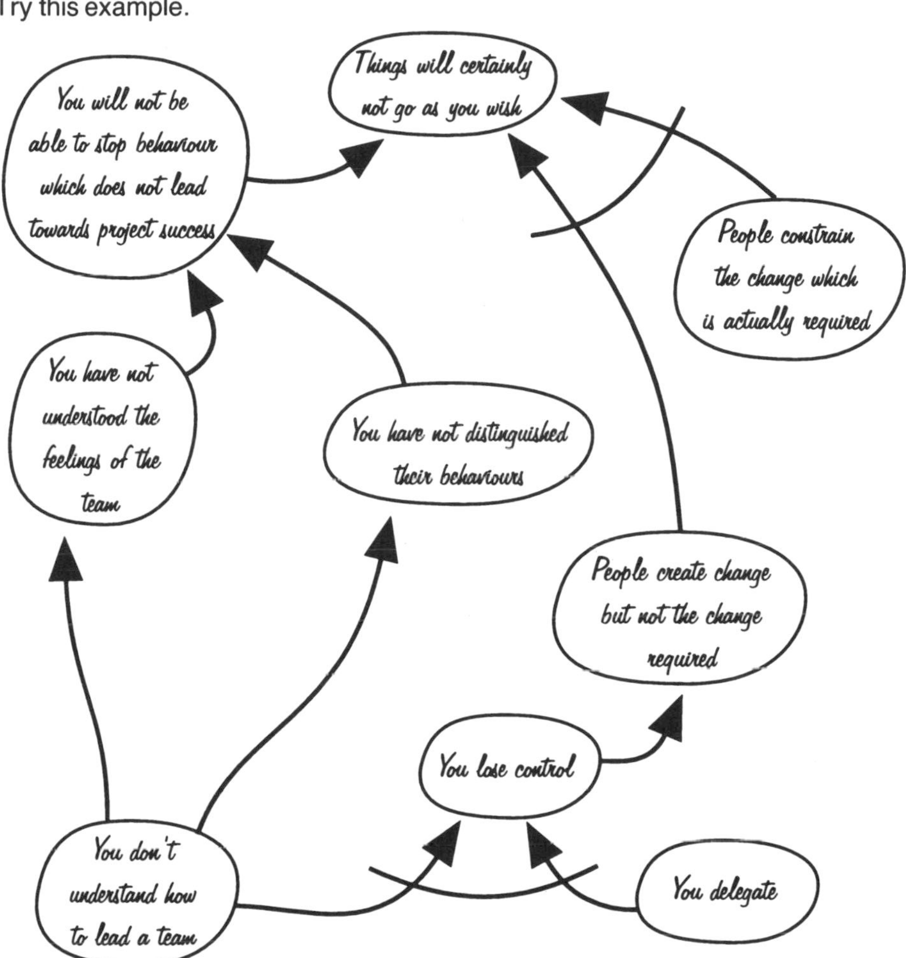

Fig 2.11

Solution

'**If** you don't understand how to lead a team, **And If** you delegate, **Then** things certainly would not go as you wished.

It would happen like this. First, what would happen would be that you would lose control. Since you've lost control *people will create change* but not the change required. Now, they will also *constrain change*, and knowing Murphy's law it is bound to be precisely the change which is actually required.'

'If you didn't know how to lead a team then when, quite naturally, the project starts to go astray you will not have understood the feelings of the team and you will not have distinguished their behaviours, and so you will not be able to stop behaviour which did not lead towards project success. If you can't stop behaviour which does not lead to project success then things will certainly not go as you wish.'

Section 2.1.2 Managing Review

Today's Problems come from Yesterday's solutions
Peter M. Senge

What is the purpose of review? Yes, I know you feel that is it is important to have reviews. However, in most projects, reviews are infrequent and often ineffectual. If you seriously want to review progress in the project and learn as you go along or learn for next time, you will need to make sure that you plan reviews into your time schedule and wherever possible make them coincide with time buffers (See Section 2.3.2 Pacing Yourself). I believe that the purpose of review is to provide a formal opportunity for the project leader and all the stakeholders to learn; to reflect on what has happened so far in the projects. Was it expected? Unexpected? To establish what the implications are for each of them and for the project overall and to establish what actions need to be taken to amend or remedy the situation.

The best method I know for carrying out review I call **Action Replay**. I invented this method after several managers told me that they couldn't do reviews because they couldn't remember anything which happened more than a day earlier. The review is very structured but actually carried out ***backwards***.

A friend of mine was once asked by his organisation to put together a management development programme for his company. He had developed a programme using a range of tutors. The programme had run but had not been received well by the participants and had come in far over budget. He asked me in to help with the review. I was to meet the team in a hotel off the motorway. I turned up and walked into a room of the most depressed people I had seen in a long time. 'Why are you so glum?' I asked.

'We have screwed it up and we don't know why,' came the mumbled answer.

'What happened yesterday?'

'Yesterday we finally worked through the course reviews and discovered that they were terrible.'

'How did they get to be terrible without you noticing?'

'Well they didn't give us the feedback till the end.'

'Who decided that they shouldn't give you feedback until the end?

There was a short silence. 'I guess we all did,' they replied.

'Where did it all start to go wrong?'

'I guess it was when we forgot to tell them that they should tell us about the course as we went along.'

'Why did you forget?'

'We hadn't written it into our briefing notes. I guess we should make a note of it for next time.'

'OK, what happened the day before yesterday?' . . .

ACTION REPLAY™

STEP 1 ASK **WHEN** WE STARTED/FINISHED THE PERIOD UNDER REVIEW? DECIDE THE TIME PERIOD THAT THE REVIEW IS TO COVER.

STEP 2 ASK **WHAT** WE HAVE DONE? START WITH THE MOST RECENT MEMORIES.
FOR EXAMPLE, 'WHAT WENT RIGHT/WRONG YESTERDAY?'

STEP 3 ASK **HOW** YESTERDAY'S OUTCOMES AROSE? FOR EXAMPLE, 'HOW DID WE GET IT TO WORK SO WELL?'

STEP 4 ASK **WHO** WAS INVOLVED? THE STAKEHOLDERS WILL HAVE THE BEST IDEA OF WHAT ACTUALLY HAPPENED. FOR EXAMPLE, 'WHO SET IT UP THIS WAY?' BE CAREFUL WITH THIS QUESTION THAT YOU ARE NOT APPEARING TO APPORTION BLAME.

STEP 5 ASK **WHERE** IT WENT RIGHT OR WRONG? ESTABLISH THE KEY STEPS WHICH GOT US HERE.

STEP 6 ASK **WHY** IT HAPPENED? IF THE ANSWER IS COMPLEX DRAW A BUBBLE DIAGRAM.

STEP 7 SUMMARISE WHAT YOU HAVE LEARNED AS A GENERAL PRINCIPLE AND MAKE SURE THAT ALL THE OTHER REVIEWERS UNDERSTAND IT (SEE SECTION 2.3.3 on COMMUNICATING OUT).

STEP 8 MAKE SURE THAT ANY ACTIONS ARISING FROM WHAT YOU HAVE LEARNT ARE OWNED.

STEP 9 REPEAT STEPS FOR THE PREVIOUS DAY.

Section 2.2
RECOGNISING STAKEHOLDERS

The reality of the world, the complexity of the immediate environment, the need for stakeholder symmetry must not be lost in the colourful glories of the kaleidoscopic vision.
Warren Bennis

'What did we decide we meant by a *successful project*?' Franck demands.

I know that he has got me, so I don't answer, but I know he's right. *Project success **is** and **can only** be defined by the stakeholders.*

So who are these stakeholders then? They are people who are affected by your chunk of change. But what is it that affects them? Why do they react? We saw earlier in Chapter Six that the third law of change governs how people react in a changing environment. We still need to know why they react the way that they do. I have a confession to make. Everything in this book is wrong!

No, I joke. But what was your immediate reaction? Was it logical or emotional? My guess is that the first words which went through your mind are unprintable, not to be seen by civilised people. I guess your reaction was emotional. This is completely human. It's the biological fight or flight reaction at work. It goes back to humans at the dawn of civilisation.

> You're out doing your hunter-gatherer bit. Walking through the good old primeval forest. There is the steady chirp, chirp of the birds and the moaning of the wind in the trees above. Suddenly there is a loud rustling noise in the bushes behind you. It could be a bird, a mouse, a man-eating sabre toothed tiger. Instantly your body tenses up, the adrenalin starts to flow. Something has *changed*. It could be a threat to your security. I suspect that those of us who are alive now had ancestors who were the more successful at surviving in that rather inhospitable environment. My guess is that my ancestors were the ones who **fled in mindless terror** at the first sign of any *change* and not the ones who **stood around being logical** about it and working out the probabilities of the noise being the sound of a man-eating sabre toothed tiger pushing it's way through the undergrowth. I think that once they were safely away, *then* and only then did they try to work out what the cause of the rustle had been.

In other words their first reaction was emotional and then, after they had got their breath back, logical. ***Confronted with change, people's first reaction is emotional and then if you are lucky they then move into the logical phase***. This argument makes the current vogue, which

suggests that we must all learn to love change, look a little bit hollow for a species which has spent hundreds of years trying to survive it. There is probably little chance that we will ever love imposed or surprise change.

If your change surprises your stakeholders you will make them react emotionally: probably with fear. Fear is the most likely emotion.

> You're in a meeting. You have just announced some of the implications of the project. All the other stakeholders at the meeting are silent but one stakeholder reacts and disagrees strongly with you. You turn to the stakeholder to 'put them right'. You need them to get on with the change. You can't afford to have them frightened and uncertain and unable to help you deliver the project, so you reason with them. You take great pains to explain how important the project is to the organisation, how important it is to be progressive in these demanding times. And you stress how important it is for the stakeholder to do such and such. You explain to the others what they are to do to. They all nod and agree and then you leave the meeting. Two weeks later you realise that no one, not one of the stakeholder's has kept their promises.

Do you recognise this? What has happened?

Your 'other half' is upset for some reason and comes to you and says, 'You don't like me.' You reply, 'Yes I do,' and then start to list all the evidence to support this. 'Last Valentine's Day I bought you a dozen red roses. Every time I've been away on business I've called you before bedtime in spite of the cost of hotel phone calls. I remembered your birthday.' Does this work? Definitely not! What works is if you give them a big hug. **You use logic to overcome logic. You use emotion to overcome emotion.** I know you are smiling at this revelation. But there is one small problem. At work you can't go around giving people hugs unsolicited. You get fired for that sort of thing. But you need another emotion. The most common one to use at work, ironically, is fear. We use fear to overcome someone else's fear. What else are we doing when we say to someone, 'You think things are bad now, but if you don't change we may all be out of a job,' or 'It is important for your promotion to demonstrate flexibility to new ways of working.' I've done it and I guess that you have too. You've probably also used greed or desire, 'How much you could get out of this,' or excitement and enthusiasm, 'It's going to be great fun!' But I guess that you've used other emotions as well.

> You're in a meeting and an idea has been tossed into the middle. For the past ten minutes every one, except one person, has been pouring cold water on the idea. In fact that person has been describing the benefits of the idea. Whilst everyone can see downsides that person can only see the upside.

Who is this person? Guess. It's the person who thought up the idea in the first place. Thinking up an idea yourself is like deciding to flee, all on your own. There is change but *if you are creating it yourself you do not constrain it.* So if you wish to avoid people constraining change you have to be careful to give them all the information and direction that they need to create the right change themselves.

There is another mechanism which is very effective for people who are non-stakeholders in your change, people who do not feel that your change is aimed at them. If you make it obvious what your change is and make all the advantages and benefits obvious and visible, people will copy you!

PERSONAL STAKEHOLDER MAP

STAKEHOLDERS	*Driver organisation (Client, Other Function, J.V. Partners)*	*Your organisation (Project)*	*Deliverer (to you) organisations (Subcontractors, Suppliers, J.V. Partners)*
Who wants you:	*sponsor:*	*sponsor:*	
To succeed			
To fail			
Who is betting on you:			
To succeed			
To fail			
Who is supporting you:	*Key contact*	*Core team*	
		Extended team	
Visibly		*Invisible team*	
Invisibly			
Whose success:		*Key contact*	
Affects you	*Key contact*		
Do you affect			
Who does your change:	*End user*		
Benefit			
Damage			
Who can your change:			
happen without			
not happen without			

(Bottom of bubble diagram) *Absolutely critical:* —— *Outcome interest: o* *Interest during:* *

Section 2.2.1
Mapping Stakeholders

The way of war is to know your opponents.
Chiu Ming

So who are these stakeholders? Those people who define project success and define for you the boundaries and organisation of your chunk of change?

Perhaps we should make a list of them and try to understand their motivations and agendas, both hidden and open.

Think about all the people who you need:
as resources
to take along

Think about all the people who your change:
is likely to affect

Think about all the people in the sidelines:
watching you

Now go back to your bubble diagram (Section 2.1.2. Blowing Bubbles). Look at the bubbles at the bottom of the bubble diagram – *the core drivers*. The bubbles with **no** arrows going into them. What names are mentioned? Where you have written 'we' or 'they' who are you referring to? The people whose names are closest to the bottom of the bubble diagram will be the stakeholders who will have the greatest influence over your project. Why? Because they will need to alter something that they do or don't do in order for your change to become real and be translated into an improvement. Make sure that you have their names written down and underlined or highlighted. Now work your way up the diagram. Look for any other names you have missed. It's easiest to organise the names and groups as a **grid** or a **map**. But I advise drawing two maps. One for your *personal* use and another which you use *publicly* and stick on the wall.

On the personal map some names may appear in more than one row.

Give yourself about a quarter of an hour to complete it. Leave the map for a while and then return to it about an hour later and have another go.

Highlight any stakeholders you have discovered who you hadn't really spotted before completing the map.

What are the implications of the map which you've drawn? Most people will discover a number of things simply by completing the map.

Firstly, *there are* ***more*** *stakeholders and more important stakeholders than you initially thought there were.*

Secondly, *there are a number of stakeholders who are* ***absolutely critical*** *to success.*

And thirdly, *there are actually a number of interested parties who you thought were stakeholders but will best be managed at a distance, best* ***kept*** *out of the action.*

1. You will need to rank your stakeholders in terms of two groups. Those ***absolutely critical*** to both progress and success and those who are not. (Usually the sponsors, end users, core team members, key contacts and any names which show up at the bottom of the bubble diagram fall into the first category.)
   Underline all the names in the first category.
2. Now establish which stakeholders are mainly interested in the ***out-come*** of the project and which are mainly interested in what happens ***during*** the project.
   Circle all the names in the first category.
   Put a star against each name in the second category.
   There will be a group who fall into both categories.

(A short note. People who want you to fail are not necessarily bad people; it's just that they don't see the world the way you do. For example, your actions may be threatening their livelihoods.)

At this point you need to copy the names onto the public map, hide the original map and go out and start to establish what their success criteria are.

INDIVIDUAL TAILORING

Open, Fog and Movie projects: *Repeat drawing the stakeholder map frequently. With an open project, new stakeholders will emerge as you go along. If you remember the fog analogy you need to make progress holding hands, you cannot afford to become separated from them. You will need to map them so that you can keep in frequent communication with them.*

Joint Ventures and CommErcial projects: *You will need to do some homework in order to understand the motivations of the stakeholders in the driver organisation. It is usually worth taking some time to establish and understand the internal power and politics of the organisation.*

MAP OF CHANGE STAKEHOLDERS

Client organisation (who have to live with project outcome)	**Project organisation** (your responsibility)	**Supplier/Subcontractor** (provide you with inputs or are delegated parts of the project)
Sponsor:	Sponsor:	Sponsors:
Day-to day or key contact:	Day-to-day or key contact:	Day-to-day or key contact:
End user:	Core team: Extended team:	Sponsors:
		Day-to-day or key contact
	Invisible team:	Sponsors:
		Day-to-day or key contact

Section 2.2.2 Establishing the Hard and Soft Criteria of Success

('You, Sir are drunk!') 'You madam are ugly, but the difference is, I shall be sober in the morning!'
W. Churchill

Inside every stakeholder there is a human being who is making judgements about what you are doing. Some are concerned with the more tangible and fixed aspects of the change you are managing, whilst others are interested in the less tangible, more transient things with which you are concerned. The way that they decide on whether you have succeeded is by measuring you against standards or criteria.

ESTABLISHING SOFT CRITERIA

These are often quite difficult to establish. For a start, people do not always divulge their soft criteria. They feel it is unprofessional or not business-like to talk about the less tangible aspects of the work. But although people tend to talk about hard criteria what they really value and remember are the soft criteria. It is these which influence the acid test, 'Would you do business with this person again?'

> A brilliant business opportunity comes up and you have to travel to a country you have never visited before. Your secretary books you on the privately owned local airline, 'ExecutAir'. You are to travel business class, at a reasonable cost, to arrive on the day before your meeting. How come when you get back to the office the first thing you do is go in to see your secretary. You stand there twitching and mutter through gritted teeth 'Never, ever, book me on ExecutAir again!!'

What happened? All the tangibles seem to have been met. As I said, buying the **first** time round on the basis of **hard** criteria seemed OK at the time so what are you so upset about? Is it the sheer fear and panic that you felt when the pilot, on welcoming you aboard, leaned towards you and a faint smell of alcohol wafted past you? Is it because the cabin crew were slow, rude and unhelpful? Is it because you had to lug your baggage half a mile across the runway to the plane yourself? Or is it the smell of stale cigar smoke that even now clings to you?

In your non-working life you pay a lot of attention to soft criteria. If you had to choose a plumber to put in a new bathroom at home, of course you would

consider qualifications and how much the fee would be, but you would also look for someone who came recommended by a friend or neighbour whose judgement you trust. You would want to be sure that the plumber would not leave a mess or make too much noise and so on. The trick is to transfer this very sensible approach to the workplace; to consider the soft criteria of success in managing change.

GENERAL SOFT CRITERIA

There are a number of soft criteria which I have discovered regularly feature in people's measures of success.

Empathy	Your stakeholders need to feel that you see and feel the world from their point of view.
Reliability	Stakeholders usually need to feel that you will do whatever you say you will.
Fault-freeness	Small errors, even typing mistooks can upset some stakeholders. Don't forget that they are relying on you pretty heavily.
Honesty	Very valuable to stakeholders. They can feel comfortable about the process and don't feel that they have to keep watching their backs.
Fun	Most people like to have a laugh whilst they are working. It adds to the sense of achievement.
Aesthetics	Many stakeholders like to be pleased by the appearance of things in projects. For example, clear colour progress charts tend to go down better than cluttered, untidy, black and white charts.
Political sensitivity	Few, if any, stakeholders enjoy being 'dropped in it'. Say your **PRIERS**. Positions, Responsibilities, self Importance, Empires, Reporting lines and Status.

INDIVIDUAL SOFT CRITERIA

With your key stakeholders, it is also necessary to establish their individual foibles and preferences. Individual soft criteria are governed by the values that the person holds dear. You therefore need to establish their values. I usually recommend having an early meeting in the office of the key stakeholder. Here you can pick up clues about what is important to the person.

Is the office tidy? Organised? Is there paper everywhere? How well does this person manage incoming information? Where is the phone? Is it promi-

nent? Is there a notice board? How old are the items on it? Is it going to be more effective to communicate by phone or paper?

Does the desk create a formal barrier across the room separating you or is it against the wall allowing access?

Are there any artefacts in the room? Pictures? Photographs of past triumphs? Trophies? Does this person want to be seen by everyone else as successful?

Is there a white board/ flip chart? Does this person like to communicate? Or is there no visible information?

You will stand a better chance if your behaviour reflects their soft criteria.

The second thing to do is to get them to tell you their life story. Say something like 'You've been here a while' or 'You're new to this' or 'You seem to have made rapid progress through this organisation. How did you get into this job/role?' Most people cannot resist talking about themselves to anyone who seems genuinely and fully interested and will end up telling you their life story. In doing that they will give you clues to their values. All you have to do is pay attention.

> A few years ago I did some work with a medium sized printing machine manufacturer. After our first meeting I was promptly sent a written summary of our discussions. I then had to phone them about an item of clarification. Again I promptly received a letter summarising our discussions. This happened again after the next phone call. My next meeting was with the MD. Halfway through the meeting I asked him how long he had been with the company. 'Man and boy,' he replied, '35 years.' And then I asked him how he had risen to MD. 'I started on the shop floor. I was keen and worked hard. One day I had a lucky break. We were a bit short of salesmen so I was asked to visit a local customer and get an order. I went to see the customer and discussed the job in detail but I didn't write down the specifics. I almost lost my job over that because we actually supplied the customer with the wrong specifications . . .'

As I heard this, the word 'BINGO!' went through my brain. I had found out why the organisation was so keen on destroying forests. Obviously, as he had risen through the organisation he had insisted that everyone who worked for him wrote things down. Now that everyone worked for him, the whole organisation wrote everything down.

I had also established some of his values:

- People should be keen
- Hard work is good
- People deserve luck

I made sure that all the hard work I put in was clearly visible and that he was aware of any lucky breaks we had with the project and, in terms of future communication, I always wrote everything down.

GENERAL HARD CRITERIA

You also need to establish the hard criteria. To establish the harder, more measurable and tangible criteria for success, you need to answer, 'Why is this change being carried out?'

If you have developed a bubble diagram (Section 2.1.2. Blowing Bubbles) you may be able to answer this for yourself, but you will need to establish this with your outcome stakeholders.

In a business context, their concern is with the *financial contribution* of the project, its *timeliness in providing competitive advantage* and whether it delivers the *specific technical and business objectives it was set up for*.

Next there is a list of most of the key questions you will need answered in order to establish the hard criteria.

Financial contribution

- How much is the project to cost?
- Are we costing this as real money or internal transfers?
- How much revenue will the project generate?
- Does the project generate money itself or does it rely on further business activities? (Is it a commercial project?)
- Are the sums of money substantial with respect to the whole organisation?
- What is the impact of over or underspending?

Timeliness in providing competitive advantage

- When does the change need to be complete by?
- What happens if it's late? (Is it a 'drop dead' project which can't be even a minute late, like building an Olympic stadium?)
- What happens if it is early?
- Who is expecting to receive what we deliver and when?
- Is there a difference between elapsed time and actual time spent working on the project?

- Is there a window of opportunity?
- Who or what is the window bounded by? Competitors? Legislation? Customers? Technology?
- Will starting the project shorten the window as competitors react? Lengthen the window?

Specific technical and business objectives

- What are the specific technical requirements or specifications which the project must meet?
- How much can we deviate from the specifications?
- What happens if the specifications are not met?
- What objectives are definitely not in the scope of the project?
- What objectives are definitely within the scope of the project?

INDIVIDUAL PROJECT HARD CRITERIA

The next sequence of questions is designed to help you establish the relative importance of the three hard criteria in your own chunk. You need to establish your stakeholders' priorities. What do they see as the most important? Financial outcomes, timeliness or the specification of what is delivered? You will need to work the questions into the conversation somehow.

1. If something unforeseen goes wrong and it looks as if we are going to be late, would you rather (a) that I spent some more money, (b) relaxed aspects of the specifications or (c) just let it get a little late?

2. How about if we discovered that it was difficult to meet the specifications, would you rather that we (d) relaxed aspects of the specifications, (e) that I spent some more money or (f) just let it get a little late?

3. Would you be happy if I overspent in order to (g) exceed the specifications, or (h) bring the project in early?

4. How about if we spent extra (j) time or (k) money in order to exceed the expected specifications.

You will probably discover that our stakeholders don't entirely agree on what is most important in the project.

Mark your stakeholders' names on the two triangles below.

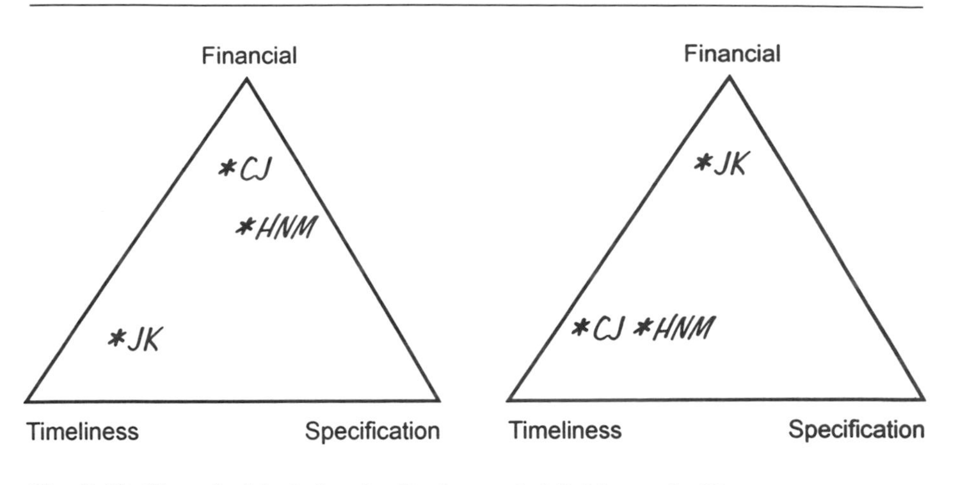

Fig. 2.12 Shareholder's hard criteria – establishing priorities

Are there any disagreements? Now mark your own views on the triangles. Do you agree with your stakeholders? Are you reasonably close? Will they need to be brought closer?

RECORDING SUCCESS CRITERIA

For the project you are working on, what are the success criteria you have identified so far? By now you should have developed an overview, the big picture.

THE BIG PICTURE

Financial contribution

Timeliness in providing competitive advantage

Specific technical and business objectives

General soft criteria to apply overall

Individual soft criteria for key stakeholders

Individual soft criteria for ....

Individual soft criteria for ....

Individual soft criteria for ....

Individual soft criteria for ....

Do your stakeholders agree on the hard and soft criteria? Where are the conflicts? If there are differences of opinion then you *must* negotiate. Don't be a hero. Don't promise the impossible. Don't be a nerd. Don't hope it will all come good. Always negotiate, and negotiate as early as possible.

AGREEING HARD AND SOFT CRITERIA?

What is negotiating? It is definitely **not** an exercise in splitting the difference. Many people think it is. In a change management environment, negotiation takes on a very high profile because it is not acceptable in negotiations for one person to lose and the other to win. If a stakeholder thinks that they have lost, this means to them that the project is not addressing their success criteria and as a result they think it has failed. And it has. Also it is usually the case that at the end of the negotiations, win or lose, you will have to rely on the person you are negotiating with to go away and do further work. It is hard to get commitment and motivation from someone who feels that they have lost the negotiation.

In managing change in chunks, your main focus should be on constructing **win-win** solutions. Win-lose solutions do not assist you in the long term. If you cannot do this, then it is best that, if possible, the stakeholder is eliminated from the project activity.

I don't know about you but I have never met anyone who wakes up in the morning and tells themselves, 'Today I intend to get everything wrong.'

Nobody sets out, intentionally, to get things wrong. Reason, for most people, means their own opinion. This means that *at all costs* in negotiation you must *avoid value laden words* (such as good, best, sensible, insisting or obvious) or any *personal comment* about the person with whom you are negotiating (like slow, stupid, confused or lazy). Avoid saying things like 'Anybody with any sense would see that the most intelligent thing to do is . . .' or 'If you could understand it you would recognise that my solution is the best.' Both of these statements not only insult the person you are talking to, they also make value judgements about the person and the potential outcomes.

Once you understand the different types of conflict you may wish to get on with negotiating. Never rush negotiations. Approach them slowly. Remember the Third Law of Change and why it occurs. You may want to carry out your negotiation in small chunks, one step at a time.

TYPES OF CONFLICT

There are two types of conflict, direct and indirect.

> On a holiday trip to Nairobi I was very much taken by a wooden carving of a giraffe. I asked the price from the vendor and discovered that it was a lot more than I had anticipated. I pulled a face and offered the vendor two thirds of the price which was actually what I could afford. The vendor looked at me in disgust at my suggestion and replied that the offer was unacceptable.

Direct conflict occurs when it appears that one person's success is the exact opposite of the other person's success. The example above illustrates this. In some sales deals, if the seller receives a higher price, the buyer is forced into paying more money. It looks as if the only way it can be settled is by one person winning and the other losing.

> I remember once going into a travel agent's to book myself a canal boat holiday. Seated at the desk next to me a couple seemed to be locked in mortal combat. They were fighting over when and how they were going to get to and from their holiday. They both seemed to be talking at once. 'I think that we should go in the summer, not the autumn like last year.' The man was staring at a page of his filofax saying, 'The latest I can make it is the 5th of July.' 'It must be in the summer or else it starts to get cold.' 'I'm going to be exhausted, so we must travel there and back in comfort.' 'I think that we should fly. Don't you?' 'How much will that cost?'

Indirect conflict occurs when the two people are seeking different but not opposite outcomes. For example, 'I want it this summer' versus 'I want it by

the 5th of July'. Or 'I think we should travel to/ from our holiday in comfort' versus 'I think that we should fly to our holiday'.

Indirect conflict

This type of conflict is best resolved by considering subsets. There is usually an area of overlap between different demands which are being voiced.

STEP 1 FIND AN AREA OF AGREEMENT, HOWEVER SMALL.
(IT MAY EVEN BE SOMETHING AS SIMPLE AS THE FACT THAT THEY ARE FINDING IT HARD TO COME TO A CONCLUSION. IN THAT CASE GET THEM TO AGREE ON WHICH PART OF THE ISSUE THEY ARE FINDING IT HARDEST TO AGREE ON.)

STEP 2 CHECK THAT THE PARTIES INVOLVED AGREE THAT THEY AGREE ON THIS AREA.

STEP 3 HIGHLIGHT THE AREAS OF DISAGREEMENT.

STEP 4 SUGGEST THAT THE AREAS OF DISAGREEMENT ARE ADDRESSED ONE AT A TIME.

STEP 5 GET THE PARTIES TO AGREE THAT THE AREAS OF DISAGREEMENT MUST BE ADDRESSED ONE AT A TIME.

STEP 6 CHOOSE THE SIMPLEST AREA OF DISAGREEMENT. DESCRIBE FROM YOUR OWN PERSONAL POINT OF VIEW WHAT YOU THINK EACH PARTY IS SAYING.

STEP 7 THEN DESCRIBE THE SCENARIO IN WHICH ALL THEIR NEEDS ARE MET.

STEP 8 THIS SHOULD MOVE THEM FORWARD ONE STEP. IF IT DOESN'T END THE DISAGREEMENT GO BACK TO THE FIRST STEP.

Let's assume that you are the travel agent dealing with the couple I described earlier. The couple have now been sitting opposite you having a private but public argument for the past half hour. Your patience is wearing thin. You decide to try to negotiate with them. From what you have heard it seems like a case of indirect conflict.

STEP 1 FIND AN AREA OF AGREEMENT HOWEVER SMALL.
(IT MAY EVEN BE SOMETHING AS SIMPLE AS THE FACT THAT THEY ARE FINDING IT HARD TO COME TO A CONCLUSION. IN THAT CASE GET THEM TO AGREE ON WHICH PART OF THE ISSUE THEY ARE FINDING IT HARDEST TO AGREE ON.)

'Excuse me. I couldn't help overhearing, but it seems as if both of you are really looking forward to going on holiday.'

STEP 2 CHECK THAT THE PARTIES INVOLVED AGREE THAT THEY AGREE ON THIS AREA.

'Is this right?' Wait until they have both nodded or said something affirmative.

STEP 3 HIGHLIGHT THE AREAS OF DISAGREEMENT.

'But it seems to me that you are having some difficulty agreeing on when to go and how you might get there.'

STEP 4 SUGGEST THAT THE AREAS OF DISAGREEMENT ARE ADDRESSED ONE AT A TIME.

'Perhaps you could look at the areas of disagreement one at a time. We might find that easier to handle?'

STEP 5 GET THE PARTIES TO AGREE THAT THE AREAS OF DISAGREEMENT MUST BE ADDRESSED ONE AT A TIME.

'What do you think?' Wait for them to nod or say something affirmative.

STEP 6 CHOOSE THE SIMPLEST AREA OF DISAGREEMENT. DESCRIBE FROM YOUR OWN PERSONAL POINT OF VIEW WHAT YOU THINK EACH PARTY IS SAYING.

'I thought I heard you say that you wanted to be absolutely certain of taking your holiday in the summer? Is that right? And I think I heard you saying that it is essential that you take your holiday before 5th July.'

STEP 7 THEN DESCRIBE THE SCENARIO IN WHICH ALL THEIR NEEDS ARE MET.

'So what we are looking for is a holiday in the summer period before the 5th of July.'

STEP 8 THIS SHOULD MOVE THEM FORWARD ONE STEP. IF IT DOESN'T END THE DISAGREEMENT GO BACK TO THE FIRST STEP.

It's really all a matter of subsets. Draw a circle to represent all summer holidays

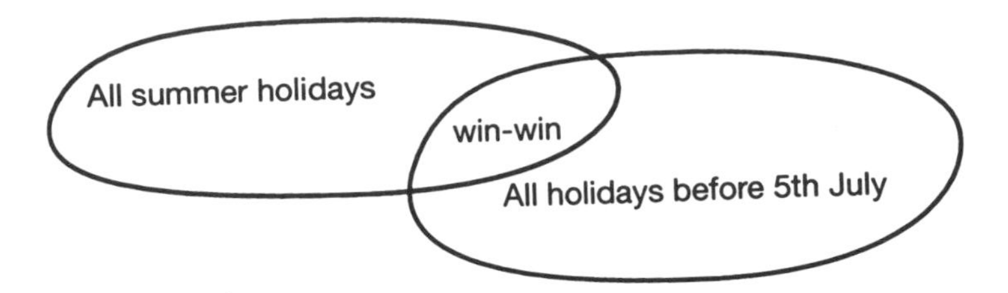

Fig. 2.13 Conflict resoution – seeking overlap for win-win solutions

and another to represent all holidays before the 5th of July.

Do they overlap? How would you describe the area of overlap? It looks as if it has to be the last week in June, the first week in July or nothing at all. This is the area of win-win.

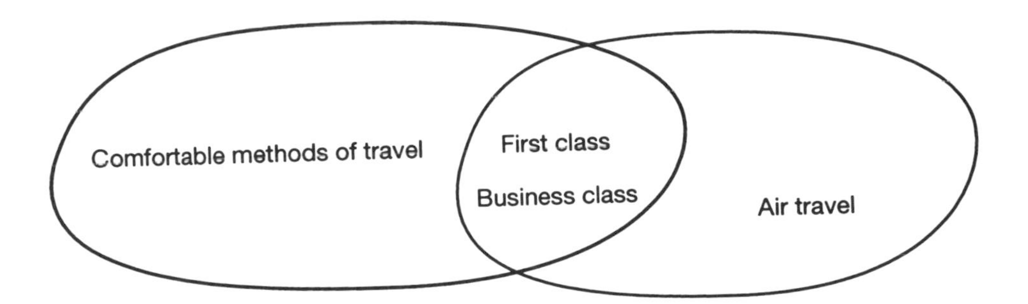

Fig. 2.14 Conflict resolution – identifying possible alternatives

Sometimes it is more complex. Just as you think you've got an area of overlap one of the stakeholders introduces another success criterion. 'How much is it going to cost?'

ESTABLISH THE BOUNDARIES OF THIS NEW CRITERION.

'What is the maximum you feel you could afford?'
'Three hundred pounds.'

GAIN AGREEMENT FROM BOTH THAT THIS IS A REASONABLE BOUNDARY. PLAY IT BACK TO THEM.

'Three hundred pounds, is this acceptable to both of you?'

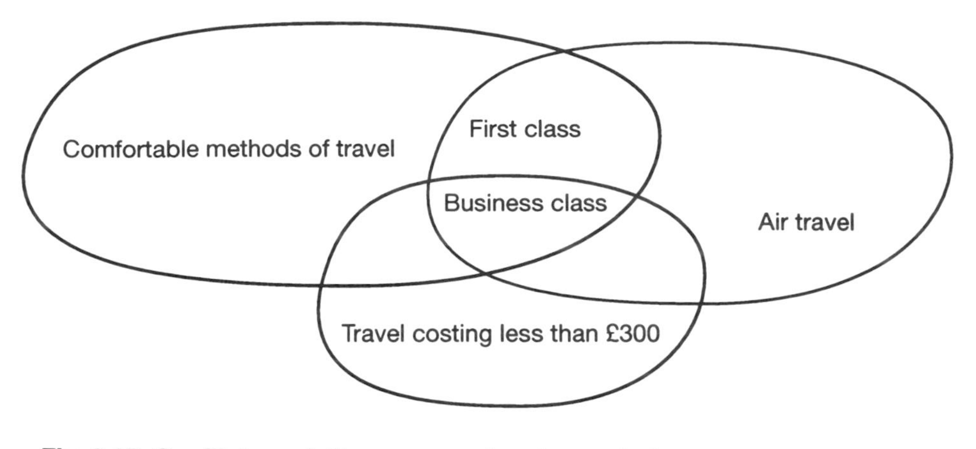

Fig. 2.15 Conflict resolution – narrowing down choices

Direct conflict

This is a lot harder to deal with. The paradox though, is that the reason that there is direct *conflict* is that you share the *same* objective.

You wish to have a successful trade, so on the one hand you must spend within your limits, which means that you must spend as little as you can get away with. On the other hand, the trader also wishes to have a successful trade which means that s/he must cover costs and must seek to charge as much as s/he can get away with. So s/he wants to charge as much as s/he can whilst you wish to pay as little as you can get away with.

You could negotiate if these two areas overlap. But since the situation is seen as direct conflict it will be hard to get the levels of openness required to figure out whether there is any chance of an overlap. There seems to be no overlap but that is often just in the way in which the problem is stated. Sometimes there is overlap in terms of the **reasons** why people are saying what they are.

In cases of direct conflict it is important to establish why the other party sees the world the way that they do. Developing a bubble diagram (Section 2.1.2 Blowing Bubbles) is an ideal way. Because of the lack of openness, you may have to work out why they want the outcome they want indirectly. If there is openness then start by asking why. Listen to the response and if there is overlap go back to the method for indirect conflict.

Direct conflict: Openness between parties.

STEP 1 ASK WHY THEY NEED THE OUTCOME AS THEY HAVE STATED.

'As little as you can get away with' could mean anything from nothing at all up to say ten Kenyan Shillings. 'As much as he can' could mean anything from his cost of eight Kenyan Shillings to 1000 (if selling to a gullible millionaire who has fallen in love with the piece). There is a chance of agreeing as long as our negotiations are in the right band. Any sum of money in that band represents a win-win.

Direct conflict: No openness between parties

STEP 1 MAKE YOUR OFFER AND LISTEN TO THE RESPONSE.

STEP 2 TRY TO DECIDE IF THERE IS A CHANCE OF OVERLAP.

STEP 3 IF YOU THINK THERE IS, REPEAT YOUR STARTING OFFER. MAKE THE STATEMENT AS BLAND AS POSSIBLE AND TALK HOLDING YOUR ARMS HALF OUTSTRETCHED WITH YOUR PALMS FACING UPWARD.

STEP 4 LISTEN TO THE RESPONSE. IF IT HAS CHANGED STICK TO YOUR LINE. CONTINUE WITH THIS UNTIL THE OTHER PARTY STARTS TO LOOK UNHAPPY THEN MOVE YOUR POSITION IN THEIR FAVOUR SLIGHTLY AND CLOSE THE DEAL.

STEP 5 IF THE RESPONSE HAS NOT CHANGED, MOVE YOUR POSITION SLIGHTLY.

STEP 6 ACCUSE THE OTHER PARTY OF BEING RIGID AND NOT GIVING ALTHOUGH YOU HAVE. REMAIN SILENT COUNT TO SIXTY AND THEN REPEAT THIS.

STEP 7 SAY HOW YOU, LIKE THE OTHER PARTY, WOULD LOVE TO HAVE A SUCCESSFUL OUTCOME. KEEP THIS UP UNTIL THEY MOVE THEIR POSITION.

STEP 8 WORK OUT HOW FAR THEY HAVE MOVED. THIS IS EASY WITH MONETARY TRANSACTIONS BUT HARDER WITH NON-MONETARY TRANSACTIONS. I FIND THAT MOST PEOPLE WILL GIVE AWAY ABOUT A FIFTH ON THE FIRST MOVE. SO NOW YOU KNOW WHAT THE FULL RANGE IS.

STEP 9 IT IS NOW IN YOUR POWER TO DEVELOP AN APPROPRIATE WIN-WIN SOLUTION.

Direct conflict: No openness and no overlap

Sometimes, there is **no** openness and **no** overlap. There is a gap between what one party wants and what another party wants. Often an enormous chasm. There is a solution though. How do you get across a chasm? You must bridge the gap. You do this by bartering.

STEP 1 OFFER THE OTHER PARTY SOMETHING WHICH YOU HAVE THE POWER TO GIVE, WHICH IS OF LITTLE VALUE TO YOU, BUT IS OF LOTS OF VALUE TO THEM.
IF POSSIBLE BRING IN A THIRD PARTY, SOMEONE WHO HAS A DIFFERENT DEAL TO STRIKE WITH YOUR OPPONENT.

Your bubble diagram should give you clues on what you could offer.

In my giraffe example both I and the vendor tried this.

The vendor looked round his stall. Walked to the back of the shop and returned with something. He showed it to me. It was a key ring with a small carved lion as the fob. It was not a brilliant carving. It looked more hacked than carved. He said that he would throw it in for free if I paid the full price for the giraffe carving.

I explained that I was not an American (the popular misconception at the time was that Americans were made of money) and couldn't actually afford it but that I was on holiday with friends who also wanted to buy carvings. I said that I would bring my friends to his stall to have a look around. I added that they might not buy anything but at least they would visit him first – additional customers. He asked me when we would come round and I promised before the end of the week. We had a deal. He accepted my offer. As it happened my friend did not find anything they wanted at his stall but he was happy and so was I. A classic win-win.

Section 2.2.3
The Money

. . . Left to its own devices, each functional department will inevitably pursue approaches dictated by its professional orientation and the incentives of those in charge. However, the sum of these departmental approaches rarely equals the best strategy (for making money).
Michael E Porter

A very short time after you start the process of defining what your stakeholders think success is, you will suddenly realise that you understand the scope and needs of the project far better than anyone else. You will also recognise how parochial their visions are.

It is at this point, as project leader, *you* hold the **only** and **key** decision of the project.

'Should this project carry on or be stopped now?'

What you need to establish for yourself and on behalf of the organisation is whether the project appears to *legitimately* serve the goals of the organisation or whether it is an illegitimate exercise in *adventurism*. How do you answer this fairly for yourself? To answer this we must return to our understanding of the goals of the organisation. For the discussion I am only going to consider business organisations. I choose business organisations because it's easy to generalise about them, the reason being that they all have the same goal '. . . *to make money, both now and in the future*'. The choice of what the organisation's goals should be has already been made. It has been made by the *owners* of the business, the shareholders, who invested their **money** in the business, not to give it away, but in order to make **more money**.

For a project to legitimately serve the goal of the organisation it must help with this process of making money now and in the future. But how do organisations make money? Through sales? Through cost reduction? Through quality? What is the actual mechanism? A popular concept is that organisations make money through adding value.

This is an idea supported by standard accounting conventions (and even by the idea of value added tax). It works like this.

An organisation purchases services or raw materials (V); people in the organisation then work with the services, or machines work on the

materials. Step by step, each time you work on the service or raw material you add value (AV_1). So after four process steps the value of the work in progress (such as a part-built car or part-complete mortgage application) is $V + AV_1 + AV_2 + AV_3 + AV_4$. At the end of the process all the value has been added, V+AV, for which the sales price is S. Sometimes people add a margin (M) for profit and then say that V + AV + M is the sales price. What does this mean? It means that a half-complete product is worth more (because it has a higher added value) than the raw materials (because no value has been added). This is reflected in the organisation's balance sheet. The stock or inventory is recorded as an asset and often conveys a message on the stage which the work in progress has reached.

It is ***absolutely vital that you do not*** use this standard convention for deciding whether a project will legitimately help the organisation with its goal. At an intuitive level you have probably guessed that this mechanism is wrong. It's a bit like suggesting for a project to build a bridge, that a half-complete bridge is more useful than no bridge at all . . . and that a half-completed bridge is half as useful as a complete bridge.

Most project costing conventions, such the use of net present value calculations, make this assumption implicitly.

But why is the mechanism wrong? Maybe we need to look at an example.

> Imagine that it is your son's birthday and you have decided to buy him a lacquered fountain pen. You are standing in your local stationery shop describing what you are looking for. The shop assistant finally understands what you are after, reaches up to the shelf above and retrieves a box containing a pen of your description. You open the box but to your dismay you notice that the pen is irreparably damaged. It will not even write. It's obvious that it must have been damaged at about the mid point in its manufacture because it has been assembled, lacquered and boxed. It is of no use to you and doesn't even have any scrap value.

What happened to all the value that was added in the factory? It's obviously gone. Evaporated! But when did it evaporate? Was it (a) when you discovered that the pen was damaged? Was it (b) when the pen was actually damaged? Or was it (c) at some other time? Have you chosen? I'm sorry but all three are wrong! There was never any value there at all. The actual mechanism through which organisations make money is not by adding value. It is by adding cost and then keeping their fingers crossed that a customer will come along and take the product or service from them and give them back more money than they have actually spent.

Try this for a mechanism.

The organisation buys services or raw materials which costs it money (C). The organisation then works on these services or materials to convert them into a form in which they can sell them. To do this they must pay people and they must also pay for any machines or equipment, buildings, etc. that they need in order to carry out the conversion. (Sometimes they buy and own the equipment; sometimes they rent it, but it must still all be paid for.) All this additional cost is used for every stage in the conversion process. Money is spent and costs are added (-AC1).

By the end of the process the business has spent (-C-AC). We now hold our breath and keep our fingers crossed until someone buys it (S). Hopefully they leave us with a margin which represents our profits.

This **must** be the real mechanism, a mechanism in which it is the customer who decides whether or not we make money. If this was not the case we would simply make products/services – that is add value – and then put them in a warehouse! Why bother selling them?

Whenever **you** work on anything you **add costs**. The **customer decides** the **value** by giving you your money back. Hopefully, they give you back more than you spent.

So the business needs to be able to measure if it is making money. Most businesses do not measure whether they are making money now and in the future. It is traditional, instead to measure how much money was made in the previous year. How much money did we make (profit) and how does it compare to the amount we have had to leave in the business to make the money (return on investment)?

There is one small snag though. In the modern business world, change is occurring fast. So fast that our financial budgets (which look a year forward) are often adhered to closely for the first few months, after which their forecasts of spend and revenue begin to look ropy! How long is it from the time you put your budget to bed, to the time when you record the first variance? Some people claim that variances occur even before the budgets are finalised. That leaves me, and I suspect you, feeling distinctly uneasy about using a one year historic measure of profit and return on investment as a reasonable guide to whether or not the business is making money now and in the future.

To evaluate the legitimacy of projects in a modern business environment, we need to look for measures which look forwards and are dynamic. That is, we become more interested in the rates with which things occur than the sizes or amounts.

For you, as a project leader in this complex and rapidly changing business environment, many questions remain. How do you appraise a five year

scheme when you are well aware that the goal posts will move during that period? What do you do if the project appears to be interlinked with others? How can you ensure that the money you spend will definitely lead to products or services that customers will part with their money for? How can you be sure that this money will make its way back to your business? How do you handle schemes that are merely defensive, one pound per month spent to avoid losing one pound per month sales? Do pay-back periods matter? Do they mean anything?

We need to think differently about what has the greatest and least impact on our ability to make money now and in the future.

Imagine coming across a shop in a back alley in your local town: a shop which sells money-making machines. Your initial reaction is one of stunned surprise, but at once you are approached by the shop assistant. What questions would you ask and in what sequence?

No. You do not ask how much the machines cost. That is not at all greedy.

No. You do not ask how much money they make. That is not quite greedy enough.

No. You do not ask to have the whole shop. That is far too greedy.

I would ask, in order of importance, '*Which one makes money fastest and for how long?*' (a £5 note in one minute is better than a £20 note in an hour, but don't forget to subtract the cost of paper and ink.) '*How fast do I need to spend to keep it running?*' (on labour, maintenance, etc.) '*How much does it cost to buy?*' (what investment must I make initially?) And finally, '*Is it legal?*'

The first three questions establish how much money I could make. The final one looks at the need to satisfy externally imposed conditions of business. The questions establish the real revenue rate, the operating expense rate and the investment tied up. Real revenue rate minus operating expense rate is a measure of how fast you are making money: a sort of profit per year figure. If you divide this figure by the amount of investment tied up you get a rate of return. Which gives you a complete sense of whether or not your choice of money making machine was a good one.

Imagine that you were a project leader in a major pharmaceutical company. Your research scientists have discovered a drug which is capable of producing a real revenue rate of £200 million each year. The project to build a facility to manufacture it is to cost £200,000 and will take a year to design and develop with your current in-house staff. What would you recommend to your company as it's best money making machine? A company with which I have worked now applies much of this approach to the development of new drugs. The company is

happy to trade off project cost overruns for early completion in a ratio of about one million per month if the launch can be dragged forward. Quite simply, additional real revenue during the drug's early life cycle more than compensates for the work on the basis of project costs alone.

Being in the pharmaceutical industry, the company also has to satisfy the externally imposed conditions of the DHS/NHS or the US Food & Drugs Administration. It must understand fully when projects are set up simply to meet these externally imposed, necessary conditions. For this client, drug launches are usually linked to national launches by sales forces across the globe. These national sales teams are often involved in a number of other simultaneous promotions and initiatives, and since all markets vary, it is the timeliness of the project, not the absolute time, that is the measure of success.

Now let us return to your problem of deciding how legitimate your project is. Clearly this is an important question which can only be answered by you. To be legitimate a project must directly do **at least one** of the following:

Maintain or increase the rate at which the business makes money now and in the future.

Maintain or reduce the rate at which the business needs to spend money now and in the future.

Maintain or reduce the amount of money tied up in the business now and in the future.

Support or provide a solution to a necessary or externally imposed condition.

Does your project do any of these directly? If it does not, you will need to extend its scope and make it a *complete* and *legitimate* project.

For example, a project which provides hand-held computerised customer database equipment for the sales force sounds exciting. Sales people will be better able to track customer needs. They will be more efficient and have more time available. They will be able to avoid re-entering data and introducing misspelt names, etc.

However, this project is still not legitimate unless more sales are made using the extra time. Or the number (and cost) of the sales force is reduced. Or the sales force has more time to provide a better level of service that either the customer so values the service that it prevents him switching supplier, or it enables us to charge more for the service. Or fewer goods are lost by being sent to the wrong address. If none of these developments are within the scope of the deliverables of the project, the project is not complete and will not give a legitimate outcome.

To make the project complete you will need to extend its scope to cover at

least one of these favourable outcomes. If it is not possible to extend the scope or if it does not meet with at least one of the four criteria, kill it now! Save yourself the headache. Save yourself the cost, remember doing anything in business costs you money or time, and by not doing anything, *improve* the performance of your business.

The process of making a project complete and legitimate by altering or extending its scope usually highlights additional stakeholders which should be added to your stakeholder maps (Section 2.2.1.).

IMPLICATIONS FOR PROJECTS

Rules of thumb

1. Plan your project so that you spend money as late as possible but get revenue as early as possible.
2. If your project is addressing a necessary or imposed condition always do it at minimum cost.
3. Closely manage projects where there is more than a year of spending before revenues come in. Always organise such projects in phases with opt outs. It's best if, at each opt out, you can retain or gain business benefits.
4. Be very careful with open projects aimed at reducing running costs or investment levels.
5. Legitimate projects usually rely on end users changing their ways of working. It is important to explain legitimacy to end users.
6. If you have a choice of projects rank them in terms of which of the 'money making machine' questions they answer.
7. It makes better business sense to kill a project at the start, than in the middle.

Section 2.2.4
Balancing Stakeholder Expectations

Success is relative:
It is what we can make of the mess we have made of things.
T. S. Elliot

EXPECTATIONS AND REALITY ARE BOTH VARIABLE

How do other people decide whether or not something we have done meets their success criteria? The logical and judgmental ones among us will reply that it depends on whether or not we meet the written and measurable success criteria. But is that right?

> I fly a lot. I get very impatient about flights which take off late. I've noticed that with some airlines, the moment that they think that they are going to be late taking off they announce the delay. They then regularly keep you up to date on progress. And although the flight leaves an hour late you have been able to pace yourself, maybe spending time in the bookshop or restaurant. Other airlines deafen you with silence. Not only do they not warn you of the possibility of lateness they just keep you hanging around for the full hour and then apologise once you are aboard the plane.

The measured facts are that both airlines have kept me waiting for the same length of time. And yet I tend to feel far more dissatisfied with the second airline than with the first. Why has this happened? What is the difference? The difference is that the first airline reset what I was expecting to happen and did so at the earliest opportunity. Reality had changed and they lowered my expectations to match reality. I was less happy with the second service because my expectation was that I would get on the plane at a certain time and that did not happen. Reality happened and made sure that my expectations were not met.

> Imagine it's mid winter and you get home early one evening. The rest of the family, like you, are getting a bit fed up with spending all these long dark evenings at home. It would be a great break if you could get out. Someone suggests going to the pictures. You haven't been to the pictures for years but it seems a good idea. You look in the local newspaper at the listings. None of the titles on show mean anything to anyone but you still decide to go. You arrive and look at the posters outside the cinema. There's one with a man in a hat called *Indy John and the Mystical Cat.* You go in and watch it.

Did you enjoy it? Chances are that you did. It was OK.

> Now imagine that for the last month you have kept hearing about a new film called *Indy John and the Mystical Cat*. Jokes are made about it in meetings. You hear people discussing it around the coffee machine. There was even a cartoon circulated which depicted the Chief Exec. as a cat with a caption saying 'I've got the Indy up me'. The last straw comes when your boss walks past your desk whistling (music from the film), stops, turns round and asks you whether you have seen *Indy John and the Mystical Cat?* His parting words are 'You really must see *Indy John and the Mystical Cat*, it's brilliant!' Now you haven't been to the pictures for years, but you decide you must. So you get home and announce to the family that you will be taking them to see *Indy John and the Mystical Cat*. You phone to book and discover that the earliest that you can get seats is a month away so you wait for the appointed time and go to see the film. It lasts 90 minutes.

Did you enjoy it? Chances are that you did not. In fact you could have sworn that it lasted three hours! What happened? Did the projectionist spot you in the queue and swap the reels of the original film for reels of the ultra-boring export version? No! I don't think so. Quite simply, reality stayed the same but this time your expectations had been moved.

Balancing stakeholder expectations is about realising that reality rarely matches expectations. It may surpass or disappoint. ***Both are wrong***. Think of it as a simple balance with a handful of uneven sized stones on both sides. You can if you wish place additional stones on either side. The object is to keep both sides level at all times. Unfortunately, an invisible hand (belonging to a chap called Fate) keeps adding to or removing stones from the side of reality.

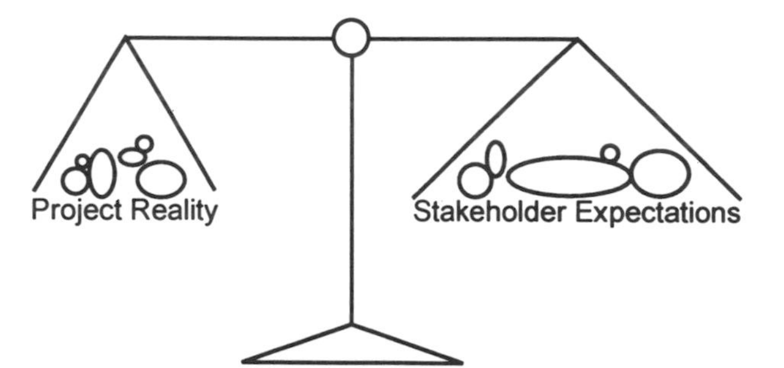

Fig. 2.16 Balancing reality and expectations – keeping both sides level

Sounds simple. So how is it that common project expressions include; 'What I was expecting was . . .', 'I don't remember agreeing to that!', 'What I agreed to was . . .', 'Where on earth did that come from?' and 'I guess that's what you are used to but it isn't good enough in this case'?

EXPECTATIONS CHANGE WITH TIME

The odds are stacked against you in projects and unless you realise this, you cannot balance expectations. Let me use a non-project related example you have experienced dozens of times but perhaps never analysed, to explain.

It's mid afternoon and looks as if your business meeting will go on until the early evening. You are trying to work out a deal with some visitors from out of town. You suggest going out for a meal at the end of the day. Your suggestion is greeted enthusiastically. There is a brief discussion about the type of food you should go for. You decide on Italian. You don't know any good Italian restaurants so you ask your secretary to ask around the office for recommendations of an Italian restaurant within walking distance, and carry on your discussions. Your secretary comes back with two suggestions. They both sound fine. You ask your secretary to find out if either one can accommodate six for dinner. Five minutes later your secretary comes in to tell you that both restaurants have been called. 'Both?' you question. 'Yes, both.' comes back the reply. The first one took ages to answer the phone and when it was answered the reply was a gruff 'What do you want? Six people? OK. But they would have to be on time or else their table would be given away!' The second answered straight away, were polite and were, '. . . happy to accommodate the party of six' and it would be, '. . . no problem if they were a little late in concluding their business.'

Which one do you choose? Why?

You set off to walk to the restaurant. It is in the up-market part of town.

What thoughts are going through your mind? (To do with cost?)

You arrive and are kept waiting at the door for four minutes before any one comes up to invite you to be seated.

What are you thinking about the service of the establishment?

You are seated, offered drinks and the menu. After a little deliberation, you choose. Then you have to wait. Just after the first course is served the Maitre'D comes up toyour table and asks 'Is everything to your satisfaction?' You reply as we always do, especially if asked early in the meal, 'Yes, fine."

This technique of asking for feedback before any milestones are complete is a trick used by cheap restaurants; it saves them coming round later when you might be prepared to give them a harder time.

> You come to the end of the meal. It's been good, not great. You ask for the bill. Ten minutes later you ask again. The bill finally arrives. It looks like a lot of money.

In general, the better the meal the longer the restaurant can afford to keep you waiting for the bill. If the service and food were mediocre anything other than prompt presentation of the bill is likely to make you feel, when it finally arrives, that you have been completely ripped off.

> You get up to leave. As you walk out the Maitre'D asks you if you have had a pleasant evening and invites you to visit them again. You are handed a box of matches to make sure that you can remember where you had the meal and can go back to them at a later date if you wish.

Now look at it from the restaurateur's point of view.

> The phone rings. You are woken up with a start. This puts you in a foul mood. You are worn out. After all you were up late last night. You snarl into the phone, 'What do you want?' Six people! What happens if they don't turn up. It would tie up two good tables for a whole evening. That's what happened last night. You decide to be firm. 'You will have to be on time or else your table will be given away!'

Or . . .

> The 'phone by the bed rings. You answer it quickly. You have been up the night before, but recognise that to the person calling that's *your* problem. You want the business and try to sound bright and helpful. Six people! Useful if they start to use your restaurant on an ongoing basis for post-meeting dinners. Of course, like most people they wish to arrive at 8.30 when you are most busy, because everyone is arriving then. You agree, hoping that they will be late.
>
> The evening starts slowly and then gets busier and busier. It's a warm evening and lots of people have decided to eat out. Out of the corner of your eye you spot a group of people waiting to be seated but you are busy with other customers. Eventually you show them to their seats and hand them menus. A few minutes later you take their orders. You take them to the chef in the kitchen. The chef is overworked, the orders are piling up. You try to help but you can't really. You don't have the skills. You take them the starter. As usual everyone has forgotten what they ordered. A few minutes later you ask them if everything is

OK. They say, 'Yes' and you assume that they mean it. You rush off back to the kitchen to see what you can do to speed things up.

You have been rushed off your feet all evening. The group of six ask for the bill. You are more concerned with finishing things off than with sorting out the bill. After all, they've had the meal now and can't leave until they have paid. As they leave you try to sell on. You give them a box of matches with the address and ask them to call back again.

The project is rather closed in this case. The different stages are separate and discrete.

STAGE FOR DRIVER (Client, Sponsor End User, etc.)	**STATE OF DRIVER** (Client, Sponsor End User, etc.)	**STAGE FOR DELIVERER** (Project team, Subcontractor, Supplier) Supplier)	**STATE OF DELIVERER** (Project team, Subcontractor,
Selection.	Busy collecting information. Setting initial expectations.	None.	Idle. Unaware of what is round the corner.
Access. First point of contact.	Expectations gain substance. If not met may return to selection.	**Definition** starts. **Awareness** of start of project.	Busy. Preparation starts.
Response time.	Idle but impatient.	**Definition** continues. **Planning** may start.	Busy getting ready to deliver.
Impact.	Real contact established.		
Delivery definition.	Judgmental. Selection of deliverables. Expectations getting set in stone.	**Definition** complete.	Very, very, busy.
None.	Idle. Waiting impatiently or may forget all about what they are expecting.	**Planning** and **resourcing.**	Very, very, busy in project team. Little time for other stakeholders
Delivery. You are receiving the outputs of the project. Sometimes you receive nothing until right at the end.	Anticipatory. Busy when the project delivers, e.g. at milestones, otherwise idle. Expectations are met or mismatched at each milestone. Excellent opportunity to blow the whole project.	**Implementation.**	Very, very, busy. All focus is on getting the jobs done. Milestone meetings seen as a necessary evil where outcome stakeholders fuss.
Delivery close out.	Anxiety about costs. Anxiety about hand-over. Any expectations mismatch is seen as a disaster to be dealt with immediately.	**Hand over** and **close out.**	Very, very, busy tying up loose ends of the task. Little time for non-team stakeholders.

So whenever you are at your most busy at getting the job done is **exactly** the *same time* as you are needed to re-balance stakeholders' expectations.

THE STARTING ODDS ARE STACKED AGAINST YOU

How do stakeholders form their expectations in the first place? How did you form your expectations of the restaurant meal in the first place? From previous trips to other restaurants. From what other people who had visited the restaurant said about it. From your companions' view on what Italian restaurants are like. Their views might be very different if they were Italian themselves. And finally from the few interactions you had with the restaurant owner and staff. These were the only chances that the restaurant owner had to influence your expectations directly.

What your stakeholders expect of projects is formed in the same way. From previous projects they have witnessed or been involved in. Stories they have heard of great project successes or failures and the consequences. From each other. The team have an expectation which depends on the client.

For example, in one industry I worked in, team members saw pharmaceutical clients as rich and disorganised and treated them with disdain. Whilst they viewed medium sized manufacturing companies as miserly and penny pinching and so spent all their time trying to find ways to extract more money from them even though they usually started with a fair deal.

The sponsor has expectations set by knowing who is in the team and so on. Finally, the interactions they have with you provide the **only** opportunity you have to influence their expectations. *One* out of *many* others. This is partly why your ability to communicate effectively has such an influence over project success.

As project leader you have two simultaneous tasks. *You have to shape reality – the* project deliverables – to meet the hard and soft success criteria, and *you also have to reshape expectations* on an ongoing basis to ensure that they meet with reality. But there are far many more influences on your stakeholders' expectations than just you and what you tell them. They have preconceptions and they have their expectations remodelled by each other and by actual reality. There are many channels, of which yours is only one. You therefore need as much leverage as possible. Section 2.3.4. Communications Strategies, focuses on some of the strategies you can adopt in order to keep your stakeholders in balance through communications.

MAINTAINING BALANCE

STEP 1 GO BACK TO YOUR STAKEHOLDER MAP (SECTION 2.2.1 MAPPING STAKEHOLDERS) MARK IT UP.

STEP 2 MAKE THREE GROUPS OF STAKEHOLDERS (REMEMBER THE SAND CASTLE IN CHAPTER SEVEN)

- UNDERLINE IN RED: THOSE WHO MUST BE INFORMED OF ANY CHANGES IN ADVANCE OF THE CHANGE (USUALLY THE DRIVERS OR OUTCOME STAKEHOLDERS, CLIENT END USER OR SPONSOR).
- MARK WITH A RED SPOT: THOSE WHO CAN BE INFORMED OF CHANGES AT THE TIME OF THE CHANGE WITHOUT GENERATING SIGNIFICANT WAVES. (USUALLY THE DIRECT DELIVERERS, THE TEAM AND OTHER DIRECT CONTRIBUTORS).
- NO ADDITIONAL MARKS: THOSE WHO YOU CAN GET AWAY WITH INFORMING OF CHANGES AFTER THE EVENT.

STEP 3 SCHEDULE IN ADVANCE (NOW) REGULAR MEETINGS WITH THE FIRST GROUP.

STEP 4 MAKE UP A 'COPY TO' LIST FOR ALL THE STAKEHOLDERS IN THE SECOND CATEGORY.

Section 2.3
PLANNING AND CO-ORDINATING

Perspective use it or lose it.
Richard Bach

I once attended an International Project Management Conference in Vienna. As part of the conference there was an exhibition for suppliers. There were professional project management consultants, book stands, but by far the largest area was taken up by computer companies offering software packages. These days, project planning has been reduced to a computer package. For about sixty dollars you can buy project planning software. I remember reading the blurb for one such package. It claimed to solve all your project planning and reporting needs. Amazing! And all for sixty dollars. I walked through the exhibition and then went off to listen to a paper on project success and failure. The statistics were not good. Depending on how you cut it, between 30% and 80% of projects had major problems. I felt like telling the speaker not to worry because from now on, for only sixty dollars, the problem of project planning and control would be banished and never ever seen again. I didn't though.

'Anyone who does not realise that *the true nature of planning is to* ***continuously gain and maintain perspective*** and that the *true nature of co-ordination and control is to* ***spread and use the perspective amongst stakeholders***, and that the two things are two ***separate*** processes, will find it difficult to consistently succeed with projects.'

Section 2.3.1
Sticky Steps™: A Step by Step Approach to Planning Change

Even a thousand mile journey begins with a single step.
Be sure that the step is in the right direction.
Zen Buddhist saying

What is the true nature of planning? By now, you will agree that planning has nothing to do with time schedules or bar charts. Those simply represent the ways in which we communicate the plan to our stakeholders. Planning can be little more than the process of gaining and maintaining perspective. If *accomplished change is change chosen carefully* then we need methods to help us to choose our change carefully. I want you to think of avoiding having to do everything, and to concentrate on the few barriers which, if you choose and get over them, will mean that you have accomplished your change. But how can we find these barriers? I can see how you can spot barriers if the chunk is closed. They are in the same place as last time. But what if you are walking in a fog?

The only way I know of to plan for all types of project, walking in the fog, going on a quest, making a movie or indeed painting-by-numbers, is to use perspective. Imagine that you were at the end of a long journey in which your project had been completed. Look back at it and describe what you did. The **Sticky Steps** approach works in this way. It allows you to look backwards, going from a complete and Herculean task which is almost too large to contemplate, to tiny little steps which you could wake up on Monday and do. I invented this method because I could not find any other way of planning lost in the fog-type projects. The name comes from the fact that you use post-it notes as the main kit.

The example I shall use is of a 'fog' project. But it will work on all types.

> I was once approached by a delegate on one of my courses. He came up to me looking particularly anxious. 'My boss,' he said 'has told me that I am to install something he calls 'business process re-engineering' in our business. He sees this as my major goal and wants me to drop everything and get on with it.'
>
> 'I see.' I replied. 'Well, what's the problem?'
>
> 'I haven't got the faintest idea what he wants. I tried to ask him but I soon realised that he doesn't have much of a clue either and I've never run a project before. What do I do? Where do I start?'

It sounded to me like he was in a bit of a fog.

'What did you say that he had asked you to do?' I questioned.

'Install business process re-engineering.' he said flatly.

'What would you *have had to have done in order to have* "Installed business process re-engineering"?' I asked.

'Found out what on earth it is!' came back the bemused answer.

'Anything else?' I pressed.

'No.' He replied. 'No, that will do just for starters.'

I kept probing. 'And what would you *have had to have done in order to have* "Found out what on earth it is"?'

'I guess,' he said, 'that I could look in the library.'

'Anything else?' I asked.

'I could find out if there are any tutors who know about it.'

'Anything else?'

'I could ask you.'

I smiled and replied. 'I know, but I'll only talk to you after you have done some homework of your own.'

We seemed to have gone from something nebulous, a chunk of change too large to comprehend, to something which he could go away and do.

The next day he came back. 'I've made some progress but I'm stuck again.' 'What are you stuck on?' 'I now know what the words mean but I still need to work out exactly what to do. 'Do you still have the same objective?' I asked.

'Yesish.'

'Yesish?'

'Well,' he replied thoughtfully, 'I now think that the objective is actually not to do with jargon at all. It is really to develop new ways in which to work together across the organisation.'

'So in order to have "developed new ways in which to work together across the organisation" you would have had to have . . .?' I let it hang in the air. 'What would you *have had to have done*?'

There was a short pause, after which he replied, 'Found out which processes we currently have, and established if they are good or bad.'

'Anything else?'

'Brought my boss up to speed.'

'So, what else would you *have had to have done in order to have* "found out which processes we currently run and established if they are good or bad".'

'Brought my colleagues up to speed.'

'Anything else?'

'Not for now,' he replied.

'So what would you *have had to have done to have* "found out what processes you currently have and established if they are good or bad"?'

'Attended a seminar.'

I frowned. 'That doesn't quite fit with the sentence, does it? Just say it to yourself out loud.'

'OK. If you insist. In order to have "found out what processes I currently have and established if they are good or bad I would have had to have attended a seminar". You're right, it doesn't fit.'

'It might have fitted with the earlier sentence, when you were trying to install something you didn't understand, but it doesn't here. Lets start again.' I suggest. 'In order to have "found out which processes we currently run and established if they are good or bad" *we would have had to have*?'

'Followed through the business to establish the chains of activities we routinely carry out.'

'Anything else?'

'Recorded them.' he said.

'Anything else?'

'Discussed them with the people involved in them.'

I took his hand, shook it warmly and said, 'Good luck!'

STICKY STEPS™

Part One: Working out the steps

STEP 1 TRY TO WORK OUT THE 'WHAT' OF YOUR CHUNK. IF YOU ARE LEADING AN OPEN PROJECT JUST GUESS THE 'WHAT'. YOU CAN CHANGE IT LATER.

STEP 2 WRITE ON A LARGE SHEET, FLIP CHART OR WALL WHITE BOARD, *'IN ORDER TO HAVE . . .'*

STEP 3 WRITE DOWN THE WHAT OF YOUR CHUNK ON A POST-IT NOTE. START WITH A **VERB** IN THE **PAST** TENSE. FOR EXAMPLE, *'INSTALLED BUSINESS PROCESS RE-ENGINEERING'*.

STEP 4 CONTINUE WITH THE SENTENCE YOU HAVE WRITTEN DOWN ON THE LARGE SHEET. WRITE '*WE WOULD HAVE HAD TO HAVE . . .*'.

STEP 5 IMAGINE THAT YOU HAVE ACTUALLY COMPLETED THE CHUNK AND YOU ARE LOOKING BACKWARDS IN TIME. WRITE ON A POST-IT NOTE ANYTHING YOU CAN IMAGINE YOU WOULD HAVE HAD TO HAVE DONE.

STEP 6 PLACE THE POST-IT ON THE BOARD UNDERNEATH THE SENTENCE TO THE RIGHT HAND SIDE.

STEP 7 ASK YOURSELF IF THERE IS ANYTHING ELSE?

STEP 8 IF THERE IS, WRITE IT DOWN ON ANOTHER POST-IT NOTE.

STEP 9 GO BACK TO STEP 7 UNTIL THERE IS NOTHING FURTHER TO ADD.

STEP 10 CHOOSE ONE OF THE STICKIES AND USE IT TO REPLACE THE ORIGINAL 'WHAT' AT THE END OF 'IN ORDER TO HAVE . . .' PLACE THE ORIGINAL 'WHAT' IN THE TOP RIGHT HAND CORNER OF THE BOARD.

STEP 11 NOW MOVE ALL THE OTHER YELLOW STICKIES TO THE LEFT HAND SIDE OF THE BOARD.

STEP 12 GO BACK TO STEP 5.

STEP 13 REPEAT THIS LOOP UNTIL THE STICKIES HAVE TASKS WRITTEN ON THEM. TASKS. THAT IS, THINGS WHICH YOU COULD WAKE UP ON MONDAY MORNING AND DECIDE YOU WERE GOING TO DO AND JUST DO.

STEP 14 MOVE THE TASKS TO THE TOP RIGHT HAND CORNER OF THE BOARD.

STEP 15 DISCARD ALL THE STICKIES YOU GENERATED IN THE LOOP GETTING TO THE TASKS.

STEP 16 TAKE THE NEXT STICKER FROM THE BOTTOM LEFT HAND SIDE.

STEP 17 GO BACK TO STEP 5.

STEP 18 WHEN YOU HAVE WORKED YOUR WAY THROUGH ALL THE LOOPS THE FIRST PART OF THE PROCESS IS OVER.

I have made three sketches to illustrate what the board should look like at the start after Step 4:

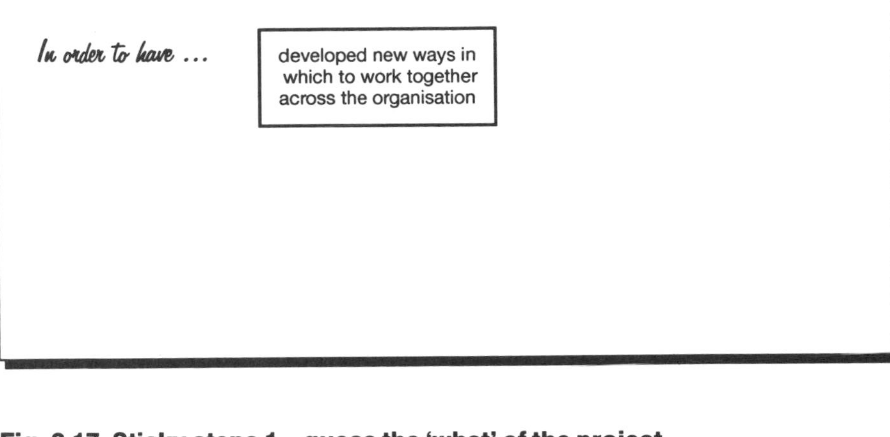

Fig. 2.17 Sticky steps 1 – guess the 'what' of the project

And after Step 7:

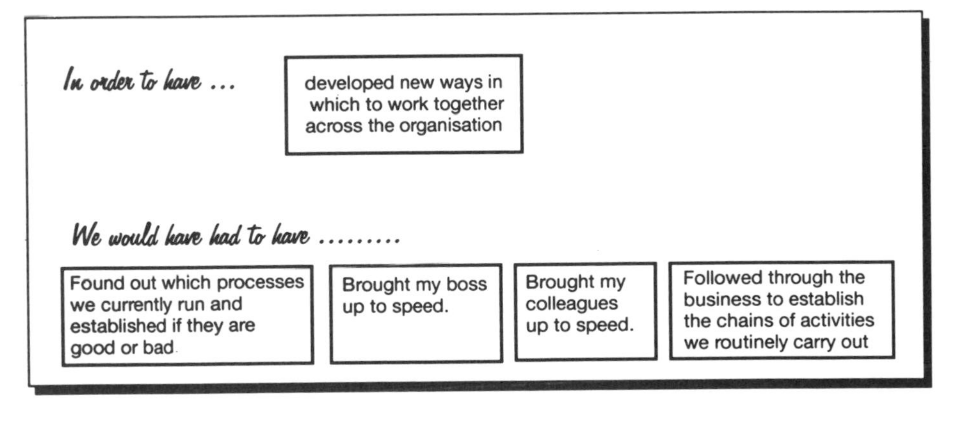

Fig. 2.18 Sticky steps 2 – guess the large steps (subprojects)

And after step 10:

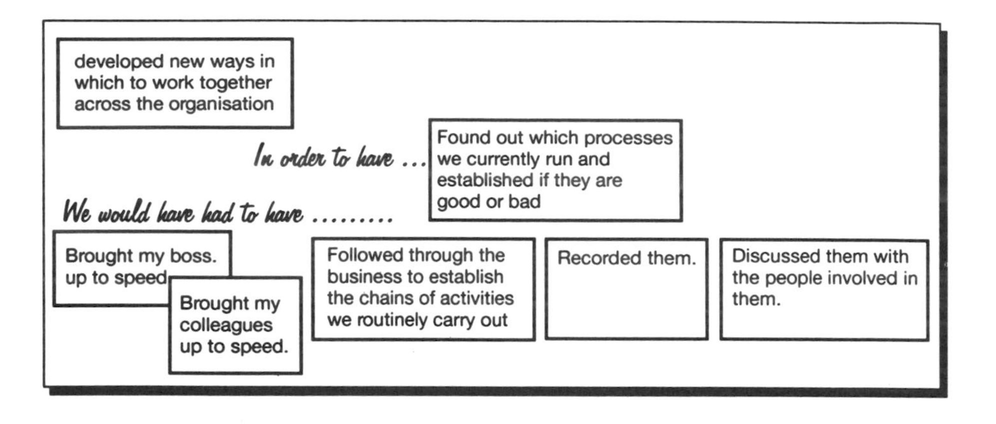

Fig. 2.19 Sticky steps 1 – guess the small steps (tasks)

Section 2.3.2
Pacing Yourself

Anticipation is not clever; they're always running late. The problem is you never know how long you will wait.
Ernest Obeng

By now you will have a pile of tasks to be undertaken. If you are to work with others you will need to invite them to walk through the sticky steps themselves.

With open projects, you will need to walk through the steps above on your own first and then go through it with other stakeholders. Why? No: it's not so that you can control the process. It's far more fundamental. In a truly open project you will not know who to invite to the planning session. If you first run through your sticky steps on your own you will recognise from the tasks you generate many of the most appropriate stakeholders. You will then need to invite them to participate in the process.

A pile of tasks on it's own is totally useless. How often have you found yourself part of someone else's plan? You know the feeling. When they hand you the bar chart, neatly printed out with your name on it, or the action list. It's not in your handwriting, it's incomprehensible and even worse, it's not part of your personal organising system.

We all have systems ranging from 'to do' lists to diaries to sophisticated electronic personal organisers. Any action which does not become an integral part of our own personal system tends to get forgotten. As project leader it is your job to ***continuously gain and maintain perspective*** and ***spread and use the perspective amongst stakeholders***. Your stakeholders must see your chunk of change in the perspective of their own lives. Anything that you can do to transfer the project perspective to a corporate perspective is good. For example it is more important that they write the tasks in their diary than that you have the tasks written up in a neat bar chart.

You will also address another problem with modern business projects. The problem is that it is increasingly unlikely that you will have a 100 per cent dedicated team. In most modern projects, people are only giving you part of their time. Increasingly this is becoming true, even of commercial projects, as companies make more use of contract and specialist staff. These staff are brought in to deliver a specific project activity or provide a skill. The company's own core staff span the projects, each acting as an octopus with many fingers in many pies. And as we begin to look at projects which are

not of the painting-by-numbers variety we find that we can not reasonably estimate the time for each task. And worse still, the time most tasks take is very variable.

This high level of sharing of a limited amount of resources also helps explain why critical path methods will not be covered in this section. Critical path methods start off assuming that you have an infinite amount of resource, all the resources you need in fact. It then establishes the best order for tasks to be done. In most modern business projects it is more important to schedule the resources than to schedule the tasks. Resource constraints are more common than dependency constraints.

Anyone who is wedded to the use of critical path analysis should try the quiz below.

William and Victor have to carry out a project. William can do jobs which Victor can't but Victor is undaunted by this because he can do things which William can't. Left to get on and fully dedicate their time to one job they have suggested the minimum time they would have to spend on each task. If they have to stop and start then it will take them about twice as long to complete the job. Victor is responsible for three jobs which can be done right at the start. William's work depends on Victor's work being complete. I have summarised this below

Task:	*Duration:*	*Physically depends on:*	*Physically leads to:*	*Done by:*
A1	60	START	A2	VICTOR
B1	25	START	B2	VICTOR
C1	5	START	C2	VICTOR
A2	5	A1	END	WILLIAM
B2	30	B1	END	WILLIAM
C2	45	C1	END	WILLIAM

a. What is the critical path?
b. What is the fastest time to completion based on the critical path?
c. What is the realistic shortest actual time it will take to get the project complete?
d. What is the best sequence of jobs? Is it the one suggested by the answer to a.?

Answers

a. There isn't one in the strictest sense. You probably worked out A1-A2

b. 65 days. As usual you schedule tasks first assuming infinite resource and

then correct for resources at above 100% by smoothing.

c. 95 days. (You probably started with the critical path A1-A2 which gave you a result of 160 [for Victor; A1-B1-C1] or 140 [for Victor; A1-C1- B1].)

d.

Victor	−C1	−B1	−A1	finished	
William	WAIT	−C2	−B2	−WAIT	−A2

PS. This would also be the best way to get momentum up on the project. In real life you would want them working alongside each other as soon as possible.

(See References: *The Race*, Goldratt E, and Fox R.)

In most business situations you do not have infinite resources. You may, if the project economics allow, go out and get some more. But what actually holds you up is your access to resources, people, special skills, kit etc. In 1987 I published a paper which described a technique I called PACE analysis. The technique looked at the use of time for economic gain. Since then I have approached scheduling on the basis of: **resource first-task second**. I assume that as a project leader you can either chase the tasks or manage the people who then manage the tasks for you. The project is like a relay race, but with many runners running both in series and in parallel. Stakeholders pass on the baton from one person to another. A sort of game. A sort of adult tag where the objective is to pass the baton on to the next person as soon as you can. For the process to run effectively every task should have a primary owner. This must be the case, even if the task is actually to be carried out by the whole team together.

The other reason for considering resources first is that modern chunks of change can be very variable. This means that addressing the tasks first tends to overload your resources. Overloading generally means that people are working flat out and yet nothing comes out.

Have you ever had the experience whilst driving along a crowded motorway, when all of a sudden, out of the blue, you have to slam your brakes on as hard as possible. You then crawl along for a short distance and then the traffic speeds up. There is no sign of what has caused your delay. No accident. No roadworks. What caused the need to decelerate so violently? How does this happen? It's actually the combination of the first two Laws of Change. The cars are so close that the speed of one car influences the one behind. They are dependent on each other. This is true for the whole long chain of cars up to yours. One change is very likely to lead to another. Then a car near the front speeds up. *Adds a change* slowly. One after another, the whole chain of cars speeds up. Only at about the time when

roughly half the cars have sped up to match the new speed, a car near the front slows down. Not a lot, only slightly. It takes a while for the car behind this one to notice the slowing down, so the second car has slightly less time to brake. So the second car slows down slightly faster. The third car in the chain experiences a bigger change in the need to slow down and has even less time to react, and so it carries on. By the time it gets to you, you have to go from 70 miles an hour to a dead stop in a second! The first two laws conspire to send shock waves down the chain of cars. The same is true in projects. Modern projects, like all projects do have chains of dependent events. Modern projects are also task-time variable. This means that if you succeed in scheduling more tasks than the resources can cope with, you simply send a series of shock waves through the organisation. Much activity occurs in the organisation, in-trays back up, but little comes out.

In practical terms, the way round this is to insert time buffers into your scheduling process. A bit like leaving a large gap between you and the car in front, a *time buffer* should be inserted, almost as a task in its own right, just before any really key or scarce resource needs to be called into your project. This will make the best use of the resource for the whole organisation. A time buffer must also be inserted anywhere that two or more tasks need to be completed before further work can be carried out. I am also very wary of any resource which, on paper seems to be loaded to more than about 70 per cent. A paper estimate of seventy per cent is usually optimistic and is equivalent to a realistic loading of 100 per cent. This means the cars are too close.

STICKY STEPS™

Part Two: Gaining Buy-in, Communicating the plan and Scheduling tasks

STEP 1 INVITE THE KEY STAKEHOLDERS TO PART ONE OF STICKY STEPS. REMIND THEM TO BRING THEIR DIARIES.

STEP 2 CARRY OUT PART ONE OF THE STICKY STEPS WITH THE KEY STAKEHOLDERS.

STEP 3 ON A SECOND BOARD WRITE ALL THE NAMES OF YOUR KEY STAKEHOLDERS VERTICALLY DOWN THE LEFT HAND SIDE.

STEP 4 WRITE A TIME AXIS ALONG THE TOP HORIZONTALLY. CHOOSE THE APPROPRIATE TIME FRAME FOR THE TYPE OF CHANGE:
CLOSED – ACTUAL DATES/TIMES UP TO THE FINAL DATE OR DROP DEAD DATE.
OPEN – THREE COLUMNS LABELLED; THIS WEEK (OR MONTH), NEXT WEEK (OR MONTH) AND SOON. CHOOSE THE TIME SCALE TO REPRESENT HOW FAR YOU CAN SEE IN THE FOG. IF YOU CAN SEE THE NEXT MONTH WITH CERTAINTY USE THE ONE WEEK SCALE. IF YOU CAN SEE THE NEXT SIX MONTHS THEN USE THE MONTH SCALE.

STEP 5 NUMBER ALL THE STICKIES WITH TASKS ON THEM (ANY NUMBERING SYSTEM WILL DO AS LONG AS IT IS SIMPLE).

STEP 6 LIFT A STICKY OFF THE FIRST BOARD AND READ IT OUT TO THE GROUP.

STEP 7 ASK 'WHO SHOULD DO THIS?' WAIT FOR A VOLUNTEER OR FOR SOMEONE TO BE VOLUNTEERED.

STEP 8 ASK 'WHEN SHOULD IT BE DONE? WHEN SHOULD IT START?' IF THERE ARE ANSWERS WRITE THEM ON THE TOP RIGHT HAND SIDE OF THE POST-IT.

STEP 9 ASK 'WHO PASSES YOU THE BATON? IF YOU KNOW AND IT IS OBVIOUS, WRITE ON THE LEFT HAND CORNER WHO PASSES THE BATON (AND THE NUMBER OF THE STICKY, IF KNOWN).

STEP 10 ASK 'WHO DO YOU PASS THE BATON TO?' IF YOU KNOW AND IT IS OBVIOUS WRITE ON THE RIGHT HAND CORNER THE PERSON THE BATON IS PASSED TO (AND THE NUMBER OF THE STICKY IF KNOWN)

STEP 11 TRANSFER A STICKY FROM THE FIRST BOARD TO THE SECOND BOARD. PLACE IT AGAINST THE NAME AND TIME.

STEP 12 ASK THE PERSON INVOLVED IN THE STICKY, 'HAVE YOU GOT THAT?' ENCOURAGE THEM TO PUT IT IN THEIR DIARY.

STEP 13 GO BACK TO STEP 6 AND REPEAT UNTIL ALL THE STICKIES HAVE BEEN TRANSFERRED.

STEP 14 LOOK AT THE BOARD. ASK PEOPLE WHAT THEY THINK THEIR WORK LOAD IS. IF THEY SAY THAT IT IS MORE THAN 70 PER CENT INSERT A TIME BUFFER. USE YOUR JUDGEMENT TO WORK OUT HOW LONG THE TIME BUFFER SHOULD BE.

STEP 15 LOOK AT THE BOARD. WHEREVER MORE THAN ONE ACTIVITY MUST BE COMPLETE BEFORE THE NEXT ACTIVITIES CAN BE STARTED, INSERT A TIME BUFFER. USE YOUR JUDGEMENT TO WORK OUT HOW LONG THE TIME BUFFER SHOULD BE.

STEP 16 (FOR NEATNESS MANIACS ONLY) GET THE SCHEDULE DRAWN UP NEATLY.

Section 2.3.3
The Risk of Being So Near . . . Yet So Far: Co-ordination, Control and Risk

In America any boy may become president and I guess it's just one of the risks he takes.
Adlai Stevenson

How come the thing that always messes up the whole project is a small, unforeseen problem that you hadn't really considered that much? It's almost like a small child clamouring for attention.

> I once came across a multi-million pound aerospace project which was running late. The project leader and sponsor were very concerned. They were worried that they had a large number of very expensive engineers who were sitting on their hands with nothing to do. That sounds bad but it was actually worse. Engineers are bright people, so my bet is, what was actually happening was that they were inventing a bunch of really difficult problems to solve later. The cost of being held up was several hundred thousand pounds a day. What was the cause of the delay? What was so crucial and yet so hard to resolve? It turned out to be a subcontract of a subcontractor who was manufacturing a new electronic component. It was a component that they had never manufactured before. But since no one else knew how to manufacture the part and they put in the lowest priced tender they won the bid. There was one small problem though. They had underbid and in the process of producing the component had run out of cash and gone bankrupt. It was a minor component and not on the critical path (see Section 2.3.2. Pacing Yourself, for critique of critical path analysis). No one had paid it much attention. The project came in nine months late and two and a half million pounds overspent with a disgruntled team.

What is the real problem here? Is it planning, co-ordination, control or risk management? I think all four. We know what Planning is (see Section 2.3.1. Sticky Steps). But how do you control someone over whom you do not have direct authority? How do you co-ordinate if there are a multitude of tasks and you don't know which could really sting you? And how do you manage risks? What is a risk anyway? Doesn't everything have a level of risk?

What is the problem we are really trying to solve? We are trying to ***spread and use the perspective amongst stakeholders***. We want to be able to understand what can really damage the success of the project. In a rapidly changing chaotic world, assessing risk becomes meaningless. Yes, I agree we can try to work out the risks of the tasks we can see but we can not

establish the risk of activities which are going to turn up out of the blue and surprise us.

Unexpected Perspectives.

For this I always suggest posting a look-out on a hill to spot the enemy army on the horizon marching in to launch a surprise attack on us. At least one core team member should have the job of studying the world outside of the project, to look for any changes in the big picture (see Section 2.2.2. Establishing Hard and Soft Criteria).

Perspectives on Tasks

Not all tasks that you can see have the same need for your attention. Some are not only risky but can cause overall project failure. The trick here is to segment your key tasks on the grid below. Go back to your sticky steps and transfer the step numbers into the appropriate quadrant.

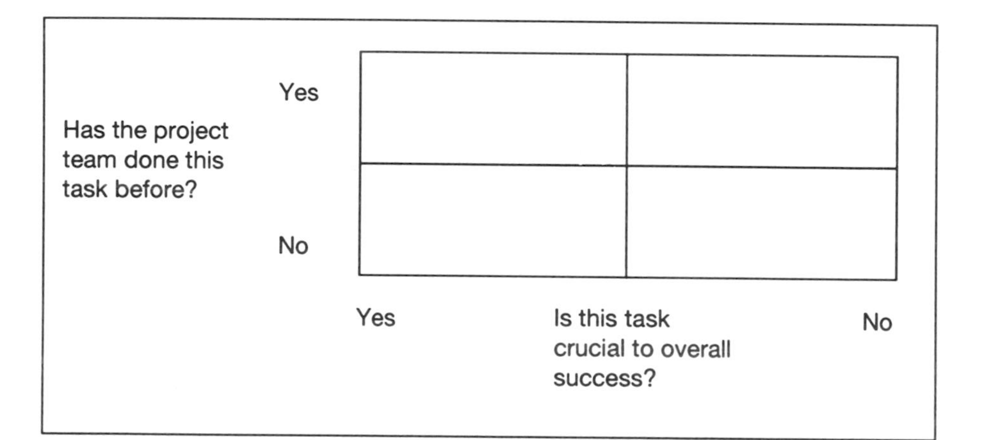

Fig. 2.20 Perspectives on tasks – finding potential risk

Your question now must be 'and so what do I do about this?' I recommend the strategies below.

Has the project team done this task before?		Yes	No
	Yes	Pay attention to these. You can delegate these to core team members.	Pay attention to these before each time buffer.
	No	Stay close to these. Check on these very frequently.	Pay attention to these only if they start to get late
		Is this task crucial to overall success?	

Fig. 2.21 Perspectives on tasks – what to do about it

Now transfer the tasks in the bottom left hand quadrant to the grid below.

Is there more than one person capable of carrying out the task?		Yes	No
	Yes		
	No		
		Is there only one gatekeeper for this resource?	

Fig. 2.22 Perspectives on tasks – finding potential resource risk

Actions to be tasked are outlined below.

Is there more than one person capable of carrying out the task?		Is there only one gatekeeper for this resource? — Yes	No
	Yes	Build credits with possible backup. Add their name to your stakeholder map	No immediate strategy needed.
	No	Build a robust relationship with this person. Draw a box around their name on your stakeholder map	Build credits with another gatekeeper. Add their name to your stakeholder map.

Fig. 2.23 Perspectives on tasks – what to do about it

INDIVIDUAL TAILORING

Painting-by-numbers: *Be especially careful of the risks to completion posed by shared or common resources. Schedule these first and then try to fit all your other tasks around them. Place milestones at the point of handover to a critical shared resource and at the point of completion.*

Invisible projects: *You will need to invent 'dummy variables' to monitor, almost anything will do from culture surveys to lines of code.*

Walking in the Fog projects: *These are naturally very risky. Monitor resource use and money spend carefully to make sure that it is still worth trying to get out of the fog.*

CommErcial projects: *Make sure that any particularly risky tasks are placed after staged payments. This will guarantee your cash flows whilst allowing you the time to handle the risks posed.*

Section 2.3.4
Communications Strategies

If you wish to converse with me, define your terms.
Voltaire

You need to establish two strategies. One for **sending out** your messages in order to keep your stakeholders in balance and to ensure that tasks are carried out as required. The second to make sure that you **collect all the information** you need to keep the project co-ordinated and on track.

COMMUNICATING OUT

Naming change

Change doesn't really come to life until it has a name. Once it has a name it is possible to talk about the chunk as a real discrete entity. It's true that 'a rose by any other name would smell as sweet'. You have the rose. You can smell it. When managing change in chunks, you're not even sure if what you are after is a flower. It could be a bottle of perfume or a brightly coloured piece of tissue paper.

> The first project I ever had to name was a research project I was leading for an oil company. The project was a quest to remove poisonous and corrosive sulphur products from North Sea gases. There had been many attempts to tackle this quest. My attempt was based on the ability of some very weird bacteria called *Thiobacillus Ferrooxidans*, to live on this foul and poisonous diet. We ended up calling the project the T-Fox (pronounced Teefox) project. The name was rapidly assimilated amongst my co-workers and seemed to encapsulate the project concept. It kept us focused on the aims of the project and the bigger picture.

Project names are a very important way of encapsulating the project concept, that idea behind the project.

How do I select a suitable name?

- Making a Movie: A description of the what e.g. Rocky 4, Info Retrieve, Eurodrive for a pan-European sales initiative.
- Going on a Quest: A description of the how e.g. Link-Up for a business re-engineering project.
- Fog walking: Name relating to a current vision or past vision or past visionary e.g. Horizon, Rubicon, Gallileo.
- Painting-by-numbers: Name is less critical. May relate to original

masterpiece; changes or improvements to what or how the masterpiece is being reproduced or a number or code.

LEVERAGE FOR BALANCING STAKEHOLDERS

You can raise or lower expectations at any time and in any way but there are times of best leverage.

- Manage the point of access, the point of impact (see Section 2.2.4 Balancing Stakeholder Expectations, for explanation), set milestones during the delivery so that you can go back and check how their expectations are being met.
- Remember, when you are most busy your stakeholders are usually most idle and susceptible. It is important that you communicate when you are most busy. For this you will need to enlist help or use a system. Your team or secretary can help. The basic message you want them to receive is that '. . . is going well' and that you have '. . . not forgotten them'. (I also make use of standard pre-written letters.)
- Always alert stakeholders to any change in plans as early as possible.

It is usually most effective to give bad news in two shots.

I have some very bad news
The bad news is . . .

or

You are going to be very unhappy with me.
You remember the date I promised for hand over? Well, I'm not going to make it.

INSTRUCTING TASKS

Generally, in change situations instructions which are issued are being issued for the **first** and possibly **only** time, so it is essential that the person receiving the instruction works their way round the learning cycle (see Section 2.1. Learning to Learn).

Communicating Out: Instructions

In issuing instructions make sure that you outline in order:

THE PROBLEM/ISSUE/UPDATE	The market research is late.
THE IMPACT ON BIG PICTURE	This means that we can not start work on the advertising brief.

NOW DESCRIBE THE PROBLEM AT THE RIGHT LEVEL (SEE CHAPTER FOUR)	The tables at the back will need to have the demographic details changed.
THE OWNERSHIP OF THE TASK (SEE CHAPTER NINE)	I would like you to help with this.
PAUSE (OR ASK FOR HELP OR IDEAS OR ADVICE DEPENDING ON SITUATION) (SEE CHAPTER EIGHT)	What could you do?
AND IF APPROPRIATE	
WHAT HAS TO BE DONE AND/OR	OK, so you will chase them up
HOW IT HAS TO BE DONE	by 'phone, but be hard on them.

What is the key question you must ask at the end of each instruction? No, it is not, 'Do you understand?' People usually say 'Yes' to that. They don't know that they don't understand. Instead you ask, **'What are the implications for you?'** or **'What does this mean you will have to do?'**

CHECK THAT THEY HAVE BEEN ROUND THE LEARNING CYCLE	'What are the implications for you?

The only way that someone can answer that is to work their way round the learning cycle. Your instruction is the *experience*. They then need to *reflect* on it and then work out a *general theory* of how they think it will affect them and then tell you what they intend to do as a *test*.

Communicating Out: Scheduling

In Section 2.2.4 Maintaining Balance, page 168, you segmented your stakeholders into three categories. Now you will need to decide when to schedule communication with them.

WHEN SHOULD I COMMUNICATE WITH THEM. SHOULD IT BE REGULAR/ SCHEDULED OR AD HOC? A USEFUL PATTERN IS:

WORK ON PROJECT WITH STAKE HOLDERS WHO HAVE AN INTEREST DURING . . . REINFORCE ABSOLUTELY CRITICAL STAKEHOLDERS . . . WORK ON PROJECT . . . CHECK WITH STAKEHOLDERS INTERESTED IN OUTCOME . . . WORK ON PROJECT . . . REINFORCE ABSOLUTELY CRITICAL STAKEHOLDERS . . . WORK ON PROJECT . . . CLEAR CHANNELS TO DIVERT STAKEHOLDERS THE PROJECT CAN 'HAPPEN WITHOUT' . . . WORK ON PROJECT . . . REINFORCE ABSOLUTELY CRITICAL STAKEHOLDERS . . . WORK ON PROJECT.

WHAT IS THE MOST APPROPRIATE METHOD? LETTER, PHONE, FAX? (CHECK SOFT CRITERIA.)

MUST I DO ALL OF IT MYSELF OR CAN A TEAM MEMBER HELP?

Communicating In

Have you ever received a progress report which has left you bewildered? The type with rows and columns of meaningless figures, or a long list of tasks? How can you co-ordinate activities on the basis of such a report? How does this happen? I think it is because the process of communicating in has not been thought out.

As leader you want to know certain things. In order to maintain co-ordination during the change what do you need to know? You will need to find out about both stakeholders and tasks. The level and frequency of co-ordination is dependent on the type of project (see individual tailoring below, and on the rate of learning required by the change (see Section 2.1.3 Review Management).

You need information and not data. *Information is the answer to a specifically asked question.* You will therefore have to decide most of your questions in advance to make sure that the appropriate data has been collected. Your questions will need to address both the hard and soft criteria of the project.

Go back to the Big Picture (Section 2.2.2, page 148). Remind yourself of the hard and soft criteria.

ASK YOURSELF:

- HOW WILL I KNOW IF I AM MAKING PROGRESS?
- WHO IS THE BEST PERSON TO SAY?
- HOW SHOULD I GET THEM TO TELL ME? (FREQUENCY/LEVEL OF COMMUNICATION)
- HOW DO I GET THEM TO REALISE THAT IT IS IMPORTANT THAT I KNOW THE PROGRESS OF THE PROJECT?

INDIVIDUAL TAILORING

Invisible projects: *You must be like a mime artist, make the invisible seem visible. Use anything at your disposal. Workshops, memos, presentations, tables of what I call 'dummy variables': these are arbitary variables, such as lines of code, or staff attitude indices, written whilst meaning little, they appear to make progress visible. Naming is a very effective way of raising visibility. Have a project naming competition – name and brand. Make your own letter-headed paper to use for all internal communication. Always refer to the project name in conversations as if it were a person. Never use the words project, programme or initiative, only use the name on it's own.*

CommErcial projects: *Deciding on a name with the client is a very effective method of building links between the internal and external stakeholders. Unfortunately, external projects tend to be closed and do not need specific names. Referring to projects internally by the client's name works for the internal team but is useless to the external client.*

Joint Ventures: *Try to select a name which does not reflect the parent companies' interests. In this way, the joint venture can be felt to be a stand alone entity, rather than a small, less siginficant offshoot. This will usually be difficult, since there are usually political reasons for the joint venture. This means that the parent organisations will wish to have the origins of the joint venture in the name. If this is the case include their names as a by-line.*

Section 2.4
WORKING WITH AND LEADING PEOPLE

We will either find a way or we will make a way.
Hannibal

So what is this thing of working with others to create something new. To create something which none of us could create on our own. To create something which is often more than the sum of the parts? Surely that's what organisations do. But somehow I do not see many advertisements for leader of function, general leader, senior leader, corporate leader, leading director, chief executive leader, shop floor leader, finance leader. I do see advertisements for head of function, general manager, senior manager, corporate executive, managing director, chief executive officer, shop floor supervisor, and finance manager. Is it purely semantics? Just words, or is there a meaning behind the words?

I think that there is meaning. And I think that there is a different meaning to ***leader*** and ***manager***. And that there is a need for **different types of leadership in different types of change**. This means that there are actually fewer common threads in this chapter. So unlike other chapters, this chapter will separately address the different ways of leading the four main types of change. The section on individual tailoring will address only Visibility and Drive (see Section 1.2. What type is it?).

HOW DO YOU WORK WITH AND LEAD PEOPLE?

A FIRST QUIZ

For each of the statements below select three endings that best describe *you* when you are working with others.

Assign five (5) points to the ending that best describes you, three (3) points to the second and one (1) to the ending ranked third.

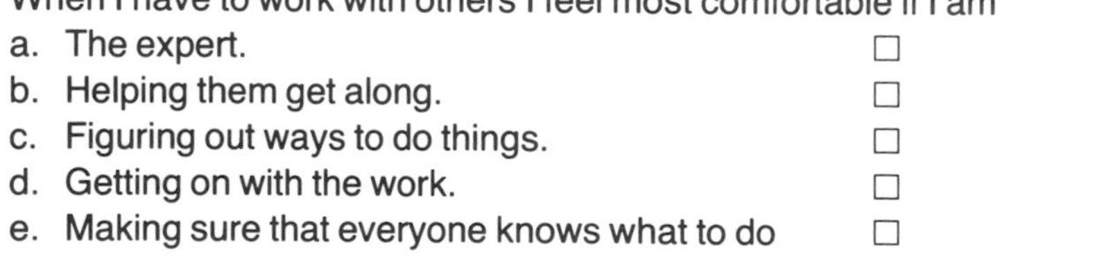

When I have to work with others I feel most comfortable if I am
a. The expert. ☐
b. Helping them get along. ☐
c. Figuring out ways to do things. ☐
d. Getting on with the work. ☐
e. Making sure that everyone knows what to do ☐

a__b__c__d__e__

When I have to work with others I feel happiest if I am

a. The only person who has done it before. ☐
b. Adding to team cohesiveness and morale. ☐
c. Sorting out how we can get help. ☐
d. Making sure that we make progress. ☐
e. Checking that we are going to produce a high quality result. ☐

a___b___c___d___e___

When I have to work with others I feel most confident if I can

a. use experience I have gained from the past. ☐
b. Be allowed to contribute to what others are doing. ☐
c. Suggest where we can get additional help. ☐
d. Be sure that we are pushing towards success. ☐
e. Tell that we are approaching the change in a considered and practical manner. ☐

a___b___c___d___e___

When I have to work with others I like to think that I can

a. Provide the right answers. ☐
b. Keep people feeling part of the team. ☐
c. Come up with creative ways of solving problems. ☐
d. Make sure that all the loose ends are tied up. ☐
e. Be counted on to involve all members of the team. ☐

a___b___c___d___e___

When I have to work with others I see myself as

a. The person who can tell others what to do. ☐
b. The diplomat. ☐
c. The fixer. ☐
d. The person who is happy working. ☐
e. The person whom other people can approach. ☐

a___b___c___d___e___

I am most likely to say,

a. 'That's not how it's done.' ☐
b. 'Tell me how I can help.' ☐
c. 'I have got an idea.' ☐
d. 'I took it home and finished it off.' ☐
e. 'I don't think that we are going to be ready on time.' ☐

a___b___c___d___e___

I am most likely to say,

a. 'I told them it would never work.' ☐
b. 'Is everybody happy?' ☐
c. 'I know a man who can.' ☐
d. 'J.F.D.I.! (Just Do It!)' ☐
e. 'Does everyone know what they have to do next?' ☐

a__b__c__d__e__

I am most likely to say,

a. 'What do they know about it? ☐
b. 'I'm not sure I understand what this means.' ☐
c. 'Why don't we do it this way?' ☐
d. 'I'll do it.' ☐
e. 'Wait a second. We've not heard what Anne thinks.' ☐

a__b__c__d__e__

Scoring

Just add up the totals for each question letter. (Overall total should be 72)

a__________b__________c__________d__________e__________
KN__________CA__________SO__________DO__________CH__________

A SECOND QUIZ

For each pair of answers please tick the **one** that best answers the question for *you*.

When I am responsible for delivering change, I feel more comfortable if I am

a. The most experienced. ☐
b. Challenging others to think and do new things. ☐

a__b__c__d__e__f__

When I am responsible for delivering change, I feel more comfortable if I am

c. Having to spend time to make sure that I understand how I can use my skills to achieve the objective. ☐
d. Getting on with the work. ☐

a__b__c__d__e__f__

When I am responsible for delivering change, I feel more comfortable if I am

e. Exploring several alternative routes. ☐

f. Finding out with my team what is expected of us. ☐

a__b__c__d__e__f__

When I have been asked to deliver change I feel happiest if I am

a. Left with clear objectives and methodology to get on with it. ☐

b. Allowed to change and redefine the needs myself, as I see them. ☐

a__b__c__d__e__f__

When I have been asked to deliver change I feel happiest if I am

d. Given clear accountabilities and responsibilities. ☐

e. Allowed to find my own routes to deliver the specified deliverables. ☐

a__b__c__d__e__f__

When I have been asked to deliver change I feel happiest if I am

c. Allowed to comment on the deliverables and suggest alternatives based on our methods. ☐

f. Not constrained to specific detailed deliverables as long as I produce something of value. ☐

a__b__c__d__e__f__

When I have to manage a project I feel most confident if I can

a. Use experience I have gained from the past. ☐

b. Be given a decent sized budget and access to resources and left to get on. ☐

a__b__c__d__e__f__

When I have to manage a project I feel most confident if I can

f. Choose to work with people I respect who are creative and communicative. ☐

d. Choose to work with people who are experienced and professional. ☐

a__b__c__d__e__f__

When I have to manage a project I feel most confident if I can

c. Choose a wide range of different people to help me work out what I should be doing. ☐

e. Choose to work with people who are dedicated and single minded. ☐

a__b__c__d__e__f__

When it's down to me to get others to work on a project, I like to think that I can

a. Provide the right answers to my team and other stakeholders. ☐

b. Provide the intellectual challenge to others to make them come up with the best answers. ☐

a__b__c__d__e__f__

When it's down to me to get others to work on a project, I like to think that I can

c. Make sure that people are asking the right questions. ☐

f. Make sure that people are trying to understand what is happening around them. ☐

a__b__c__d__e__f__

When it's down to me to get others to work on a project, I like to think that I can

e. Check the answers people are coming up with. ☐

d. Make sure that people are searching for the right answers. ☐

a__b__c__d__e__f__

When I have to work with others I see myself as

a. The person who is making sure that we do it better this time than we did last time. ☐

b. The person who is making sure that we do it differently this time than we did last time. ☐

a__b__c__d__e__f__

When I have to work with others I see myself as

c. The person who makes sure we apply all our skills and knowledge to the problem at hand. ☐

e. The person who makes sure that we invent new ways of doing things. ☐

a__b__c__d__e__f__

When I have to work with others I see myself as

f. The person who can come up with ways of progressing if we get stuck. ☐

d. The person who can be relied upon to give clear instructions and guidance. ☐

a__b__c__d__e__f__

I am more likely to say,

a. 'How are we doing according to the plan?' ☐

b. 'How about if we try this?' ☐

a__b__c__d__e__f__

I am more likely to say,
d. 'I've been thinking about this for some time.' ☐
e. 'It would be really great if. . .' ☐

a__b__c__d__e__f__

I am more likely to say,
c. 'I think we will do a better job this time.' ☐
f. I think that we are going to have to experiment.' ☐

a__b__c__d__e__f__

I am more likely to say,
a. 'I prefer evolutionary change.' ☐
b. 'I prefer revolutionary change.' ☐

a__b__c__d__e__f__

I am more likely to say,
c. 'Let's spend some more time working out precisely what we should be aiming at.' ☐
d. 'J.F.D.I.! (Just Do It!)' ☐

a__b__c__d__e__f__

I am more likely to say,
e. 'At least we now know how not to do it.' ☐
f. 'One step at a time.' ☐

a__b__c__d__e__f__

Others see me as
a. A person who conforms. ☐
b. A person who is happy to change a plan at a moment's notice. ☐

a__b__c__d__e__f__

Others see me as
d. Measured systematic and methodical. ☐
e. Often seduced by a cause. ☐

a__b__c__d__e__f__

Others see me as
a. Capable in my area of knowledge and skills. ☐
f. Needing the stimulation of constant change. ☐

a__b__c__d__e__f__

Scoring

Please calculate the number of ticks for each letter answer. (The total should come to 24.)

a____ b____ c____ d____ e____ f____

Section 2.4.1 Leadership? What leadership?

A man runs into the room naked, painted blue and proclaiming the end of the world. If he's on his own, he's escaped from the local asylum, if there are fifty others running behind him, doing the same thing, he's a leader.
Jim Durcan

By now, millons of softwood trees will have been chopped down to provide the paper pulp for books on leadership. What, you must be thinking, can this handbook add? The answer, I hope, is levers. The few little things which you, as a leader, can do when managing different types of change, and which have a tremendous impact.

For me, the quotation at the start of this section explains it to me. The secret of leadership is in the word itself. A person who is devoted to being a vehicle to follow. Leaders are defined not by the organisation, not by themselves, but by the people who follow. The issue is **how do I get people to follow me?**

In a project or change situation this is particularly important. In modern projects it is unusual for the person leading a chunk of change to have complete power, in a formal or informal sense, over all the project stakeholders. Often they may have formal power over some core team members. In modern projects, it is unusual for the project leader to have full responsibility or full control over the actions of their stakeholders; and yet the project leader continues to be held fully accountable for project success by *all* the stakeholders. If the project fails in any way all fingers point at the project leader. And a very short time after the change starts the project leader has a fuller understanding of the change than anyone else. The only way to get the project to an acceptable point is to get **all** the stakeholders to **follow** the project **leader**.

In the next few sections, I intend to approach the subject of leadership in an unconventional way – the wrong way. Each time, I intend to look at the issues from the other person's point of view. From the point of view of the follower.

FOLLOW THE LEADER

PAINTING-BY-NUMBERS

Towards the end of a week's skiing, all the pistes in the resort have been skied several times. It is common for good skiers to look for opportunities for skiing

away from the safe, neatly marked tracks. There is the call of fresh virgin snow, the desire to ski 'off piste'. This practice of off piste skiing covers anything from setting off down the wrong side of the mountain (for wimps), to hiring a helicopter to take you to a distant peak and then to leave you there to find your own way back. Skiing off piste is really only open to those who have mastered skiing. Those who know what to do and how to do it in both simple and tricky situations. Nevertheless, the people who are still alive after the experience of real 'off piste' skiing tend to be those wise enough to employ a guide. In theory, the guide is someone with a good local knowledge of the area. Someone who can keep you away from murderous crevices, knows where the best snow is to be found. Someone to follow on this exciting but dangerous trip.

But how do you select a guide? What do you look for? For a start a guide must be steadfast and true or how can he be called a guide? Must look as if they were born with skis already attached to their feet. Must have done it before several times (this is what is known as a 'piste' record). Must be able to issue orders in a language you understand so that you will be well instructed at the critical times. And must look as if they are the sort of person you would follow and obey in a crisis or when things are going well.

You follow them because of what they offer you; experience, knowledge, certainty, excitement at such a difficult and demanding task. Or you follow them because of what they can deny you. They know the score better than you so they can punish, frighten, or bully you. They trade with you. Perform and I reward you – don't perform and I punish you.

GOING ON A QUEST

I have a friend who once recounted this story. In the late sixties he got a job to study the molecular structures of Soy proteins. At the time both the Green movement and Vegetarianism were gaining momentum and there was a need to develop meat substitutes. Soy beans were the natural choice, being high in protein. But once cooked, they smelt and tasted like beans and not like meat. Housewives would only buy meat substitutes which you could cook like meat – say in casseroles – and smelt and tasted like meat. It was a challenge. No one at the time had a clue how to heat-treat vegetable proteins in order to get them to look and feel like animal protein. If only they could get meat substitutes to taste and feel like meat, there would be millions to be made.

But how do you select a King? How do you select a zealot? What do you look for? For a start a King must embody the needs of the quest or the quest itself. For example, King Arthur was actually ill and it was felt that the Holy Grail would revive both him and the lands of England. Edison is reputed to have tried thousands of different combinations and formulations

of metals before finally finding one which would allow his invention, the light bulb, to work. His desire for illumination matched the illumination promised by the outcome of the quest. A zealot must be zealous or how can he be called a zealot?

A leader of a quest must give life to the already seductive idea. Must look as if they were born with this one single goal. Must appear to have an unbreakable pact with God. Must be a 'person of destiny'. Must be able to articulate *the cause*, an already seductive argument and make you believe that, more than anything else you also want this challenge to be met and overcome. Must be able to make you feel that 'it would be nice if. . .' or 'if only . . . all would be well'.

You follow them because of the cause. Because of how they embody it. What they offer you is challenge, adventure, discovery, the opportunity to work with people of a like mind and at the end, an outcome such as mankind has never before seen. Or you follow them because of fear of falling out with the other believers. You may follow because of guilt at having let the cause down. Guilt about your co-workers or fear of loneliness at the loss of comradeship or compansionship.

WALKING IN THE FOG

The first full wedding in a family is often a trying time. All the family and friends are unsure of exactly how to get things going. They know there is to be a wedding but are unsure of exactly what this entails. They are also uncertain of how to go about planning and organising and each has their own vision of what the day should be like. Each tries to create the vision in their own mind. Since each has a slighly different vision, tensions and stresses start to arise. Unless a clear leader emerges and leads the stakeholders, the bride and groom find themselves caught in a pan-dimensional tussle for leadership. Even if a leader does emerge, it is absolutely essential that everyone follows the leader or else what should be the couple's happiest day turns out to be the start of a lifelong, inter-family or intra-family feud. The successful leader keeps everyone up to date, welcomes inputs and suggests and realigns them with the overall vision.

But how do you select a visionary? What do you look for? After all you could make your own way in the fog. A leader in the fog must seem to have a compass in their head. For a start a visionary must have a vision. But what is a vision? I think that a vision is a picture which the visionary can see clearly in their mind's eye. A picture of a possible future. A picture that conjures up reactions in you. Reactions in you which are both logical and emotional. The vision that they describe to you must be clear and unwavering, otherwise it could just be a mirage. They must tell it to you

like a fairy tale. Paint pictures with words. And just like telling kids a fairy tale they may add detail to the vision but they may not leave bits out.

The visionary must seem to have as much to lose by not leading you out of the fog as you do. Must be able to give you hope when it seems impossible that you will find your way out. Must act out the vision and be a role model so that you can see it alive, embodied and be able to copy or reproduce it. Must challenge and praise. Must appear to care personally about you as an individual. Must take from you offerings, ideas and efforts which lead towards the vision.

You follow them because of how they are, how they behave and the vision that they offer which you do not have but could share. What they offer you is an opportunity to stretch yourself into areas you have never been. An opportunity to invent, to create, to live, to travel a magical mystery tour.

MAKING A MOVIE

A shipbuilding company which specialised in hand-building wooden luxury yachts had been steadily losing money for two years. Little that the management did had any effect. They were unable to generate more sales. Eventually the Chief Executive and two other directors got the sack. But rather than replace them with appointments from the inside, the board insisted on bringing in an outsider. The staff were dismayed. Most of them had spent their lives learning the skills that they applied to shipbuilding. The outsider was to be a twenty-nine year old who had never worked in shipbuilding before. The new Boss wasted little time looking for further orders for ships. Instead he held a brainstorming session to see 'What else we could do with our skills?

The staff were sceptical but he explained to them that there would be opportunities to use their skills in other ways. In the end they moved from shipbuilding into manufacturing designer furniture.

But how do you select a Producer/Director? What do you look for? For a start a producer/director must be committed. Must manage the outside world for you in order to allow you to concentrate on your contribution. Must set the highest professional standards for you and must give you the chance to use your personal skills or resources to the fullest.

You follow them becauuse of what they offer you – experience that allows them to know what they are looking for when they see it. You follow for their previous style, knowledge, the certainty that they will be able to pull together unrelated strands into a cohesive and meaningful whole. You follow them because they allow you to demonstrate your skills to the fullest.

Section 2.4.2
Lead the followers

If you want to become a leader, find a parade and get in front of it!
Snoopy the Dog

Now we need to look at the followers from the point of view of the leader. What is the leader looking for in followers? I think we need to split them into two groups, the core team, who will be central to the change and may end up having to lead other stakeholders themselves, and all the other stakeholders.

HOW ABOUT THE CORE TEAM?

What is a team? Is a team simply a fancy word for a group of people? What is the difference between a team and a task force? What is the difference between a team and a committee? Is a team simply a group of people with different skills aiming for the same goal? If it is why do soccer clubs with talented players who are good individual players often not perform as well as teams with a wider spread of abilities, and even stand accused of not playing as a team? I think that a team is something different. I think that teams only occur when **a number of people** have a **common goal** and **recognise** that their **personal success** is dependent on the success of others. That is, they are all **interdependent**. What does this mean? It means that in most teams, people will contribute individual skills, many of which will be different. It also means that the full tensions and counter balance of human behaviours will need to be demonstrated in the team.

As in the soccer example, it is not enough to have the individual skills. You need players' behaviours to mesh together in order to achieve greatness. You need someone to pass the ball, even when they have a good chance of scoring, to another with a better chance. You need someone to work out and share the best tactics for getting the ball past the opponents' defence and so on.

As leader you will either have your team given to you or you will have the chance of selecting and assembling them yourself. How do you know if you have the right mix? How do you know if they will gel and become a high performing team?

For people to work well together you need **both** a range of **specific or technical skills** and a range of **different human behaviours.** When you look hard at people and how they behave when they are working in teams you find that in addition to the actual content of the work they are doing,

they take on certain behaviours. Each person has favourite ways of behaving when they work with others. Usually their favourite ways are the ways of behaving with which they feel most comfortable.

I'd like you to look at human behaviour interactions. I think that for people to work in teams you need them behaving in certain ways. You need some people to concentrate on the task at hand (**Doers**). You need some people to provide specialist knowledge (**Knowers**) and some to solve problems as they arise (**Solvers**). You need some people to make sure that it is going as well as it can and that the whole team is contributing fully (**Checkers**). And you need some people to make sure that the team is operating as a cohesive social unit (**Carers**).

Is this roughly right?

Some of you may be familiar with a model of team roles which breaks team behaviour into nine rather than five roles. I find nine roles a bit too many to remember but I have created a conversion chart, a bit like the sort of chart you would use for converting gallons to litres, for you to use.

Solver:	Plant and resource investigator behaviours.
Doer:	Shaper, Implementer and Completer Finisher behaviours.
Checker:	Co-ordinator, Monitor Evaluator.
Carer:	Teamworker.
Knower:	Specialist.

(See References *Management Teams* R. M. Belbin)

BALANCED TEAMS?

Modern management thinking suggests that you need a *balance* of behaviours for any change management activity. I think it is a bit more complex than that. I think that once you have really understood human behaviours in teams, you may wish to slightly unbalance the team in favour of the type of change you are trying to undertake.

Painting-by-Numbers

But how do you select a team? How do you select the people you want to follow you? What is the best mix? Generally if you are Painting-by-Numbers as a leader you want to do a more complex or closely specified project to a higher quality, faster or to complete bang on time, cheaper or with better financial returns. You need high quality specialist professionals. Being specialists they will not necessarily have much respect for each other's contributions. So points of hand over (painting up to the line) will have to be dealt with carefully. What you want is for them to have such

HUMAN BEHAVIOURS

Description	*Behaviour in team*	*Tasks performed*
Solver	Helps team to solve problems by coming up with ideas or by finding resources from outside the team. Can see another way forward.	Provides innovation, imagination & unorthodoxy. Good networker. Develops contacts. Negotiates for resources. Develops and generates ideas.
Doer	Concentrates on the task: getting it started, keeping it going, getting it done or making sure it is finished. Some behaviours may focus only one phase of the task. Making sure it's finished is most rare.	Provides energy or motivation. Pushes others into action. Practical implementation. Ensures a systematic approach. Follows through. Gives attention to detail.
Checker	Concern for the whole process. Tries to ensure full participation whilst providing a balanced view of quality and time and realism.	Suggests reflection. Thinks critically. Provides shrewd judgements. Makes others work towards shared goals. Makes use of individual talents. Makes sure resources are fully used.
Carer	Concern for the individuals in the team and how they are developing and getting along.	Provides personal support. Shows concern for others. Gives flexibility to help out. Creates the social system.
Knower	Provider of specialist knowledge or experience	Provides standards and focus

an overpowering desire to perform their parts as a team that they will actually work together and support each other in order to get the work done.

You unbalance in favour of knowers and checkers.

Going on a Quest

But how do you select a team? How do you select the people you want to follow you? What is the best mix? Generally if you are Going on a Quest you need knights. You need self-reliant people with a passion for the quest who will leave no stone unturned in the adventure of the quest. People who, without hesitation, will rally to each other's calls and provide support in tricky situations. Focus on making sure that your team involves doers and solvers. It may be worth unbalancing your team in this direction.

You unbalance in favour of doers and solvers.

Walking in the Fog

But how do you select a team? How do you select the people you want to follow you? What is the best mix? Generally if you are Walking in the Fog you need people who are keen to take a step into the fog. You do not want people who wish to sit down and wait until the fog clears until they do something. People must be willing and able to be intellectually challenged and learn. And they must be keen on holding hands, sharing ideas and communicating. You want a wide range of skills, although the individual's actual skill levels are not paramount nor as critical as they are if you are Painting-by-Numbers. You want a full balance of behaviours. That way there is always a creative and achievement based tension in the team which allows it to tackle the change as it emerges. If you are missing any of the behaviours described above, especially solver or carers, your team is unlikely to make good progress in this type of project. A lack of carers will mean that the tensions are resolved destructively rather than constructively.

You unbalance slightly away from knowers and slightly in favour of solvers and carers.

Making a Movie

But how do you select a team? How do you select the people you want to follow you? What is the best mix? Generally if you are Making a Movie you need on your team people who will be able to contribute both to finding the right script and to the actual filming. You want a wide mix of skills. You may not want all at once. You want a wide range of behaviors with an

emphasis on solvers for the first part of the change and an emphasis on knowers for the second stage.

You balance in favour of knowers and solvers.

HOW ABOUT OTHER STAKEHOLDERS?

Other stakeholders have their own individual reasons for following you. If you have spent time establishing their values (see Section 2.2.2. Establishing Hard and Soft Criteria), you will need to think through why they would follow you for each case, especially the driver stakeholders. For closed projects you can get them to follow you by trading, whereas with open projects all you can offer are visions and challenge.

You may wish to skew this if a stakeholder's soft criteria suggests that they are unhappy with uncertainty and the project is open. In this case lower the profile of the more open aspects whilst raising the profile of any achieved tasks. This will help them to follow you and will help the progress of the project.

You will need to spend some time establishing who your invisible team are and how best to get them to follow you. Most commonly people use an adaptive leadership approach. Before the project starts they spend time using the known business environment to build up favours and credits. These can then be called up during the project.

Section 2.4.3
Matching the Person To the Chunk

I contradict myself. I am large. I contain multitudes.
Walt Whitman

WHAT DOES THIS MEAN FOR ME?

The two quizzes at the start of the section should have helped establish how you contribute when you are working with others and which types of projects you will feel most comfortable with leading. They establish *preferences* not *personality*. You visit someone and they ask 'Coffee or tea?' Most times you go for coffee. It doesn't mean you don't drink tea; it just means that coffee is your preference. A preference is just a personal foible.

HOW YOU PREFER TO CONTRIBUTE TO A TEAM

Step 1 Transfer your results from Quiz 1 in Section 2.4 page 109.
KN______ CA______ SO______ DO______ CH______

Step 2 Multiply all the scores by 100
KN______ CA______ SO______ DO______ CH______

Step 3 Divide all the scores in Step 2 by the highest score from Step 1. (One score must read 100, ignore fractions; round the numbers up.)
KN______ CA______ SO______ DO______ CH______

Step 4 Circle the categories of behaviour below which score more than 50 in Step 3.
KNOWER CARER SOLVER DOER CHECKER

A score of 100 is your favourite way of contributing to teams.
A score of 75 to 100 is a close second. You often use this behaviour.
A score of 50 to 75 is a behaviour you sometimes use.
A score of less than 50 is one you rarely ever use.

WHAT TYPES OF CHANGE DO YOU PREFER TO LEAD?

Step 1 Please transfer your scores from Quiz 2 in Section 2.4, page 113.
a_____ b_____ c_____ d_____ e_____ f_____ (total = 24)

Step 2 Transfer scores:

	b	b	a	a
	+ e	+ f	+ c	+ d
	− c	− a	− e	− b
		− d		− f
Totals	______	______	______	______

Step 3 Please circle the largest score

PIONEER	INNOVATOR	CRAFTSMAN	ADAPTER

In general, the preferred types of change people like to lead are:

- **Pioneers** feel most comfortable with Going on **Quests**
- **Innovators** feel most comfortable with Walking in the **Fog**
- **Craftsmen** feel most comfortable with Making a **Movie**
- **Adaptors** feel most comfortable with **Painting-by-Numbers**

The task for you is now to establish what impact your particular style and way of working with others impacts on your role as a leader. For example, how do you think an *Adapter* asked to walk in the *fog* who tends to act as a *knower* in a team would behave? This is a nice easy example. They would look for something in their own personal area of expertise which they could address, focus the whole project and team on that. They would ignore the bigger picture and push people to achieve the narrowly defined aim. Apart from members of the team who were doers or knowers in the same specialism, their team would **not** follow them. Even worse, the team would look on them with scorn and poke fun at them. Humour of the 'If all you have is a hammer then everything looks like a nail!' variety would abound. Other stakeholders would find that their broader expectations were not being met and the project would fail.

NOW IT'S YOUR TURN

My approach to change is: ______________________

I contribute to teams as: ______________________

My chunk of change is: ____________ (See Section 1.3 What sort of problems should you expect? Do you remember crystal ball gazing?)

INDIVIDUAL TAILORING

Invisible projects: *If you are leading an invisible project, beware if you are an innovator. Innovators are often introverts. You will need to be extrovert because in order to get people to follow you and in order to be a role model to your team you will need to be visible, you will need to be seen doing things. If you are leading an invisible quest or fog project you will need to regularly rally your followers, reminding them of how much you have done and how much ground you have covered.*

Section 2.4.4
A Last Word

When all has been said and done . . . a lot more has been said than done.
Anon

Managing all change is demanding. Manage it in chunks or as projects. You will need to learn facts, skills and behaviours which you have never needed before. You will need to learn to recognise types of change and learn how to lead other people through an ever changing world. I hope that in some way this handbook has helped you understand how to make a difference. Please don't keep it secret, share it with a colleague, spouse or friend.

Let me know how you get on. There is an address at the end of the book.

Good luck.

Part 3
ALL THOSE NEW WORDS

If you use a word a man can't understand, why, you might just as well insult him.
John Steinbeck

HOW TO USE THIS GLOSSARY

This glossary contains a whole range of terms associated with *All Change*. I have tried to avoid using jargon when giving explanations, however this is not always possible. I have therefore highlighted all terms which need further explanation. The explanations are provided elsewhere in the glossary.

Section 3.1
THE EXPLANATIONS

Big Picture The big picture gives the context for the project. It is best understood by asking the question 'Why do they want it?' for each stakeholder grouping. The answer to this question will usually include reasons which relate to the strategic and commercial environment, those which relate to organisation structure and politics, and some reasons which relate to personal ambitions.

Change Projects These are internal projects. They are driven by the organisation which has to change.

Client Client is a loosely defined term and refers to one or more people in the **client organisation**.

Client Organisation The client organisation wants to use the output from the project. Specific people in the client organisation include the **key contact**, the **client sponsor** and the **end user**. This is usually the organisation which **drives** the change.

The client organisation can be completely separate from the **project organisation**. For example the client organisation is the company which commissions an advertising campaign from an advertising agency. Alternatively, it can be a separate department or division within the project organisation. For example when the Human Resources Department is asked to implement a new performance related pay scheme in the Operations Division, Operations Division is the client.

Client Sponsor The client is the person in the **client organisation** who wants the project completed. The relationship between the **client sponsor** and the **key contact** mirrors the relationship between the **sponsor** and the **project leader** in the **project organisation**. Occasionally the **client sponsor** and the **key contact** are the same person.

Closed Projects Closed projects have clear goals and a clearly defined set of activities to be carried out, they are characterised by the phrase 'we will know when we have completed the clearly defined deliverable'. Examples include building a bridge or launching a clearly specified new product.

Colloquially described as **painting-by-numbers**.

Collaborative Project See Joint Venture.

Core Team In projects where there is a large **visible team** there is usually a sub group of five to ten visible team members who act as the core team. This core team works with the **project leader** and takes the operational decisions relating to the project.

Commercial Projects These are projects run to make money directly from the project itself. Money is made by the organisation **delivering** the project.

Contract Project This sort of project is **internally driven** and **externally delivered**. Your organisation pays another organisation to deliver a service.

Directional Strategy A directional strategy is a statement of 'where we want to go'. It has clear goals and the way forward is clear. There is little uncertainty, so forward planning is appropriate.

Drive (Driven, Drivers) Drivers are the people who demand and define change. Drive is the role of the **sponsor, client** and **end user** stakeholders.

Delivery (Deliverers) Deliverers are the people who create change. The **project leader, core team, extended team, invisible team, stakeholders** providing resources, etc.

Emergent Strategy An emergent strategy is one which is continuously evolving. It is characterised by loosely defined goals and uncertainty about how to proceed. It involves rapid **Plan-Do-Review-Learn cycles**.

Typical emergent strategies often appear to be statements of 'how we got there'. Examples include implementing culture change programmes and realigning business processes with customer demands. In both cases it is easier to define 'what we don't want to be' than 'what we do want to be'.

End User The end users are the people in the **client organisation** who have to live with the project deliverables. For example they could be the keyboard operators for a new computing system or the shop floor workers and supervisors responsible for quality output once a total quality management initiative has been introduced.

External Projects Extended team members outside the **core team** who have a distinct role in the **delivery** of the project.

For external projects most **stakeholders**, and particularly the **client**, are outside the project organisation. With external projects there is often a supplier purchaser relationship. Also see **Commercial projects, Contract** or **Turnkey projects** or **Joint Ventures**.

Fog Project (Fog Walking, Walking in the Fog) Formally known as an **open** project this type occurs when you are unsure of both what is to be done and how it is to be done.

Going on a Quest See Quest Projects.

Hard Objectives These define what the project will deliver. Typically they include the time, cost, specification and terms and conditions.

Illegitimate Projects Projects which do nothing to help the organisation reach its goals. A project which does not contribute to the current or future profitability of an organisation or any of its other goals. Pet projects and out of date projects where business needs have changed since the project was set up fall into this category.

Invisible Projects On invisible projects there is little awareness that the project is going on and progress is difficult to see. Writing a new computer programme is an example of a largely invisible project.

Invisible Team The invisible team comprises all those people within the **project organisation** who are not immediately identified as 'working on the project', yet they have a key input on an occasional basis. For example, the Accounts and Purchasing departments may be important invisible team membes for a project to

install new process plant which requires a lot of new equipment and invoices to be paid promptly.

Investment The money an organisation spends on goods/services and information it intends to sell, and all the money it spends on skills, knowledge and equipment to give it the capabilities it needs to generate **throughput**.

Internal Projects For internal projects most **stakeholders**, including the **client**, are inside the project organisation.

Joint Venture Project A hybrid type of project which is both **internally** and/or **externally driven** and **internally** and/or **externally delivered**.

Key Contact The key contact is the focal point of all communications with the **client organisation**. Usually there is a single person in this role who has overall responsibility for the success of the project.

Sometimes the **client organisation** has a team working on the project and there are a number of **key contacts**.

Legitimate Project A project which contributes directly to the goals of an organisation in terms of current or future real revenue or throughput, operating expense or investment.

Managing by Projects A management philosophy which uses projects to achieve strategy. The philosophy extends through all levels and functions of the organisation. Teams are set up to implement particular aspects of the strategy and are dissolved once the desired result is achieved.

At any one time, everyone in the organisation is working on one or more projects. People are recruited to teams on the basis of their relevant knowledge and skills. Everyone working on a project identifies clearly with the project objectives and understands their individual contribution.

Movie Project (Making a Movie) Formally a **semi-open** project. Projects where the means are known but the objective is unclear.

Open Projects (Also see Fog Projects, Movie Projects, Quest Projects) Open projects have loosely defined goals or unclear means. The general direction is understood but the end point is hard to identify. They can be characterised by the statement 'we will get closer than we are'. Examples include implementing total quality programmes, and investing in pure scientific research.

Operating Expense The running cost of the business; all the money that the business spends to produce goods or services it intends to sell – usually equivalent to fixed costs.

Operating Expense Rate The rate at which you need to spend money in order to run a business.

Plan-Do-Review-Learn A plan-do-review-learn cycle involves planning a small step to try something out, completing the step and reviewing progress to see what has been learnt before planning the next step.

Process Consultancy Skills The skills to influence people over whom you have no authority, for example those at higher levels in the organisation. People with a

high level of process consultancy skills excel at solving complex issues logically and sorting the solutions for future development. They are also brilliant at reading group dynamics and interpersonal relationships. In addition they are able to make interventions which challenge the basic assumptions underlying decisions.

These skills are critical for the strategic project leader who needs to get inconsistency and ambiguity addressed in order to implement his or her project portfolio, at the same time as retaining respect and support from above.

Project A project is a sequential process which encompasses the definition of project objectives, by reconciling the objectives of a diverse group of stakeholders, then planning, co-ordinating and implementing the activities necessary to achieve these objectives to the satisfaction of the stakeholder group.

Project Objectives These spell out what the project is trying to achieve in terms of hard objectives and soft objectives. They also provide the context for the project in terms of the big picture. In most projects, some new objectives will emerge as the project progresses.

Project Organisation The project organisation is the organisation which employs the project leader and is responsible for carrying out the project.

Project Leadership Project leadership is the discipline of leading and managing projects: leading the visible and invisible teams to achieve the objectives of the stakeholders.

Project Leader The project leader is the person who is accountable for getting the project completed.

Project Portfolio The group of projects which are managed by a strategic project leader. Each project in the portfolio contributes to the achievement of the overall strategy.

Quest Projects (Going on a Quest) Going on a Quest is formally known as a semi-open project. You are clear of what is to be done but clueless about the means.

Real Revenue Rate The rate at which an organisation generates money through sales less real variable costs.

Semi-open Projects See Movie projects.

Semi-closed Projects See Quest projects.

Soft Objectives These relate to how the project should be managed in terms of relationships. Typical soft objectives include how the project should be controlled, how communications are to take place, and what to do in case of emergencies. A project-specific soft objective might be, 'This is very sensitive information, we don't want it widely known.'

Sponsor The person(s) in the project organisation who want(s) the project to be completed. The sponsor is often the project leader's boss but may be a senior manager from a different part of the organisation. Used well, the **sponsor** can provide influence, information, access to an invaluable network and a good sounding board for ideas.

The **Sponsor's** motivation for wanting the project completed is an important part of the big picture. The project leader must understand this motivation in order to manage the relationship successfully.

Some projects do not have a clear sponsor, in which case the project leader needs to return to the big picture, and ask, 'Why do they want it?' and 'Who is the "They" you are referring to?'

In exceptional circumstances, the project leader may also be the sponsor.

Stakeholder A stakeholder is anyone who has an interest in the project. A typical project has some stakeholders who support it and some who oppose it. A useful way to identify stakeholders is to ask, 'Who is impacted by what this project is trying to achieve?' and then to produce a stakeholder map.

Stakeholder Map A useful way to understand the relationships between the **stakeholders** is to draw a map. The resulting stakeholder map should show three major groupings of stakeholders, those within the **project organisation**, those within the **client organisation** and those from **supplier** organisations.

Strategic Project Leader Strategic project leaders act as the conduit between those who formulate strategy and those who implement it on the ground, the project leaders. To be effective in this role they have to understand how strategy is formulated and the problems faced by their project leaders. In addition, they need leadership and process consultancy skills.

Often, a strategic project leader has a project portfolio and acts as the sponsor for each project in the portfolio. Reconciling conflicts between projects and setting priorities are elements of the strategic project leader's job.

Supplier Organisation Supplier organisations are all those suppliers and subcontractors, external to the project organisation, who provide the goods and services which are required for the project to be completed.

Throughput The rate at which an organisation generates money through sales.

See revenue rate.

Turnkey Project This sort of project is **internally driven** and **externally delivered**. Your organisation pays another organisation to deliver a service.

Visible Projects On visible projects there is a high level of awareness that the project is going on and progress is easy to see. Building a bridge is an example of a highly visible process.

Visible Team The visible team are all those within the project organisation who are clearly identified as 'working on the project'. This includes the **core team** and the **extended team**.

Walking In the Fog See Fog Walking.

References:
Sources and further reading

Business

Warren Bennis, *On Becoming A Leader*, Random Century Group Ltd, London. ISBN 0-71269890-6

David Buchanan & David Boddy, *The Expertise of the Change Agent*, Prentice Hall, Hemel Hempsted. ISBN 0-13-544024-6

Wendy Briner, Michael Geddes, Colin Hastings, *Project Leadership*, Gower Publishing Company Ltd, England. ISBN 0-566-02794-1

R. Meredith Belbin, *Management Teams*, William Heinemann Ltd., Oxford. ISBN 0-434-90127-X

Roger Fisher & William Ury, *Getting To Yes*, Random Century Group, London. ISBN 0-09-951730-2

Eliyahu M. Goldratt & Jeff Cox, *The Goal: A process of ongoing improvement*, Gower Publishing, England. ISBN 0-566-02683-X

Eliyahu M. Goldratt & Robert E. Fox, *The Race*, Northern River Press, Croton-on-Hudson, N.Y. ISBN 0-88427-062-9

Charles Handy, *The Age of Unreason*, Arrow Books, London. ISBN 0-09-975740-0

Rosabeth Moss Kanter, *The Change Masters: Corporate Entrepreneurs at Work*, George Allen & Unwin, London. ISBN 0-04-658241-X

Rosabeth Moss Kanter, *When Giants Learn To Dance*, Simon & Schuster, London.

David A. Kolb, *Learning Styles Questionaire: Experimental Learning*, Prentice Hall International Inc., London. ISBN 0-13-295261-0

Eddie Obeng, *Making Re-engineering Happen*, Pitman Publishing, London. 1994

Eddie Obeng, *Solving Unique Problems – Implementing Strategy through Projects*, Pitman Publishing, London. 1994.*

Tom Peters, *Liberation Management: Necessary Disorganisation for the nanosecond Nineties*, Macmillan, London. ISBN 0-333-53340-2

Michael E. Porter, *Competitive Strategy*, Free Press, New York. ISBN 0-02-925360-8

Paul Watzlawick, John H. Weakland & Richard Fisch, *Change*, W.W. Norton & Company, New York. ISBN 0-393-01104-6

Philosophy & Metaphysics

richard Bach, *Illusions*, William Heinemann Ltd. London. ISBN 0-434-04101-7

Robert M. Prisig, *Zen and the Art of Motorcycle Maintenance*, First Morrow Quill, New York. ISBN 0-688-00230-7

Fiction

douglas Adams, *Mostly Harmless*, William Heinemann Ltd. London. ISBN 0-434-00926-1

*Strategic Projects Reference.

Index